L'intégralité de votre livre accessible en ligne

avec une simple connexion Internet !

OFFERT
LIVRE EN LIGNE

+ Des outils utiles et intuitifs :

- sommaire interactif
- surlignage en couleurs
- notes personnelles et marque-page.

Smartphone Tablette PC/Mac

Pour ACTIVER votre livre en ligne

- Rendez-vous sur www.nathan.fr/livre-en-ligne .
- Créez un compte **Nathan** en suivant les indications en ligne.
- Cliquez sur « Activer un livre », saisissez votre clé d'activation personnelle puis le mot du livre qui vous sera demandé.

Votre clé d'activation personnelle :

BGL63M-C7V-B24G

Pour toute CONNEXION ULTÉRIEURE

Connectez-vous sur www.nathan.fr/livre-en-ligne avec vos identifiants **Nathan**.

IMPORTANT

Votre clé d'activation est unique et personnelle : une fois utilisée, elle ne sera plus valide. Elle offre un accès de 24 mois à compter de la date d'activation. Elle est réservée à un seul utilisateur et ne peut être partagée.

Configuration minimale requise : Internet Explorer 8, Mozilla Firefox 3.4, Chrome, Safari, Opera toutes versions.

Retrouvez les conditions générales d'utilisation sur www.nathan.fr/livre-en-ligne.

Nathan

BAC PRO ASSP 978-2-09-501737-8

BAC PRO

Réflexe

2e/1re/Terminale

Accompagnement, Soins et Services à la Personne

Toutes les matières

Les fiches « Je gère mon BAC »

Blocs 1 • 2 • 3 • 4
Sciences médico-sociales
Biologie Physiopathologie-Microbiologie
Nutrition-Alimentation
Techniques professionnelles

Élisabeth BAUMEIER
Caroline LAVAIVRE
Édith LE GRUIEC
Claire LESCOT
Aude MAILLET-LIRON
Sandra MAROLOT
Karine RESSOT
Isabelle ROUSSEAU
Blandine SAVIGNAC

Français
Christophe DESAINTGHISLAIN

Histoire-Géographie
Enseignement moral et civique
Annie ZWANG

Anglais
Marie-Line PÉRILLAT-MERCEROT

Économie-Gestion
Martine DECONINCK

Mathématiques
Isabelle DELAUNAY

Physique-Chimie
Stéphane BOULET

Prévention Santé Environnement
Marie-Cécile SÉNÉCHAL

Nathan

Sommaire

Nathan 2023 – 92 avenue de France, 75013 Paris
ISBN : 978-2-09-501737-8
Code éditeur : 118849

BLOC 4

Réaliser des actions d'éducation à la santé pour un public ciblé dans un contexte donné

BIOLOGIE ET PHYSIOPATHOLOGIE

SCIENCES MÉDICO-SOCIALES

NUTRITION-ALIMENTATION

TECHNIQUES PROFESSIONNELLES

FRANÇAIS (Term)

HISTOIRE-GÉOGRAPHIE – ENSEIGNEMENT MORAL ET CIVIQUE (T^erm^)

ANGLAIS (1re/Term)

ÉCONOMIE-GESTION (2e/1re/Term)

MATHÉMATIQUES (1re/Term)

PHYSIQUE-CHIMIE (1re/Term)

PRÉVENTION SANTÉ ENVIRONNEMENT (2e/1re/Term)

Les épreuves du BAC PRO ASSP
(à partir de la session 2025)

			Voie scolaire dans un établissement public ou privé sous contrat, CFA ou section d'apprentissage, formation professionnelle continue dans un établissement public		Voie scolaire dans un établissement privé, CFA ou section d'apprentissage non habilité, formation professionnelle continue en établissement privé, enseignement à distance, candidats justifiant de 3 années d'activité professionnelle		Formation professionnelle continue dans un établissement public habilité
Intitulé des épreuves		**Coef.**	**Mode**	**Durée**	**Mode**	**Durée**	**Mode**
E1 : Épreuve scientifique et technique	E11 : Mathématiques	1.5	CCF*	2 situations de 45 min chacune	Ponctuel écrit et pratique	1h	CCF*
	E12 : Physique-Chimie	1.5	CCF*	2 situations d'1 h chacune	Ponctuel écrit et pratique	1h	CCF*
E2 : Épreuve technologique Conception d'action(s) d'éducation à la santé		4	Ponctuel écrit	4 h	Ponctuel écrit	4 h	CCF*
E3 : Épreuve professionnelle	**E31** Accompagnement de la personne dans une approche globale et individualisée	4	CCF*	45 min	Ponctuel oral	45 min	CCF*
	E32 Soins d'hygiène, de confort et de sécurité	4	CCF*		Ponctuel écrit et pratique	2 h	CCF*
	E33 Travail et communication en équipe pluriprofessionnelle	4	CCF*		Ponctuel oral	2 h	CCF*
	E34 : Économie-gestion	1	CCF*	2 situations d'1 h chacune	Ponctuel écrit	2 h	CCF*
	E35 : Prévention – santé - environnement (PSE)	1	CCF*	2 h	Ponctuel écrit	2 h	CCF*
E4 : Épreuve de langue vivante		2	CCF*		Ponctuel oral et écrit	1 h et 10 min	CCF*
E5	E51 : Français	2.5	CCF*	3 h max.	Ponctuel écrit	3 h	CCF*
	E52 : Histoire-géographie et enseignement moral et civique	2.5	CCF*	2 h 30 max.	Ponctuel écrit	2 h 30	CCF*
E6 : Épreuve d'arts appliqués et cultures artistiques		1	CCF*		Ponctuel écrit	2 h	CCF*
E7 : Épreuve d'éducation physique et sportive		1	CCF*		Ponctuel pratique		CCF*
Épreuves facultatives Langue vivante (différente de celle de l'épreuve obligatoire)			Ponctuel oral	20 min	Ponctuel oral	20 min	Ponctuel oral

*CCF : contrôle en cours de formation

Le chef d'œuvre du Bac Pro

Le chef d'œuvre est noté sur 20 points.
Tous les points supérieurs ou inférieurs à 10 sont affectés du coefficient 2.
Ces points sont ajoutés ou soustraits au total des points obtenus par le candidat.

Le déroulement des 3 années

Fournissez un travail régulier d'apprentissage

• **Les contenus** de l'épreuve ponctuelle E2, des CCF d'enseignement général et professionnel pour valider votre BAC PRO ASSP nécessitent un apprentissage régulier et soutenu dès l'année de seconde.

• **Une dynamique de travail** doit être créée et maintenue jusqu'en terminale.

Soyez à l'écoute

• **Écouter attentivement** les cours et les consignes données par vos enseignants est la clé de votre réussite. Une méthodologie d'analyse, de réflexion est à mener durant les trois années.

• **Être attentif à l'actualité** est indispensable dans le secteur de l'accompagnement, des soins et des services à la personne, notamment avec l'évolution des lois (SMS).

Classez vos cours

• **Les contenus** des différentes épreuves (par exemple E2-E31-E32-E33 pour l'enseignement professionnel) doivent être clairement identifiés dès l'année de seconde. Les cours sont donc à ranger régulièrement et méthodiquement : un classeur par épreuve, un intercalaire ou un code couleur par savoir associé.

• **Des fiches de synthèse**, des résumés, des schémas se rapportant à chaque cours peuvent vous aider à mieux comprendre et apprendre. Les mots-clés, les notions essentielles sont à surligner ; les exercices, les TD, les TP, les évaluations doivent être regroupés et retravaillés ; les cours manquants sont à rattraper.

Créez un environnement de travail favorable à l'apprentissage

• **Toute source de distraction** (téléphone portable, musique) est à éviter.

• **Un environnement calme** favorise la mémorisation et la concentration.

Entraînez-vous

• **Les supports de révision** doivent être variés. Il est vivement recommandé de s'entraîner sur des schémas « muets » de biologie différents de ceux présents dans vos cours pour être capable de retrouver les éléments composant un appareil.

• **Des banques de données** de sujets des précédentes sessions sont en ligne sur Internet. Elles permettent de se mettre dans les conditions réelles de l'examen chez soi avec une copie, du brouillon et sur la durée fixée de l'épreuve.

Planifiez vos révisions

• **Un sommaire** des contenus de chacune des épreuves peut être établi afin de faciliter la répartition des révisions dans le temps et éviter de faire des impasses.

• **Un calendrier** permet d'organiser son planning de révisions, en privilégiant les périodes de vacances, le week-end. Les objectifs fixés doivent être réalisables.

• **Des moments de détente, de repos** sont indispensables pour rendre ses révisions profitables et être efficace le jour J. Il ne faut pas se lancer dans des révisions marathon sans méthode, trop tardivement, lors du dernier semestre de terminale !

Construisez votre orientation

• **L'inscription et la saisie des vœux** sur la plateforme « Parcoursup » ont lieu en janvier-mars de l'année de terminale. Des délais sont à respecter, ce qui implique de bien s'informer pour poursuivre des études après le BAC PRO ASSP.

• **Un suivi régulier** des calendriers des dates de concours sur Internet et des informations de vos enseignants permet de ne pas rater les dates d'inscription.

Les poursuites d'études post-bac

Vidéo : que faire après un bac ASSP ?
liennathan.fr/m4j58w

Les conseils pour réussir son orientation

- **Une réflexion très tôt, en amont,** est un gage de réussite de votre orientation.
- **Les journées portes ouvertes** dans les établissements, les salons, les forums de l'orientation, les rencontres avec les professionnels, les échanges avec les anciens élèves, ses tuteurs, les équipes pluridisciplinaires durant les PFMP sont des moyens pour s'informer et décider de son orientation.
- **Les rendez-vous** avec la psychologue de l'éducation nationale au lycée et/ou au Centre d'information et d'orientation (CIO) permettent de découvrir les formations qui pourraient le mieux vous correspondre.
- **La formulation de vœux élargis** contribue à obtenir plus de chance d'obtenir satisfaction. Il faut faire preuve d'attention, de réalisme et de stratégie.

Les poursuites d'études après un BAC PRO ASSP

- **L'entrée dans la vie active** est le choix de la plupart des bacheliers. Le recrutement s'effectue le plus souvent lors des PFMP, les professionnels repérant les profils ayant les qualités et les compétences exigées sur le terrain.

La possession du permis de conduire et d'un véhicule personnel sont des atouts pour travailler dans le secteur de l'aide à domicile.

- **Le choix entre des études courtes ou longues** doit être mûrement réfléchi.

Les orientations possibles après le BAC PRO ASSP

→ **La vie active**

- **Option « à domicile » :** assistant de responsable de secteur, responsable de petites unités en domicile collectif, maîtresse de maison, gouvernante, accompagnant de personnes en situation de handicap, de dépendance, accueillant familial…
- **Option « en structure » :** assistant en soins et en santé communautaire, accompagnant de personnes fragilisées, de personnes handicapées, maîtresse de maison, gouvernante, responsable hébergement, responsable de petites unités en domicile collectif, intervenant en structures d'accueil de la petite enfance…

→ **Le Diplôme d'état (DE)**

- **Le Diplôme d'état d'aide soignant(e) (DEAS) et le Diplôme d'état d'auxiliaire de puériculture (DEAP) :** la sélection se fait par un jury sur dossier et sur entretien.
- **Les autres Diplômes d'état :** le Diplôme d'état d'accompagnant éducatif et social (DEAES), le Diplôme d'état de moniteur éducateur (DEME), le Diplôme d'état de technicien de l'intervention sociale et familiale (DETISF)…

→ **Le Brevet technicien supérieur (BTS)(2 ans)**

- **Le BTS « Économie sociale et familiale » (ESF) et le BTS « Services et prestations des secteurs sanitaire et social » (SP3S) :** les titulaires du BAC PRO ayant obtenu une mention « Bien » ou « Très bien » à l'examen ont, en théorie, un accès de droit dans les spécialités de BTS en rapport avec leur baccalauréat. Ces BTS s'adressent à des élèves ayant un projet professionnel bien construit et une grande capacité de travail.

→ **Les formations longues**

- **Les formations « éducateur de jeunes enfants », « éducateur spécialisé » et l'entrée en TFSI** nécessitent de s'informer pour connaître les conditions d'accès.
- **L'inscription en licence** (sciences sanitaires et sociales, psychologie, sociologie…) concerne une minorité. Les études universitaires sont très théoriques et exigent beaucoup d'autonomie et de responsabilisation.

Les épreuves professionnelles

Sous-épreuve E31 : Accompagner la personne dans une approche globale et individualisée

BLOC 1 • Coeff 4 • CCF en centre de formation
Présentation d'un dossier et entretien avec un jury. Le dossier est élaboré par le candidat à partir de la PFMP comprenant :
- le contexte professionnel ;
- la personne concernée par le projet individualisé, le projet de vie ;
- l'analyse des besoins et des attentes ;
- les objectifs du projet individualisé ou projet de vie proposé ;
- au maximum deux actions ou activités mises en œuvre dans le cadre du projet ;
- l'évaluation des actions ou activités mises en œuvre.

> Retrouvez page 60 de votre ouvrage plus d'informations sur cette épreuve et des entraînements pour tester vos connaissances sur les savoirs associés du Bloc 1

Sous-épreuve E32 : Soins d'hygiène, de confort et de sécurité

BLOC 2 • Coeff 4 • CCF en PFMP d'au moins 4 semaines auprès d'adultes non autonomes
Bilan en fin de PFMP entre le tuteur et l'enseignant avec :
- Présentation du raisonnement clinique de la personne prise en charge (10 min)
- Interrogation des savoirs associés du bloc 2 en lien avec la prise en charge des soins (10 min)

> Retrouvez page 104 de votre ouvrage plus d'informations sur cette épreuve et des entraînements pour tester vos connaissances sur les savoirs associés du Bloc 2

Sous-épreuve E33 : Travail et communication en équipe pluriprofessionnelle

BLOC 3 • Coeff 4 • CCF en centre de formation et en PFMP
Deux situations d'évaluation d'égale valeur :
- 1 situation en centre de formation (coeff. 2 : 40 points) : un dossier présentant un dysfonctionnement et l'équipe de bionettoyage observée puis un écrit de 30 min maximum sur les savoirs associés du bloc 3.
- 1 situation en PFMP au sein d'une équipe pluriprofessionnelle (coeff. 2 : 40 points) : bilan en fin de PFMP.

> Retrouvez page 138 de votre ouvrage plus d'informations sur cette épreuve et des entraînements pour tester vos connaissances sur les savoirs associés du Bloc 3.

Épreuve E2 : Conception d'action(s) d'éducation à la santé

BLOC 4 • Coeff 4 • Épreuve ponctuelle écrite d'une durée de 4 h
Le sujet s'appuie sur un dossier technique de 20 pages maximum présentant un contexte professionnel qui permet d'identifier des besoins et de dégager une thématique d'action d'éducation à la santé en mobilisant les savoirs associés du bloc 4.

> Retrouvez page 186 de votre ouvrage plus d'informations sur cette épreuve et des entraînements pour tester vos connaissances sur les savoirs associés du Bloc 4.

Le français

L'ÉPREUVE ÉCRITE

Objectifs de la sous-épreuve

La sous-épreuve de français permet de vérifier les compétences du candidat à :
- maîtriser **l'échange écrit** : lire, analyser, écrire ;
- adapter **son expression écrite** selon les situations et les destinataires ;
- maîtriser la lecture et exercer **son esprit critique** ;
- adapter sa lecture à **la diversité des textes** ;
- mettre en perspective **des connaissances et des expériences**.

Le candidat est amené à communiquer à l'écrit dans un contexte social et professionnel **en mobilisant des références culturelles**.

Critères d'évaluation

L'évaluation porte notamment **sur** :
- la qualité de **la compréhension du texte ou du corpus de textes** par l'identification des enjeux et une mise en perspective ;
- la pertinence de **la prise en compte des contraintes d'écriture** fournies par le texte ou le corpus d'appui ainsi que **par les consignes** d'écriture selon les situations et les destinataires ;
- la cohérence et pertinence d'**un discours construit, argumenté et personnel** faisant appel des connaissances et expériences et faisant preuve d'esprit critique ;
- **la qualité de la langue** : prise en compte des normes orthographiques, grammaticales, typographiques et lexicales.

Déroulement de l'épreuve

L'évaluation se déroule au cours d'une épreuve écrite d'une durée de trois heures. Elle porte sur les connaissances sur le programme de français de la classe de terminale, **à savoir l'objet d'étude** « Vivre aujourd'hui : l'humanité, le monde, les sciences et la technique » **et sa déclinaison dans le programme limitatif** renouvelable. **Elle évalue les compétences de lecture et d'écriture**. L'évaluation se déroule en fin de l'année de terminale.

À partir d'un corpus constitué d'un ou plusieurs textes et éventuellement d'images, et qui permet une réflexion sur le thème du programme limitatif, **le candidat est invité à répondre à des questions** de compréhension et d'interprétation, **puis à produire un écrit argumentatif** répondant à une consigne formulée dans le sujet.

Première partie : compétences de lecture (10 points)

Le candidat répond à **des questions** qui cheminent de la **compréhension** et de l'**interprétation** vers la **confrontation des** différents **éléments du corpus**.

Deuxième partie : compétences d'écriture (10 points)

Le candidat produit, en lien avec le sujet donné, **un écrit argumentatif d'une quarantaine de lignes au moins** qui mobilise le corpus et les connaissances acquises durant l'année, qu'il peut enrichir de sa culture personnelle.

L'évaluation tient compte des qualités de la langue (orthographe, syntaxe, lexique...), de la cohérence et **de la pertinence** du propos, de la justesse **des arguments** et de la mobilisation **des éléments du corpus et des connaissances** du candidat.

L'ÉPREUVE ORALE DE CONTRÔLE

L'épreuve orale de contrôle ne concerne que **les candidats ayant obtenu une moyenne comprise entre 8 et 10 sur 20 au baccalauréat** professionnel. Elle est constituée de **deux interrogations de 15 minutes chacune**, l'une en Maths-Sciences ou en enseignement professionnel, selon les spécialités, l'autre en Français/Histoire-géo.

Les sujets sont tirés au sort par les candidats, qui disposent de 15 minutes de préparation.

Le sujet

Le candidat n'a **aucun document à apporter** pour passer l'épreuve. **Il tire au sort** un sujet de français ou un sujet d'histoire-géographie **dans une enveloppe** contenant un nombre équilibré de sujets relevant de chaque matière.

En français, **le sujet invite** le candidat **à présenter une lecture de l'œuvre intégrale** ou **du groupement de textes** sur le programme limitatif étudiés durant l'année de Terminale. L'**exposé** du candidat est **suivi d'un dialogue** avec l'examinateur.

Les critères d'évaluation

Trois critères d'évaluation guident l'appréciation de l'examinateur.

1. **Pendant l'exposé**, l'examinateur écoute **la présentation de l'œuvre** ou du groupement de textes produite par le candidat. Il évalue la qualité de **précision** et **d'organisation de la présentation** faite par le candidat (sur 4 points).
2. Durant l'entretien, l'examinateur évalue la **qualité d'écoute et de participation** à l'échange (sur 3 points).
3. Pendant l'épreuve, enfin, l'examinateur évalue globalement la **correction de l'expression** orale (sur 3 points).

La **note** globale ainsi retenue est fixée **sur 10 points** pour chacune des deux épreuves orales de contrôle. **Les candidats ayant obtenu une note supérieure à dix sont « rattrapés ».**

L'histoire-géographie-EMC

LA DISCIPLINE

Histoire. La France et le monde depuis 1945

1. Le jeu des puissances dans les relations internationales depuis 1945

Le sujet d'étude invite les élèves à repérer les grandes lignes d'orientation du monde depuis 1945 ainsi que les multiples puissances, actrices des relations internationales dans un espace mondialisé.

Points clés. L'arme nucléaire, l'équilibre de la terreur – L'émergence de nouvelles puissances – L'Europe dans le jeu des puissances – Les nouveaux conflits dans les années 1990

2. Vivre en France en démocratie depuis 1945

Le sujet d'étude invite les élèves à mettre en évidence la modernisation de la démocratie française, la stabilisation des institutions républicaines et les défis de société se posant au pays.

Points clés. La crise sociale et politique de mai 1968 – Le combat des femmes pour l'égalité – Le développement des études professionnelles – la Ve République : caractéristiques et évolutions.

Géographie. Les hommes face aux changements globaux

1. L'accès aux ressources pour produire, consommer, se loger, se déplacer

Le sujet d'étude invite les élèves à appréhender les changements globaux, à les relier aux enjeux qu'ils posent pour l'aménagement des territoires aux différentes échelles.

Points clés. L'eau du Colorado, une ressource convoitée et menacée – Les parcs éoliens en mer, des aménagements en débat – Le Mékong, un exemple pour l'eau – L'accès aux ressources alimentaires.

2. Les sociétés et les risques : anticiper, réagir, se coordonner, s'adapter

Le sujet d'étude invite les élèves à définir la notion de risque et les différents types, à étudier les politiques mises en place pour anticiper, réagir et s'adapter.

Points clés. Le bassin caraïbe, une région vulnérable aux risques – Le changement climatique, régir et s'adapter – Le littoral français menacé – La directive Seveso.

EMC. S'engager et débattre en démocratie autour des défis de société

Le thème repose sur l'étude du débat en démocratie. Il s'appuie sur trois transformations majeures : le changement climatique, la révolution numérique et l'essor d'Internet, la biotechnologie et l'éthique. Il induit définitions, enjeux et débats.

1. Changements et risques environnementaux

2. La révolution numérique

3. L'essor des biotechnologies

L'ÉPREUVE ÉCRITE

Elle dure de **2 h 30** et comporte **3 parties**. Elle porte sur les compétences définies dans le programme d'histoire-géographie et d'enseignement moral et civique de **l'année de terminale**. Si la première partie est en histoire, la deuxième est en géographie et inversement.

Première partie (6 points)

Elle porte sur quelques **questions à réponses courtes** en histoire ou en géographie qui permettent de mobiliser des notions, des capacités, des repères portant sur les thèmes de la classe de terminale. Elle peut comporter aussi un document à compléter (frise, croquis, schéma par exemple).

Seconde partie (8 points)

Elle porte sur une situation historique ou géographique des programmes d'histoire ou de géographie. Elle peut comporter jusqu'à **trois documents** maximum à analyser à l'aide de plusieurs questions qui permettent de mobiliser notions, capacités et repères portant sur un thème d'histoire ou de géographie de la classe de terminale. Cette partie peut comporter des documents à compléter (croquis, schéma, etc.).

Troisième partie (6 points)

Le candidat analyse une **situation concrète** à partir d'un **dossier documentaire** portant sur le programme de la classe de terminale en enseignement moral et civique (EMC). Le candidat identifie les enjeux de la situation proposée en EMC, formule une position personnelle argumentée en mobilisant des connaissances, des notions et des repères.

L'anglais

LA DISCIPLINE

Les objectifs de la discipline

En terminale le niveau visé (fixé par le Cadre européen) est B1+ en LVA et A2+ en LVB.

La boîte à outils de la discipline

Les connaissances en grammaire et vocabulaire

Revoyez les règles de construction d'une phrase (**FICHES 1, 2 et 3**) les règles essentielles de prononciation (**FICHE 4**), du lexique utile (**FICHE 5**) et les verbes irréguliers (**FICHE 12**).

De plus, il vous serait utile de faire des fiches de vocabulaire par thème et/ou tenir un carnet de vocabulaire alphabétique.

Les techniques de compréhension

Pour comprendre un document écrit ou oral, il faut pouvoir comprendre la majorité des mots (les listes thématiques de vocabulaire sont utiles) et savoir déduire le sens des mots inconnus en utilisant le contexte.

Il faut être méthodique : identifier le document, repérer les mots-clés, mettre en relation les éléments (titres, images, etc.), identifier les idées principales (**FICHES 8, 9, 10 et 11**).

Les techniques de communication

Pour présenter un sujet, il faut être clair, avoir un plan facile à mémoriser et un langage adapté et enfin savoir réagir à des questions posées (**FICHES 6 et 7**).

De manière générale, lors de toute intervention orale, les règles à respecter sont les mêmes : évitez de baisser la tête, regardez votre interlocuteur dans les yeux, ne parlez pas trop vite, parlez distinctement, et, en anglais, respectez l'accent de mot et l'intonation descendante.

LES DEUX ÉPREUVES (COEFFICIENT 2)

Format et objectifs

Pendant l'épreuve écrite d'une heure maximum (= Situation A dans les textes officiels, notée sur un total de 30 points), vous devrez :

a. Écrire un compte-rendu en français sur un document sonore, audio ou vidéo, d'1mn30 maximum. Trois écoutes collectives, espacées d'une minute de pause. Prise de notes possible.
But : évaluer la compréhension orale.

b. Écrire un compte-rendu en français sur un document écrit de 15 lignes maximum, pouvant comporter une illustration (photo, dessin, graphique...). Types possibles de document : publicité, extrait d'article de presse ou d'œuvre littéraire, petite(s) annonce(s), courrier professionnel, notice, etc.
But : évaluer la compréhension écrite.

c. Rédiger en anglais un texte d'au moins 100 mots pour répondre à un sujet sur deux proposés.
But : évaluer l'expression écrite.

Pendant l'épreuve orale de 10 minutes (= Situation B, notée sur 20), vous devrez :

a. Présenter librement et sans interruption pendant 5 minutes, à un professeur ou un formateur, un sujet de votre choix : un travail personnel qui a fait appel à une utilisation de l'anglais (un projet, un produit, un service ou une expérience professionnelle). **But :** évaluer votre expression libre en continu.

b. répondre pendant 5 minutes aux questions de l'évaluateur à propos de votre sujet (demande d'explications complémentaires, demande d'autres exemples...).
But : évaluer votre expression en interaction.

Critères d'évaluation

Épreuve écrite

Vos deux comptes-rendus de compréhension doivent montrer que vous avez identifié :
- la nature du document, la situation et les informations principales ;
- l'identité des personnes et les liens entre elles, les différents points de vue ;
- le but du document (relater, informer, convaincre, critiquer, dénoncer, divertir, etc.).

Veillez à ce que le texte que vous rédigerez soit :
- construit et ciblé sur la question posée dans le sujet ;
- syntaxiquement et lexicalement correct.

Épreuve orale

Voici les critères officiels qui permettent d'avoir le maximum de points :
- **Première partie, expression en continu :** avoir un discours nuancé et informé, en relation avec le sujet, savoir donner son point de vue ;
- **Deuxième partie, conversation :** répondre et réagir vite, pouvoir reformuler une phrase, avancer des arguments ;
- **Pour les deux parties, correction de la langue :** être compréhensible, avoir une syntaxe correcte, un lexique approprié, une prononciation claire et une intonation naturelle.

Que faire pour se préparer avant les épreuves ?

Entraînez-vous à comprendre des document écrits et oraux

Dès le début de l'année, appliquez la même technique pour chaque nouveau document. Vous ne serez pas dérouté le jour de l'examen.

Entraînez-vous à rédiger

Revoyez régulièrement les points de grammaire essentiels. Différenciez bien les temps des verbes. Apprenez par cœur les verbes irréguliers (**FICHE 12**), la liste vous donne un stock de verbes prêts à utiliser. Apprenez du vocabulaire par thème, et avant l'épreuve, travaillez par deux, l'un interroge, l'autre répond puis inversement : la mémorisation est double, visuelle et auditive.

Entraînez-vous à présenter votre sujet à haute voix

Préparez une fiche simple avec un plan clair, retenez ce plan. Entraînez-vous à ne pas lire vos notes (c'est interdit). Chronométrez-vous : vous devez parler pendant 5 minutes le jour de l'épreuve. Prenez la parole le plus souvent possible en classe.

Entraînez-vous à la discussion

Prévoyez des sujets complémentaires qui pourraient faire l'objet de questions le jour de l'examen. Apprenez une liste de mots de liaison et d'expression « bouche-trous » qui permettent de meubler en réfléchissant. Entraînez-vous à les utiliser tout au long de l'année. Entraînez-vous à plusieurs.

L'économie-gestion

LA DISCIPLINE

Les objectifs de la discipline

La discipline économie-gestion vous permet de comprendre l'environnement dans lequel vous évoluerez dans votre vie personnelle et professionnelle. Elle favorise ainsi votre autonomie car vous pourrez identifier la pertinence des ressources à votre disposition et réaliser des choix comme citoyen et citoyenne responsables. Vous pourrez appréhender les conséquences et les enjeux des mutations économiques en lien avec le développement durable et ceux relatifs au développement du numérique. Vous pourrez également mieux comprendre les choix réalisés par les organisations dans lesquelles vous exercerez votre métier, ceux-ci dépendant des contraintes liées à la gestion et au cadre économique et juridique. Enfin, vous pourrez acquérir des compétences d'expression et de communication et développer votre esprit critique.

L'ÉPREUVE ÉCRITE

Le format de l'épreuve et ses objectifs

Durée : **2 h** – Coefficient : **1**

Le sujet comprend un dossier documentaire (textes divers, documents statistiques...) et deux parties :
– dans une première partie, vous devez répondre à une série de questions pouvant aborder tous les axes du programme en vous appuyant sur le dossier documentaire ;
– dans une seconde partie, vous devez traiter une question d'économie et de gestion au choix parmi trois propositions, en vous référant à la spécialité de votre baccalauréat.
Les objectifs de l'épreuve sont d'évaluer votre capacité à mobiliser vos connaissances, à exploiter et analyser des documents, à rédiger vos réponses de manière structurée et à établir le lien entre les domaines de l'économie et de la gestion et ceux de votre spécialité professionnelle.

Que faire pour se préparer avant l'épreuve ?

Apprenez vos cours

Apprendre un cours signifie assimiler le nouveau vocabulaire. Les exemples vous aideront à retenir les concepts abordés. Tenez à jour un lexique des mots clés avec leur signification. Faites un lien entre ce que vous observez au cours des PFMP et ce que vous apprenez au lycée ou au centre de formation.

Approfondissez les concepts et les notions dans le cadre de l'actualité

Pour approfondir vos connaissances en économie-gestion, n'hésitez pas à lire la presse, à regarder la télévision, à écouter la radio et à consulter les médias en ligne pour relier ce que vous avez appris en cours et l'actualité. Mettez en relation les concepts du programme les uns avec les autres.

Faites un lien avec le contexte professionnel dans lequel s'exercera l'emploi préparé

Le plus souvent, une question économique et/ou de gestion est liée à d'autres notions et comporte une dimension pluridisciplinaire, y compris avec votre culture métier.

Chaque notion du programme peut être mise en lien avec votre futur secteur professionnel. Au cours des PFMP (périodes de formation en milieu professionnel), vous pouvez mettre en relation les concepts étudiés et la réalité du terrain.

Entraînez-vous à rédiger de courts développements structurés

Le développement n'a pas besoin d'être long pour être complet. Il est important que sa structure soit apparente. Séparez l'introduction et la conclusion du corps du développement. Organisez celui-ci en 2 ou 3 parties. Mettez en évidence quelques exemples liés au secteur professionnel dans lequel vous allez exercer votre métier.

Que faire pendant l'épreuve ?

Prenez connaissance du dossier documentaire

Prenez connaissance du dossier documentaire dans son intégralité. Surlignez un ou deux point(s) saillant(s) dans chaque document. Trouvez un lien entre ce qui est dit dans les documents et votre expérience professionnelle ou personnelle. Si un exemple vous vient à l'esprit, notez-le tout de suite au brouillon pour le retrouver plus tard.

Répondez aux questions

Prenez le temps d'abord de lire toutes les questions entièrement et attentivement. Répondez ensuite clairement et de manière synthétique, en utilisant le vocabulaire acquis pendant vos années d'études et en soignant la rédaction. Si une question vous pose problème, passez à la suivante et revenez-y un peu plus tard. Pour cela, laissez un espace suffisant sur votre copie. Relisez l'ensemble de vos réponses et corrigez ou complétez-les si nécessaire.

Choisissez l'un des trois sujets

Avant de choisir votre sujet, prenez le temps de lire attentivement les trois sujets proposés. Choisissez celui qui vous intéresse le plus. Ce sera probablement celui qui vous permettra d'effectuer aisément un lien avec le baccalauréat que vous préparez et d'apporter des exemples à l'appui de votre rédaction.

Rédigez un développement structuré

Si un plan est imposé par le sujet, respectez-le. Au cas contraire, réfléchissez à votre propre plan en organisant vos idées parmi celles qui vous sont proposées. Sélectionnez parmi les thèmes éventuellement suggérés ceux qui correspondent à ceux que vous souhaitez traiter, éliminez les autres. Énoncez simplement et clairement vos connaissances, illustrez-les à l'aide d'exemples liés au dossier, à votre secteur d'activité et/ou issus de votre expérience personnelle. N'hésitez pas à donner votre point de vue et justifiez-le. Soignez votre rédaction.

Qu'attend de vous le correcteur ?

Le correcteur souhaite que vous montriez vos connaissances de la discipline en utilisant le vocabulaire spécifique et en définissant clairement les concepts. La réponse aux questions devra être concise, mais justifiée (ne vous contentez pas de répondre oui ou non, mais dites pourquoi vous apportez cette réponse).
Votre écrit devra être lisible, soigné, clair et synthétique. L'orthographe devra être respectée.
Le correcteur attend également de vous que vous preniez appui sur votre formation, tant en centre de formation ou au lycée qu'en milieu professionnel. Les questions peuvent concerner votre projet professionnel (insertion, poursuite d'études, création ou reprise d'entreprise) : exprimez ce projet de la manière la plus naturelle et authentique possible.

Les mathématiques

Un candidat au baccalauréat professionnel peut être amené à passer une ou plusieurs situations d'évaluation certificative en mathématiques :
– en **contrôle continu en cours de formation** s'il a suivi une voie scolaire dans des établissements d'enseignement public ou privé sous contrat, un apprentissage dans des centres de formation habilités ou dans le cadre d'une formation professionnelle continue dans des établissements publics ;
– en **épreuve ponctuelle** dans les autres cas.

ÉPREUVE PAR CONTRÔLE EN COURS DE FORMATION (CCF)

Le **contrôle en cours de formation (CCF)** est une modalité d'évaluation certificative réalisée par l'enseignant lui-même sur le lieu de la formation au moment où le candidat a atteint le niveau de maîtrise des compétences requis.

Il se déroule en **deux** situations d'évaluation de **45 min chacune et notée sur 10** :

– la **première** au cours, de préférence, du **2e semestre de Première**, ou du premier semestre de Terminale ;
– la **seconde** au cours du **2e semestre de Terminale**.
Les séquences d'évaluation sont élaborées sur les capacités et connaissances du **programme de Première pour la 1re situation** et des **programmes de Première et Terminale, pour la seconde situation d'évaluation**.

Objectifs et description de l'épreuve

Chaque séquence comporte **un ou deux exercices** avec des **questions de difficulté progressive** et porte principalement sur les domaines mathématiques les plus utiles pour résoudre un problème en liaison avec d'autres disciplines, un secteur professionnel ou la vie courante.
Lorsque la situation s'appuie sur d'autres disciplines, aucune connaissance relative à ces disciplines n'est exigible des candidats et toutes les indications utiles doivent être fournies dans l'énoncé.
Le CCF autorise ainsi une grande diversité de mise en situation d'évaluation.

Les outils numériques peuvent être utilisés dans tous les exercices.
Au moins un exercice comporte une ou deux questions dont la résolution se fait en présence de l'examinateur.

L'évaluation est basée sur les compétences du candidat à mobiliser ses connaissances et capacités en mathématiques pour résoudre les problèmes et suivant la grille d'évaluation ci-après.
L'examinateur apprécie le niveau d'acquisition de chaque compétence, qui occasionnera une note sur 10.

Après les deux évaluations, une proposition de note finale sur 20 est établie.
La note définitive est délivrée par le jury.

Grille d'évaluation

Compétences	Capacités	Questions	Appréciation du niveau d'acquisition
S'approprier	Rechercher, extraire et organiser l'information.		
Analyser Raisonner	Émettre une conjecture, une hypothèse. Proposer une méthode de résolution, un protocole expérimental.		
Réaliser	Choisir une méthode de résolution, un protocole expérimental. Exécuter une méthode de résolution, expérimenter, simuler.		
Valider	Contrôler la vraisemblance d'une conjecture, d'une hypothèse. Critiquer un résultat, argumenter.		
Communiquer	Rendre compte d'une démarche, d'un résultat, à l'oral ou à l'écrit.		

ÉPREUVE CERTIFICATIVE PONCTUELLE

Objectifs et description de l'épreuve

Cette évaluation se déroule en fin de cursus de formation. C'est une épreuve écrite et pratique qui se déroule durant 1 h et aboutit à une note sur 20.

Le sujet, conçu au niveau national sur les compétences terminales attendues, est formé de deux ou trois exercices avec des questions de difficulté progressive qui recouvrent le plus possible le programme de Première et de Terminale.

Les thèmes portent principalement sur les domaines mathématiques les plus utiles pour résoudre un problème en liaison avec d'autres disciplines, un secteur professionnel ou la vie courante.
Lorsque la situation s'appuie sur d'autres disciplines, aucune connaissance relative à ces disciplines n'est exigible des candidats et toutes les indications utiles doivent être fournies dans l'énoncé.

L'un des exercices comporte une (ou des) question(s) dont la résolution nécessite l'utilisation d'outils numériques (logiciels ou calculatrices) par les candidats et qui permettent d'évaluer les capacités à expérimenter, à simuler, à mettre en œuvre un algorithme, à émettre des conjectures ou contrôler leur vraisemblance. La présentation de la résolution de cette (ou ces) question(s) se fait(font) en présence de l'examinateur lors d'un appel. Le candidat porte ensuite par écrit les résultats obtenus, des observations ou des commentaires.

Source : Éduscol et Vademecum IEN Maths sciences académie de Bordeaux, juillet 2020

Physique-Chimie

TRAVAILLER LES COMPÉTENCES

La sous-épreuve de Physique-Chimie a pour objectif d'évaluer le niveau de maîtrise des 5 compétences suivantes.

S'approprier : rechercher, extraire et organiser l'information

Il est nécessaire de connaître les éléments présents dans le cours (définitions, lois, modèles...).
Lire l'intégralité de l'évaluation et repérer les éléments importants présents dans les documents, surligner les données, les informations importantes.

Analyser/Raisonner : formuler des hypothèses, proposer, choisir une méthode de résolution ou un protocole expérimental

Formuler une hypothèse ou opter pour une méthode de résolution en prenant en compte les éléments présents dans les documents et à l'aide de vos connaissances.

Comment élaborer un protocole expérimental ?
Le protocole expérimental est la description précise des différentes étapes à suivre pour réaliser une expérience. Il est rédigé à l'attention d'une autre personne qui doit pouvoir la reproduire à l'identique.
1. Lister le matériel : les instruments de mesures adaptés, les mesures de protection si nécessaire.
2. Décrire la suite des différentes actions à mener : sous forme de liste dans l'ordre chronologique avec des verbes d'action à l'infinitif (déposer, verser, brancher...).
3. Réaliser un schéma légendé en utilisant les symboles adaptés.
4. Expliquer le principe qui permettra d'exploiter les résultats expérimentaux.

Réaliser : mettre en œuvre une méthode de résolution, un protocole expérimental. Utiliser un modèle, représenter, calculer, effectuer une simulation

Avant de se lancer dans la mise en œuvre d'un protocole, il est important de lire toutes les étapes du protocole afin de préparer les différentes manipulations à effectuer (préparation et manipulation du matériel, lancement des logiciels...). Il faut être vigilant aux consignes de sécurité.

Réaliser un calcul
Indiquer ce que vous calculez, comment vous le calculez puis arrondir le résultat et indiquer l'unité.

$$c = \frac{n}{V} = \frac{0{,}213}{50 \times 10^{-3}} = 4{,}26 \text{ mol/L.}$$

Valider : commenter un résultat, argumenter. Contrôler la vraisemblance d'une hypothèse, de la valeur d'une mesure

Il s'agit d'interpréter et de contrôler les résultats obtenus, d'identifier la ou les condition(s) qui valide(nt) ou qui invalide(nt) une hypothèse, d'apporter une justification. Veiller à prendre en compte les incertitudes de mesure.

Communiquer : rendre compte d'une démarche, d'un résultat, à l'oral ou à l'écrit à l'aide d'outils et d'un langage appropriés. Expliquer une démarche

À l'oral ou à l'écrit, utiliser les éléments de vocabulaire scientifique adaptés. Nommer les instruments de mesure, les grandeurs physiques correctement. Faire attention à l'orthographe !
Les résultats numériques seront présentés arrondis accompagnés de leur unité.

DÉFINITION DE LA SOUS-ÉPREUVE DE PHYSIQUE-CHIMIE

La sous-épreuve de Physique-Chimie est organisée selon deux modalités : le contrôle en cours de formation (CCF) ou l'épreuve ponctuelle.
Pour évaluer les compétences, connaissances et capacités du candidat, l'examinateur s'appuie sur une grille d'évaluation nationale. La démarche, les tentatives pertinentes, les résultats partiels et la cohérence globale des réponses sont pris en compte.

Le contrôle en cours de formation (CCF)

Le CCF concerne les candidats suivant leur formation dans un établissement habilité à l'organisation des CCF (établissements publics, privés sous contrat...).
Le CCF comporte **deux situations d'évaluation** d'une durée maximale d'une heure et chacune notée sur 10, conçues par les formateurs sur les lieux où se déroule la formation.

	1er cas	2e cas
Première professionnelle	**Au deuxième semestre**, une situation d'évaluation portant sur le programme de 1re.	
Terminale professionnelle	**Au deuxième semestre**, une situation d'évaluation portant sur le programme de 1re et de T^{le}.	**Au premier semestre**, une situation d'évaluation portant sur le programme de 1re. **Au deuxième semestre**, une situation d'évaluation portant sur le programme de 1re et de T^{le}.
Certification	L'addition des deux notes forme une note sur 20 proposée au jury. La note définitive est délivrée par le jury.	

Les deux situations d'évaluation s'appuient chacune sur une ou deux activités expérimentales composées d'une ou plusieurs expériences dont certaines peuvent être assistées par ordinateur.

L'épreuve ponctuelle

Passent l'épreuve ponctuelle les candidats qui ne sont pas concernés par le CCF (candidats libres, établissement de formation non habilité à l'organisation des CCF...).
D'une durée d'une heure, elle se déroule en fin du cursus de formation dans un centre d'examen habilité et repose sur un sujet élaboré au niveau national.
Ce sujet implique la **réalisation effective** d'une ou plusieurs expériences, éventuellement assistées par ordinateur.

Prévention Santé Environnement

LA DISCIPLINE

L'épreuve permet d'évaluer les compétences suivantes :
- mettre en œuvre une démarche d'analyse dans une situation donnée ;
- expliquer un phénomène physiologique, un enjeu environnemental, une disposition réglementaire, en lien avec la démarche de prévention ;
- proposer une solution pour résoudre un problème ;
- argumenter un choix ;
- communiquer à l'écrit avec une syntaxe claire et un vocabulaire adapté.

L'ÉPREUVE ÉCRITE

L'épreuve de PSE en Bac Professionnel est une épreuve écrite ponctuelle qui se déroule à la fin de la Terminale, elle est d'une durée de deux heures. Elle comporte deux parties. Les questions indépendantes ou liées s'appuient sur des situations issues de faits d'actualité et de données scientifiques et professionnelles. Elles portent sur les trois thématiques : A (l'individu responsable de son capital santé), B (l'individu responsable dans son environnement), C (l'individu acteur de prévention dans son milieu professionnel)

Première partie sur les thématiques A et B

Le sujet comporte des documents sur lesquels le candidat s'appuie pour analyser une ou plusieurs situations. Il est amené à répondre de façon réfléchie à des questions concernant un enjeu au niveau de la santé ou de l'environnement d'un point de vue individuel et collectif.

Deuxième partie sur la thématique C

Un dossier ressource joint au sujet permet d'évaluer l'acquisition d'une démarche d'analyse, la capacité à mobiliser des connaissances scientifiques, techniques et réglementaires. Le candidat s'appuie également sur ce dossier pour expliquer des mesures de prévention.

Il comprend :
- Une situation professionnelle décrivant les activités de l'opérateur ;
- Des document techniques, des textes de lois et des règlements permettant de répondre à la problématique posée.

Le candidat est amené à argumenter ses propositions.

Description	Conseils
Première partie de l'épreuve – Une ou plusieurs situations de la vie quotidienne présentant une problématique : article de presse, illustration, statistiques, etc. – Questions indépendantes ou liées. Évaluation sur : la maîtrise de la méthodologie de résolution de problème et la connaissance des contenus des modules des thématiques A et B.	– Revoir l'ensemble des modules thématiques A et B. – Lire attentivement la ou les situation (s) et les questions. – S'entraîner au préalable à appliquer la méthodologie de résolution de problème : identifier le problème posé (ex : par une question), identifier les éléments de la situation et les mettre en relation, mobiliser les connaissances et proposer des solutions. – Maîtriser les outils d'analyse : QQOQCP, diagramme causes-effet (Voir **Fiche 17**). – S'aider de la situation et également de vos connaissances – S'entraîner à mener une réflexion pour trouver des solutions aussi bien collectives qu'individuelles sur les problématiques de santé et d'environnement. – Réviser les notions scientifiques.
Deuxième partie de l'épreuve Dossier comportant : – une situation professionnelle : description des activités de l'opérateur – des documents législatifs, réglementaires, techniques, législatif, etc. Évaluation sur : – la maîtrise de la démarche d'approche par le risque et/ou le travail, – les connaissances législatives, – les connaissances scientifiques, – l'argumentation des solutions proposées.	– Revoir l'ensemble des modules de la thématique C Lire attentivement la situation et les documents du dossier ressources. – S'entraîner au préalable à appliquer la démarche d'analyse d'une situation de travail par l'approche par les risques (voir **Fiches 9, 17** et **18**). – Construire ou/et compléter le PAD, schéma du processus d'apparition d'un dommage (voir **Fiche 17**). – Repérer les mesures de prévention existantes et en proposer, les classer selon les principes généraux de prévention (voir **Fiche 17**). – S'entraîner au préalable à appliquer la démarche d'approche par le travail. – Construire et/ou compléter un schéma de compréhension, rédiger une hypothèse (voir **Fiche 25**). – Proposer des solutions et les justifier. – Revoir les effets physiologiques des situations de travail sur l'organisme.

Les pathologies liées à l'appareil cardiovasculaire

LU ☐
SU ☐
REVU ☐

La plupart des pathologies de l'appareil cardiovasculaire touchent les vaisseaux sanguins : ceux du cœur avec l'infarctus du myocarde, ceux du cerveau avec l'accident vasculaire cérébral (AVC) ou l'accident ischémique transitoire (AIT).

1 L'infarctus du myocarde

• L'**infarctus du myocarde** correspond à la nécrose (mort) d'un territoire du myocarde. C'est une urgence absolue nécessitant d'alerter le SAMU (le 15).
• **La cause :** l'obstruction d'une artère coronaire empêche l'alimentation du myocarde en dioxygène et la contraction des cellules, entraînant des anomalies du rythme cardiaque et parfois un arrêt cardiaque.
• **Les facteurs de risque :** le mode de vie (tabagisme, stress), l'âge, l'obésité.
• **Les signes :** une douleur aiguë et persistante dans la poitrine irradie dans le bras gauche, le dos et la mâchoire. Il peut s'agir aussi de malaises, nausées, vertiges.
• **Les conséquences :** plus la nécrose est étendue, plus le risque de mortalité augmente. C'est la principale cause de mort subite.
• **Le traitement en urgence :** plus la prise en charge par une équipe spécialisée est rapide, plus les chances de survie sont grandes. En cas d'arrêt cardiaque, il faut utiliser un défibrillateur.
• La **prévention** repose sur l'hygiène de vie (activité physique, hygiène alimentaire).

2 L'accident vasculaire cérébral (AVC) et l'accident ischémique transitoire (AIT)

2.1. L'accident vasculaire cérébral (AVC)

• L'**AVC** désigne l'obstruction ou la rupture d'un vaisseau sanguin du cerveau. C'est une urgence absolue car il est mortel dans la moitié des cas. Il cause des séquelles dont la gravité dépend du délai d'intervention.
• **Les facteurs de risque :** l'âge, l'hypertension artérielle, le diabète, le tabac, l'alcool, l'obésité, l'excès de cholestérol, la sédentarité.
• **Les signes :** des vertiges, la paralysie d'un membre, du visage, une difficulté à parler, des troubles de la vision, des nausées, de violents maux de tête.
• **Le traitement en urgence :** dissoudre le plus rapidement possible le caillot, intervenir chirurgicalement en cas d'hémorragie.

2.2. L'accident ischémique transitoire (AIT)

• L'**AIT** résulte d'une obstruction artérielle temporaire, qui n'entraîne pas de lésion du cerveau.
• Les **signes** sont identiques à ceux d'un AVC mais ils durent moins d'une heure avant le retour à la normale et sont sans séquelles.
• L'AIT est un **signal d'alarme** car le risque de survenue d'un AVC plus grave dans les jours qui suivent est élevé. La **conduite à tenir** est d'appeler le 15.

La **prévention de l'AVC et de l'AIT** consiste à équilibrer son alimentation, pratiquer une activité physique régulière, éviter de fumer, limiter sa consommation d'alcool, surveiller son taux de cholestérol, contrôler l'hypertension artérielle et le diabète.

Les pathologies liées à la glycémie

LU ☐
SU ☐
REVU ☐

La glycémie est la concentration de glucose dans le sang. Elle est régulée principalement par des hormones pancréatiques : l'insuline et le glucagon. Le dysfonctionnement de la régulation glycémique entraîne une maladie évolutive, le diabète.

1 Les variations de la glycémie et la glycosurie

• La **glycémie normale** varie entre 0,7 et 1,1 gramme par litre de sang. Une valeur inférieure est une **hypoglycémie** ; une valeur supérieure est une **hyperglycémie**.
• La **glycémie postprandiale** (après un repas) est supérieure à la normale à cause des apports alimentaires. **À jeun**, le corps est en légère hypoglycémie ; cependant, dans les deux cas, très vite, la glycémie est régulée et revient à une valeur normale.

2 La régulation de la glycémie

2.1. La régulation de l'hyperglycémie

• Une **hyperglycémie** entraîne une sécrétion d'insuline du pancréas.
• L'**insuline** stimule l'absorption du glucose par les fibres musculaires, le stockage du glucose en glycogène dans le foie et celui des acides gras dans les tissus adipeux.
• L'insuline abaisse la glycémie, c'est une **hormone hypoglycémiante**.

Schéma
La régulation de la glycémie
liennathan.fr/6kp43t

2.2. La régulation de l'hypoglycémie

• Une **hypoglycémie** a pour effet la sécrétion du glucagon du pancréas.
• Le **glucagon** stimule la dégradation du glycogène du foie en glucose qui est libéré dans le sang : la glycémie augmente.
• Le glucagon est une **hormone hyperglycémiante**.

3 Les diabètes

3.1. Le diabète insulinodépendant (de type 1)

Il est dû à la **disparition progressive des cellules bêta du pancréas**. La sécrétion d'insuline devient insuffisante, provoquant une hyperglycémie. C'est une maladie pour laquelle l'hérédité est un facteur prédominant. Le traitement, à vie, consiste à injecter quotidiennement de l'insuline.

3.2. Le diabète non insulinodépendant (de type 2)

Il est dû à une **anomalie des récepteurs des cellules**. Le sucre s'accumule dans le sang, provoquant une hyperglycémie. Le traitement repose sur des mesures hygiéno-diététiques puis des médicaments antidiabétiques oraux et, si nécessaire, un traitement à l'insuline.

3.3. Les autres signes biologiques communs aux deux diabètes

• Une **glycosurie** : présence anormale de sucres dans les urines.
• Une **polyurie** (augmentation du volume des urines) accompagnée d'une soif permanente : la **polydipsie**.
• Un besoin de manger en grande quantité : la **polyphagie**.

Les troubles de la vision

LU ☐
SU ☐
REVU ☐

L'œil est l'organe sensoriel de la vision. Il participe également à l'équilibre du corps. Il est composé du globe oculaire, logé dans la cavité des orbites, et d'organes annexes.

1 Le globe oculaire

1.1. Les membranes de l'œil

• Trois membranes se superposent, de l'extérieur vers l'intérieur de l'œil : la **sclérotique**, la **choroïde** et la **rétine**.
• La **sclérotique** forme le « blanc de l'œil ». Elle protège les parties internes.
• À l'avant, la **sclérotique** devient transparente et forme la **cornée**.
• La **choroïde**, très vascularisée, nourrit les autres milieux. Vers l'avant, elle se modifie pour former l'iris, qui règle l'entrée de la lumière selon son intensité et donne la **couleur aux yeux**. Son orifice central, la **pupille**, laisse passer les rayons lumineux vers le **cristallin**.
• La **rétine**, membrane interne fragile, est composée d'une couche pigmentaire et d'une couche de cellules nerveuses : **les photorécepteurs** (**cônes** et **bâtonnets**).
• La **macula** est la zone centrale de la rétine où se concentrent les **cônes**.

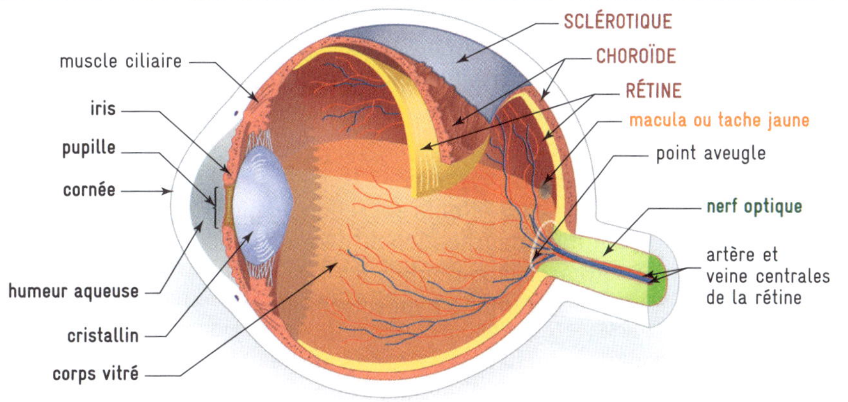

Doc. 1 – La structure du globe oculaire

1.2. Les milieux transparents de l'œil

• **L'humeur aqueuse**, liquide incolore, est située entre la cornée et le cristallin, à l'avant de l'œil.
• Le **cristallin**, placé à l'arrière de l'iris, est une lentille élastique bombée capable de se déformer pour permettre **l'accommodation**.
• Le **corps vitré**, situé à l'arrière du cristallin, est un gel qui donne sa forme au globe oculaire et soutient la rétine.

2 Les organes annexes

• Les **sourcils, les cils et les paupières** protègent l'œil des poussières et de la sueur.
• Les **glandes lacrymales** libèrent les **larmes**, qui nettoient la conjonctive avant de rejoindre le canal lacrymal et la cavité nasale.
• Les **glandes tarsales et ciliaires** lubrifient l'œil par clignement réflexe des paupières.
• Les **six muscles oculaires** sont situés à l'arrière de l'œil. Ils maintiennent l'œil dans l'orbite. Ils assurent les mouvements coordonnés (rotations) des yeux.

3 La vision

Les rayons lumineux traversent les larmes, la cornée et l'humeur aqueuse. Ils passent ensuite à travers la pupille, puis dans le cristallin et le corps vitré. Arrivés sur la rétine, ils stimulent les photorécepteurs.

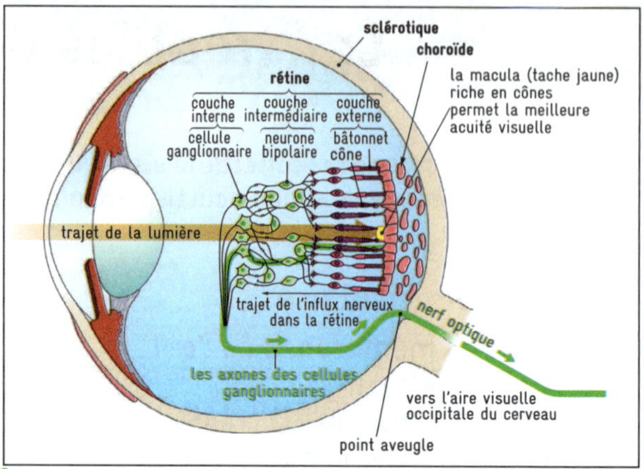

Doc. 2 – La perception et la transmission de l'image

• Une des extrémités des photorécepteurs contient des pigments qui sont décolorés par la lumière. Une suite de réactions permet de coder l'image en influx nerveux qui rejoignent le nerf optique.

• Les **cônes** sont responsables de la vision précise et de la vision des couleurs. Ils sont majoritaires sur la macula.

• Les **bâtonnets** sont responsables de la vision dans la pénombre et de la vision périphérique. Ils sont répartis sur l'ensemble de la rétine.

• **Trois actions réflexes** rendent l'image nette : la **convergence** des yeux, réalisée par les muscles oculaires ; le **réflexe pupillaire** (dilatation plus ou moins grande de la pupille) ; l'**accommodation** (modification de la courbure antérieure du cristallin). **Chaque nerf optique** transmet l'image sous la forme d'**influx nerveux** au cerveau où les sensations sont analysées et interprétées.

4 Les anomalies de la vision

4.1. Les anomalies de la structure de l'œil

• La **myopie** est caractérisée par une **baisse d'acuité visuelle de loin**. Les signes révélateurs sont le plissement des yeux pour regarder de loin et le fait que la vision de près est excessivement rapprochée. Elle se corrige par le port de lunettes ou de lentilles de contact. Elle peut être traitée par la chirurgie.

• Le **strabisme** est un **défaut de parallélisme des yeux**. Le strabisme convergent est le plus courant. L'enfant louche. Les strabismes légers sont traités par des corrections optiques (lunettes, prismes), par occlusion (cache-œil temporaire), par de la rééducation orthoptique.

4.2. Les effets du vieillissement

• La **presbytie** est une perte progressive du pouvoir d'accommodation de l'œil liée à l'âge rendant la vision rapprochée floue. Les personnes atteintes de presbytie doivent allonger le bras ou chercher un meilleur éclairage pour lire. Les verres convergents ou les lentilles de contact corrigent la presbytie. Elle peut être traitée par la chirurgie au laser.

• La **cataracte** est l'opacité du cristallin qui rend la vision floue. L'âge et l'exposition au soleil favorisent la cataracte. Le traitement consiste à remplacer le cristallin.

• La **dégénérescence maculaire liée à l'âge (DMLA)** est une maladie évolutive invalidante, caractérisée par un vieillissement trop rapide de la macula. La déformation des lignes droites ou la présence d'une tache noire au centre du champ visuel sont les signes de la DMLA. L'âge et le tabac sont des facteurs de risque de la maladie. Des injections médicamenteuses, la chirurgie laser ralentissent l'évolution de la maladie.

Les besoins et attentes de la personne et les rythmes de vie

LU ☐
SU ☐
REVU ☐

Pour une prise en charge de qualité, les professionnels doivent prendre en compte les besoins et les attentes de la personne.

1 Les besoins et les attentes de la personne

1.1. Le besoin et les attentes

• Le **besoin** est une sensation de manque que la personne cherche à faire disparaître par l'accomplissement d'actes ou la consommation de biens.
• L'**attente** correspond au souhait, au désir de faire quelque chose ou d'acquérir un bien pour satisfaire un besoin.

1.2. La pyramide de Maslow

Doc. 3 – La hiérarchie des besoins selon Maslow

• Selon le psychologue Abraham Maslow, l'homme cherche à **satisfaire les besoins** d'un niveau donné avant de chercher à satisfaire les besoins d'un niveau supérieur.
• Lorsque l'individu **ne peut pas satisfaire** lui-même tous ses besoins parce qu'il est dépendant, ou qu'il n'a pas de ressources suffisantes, ce sont d'autres personnes (professionnels, aidants familiaux, bénévoles…) ou la société qui prennent en charge ces besoins.

1.3 Les 14 besoins fondamentaux selon V. Henderson

Virginia Henderson, une infirmière américaine, a identifié 14 besoins fondamentaux chez l'être humain. Un besoin est une sensation de manque, de privation. Sa satisfaction amène à la sensation de bien-être. Lorsque le besoin n'est pas satisfait, on dit qu'il est perturbé. Les besoins sont variables en fonction des individus, de l'âge, du contexte, de la culture… Cette classification est utilisée par les soignants pour déterminer l'état de santé d'un patient, en fonction de sa capacité à satisfaire ces 14 besoins.

2 Les rythmes de vie

• Les **rythmes biologiques** correspondent aux variations rythmiques des fonctions physiologiques du corps humain : l'alternance veille/sommeil, la fréquence cardiaque, les sécrétions hormonales… Ces rythmes sont régulés par le cerveau, qui se comporte comme une « **horloge biologique** ».
• Les **rythmes sociaux** correspondent aux rythmes en lien avec la vie sociale : les horaires scolaires, de repas, d'ouverture des commerces, de travail…
• L'**horloge biologique est dite « synchronisée »** lorsque les facteurs environnementaux (alternance lumière/obscurité, succession des saisons…) et les rythmes sociaux respectent les rythmes biologiques.

La protection sociale

LU ☐
SU ☐
REVU ☐

La protection sociale permet aux individus de faire face aux conséquences financières des risques sociaux.

1 Le risque social

Le risque social est un événement susceptible de survenir dans la vie qui diminue les ressources d'un individu : la maladie, la maternité, les charges familiales, le handicap, la vieillesse, le décès, les maladies professionnelles, les accidents du travail et la perte d'autonomie.

2 Les différents systèmes de protection sociale

2.1. Le système de base : la Sécurité sociale

• La **Sécurité sociale** couvre les risques suivants : la maladie, la maternité, l'invalidité, le décès, les accidents du travail, les maladies professionnelles, la vieillesse et les charges familiales.
• Le **financement** est assuré par les cotisations sociales (cotisations de l'employeur et des salariés), les taxes (alcool, tabac, jeux de hasard...).

2.2. Les systèmes complémentaires : les mutuelles et les assurances privées

• Les **mutuelles** et les **assurances privées** complètent la prise en charge des frais remboursés par la Sécurité sociale.
• Le **financement** des systèmes complémentaires est assuré par les cotisations versées par les personnes qui ont fait le choix d'adhérer.

2.3. Le système d'assurance chômage : l'Union nationale pour l'emploi dans l'industrie et le commerce (Unédic) et Pôle emploi

• Ces deux organismes gèrent le risque chômage.
• Ils sont financés par les cotisations sociales.

2.4. Le système subsidiaire : l'aide sociale

• L'aide sociale intervient lorsque les systèmes de base et les systèmes complémentaires ne protègent pas suffisamment les individus (enfants, personnes âgées ou handicapées ou en situation précaire) : versement de prestations et participation aux frais d'hébergement des établissements les accueillant.
• Le financement de l'aide sociale est assuré par les impôts et les taxes perçus par les départements et les communes et par les subventions de l'État.

3 Les différentes branches de la Sécurité sociale

La Sécurité sociale est composée de six branches : Famille, Maladie, Accidents du travail et maladies professionnelles, Retraite, Autonomie et Recouvrement, qui collecte les cotisations sociales.

L'assurance maladie

LU ☐
SU ☐
REVU ☐

Le risque maladie est pris en charge par la Sécurité sociale, les mutuelles et les assurances privées.

1 La Sécurité sociale : l'assurance maladie

1.1. Le principe de solidarité

• La **solidarité** est un lien de dépendance réciproque au sein d'un groupe de personnes qui se sentent moralement liées les unes aux autres : chacun y contribue selon ses moyens et en bénéficie selon ses besoins.
• La **solidarité professionnelle** est financée par les cotisations sociales prélevées sur les salaires.
• La **solidarité nationale** est financée par les impôts.

1.2. Les bénéficiaires de l'assurance maladie

• La **protection universelle maladie (Puma)** garantit la prise en charge des frais de santé de toute personne majeure qui travaille et de toute personne qui réside en France de manière stable et régulière (le conjoint sans activité professionnelle).
• Les mineurs sont les ayants droit de leurs parents.

1.3. Les prestations en nature de l'assurance maladie

• Les **prestations en nature** de l'assurance maladie correspondent au remboursement partiel ou complet des frais de santé (honoraires des médecins, coût des médicaments...).
• Le **ticket modérateur** est la partie des frais de santé qui reste à la charge de l'assuré. Il peut être pris en charge par les mutuelles, les assurances privées ou la complémentaire santé solidaire.

1.4. Les prestations en espèces de l'assurance maladie

Les **prestations en espèces** compensent la perte de salaire causée par un arrêt de travail : des indemnités journalières sont versées lors du congé de maladie.

2 Les systèmes complémentaires : les mutuelles et les assurances privées

Elles complètent la prise en charge des frais de santé remboursés par la Sécurité sociale, tel que le ticket modérateur. Elles peuvent compléter les indemnités journalières. Le financement est assuré par les cotisations versées par les adhérents.

3 La complémentaire santé solidaire

La complémentaire santé solidaire est une aide financière accordée par l'État aux allocataires de l'assurance maladie qui ont des revenus modestes. Les bénéficiaires n'ont pas à payer le ticket modérateur des médicaments, des consultations chez le médecin, le dentiste et le kinésithérapeute, des séjours à l'hôpital et, dans la plupart des cas, des prothèses dentaires, auditives et des lunettes.

4 L'aide médicale d'État

Elle permet la prise en charge à 100 % des frais de santé des personnes étrangères résidant en France de manière irrégulière.

Les branches Retraite et Autonomie de la Sécurité sociale

LU ☐
SU ☐
REVU ☐

La couverture vieillesse et autonomie est assurée par la Sécurité sociale et par les organismes complémentaires (mutuelles et complémentaire santé).

1 Les risques vieillesse et autonomie

• Le **risque vieillesse** se rapporte à l'arrivée à l'âge de la retraite d'un salarié qui a pour conséquence l'arrêt du versement d'un salaire (baisse des ressources).
• Le **risque autonomie** désigne la situation de dépendance ou de perte d'autonomie d'une personne suite au vieillissement ou à un handicap qui nécessite de l'aide dans sa vie quotidienne (augmentation des dépenses).

1.1. La branche Retraite de la Sécurité sociale

• Les principales prestations assurées par l'**assurance retraite** sont financières :
– la **retraite de base** de la Sécurité sociale pour toute personne ayant cotisé suffisamment longtemps ;
– le minimum contributif et l'allocation de solidarité aux personnes âgées (ASPA) pour les plus modestes ;
– la pension de réversion pour les conjoint(e)s veufs ou veuves.
• Le montant de la retraite de base est déterminé selon des principes qui prennent en compte : les **droits** acquis au travers des cotisations (trimestres cotisés), le **salaire de référence** (qui correspond au salaire moyen des 25 meilleures années) et la **durée de cotisation** nécessaire pour une retraite à taux plein.
• **Le système de l'assurance retraite repose sur le principe de la répartition.** Les cotisations versées par les actifs sont immédiatement utilisées pour financer les pensions des retraités.
• La branche Retraite est gérée par la Caisse nationale d'assurance vieillesse et sur le terrain par les caisses d'assurance retraite et de la santé au travail (Carsat).

1.2. La branche Autonomie de la Sécurité sociale

• La branche Autonomie gère les dépenses liées à l'autonomie des personnes âgées et des personnes en situation de handicap, qu'il s'agisse du financement des établissements et des services qui les accompagnent ou des aides individuelles qui leur sont versées. Elle est gérée par la Caisse nationale de solidarité pour l'autonomie (CNSA).
• Les principales prestations assurées par la branche Autonomie sont :
– l'allocation personnalisée d'autonomie (APA), versée aux personnes âgées en perte d'autonomie ;
– la prestation de compensation du handicap (PCH), l'allocation adultes handicapés (AAH) et l'allocation d'éducation de l'enfant handicapé (AEEH), versées aux personnes handicapées.
• La branche Autonomie participe aussi au financement du congé de proche aidant.

1.3. La retraite complémentaire

• En plus des cotisations prélevées obligatoirement sur les salaires pour financer l'assurance retraite (retraite de base), d'autres cotisations sont prélevées pour la retraite complémentaire.
• Ces cotisations sont converties en points retraite. Le total des points est multiplié par la valeur du point à la date du départ en retraite : on parle de retraite par capitalisation.

La branche Famille de la Sécurité sociale

LU ☐
SU ☐
REVU ☐

Les prestations familiales sont versées par la caisse d'allocations familiales (CAF) dont dépend l'assuré(e).

1 Les caisses d'allocations familiales (CAF)

• La **branche Famille** est pilotée par la Caisse nationale d'allocations familiales (CNAF).
• Au niveau local, ce sont les **caisses d'allocations familiales** (CAF) qui versent les prestations familiales.

2 Les prestations familiales

Les prestations familiales sont des **aides financières** à destination des personnes qui élèvent des enfants. Elles permettent de réduire les écarts de niveau de vie entre les ménages sans enfant et les ménages avec enfants qui disposent des mêmes revenus.

Prestations familiales	Objectifs
Prestation d'accueil du jeune enfant (Paje) Elle comprend : – la prime à la naissance (Pn) ou la prime à l'adoption (Pa) versée en une seule fois ; – l'allocation de base (Ab) versée après la naissance de l'enfant et jusqu'à ses 3 ans ; – la prestation partagée d'éducation de l'enfant (PreParE) ; – le complément de libre choix du mode de garde (Cmg).	– Aider à financer les dépenses liées à la naissance ou à l'adoption et permettre de préparer l'arrivée de l'enfant. – Aider à assurer les dépenses liées à l'entretien et à l'éducation du ou des enfants. – Permettre à un ou aux deux parents de cesser ou de réduire leur travail pour s'occuper de leur(s) enfant(s). – Aider à financer les frais de garde d'un enfant de moins de 6 ans.
Allocations familiales (à partir du 2e enfant)	Aider à assurer les dépenses liées à l'entretien et à l'éducation des enfants.
Complément familial (à partir du 3e enfant de plus de 3 ans)	
Allocation de logement familiale (ALF)	Réduire le montant d'un loyer.
Allocation d'éducation de l'enfant handicapé (AEEH)	Aider à financer les dépenses liées au handicap d'un enfant.
Allocation de soutien familial (ASF)	Aider à élever un enfant privé de l'aide de l'un ou de ses deux parents ou compléter une pension alimentaire dont le montant est trop faible.
Allocation de rentrée scolaire (ARS)	Aider à financer les dépenses engagées lors de la rentrée scolaire.
Allocation journalière de présence parentale (AJPP)	Permettre à un parent de cesser ponctuellement de travailler pour s'occuper de son enfant, âgé de moins de 20 ans, gravement malade, accidenté ou handicapé.

Les principales aides permettant le maintien à domicile

LU ☐
SU ☐
REVU ☐

Le maintien à domicile implique la mise en place d'une aide humaine et d'une aide financière.

1 Les intérêts et les limites du maintien à domicile

• Le **maintien à domicile** permet à la personne âgée de voir son choix respecté, de conserver ses habitudes et ses fréquentations, de préserver son autonomie. Mais la personne peut alors être isolée, s'ennuyer. Le domicile peut aussi présenter **des risques** s'il n'est pas aménagé pour prévenir tout danger.
• Pour la famille, le maintien à domicile peut être source d'épuisement (la présence d'un proche peut être nécessaire 24 h/24 et 7 jours/7) et requérir une participation financière élevée.

2 Les aides humaines permettant le maintien à domicile

Les aides permettant le maintien à domicile d'une personne âgée sont de plusieurs types :
– le portage de repas à domicile ;
– les services d'aide à domicile pour les actes de la vie quotidienne (préparer les repas, s'habiller…) et la réalisation de petits travaux (déplacement d'un meuble…) ;
– la téléassistance à domicile, qui permet à la personne de contacter une plateforme téléphonique 24 h/24 et 7 jours/7.

3 Les aides financières pour le maintien à domicile

• L'**allocation personnalisée d'autonomie (APA) à domicile** aide à payer tout ou partie des dépenses nécessaires pour compenser la perte d'autonomie. Pour bénéficier de l'APA, la personne âgée doit avoir 60 ans ou plus, être en perte d'autonomie ou en situation de handicap, résider de façon stable et régulière en France, à son domicile, au domicile d'un proche, chez un accueillant familial ou dans une résidence autonomie.
• La **prestation de compensation du handicap** (PCH) est attribuée par la maison départementale des personnes handicapées dont relève le bénéficiaire pour financer tout ou partie des travaux d'accessibilité de son logement.
• Les aides des **caisses de retraite** et de l'assurance vieillesse permettent de financer l'adaptation du domicile ou l'achat d'aide technique.
• Des aides ponctuelles des **complémentaires santé** peuvent être attribuées aux adhérents pour financer en partie des heures d'aide ménagère à domicile.
• L'aide de l'**Agence nationale de l'habitat** (Anah) permet de financer des travaux d'adaptation du logement nécessaires pour sécuriser le domicile (installation d'un monte-escalier, remplacement de la baignoire par une douche…).
• Le **crédit d'impôt** lié à l'emploi d'un salarié à domicile est égal à 50 % des dépenses annuelles consacrées aux actes de la vie quotidienne (aide au lever, au coucher, à la toilette…), à l'entretien et aux travaux ménagers.
• Le **chèque emploi service universel (Cesu)** est une offre simplifiée pour déclarer la rémunération d'un salarié à domicile pour des activités de services à la personne.

Les principaux services permettant le maintien à domicile

LU ☐
SU ☐
REVU ☐

1 Les structures dispensant une aide médicale

	Les services de soins infirmiers à domicile (SSIAD)	L'hospitalisation à domicile (HAD)
Mission	Assurer sur prescription médicale les soins infirmiers et d'hygiène 24 h/24 et 7 jours/7.	Assurer à domicile sur prescription médicale des soins médicaux et paramédicaux importants (chimiothérapie, soins palliatifs, maladies neurodégénératives, diabète...).
Bénéficiaires	– Personnes âgées de plus de 60 ans, malades ou dépendantes. – Personnes adultes de moins de 60 ans présentant un handicap ou atteintes de maladies chroniques.	Malades de tous âges si : – les soins peuvent être donnés à domicile ; – le malade et/ou la famille est d'accord.
Fonctionnement	– Évaluation des besoins par un(e) infirmier(ère) coordinateur(trice). – Intervention d'aides-soignant(e)s du SSIAD et d'autres intervenants : médecin, infirmiers(ères) libéraux(ales), kinésithérapeute, ergothérapeute, auxiliaire de vie... – Coordination des professionnels par l'infirmier(ère) coordinateur(trice).	– Demande faite par le médecin traitant ou le médecin hospitalier. – Évaluation de la situation par l'équipe soignante de l'établissement HAD. – Accord du malade et/ou de la famille. – Admission prononcée par le responsable de l'établissement HAD. – Matériel et équipement livrés par l'établissement HAD. – Intervention des médecins hospitaliers et libéraux, de l'équipe soignante de l'établissement HAD.
Financement	Assurance maladie.	Assurance maladie et complémentaire santé.

2 Les services d'aide à domicile

• Les interventions des services d'aide à domicile ont pour objectif de **favoriser ou de maintenir l'autonomie des personnes âgées** afin qu'elles puissent continuer à vivre chez elle le plus longtemps possible. Elles concernent trois domaines : les actes essentiels de la vie quotidienne (lever, toilette, alimentation...), les activités domestiques (repassage, ménage...), les activités sociales et relationnelles (sortir, aller chez le médecin, chez le coiffeur...).

• Les principaux professionnels qui interviennent sont :
– l'**aide à domicile** pour les activités domestiques, la préparation des repas, l'accompagnement pour les déplacements et les sorties, l'assistance administrative ;
– l'**aide ménagère** pour l'entretien du domicile et du linge, la préparation des repas ;
– l'**auxiliaire de vie** pour les activités de la vie quotidienne ;

– le **technicien de l'intervention sociale et familiale** (TISF) pour les tâches domestiques et la gestion du budget ;
– l'**accompagnant éducatif et social** (AES) pour les actes de la vie quotidienne (lever, toilette, habillement, alimentation, coucher), les activités domestiques et l'accompagnement dans les déplacements ;
– la **garde malade** de jour ou de nuit pour une surveillance régulière ou occasionnelle.

3 Les services prestataires et mandataires

• Le **service prestataire** libère la personne âgée de nombreuses démarches. L'employeur est le service d'aide à domicile : il embauche les intervenants qui sont mis à disposition du bénéficiaire.
• Le **service mandataire** est réservé aux personnes prêtes à assumer les démarches. Le service d'aide à domicile est chargé de recruter un intervenant pour le compte du bénéficiaire ; l'employeur est le bénéficiaire.

4 L'agrément des services d'aide à domicile

• **L'agrément** est obligatoire pour les services mandataires de l'aide à domicile des personnes âgées et des personnes handicapées afin qu'ils puissent exercer certaines activités (actes quotidiens de la vie, aide à la mobilité et à l'accompagnement).
• Il permet ainsi à ces services de bénéficier d'une certaine **légitimité** à exercer cette mission.

5 Les aidants familiaux

Un aidant familial accompagne une personne âgée proche (conjoint, concubin, parent, enfant...) dans la **réalisation des actes de la vie quotidienne**. Cette aide est non professionnelle.

5.1. Des structures qui offrent un répit aux aidants familiaux

• **L'accueil de jour** propose des soins, des activités et des sorties aux personnes aidées, sur une journée. L'**hébergement temporaire** offre la possibilité aux personnes aidées d'être accueillies de plusieurs jours à plusieurs semaines. L'**accueil familial** permet l'accueil de l'aidé au sein de familles.
• L'**accompagnement de l'aidé** au domicile du proche s'effectue par l'intervention de professionnels d'un service d'aide à domicile, d'un service de garde de nuit.
• Des **séjours** ou **vacances répit** sont proposés par différents organismes à l'aidé et à l'aidant familial.

5.2. Des congés spéciaux pour raisons familiales

• Le **congé de soutien familial** permet d'interrompre son activité professionnelle pendant une durée de 3 mois renouvelable dans la limite d'un an pour l'ensemble de la carrière afin de s'occuper d'un proche présentant un handicap ou une perte d'autonomie (conjoint, concubin, partenaire pacsé, ascendant ou descendant, enfant à charge, collatéral jusqu'au quatrième degré...).
• Le **congé de solidarité familiale** permet à un salarié de s'absenter pour assister l'un de ses proches en fin de vie (ascendant ou descendant, frère ou sœur en phase avancée ou terminale d'une affection grave et incurable). Il n'est pas rémunéré mais le salarié peut bénéficier d'une allocation journalière d'accompagnement d'une personne en fin de vie (AJAP).

La méthodologie de l'intervention à domicile

Les services d'aide à domicile doivent inscrire leurs prestations dans un projet personnalisé à partir d'une évaluation globale des besoins de la personne. Une démarche doit être construite et menée avec méthode, en collaboration avec les professionnels concernés.

1 L'observation et l'analyse des informations

La recherche d'informations par le service d'aide à domicile est réalisée par le biais d'entretien(s) avec la personne et/ou sa famille et à partir d'une observation du domicile pour comprendre la situation de la personne, ses conditions d'existence, ses habitudes, ses difficultés, ses capacités et potentialités, ses ressources et celles de son environnement (domicile et entourage). > **Voir Fiche 5.**

2 L'identification des besoins et attentes, exprimés ou non

- La personnalisation du projet de vie cherche à apporter la réponse la plus adaptée possible à la situation de la personne : profitable pour la personne, pour son autonomie, pour garantir son bien-être, en phase avec ses attentes, réalisable.
- Le projet de vie met en avant les spécificités de la personne : ses attentes, ses souhaits, ses habitudes, ses capacités. Il évoluera en fonction des souhaits de la personne, de sa perte d'autonomie et des modifications dans son environnement.

3 L'établissement d'un bilan de situation

Des aides adaptées aux besoins, aux attentes et aux souhaits de la personne sont proposées : aide humaine (entourage), services et professionnels de l'aide médicale et de l'aide à domicile, aide technique, aménagement du logement, structures de répit...

4 La définition des priorités

Des prorités sont définies en fonction des besoins repérés auparavant, des ressources et de l'environnement de la personne.

5 La proposition de solutions

En tenant compte du plan d'aide élaboré par le conseil départemental : les prestations qui pourront être financées par l'APA sont proposées.

6 La planification des actions

Le/La responsable de secteur identifie les prestations à réaliser par les professionnels de l'aide à domicile à partir du projet de vie et du plan d'aide : type d'intervenants, nombre d'heures, fréquence hebdomadaire et horaires.

Les examens de l'enfant à la naissance

LU ☐
SU ☐
REVU ☐

À la naissance et durant les premiers jours de sa vie, l'enfant subit des examens médicaux qui permettent d'évaluer son état physique, physiologique et ses capacités à se développer. Les résultats sont retranscrits sur le carnet de santé.

1 L'examen médical à la naissance

1.1. L'examen clinique

• **Les mensurations :** le nouveau-né à terme mesure en moyenne 50 centimètres, pèse 3,3 kilogrammes. Son périmètre crânien est d'environ 35 centimètres.
• L'**examen physique** concerne l'aspect du cordon ombilical, des fontanelles (souples) ; l'absence d'anomalies visibles et d'obstruction de l'œsophage et de l'anus.

1.2. Le score d'Apgar

• **Le score d'Apgar** permet de vérifier l'adaptation du nouveau-né à la vie extra-utérine à partir de cinq paramètres. Il est réalisé à 1, à 5 et à 10 minutes de vie.
• Les cinq paramètres testés sont : la **fréquence cardiaque** (en moyenne de 130 battements par minute), la **respiration** (cri vigoureux), et les **mouvements respiratoires** (50 par minute), le **tonus musculaire** (mouvements actifs), la réaction à une **stimulation lumineuse et sonore** (pleurs), la **coloration de la peau** (rosée).
• **L'analyse du score :** une note est attribuée à chaque paramètre et, selon le résultat, des soins appropriés sont dispensés ; 10 est le score normal.

2 Le bilan de santé

Le **bilan de santé**, appelé aussi **examen néonatal**, est pratiqué par le pédiatre dans les jours suivant la naissance. Il est complet et obligatoire.

2.1. Les tests de dépistage

Le test de Guthrie consiste à analyser quelques gouttes de sang pour **dépister cinq maladies rares**, le plus souvent d'origine génétique. L'objectif est la **mise en œuvre rapide d'un traitement** ou d'une prise en charge appropriée.

2.2. L'examen clinique

L'**examen clinique** vérifie les rythmes cardiaque et respiratoire, l'intégrité des organes par l'observation (organes génitaux) et la palpation (foie, estomac, os intacts), ainsi que la coloration de la peau. Le contrôle de l'absence de luxation congénitale de la hanche est effectué en manipulant les hanches.

2.3. L'examen neurologique

• Les **réflexes archaïques**, signes d'un fonctionnement neurologique normal, sont vérifiés. Ce sont des mouvements automatiques à la naissance (réflexes de succion, de préhension : grasping...).
• Leur évaluation permet de contrôler le **tonus musculaire**, la **motricité** et la **qualité des réponses aux stimulations tactiles**. Ils disparaissent vers 2 mois.
• Des **dépistages** concernant l'audition (surdité) et la vision (poursuite oculaire) sont aussi réalisés.

Le développement physique et moteur de l'enfant

LU ☐
SU ☐
REVU ☐

Le développement global de l'enfant fait appel à sept dimensions : physique, motrice, sensorielle, langagière, cognitive, affective et sociale. Elles ont toutes la même importance et sont toutes liées les unes aux autres.

1 Le développement somatique

1.1. Les indicateurs de croissance

• Les **indicateurs de croissance** sont les mesures utilisées pour suivre le développement physique d'un enfant en les comparant à des grilles de référence.
• Les **mesures** sont celles du poids, de la taille, des segments corporels (du haut du crâne à la base du tronc et de la base du tronc au pied) et de l'indice de masse corporelle.
• **Quelques repères de croissance pondérale** (poids) : environ 3,3 kg à la naissance, 10 kg à 1 an, 13,2 kg à 2 ans.
• **Quelques repères de croissance staturale** (taille) : à la naissance : environ 50 cm ; à un an : 74 cm ; à 2 ans : 86 cm ; à 10 ans : 138 cm ; à 14 ans : 163 cm pour les garçons et 160 cm pour les filles.

1.2. L'indice de masse corporelle et l'évolution des segments corporels

• L'**IMC** se calcule en divisant le poids (en kilogrammes) par la taille (en mètre) au carré : IMC = Poids en kg/Taille en m^2. L'évolution de l'IMC est suivie par la courbe de corpulence.
• La **courbe de corpulence** est utilisée pour évaluer l'état nutritionnel et l'évolution de la masse grasse. Elle sert à identifier les enfants obèses ou risquant de le devenir.

2 Le développement moteur

2.1. Les stades d'acquisition de la motricité globale

• À 3 mois, l'enfant tient sa tête ; à 6 mois, il tient assis le dos appuyé ; à 9 mois, il tient debout en appui ; vers 15 mois, la marche est acquise, l'enfant est instable ; vers 18 mois, il devient stable.

2.2. Les stades d'acquisition de la motricité fine

À la naissance, la **préhension** est un réflexe (grasping) ; à 5 mois, débute la préhension palmaire volontaire ; à 7 mois, la préhension en pince entre le pouce et l'auriculaire apparaît ; à 9-10 mois, la préhension entre le pouce et l'index est acquise ; à 1 an, la préhension fine et précise « type adulte » est maîtrisée.

2.3. Les stades d'acquisition de la propreté

• L'**acquisition de la propreté est naturelle**, elle dépend de la maturation du système nerveux et de facteurs psychologiques (entrée à l'école, carence affective…).
• L'**énurésie** est une miction (action d'uriner) involontaire et inconsciente survenant le plus souvent la nuit chez un enfant de plus de 5 ans.
• L'**encoprésie** est l'émission involontaire et répétée de matières fécales en général, la journée chez un enfant en bonne santé de plus de 4 ans.
• Lors de l'acquisition du contrôle de la miction, les parents doivent être patients car l'acquisition n'est possible que lorsque l'enfant est capable physiquement et psychologiquement.

Le développement sensoriel et langagier de l'enfant

LU ☐
SU ☐
REVU ☐

Le développement sensoriel concerne la maturation des organes des sens (la vue, l'ouïe, le toucher, l'odorat, le goût). Avant de maîtriser la parole et le graphisme, l'enfant utilise d'autres moyens pour communiquer avec son environnement.

1 Le développement sensoriel

1.1. Les capacités sensorielles du nouveau-né

• Le **champ visuel** du nouveau-né est étroit, la vision est floue sans accommodation.
• **Le nouveau-né entend.** Ses réponses aux sons sont surtout réflexes.
• La sensibilité de la peau du nouveau-né est très développée, principalement sur les zones riches en récepteurs sensitifs (paumes des mains, bouche, visage...).
• **L'odorat est actif**, il joue un rôle important dans la reconnaissance des personnes.
• **Le goût est aussi actif :** les **saveurs salées**, acides et amères entraînent une réaction de rejet. La **saveur sucrée** entraîne une réaction positive de succion.

1.2. L'évolution des capacités sensorielles

• Le **développement sensoriel** dépend aussi de la maturation du cerveau, où les sensations sont reçues, décodées et interprétées.
• **La vue :** à 3 mois, l'**accommodation** est la même que celle d'un adulte. À 4 mois, l'enfant voit les couleurs. Entre 6 et 8 mois, la vision en relief s'installe.
• **L'ouïe :** à 3-4 mois, l'enfant tourne la tête vers la source du bruit. À 6 mois, il prend conscience de sa voix et babille. À 9 mois, il imite les sons, il reconnaît son prénom.
• **Le toucher :** l'enfant explore son environnement en touchant les objets, les visages.
• **L'odorat :** la reconnaissance des odeurs qui ont provoqué un attachement chez le nouveau-né subsiste dans la petite enfance.
• **Le goût :** à 6 mois, l'éducation au goût débute avec la diversification alimentaire. Vers 3 ans, l'enfant reconnaît les saveurs et montre des préférences.

2 L'évolution du langage oral, écrit et du graphisme

• **À la naissance**, le nouveau-né crie et pleure pour communiquer. Vers deux mois, l'enfant émet des sons riches en voyelles (« ar-eu »). Vers 10-12 mois, il prononce ses premiers mots. Vers 3 ans, il fait des phrases courtes.
• Le **dessin** constitue le premier mode d'expression écrite de l'enfant. Vers 2 ans, il trace des traits ; vers 3 ans : un rond ; vers 4 ans : un carré et imite l'écriture ; à 6 ans : il apprend à écrire.
• **Parmi les troubles du langage**, le bégaiement et la dyslexie sont les plus répandus.
– **Le bégaiement :** l'enfant répète en saccade une syllabe ou un phonème (lettre). Ce trouble est normal entre 2 à 3 ans.
– La **dyslexie** est un trouble du langage écrit. L'enfant peut confondre les formes graphiques proches (le « p » et le « d »...) ou la phonétique des sons (« vrai » et « frais »).
– La **dysphasie** est un trouble de l'apprentissage et du développement de la parole.
• La **prise en charge précoce des troubles du langage** s'effectue dès 4 ans par un orthophoniste.

Les développements cognitif, affectif et social

LU ☐
SU ☐
REVU ☐

Le développement cognitif est le développement de l'intelligence (facultés de compréhension, d'adaptation et de raisonnement). Le développement affectif est de l'ordre des émotions et le développement social est d'ordre relationnel.

1 Le développement cognitif

1.1. Les différents stades du développement cognitif

Le développement cognitif s'effectue conjointement à la maturation nerveuse.

• **La période sensori-motrice (0 à 18 mois)** est axée sur la perception. Vers 12 mois, l'enfant perçoit les liens de causalité entre ses gestes et leurs résultats.

• **La période préopératoire (18 mois à 6-7 ans)** est le début de la **pensée abstraite**. C'est la période du langage et du dessin.

• **Le stade des opérations concrètes (7 à 11-12 ans) :** la pensée reste **intuitive** puis devient **logique**. L'enfant acquiert la notion d'espace, de temps, de vitesse. Il exerce sa mémoire. Il fait la différence entre le réel et l'imaginaire. Il a sa propre pensée.

• **Le stade des opérations formelles (vers 12 ans) :** la pensée autour de concepts (l'amour, la mort, l'art, la religion) se structure. L'enfant est capable d'argumenter.

1.2. L'acquisition du schéma corporel

• Le **schéma corporel** est la représentation mentale que chacun se fait de son corps dans l'espace.

• **À la naissance**, le corps et le monde extérieur sont peu différenciés. Cependant, la bouche est à l'origine d'expériences. Le réflexe de succion s'affine.

• **À 3 mois**, l'enfant découvre sa figure, ses membres par tâtonnement.

• **À 12 mois**, il se reconnaît dans un miroir, la marche l'aide ensuite à prendre conscience de son image corporelle.

• **Entre 2 et 4 ans**, il découvre la différence anatomique des sexes.

1.3. L'acquisition de la notion d'espace et de temps

• L'enfant acquiert la notion d'espace avant celle du temps. La notion d'espace progresse avec ses progrès posturaux (tenir sa tête, position assise, marche).

• **Dans les deux premières années**, la notion de temps reste floue. Son acquisition s'effectue à travers des **repères physiologiques** (sommeil, repas...) puis des **habitudes** (« le matin, tu te lèves », « le midi, tu déjeunes à la crèche »...).

2 Les développements affectif et social

• Le **développement affectif** concerne les émotions ressenties par l'enfant dès sa naissance. Les émotions sont des réactions physiologiques (cri, hypertonicité, sourire, rire...).

• Le **développement social** s'effectue surtout dans la petite enfance, c'est le temps des apprentissages essentiels qui se font par l'éducation, l'imitation des comportements...

• Les **acteurs de la socialisation de l'enfant** sont les parents, la fratrie, les amis, les enseignants, les référents dans les activités extrascolaires.

• L'**attachement** est le **lien affectif profond** qui s'établit entre un bébé et la personne qui en prend généralement soin (par exemple, l'attachement entre les parents et leur enfant).

Les vieillissements cognitif et psychologique

LU ☐
SU ☐
REVU ☐

Le vieillissement est le processus physiologique et psychologique normal que subit tout organisme vivant au cours de la dernière période de vie.

1 Le processus de vieillissement

• La **sénescence** est le ralentissement des fonctions vitales dû à la vieillesse.
• La **sénilité** est la détérioration pathologique des facultés physiques et psychiques chez une personne âgée.
• Le **vieillissement différentiel** désigne à la fois le fait que les individus ne vieillissent pas au même rythme et que chez une même personne, les différents organes ne vieillissent pas à la même vitesse.
• Le **vieillissement cognitif** est, dans un premier temps, la réduction de la vitesse de traitement de l'information : la personne âgée met de plus en plus de temps pour accomplir une tâche, pour raisonner. Puis, dans un deuxième temps, ce vieillissement est une diminution de la mémoire.
• Le **vieillissement psychologique** est la conséquence du vieillissement cognitif : diminution de l'adaptabilité, désinvestissement affectif, repli sur soi.

2 Les différents âges de la vieillesse

• Le **3e âge** (60-74 ans) : les personnes âgées sont généralement actives, autonomes et indépendantes.
• Le **4e âge** (75-89 ans) : les personnes âgées sont généralement non dépendantes, mais un peu moins autonomes.
• Le **5e âge** (plus de 90 ans) : les personnes sont dépendantes.

3 Les réactions de la personne âgée

• **La vieillesse est vécue différemment d'une personne à l'autre** ; elle dépend de l'état de santé, des conditions de vie, des ressources financières, des relations sociales.
• Les **personnes âgées autonomes** participent à la vie sociale (elles consomment des biens, des loisirs, voyagent, s'investissent dans des associations, s'occupent de leurs petits-enfants…).
• Les **personnes âgées dépendantes** se sentent inutiles et souffrent de leur perte d'autonomie.

La perte d'autonomie et la dépendance

LU ☐
SU ☐
REVU ☐

L'autonomie est à la fois la capacité de la personne à effectuer seule les actes de la vie quotidienne et la capacité de choisir elle-même les règles de sa conduite, l'orientation de ses actes et les risques qu'elle est prête à courir.

1 La perte d'autonomie

1.1. La dépendance

La dépendance est la nécessité de faire appel à une aide extérieure, qu'elle soit humaine ou technique pour les actes de la vie quotidienne.

1.2. Les signes évocateurs de la perte d'autonomie

- **Certains troubles physiques :** l'incontinence, les troubles de l'équilibre,...
- **Certains troubles psychiques :** les pertes de mémoire, la perte d'intérêt pour tout ce qui l'entoure,...
- **Certains comportements :** la perte d'appétit, une tendance à l'isolement,....

1.3. L'évaluation de la perte d'autonomie

- **L'évaluation de la perte d'autonomie** a pour objectifs la mise en place du projet de vie, l'obtention de l'allocation personnalisée d'autonomie (APA) et le suivi de l'évolution de l'autonomie de la personne âgée.
- **Le degré de dépendance** est évalué à l'aide de grilles. Les grilles sont basées sur la mesure des activités de la vie quotidienne (AVQ) telles que se laver, s'alimenter, se déplacer, soit sur la mesures d'activités instrumentale de la vie quotidienne (AIVQ) telles que faire des courses, cuisiner, gérer son argent, ...
- **La grille AGGIR** est utilisée pour l'attribution de l'Allocation personnalisée d'autonomie (APA). Le **GIR 1** correspond aux personnes âgées confinées au lit, dont les fonctions mentales sont gravement altérées et qui nécessitent une présence indispensable et continue d'intervenants. À l'inverse, le **GIR 6** se compose des personnes autonomes pour tous les actes discriminants de la vie courante. Elles peuvent avoir besoin d'une aide ponctuelle pour les activités domestiques.

1.4. Les facteurs générateurs d'une perte d'autonomie

- **Les facteurs physiques :** l'âge, les maladies, les chutes,...
- **Les facteurs psychiques :** le vieillissement cognitif (réduction de la vitesse de traitement de l'information), la démence sénile, la dépression, les chocs affectifs,...
- **Les facteurs liés à l'environnement :** un environnement pauvre en stimulations, un logement inadapté, la perte du conjoint, l'hospitalisation,...
- **Les facteurs liés aux habitudes de vie :** le tabagisme, l'alcoolisme,...

La politique sociale et médico-sociale pour les personnes âgées

LU ☐
SU ☐
REVU ☐

La politique en faveur des personnes âgées a pour missions de favoriser le maintien à domicile, d'offrir un nombre suffisant de places d'accueil dans des structures adaptées, de faciliter la vie quotidienne des personnes âgées.

1 Les acteurs des politiques pour les personnes âgées

• **Le ministère des solidarités et de la Santé** définit la politique en faveur des personnes âgées au niveau national.
• **Les agences régionales de la santé (ARS)** mettent en œuvre la politique sociale et médico-sociale en faveur des personnes âgées en collaboration avec la **caisse d'assurance retraite et de la santé au travail (CARSAT)** au niveau régional.
• **Le conseil départemental** définit et met en place la politique nationale en faveur des personnes âgées au niveau local.
• **Le Centre communal d'action sociale (CCAS)** et le **centre local d'information et de coordination (CLIC)** informent, orientent les personnes âgées et instruisent les dossiers de demande d'allocations.

2 Les allocations et les aides dédiées aux personnes âgées

2.1. Les conditions d'attribution

Les conditions d'attribution des allocations et des aides sont :
– de résider en France de façon stable et régulière ;
– l'âge ;
– les conditions de ressources.

2.2. Les allocations pour les personnes âgées

• **L'allocation personnalisée d'autonomie (APA)** a pour objectif de faciliter les actes de la vie quotidienne des personnes âgées. Pour bénéficier de l'APA la personne âgée doit avoir 60 ans ou plus, résider de façon stable et régulière en France, être dépendante.
• **L'allocation de solidarité aux personnes âgées (ASPA)** a pour objectif de garantir un minimum de ressources pour les personnes âgées les plus modestes.

2.3. Les aides pour les personnes âgées

• **La pension de réversion** pour les personnes âgées de plus de 55 ans et l'allocation veuvage pour les personnes âgées de plus de 60 ans ont pour objectif d'aider financièrement les personnes lors de la perte de leur conjoint.
• **L'aide à l'amélioration de l'habitat pour les personnes âgées** a pour objectif de financer une partie des travaux d'adaptation du logement des personnes âgées qui souhaitent rester dans leur domicile.

Les différents types de handicap

LU ☐
SU ☐
REVU ☐

Le handicap est une difficulté pour une personne de participer à la vie sociale parce que son autonomie, son aptitude à fréquenter l'école ou à occuper un emploi sont compromises suite à une altération de sa santé.

1 Les principaux types de handicap

- Un **handicap physique** est caractérisé par une altération de la motricité, en particulier des membres supérieurs et inférieurs (la paraplégie...).
- Un **handicap mental** est caractérisé par une altération des facultés intellectuelles (la trisomie 21, la déficience intellectuelle, l'autisme...).
- Un **handicap acquis** s'installe après la naissance suite à un accident, une maladie (un accident de la route peut être à l'origine d'une tétraplégie).
- Un **handicap congénital** est présent à la naissance ; il est lié soit à l'hérédité (la trisomie 21), soit à un événement durant la vie utérine (la toxoplasmose).

Situation n° 1 : Christian Guyot, déficient auditif sévère depuis la naissance, n'entend pas les sons aigus, mais perçoit les basses fréquences. Il est musicien et professeur de musique.
Situation n° 2 : Michel Petrucciani, victime d'une ostéogenèse imparfaite sévère, a mené une carrière internationale d'auteur-compositeur de jazz.
Situation n° 3 : Les acteurs de l'Oiseau-mouche, vingt-trois comédiens professionnels, tous handicapés mentaux, répètent La Mère de Bertolt Brecht.
Situation n° 4 : Rachida, tétraplégique à la suite d'un plongeon, est juriste.

Doc. 4 – La diversité des situations de handicap

2 Les conséquences du handicap et les moyens de prévention

2.1. Les conséquences du handicap

La personne en situation de handicap rencontre des difficultés dans différents domaines : l'insertion professionnelle, la scolarité, les loisirs, les déplacements au sein de la ville, la vie quotidienne, les relations sociales avec les amis.

2.2. Les moyens de prévention du handicap

- **La prévention lors de la grossesse :** le conseil génétique, les conseils d'hygiène de vie et diététiques, la surveillance médicale, le congé de maternité...
- **La prévention routière :** l'apprentissage du Code de la route, la législation relative à l'alcoolémie, le port du casque, de la ceinture de sécurité...
- **La prévention des accidents du travail et des maladies professionnelles.**
- **La prévention des accidents domestiques :** les campagnes d'information, la législation relative aux jouets, aux produits d'entretien...
- **Les mesures de santé publique :** la vaccination, la rééducation...

3 L'attitude face au handicap

- Les **facteurs favorisant l'inclusion de la personne handicapée** sont l'accessibilité des lieux, les aides techniques, les aides humaines, les prestations sociales, les attitudes des autres personnes.
- Les **réactions de la famille et de l'environnement face au handicap** sont soit la tolérance de la différence (empathie, pitié, surprotection...), soit le refus de la réalité (colère, injustice, peur, gêne...).

Le handicap et la scolarisation

LU ☐
SU ☐
REVU ☐

L'orientation vers un établissement ou un service en faveur des enfants handicapés (de 3 à 20 ans) doit être autorisée par la commission des droits et de l'autonomie des personnes handicapées (CDAPH).

1 Les dispositifs de scolarisation pour les enfants handicapés

1.1. Les principes de la scolarisation en milieu ordinaire

• Depuis la loi du 11 février 2005, tout **enfant** ou **adolescent** a le droit d'être scolarisé dans l'école la plus proche de son domicile.
• Les **parents** sont associés aux décisions relatives à l'orientation de leur enfant et à la définition de son **projet personnalisé de scolarisation** (PPS).
• L'**inclusion scolaire** correspond au parcours scolaire d'un élève handicapé qui se déroule au sein d'un établissement scolaire et d'une classe ordinaire.
• La **scolarisation en milieu ordinaire** a pour objectifs de permettre la consolidation de l'autonomie de l'élève, de développer les apprentissages scolaires, sociaux, l'acceptation des règles de vie de l'école et l'amélioration des capacités de communication, et de concrétiser, à terme, un projet d'insertion professionnelle.

1.2. La scolarisation individuelle dans une classe ordinaire

Pour faciliter la scolarisation individuelle dans une classe ordinaire, l'enfant peut bénéficier d'un **accompagnant des élèves en situation de handicap** (AESH) qui prend en charge un ou plusieurs enfants sur le temps scolaire. Il facilite la vie quotidienne de l'élève handicapé participe aux réunions de suivi de la scolarisation pour donner son avis sur les adaptations à mener, mais celui-ci n'est que consultatif.

1.3. Les dispositifs collectifs dans les établissements scolaires

• Ces dispositifs permettent la scolarisation d'enfants handicapés dans des classes ordinaires. Ils reçoivent ainsi un enseignement adapté par un enseignant spécialisé et bénéficient aussi de temps d'inclusion en classe ordinaire.
• Ce sont les unités localisées pour l'inclusion scolaire (ULIS) dans les écoles élémentaires, les collèges et les lycées.

1.4. Les unités d'enseignement en établissement médico-social et en établissement de santé

La scolarisation en établissement médico-social (IME, institut d'éducation sensorielle...) ou en établissement de santé offre à l'enfant une prise en charge à la fois scolaire, éducative et thérapeutique adaptée à ses besoins.

2 Le projet personnalisé de scolarisation (PPS)

Le projet personnalisé de scolarisation (PPS) est réalisé pour faciliter l'intégration scolaire de tout enfant handicapé. Il fait partie du plan personnalisé de compensation élaboré par la MDPH. Il précise le type d'orientation scolaire, les aides spécifiques, nécessaires pour le bon déroulement de la scolarité : lematériel adapté et son financement, l'accompagnant des élèves en situation de handicap, les aménagements particuliers pour les examens, la prise en charge par un service d'éducation spécialisée et de soins à domicile (SESSAD)...

La législation en faveur des personnes en situation de handicap

LU ☐
SU ☐
REVU ☐

La loi du 11 février 2005 pour l'égalité des droits et des chances, la participation et la citoyenneté des personnes handicapées a pour objectif de faciliter la participation des personnes handicapées à la vie sociale.

1 La loi du 11 février 2005

• La **loi du 11 février 2005** renforce l'accessibilité aux espaces publics, aux transports collectifs, au logement neuf, à la scolarisation en milieu ordinaire pour tout enfant handicapé, à l'emploi.
• La loi place la personne handicapée au centre des dispositifs : création des **maisons départementales des personnes handicapées** (MDPH), possibilité pour toute personne handicapée de participer à l'élaboration de son projet de vie.

2 Les différentes instances et prestations sociales

2.1. Les instances dédiées au handicap

• La **Maison départementale des personnes handicapées (MDPH)** est un guichet unique qui accueille, informe et conseille les personnes handicapées et leur famille.
• Le **plan personnalisé de compensation (PPC)** contient des propositions concernant les aides techniques et humaines, les prestations sociales, l'orientation scolaire, professionnelle ou médico-sociale.
• La MDPH élabore le PPC ; elle s'appuie sur deux instances : la **Commission des droits et de l'autonomie des personnes handicapées (CDAPH) et l'équipe pluridisciplinaire d'évaluation.**

2.2. Les prestations sociales

• L'**allocation d'éducation de l'enfant handicapé (AAEH)** est destinée à aider les parents à assumer la charge d'un enfant handicapé.
• L'**allocation aux adultes handicapés (AAH)** garantit des ressources suffisantes à la personne handicapée de 20 à 60 ans.
• La **prestation de compensation du handicap (PCH)** finance les besoins liés à la perte d'autonomie.

3 Les facteurs favorisant la participation à la vie sociale

3.1. La législation relative à l'emploi

Les entreprises de plus de 20 salariés ont l'obligation d'employer 6 % de personnes handicapées ; sinon, elles doivent verser une amende à l'Association nationale pour la gestion du fonds pour l'insertion professionnelle des personnes handicapées (Agefiph).

3.2. Des dispositifs pour l'accès aux loisirs et aux vacances

• « HandiGuide des sports » : un annuaire interactif des structures sportives qui peuvent accueillir des personnes handicapées.
• La carte mobilité inclusion qui permet de bénéficier d'une priorité d'accès dans les files d'attente des lieux de spectacle et de culture.
• Les vacances adaptées organisées (VAO) avec hébergement.

Les services spécifiques aux personnes en situation de handicap

LU ☐
SU ☐
REVU ☐

Plusieurs services permettent un accompagnement en milieu ordinaire de vie. Ils diffèrent les uns des autres selon l'âge des bénéficiaires et leurs missions.

1 Les services spécifiques aux personnes en situation de handicap

	Services d'éducation spécialisée et de soins à domicile (SESSAD)	Services d'accompagnement à la vie sociale (SAVS)	Services d'accompagnement médico-social pour adultes handicapés (SAMSAH)
Missions	– Maintenir les enfants handicapés de 0 à 20 ans dans leur milieu de vie ordinaire (domicile, crèche, école). – Favoriser l'intégration scolaire et l'acquisition de l'autonomie.	Aider les personnes handicapées les plus autonomes, âgées de 20 à 60 ans, à acquérir une plus grande autonomie dans le logement, le travail, la santé, la vie sociale et familiale.	Permettre aux personnes handicapées de vivre en milieu ordinaire.
Fonctionnement	Orientation par la Commission des droits et de l'autonomie des personnes handicapées (CDAPH) de la maison départementale des personnes handicapées (MDPH).		
Prestations proposées	Séances d'ergothérapie, d'orthophonie, de psychomotricité. Suivi psychologique et éducatif.	Entretiens au domicile ou dans les locaux du service par des éducateurs spécialisés, des assistants de service social.	– Aide pour les actes de la vie quotidienne (entretien des locaux, du linge, préparation des repas, courses, aide à la toilette). – Activités sociales.
Tarification	– Tarif fixé par le préfet et l'Agence régionale de santé (ARS). – Financement par la Caisse primaire d'assurance maladie (CPAM).	– Prix de journée fixé par chaque département. – Financement par le conseil départemental.	– Pour la partie « soins », financement par l'assurance maladie. – Pour la partie « accompagnement », fixation du prix de journée et financement par le conseil départemental.

La maladie

LU ☐
SU ☐
REVU ☐

Les maladies sont classées par typologies (maladies aiguës ou chroniques), selon l'organe atteint ou selon leur cause. Elles peuvent être à l'origine de la douleur, qui est un ressenti personnel et dont la tolérance varie d'un individu à un autre.

1 Définitions

1.1. La maladie aiguë et la maladie chronique

• La **maladie aiguë** est définie comme un état anormal de l'organisme ou d'une de ses composantes. Elle se manifeste par des signes et des symptômes soudains.
• La **maladie chronique** est, selon l'OMS, « un problème de santé qui nécessite la prise en charge sur une période de plusieurs années ou de plusieurs décennies ».

1.2. Les troubles mentaux et du comportement

Selon l'OMS, ce sont « des affections cliniquement significatives qui se caractérisent par un changement du mode de pensée, de l'humeur ou du comportement associé à une détresse psychique et/ou une altération des fonctions mentales ».

1.3. Les maladies émergentes

Une maladie émergente est caractérisée par son **incidence** (nombre de nouveaux cas) réelle en augmentation dans une population donnée, située dans une **région donnée** et durant une **période donnée** par rapport à la situation épidémiologique habituelle de la maladie (par exemple, la Covid-19).

2 Les conséquences de la maladie

2.1. Des conséquences sanitaires

Il peut s'agir d'une déficience passagère ou durable, physique, mentale ou d'un handicap selon la gravité de la maladie.

2.2. Des conséquences sociales

La maladie peut modifier les relations avec l'entourage, elle peut être à l'origine de la perte d'un emploi, de la nécessité d'une reconversion professionnelle.

2.3. Des conséquences financières

La maladie peut avoir comme conséquence une baisse de revenu passagère ou définitive. La loi compense la perte de revenu sous certaines conditions, par une prestation sociale spécifique : la pension d'invalidité accordée en cas d'accident ou de maladie non professionnelle.

Lors de la prise en charge de la douleur, l'équipe soignante cherche à identifier les mécanismes de la douleur par des examens appropriés et le questionnement du patient. Elle évalue aussi l'intensité de la douleur en utilisant une des échelles d'évaluation.
Les échelles d'évaluation sont des instruments qui permettent de quantifier la douleur. Le plus souvent, le patient indique le degré de la douleur ressentie. Lorsque le patient ne peut exprimer sa douleur (nourrisson, personne atteinte de la maladie d'Alzheimer...), des grilles d'observation du comportement sont utilisées.
Le traitement de la douleur tient compte de son mécanisme, de sa localisation, des pathologies et de leurs traitements, des données psychologiques du patient et des prescriptions en cours. Il peut s'agir de traitements médicamenteux, de thérapeutiques autres : kinésithérapie, traitement chirurgical...

Doc. 5 – L'évaluation de la douleur et son traitement

La protection des personnes majeures vulnérables

LU ☐
SU ☐
REVU ☐

Un majeur vulnérable est une personne adulte avec une fragilité psychique ou physique qui ne peut pas faire face aux agressions extérieures.

1 Les principes généraux de la protection

• Un régime de protection juridique peut être demandé par la personne elle-même, son conjoint ou un parent proche au juge des contentieux de la protection du tribunal d'instance du domicile du majeur.
• Le juge des contentieux de la protection décide de la mesure de protection à mettre en place ; autorise certains actes des personnes protégées (par exemple, le vote et le mariage d'un majeur sous tutelle), surveille la façon dont les tuteurs et les curateurs gèrent les biens, et les sanctionnent financièrement s'il a lieu.

2 Les mesures de protection des majeurs vulnérables

2.1. La sauvegarde de justice

Elle protège la personne en attendant la prise de décision du juge des contentieux de la protection. Les actes passés pendant cette période peuvent être annulés par la justice.

2.2. La curatelle

Elle est décidée lorsque le majeur a besoin d'être conseillé ou contrôlé. Le majeur administre seul certains actes (achats courants, choix du lieu de résidence, utilisation de ses revenus...) ou est assisté de son curateur pour d'autres actes (divorce, achat et vente d'un bien immobilier...).

2.3. La tutelle

Elle est prononcée si le majeur a besoin d'être représenté de manière continue dans les actes de la vie civile par le tuteur ou le juge des contentieux de la protection tels qu'utiliser des revenus, se marier, acheter un bien immobilier.

2.4. Le mandat de protection future

Il permet aux responsables légaux d'un enfant de rédiger un contrat dans lequel il désigne la personne qui sera le tuteur ou le curateur de leur enfant le jour où ils ne pourront plus prendre soin de lui. Il permet également à toute personne de faire ce choix pour elle-même lorsque sa propre santé ne lui permettra plus de le faire.

2.5. L'habilitation familiale

Cette mesure permet à un proche – parent, enfant, grand-parent, frère, sœur, époux ou épouse, concubin(e), partenaire de PACS – de représenter ou d'assister une personne qui n'est pas en mesure d'exprimer sa volonté au quotidien, de faire ou de comprendre des actes de la vie courante.

La bientraitance et la maltraitance

LU ☐
SU ☐
REVU ☐

La promotion de la bientraitance et la prévention de la maltraitance participent à la qualité de l'accompagnement des personnes âgées, malades et handicapées.

1 Le concept de bientraitance

• La **bientraitance** est l'ensemble des pratiques qui favorisent **l'épanouissement** de **la personne**, en répondant à ses besoins psychologiques et physiologiques afin de promouvoir le respect des droits et des libertés de l'usager, la prise en compte de ses besoins.
• La bienveillance est l'attitude qui consiste à prendre en charge la personne vulnérable de façon respectueuse et dans le souci de lui faire du bien.
• Pour répondre aux besoins fondamentaux de l'usager de la manière la plus individualisée et personnalisée possible, il est nécessaire de :
• **respecter la personne**, son histoire, sa dignité et sa spécificité ;
• **valoriser l'expression** de la personne ou de son représentant légal ;
• **favoriser la communication** entre la personne et les professionnels ;
• **mener une réflexion collective professionnelle** sur leurs pratiques afin de les faire évoluer et de les améliorer.

2 La promotion de la bientraitance

• Ce guide décrit les comportements à adopter pour garantir la bientraitance lors de la prise en charge des usagers.
• Il est élaboré au niveau de chaque établissement et prend ainsi en compte les spécificités des structures et du public accueilli.
• Un travail interdisciplinaire, des jeux de rôle peuvent être menés afin que le personnel puisse partager ses expériences professionnelles.
• Les outils de communication visuelle (affiches, dépliants...) et les formations permettent de faire évoluer les pratiques professionnelles pour les adapter aux besoins des usagers.

3 La prévention de la maltraitance

• La **maltraitance** désigne **les mauvais traitements** subis par une personne, qui auront des conséquences graves sur sa santé et son bien-être. Les différents types de maltraitance sont les violences physiques, les violences psychiques ou morales, les violences matérielles et financières, les négligences actives (privation de nourriture), les négligences passives (absence de soins par ignorance), la violation des droits civiques.
• On distingue les **facteurs institutionnels** (manque de personnel) des **facteurs liés au personnel et l'entourage** (épuisement dû à la surcharge de travail). Dès qu'un professionnel soupçonne qu'une personne est maltraitée, il est tenu d'informer son supérieur hiérarchique qui vérifie les faits et transmet l'information au procureur de la République.
Les risques encourus sont l'emprisonnement, une amende, une interdiction d'exercer ou une sanction disciplinaire.

La notion de « projet » et les différents types de projets

LU ☐
SU ☐
REVU ☐

Le projet permet de mettre en place des actions adaptées aux besoins de la personne, à ses capacités, à son évolution tout en respectant ses attentes.

1 Les différents types de projet

- Le **projet individualisé de soins** pour les services de soins infirmiers à domicile.
- Le **projet d'accompagnement** pour les services d'aide à domicile.
- Le **projet de vie personnalisé** pour les personnes âgées bénéficiaires de l'APA et/ou hébergées en établissement.
- Le **projet personnalisé d'accompagnement** pour les enfants et les adolescents accueillis dans un établissement pour déficients intellectuels.
- Le **projet personnalisé de scolarisation** pour les enfants handicapés scolarisés.

2 La construction du projet

2.1. La place de la personne et de son entourage

La **loi du 2 janvier 2002 rénovant l'action sociale et médico-sociale** renforce les droits de la personne : droit à un **accompagnement adapté**, de **participer** à la conception et à la mise en œuvre du projet qui la concerne, au **libre choix entre les prestations** et au **consentement éclairé** pour toutes les décisions prises.

2.2. Les différentes étapes d'élaboration d'un projet

- Le recueil des données concernant la personne.
- La synthèse des données recueillies.
- La proposition de mesures d'accompagnement ou de prise en charge.
- L'élaboration et la conduite du projet.
- La réalisation des actions.
- Le suivi du projet et les ajustements nécessaires.

Vidéo
Le suivi du projet personnalisé
liennathan.fr/3yh3c9

2.3. Les différents acteurs impliqués dans la construction du projet

- Le **chef de projet** suit et coordonne le projet.
- L'**équipe de projet** élabore le projet.
- Le **référent du projet** est l'interlocuteur privilégié de l'usager et de sa famille.
- Les **professionnels de la structure** réalisent les actions.
- Le **bénéficiaire et son entourage** participent à l'analyse de la situation.

2.4. Les freins à la mise en place d'un projet

Il existe différents types de freins pour la mise en place du projet : financiers, humains, liés à la communication, liés à l'organisation du projet, liés au temps...

La relation personne aidante/ personne aidée

LU ☐
SU ☐
REVU ☐

La relation d'aide est une relation entre deux personnes dont l'une accompagne l'autre. Elle vise à aider la personne à (re)trouver ou maintenir une certaine autonomie. L'aide est une réponse à un besoin ou à une demande. Elle s'inscrit dans une durée et nécessite l'engagement de la part de la personne aidante et de la personne aidée.

1 Les différents acteurs

• La **personne aidante** répond à une demande exigeant des aptitudes et des compétences. Il s'agit de la famille – conjoint, enfant(s), proche(s)… –, des professionnels du secteur de l'aide à domicile et d'autres intervenants.
• La **personne aidée** est en perte d'autonomie physique ou/et psychique et a besoin de l'aide fournie par l'entourage proche et par des professionnels.

2 La notion d'accompagnement

L'**accompagnement** est une démarche dynamique qui engage différents partenaires dans un projet adapté aux attentes et aux besoins de la personne ainsi que de ses proches (par exemple, un accompagnement en fin de vie).

3 Les relations entre les différents professionnels

• La **relation fonctionnelle** est liée aux activités professionnelles exercées qui permettent la transmission des informations, le travail en équipe. Sur un organigramme, elle est symbolisée par des pointillés.
• Le **lien hiérarchique** est une relation d'autorité qui permet la transmission des ordres. Il est symbolisé par un trait plein sur un organigramme (par exemple, une assistante responsable de secteur est sous l'autorité d'un responsable de secteur).

4 Les réactions de la personne aidée

• La **coopération** est l'attitude la plus adaptée pour la personne aidante et la personne aidée. Un climat de confiance est ainsi instauré.
• L'**acceptation** se manifeste par des activités réalisées ensemble (le repas…).
• L'**agressivité de la personne aidée** se manifeste lorsque ses attentes ne sont pas satisfaites. Elle peut alors être à l'origine de relations conflictuelles.
• Le **rejet de la personne aidée** a lieu si l'aide proposée a été imposée par l'entourage, si ses habitudes sont bousculées (rotation des intervenants…).

Les allergies et l'intolérance au gluten

LU ☐
SU ☐
REVU ☐

Les allergies et les intolérances alimentaires donnent des signes digestifs proches mais leurs causes sont bien différentes. Dans les deux cas, elles nécessitent de respecter des mesures afin de prévenir tout problème grave de santé.

1 Les allergies alimentaires

1.1. Le principe de l'allergie alimentaire

L'allergie alimentaire se définit comme une réaction anormale et exagérée du système immunitaire suite à l'ingestion d'un aliment par un individu génétiquement prédisposé. Elle se traduit par des troubles digestifs, cutanés, respiratoires ou plus graves.

1.2. Les principaux allergènes alimentaires

• Les **principaux allergènes alimentaires** sont les céréales contenant du gluten, les crustacés, les poissons, les mollusques, les œufs, les arachides, le soja, le lait, les fruits à coque, le céleri, la moutarde, les graines de sésame, les sulfites et le lupin.
• Tout produit contenant des allergènes fait l'objet d'un étiquetage obligatoire.

1.3. Les mesures à respecter

Les mesures à respecter en cas d'allergie alimentaire : suivre un régime strict avec exclusion du ou des allergènes de l'alimentation (régime d'éviction), lire les étiquettes des aliments, se laver les mains avant et après avoir manipulé des aliments, informer son entourage, respecter le régime alimentaire défini dans le projet d'accueil individualisé (PAI) de l'enfant en crèche, à l'école.

2 L'intolérance au gluten

2.1. Le principe d'une intolérance alimentaire

L'intolérance alimentaire est due à un **déficit enzymatique** de l'individu. L'organisme peut, après l'ingestion d'un aliment, avoir du mal à digérer un constituant dont l'enzyme est déficitaire. Des troubles digestifs apparaissent alors.

2.2. L'intolérance au gluten

• L'**intolérance au gluten** est causée par une protéine végétale (la gliadine, partie toxique du gluten) contenue dans certaines céréales (blé, orge, seigle, avoine) ou leurs dérivés (farine, pain, biscuits).
• La **maladie cœliaque** est une intolérance diététique permanente au gluten qui occasionne une destruction des villosités de l'intestin grêle. Les nutriments tels que le fer et le calcium sont mal absorbés.

2.3. Les mesures à respecter

Les mesures à respecter en cas d'intolérance au gluten : suivre un régime sans gluten strict, lire les étiquettes des aliments en vérifiant l'absence de blé, d'orge, de seigle et d'avoine et leurs dérivés, éviter les contaminations croisées, c'est-à-dire l'entrée en contact d'un aliment sans gluten avec un aliment en comportant, se laver les mains avant de préparer un repas sans gluten, respecter le régime alimentaire défini dans le PAI de l'enfant, nettoyer soigneusement la vaisselle.

Savoir 29

LU ☐
SU ☐
REVU ☐

Le recueil de données et l'analyse des besoins

Recueillir et analyser les besoins, souhaits et attentes d'une personne constitue la première étape dans la construction du projet individualisé. La réalisation de ce recueil de données fait appel à des compétences variées pour en affiner le contenu.

1 Le recueil de données

1.1 Les données

Le **recueil de données** est la recherche et la récolte d'informations concernant la personne, son entourage et son environnement. Il contient la **présentation bio-psycho-sociale** de la personne, ses **ressources** et sources de difficulté, ses **habitudes de vie** ainsi que ses antécédents et problèmes médicaux. Son analyse permet ainsi de dégager les besoins satisfaits et perturbés de la personne ainsi que ses attentes. Ce processus se fait en continu, de façon pertinente, fiable, professionnelle et actualisée. Il est le point de départ de la **personnalisation de l'accompagnement d'une personne**.

2.2 Les sources d'informations

Il est d'abord important d'adopter une **communication de qualité**, adaptée à la personne et à sa situation, et d'être conscient des différents paramètres et facteurs pouvant influer sur la bonne réception du message. Cette communication de qualité associée à d'autres éléments, comme **l'observation**, **l'entretien avec la personne**, sa **famille et son entourage** permettent de récolter les informations nécessaires au recueil de données. Ces informations, mises en lien avec les connaissances théoriques acquises, permettent d'identifier les besoins de la personne.

2 L'analyse des besoins

Un besoin est **une sensation de manque, de privation**. Sa satisfaction amène à la sensation de bien-être. Lorsque le besoin n'est pas satisfait, on dit qu'il est perturbé. Les besoins sont variables en fonction des individus, de l'âge, du contexte, de la culture... L'attente d'une personne face à un besoin est la réponse que cette dernière souhaite y donner. Ce sont ses envies, ses préférences, ses désirs, etc. L'attente est personnelle à chacun. Pour analyser les besoins, on utilise différents outils d'analyse, comme par exemple la **pyramide d'Abraham Maslow** ou les **14 besoins de Virginia Henderson**. > Voir Fiche 10.

Ces besoins sont ensuite analysés et priorisés en fonction de la situation de la personne. Les besoins ainsi récoltés seront enfin enrichis des souhaits et attentes de la personne. Ce travail de recherche et d'analyse permettra de concevoir et mettre en œuvre le **projet individualisé** ou le **projet de vie** de la personne de manière personnalisée et adaptée.

Le projet d'accompagnement personnalisé (PAP)

Le projet d'accompagnement personnalisé s'élabore dans l'intérêt de la personne accompagnée, avec elle et en équipe pluriprofessionnelle.

1 Un outil de coordination et une obligation légale

1.1 Un outil de coordination

Le PAP est un **outil de coordination** permettant aux professionnels des établissements sociaux et médico-sociaux d'apporter des soins et services adaptés aux souhaits et attentes de l'usager de la structure (ou de son représentant légal), ainsi que de ses proches si besoin. Selon les missions de l'établissement ou du service, le nom donné à ce projet peut varier : **projet personnalisé**, **projet individualisé**, **projet éducatif**, etc.

2.1 Une obligation légale

Le projet est une **obligation pour l'établissement** (loi n° 2002-2). Ce dernier doit élaborer le PAP dans les six premiers mois suite à l'accueil de l'usager et le faire évoluer en fonction des changements de ses attentes ou de son état de santé. Le PAP ne doit pas être confondu avec le contrat de séjour.
Le projet est **coconstruit** du début jusqu'à son évaluation avec l'usager et ses proches ainsi qu'avec toutes les parties intervenantes (médicales, paramédicales, sociales ou prestataires). Le projet est un compromis entre la personne accueillie, ses proches et les professionnels intervenants.

2.3 Les étapes d'élaboration d'un PAP

- **Étape 1 « Le premier contact »** : pour le professionnel de santé, il s'agit de recueillir les attentes et les désirs et d'analyser des besoins. Pour l'usager ou son représentant légal, il s'agit d'exprimer les attentes et les désirs.
- **Étape 2 « La co-construction »** : il s'agit de décider des objectifs, des programmes d'activités et de prestations et de définir les moyens alloués.
- **Étape 3 « La mise en œuvre »** : il s'agit de réaliser le projet, un bilan intermédiaire et d'ajuster si besoin.
- **Étape 4 « La co-évaluation »** : il s'agit d'évaluer la mise en œuvre du projet et de le réactualiser.

2 La formalisation des objectifs

Un objectif doit être **adapté** aux capacités de la personne et à l'intervenant qui le pose (champs de compétence) pour être inscrit dans le PAP. Un objectif pertinent doit également être **accessible** et **réaliste**. Au cours de l'évaluation du projet, les objectifs sont des indicateurs pour savoir si le projet est adapté à l'usager ou s'il faut le modifier avec de nouveaux objectifs. La **méthode « SMART »** permet de formuler des objectifs en respectant certains principes. Les objectifs doivent être :
– **spécifiques** : ils doivent être ciblés sur la personne ;
– **mesurables** : les résultats obtenus doivent être observables ;
– **atteignables** : les objectifs doivent tenir compte des capacités de la personne ;
– **réalistes** : ils doivent être rattachés au contexte et adaptés à la situation ;
– **temporels** : une échéance doit être précisée pour permettre l'évaluation.

Savoir 31

La mise en œuvre et l'évaluation du projet d'accompagnement personnalisé

LU ☐
SU ☐
REVU ☐

La mise en œuvre et l'évaluation du projet d'accompagnement personnalisé et individualisé fait appel à de nombreux savoirs et compétences qu'il faudra mobiliser pour choisir et organiser l'activité la plus adaptée à la personne.

1 Les différents types d'activités

Les activités proposées sont toujours en lien avec un objectif visé dans le PAP.

1.1 Les activités en EHPAD

Les types d'activités proposées seront principalement tournées vers le maintien de la vie sociale, de l'autonomie, du bien-être et de la vie quotidienne. Les activités peuvent être individuelles ou collectives (projet d'animation de la structure). Exemples : jeux de société, gymnastique douce...

1.2 Les activités domicile

Les types d'activités proposées seront principalement autour du maintien de l'autonomie dans la vie quotidienne et l'interaction sociale en sollicitant des associations en cas de non présence de famille ou de proches. Exemples : activité culinaire, rencontre intergénérationnelle...

1.3 Les activités en établissement médico-sociaux

En MAS (Maison d'accueil spécialisé) et IME (Institut médico-éducatif) les activités doivent tenir compte de l'autonomie de la personne et de son état somatique pour pouvoir être adaptée et personnalisée. Les types d'activités peuvent proposer une approche sensorielle supplémentaire à l'activité choisie en lien avec le type de public qu'il soit individuel ou collectif. Exemples : activité manuelle, sortie au marché...

2 La mise en œuvre du projet et des activités

Le **choix de l'activité** repose sur les attentes, souhaits et besoins de la personne identifiés lors du recueil de données. **> Voir Fiche 5.** Il doit également prendre en compte certains critères, comme le matériel, les locaux, le temps et le personnel disponibles ainsi que les capacités et incapacités de la personne, pour que l'activité soit **réalisable et adaptée** à la personne. Il faut également vérifier l'inscription des activités dans le projet de la structure.

3 L'évaluation du projet et des activités

Les critères d'évaluation sont des points de repère permettant d'apprécier la qualité de l'activité mise en place. Ils sont en lien avec les objectifs fixés pour cette dernière et sont développés et illustrés par des éléments observables permettant de définir si le critère est satisfait ou non. Un critère d'évaluation peut être **qualitatif** ou **quantitatif**. Les critères qualitatifs reposent sur des appréciations et ne sont pas quantifiables. Au contraire, les critères quantitatifs s'appuient sur des données chiffrées et mesurables. En cas d'évaluation négative ou d'objectif non atteint, une remédiation pourra alors être proposée.

L'accompagnement au numérique et à la domotique

LU ☐
SU ☐
REVU ☐

Le terme « numérique » se réfère à un ensemble de pratiques et d'outils regroupant les technologies de l'information, de la communication et de la numérisation. La domotique utilise le numérique pour automatiser et centraliser les technologies permettant d'apporter du confort et de la sécurité aux occupants d'une maison, comme les allumages automatiques et le réglage du chauffage. On parle de maison « intelligente ».

1 Des outils domotiques pour favoriser l'autonomie

1.1. Les objectifs de la domotique

L'utilisation des **outils domotiques** est une aide pour permettre le **maintien à domicile** de la personne le plus longtemps possible. Les outils domotiques s'adaptent à chaque type de déficit et de degrés de dépendance. Le nombre **d'outils domotiques** disponibles augmentent rapidement grâce aux progrès de l'informatique. Les organismes de financement s'adaptent et accompagnent les usagers en proposant des aides financières.

1.2. Le rôle de l'aide à domicile

Le recueil des habitudes de vies et le repérage des difficultés de la personne permet de sélectionner les outils domotiques adaptés. Le projet d'accompagnement de la personne centralise les outils, leur utilité et l'intérêt de leur mise en place. Le rôle de **l'aide à domicile** est de contribuer au bon fonctionnement des outils de domotique. Il vérifie les recharges, conseille sur les bonnes pratiques, fait répéter les procédures et aide à la réévaluation des besoins en cas de perte d'autonomie. De plus, il peut aider à la mise en place de scenarios adaptés aux besoins et attentes de la personne. **Le scenario permet de programmer les commandes des différents outils domotiques** afin de ne pas avoir à intervenir plusieurs fois (par exemple, à 8 heures, ouvertures des volets roulants, augmentation du chauffage à 19°C, mise en route de la cafetière électrique, etc.). La partie programmation reste à la charge de l'installateur ou du conseiller domotique si besoin.

1.3. La prévention des chutes

Les chutes font parties des accidents les plus fréquents chez les séniors. Des détecteurs mobiles spécifiques dit « accélérométrique » ont été mis au point et se présentent sous diverses formes associées à un système d'alerte et de géolocalisation. D'autres outils comme les plinthes lumineuses et connectées limitent le risque.

2 L'accompagnement au numérique

Face aux risques de **l'exclusion numérique**, de nombreuses initiatives départementales, communales ou associatives ont été développées pour rompre avec l'isolement social en proposant des formations à l'utilisation de l'outil numérique ou en mettant à disposition du matériel. Certaines bonnes pratiques permettent d'améliorer l'accompagnement au numérique :
- enseigner aux personnes âgées les actions de base sur leur tablette ou ordinateur afin de les rendre autonomes rapidement ;
- retirer du bureau ou de l'écran d'accueil toutes les icones ou applications qui pourraient parasiter l'utilisation et changer la taille de la police pour une meilleure visibilité ;
- prendre des cours auprès d'une association pour maitriser certains logiciels.

L'accompagnement de la personne atteinte de démence séniles

La maladie d'Alzheimer est la maladie la plus représentée des démences séniles, mais il en existe d'autres moins connues. Ces maladies évoluent sur plusieurs années de manière irréversible, entrainant des troubles de plus en plus graves de type perte de mémoire, désorientation temporo-spatiale, dyspraxie et dysphasie. Les besoins des malades s'en trouvent perturbés notamment la communication et la sécurité.

1 Les risques liés à la maladie et les moyens de prévention

1.1. Les risques

60% des personnes atteintes de **troubles de la mémoire** en lien avec la dégénérescence s'égarent à un moment où à un autre. Un environnement familier peut subitement devenir étranger, un chemin plusieurs fois parcourus devenir inconnu. Cette **désorientation** s'avère souvent dangereuse. La moitié des personnes atteintes de troubles cognitifs portées disparues pendant 24 heures sont retrouvées blessées ou décédées. À domicile, les accidents domestiques deviennent plus fréquents et les conséquences sont d'autant plus graves que la personne ne sait pas forcément réagir face à cet imprévu. Il peut s'agir de chute, d'incendie ou encore d'empoisonnement.

1.2. La prévention

Certaines solutions existent pour **limiter les risques** liés aux démences séniles (chutes, incendies, accidents domestiques, fugues) et maintenir la sécurité des malades. Elles peuvent être **humaines**, **matérielles** ou encore **numériques** et sont à adapter aux caractéristiques des personnes atteintes. Le but est de maintenir à domicile ces personnes le plus longtemps possible, de travailler leur autonomie tout en déchargeant des aidants familiaux.

1.3. La maladie d'Alzheimer, un exemple de démence sénile

- La maladie d'Alzheimer évolue sur une dizaine d'années de manière **irréversible** en se dirigeant vers des stades de plus en plus sévères. Les symptômes vont donc évoluer en même temps que la **dégénérescence cérébrale** s'étend.
- La personne commence par souffrir d'atteinte de la *mémoire récente*, puis d'autres signes s'installent. Les neurones qui hébergent la mémoire se détruisent. Si la personne atteinte pose plusieurs fois la même question, c'est parce qu'elle pense à chaque fois que c'est la première fois. En évoluant, cette perte de mémoire se complète d'une désorientation temporo-spatiale.
- Des **troubles du langage** apparaissent également : d'abord des difficultés à trouver ses mots, puis à comprendre les choses. Le malade peut tout à fait dire « assiette » et penser « couteau ». De ce fait, la communication est impactée. On parle de dysphasie puis d'aphasie quand la personne ne parvient plus à s'exprimer.
- Le malade devient également apraxique, c'est-à-dire qu'il perd son savoir-faire. Éplucher un légume, se laver, s'habiller deviennent problématiques.
- De la **peur** et du **stress** peuvent en découler. Il existe d'autres démences séniles ; elles sont appelées maladies apparentées car leurs symptômes se rapprochent le plus souvent de ceux de la maladie d'Alzheimer, dont l'incidence est la plus importante.

2 La communication avec la personne sénile

• La **communication** doit être **bienveillante** et il faut adapter sa posture au regard des connaissances que l'on a de la maladie, afin de garder le contact tout en se préservant.
• Apprendre quelques stratégies pour continuer à communiquer avec la personne atteinte de démence sénile permet de **garder le contact** avec elle tout en se préservant. Il est cependant important de savoir que ce qui marche une fois peut ne pas fonctionner la fois suivante et que chaque malade réagit de façon personnelle.
• Quelques bonnes pratiques : accepter les remarques même si elles se révèlent de l'imagination du malade ; en cas de désaccord, accepter ce que dit le malade ou changer d'activité ou de sujet ; prévoir du temps pour se faire comprendre et être patient ; ne pas prendre personnellement ce que dit le malade ; utiliser le langage non verbal, etc.

3 Le bonnes pratiques pour le maintien de l'autonomie

3.1 Les activités du quotidien

Pour maintenir l'autonomie des malades, il est intéressant de **les associer aux activités du quotidien** tout en les accompagnant pour compenser les difficultés. Ainsi, débarrasser la table ou ranger le linge pourront prendre un caractère thérapeutique tout en maintenant l'autonomie et l'estime de soi.

3.2 Les interventions non médicamenteuses (IMN)

Les **INM** sont des interventions psychologiques, corporelles, nutritionnelles, numériques ou ergonomiques sur une personne visant à soigner ou guérir. Ces interventions vont, par exemple permettre de valoriser le malade ou de l'occuper pour lui fournir des repères afin de limiter l'agitation et l'anxiété. En structure ou en accueil de jour, les **INM** proposées sont adaptées au projet individualisé des personnes. Alternatives ou compléments de la prise en charge médicamenteuse, ces interventions **apportent du bien-être aux personnes tout en maintenant leur lien social**. Il peut s'agir, par exemple **d'hortithérapie** (jardinage, relation aux plantes), **d'interventions assistées par l'animal** (interaction avec les animaux) ou encore de musicothérapie (utilisation de la musique dans un but de relaxation).

Sous-épreuve E31
Accompagner la personne dans une approche globale et individualisée

> *Je fais le point sur l'épreuve !*

- Quelles sont les modalités d'évaluation ?
- Quelles sont les compétences évaluées
- Quand se déroule l'épreuve ?
- Quelle durée ? Quel coefficient ?
- & surtout... Les conseils des professeurs !

liennathan.fr/29d4gz

> *Je teste mes connaissances sur le Bloc 1 !*

Date	....	....	....	....	....
Mon score	.... /20	.... /20	.... /20	.... /20	.... /20

liennathan.fr/j5by77

L'organisation générale du corps humain

1 L'organisation structurale du corps humain

• L'**anatomie** est la science qui étudie l'organisation du corps humain, elle le décrit comme un organisme complexe structuré en différents niveaux d'organisation interdépendants. La **physiologie** est la science qui étudie les modifications induites par les pathologies.

• Le corps humain comprend plusieurs niveaux d'organisation structurale qui lui permettent d'assurer les fonctions vitales de nutrition, de relation, de reproduction et de maintien de l'intégrité.

• Un **système**, ou un **appareil**, est l'association d'organes qui travaillent conjointement pour accomplir une même fonction.

• Un **organe** est une unité anatomique identifiable (par exemple, l'estomac). C'est une structure composée d'au moins deux tissus différents, destinée à accomplir une fonction spécifique.

• Un **tissu** est constitué de cellules semblables qui assurent un rôle spécifique. L'épithélium de la peau joue par exemple un rôle de protection.

• Une **cellule** est la plus petite structure vivante de l'organisme. Elle est composée de biomolécules.

• Les **biomolécules** nécessaires à la cellule sont apportées par le sang (dioxygène) ou élaborées par la cellule elle-même (protéines). Les biomolécules sont des assemblages d'atomes.

• Les atomes caractéristiques de la matière vivante sont : le carbone, l'hydrogène, l'oxygène et l'azote. D'autres atomes, comme le calcium et le soufre, entrent dans la composition du corps humain.

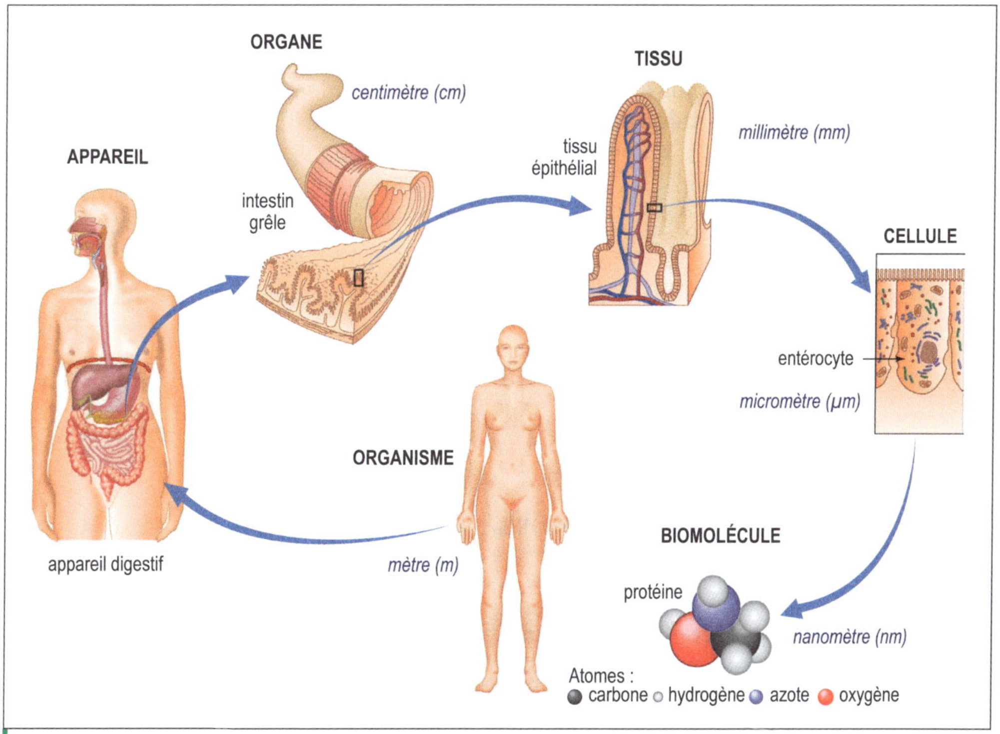

Doc. 6 – Les différents niveaux d'organisation du corps humain

2 L'organisation fonctionnelle du corps humain

Les différents appareils et systèmes du corps humain remplissent les quatre fonctions essentielles et vitales de l'organisme : la fonction de relation avec le milieu extérieur, la fonction de nutrition, la fonction de reproduction et la fonction de maintien de l'intégrité de l'organisme.

• La **fonction de relation** met l'organisme en contact avec l'environnement. Elle est assurée par le système nerveux, le système locomoteur et les organes des sens.

• La **fonction de nutrition** assure la croissance et l'entretien de l'organisme. Elle a besoin d'une coopération efficace entre différents appareils pour le maintien de la vie. L'appareil digestif apporte les nutriments au milieu intérieur, l'appareil respiratoire apporte le dioxygène.
L'appareil cardiovasculaire distribue les nutriments et le dioxygène aux cellules. L'appareil urinaire purifie le sang en éliminant les déchets cellulaires.

• La **fonction de reproduction**, assurée par l'appareil génital, permet la transmission de la vie et la perpétuation de l'espèce.

• La **fonction de maintien de l'intégrité de l'organisme** permet la préservation de la santé en luttant contre les agressions extérieures et en régulant le travail des appareils entre eux. Elle est assurée par le système immunitaire et le système endocrinien.

• **L'homéostasie :** la coordination des différents appareils et systèmes, c'est-à-dire le fonctionnement intégré de l'être humain, est à l'origine du maintien de l'homéostasie. L'homéostasie assure un état constant à la valeur normale des différentes constantes physiologiques de l'individu (composition du sang, température, pH). L'homéostasie est un état indispensable à la survie des cellules.

3 Les principaux systèmes et appareils du corps humain

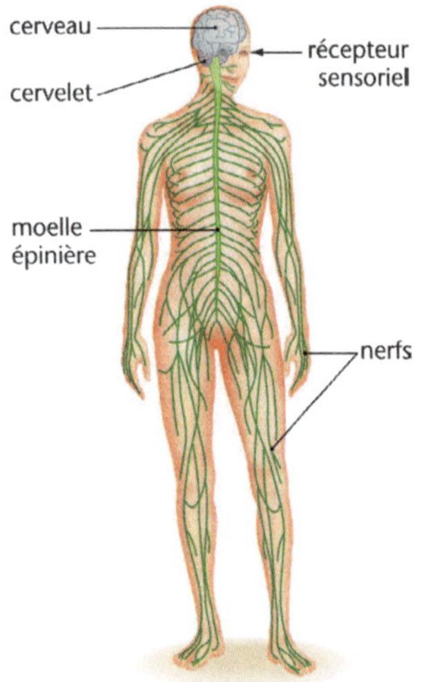

Le **système nerveux** est un système de régulation de l'organisme. Il réagit rapidement aux changements internes et aux changements extérieurs en provoquant des réponses des muscles et de certaines glandes.

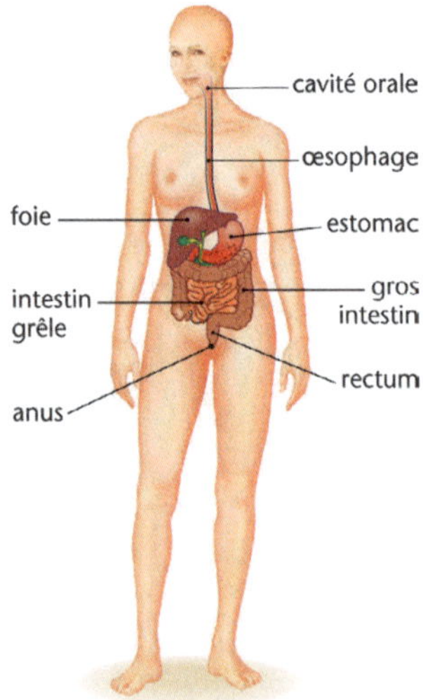

L'**appareil digestif** transforme les aliments en nutriments, molécules simples qui rejoignent la circulation sanguine. Il rejette, sous forme de selles, les substances qui ne sont pas digérées.

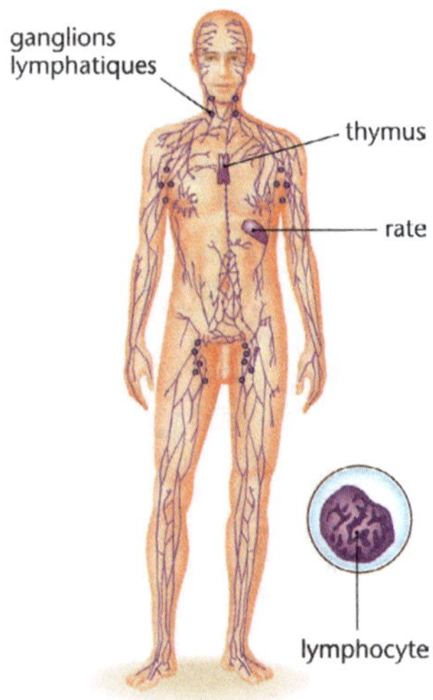

Le **système immunitaire** protège l'organisme contre les agents infectieux, les substances étrangères et les constituants de l'organisme qui sont altérés. Il met en jeu des molécules, des cellules et des organes qui assurent une défense physique et biochimique.

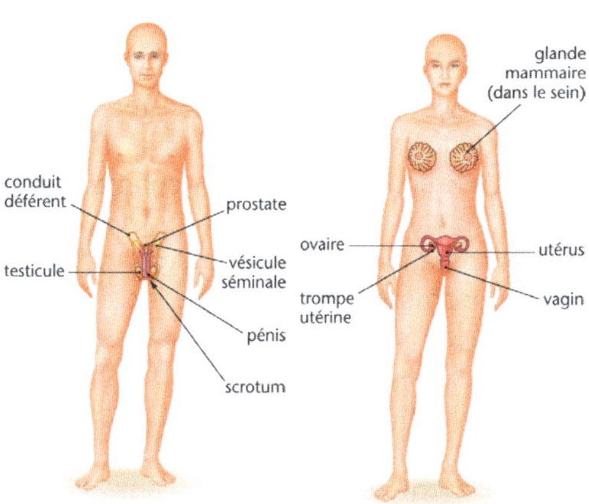

L'**appareil génital masculin** et **l'appareil génital féminin** assurent la reproduction. Chez l'homme, les testicules produisent les cellules sexuelles masculines, les spermatozoïdes et l'hormone mâle. Les conduits et les glandes séminales annexes contribuent à l'élaboration et à l'évacuation du sperme. Le pénis dépose le sperme dans le vagin. Chez la femme, les ovaires produisent les cellules sexuelles féminines, les ovocytes et les hormones sexuelles femelles. Le vagin permet le rapport sexuel. L'utérus assure le développement de l'embryon pendant la grossesse.

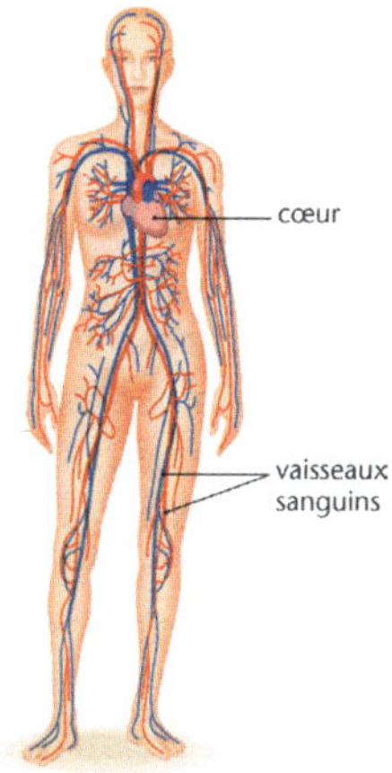

L'**appareil circulatoire** véhicule le sang dans les tissus grâce au réseau de vaisseaux sanguins. Le sang transporte de nombreuses molécules, les nutriments, les gaz respiratoires, les hormones, les déchets. Le cœur assure la propulsion du sang.

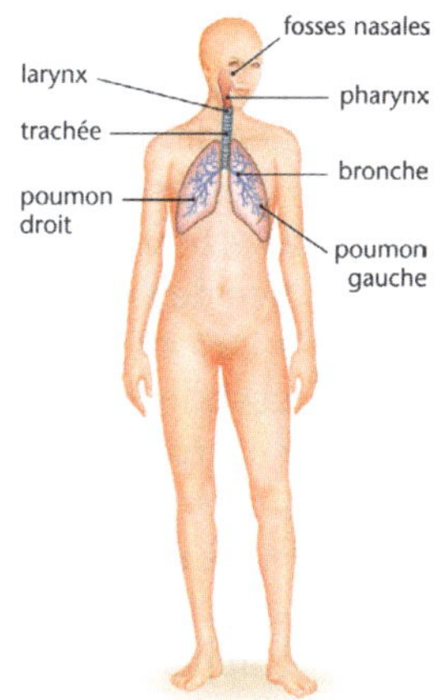

L'**appareil respiratoire** assure continuellement l'entrée du dioxygène dans l'organisme. Il rejette le dioxyde de carbone. Les échanges gazeux avec l'air extérieur s'effectuent à travers la paroi des alvéoles pulmonaires.

Pour aller plus loin
Les autres systèmes du corps humain
liennathan.fr/xe2a36

4 Les différents tissus du corps humain

Un tissu est un ensemble de cellules semblables qui participent en commun à une fonction déterminée.

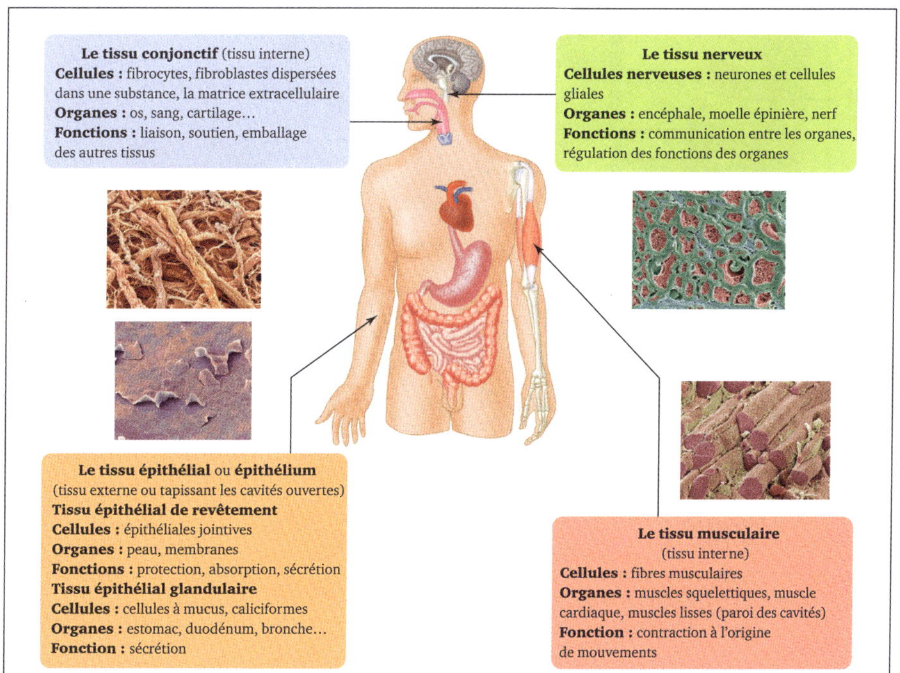

Doc. 7 – Les quatre types de tissus

5 L'interdépendance des appareils et des systèmes de l'organisme

• Les **cellules** sont les plus petites structures vivantes de l'être humain. Elles possèdent toutes les propriétés qui leur permettent de survivre, mais cette survie dépend de l'action d'autres cellules appartenant à d'autres appareils ou systèmes. Cette interrelation entre appareils et systèmes est propre aux organismes pluricellulaires comme l'être humain. Toutes les cellules ne sont pas en contact direct avec les zones d'échanges. Il doit donc exister un système de circulation de la matière au sein de l'organisme.
• Le **sang** transporte les nutriments, les gaz respiratoires vers le milieu où baignent les cellules : le liquide interstitiel, qui constitue le milieu intérieur. Les déchets sont transportés vers les zones d'excrétion (reins, poumons).
• Le **bon fonctionnement de l'organisme** dépend également des échanges d'information entre les cellules. Cette communication de l'information (hormonale ou nerveuse) est indispensable pour adapter l'activité de chaque organe en fonction des besoins de l'organisme.
• La coordination des différents appareils et systèmes, c'est-à-dire le fonctionnement intégré de l'être humain, est à l'origine du maintien de l'**homéostasie** : état constant et dynamique du milieu intérieur, indispensable à la survie des cellules.

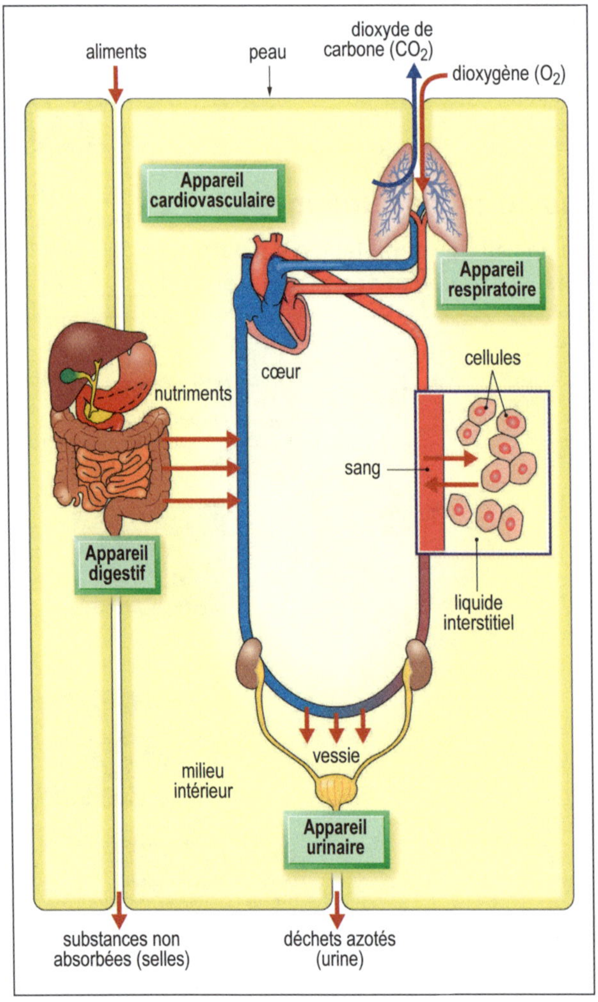

Doc. 8 – Les échanges de matières et d'information au sein de l'organisme

La peau

LU ☐
SU ☐
REVU ☐

Vidéo
La peau
liennathan.fr/s7u23u

La peau est l'enveloppe externe du corps, elle le recouvre et le protège. Souple et résistante, elle est constituée de l'épiderme et du derme. Elle est associée à un tissu conjonctif, l'hypoderme, et à des annexes (phanères) : les poils, les ongles, les glandes sébacées et les glandes sudoripares.

1 Les fonctions de la peau

1.1. La fonction de protection contre les agressions extérieures

• **Une barrière physique :** la couche cornée, faite de cellules jointives, forme un revêtement imperméable à l'eau et aux micro-organismes.

• **Une barrière chimique :** le **film hydrolipidique** produit par la sueur et le sébum limite les agressions chimiques ; la mélanine protège contre le soleil.

• **Une barrière biologique :** le **sébum** et la **sueur** luttent contre les micro-organismes par leur propriété microbicide ; les **cellules de Langerhans** combattent les micro-organismes qui ont pénétré le derme.

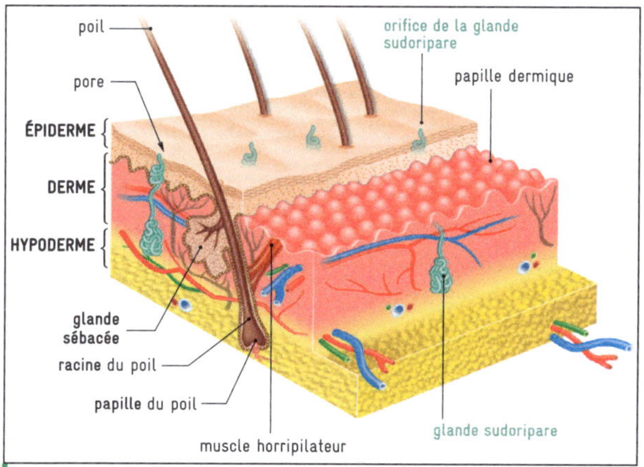

Doc. 9 – La coupe de la peau.

1.2. La fonction sensitive

La peau contient des **récepteurs sensoriels** qui réagissent aux stimuli extérieurs. Elle possède une **sensibilité tactile** (le toucher, la pression, la vibration), une **sensibilité thermique** (perception du chaud et du froid), une **sensibilité à la douleur**.

1.3. La fonction de nutrition et de régulation thermique

• La peau respire par les capillaires sanguins (10 % des échanges).
• Elle synthétise un précurseur de la vitamine D, impliqué dans la dureté des os.
• Elle absorbe les corps gras (pommades) et les solutions alcooliques.
• L'évaporation de la sueur et la dilatation des capillaires sanguins assurent la régulation thermique en maintenant la température interne à 37° C.

2 Le microbiote de la peau

• Le **microbiote résident** (*Staphylococcus epidermidis*) est non pathogène et permet de résister à la colonisation d'autres micro-organismes.
• Le **microbiote transitoire** (*Streptococcus, Candida albicans*) est de passage. Il peut contenir des micro-organismes pathogènes. Il s'élimine par un lavage approprié.

3 Les signes observables de la peau

La **couleur** (pâle, cyanosée...), la **température** (chaude, froide), l'**élasticité** et l'**aspect** (boutons) renseignent sur l'état de santé de l'organisme.

L'évolution de la peau et ses pathologies

Le vieillissement de la peau se manifeste par des changements d'aspect et de structure. Des pathologies de la peau doivent être traitées pour éviter toute infection.

1 L'évolution de la peau au cours de la vie

1.1. La peau du nourrisson et celle de l'enfant

Chez le nourrisson et l'enfant, la peau est fragile : la couche cornée est très fine, perméable aux substances étrangères, aux ultraviolets. Avec peu de sécrétion de sueur, la thermorégulation est difficile. La peau s'épaissit au cours de l'enfance.

1.2. La peau de l'adolescent

Les sécrétions des glandes sudoripares et sébacées s'accentuent sous l'action des hormones. L'acné peut apparaître : il s'agit d'une inflammation des glandes pilosébacées, caractérisée par des papules, des pustules, des comédons.

1.3. La peau de la personne âgée

Le renouvellement cellulaire se ralentit, la peau s'amincit. L'atrophie des glandes sébacées assèche la peau, celle des glandes sudoripares limite la thermorégulation. Les fibres de collagène et d'élastine se détériorent et sont à l'origine des rides.

2 Des pathologies de la peau

2.1. Les plaies

- **La plaie simple :** lésion de la peau atteignant la couche superficielle de l'épiderme.
- **La plaie profonde :** atteinte de l'épiderme, du derme, voire des tissus sous-jacents.
- **Les causes :** coupure, brûlure, abrasion, écrasement, intervention chirurgicale…
- **Les signes cliniques :** saignements, douleur…
- **Les évolutions possibles :** infections bactériennes, comme le tétanos.
- **Les traitements :**

– **pour une plaie superficielle :** nettoyer la plaie à l'eau et au savon de Marseille, appliquer un antiseptique avec des compresses stériles, poser un pansement puis vérifier la vaccination contre le tétanos ;
– **pour une plaie profonde :** alerter les secours. Ne jamais retirer un corps étranger d'une plaie car on risque d'aggraver le saignement.

2.2. Les brûlures

- **La brûlure :** lésion de la peau provoquée par une agression thermique (liquide chaud…), chimique (solvant…) ou électrique.
- **Les quatre degrés de brûlures :**

– **la brûlure du 1er degré :** atteinte de la surface de l'épiderme. La peau est rouge, sans cloques ;
– **la brûlure du 2e degré superficielle :** destruction en partie de l'épiderme, à l'exception de la couche basale. Des cloques remplies de liquide entourées d'un érythème apparaissent ;
– **la brûlure du 2e degré profonde :** destruction de l'épiderme et des couches superficielles. Des cloques remplies de liquide entourées d'un érythème apparaissent ;

– **la brûlure du 3e degré :** destruction de l'épiderme, du derme, voire des tissus sous-jacents. La peau apparaît cartonnée, dure, blanche ou brunâtre et insensible.

• **Les complications :** risques d'infection.

• **Les traitements selon la gravité de la brûlure :** désinfecter et appliquer un produit hydratant, consulter un médecin, être pris en charge en urgence (dans un service de grands brûlés).

2.3. L'érythème fessier

• **L'érythème fessier :** irritation douloureuse de la zone de la peau au contact des couches chez les nourrissons et les personnes incontinentes.

• **Les signes cliniques :** peau chaude, rougeurs avec des plaques luisantes.

• **Une complication possible :** infection bactérienne ou fongique.

• **Les facteurs favorisants :** des changements de couches pas assez fréquents, des soins inadaptés des fesses, une allergie (lessive, assouplissant...)...

• **Les moyens de prévention et les traitements :** changer souvent le nouveau-né (5 fois par jour minimum), laver les fesses, les sécher correctement en tamponnant, recouvrir de crème protectrice ou d'éosine. Si possible, les fesses doivent être laissées à l'air.

2.4. Les escarres

• **L'escarre :** plaie due à une nécrose (mort) des tissus qui sont comprimés, empêchant le sang de circuler.

• **Les causes :** pression soutenue, frottements, cisaillement.

• **Les signes cliniques :** chaleur, rougeur, douleur locale, gonflement des bords de la plaie, écoulement purulent, odeur putride.

• **Les facteurs favorisants :** mauvaise hydratation, incontinence, plis des draps.

• **La prévention et le traitement :** changer la personne de position toutes les 3 à 4 h en répartissant au maximum les points d'appui, stimuler la circulation sanguine par des massages appropriés, utiliser du matériel spécifique (coussin ou matelas anti-escarres...)...

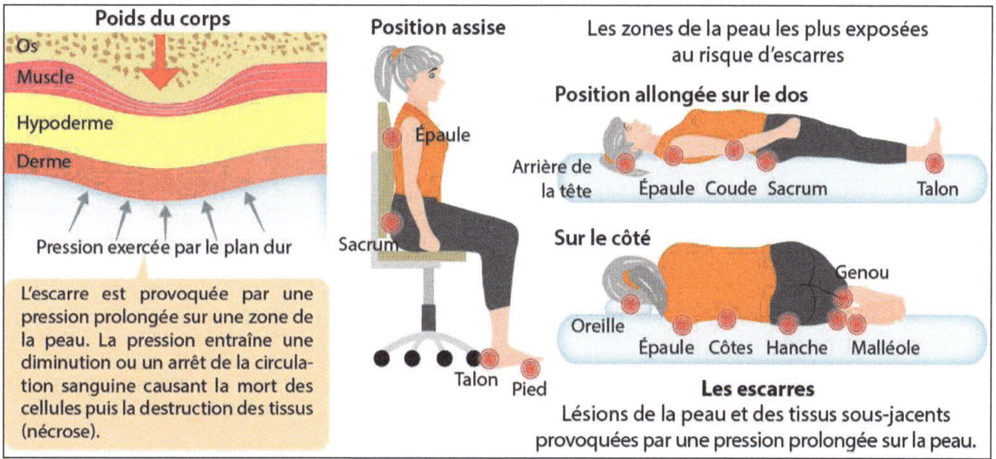

Doc. 10 – Les zones de la peau les plus exposées au risque d'escarres

Le système cardiovasculaire et ses pathologies

LU ☐
SU ☐
REVU ☐

Le système cardiovasculaire est composé des vaisseaux sanguins (artères et veines) et du cœur. Il distribue le sang dans l'organisme. Il transporte des gaz respiratoires, des nutriments, des hormones et les déchets des tissus.

1 L'organisation du système cardiovasculaire

1.1. Les vaisseaux sanguins

- Les **artères** sont les vaisseaux qui partent du cœur, elles apportent le sang du cœur aux différents organes. Leur paroi est épaisse et élastique pour réguler le débit sanguin.
- Les **veines** ramènent le sang des tissus jusqu'au cœur. Leur paroi est mince.
- Les **capillaires** relient les artères aux veines. Leur mince paroi facilite les échanges tissulaires.

1.2. Le cœur

- Le **cœur**, situé dans la cage thoracique, **est un muscle creux : le myocarde**. Il assure la propulsion du sang dans les artères qui irriguent les tissus.
- Le myocarde est irrigué par les **vaisseaux coronaires** qui apportent le dioxygène et les nutriments nécessaires aux contractions du cœur.
- Le **cloisonnement** du cœur impose une double circulation.

2 La double circulation

2.1. La circulation systémique

- La circulation systémique, ou grande circulation, distribue le sang chargé en **dioxygène** et en diverses substances depuis le cœur gauche à tous les organes, par l'intermédiaire des artères.
- Elle ramène le sang chargé de **dioxyde de carbone** jusqu'au cœur droit, toujours par les veines.

2.2. La circulation pulmonaire

- La circulation pulmonaire, ou petite circulation, relie le cœur aux poumons.
- Elle envoie le sang pauvre en dioxygène par les artères pulmonaires, du cœur droit jusqu'aux poumons, où il est oxygéné.

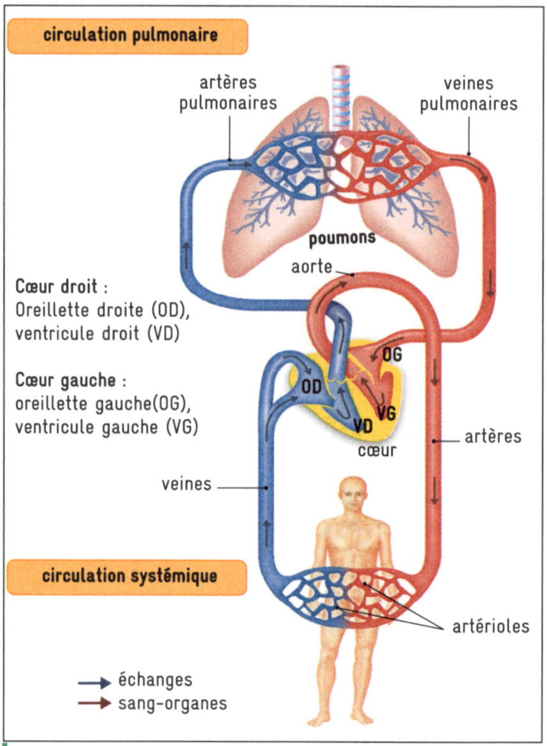

Doc. 11 – Le schéma organisationnel de la circulation sanguine

- Le sang oxygéné revient ensuite au cœur gauche par les veines pulmonaires.

3 Le cœur

3.1. L'organisation du cœur

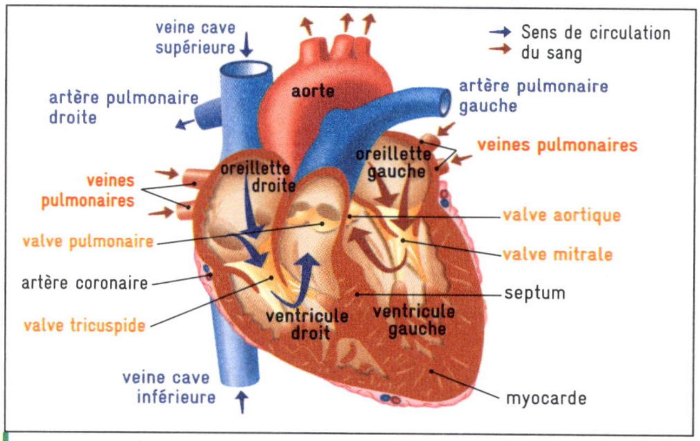

Doc. 12 – La coupe sagittale du cœur et le trajet du sang

- Les deux parties du cœur sont chacune formées d'une **oreillette** et d'un **ventricule**.
- Des **valves**, situées entre oreillettes et ventricules, et entre ventricules et artères, permettent un écoulement du sang dans un seul sens.
- Le myocarde est un muscle strié spécifique, il est entouré d'une double membrane externe, le **péricarde**. L'intérieur de la cavité est tapissé d'un épithélium, l'**endocarde**.
- Des cellules spécialisées (nœud sinusal) produisent des impulsions électriques régulières, qui déclenchent les contractions cardiaques.

3.2. L'activité cardiaque

La révolution cardiaque traduit l'activité du cœur. Elle est constituée d'une succession de phénomènes qui se répètent de façon cyclique. Chaque cycle se déroule en trois phases : la **systole auriculaire**, la **systole ventriculaire** et la **diastole**.

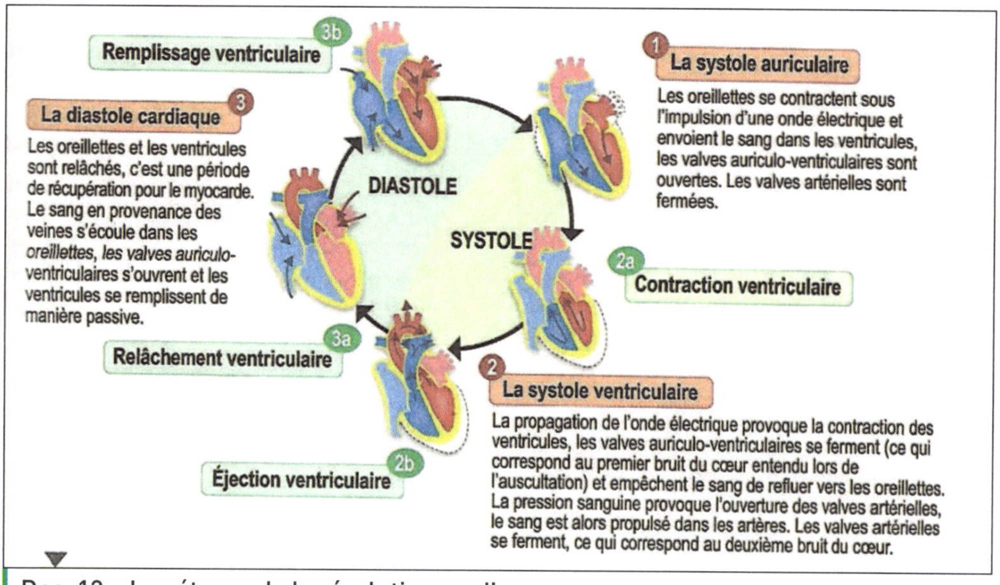

Doc. 13 – Les étapes de la révolution cardiaque

4 Les anomalies du rythme cardiaque

• L'**arythmie cardiaque** est un trouble du rythme cardiaque. Il existe différents types d'arythmie cardiaque : le cœur peut battre trop vite, trop lentement ou encore avoir un rythme anarchique.
• En cas de **tachycardie**, la fréquence cardiaque est supérieure à 100 battements par minute.
• En cas de **bradycardie**, la fréquence cardiaque est inférieure à 60 battements par minute.

5 L'hypertension artérielle

• L'**hypertension artérielle** est une pression artérielle anormalement élevée (à partir de 14/9).
• Les **causes médicales** s'additionnent le plus souvent : des problèmes rénaux, l'hérédité, des problèmes hormonaux, un dérèglement nerveux.
• **Les facteurs de risque :** le stress, le tabagisme, la consommation d'alcool, de café, l'apport élevé en sodium et en graisse, l'obésité, la faible activité physique, l'âge.
• Les **signes** sont souvent absents. Toutefois, des vertiges, des maux de tête, des troubles de la vue, des suées, des palpitations doivent alerter.
• Les **conséquences** peuvent être graves. L'hypertension provoque la sclérose ou des lésions de la paroi artérielle (athérosclérose) et peut être à l'origine d'un accident vasculaire cérébral (AVC), d'un infarctus ou d'une insuffisance cardiaque.
• Le **traitement** consiste en un contrôle régulier de la tension artérielle, le respect des mesures pour une bonne hygiène de vie et un traitement hypotenseur associé.

6 Les phlébites

• La **phlébite** est l'inflammation d'une veine superficielle (phlébite superficielle) ou profonde (phlébite profonde) due à la présence d'un caillot de sang (thrombus). La phlébite profonde est une urgence médicale absolue.
• Le **processus d'apparition** repose sur trois facteurs :
– la stagnation du sang dans les veines due souvent à la présence de varices, qui sont des veines dilatées suite à une insuffisance de leurs valvules ;
– l'altération de la paroi veineuse ;
– la modification de la composition du sang.
• **Les facteurs de risque :** l'âge, l'obésité, l'immobilisation prolongée, les antécédents de varices, les troubles de la circulation sanguine.
• **Les signes cliniques :** la douleur, la lourdeur, le gonflement des jambes.
• **Les complications :** l'occlusion d'une artère ou d'une artériole pulmonaire par un thrombus qui a migré *via* le cœur droit. C'est alors l'embolie pulmonaire.
• **Les traitements :** pour une phlébite superficielle, des soins locaux et un traitement anti-inflammatoire ; pour une phlébite profonde, une hospitalisation en urgence avec traitement anticoagulant.
• **La prévention :** la marche, le port de bas de compression, la sclérothérapie des varices, le suivi médical avec une échographie Doppler.

Le sang et la lymphe

LU ☐
SU ☐
REVU ☐

Le sang et la lymphe sont les deux liquides du milieu intérieur. Le sang est un tissu conjonctif contenu dans des vaisseaux. Il est composé d'un liquide, le plasma, et d'éléments figurés dont les valeurs chiffrées sont normalement constantes.

1 Le sang

1.1. Le plasma

Le plasma est un liquide visqueux qui assure le transport des nutriments, de protéines spécifiques, des déchets cellulaires, des minéraux et des gaz dissous.

1.2. Les hématies

• Les **hématies** (globules rouges), également appelées « **érythrocytes** » (5 000 000 par mm^3 de sang), sont des cellules sans noyau, capables de se déformer.
• Les hématies assurent le **transport des gaz respiratoires** (O_2 et CO_2) grâce à l'**hémoglobine**, protéine complexe de couleur rouge. Elles déterminent les groupes sanguins (système ABO).

1.3. Les leucocytes

• Les **leucocytes ou globules blancs** (7 000 par mm^3 de sang) possèdent un noyau. Ils sont chargés de la défense de l'organisme.
• Les **granulocytes** (polynucléaires) possèdent des granulations. Ils participent à l'immunité non spécifique. Ils éliminent les éléments étrangers par la phagocytose.
• Les **agranulocytes** ne possèdent pas de granulations. Les lymphocytes participent à l'immunité spécifique. Les monocytes (macrophagocytes dans les tissus) coopèrent avec les lymphocytes et les granulocytes au cours d'une infection.

1.4. Les thrombocytes

Les **thrombocytes ou plaquettes** (350 000 par mm^3 de sang) sont des fragments cellulaires très contractiles. Ils participent à l'arrêt des saignements (hémostase).

2 La lymphe

2.1. La lymphe interstitielle

• Elle se forme à partir du plasma. Elle est le **liquide dans lequel baignent les cellules**.
• Elle constitue une réserve nutritive pour les cellules.
• Elle contient les protéines et les déchets provenant des cellules ainsi que des leucocytes qui ont franchi la paroi des capillaires sanguins.

2.2. La lymphe canalisée

• La lymphe canalisée dans les vaisseaux lymphatiques absorbe l'excédent de lymphe interstitielle.
• Elle assure le retour des protéines fabriquées dans les cellules, vers le sang. Elle transporte les nutriments lipidiques issus de la digestion.
• Elle rejoint la circulation sanguine au niveau des veines sous-clavières.

Les explorations et les moyens de diagnostic

LU ☐
SU ☐
REVU ☐

Le repérage d'anomalies, de signes de détresse chez une personne peut conduire à faire différents examens pour établir un diagnostic de son état de santé.

1 Les analyses sanguines

- L'**analyse biochimique du sang** porte sur la concentration des molécules contenues dans le sang et plus particulièrement transportées par le plasma.
- Les **constantes sanguines** sont des valeurs chiffrées de référence des éléments sanguins (cellules, éléments biochimiques…). Leur examen permet d'évaluer l'état de santé d'un individu en comparant les valeurs mesurées aux valeurs de référence. Elles comprennent souvent une numération formule sanguine (NFS) et l'analyse biochimique du sang.
- La **numération formule sanguine (NFS)**, également appelée « hémogramme », permet le comptage des éléments figurés du sang et des mesures qui s'y réfèrent. Elle est prescrite dans un bilan général, un bilan préopératoire…

Numération Formule Sanguine	
Numération globulaire	
Hématies (globules rouges) en millions par mm³	3,8 à 5,56
Hémoglobine en g par dL	11,5 à 16,0
Hématocrite (%)	37 à 47
Leucocytes (en milliers par mm³	4 à 10
Thrombocytes (plaquettes) (en milliers par mm³)	150 à 500
Formule leucocytaire	
Polynucléaires neutrophiles (45 à 70 %)	1800 à 7500
Polynucléaires éosinophiles (1 à 3 %)	< 1000
Polynucléaires basophiles (0 à 0,5 %)	< 200
Monocytes (3 à 7 %)	100 à 1000
Lymphocytes (20 à 40 %)	1000 à 4000
Vitesse de sédimentation	
Première heure	4-7
Deuxième heure	12-17

Doc. 14 – Les principales valeurs de référence d'un hémogramme

2 Les examens par enregistrement graphique

2.1. L'électrocardiogramme (ECG)

- L'**électrocardiogramme (ECG)** est l'enregistrement de l'activité électrique du cœur. Des électrodes sont placées sur la poitrine du patient pour enregistrer les signaux électriques produits par le myocarde. Ces signaux sont représentés sous la forme d'une courbe, désignée par les lettres PQRST, formant l'**électrocardiogramme.**
- L'**étude de l'ECG** d'un patient détecte d'**éventuels troubles du rythme cardiaque : bradycardie** (rythme trop lent), tachycardie (rythme trop rapide), arythmie (rythme irrégulier).

Pour aller plus loin
Le rythme cardiaque normal
liennathan.fr/m879mp

2.2. Le holter

Le **holter** est l'enregistrement du rythme et de la fréquence cardiaques sur une période prolongée, généralement de 24 heures. L'appareil est constitué d'électrodes qui sont fixées sur la poitrine du patient, reliées à un petit enregistreur portatif pouvant être attaché à une ceinture. Il permet de diagnostiquer des anomalies de la fréquence ou du rythme cardiaque, telles qu'une bradycardie ou une tachycardie.

L'appareil excréteur

LU ☐
SU ☐
REVU ☐

L'appareil excréteur, appelé le plus souvent « appareil urinaire », élimine les déchets cellulaires et les substances toxiques transportées par le sang. Il filtre le sang, élabore et stocke l'urine avant qu'elle soit éliminée.

1 Les éléments de l'appareil urinaire

1.1. Les reins

- Les reins sont situés sous le diaphragme de chaque côté de la colonne vertébrale.
- Ils sont composés de trois zones distinctes : le cortex, zone la plus externe ; la médulla, zone centrale ; le bassinet, cavité centrale qui recueille l'urine collectée.
- Chaque rein est formé de structures microscopiques, les néphrons (1 à 2 millions) qui filtrent le sang et dans lesquels s'élabore l'urine.

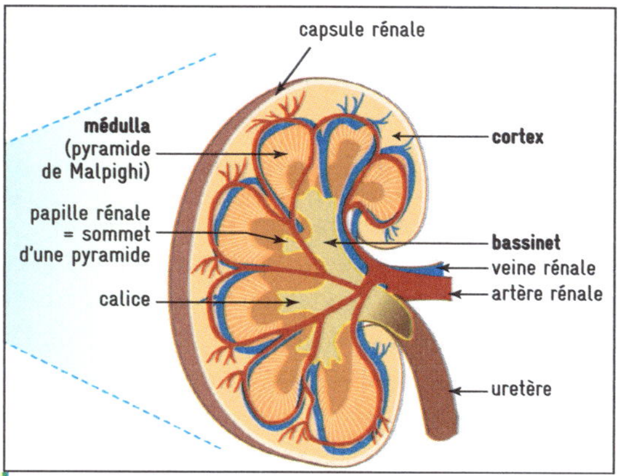

Doc. 15 – La coupe longitudinale d'un rein

1.2. Les néphrons

- Un néphron mesure environ 3 cm de long, il est situé dans le cortex et la médulla. Il est constitué du **corpuscule rénal** et du **tubule rénal**.
- Le corpuscule rénal filtre le sang. L'**urine primitive** obtenue est d'une composition proche du plasma.
- Le tubule rénal assure l'élaboration de l'**urine définitive**. Pour cela, certaines substances (eau, glucose, ions) sont réabsorbées par le sang et des substances toxiques ou en excès sont sécrétées du sang vers l'intérieur des tubules.

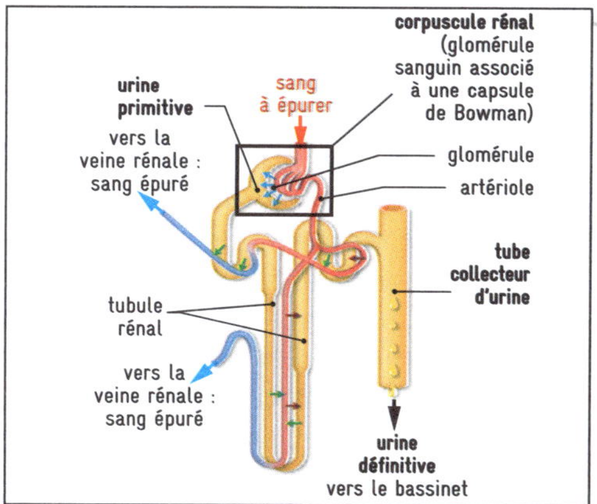

Doc. 16 – Les trois étapes de la formation de l'urine

1.3. Les voies urinaires

Les voies urinaires sont les deux uretères, la vessie et l'urètre. Elles assurent le transport, le stockage et l'élimination de l'urine.

2 L'homéostasie et les rôles des reins

- L'homéostasie est l'**état d'équilibre** dans lequel se maintient l'organisme malgré les variations de l'environnement (température, humidité…) et des apports nutritifs. Cet équilibre du milieu intérieur est indispensable au maintien de la vie.
- Les reins ajustent en permanence la composition du sang (rejet des déchets azotés cellulaires), son volume (concentration en eau et en soluté) et son pH (rejet des bases et acides en excès) en produisant l'urine (1,5 à 1,8 l/24 h), phénomène nommé « **diurèse** ». Les reins sont les organes les plus impliqués dans l'homéostasie.

3 L'analyse d'urines et l'ionogramme

• L'**examen cytobactériologique des urines (ECBU)** permet le diagnostic d'une infection urinaire ou d'une pyélonéphrite. Le patient recueille à « mi-jet » ses urines dans un flacon stérile et le dépose ensuite dans un laboratoire d'analyses médicales. Des milieux de culture seront ensemencés avec l'urine du patient afin de mettre en évidence le développement ou non de micro-organismes.

• L'**ionogramme urinaire** consiste à doser la concentration en ions dans les urines. Les ions principalement dosés sont le sodium, le potassium, le chlore et le calcium. Leur concentration renseigne sur l'équilibre hydroélectrolytique du patient, c'est-à-dire sur l'équilibre entre l'eau et les différents ions. Cet équilibre peut être modifié dans le cas d'une maladie rénale (par exemple, une diminution du taux de sodium urinaire peut signifier une insuffisance rénale).

4 Les infections urinaires

• Les **infections urinaires** sont des maladies d'origine bactérienne :
– les **néphrites** sont des infections des reins. Les signes sont des douleurs lombaires, des céphalées intenses, des œdèmes ;
– la **cystite** est une inflammation de la vessie. Les signes sont des brûlures à la miction, une envie impérieuse et fréquente d'uriner ;
– l'**urétrite** est une inflammation de l'urètre. Les signes sont une gêne ou des brûlures à la miction.

• Le **traitement** consiste en la prise d'antibiotiques adaptés après identification par un ECBU.

• La **prévention** repose sur des mesures d'hygiène : boire suffisamment, uriner souvent, éviter le port de vêtements serrés et avoir une hygiène du corps rigoureuse.

5 L'incontinence urinaire

• L'**incontinence urinaire** est l'incapacité à maîtriser la miction.

• Les **causes** sont multiples :
– des maladies neurologiques (sclérose en plaques...) ;
– des grossesses répétées ou un accouchement difficile, qui peut entraîner une incontinence d'effort lors de quintes de toux, d'éternuements...

• Le **traitement** consiste à prendre des médicaments et/ou à suivre une rééducation. La chirurgie ou un traitement palliatif (couches, collecteurs) peuvent s'imposer.

• La **prévention** se fait après l'accouchement par la rééducation périnéale. Chez les personnes âgées, il faut traiter les causes (ex. : chirurgie de la prostate).

6 L'insuffisance rénale

• L'**insuffisance rénale** apparaît lorsque les reins ne peuvent plus assurer leur fonction de filtration et d'épuration du sang.

• Les **causes** sont les maladies du rein (néphrites) ou des voies urinaires dues à des prises de toxiques (médicaments), à une infection, à des antécédents héréditaires ou à une complication d'une autre maladie comme l'hypertension ou le diabète.

• L'**insuffisance rénale terminale** est le dernier stade de gravité. La fonction rénale défaillante met en danger la vie de la personne. L'**hémodialyse** est la voie de recours avant qu'une greffe soit envisagée.

Pour aller plus loin
Comprendre l'hémodialyse
liennathan.fr/ex623j

Le vieillissement biologique

LU ☐
SU ☐
REVU ☐

1 Les modifications liées au vieillissement

1.1. Les modifications cellulaires et tissulaires

• Le **vieillissement biologique** se caractérise par une diminution de la vitesse de reproduction de certaines cellules et par des erreurs lors de leur multiplication.
• Les **radicaux libres** sont formés lors de la respiration, de processus infectieux, de l'exposition au stress ou à des substances toxiques (tabac, alcool, pesticides, médicaments…). Ils accélèrent le vieillissement.
• Les **tissus** sont de moins bonne qualité. Ils se déshydratent et perdent leur élasticité.
• La **masse graisseuse** augmente alors que la **masse musculaire** diminue.

1.2. Les modifications morphologiques

• La silhouette se tasse et se voûte ; les personnes âgées deviennent plus petites.
• Ces modifications résultent de la diminution de l'épaisseur des disques intervertébraux.

1.3. Les modifications anatomiques et physiologiques du corps

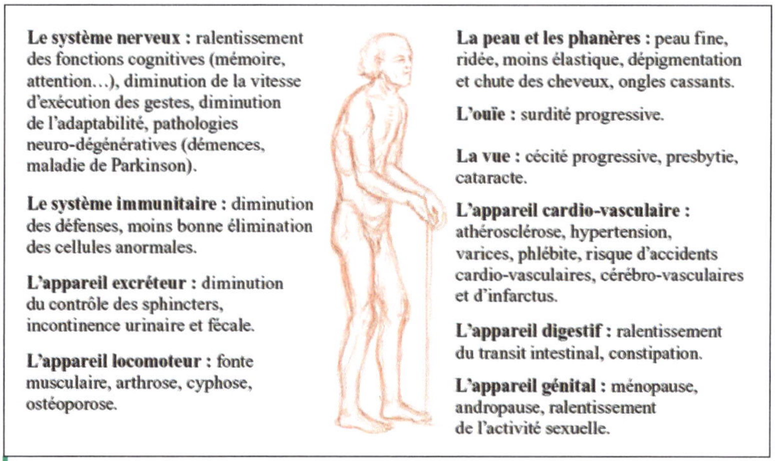

Doc. 17 – Le vieillissement et ses conséquences possibles sur les différents systèmes du corps humain

2 Le vieillissement différentiel

Le vieillissement différentiel désigne, d'une part, le fait que les individus ne vieillissent pas au même rythme et, d'autre part, le fait que chez une personne, les organes ne vieillissent pas tous à la même vitesse.

3 Les facteurs externes ayant un effet sur le vieillissement

• Le vieillissement est naturel, mais il est aussi aggravé par le mode de vie : une alimentation trop riche en sucres et en graisses saturées, le surpoids et l'obésité, le tabac, l'alcoolisme, la sédentarité.
• L'environnement accélère également le vieillissement : les rayons UV du soleil, la pollution, les pesticides, les métaux lourds.

Les comportements face au vieillissement

LU ☐
SU ☐
REVU ☐

La perception que les personnes âgées en bonne santé ont d'elles-mêmes est bonne mais cette perception change lorsque la personne devient dépendante ; elle se sent inutile et souffre de sa perte d'autonomie. La vieillesse est vécue différemment d'une personne à l'autre.

1 La place de la personne âgée dans la société française

• **Le rôle social des personnes âgées :** les personnes âgées disposent de temps pour s'investir dans des associations ou le bénévolat, pour voyager, pour participer à la vie de leur quartier.
• **Le soutien familial des personnes âgées :** les personnes âgées apportent une aide financière et matériel d'une part à leurs enfants et d'autre part à leurs aînés lorsqu'ils sont dépendants : petits travaux domestiques, hébergement de leurs aînés, garde des petits-enfants par exemples. On parle de « génération pivot ».
• **Le rôle dans l'économie française :** l'évolution du nombre de personnes âgées nécessite la création d'emplois spécialisés, la fabrication de matériels spécifiques, la construction de structures d'hébergement adaptées et le financement des aides financières.
• Lorsque les parents deviennent dépendants, leurs enfants peuvent leur rendre de nombreux services. L'aide apportée par les enfants a des conséquences sur leur vie familiale.

2 Le rejet et la discrimination des personnes âgées

• Les personnes âgées ont du mal à trouver leur place dans la société, en particulier lorsqu'elles sont dépendantes ; elles peuvent être victimes de discrimination et de rejet pour diverses raisons.
• **Les valeurs mises en avant dans la société :** elles sont actuellement, le travail, la rapidité, l'efficacité, alors que les capacités motrices, cognitives des personnes âgées diminue et que la vieillesse correspond souvent à un éloignement du monde du travail par le départ en retraite.
• **Le jeunisme et l'âgisme :** ces notions désignent une tendance à mettre les personnes âgées en marge de la société. Le jeunisme est l'ambition de rester jeune toute sa vie. L'âgisme représente tous les comportements visant à rejeter les personnes à cause de leur âge avancé.

3 La place de la personne âgée dans différentes cultures

• En Europe, les personnes âgées sont appelées les « retraités », le troisième âge, les seniors. Les termes de « retraités » et de « troisième âge » mettent en avant la perte progressive d'un certain nombre de rôles sociaux des personnes âgées. La vieillesse est une période dévalorisée de la vie. Les besoins de la population âgée sont, en grande partie, pris en charge par la société.
• Dans les pays du Sud (Amérique du sud, Asie du Sud, Afrique), les personnes du troisième âge sont appelées des « vieillards », des « sages ». Ces expressions insistent sur le fait que les personnes âgées sont considérées comme détentrice du savoir, elles sont respectées car elles détiennent la tradition orale. Elles vivent près de leur famille et sont susceptibles de leur apporter une aide matérielle et financière. La prise en charge des besoins des personnes âgées par la société n'est pas développée.

La personne malade

LU ☐
SU ☐
REVU ☐

Il n'existe pas de profil type de malade. Les réactions d'un individu vis-à-vis de sa maladie dépendent de nombreux facteurs. Il s'agit en premier lieu de la nature et de la gravité de la maladie, puis de sa relation avec le médecin, l'équipe soignante, son entourage et enfin de son ressenti vis-à-vis d'une éventuelle hospitalisation. De fait, une attention particulière doit être portée aux besoins des enfants hospitalisés.

1 Le comportement face à la maladie

1.1. Les réactions du malade

• Le malade a une représentation personnelle de sa santé et de son corps. Des paramètres tels que la nature de la maladie, la conscience de la gravité, le vécu de l'individu, le milieu socioculturel influencent le comportement du malade. Ce dernier peut se traduire par le refus, l'acceptation, la révolte ou le repli sur soi face à la maladie.

• De même, les réactions face aux équipes soignantes et à l'hospitalisation sont très différentes selon la personnalité (stress agressif, coopération...). Chez les personnes âgées, on peut constater un **syndrome de glissement** (dégradation rapide de la santé liée à une dépression nerveuse soudaine).

1.2. Les réactions de son entourage

• La maladie modifie les relations familiales et sociales en raison de l'état de santé du malade, des traitements et de l'hospitalisation.

• L'entourage peut ne pas accepter la maladie d'un proche par peur, par ignorance et donc fuir le malade ou bien accepter la maladie et lui apporter son soutien.

2 Les besoins de l'enfant hospitalisé

• La **fragilité physique, psychique et affective** de l'enfant hospitalisé nécessite une prise en charge spécifique et individualisée.

• La **charte européenne de l'enfant hospitalisé** précise un certain nombre de points : « l'hôpital est tenu de fournir un environnement correspondant aux besoins physiques, affectifs et éducatifs », la prise en charge doit « réduire au maximum les agressions physiques, émotionnelles et la douleur », « les enfants doivent être réunis par groupes d'âge pour bénéficier de jeux, de loisirs, d'activités éducatives », « l'enfant a le droit d'avoir ses parents auprès de lui, jour et nuit ».

3 Les droits des malades

Les droits des malades sont inscrits dans la loi du 4 avril 2002 qui indique qu'un individu peut désigner une personne de confiance, rédiger des **directives anticipées**... La charte de la personne hospitalisée fait connaître concrètement aux personnes hospitalisées leurs droits.

Pour aller plus loin
La charte de la personne hospitalisée
liennathan.fr/f367qe

Les établissements en faveur des malades

LU ☐
SU ☐
REVU ☐

En 2019, plus de 3 000 établissements de santé assurent le diagnostic, la surveillance et le traitement des malades selon la Direction de la recherche, des études, de l'évaluation et des statistiques (DRESS). Dans un contexte marqué par le vieillissement de la population et l'augmentation des pathologies chroniques, s'adaptent et modifient en profondeur leur offre de soins, en développant notamment l'hospitalisation partielle ou à domicile.

1 Les différents établissements de santé

Les établissements de santé se répartissent en trois catégories : les **établissements publics de santé, les établissements de santé privés d'intérêt collectif** (à but non lucratif, et les centres de lutte contre le cancer) et les **établissements privés de santé** (à but lucratif) qui sont des sociétés commerciales.

2 Les missions de service public

• Les **missions de service public** sont des missions à réaliser dans le but de satisfaire l'intérêt général. Tout établissement de santé, qu'il soit public ou privé, peut réaliser des missions de service public.
• L'**agence régionale de santé (ARS)** organise de façon graduée l'accès aux services de santé et les missions des différents établissements de santé.
• **Quelques principes fondamentaux de service public :** la continuité des soins, l'adaptation en fonction des besoins du public, l'égalité des usagers...

3 Les missions des centres hospitaliers

• Les **centres hospitaliers (CH)** et les **hôpitaux locaux** ont pour mission d'offrir des services diagnostiques et des soins en médecine, chirurgie, obstétrique ainsi que les soins de suite et de longue durée : ils assurent une permanence d'accueil, y compris en urgence.
• Les **centres hospitaliers régionaux (CHR)** dispensent les soins les plus spécialisés au niveau régional.
• Les **centres hospitaliers universitaires (CHU)** assurent des soins, ainsi qu'une mission d'enseignement (médecins, professionnels paramédicaux...) et de recherche scientifique et thérapeutique.
• Le **statut des professionnels** est différent selon l'établissement de santé qui les emploie et selon leur fonction au sein de cet établissement. Ils peuvent appartenir à la fonction publique territoriale, être contractuels...
Entre les membres du personnel d'un pôle d'activité au sein d'un établissement, il peut exister différents types de liens :
– le **lien hiérarchique** lie une personne qui a autorité à donner un ordre à une personne chargée de l'exécuter ;
– le **lien fonctionnel** lie deux personnes qui, selon leurs compétences travaillent ensemble à la réalisation d'une même fonction.

La fin de vie et la mort

LU ☐
SU ☐
REVU ☐

La mort questionne le sens de la vie et confronte l'humain à une réalité qui lui échappe. L'accompagnement en fin de vie interpelle la société.

1 La définition de la mort biologique et les soins palliatifs

• Le critère biologique pour établir le constat de la mort est l'**arrêt définitif de toute activité cérébrale** (décret du 2 décembre 1996). Les trois grandes fonctions (cardiaque, respiratoire et cérébrale) interagissent, et l'arrêt de l'une provoque naturellement l'arrêt des deux autres.
• Les **soins palliatifs** sont des soins actifs et continus pratiqués par une équipe pluridisciplinaire en institution ou à domicile.

2 L'approche de la mort

2.1. L'approche de la mort dans différentes cultures

• Les différentes cultures et religions possèdent leurs propres rites au moment de la mort d'un proche.
• Les rites constituent des actions chargées de signification. Ils renvoient à l'interprétation de la vie que se fait chaque religion. Au moment du décès, ces rites donnent des repères et aident les proches à traverser cette épreuve.

2.2. Les réactions de l'entourage face à la mort

Chez les plus jeunes, la colère et la révolte sont très fortes, ainsi que le sentiment d'injustice. Chez les personnes plus âgées, la sidération remplace la révolte et l'acceptation de la mort semble plus facile.

2.3. Les étapes du deuil

• Le choc, première étape à l'annonce de la disparition.
• Le déni, refus de croire l'information.
• Le sentiment de révolte ou de colère tourné contre soi ou contre les autres.
• La tristesse marquée par un sentiment intense de solitude peut se transformer en dépression.
• L'acceptation permet à la personne de reprendre confiance en son avenir.
• La reconstruction permet à la personne en deuil d'adhérer à de nouveaux projets.

3 La personne en fin de vie

• La **loi Claeys-Leonetti** du 2 février 2016 sur la fin de vie crée :
– un droit à une sédation profonde et continue jusqu'au décès pour les personnes dont le pronostic vital est engagé à court terme ;
– la possibilité à toute personne majeure d'exprimer ses volontés quant à sa fin de vie dans un document appelé « directive anticipée ».
• L'**acharnement thérapeutique** est défini comme l'obstination déraisonnable dans la dispense de soins.
• La mort donnée à un patient, qualifiée d'**euthanasie active**, est considérée comme un homicide par le Code pénal, quels que soient la volonté ou l'état de santé du malade.
•Le **suicide assisté** est le fait de donner la mort à un malade à sa demande, il est condamné par la loi.

Les textures adaptées aux besoins

LU ☐
SU ☐
REVU ☐

Les textures des préparations proposées doivent être adaptées aux besoins et aux capacités de la personne (mastication, déglutition…), quel que soit son âge. Les compléments alimentaires sont conçus pour fournir des apports nutritionnels.

1 Les principales textures

1.1. Les textures adaptées aux nourrissons et aux jeunes enfants

- **Entre 4 et 6 mois**, les aliments sont proposés en purée ou en compote lisses.
- **À partir de 6-8 mois**, tous les aliments sont hachés ou écrasés grossièrement à la fourchette.
- **À partir de 8 mois**, les aliments sont en petits morceaux très mous.
- **À partir de 10 mois**, les aliments sont en morceaux à croquer, à mâcher avec les dents. L'introduction progressive de ces nouvelles textures stimule ainsi l'apprentissage de la mastication et l'acceptation ultérieure des aliments solides.

1.2. Les textures adaptées aux capacités et aux pathologies

- Les **textures proposées** sont adaptées aux capacités de la personne pour prévenir les complications (fausses-routes, dénutrition, déshydratation…), couvrir les besoins nutritionnels, maintenir le plaisir de manger et une certaine autonomie.
- Les **textures modifiées** (haché, mixé) correspondent à une transformation des préparations dont on a changé l'aspect pour qu'elles soient consommées par des personnes ayant des troubles de la mastication et/ou de la déglutition.

1.3. Les textures adaptées aux troubles de la déglutition (dysphagie)

L'IDDSI (*International Dysphagia Diet Standardisation Initiative*) fournit une terminologie internationale commune pour décrire les textures des aliments et l'épaisseur des boissons pouvant être prescrits dans le cadre d'une alimentation adaptée aux capacités des personnes. À chaque niveau de textures, pour les aliments ou les boissons, une définition précise du résultat attendu permet au médecin prescrivant la texture et au cuisinier préparant le plat modifié d'avoir les critères de référence et le même langage.

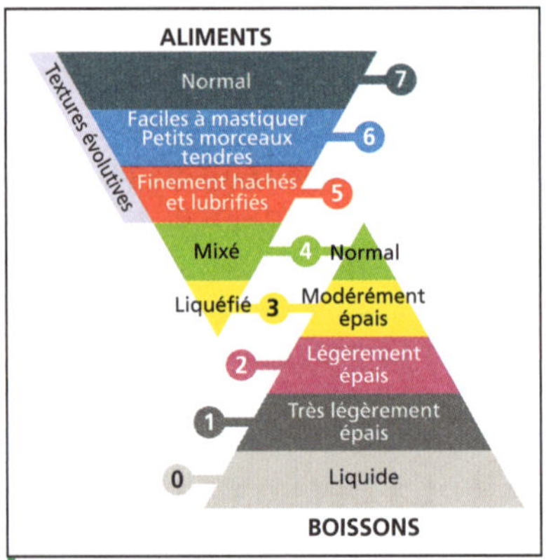

Doc. 19 – **La texture des aliments et boissons**

2 Les compléments alimentaires

- Les **compléments alimentaires** sont des sources concentrées de nutriments (vitamines, éléments minéraux) ou d'autres substances ayant un effet nutritionnel ou physiologique seuls ou combinés, commercialisés sous forme de doses (gélules, comprimés…). Les compléments alimentaires ne sont pas des médicaments.
- L'**utilisation de compléments alimentaires** se justifie dans des cas particuliers, comme un régime exposant à un risque de couverture insuffisante des besoins nutritionnels. Il est vivement recommandé de demander l'avis d'un professionnel de santé avant de prendre des compléments alimentaires.

Les différents régimes prescrits

LU ☐
SU ☐
REVU ☐

Un régime alimentaire est prescrit par le médecin après un diagnostic. Un suivi permet de le faire évoluer en cas de troubles. Il en existe différents types.

1 Le régime hypoglucidique

• Le **régime hypoglucidique** consiste à réduire la consommation de glucides simples en cas de surpoids, d'obésité, de diabète, d'hypercholestérolémie.
• Les **produits à limiter** sont les aliments riches en glucides simples (sucre, confitures, miel...) et les boissons sucrées (jus de fruits, sodas).

2 Le régime hypolipidique

• Le **régime hypolipidique** vise à limiter les apports en lipides (acides gras saturés, triglycérides). Il peut être prescrit en cas de diabète, d'obésité, d'hypercholestérolémie, d'hypertriglycéridémie, de maladies cardiovasculaires.
• Les **aliments à réduire** sont les viandes et les poissons gras, les œufs, les produits laitiers, les sucres, l'alcool.

3 Le régime hyposodé

• Le **régime hyposodé** est un régime limité en sodium. Il peut être prescrit en cas d'hypertension artérielle, d'insuffisance cardiaque, de maladie rénale, d'œdème important...
• Le **régime hyposodé large** vise un apport inférieur à 5 g de sel par jour.
• Le **régime hyposodé strict** vise un apport inférieur à 1,5 g de sel par jour.

4 Le régime hyperprotidique

• Le **régime hyperprotidique** est un régime enrichi en protides lorsque les besoins physiologiques sont augmentés (dénutrition, brûlures, blessures...).
• Les **menus enrichis** en viandes, poissons, œufs ou produits laitiers sont sources de protéines animales. Les menus enrichis en légumes secs apportent des protéines végétales. Les compléments nutritionnels oraux peuvent être prescrits en collation.

5 Le régime sans résidu

• Le **régime sans résidu** est un régime réduisant ou supprimant totalement des aliments contenant des fibres alimentaires. Il est temporaire et utilisé en cas de diarrhées graves ou persistantes, avant certains examens médicaux.
• Les **aliments à supprimer** sont ceux producteurs de déchets, d'irritations ou de flatulences dans le côlon (par exemple, les fruits, les légumes, le pain frais).

Les qualités organoleptiques des aliments

Les qualités organoleptiques des aliments sont l'ensemble des propriétés perçues par les organes des sens qui nous permettent de les reconnaître et de les apprécier.

1 Les critères de qualité organoleptique

Les **critères de qualité organoleptique** sont définis par l'aspect (la couleur, la fraîcheur, la présentation...), la texture (croquant, tendre, onctueux...) et la flaveur (l'arôme, la saveur, l'odeur) de l'aliment.

2 Les éléments intervenant dans l'appétit

• L'**appétit** correspond à l'envie et au désir de manger. Il est provoqué par les stimuli olfactifs ou visuels. C'est le signal qui déclenche l'ingestion des aliments et l'apport d'énergie nécessaire au fonctionnement de l'organisme.
• Les **éléments perturbant l'appétit** sont les facteurs psychologiques, le stress, la maladie. L'exercice physique, au contraire, stimule l'appétit.
• La **faim** correspond au besoin physiologique de manger.

3 La perception des qualités organoleptiques

• La **perception des qualités organoleptiques** met en jeu les 5 sens (la vue, le toucher, le goût, l'ouïe, l'odorat).
• Les **5 sens** sont mis en action par l'intermédiaire de sensations (stimuli).
• Les **sensations** sont transmises par des nerfs jusqu'à des zones réceptrices spécialisées du cerveau.
• Le **cerveau** analyse les sensations et permet la reconnaissance et la mémorisation (positive ou négative) des saveurs et des odeurs rencontrées.

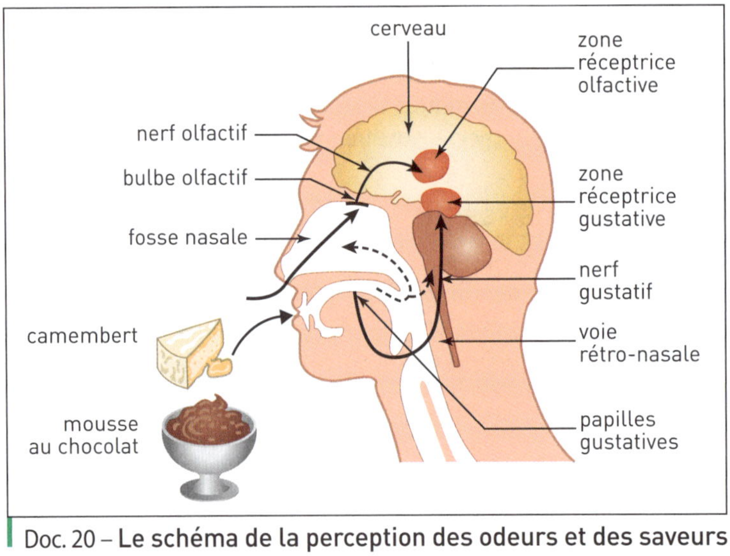

Doc. 20 – **Le schéma de la perception des odeurs et des saveurs**

Les toxi-infections alimentaires (TIA)

LU ☐
SU ☐
REVU ☐

La qualité sanitaire des préparations alimentaires doit être assurée de leur production à leur distribution pour éviter toute intoxication pour les usagers.

1 Les définitions

• Les **infections d'origine alimentaire** sont des infections consécutives à l'ingestion de denrées alimentaires contaminées par des micro-organismes pathogènes.
• La **maladie infectieuse alimentaire (MIA)** est due à la présence de micro-organismes pathogènes en grand nombre dans l'aliment ingéré.
• La **toxi-infection alimentaire (TIA)** est due à la présence de toxines (poisons) sécrétées par les bactéries dans l'aliment ingéré.
• La **toxi-infection alimentaire collective (TIAC)** est une TIA qui touche au moins deux personnes présentant des mêmes symptômes, en général gastro-intestinaux (diarrhées, vomissements, douleurs abdominales...), et dont on peut rapporter la cause à une même origine alimentaire.

2 Les micro-organismes responsables des TIA

• Le **pouvoir toxique**, c'est-à-dire la capacité à fabriquer et à libérer des toxines, est plus ou moins élevé selon les bactéries.
• Les **micro-organismes** responsables des principales TIA sont les bactéries :
– *Salmonella*, qui entraîne la salmonellose ;
– *Staphylococcus aureus* et *Clostridium perfringens*, qui provoquent des symptômes gastro-intestinaux.

3 Les TIAC

• Les **aliments à risque** sont surtout des produits d'origine animale : viandes, charcuteries, volailles, crustacés, produits laitiers, œufs, plats cuisinés en sauce ou conservés dans un bouillon, préparations à base d'œufs et/ou de lait comme les crèmes, préparations à base d'œufs non cuits comme la mayonnaise ou la mousse au chocolat.
• Les **moyens de prévention pour éviter la survenue d'une TIAC lors la distribution des repas** sont de veiller au respect des chaînes du froid et du chaud, des DLC, des règles d'hygiène, de la marche en avant, des plans de nettoyage des locaux.
• **Une TIAC est une maladie à déclaration obligatoire (MDO).** Celle-ci doit être faite à l'Agence régionale de santé (ARS) et/ou à la Direction départementale de la protection des populations (DDPP). Le signalement permet d'identifier les aliments en cause et de mettre en place des solutions correctives.
• Les **mesures réglementaires à appliquer en cas de TIAC** sont de retirer de la consommation les aliments suspects et de mettre les plats témoins à la disposition de la DDPP (en restauration collective).

L'hygiène professionnelle

L'hygiène professionnelle regroupe la tenue vestimentaire professionnelle, le port de gants de soins et l'hygiène des mains. Elle fait l'objet de mesures systématiques destinées à protéger les professionnels et les patients vis-à-vis du risque infectieux. Elles font partie des précautions standard (PS) d'hygiène.

1 La tenue professionnelle

1.1. La tenue vestimentaire professionnelle standard

La tenue vestimentaire professionnelle standard est de couleur claire pour faciliter la vérification de son état de propreté. Elle est changée tous les jours et chaque fois qu'elle est souillée. Elle comprend la tunique, le pantalon et les chaussures.

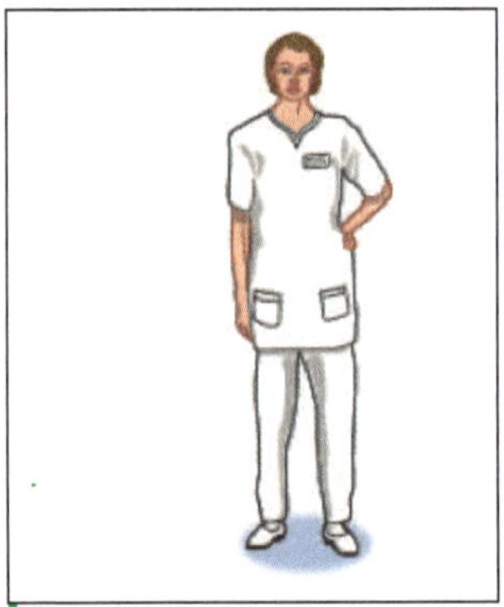

Doc. 21 – La tenue professionnelle standard

1.2. Les gants de soins à usage unique

• Les gants de soins à usage unique doivent être adaptés à l'activité et au risque. Ils sont obligatoires lorsque l'opérateur est en contact avec les liquides biologiques, une plaie ou du linge souillé.
• Leur port participe à la prévention de la **transmission croisée manuportée**.
• Il est obligatoire de se laver les mains après le retrait des gants, car la transpiration favorise la prolifération des micro-organismes. Les gants laissent passer les virus.

2 L'hygiène des mains

2.1. La justification de l'hygiène des mains en secteur professionnel

• L'**hygiène des mains** est la première mesure efficace de prévention des infections associées aux soins.
• Le **microbiote transitoire des mains** est formé de micro-organismes qui se déposent au cours des activités. Il est responsable de contaminations croisées (transmission d'un patient à un autre par les mains du soignant, par les poignées de porte…).

2.2. La friction hydroalcoolique en milieu professionnel

• La **friction hydroalcoolique** est la méthode la plus efficace pour une hygiène optimale. Elle s'effectue en remplacement du lavage antiseptique (risque infectieux intermédiaire) en secteur professionnel si les mains ne sont pas souillées.
• Elle est rapide et ne nécessite ni eau ni séchage.

2.3. Les lavages des mains

• Les **lavages simple et antiseptique** s'effectuent lorsque les mains sont souillées (salissures visibles).
• Le **lavage simple** élimine les salissures, réduit le microbiote transitoire. Il s'effectue lorsque le risque infectieux est bas (vie courante).
• Le **lavage antiseptique** élimine les salissures et le microbiote transitoire. Sur des mains mouillées, il doit remplacer la friction hydroalcoolique.
• Le **lavage chirurgical** élimine la totalité du microbiote transitoire et diminue le microbiote résident durablement (actes à haut risque infectieux : obstétrique…).

L'organisation des circuits

LU ☐
SU ☐
REVU ☐

L'organisation des circuits dans les locaux des structures nécessite l'application de règles et de méthodes pour prévenir tout risque de biocontamination.

1 Les circuits et l'intérêt de leur mise en œuvre

• Un **circuit** est un itinéraire de circulation organisé en milieu professionnel pour le personnel, le matériel, les produits ou les déchets afin d'éviter les contaminations croisées et de prévenir les risques d'infections nosocomiales ou d'intoxications alimentaires.
• La **biocontamination** est la contamination d'une surface par des micro-organismes indésirables.
• La **contamination croisée** est la transmission de micro-organismes par l'intermédiaire de différents vecteurs (mains, tenue...). Elle s'effectue lors du croisement entre les circuits propres et sales (vaisselle, linge...).

2 Les principes d'organisation des circuits

2.1. Le respect des circuits propres/sales

• Les différents circuits souillés (denrées brutes, vaisselle sale, linge sale, déchets...) et propres (vaisselle propre, linge propre...) doivent être bien identifiés, séparés et respectés. Le personnel porte une tenue spécifique à chaque secteur afin de limiter les contaminations croisées.
• Une **double circulation des personnes** (usagers et professionnels) contribue également à réduire les risques de croisement et de biocontamination.
• Le personnel emprunte des circuits horizontaux (couloirs, galeries) et verticaux (escaliers, ascenseurs) pour limiter la transmission des micro-organismes portés par les patients ou les visiteurs en structure de soins.

2.2. Le respect du principe de la marche en avant

• La **marche en avant** se traduit par une organisation des locaux et du travail consistant à ce qu'il n'y ait pas de croisement entre le circuit propre et le circuit sale, ni de retour en arrière.
• Le produit chemine dans le circuit du produit brut au produit fini en progressant dans les locaux selon les étapes chronologiques de son traitement. Dans la cuisine de l'établissement, le traitement des denrées alimentaires doit respecter ce principe à chaque étape, du produit brut au produit fini.

3 Les mesures réglementaires

Différentes mesures réglementaires ont pour objectif la maîtrise du risque de biocontamination par l'application de règles et de méthodes de travail spécifiques.
• La **méthode HACCP** (*Hazard Analysis Critical Control Point* ou analyse des dangers et des points critiques pour leur maîtrise) permet de garantir la sécurité sanitaire des aliments en restauration collective.
• La **méthode RABC** (*Risk Analysis and Biocontamination Control* ou méthode d'analyse des risques et de maîtrise de la biocontamination) permet de maîtriser les risques de biocontamination des textiles en blanchisserie.

Les matériels et les appareils d'entretien des locaux

LU ☐
SU ☐
REVU ☐

Les matériels et les appareils d'entretien des locaux ont différentes fonctions. Le respect de leurs conditions d'utilisation permet de garantir leur maintien en état et la qualité du résultat attendu.

1 Le matériel et les appareils d'entretien des surfaces

1.1. Le chariot d'entretien

• La **fonction globale du chariot d'entretien** est de mettre à disposition du matériel et des produits pour réaliser les opérations d'entretien des surfaces et des sols. Le contenu du chariot est différent selon la méthode d'entretien. Le chariot est équipé d'un seau contenant la solution avec des lavettes ou des franges et d'un seau de récupération du sale pour la « méthode par pré-imprégnation ».
• L'**entretien du chariot et de ses accessoires** doit se faire après chaque utilisation pour éviter leur encrassement, leur détérioration et les contaminations croisées.

1.2. Le nettoyeur désinfecteur vapeur

• La **fonction globale du nettoyeur désinfecteur vapeur** est d'obtenir un bio-nettoyage approfondi des surfaces et des équipements. L'appareil comprend des accessoires et des lavettes en microfibres. Pour prévenir tout risque de brûlure, l'utilisateur doit se tenir éloigné de la sortie vapeur.
• Le **maintien en état du nettoyeur désinfecteur vapeur** nécessite de le vidanger et de le détartrer régulièrement pour éviter toute altération de l'appareil.

2 Le matériel et les appareils d'entretien du sol

• L'**aspirateur à poussières** capture les salissures de petites dimensions non adhérentes sur le sol et les emmagasine dans une enceinte close. Le dépoussiérage mécanique est adapté aux surfaces très empoussiérées, lisses ou rugueuses.
• Le **balai trapèze muni d'une gaze (à usage unique ou pré-imprégnée)** emprisonne les salissures non adhérentes sur un sol lisse. On obtient ainsi une propreté visuelle. C'est la méthode la plus efficace, appelée balayage humide.
• **Différents matériels et appareils pour le lavage des sols, comme le balai rasant muni d'un bandeau de lavage, la monobrosse ou l'autolaveuse,** éliminent les salissures adhérentes sur les sols lavables par action chimique et mécanique. On obtient ainsi une propreté visuelle et une propreté microbiologique.
• Le **chariot d'entretien** muni de deux seaux de couleurs différentes et d'une presse permet de laver les sols par la « méthode des 2 seaux ».
• Des **règles de sécurité** sont à respecter lors de l'utilisation et de l'entretien d'appareils comme l'aspirateur à poussières : ne pas aspirer de liquides, ne pas laisser l'appareil en fonctionnement sans surveillance, débrancher l'appareil avant son entretien, ne pas tirer sur le cordon pour débrancher l'appareil.
• Les **consignes d'utilisation, de nettoyage et de maintien en état** doivent être consultées sur la notice ou la fiche technique de l'appareil afin d'assurer son bon fonctionnement, la qualité du résultat et de prévenir tout risque pour son utilisateur.

Savoir 53

Les techniques d'entretien et de bionettoyage

LU ☐
SU ☐
REVU ☐

L'entretien de l'environnement proche de la personne nécessite de respecter des règles, des principes et des étapes quelle que soit la technique choisie.

1 La mise en œuvre des techniques d'entretien

• Le **choix de la technique d'entretien** doit être adapté au contexte professionnel. Il tient compte de la nature du support, du lieu, de la nature et de la quantité des salissures, du matériel à disposition, du résultat attendu...

• Un **ordre logique dans le déroulement des opérations** est à respecter : commencer par les locaux les moins contaminés, travailler du plus propre vers le plus sale et du haut vers le bas, pour les sanitaires de l'extérieur vers l'intérieur, respecter la marche en avant. Ces principes visent à limiter les biocontaminations.

• Les **critères de qualité du résultat** sont définis selon la technique choisie : l'absence de salissures adhérentes et non adhérentes, l'absence de micro-organismes... Les fiches de contrôle sont complétées pour améliorer les pratiques professionnelles et assurer ainsi la traçabilité du travail effectué.

• **Les règles d'hygiène et de sécurité :** l'utilisation de lavettes de couleurs différentes réduit les contaminations croisées. Le port d'équipements de protection individuelle (EPI) protège des risques chimiques et biologiques.

• **Les principes d'ergonomie, d'économie et d'écoresponsabilité :** le dos est droit et les jambes sont fléchies pour se baisser et se lever afin de prévenir les risques liés à l'activité physique. Réduire le nombre de produits d'entretien permet de limiter le gaspillage et l'impact environnemental.

2 Le principe du bionettoyage

Le **bionettoyage des locaux** d'une structure d'accueil et de soins permet d'obtenir la propreté visuelle et la propreté microbiologique. Il consiste à réaliser une opération de nettoyage et une opération de désinfection. Le niveau d'exigence est défini par chaque structure selon la classification des zones à risque infectieux. **> Voir fiche 94**

3 Le bionettoyage en 3 points

Le bionettoyage peut s'effectuer en 3 points ou en 5 points selon le niveau de zone à risque, le degré de contamination et/ou de salissures d'un équipement ou d'un local, de la fréquence des opérations...

Le **bionettoyage en 3 points** peut s'appliquer lors des entretiens quotidiens.

• **Étape 1 : le prénettoyage.** L'élimination des salissures visibles est nécessaire pour favoriser l'action du détergent-désinfectant.

• **Étape 2 : le nettoyage-désinfection avec un détergent-désinfectant (DD).** Cette étape consiste à retirer les salissures adhérentes et les micro-organismes.

• **Étape 3 : le rinçage-séchage.** Le rinçage élimine le produit et les salissures. Le séchage élimine l'eau.

Pour aller plus loin
Le bionettoyage en 5 points
liennathan.fr/j55t4j

Les techniques de stérilisation

LU ☐ SU ☐ REVU ☐

La stérilisation des dispositifs médicaux réutilisables (DMR) a pour objectif d'éviter les infections associées aux soins (IAS) chez les patients examinés ou soignés au cours des actes médicaux.

1 La stérilisation à la vapeur d'eau

La **stérilisation à la vapeur d'eau** est la méthode de référence. Après leur utilisation, les DMR souillés sont soumis aux opérations suivantes :

• **Étape 1 : la pré-désinfection** a pour but de diminuer la population de micro-organismes présents sur le matériel, de protéger le personnel des contaminations et de faciliter le nettoyage ultérieur. Les DMR ouverts et démontés subissent un trempage dans une solution détergente désinfectante à l'intérieur d'un bac adapté puis sont rincés après un temps d'action. Dans la vie courante, on parle de **décontamination**.

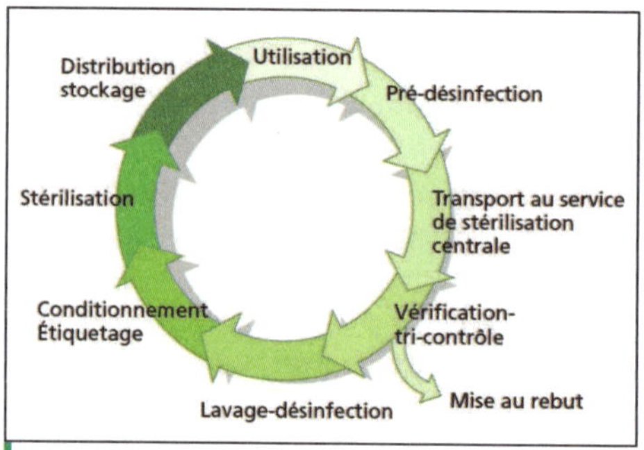

Doc. 22 – Le cycle de vie d'un instrument réutilisable

Celle-ci est définie comme « une opération au résultat momentané permettant d'inhiber ou de tuer des micro-organismes présents sur des milieux inertes ou des tissus vivants ». On décontamine ce qui est sale.

• **Étape 2 : le lavage-désinfection** a pour objectif d'éliminer les salissures et les micro-organismes résiduels. Le rinçage à l'eau élimine toute trace résiduelle et le séchage limite le développement bactérien.

• **Étape 3 : le conditionnement** consiste à protéger les DMR propres par un emballage spécifique qui assure, après stérilisation, la garantie de leur stérilité jusqu'à leur utilisation ou leur péremption. L'étiquetage assure la traçabilité des DMR.

• **Étape 4 : la stérilisation** est une opération au résultat durable dont l'objectif est d'éliminer toute vie microbienne végétative ou sporulée et tout agent transmissible non conventionnel (ATNC) par l'action conjuguée de la vapeur d'eau saturée sous pression, de la température et du temps. Différents **contrôles** (emballages, tests de stérilisation) ont lieu à la sortie de l'autoclave avant le **stockage** et la **distribution** des DMR dans leurs services d'origine dans des conteneurs fermés et identifiés.

2 Les autres méthodes de stérilisation

• La **stérilisation à basse température (SBT) au peroxyde d'hydrogène** s'effectue pour les dispositifs médicaux thermosensibles. Elle détruit les micro-organismes à basse température.

• La **stérilisation par irradiation** concerne les dispositifs médicaux à usage unique (DMUU), en milieu industriel.

Le tri du linge

LU ☐
SU ☐
REVU ☐

Le tri prépare le linge avant de l'acheminer pour un traitement adapté à la nature de ses fibres, des salissures, à sa couleur… Les techniques et les modalités de tri du linge doivent être maîtrisées en respectant les circuits et les protocoles.

1 Les différentes catégories de linge

Le linge est classé en différentes catégories pour faciliter son tri et son traitement.

Catégories		Pièces de linge
Linge plat	Petit plat	Torchons, taies d'oreillers, traversins…
	Grand plat	Draps, dessus de lit, alèses…
Linge en forme		Chemises, chemises de nuit, pantalons…
Petites pièces		Lavettes, carrés d'essuyage, bandeaux de lavage…
Linge fragile		Couvertures, lainages…

2 Les consignes de tri du linge

Les protocoles de tri du linge doivent être respectés pour prévenir les contaminations croisées, les infections associées aux soins (IAS), des risques professionnels. Ils sont spécifiques à chaque structure.

- Vider les poches.
- Trier le linge dans le couloir, ne pas faire entrer le chariot de tri dans la chambre.
- Ne pas secouer le linge sale.
- Ne pas poser le linge sale au sol lors de la collecte du linge souillé.
- Éviter tout contact entre le linge sale et sa tenue professionnelle.
- Porter un tablier de protection jetable et des gants à usage unique pour manipuler tout linge souillé avec des liquides biologiques comme les selles, le sang (précautions standards).
- Enfermer le linge souillé dans un sac hydrosoluble avant le tri.
- Répartir les pièces de linge dans des sacs selon leur catégorie en respectant les codes couleurs de la structure.
- Ne pas remplir les sacs au-delà des deux tiers de leur capacité.
- Nettoyer-désinfecter les chariots de tri chaque jour.
- Respecter les circuits (propre et sale).

Doc. 23 – Les consignes de tri du linge sale dans un établissement médico-social

3 Le signalement du linge contaminé

• Le **linge contaminé** est évacué dans un double sac étanche, identifié par une couleur spécifique à la structure, fermé selon les protocoles.

• Le **signalement du linge contaminé** s'effectue grâce à une fiche de suivi du linge contaminé pour les professionnels, par des documents d'information pour le patient et sa famille.

• La **traçabilité** doit être assurée pour prouver le suivi de toutes les étapes menées lors du tri et de l'acheminement du linge contaminé.

Savoir
56

La distribution des repas et des collations

LU ☐
SU ☐
REVU ☐

Les repas servis dans les structures ou livrés au domicile doivent répondre à des exigences de qualité et sécurité depuis leur production jusqu'à leur distribution.

1 Les formes de distribution des repas et des collations

1.1. La distribution directe et la distribution différée

• La **distribution directe** correspond à une consommation des repas le jour même sur le lieu de leur fabrication.
• La **distribution différée** consiste à produire et à servir des repas dans un temps et/ou dans un espace différent.

1.2. La liaison chaude et la liaison froide réfrigérée

La liaison correspond à l'intervalle de temps qui sépare le moment où les préparations sont terminées jusqu'à leur service à l'usager.
• **La liaison chaude** consiste à maintenir et à transporter des préparations culinaires élaborées à l'avance (PCEA) chaudes à une température supérieure ou égale à + 63 °C à cœur jusqu'à leur consommation.
• **La liaison froide réfrigérée** se déroule en plusieurs étapes.

Cuisson des PCEA à une **température supérieure ou égale à + 63 °C** pour détruire une grande partie des micro-organismes.

↓

Refroidissement rapide des PCEA **d'une température de + 63 °C à + 10 °C en moins de 2 heures** pour éviter le développement microbien

↓

Transport et stockage des PCEA entre **0 °C et + 3 °C** pour ralentir le développement microbien.

↓

Remise en température **de + 10 °C à + 63 °C en moins de 1 heure** pour éviter le développement microbien.

↓

Distribution des PCEA à une **température supérieure ou égale à + 63 °C** pour détruire une grande partie des micro-organismes.

Doc. 24 – Les différentes étapes de la liaison froide réfrigérée

2 Les modes de distribution des repas et des collations

• Le **service à table** consiste, pour le professionnel, à disposer les assiettes dressées en cuisine ou dans la salle à manger auprès des usagers assis. La disposition des différents éléments nécessaires pour le service doit mettre en valeur les plats et faciliter la prise du repas.
• Le **service au lit** permet de présenter le repas aux personnes alitées. Le dossier doit être relevé au maximum. Le haut du corps doit être calé avec un oreiller. Le buste doit être droit, la tête légèrement penchée vers l'avant pour éviter les fausses-routes.

Les matériels et les appareils de remise en température

LU ☐
SU ☐
REVU ☐

Des paramètres sont à vérifier lors de la réception, de la remise en température et du maintien en température des préparations alimentaires. Du matériel et des appareils permettent de respecter les durées et les températures réglementaires.

1 Les paramètres à contrôler

- Les **paramètres à contrôler lors de la réception des repas et des collations** sont la température et la propreté du camion chargé du transport, le nom des produits, leur température à cœur, l'état des emballages, leur quantité, leur date de fabrication, les dates limites de consommation (DLC) ou les dates de durabilité minimale (DDM).
- Les **paramètres à contrôler lors du maintien en température ou de la remise en température** sont les durées des opérations et les températures à cœur des préparations culinaires élaborées à l'avance (PCEA). Ces données doivent être consignées par écrit et répondre aux exigences définies par la réglementation.
- Le **respect de tous les paramètres** à toutes les étapes de la liaison chaude ou froide permet de limiter la prolifération microbienne et de garantir ainsi des préparations sans danger pour la santé des usagers. **> Voir fiche 56.**

2 Le matériel et les appareils

2.1. La fonction globale du matériel et des appareils

- La **fonction globale du chariot de distribution** est de distribuer les plateaux-repas, de maintenir ou de remettre en température des préparations chaudes et de conserver les préparations froides jusqu'à leur distribution aux usagers.
- La **fonction globale du four de remise en température** est de cuire, de maintenir et de remettre en température (de + 10 °C à + 63 °C en moins d'une heure) les préparations alimentaires. Cet appareil est utilisé en restauration collective.
- La **fonction globale de l'enceinte à micro-ondes** est de décongeler, de chauffer ou de cuire les aliments. Certains modèles permettent aussi de griller, de dorer ou de gratiner les préparations.

2.2. Les règles de sécurité

Les règles de sécurité sont à respecter **lors de l'utilisation et de l'entretien du matériel et des appareils pour prévenir tout risque de brûlure, d'électrisation, d'incendie...** (par exemple, contacter un spécialiste pour toute intervention).

2.3. Les consignes d'utilisation, de nettoyage et de maintien en état

Les consignes d'utilisation, de nettoyage et de maintien en état du matériel et des appareils sont à **lire attentivement sur le manuel d'utilisation fourni par le fabricant afin de suivre les instructions données**.

Savoir
58

L'installation et l'aide à la prise des repas

LU ☐
SU ☐
REVU ☐

L'installation et l'aide à la prise des repas nécessitent de prendre des précautions pour prévenir la déshydratation, la dénutrition, les fausses-routes.

1 Les critères de qualité lors du service des repas

Les critères de qualité attendus lors du service des repas : la prise en compte des habitudes et des goûts de l'usager, le contrôle de la conformité aux prescriptions, au(x) régime(s), aux textures, le respect des règles d'hygiène et de sécurité, un service aux températures réglementaires... La disponibilité et l'écoute sont indispensables pour fournir une aide à la prise des repas adaptée aux capacités de l'usager. L'attitude doit être souriante et discrète.

2 Les précautions à prendre

Les précautions à prendre lors de l'installation et de l'aide à la prise des repas : mettre en place les conditions favorables (lieu calme, chaleureux), connaître le degré d'autonomie de la personne, ses habitudes, veiller à son confort lors de son installation (à table, au fauteuil, au lit) et à sa sécurité, respecter son rythme sans la forcer, avoir une attitude bienveillante et stimulante.

3 La prévention des fausses-routes

• La **fausse-route** est la pénétration d'un aliment, d'un liquide ou de salive dans l'appareil respiratoire avec un risque d'étouffement ou d'infection.

• **Les moyens de prévenir les fausses-routes :** être assis à côté de l'usager, à sa hauteur ou plus bas que lui, pour éviter qu'il ne relève la tête, avoir un environnement calme, privilégier les textures mixées, hachées, onctueuses favorisant la propulsion, les boissons gazeuses stimulant le réflexe de déglutition.

Pour aller plus loin
La prévention des fausses-routes
liennathan.fr/tj47p3

4 Le matériel d'aide aux repas

Du **matériel** facilite la prise des repas et préserve ainsi l'autonomie de la personne tout en contribuant à sa sécurité. Il présente des intérêts non seulement pour la personne aidée mais aussi pour les professionnels (par exemple, le verre à découpe nasale).

5 La prise alimentaire et les apports hydriques

La **surveillance de la prise alimentaire et des apports hydriques** se fait selon des modalités fixées par la structure. Des fiches permettent de noter les quantités consommées durant les repas de la journée afin d'établir un bilan pour agir en cas d'anomalie (dénutrition).

Savoir 59

Les soins d'hygiène corporelle

LU ☐
SU ☐
REVU ☐

Les soins d'hygiène regroupent l'aide à la toilette et la réalisation totale du soin à la salle de bains ou au lit pour l'adulte. Pour l'enfant, il peut s'agir du bain et de la toilette du visage ou de la toilette du siège et du change.

1 Les soins d'hygiène corporelle de l'adulte

1.1. Les objectifs des soins

• **Répondre à un des besoins fondamentaux :** prendre soin de son corps.
• **Garantir l'hygiène de la personne** pour favoriser les rôles de la peau.
• **Permettre un moment privilégié de relation** pour une meilleure connaissance de la personne et de son environnement.
• **Évaluer et transmettre les observations** réalisées au cours du soin.
• **Contribuer à la prévention des infections associées aux soins** en appliquant les règles d'hygiène et les précautions standard (PS).

1.2. Les conduites à tenir au cours des soins

• **Favoriser l'autonomie de la personne :** proposer différentes possibilités à la personne selon ses habitudes : toilette au lavabo, au fauteuil, à la douche, au lit... ; aider la personne plutôt que faire à sa place, chaque fois que possible, solliciter, conseiller, expliquer ; respecter les habitudes de vie (heure de la toilette...).
• **Assurer le respect de la pudeur :** couvrir la personne au fur et à mesure du soin.
• **Assurer le confort de la personne :** installer la personne de manière confortable avec une température de la pièce entre 20 et 22 °C, communiquer avec elle.
• **Assurer sa sécurité physique et sanitaire :** utiliser les aides techniques, respecter les règles d'ergonomie, prévoir le bionettoyage du matériel et des surfaces, respecter le principe « du plus propre au plus sale ».
• **Vérifier les zones corporelles sensibles :** aisselles, plis cutanés, points d'appui.
• **Choisir le matériel et les produits d'hygiène :** prendre en compte le risque infectieux, respecter le choix de la personne.

2 Les soins d'hygiène corporelle de l'enfant

2.1. Les spécificités des soins

Les objectifs et les conduites à tenir sont les mêmes que ceux de l'adulte avec quelques spécificités : agir doucement mais d'un geste assuré, surveiller l'**apparition d'un érythème fessier**, sécher les plis cutanés pour éviter les **mycoses**, choisir un **change adapté** au poids de l'enfant.

2.2. Les étapes de la toilette complète de l'enfant : le bain

Étape 1 : la préparation du matériel et des produits.
Étape 2 : le savonnage toujours du plus propre (cheveux) au plus sale (siège).
Étape 3 : le rinçage puis laisser l'enfant jouer quelques instants dans le bain.
Étape 4 : le séchage, veiller aux plis cutanés, mettre la couche et rhabiller l'enfant.
Étape 5 : les transmissions (état de la peau du siège, des selles et des urines...).

Savoir 60

LU ☐
SU ☐
REVU ☐

BLOC 2

L'aide à l'habillage et au déshabillage

Le besoin de se vêtir est un des 14 besoins fondamentaux. Les vêtements assurent la protection du corps et jouent aussi un rôle social. L'habillage et le déshabillage réclament une certaine dextérité, une coordination et une précision des mouvements.

1 L'habillage et le déshabillage de l'adulte

1.1. La technique

• **La préservation de l'autonomie de la personne :** l'encourager à faire elle-même, ou du moins la faire participer au choix des vêtements et en partie au soin dans la mesure de ses capacités. Cela demande de s'adapter au rythme de la personne en prenant le temps nécessaire.

• **Des principes à respecter tout au long du soin :**
- respecter la pudeur de la personne et les règles d'hygiène des mains ;
- commencer toujours l'habillage par le membre douloureux ou handicapé ;
- terminer toujours le déshabillage par le membre douloureux ou handicapé ;
- déshabiller/habiller (ou accompagner le geste) d'abord le haut du corps pour éviter le refroidissement et respecter la pudeur de la personne puis le bas du corps ;
- faciliter l'habillage en proposant les aides techniques, aider à l'enfilage si nécessaire ;
- à la fin du soin, traiter le linge sale selon le protocole établi ou les habitudes de la personne au domicile ;
- faire les transmissions orales et écrites (après lavage des mains).

1.2. Les bas de compression ou de contention

Les **bas de compression** (bas de contention) sont des aides techniques utilisées sur prescription médicale. Ils doivent être enfilés le matin sur des jambes reposées.

1.3. Les aides techniques et l'adaptation des vêtements

• Les **aides techniques** sont des accessoires qui servent à préserver l'autonomie de la personne dans les activités d'habillage et de déshabillage.

• **Exemples d'aides techniques :** enfile-bas, élastiques (poignets de chemises), enfile-bouton, anneaux pour fermeture éclair, pinces d'aide à l'habillage (pour les personnes atteintes d'une paralysie d'un membre supérieur) ; pour les chaussures : lacets élastiques (en cas de difficultés de préhension ou de difficultés à se baisser), chaussures à ouverture totale, chausse-pieds à long manche (pour se chausser sans se baisser).

• **L'adaptation des vêtements :** certains vêtements peuvent subir des adaptations pour être fermés et ouverts plus facilement (par exemple, poser une bande Velcro autocollante sur l'ouverture d'un polo, d'un pantalon, déplacer l'ouverture sur le côté).

2 L'habillage et le déshabillage de l'enfant

• Les conduites à tenir sont les mêmes que celles de l'adulte.

• Tant que l'enfant ne marche pas, le soin doit être réalisé sur un coussin de change, ce qui oblige le professionnel, pour des raisons de sécurité, à organiser l'espace et à préparer tout le matériel et les vêtements à l'avance pour les avoir à portée de mains. Commencer l'habillage de la grenouillère par les bras, terminer par les pieds.

• Lorsque l'enfant marche, l'habillage et le déshabillage s'effectuent debout, l'intervenant est dans la position du « chevalier servant » (préservation du dos).
La technique est la même que celle de l'adulte (haut du corps, puis bas du corps).

La réfection et l'installation au lit

LU ☐
SU ☐
REVU ☐

La réfection et l'installation au lit doivent assurer le confort de la personne et favoriser son repos. L'installation au lit contribue aussi à soulager la douleur dans un environnement sécurisant. Le professionnel adopte les techniques gestuelles adaptées.

1 La réfection du lit

1.1. Les différents types de réfection du lit

• La **réfection partielle** s'effectue quotidiennement. À l'hôpital, le change partiel concerne l'alèse et parfois le drap de dessous.
• La **réfection totale** du lit concerne l'alèse, les draps et la (ou les) taie(s) d'oreiller. Son rythme (quotidien ou plus) dépend des conditions d'hygiène (draps souillés).

1.2. Des règles à respecter et le mode opératoire

• **Veiller à l'hygiène :** la réfection du lit constitue un soin à risque de transmission croisée.
• **Expliquer** au patient ou à l'usager le soin s'il est présent.
• **Effectuer un travail de coordination** avec l'équipe soignante.
• **Veiller aux règles d'ergonomie :** mettre le lit à bonne hauteur...
• **Se laver les mains** avant et après le soin.
• **Les 5 étapes du mode opératoire : étape 1 :** la préparation du matériel, des produits et de la chambre ; **étape 2 :** le retrait des pièces de linge sale ; **étape 3 :** la réfection proprement dite ; **étape 4 :** la remise en état de l'environnement ; **étape 5 :** les transmissions écrites et orales.

2 L'installation au lit

• Le **choix du support** (matelas préventif ou curatif) **et des accessoires du lit** doit tenir compte de l'état de santé de la personne et de la durée d'alitement.
• La **position des articulations** ne doit pas induire de douleurs.
• La **position au lit** doit être confortable et favorable à un sommeil de qualité. Elle tient compte des indications et des contre-indications médicales et des événements de la journée (toilettes, repas, sieste...) afin de prévenir les complications du décubitus (escarres...).

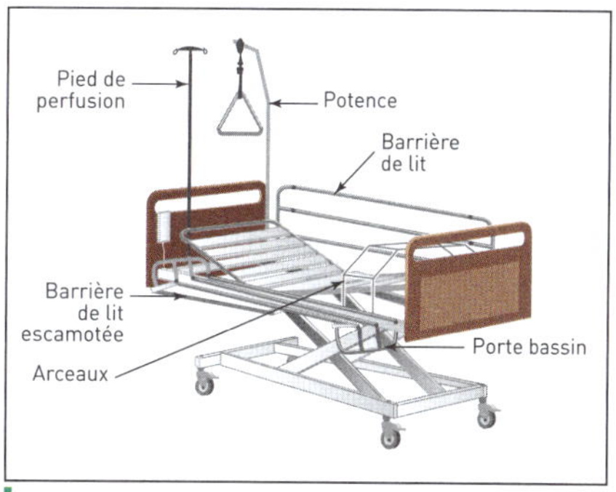

Doc. 25 – Les différents accessoires

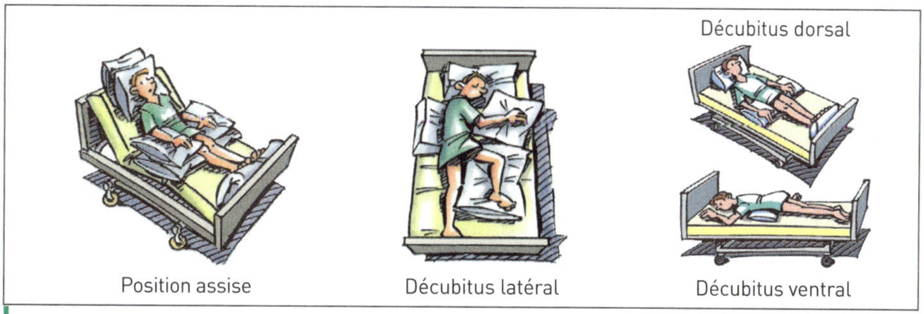

Doc. 26 – Les positions au lit

Les paramètres vitaux

LU ☐
SU ☐
REVU ☐

Pour surveiller et aider à traiter une personne, il est essentiel de connaitre les principaux paramètres vitaux et leurs valeurs normales (physiologiques).

1 Les différents paramètres vitaux

1.1. La fréquence cardiaque

Il s'agit du **nombre de cycles cardiaques** par minute. À l'âge adulte, la fréquence cardiaque au repos varie, selon les sujets, de 60 à 100 battements par minute (bpm). La mesure de la fréquence cardiaque peut s'effectuer par la prise du pouls ou, de manière plus précise, par l'auscultation prolongée des bruits du cœur au moyen d'un stéthoscope appliqué sur le thorax.

1.2. La fréquence respiratoire

La fréquence respiratoire est le **nombre de cycles respiratoires par minute**. Un cycle respiratoire comprend une inspiration (air entrant) et une expiration (air sortant). La surveillance de la fréquence respiratoire s'effectue sur plusieurs critères : La fréquence (comprise entre 12 et 20 cycles par minute chez l'adulte) ; l'amplitude (elle doit être symétrique) et le rythme (il doit être régulier).

1.3. La température corporelle

La température corporelle est le **degré de chaleur de l'organisme**. La température physiologique de l'adulte est en moyenne de 37,2 °C (entre 36,5 °C et 37,5 °C). La température corporelle peut varier en fonction : du moment de la journée, du stress ou encore de l'âge.

1.4. La tension artérielle

La pression artérielle est la pression exercée par le sang sur la paroi des artères. Les valeurs normales sont 12/8 cmHg (le 1er chiffre indique le maxima et le 2e chiffre le minima).

1.5. La diurèse

La diurèse correspond à la **quantité d'urines émise par 24 heures**. Elle permet la surveillance quantitative et qualitative des urines. La valeur moyenne pour l'adulte est de 1.5 l/24h

1.6. La mesure de la saturation en oxygène

La mesure de la saturation permet de connaître **l'état d'oxygénation du corps**, et donc d'évaluer les fonctions respiratoires d'un patient. Le taux d'oxygène d'une saturation normale est compris entre 95 % et 100 %. La saturation est considérée comme insuffisante entre 90 % et 94 %. Pour la mesurer, il faut placer le capteur de l'appareil, appelé **saturomètre**, au niveau de l'extrémité de l'index.

2 Le contrôle des paramètres vitaux

Pour surveiller efficacement les personnes, il est important de repérer les attitudes pouvant exprimer un mal-être ou les signes d'une pathologie débutante (par exemple : rougeur, sueur, dyspnée, stress, etc.). La fréquence des contrôles des paramètres vitaux est réalisée en fonction de l'état de santé de la personne, de ses pathologies, des prescriptions médicales.

L'observation des signes cliniques et du comportement social

LU ☐
SU ☐
REVU ☐

Les signes cliniques sont des signes observables qui permettent une prise en charge adaptée dès leur constatation. Les modifications du comportement peuvent être le signe d'un mal-être ou d'une pathologie débutante.

1 L'observation des signes cliniques

1.1. La douleur

• **Différents signes peuvent évoquer la douleur :** la crispation du visage, le regard fixe, la plainte orale, le refus de mobilisation, l'agitation, l'agressivité.
• L'**évaluation de la douleur** peut se faire à l'aide de l'échelle numérique de 1 à 10 ou par l'échelle visuelle analogique (EVA) qui est sensible, fiable et reproductible.

1.2. Les troubles du transit, de l'élimination et les vomissements

• La **constipation** se traduit par une diminution des selles (moins de trois défécations par semaine) ou par des selles compactes.
• La **diarrhée** se traduit par des selles liquides, fréquentes et souvent douloureuses.
• L'**occlusion intestinale** est l'arrêt du transit intestinal avec absence de défécation.
• Le **vomissement** est le rejet brutal par la bouche de la totalité ou d'une partie du contenu de l'estomac ; il s'accompagne de signes à noter : pâleur, sueur, vertiges.
• Les **troubles de l'élimination urinaire** portent sur la quantité d'urine émise (oligurie, polyurie, anurie), sur des douleurs à la miction, sur la fréquence et l'aspect. Ils sont le signal d'un dysfonctionnement rénal, d'une infection…

1.3. Les troubles cutanés

• Les **troubles cutanés** se révèlent un moyen d'alerte de pathologies sérieuses comme une déshydratation, de la fièvre, qui peuvent alors être traités rapidement.
• **Des exemples de troubles cutanés :** un gonflement de la peau traduisant la présence d'un œdème (rétention d'eau), la présence de macules ou vésicules, signes de maladie infantile infectieuse (rougeole, rubéole…).

2 L'observation du comportement social

2.1. Les modifications du comportement

• Les **modifications** de l'apparence, des attitudes vis-à-vis des autres : dégradation des relations avec l'entourage, agressivité, conflit répété ou mutisme.
• **Le caractère qui devient changeant :** humeur ou colère imprévisibles.

2.2. Les atteintes psychosomatiques

• **La tristesse :** désintérêt envers des proches, sentiment de solitude…
• **Les angoisses :** peur du changement, de l'imprévu, d'être malade, de mourir…
• **La perte de confiance en soi ou de maîtrise de soi :** sentiment d'incapacité à faire face à une situation, comportement dangereux.

Le raisonnement et la démarche cliniques

LU ☐
SU ☐
REVU ☐

Pour participer au raisonnement clinique, en lien avec l'équipe pluriprofessionnelle, il est essentiel de connaître et de savoir différencier le raisonnement clinique de la démarche clinique.

1 Comprendre la distinction entre démarche clinique et raisonnement clinique

1.1. Définition de la démarche clinique

La démarche clinique est un processus intellectuel dynamique, continu et évolutif, structuré selon des étapes ordonnées. Elle permet d'**analyser une situation de soins afin d'identifier les problèmes réels et potentiels** d'une personne et ses capacités.

1.2. Définition du raisonnement clinique

• Le raisonnement clinique fait partie de la démarche clinique, il rassemble les deux premières étapes de la démarche clinique et permet au soignant d'émettre des **hypothèses** sur **l'état de santé** de la personne soignée. C'est une opération intellectuelle. Le soignant raisonne, réfléchit et se questionne sur l'état de santé de la personne. Pour effectuer son raisonnement clinique, il effectue d'abord un **recueil de données** :
– il observe ;
– il réalise un examen clinique (éventuellement un toucher, une palpation...) ;
– il écoute attentivement ;
– il pose des questions ;
– il trie les informations recueillies.
• Puis le soignant analyse les données pour identifier les problèmes réels ou potentiels : il met les informations recueillies en lien avec ses connaissances théoriques puis émet des hypothèses sur les problèmes de santé de la personne soignée.

2 Comprendre le modèle clinique trifocal

2.1. Le contexte d'utilisation du modèle clinique trifocal

• Le raisonnement clinique désigne donc une démarche intellectuelle qui vise à **émettre des hypothèses sur l'état de santé de la personne**. Lorsque le soignant relève des indices en lien avec une situation et qu'il entame un raisonnement clinique, il peut utiliser le **modèle clinique trifocal**.
• Ce modèle est utilisé lors de la dernière étape, lorsque le soignant émet des hypothèses sur un problème de santé réel ou potentiel que présente la personne soignée. On distingue donc :
– **le problème de santé réel** : il est observé par le soignant, il est présent, c'est un signe ou un symptôme, par exemple l'hyperthermie ;
– **le problème de santé potentiel** : il n'est pas observé, il n'existe pas encore, mais il est susceptible d'arriver. Par exemple, suite à une gastro-entérite, le bébé risque une déshydratation.

2.1 La prise en main du modèle clinique trifocal

Thérèse Psiuk et **Arlette Marshal**, qui ont théorisé le modèle clinique trifocal, expliquent que l'infirmier peut exercer son raisonnement clinique dans trois domaines. Quant à l'aide-soignant, sous la responsabilité et en collaboration avec l'infirmier, il recherche les signes et les symptômes dans ces trois domaines.

Le modèle trifocal
Analyse de problèmes de santé réels ou potentiels

Domaine 1	Domaine 2	Domaine 3
Problème réel en lien avec la pathologie ou ses traitements : identification des signes et des symptômes.	Problème potentiel (risque) lié à la pathologie et aux effets secondaires des traitements et risque de réactions humaines physiques ou psychologiques.	Problème réel en lien avec les réactions humaines physiques et psychologiques.

Doc. 28 – **Les trois « domaines » du modèle clinique trifocal**

3 Les facteurs de réussite d'une démarche clinique

3.1. Une démarche partagée en équipe

Les soignants n'ont pas tous le même niveau d'étude, le même niveau d'expertise, le même niveau d'expérience, de connaissances ou de compétences. Par exemple, une aide-soignante experte dans un service peut accompagner une nouvelle infirmière dans l'élaboration de sa démarche clinique et inversement. En échangeant sur une hypothèse de problème de santé avec le reste de **l'équipe**, un soignant pourra être aidé dans la validation de son hypothèse, on appelle ce raisonnement réalisé par des membres de l'équipe soignante le « **raisonnement clinique partagé** ».

3.2. Le rôle du patient partenaire

La démarche clinique du soignant est centrée sur le **patient**. Dans la plupart des cas, le patient est la personne qui se connaît le mieux, notamment lorsqu'il souffre de **maladies chroniques** telles que le diabète, une insuffisance rénale... En effet, il acquiert de solides connaissances de sa maladie au fil du temps, grâce notamment à l'éducation thérapeutique.

Il peut donner des indications quant à son état de santé, son traitement, son ressenti. Il est alors considéré comme un **partenaire** dans la prise en soins (on évite généralement de se référer à une « prise en charge »). Il sera donc appelé patient partenaire.

Le patient partenaire est acteur dans toutes les étapes de la démarche clinique. Le soignant l'inclut dans son raisonnement et le fait participer à l'élaboration de son plan de soins. Intégrer le patient dans cette démarche permet d'optimiser l'efficacité de la prise en soins, et donc de diminuer les risques potentiels par une meilleure adhésion à cette prise en soins.

Le plan de soins

LU ☐
SU ☐
REVU ☐

Le plan de soins est une étape de la démarche clinique. Il est élaboré en fonction du raisonnement clinique. Sa finalité est la promotion ou le recouvrement de la santé ou le confort et le bien-être.

1 Le plan de soins comme aboutissement de la démarche clinique

Le **plan de soins** se fait à partir de la démarche clinique qui amène les professionnels à réfléchir sur les soins à entreprendre pour améliorer l'état de santé de la personne. > **Voir Fiche 64**. Pour ce faire, ils mettent en œuvre des actions de soins, puis évaluent leur efficacité. Ce processus est appelé « **plan de soins** ». Le **plan de soins** est réalisé en collaboration avec le patient, qui va aider à établir et à définir des objectifs réalistes. Une démarche de soins peut être proposée pour adapter plus finement le plan de soins à la personne Tout changement au plan de soins doit être évoqué avec le patient.

2 Les objectifs du plan de soins

• En s'appuyant sur le problème de santé réel ou potentiel, l'infirmier, parfois en collaboration avec l'aide-soignant, formule des **objectifs de soins**. Ces objectifs sont élaborés en accord avec le patient ou son entourage et ont pour finalité le changement de l'état de santé de la personne en fonction de ses capacités. Le professionnel utilise un verbe d'action et précise le délai d'atteinte de l'objectif.
• La **méthode « SMART »** permet de formuler des objectifs en respectant certains principes. Les objectifs doivent être :
– **spécifiques :** ils doivent être ciblés sur la personne ;
– **mesurables :** les résultats obtenus doivent être observables ;
– **atteignables :** tenir compte des capacités de la personne accompagnée ;
– **réalistes :** ils doivent être rattachés au contexte et adaptés à la situation ;
– **temporels :** une échéance doit être précisée pour permettre l'évaluation.

3 La mise en œuvre et l'évaluation du plan de soins

3.1. La mise en œuvre

• Les professionnels mettent en place des **actions de soins** pour atteindre les objectifs fixés. Ces actions peuvent relever :
– du rôle propre de l'infirmier souvent des soins de nursing, mais aussi les surveillances. L'infirmier peut déléguer aux aides-soignants les soins du rôle propre ;
– ou du rôle sur prescription médicale : administration de médicaments, etc.
• L'action est rédigée en utilisant un verbe qui indique clairement la réalisation du soin. Tout au long de la mise en œuvre du plan de soins, la réaction du patient aux soins prodigués est surveillée et documentée.

3.2. L'évaluation

La dernière étape du plan de soins est l'évaluation et la remédiation. Les professionnels, en positionnant constamment le patient au centre de leurs réflexions, évaluent si les objectifs de soins sont atteints et, le cas échéant, fixent de nouveaux objectifs et interventions pour établir de nouvelles priorités dans le plan de soins.

Les transmissions

Les transmissions sont des actes essentiels pour assurer la continuité dans la prise en charge des patients et des usagers.

1 Les transmissions et la traçabilité

• Les **transmissions** sont des échanges d'informations entre toutes les personnes (professionnels, famille...) qui participent à la prise en charge d'un patient dans une structure sanitaire ou d'un usager dans une structure sociale ou médico-sociale.
• La **traçabilité** est la possibilité de retrouver, pour chaque patient, la trace de chacune des observations et de chaque acte réalisé par les soignants.
Elle est exigée par la loi pour toute transmission écrite.

2 Les intérêts des transmissions et de la traçabilité

2.1. Pour l'usager et la famille

• La **continuité des soins et des activités** est assurée.
• La **prise en charge de l'usager** est optimale. L'équipe professionnelle et la famille sont informés de la réalisation des tâches, ce qui contribue à la sécurité de l'usager.

2.2. Pour le service et la structure

• Les **actions des équipes de professionnels** sont coordonnées. Les soins sont ainsi planifiés pour répartir les tâches au sein d'une équipe.
• Les **résultats des actions mises en œuvre** sont évalués. Les démarches de soins et les actions à entreprendre peuvent ainsi être réajustées.
• Des **preuves** sont constituées grâce aux écrits, ce qui peut s'avérer utile en cas de mise en cause d'un professionnel de la part d'un patient ou d'un usager.

3 Les différentes modalités de transmission

3.1. La transmission écrite des informations

• **Différents supports** « papier » ou électroniques, tels que le cahier de liaison et le dossier du patient, permettent la transmission écrite des informations.
• La **trace écrite** est durable et consultable à tout moment.
• La **traçabilité des soins** est assurée grâce aux transmissions écrites dans les établissements et les services sanitaires.

3.2. La transmission orale des informations

• Des **échanges** ont lieu entre les différents interlocuteurs lors de réunions de services, de la relève des équipes. Les signes non verbaux sont pris en compte.
• Les **prises de décision** sont facilitées. Les transmissions écrites sont précisées grâce aux informations orales, des réajustements peuvent être réalisés.

3.3. La transmission visuelle des informations

La **visibilité des informations** est facilitée et un gain de temps précieux est fourni aux professionnels. C'est le cas, par exemple, du planning de travail d'une équipe.

L'aide à la prise de médicaments

LU ☐
SU ☐
REVU ☐

L'administration des médicaments est un processus complexe et réglementé. Seule l'aide à la prise de médicaments peut être déléguée à l'aide-soignant ou assimilé. En structure, cette aide se fait sous la responsabilité d'un infirmier. Dans le contexte du domicile, cette aide doit être assimilée à un soin courant.

1 La composition et la prescription d'un médicament

• Un médicament est composé d'un **principe actif** (la molécule qui agit) et **d'excipients** (les substances qui permettent l'utilisation du médicament). Le médicament a des visées curatives, préventives ou diagnostiques.
• Le médecin prescrit le médicament sur une **ordonnance** en précisant sa **posologie** (dose à prendre, moment de la prise et durée du traitement). Le pharmacien délivre les médicaments. Dans les prochaines années, les ordonnances seront dématérialisées. On parle de e-prescription. C'est une mesure du Ségur de la santé en lien avec le dispositif « Mon espace santé ». Les **médicaments génériques** sont des médicaments dont le brevet est tombé dans le domaine public. Leur usage limite les dépenses de la Sécurité sociale.

2 Les voies d'administration et les conditions de stockage

La **voie d'administration** la plus courante du médicament est la **voie orale ou « per os »**. On parle de **voie parentérale** lorsque l'administration se fait par injection. La voie qui permet de passer par les muqueuses est appelée **voie transmuqueuse** et celle qui traverse la peau **voie transdermique**. On appelle forme galénique la forme pharmaceutique du médicament. Par exemple, un inhalateur pour la voie respiratoire, un collyre pour la voie ophtalmique ou un comprimé pour la voie orale. Les **conditions de stockage** des médicaments sont précisées sur l'emballage. La date de péremption est la date à partir de laquelle le principe actif du médicament perd de son efficacité. Il faut alors s'en débarrasser en le ramenant à la pharmacie.

3 Les règles dans l'utilisation d'un médicament

Le **mauvais usage** des médicaments et le non-respect des règles d'utilisation détaillées dans les notices peuvent provoquer des effets indésirables et donc des accidents parfois mortels. C'est le **risque iatrogène**. Le soignant doit donc connaître et respecter ces différentes règles pour les prévenir et informer au mieux l'usager.

RÉFLEXE N° 1 Je ne donne pas et je n'échange pas de médicaments avec mon entourage.	**RÉFLEXE N° 2** J'évite l'automédication, même pour des médicaments considérés comme anodins.	**RÉFLEXE N° 3** Je respecte et je comprends les modalités de prise des médicaments (dosage, durée du traitement, rythme…) et je lis attentivement la notice.	**RÉFLEXE N° 4** J'adapte mon mode de vie à mes traitements : régime sans sel, jeûne, alcool, tabac, pamplemousse peuvent influencer l'effet des médicaments.	**RÉFLEXE N° 5** Je prépare ma consultation et j'effectue un point régulier avec mon médecin sur mon traitement en cours.
RÉFLEXE N° 6 Je n'arrête jamais mon traitement sans l'avis de mon médecin.	**RÉFLEXE N° 7** Je suis vigilant en cas de fièvre, baisse d'appétit, perte de poids, choc émotionnel, fortes chaleurs. Ces changements peuvent impacter la prise de médicaments et leurs effets.	**RÉFLEXE N° 8** Fatigue, constipation, troubles de la vision, désorientation, vertige, chute, malaise… Devant ces symptômes, je suis vigilant et j'en parle à mon médecin ou pharmacien rapidement.	**RÉFLEXE N° 9** En cas d'effet indésirable, d'inefficacité ou de doute sur un médicament, je consulte mon médecin ou pharmacien.	**RÉFLEXE N° 10** Je facilite la coordination entre professionnels de santé, par exemple en activant « Mon espace santé.fr » ou en organisant un pilulier en lien avec mon médecin, l'infirmier ou le pharmacien.

Doc. 29 – Les 10 réflexes du médicament

L'aide à la mobilité

LU ☐
SU ☐
REVU ☐

L'accompagnement à la mobilité de la personne doit se faire en prenant soin de la personne accompagnée, mais aussi du soignant. Cet accompagnement implique une analyse de la situation avec un questionnement, de l'adaptation et de l'individualisation dans un souci constant de bientraitance.

1 Les déplacements naturels

• Les déplacements dits « naturels » désignent l'**ensemble des gestes permettant les changements de positions qui peuvent se faire spontanément et sans apprentissage**.
• Ces mouvements naturels sont communs à beaucoup de personnes. Toutefois, la personne âgée met en place des stratégies permettant une économie d'effort lui évitant ainsi une sollicitation musculaire et articulaire excessive.

2 La formulation d'une consigne claire

• Lorsqu'une personne ne peut pas se déplacer seule, elle a besoin d'un accompagnement dans sa mobilité. Le rôle de l'accompagnant est de **permettre à la personne de réaliser le mouvement attendu** en veillant à sa participation active grâce à une consigne précise et opérationnelle.
• Cette consigne comprend toujours un **verbe d'action** qui doit permettre à la personne aidée de comprendre et de réaliser le mouvement dans la limite de ses capacités. Pour faire réagir le cerveau humain, l'accompagnant doit utiliser des verbes associés à nos capacités physiques et à notre environnement (par exemple : « lever la jambe du sol »).

3 La guidance verbale et non verbale

• La guidance permet **d'accompagner la personne aidée** en structurant et en indiquant **les différentes étapes** du déplacement à réaliser. Cet accompagnement est fondé sur l'utilisation des connaissances des déplacements naturels. Comme pour toute communication, la guidance peut être verbale et/ou non verbale, les deux étant souvent associées. En effet, 70 % des informations passent par le non-verbal lors d'un échange habituel. Lors d'une guidance verbale, l'accompagnant utilise des **mots-clés** (verbes d'action, parties du corps à solliciter, repères visuels dans l'environnement).
• Il commence par informer la personne aidée du déplacement à effectuer : c'est la consigne. Puis il précise oralement, étape par étape, les mouvements à réaliser. Il laisse le temps nécessaire à la compréhension et à la réalisation de l'action par la personne aidée.
• Lors d'une **guidance non verbale**, que ce soit pour appuyer le verbal ou le remplacer chez des personnes non communicantes, l'accompagnant veille à placer son regard dans celui de la personne aidée afin de s'assurer de sa coopération, vérifie que la personne aidée porte ses lunettes et ses prothèses auditives (si besoin) et donne les consignes en accompagnant d'un « toucher » de la partie du corps à solliciter.

Savoir 69

Les aides techniques à la mobilité

LU ☐
SU ☐
REVU ☐

Les matériels d'aide ont pour objectif de préserver l'autonomie des personnes en situation de handicap, à mobilité réduite temporaire ou définitive.

1 Le matériel d'aide aux transferts

- Le **verticalisateur** permet le transfert rapide d'une personne d'un endroit à un autre en passant par la position debout avec la possibilité de rester debout de manière sécurisée, ce qui améliore l'image de soi.
- Le **lève-personne** est un matériel de levage mécanique et/ou électrique qui permet de soulever un patient en position assise et de le transférer d'un lieu à un autre dans cette position. Il permet d'accéder à un fauteuil, une baignoire… et pour le soignant ou l'accompagnant à domicile de fournir moins d'efforts physiques.
- La **planche de transfert** facilite le transfert entre deux assises de même hauteur sans avoir à passer par la station debout. Elle se place sous le siège de la personne qui glisse dessus vers la seconde assise. Le **drap de transfert** sert au transfert d'un lit à un autre en position allongée.
- La **poignée de traction** est une aide technique qui permet à la personne alitée de se redresser ou de bouger dans son lit.

2 Le matériel d'aide aux déplacements

- Le **fauteuil roulant** permet aux personnes ayant des problèmes de mobilité temporaires ou définitifs de se déplacer assis avec une relative autonomie. Le fauteuil roulant peut être à propulsion manuelle ou électrique.
- La **canne** est une aide technique à la marche pour les personnes à mobilité réduite temporaire ou définitive. Elle apporte la sécurité dans les déplacements en assurant l'équilibre. Elle permet à la personne de garder une certaine autonomie.
- Le **déambulateur** est une aide technique à la marche. Il est utilisé lorsque la personne a besoin d'un appui plus stable que la canne pour éviter les chutes.

Sous-épreuve E32
Soins d'hygiène, de confort et de sécurité

> Je fais le point sur l'épreuve !

- Quelles sont les modalités d'évaluation ?
- Quelles sont les compétences évaluées
- Quand se déroule l'épreuve ?
- Quelle durée ? Quel coefficient ?
- & surtout… Les conseils des professeurs !

liennathan.fr/rt977b

> Je teste mes connaissances sur le Bloc 2 !

Date	....	....	....	....	....
Mon score	.... /20	.... /20	.... /20	.... /20	.... /20

liennathan.fr/392zdb

L'anatomie du squelette

LU ☐
SU ☐
REVU ☐

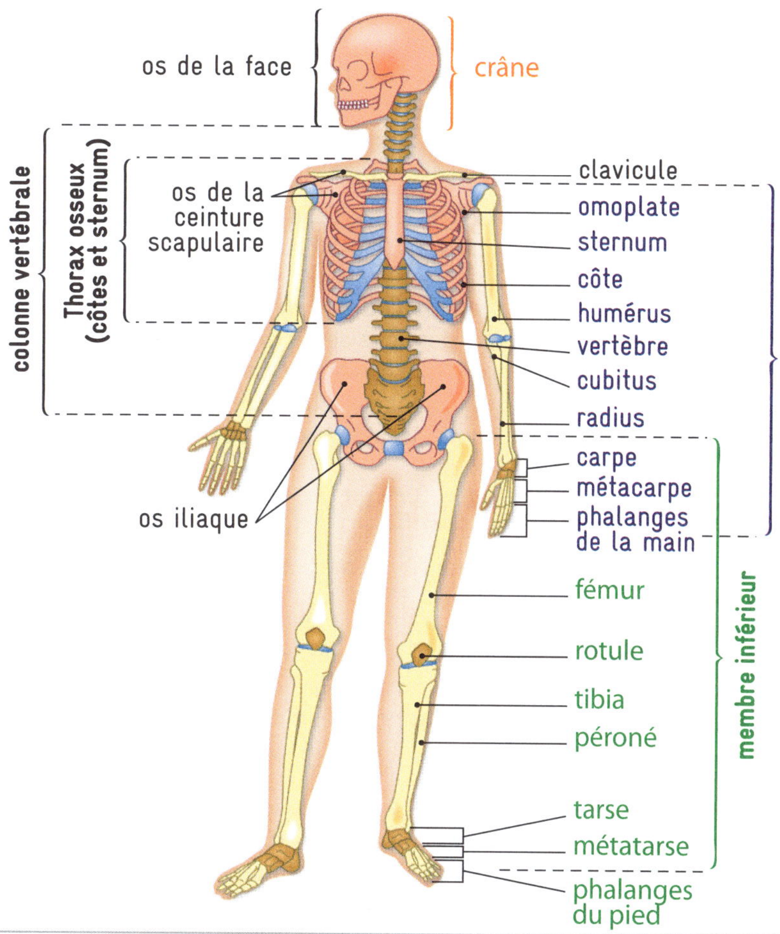

Doc. 30 – Les os du squelette

1 Les caractéristiques et les fonctions

1.1. Le squelette

- L'organisation du squelette humain permet la station verticale. Il est formé de deux parties : le squelette axial et le squelette appendiculaire.
- Les os, avec les articulations, constituent le squelette.
- Le squelette comprend 206 os.

1.2. Les os

- Les os servent de **protection** aux organes internes (cerveau, cœur) et de support aux muscles.
- Ils participent aux **mouvements**.
- Ils sont des **lieux de stockage** d'éléments minéraux (calcium, phosphore) et assurent la **production des cellules sanguines** à partir de la moelle rouge.
- L'ensemble os-muscles-articulations forme l'**appareil locomoteur**.

2 Le squelette axial

Le squelette axial comprend : les os de la tête, la colonne vertébrale, la cage thoracique.

2.1. Les os de la tête

La tête est composée de 22 os répartis en deux groupes : les **os du crâne** et les **os de la face**. Ce sont pour la plupart des os plats. Les os du crâne adulte sont reliés par des articulations soudées, les **sutures**, à l'exception de la **mandibule,** qui est mobile.

2.2. La colonne vertébrale

Elle comporte 5 segments principaux formant 4 courbures, visibles de profil. Également appelée **rachis**, la colonne vertébrale est formée de 33 os courts, les **vertèbres**, reliées entre elles par un disque intervertébral. Les vertèbres sont articulées entre elles par les apophyses articulaires et un disque articulaire.

2.3. La cage thoracique

La cage thoracique est formée du **sternum**, un os plat situé sur la ligne médiane antérieure du thorax et de **12 paires de côtes** : 7 paires de vraies côtes reliées au sternum, 3 paires de fausses côtes et 2 paires de côtes flottantes.

3 Le squelette appendiculaire

Le squelette appendiculaire est formé des os des 4 membres et de deux ceintures osseuses.

3.1. La ceinture scapulaire

Elle est constituée, dans la partie antérieure, des clavicules et, dans la partie postérieure, des omoplates (scapula).

3.2. Le membre supérieur

Il se répartit entre le bras, l'avant-bras et la main. Le **squelette du bras** est composé d'un seul os long : l'**humérus**. Le **squelette de l'avant-bras** est formé de l'**ulna** (appelé encore **cubitus**) et du **radius**. Le **squelette de la main** est composé : du **carpe** (8 os) qui forme le poignet ; du **métacarpe** (les 5 os en éventail de la paume) ; des **phalanges** (les 14 os des doigts).

3.3. La ceinture pelvienne

Elle forme le bassin. Elle comprend les 2 **os iliaques** ou os coxaux, articulés entre eux sur la partie antérieure par un cartilage : la **symphyse pubienne**. Les os iliaques sont reliés au sacrum dans la partie postérieure.

3.4. Le membre inférieur

Il se répartit entre la cuisse, la jambe et le pied. Le **squelette de la cuisse** comprend l'os le plus gros et le plus long du corps : le **fémur**. La rotule protège l'articulation du genou dans sa partie antérieure. Le **squelette de la jambe** comprend deux os longs : le **tibia** et le **péroné**. Le **pied** est composé du **tarse** (7 os), du **métatarse** et des **phalanges des orteils** (14 os).

Les os

LU ☐
SU ☐
REVU ☐

Les os, avec les articulations, constituent le squelette. Associés aux muscles, ils forment l'appareil locomoteur. On distingue 3 formes d'os : les os plats (omoplate, os iliaque), les os courts (vertèbre, rotule), les os longs (fémur, humérus).

1 La structure d'un os

L'os est composé de tissu osseux et de tissu cartilagineux, qui sont des tissus conjonctifs. Le tissu osseux est très rigide, dense et très vascularisé. Le tissu cartilagineux est ferme et non vascularisé.

1.1. Le tissu osseux

• Le tissu osseux est composé d'une substance solide, la **matrice extracellulaire** (fibres de collagène et sels minéraux), dans laquelle baignent les cellules osseuses : les **ostéoblastes**, les **ostéoclastes** et les **ostéocytes**.
• L'**os compact** possède une structure dense, il assure la rigidité des os.
• L'**os spongieux** est moins dense, il comprend des travées et des cavités contenant la moelle rouge, lieu de fabrication des cellules sanguines.

1.2. La structure d'un os long

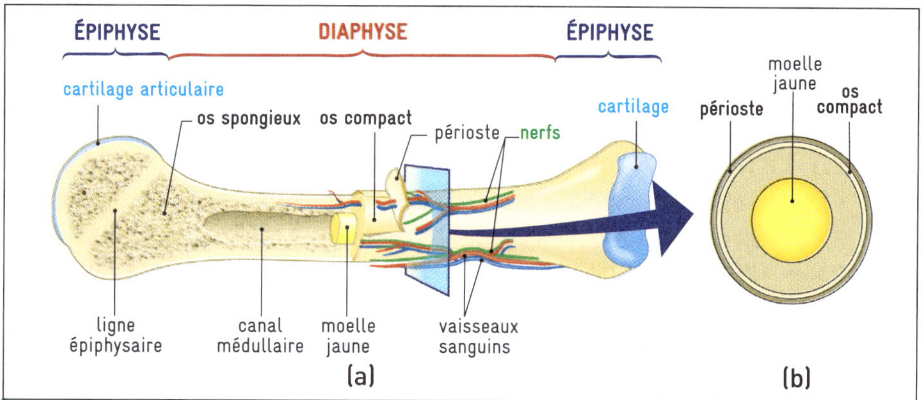

Doc. 31 – La structure d'un os long : coupe longitudinale (a) et coupe transversale (b)

• L'os long possède une partie moyenne cylindrique, la **diaphyse**, composée surtout d'os compact, avec au centre le **canal médullaire** rempli de **moelle jaune**.
• Il se termine par 2 **épiphyses** recouvertes de **cartilage articulaire**.
• L'os long est composé d'os spongieux et d'une fine couche d'os compact.
• L'os est entouré d'une membrane très innervée et vascularisée, le **périoste**.

2 Les facteurs de la croissance osseuse

• Une **alimentation riche en calcium, phosphore et vitamine D** est nécessaire à la croissance osseuse et à la solidité des os.
• La **lumière du soleil**, **l'activité physique** et un **temps de sommeil suffisant** favorisent la construction osseuse.
• Des **hormones (hormone de croissance, œstrogènes, testostérone, calcitonine et parathormones)** régulent le processus de croissance et du remaniement osseux.

Le tissu musculaire

Les muscles ont des formes adaptées à leur fonction. On distingue : les muscles en fuseau (biceps, triceps…), les muscles en éventail (grand pectoral…) et les muscles en anneau (les sphincters, les orbiculaires de l'œil).

1 Les différents types de tissu musculaire

• Les **muscles striés squelettiques** permettent les mouvements du squelette et le maintien des postures : le **tonus musculaire**. Ils sont rattachés aux os par les tendons, tissu fibreux et résistant. **Leur contraction est volontaire** sous le contrôle du cerveau (hormis le tonus musculaire).
• Les **muscles lisses ou viscéraux** situés dans les parois des organes creux (tube digestif, vaisseaux sanguins) permettent le déplacement des substances (aliments, sang) dans les différentes voies de l'organisme. Leur **contraction involontaire** est sous le contrôle du système nerveux végétatif.
• Le **muscle cardiaque** constitue l'organe du cœur. Il propulse le sang dans les artères. Ses contractions sont rythmiques, automatiques et involontaires.

2 Le muscle strié squelettique et ses propriétés

Le muscle est constitué de nombreuses cellules, les **fibres musculaires**. Leur agencement (Doc.30) donne sa structure et ses propriétés au muscle.

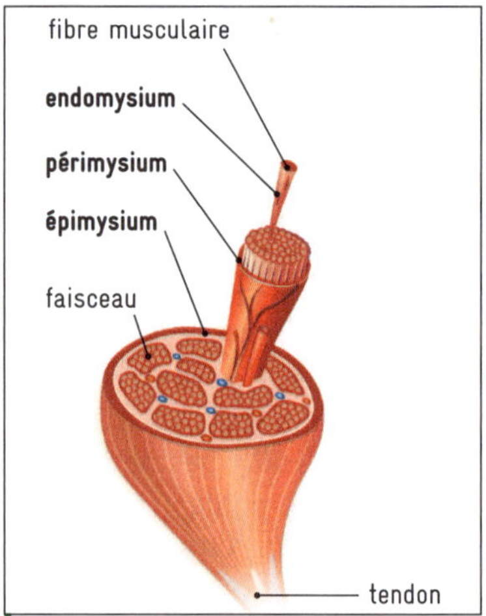

Doc. 32 – La structure du muscle strié squelettique

2.1. La fibre musculaire striée

• La fibre musculaire striée est une cellule de couleur rouge et de forme allongée.
• Elle contient de nombreux filaments protéiques contractiles, les **myofibrilles**, constituées de filaments de myosine et d'actine.
• Les myofibrilles sont responsables de la contraction des muscles striés.

2.2. L'activité musculaire

• Sous l'influence d'une stimulation, les filaments d'actine glissent entre les filaments de myosine. Le muscle se contracte : c'est la **contraction musculaire**.
• Lorsque la stimulation cesse, les myofibrilles et donc les fibres musculaires et le muscle se relâchent : c'est le **relâchement musculaire**.

2.3. Les propriétés du muscle strié squelettique

• **Le muscle est excitable :** il réagit en se contractant à des stimulations mécaniques (piqûre), thermiques (froid), chimiques ou électriques.
• **Le muscle est élastique :** il reprend sa longueur initiale après avoir été étiré.
• **Le muscle est contractile :** sous l'effet d'une stimulation, il gonfle, se durcit et se raccourcit.
• **Le muscle est tonique :** au repos, il est légèrement contracté ; on parle de **tonus musculaire**.

Les articulations et le mouvement

LU ☐
SU ☐
REVU ☐

Les articulations sont des zones de contact de 2 os ou plus. Elles relient les os entre eux et assurent la mobilité de certaines parties du squelette. Les articulations associées aux os et aux muscles permettent le mouvement.

1 Les trois types d'articulations

Les tissus articulaires sont des tissus cartilagineux (tissus conjonctifs fermes et non vascularisés).

1.1. Les trois types d'articulation

• Les **articulations fibreuses** sont immobiles et assurent une grande cohésion entre les os, comme les articulations entre les os du crâne, appelées « **sutures** ».
• Les **articulations cartilagineuses** sont semi-mobiles et permettent des mouvements très limités, comme les articulations entre les vertèbres.
• Les **articulations synoviales** sont très mobiles et permettent une grande amplitude de mouvements et une bonne stabilité, comme l'articulation entre le fémur et la hanche, l'articulation des phalanges des doigts.

1.2. Les spécificités de l'articulation synoviale

• Les **cartilages articulaires** protègent les extrémités de l'os.
• La **capsule articulaire** enveloppe l'articulation. La cavité articulaire, sécrète un liquide visqueux, la synovie, qui lubrifie l'articulation et la nourrit.
• Les **ligaments**, très résistants, relient les os entre eux, permettent les mouvements nécessaires, mais limitent les mouvements dangereux.

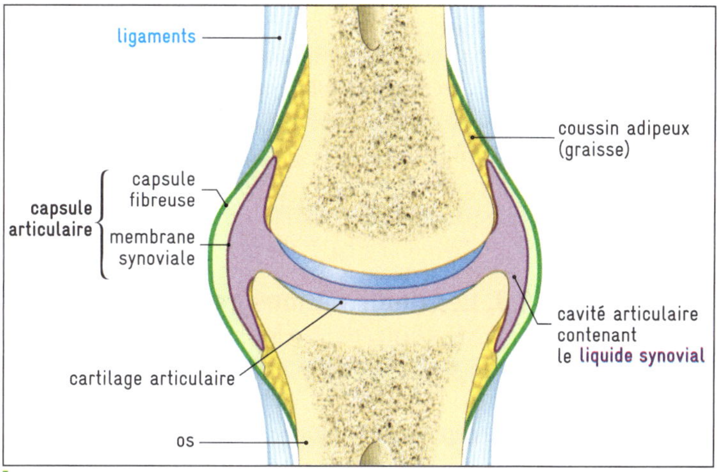

Doc. 33 – L'articulation synoviale du genou

2 Le mouvement

• **Au cours d'un mouvement** (flexion, extension), un muscle est actif et se contracte, un autre muscle (antagoniste) se relâche, l'os passif est entraîné grâce aux tendons. L'articulation est responsable de l'amplitude du mouvement.
• La **marche** correspond à une suite de pas associée à un mouvement alterné des membres supérieurs. La phase de mouvement est comprise entre le soulèvement du pied et son retour au sol (phases de 4 à 1).

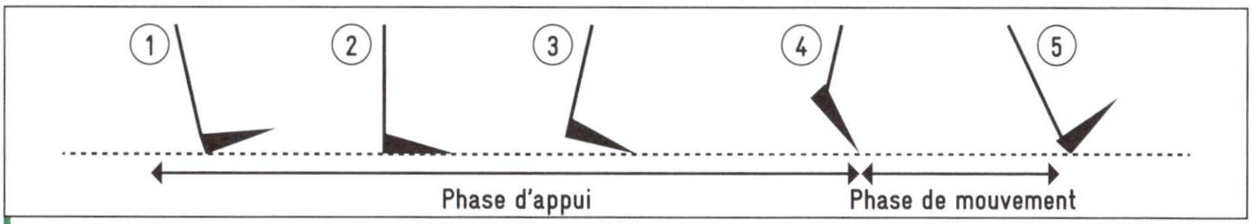

Doc. 34 – Les différents appuis lors de la marche.

Les pathologies de l'appareil locomoteur

LU ☐
SU ☐
REVU ☐

Les pathologies de l'appareil locomoteur peuvent toucher un organe spécifique (un os, une articulation ou un muscle) ou en affecter plusieurs en même temps.

1 Des pathologies osseuses

1.1. Les fractures

• Une **fracture** est une rupture totale ou partielle de l'os. Elle est souvent provoquée par un traumatisme (choc, chute, coup, torsion). Des fractures spontanées surviennent chez les individus présentant une fragilité osseuse.
• Le **traitement** consiste à réduire la fracture manuellement ou chirurgicalement afin de rétablir une continuité osseuse. L'os est ensuite immobilisé à l'aide d'un plâtre ou de plaques, de vis... Le temps de consolidation des fractures simples est compris entre 2 et 3 mois.

1.2. L'ostéoporose

• L'**ostéoporose** est une maladie osseuse caractérisée par une diminution de la masse osseuse. Il s'agit d'un dysfonctionnement du remaniement osseux ; les os deviennent poreux et fragiles.
• **Les signes :** l'ostéoporose ne montre aucun signe. Elle est diagnostiquée à la suite de fractures qui peuvent être spontanées.
• Les **facteurs favorisants** sont l'âge, la baisse d'œstrogènes à la ménopause, le manque d'activité physique, un déficit alimentaire en calcium et le tabagisme.
• Le **dépistage** s'effectue par la mesure de la densité minérale de l'os, c'est-à-dire la teneur en minéraux. L'examen est l'ostéodensitométrie.
• La **prévention** consiste en une alimentation variée et équilibrée, la prise de vitamine D et de calcium, la pratique d'une activité physique régulière.

1.3. Les déformations de la colonne vertébrale

• La **scoliose** est une déviation latérale du rachis ; la colonne vertébrale forme un « S ». Fréquente chez les adolescents, elle provient de mauvaises attitudes posturales.
• La **cyphose** est une accentuation de la courbure dorsale. Elle est due à un tassement des vertèbres et à une perte de la masse musculaire. Le dos s'arrondit. Cette pathologie touche les personnes âgées.
• La **lordose** est une accentuation de la courbure lombaire : la cambrure est exagérée. Elle peut être la conséquence de port de charges lourdes.
• Les **moyens de prévention** sont d'adopter des postures adaptées au cours de sa vie quotidienne et professionnelle (formation « Prévention des risques liés à l'activité physique dans le secteur sanitaire et social », PRAP2S), de pratiquer une activité physique régulière, d'aménager son poste de travail.
• Le **traitement** se fait, selon les déformations et les situations, grâce à de la kinésithérapie, une perte de poids si nécessaire, le port d'un corset, de la chirurgie.

2 Les pathologies articulaires

2.1. L'entorse

• L'**entorse** est une atteinte des ligaments qui peuvent être étirés, déchirés, partiellement ou totalement. Elle s'accompagne d'un œdème et d'une douleur vive.

• La **cause** est souvent une chute ou une torsion violente d'une articulation.
• Le **traitement** consiste à immobiliser l'articulation, du repos et de la rééducation. La guérison est longue car les ligaments ne sont pas vascularisés.

2.2. La luxation

• La **luxation** correspond à la sortie violente de l'extrémité d'un os de son logement articulaire : l'os se déboîte de l'articulation. Elle s'accompagne d'une entorse grave et d'une atteinte des tissus mous environnants.
• La **cause** est un choc violent (assez courant dans les sports de contact).
• Le **traitement** consiste à réduire la luxation (remise en place de l'os) et à immobiliser l'articulation. Les récidives sont possibles.

2.3. L'arthrose

• L'**arthrose** est une arthropathie (rhumatisme) mécanique dégénérative due à une usure du cartilage articulaire, accompagnée d'une modification du tissu osseux.
• La **cause** est inconnue. Les articulations atteintes sont surtout celles qui sont soumises à des pressions importantes.
• Les **mécanismes d'apparition** sont liés à une mauvaise régénération du cartilage, qui devient de plus en plus fin et rugueux. Des excroissances osseuses se forment.
• Les **signes** sont des douleurs et une raideur articulaire (surtout au réveil) accompagnées de déformations osseuses et d'une diminution de la mobilité.
• Le **traitement** consiste à soulager la douleur. L'arthrose ne se guérit pas.

2.4. La polyarthrite rhumatoïde

• La **polyarthrite** rhumatoïde est une maladie inflammatoire qui touche plusieurs articulations. Cette affection s'étend aux os, aux tendons et aux muscles. Il s'agit d'une maladie auto-immune, c'est-à-dire liée à un dérèglement immunitaire.
• La **cause** est inconnue mais son apparition est liée au stress.
• Les **signes** de la maladie sont une déformation des articulations, une perte de mobilité et une destruction des articulations avec une grande fatigue.
• Le **traitement** médicamenteux vise à ralentir le processus en agissant sur le système immunitaire et à soulager la douleur.

3 Les troubles musculo-squelettiques (TMS)

• Les **troubles musculo-squelettiques (TMS)** sont des pathologies qui affectent les tissus mous : nerfs, ligaments, tendons, éléments situés autour des articulations.
• La **cause** est une sollicitation exagérée des muscles et des tendons lors de gestes répétitifs ou d'efforts excessifs et de certaines postures de travail.
• Le **traitement** consiste en une mise au repos de l'articulation sollicitée, l'administration de médicaments anti-inflammatoires, la chirurgie...
• La **prévention** vise à dépister les situations à risque puis à aménager les postes de travail.

Les infections associées aux soins (IAS) et les infections nosocomiales

LU ☐
SU ☐
REVU ☐

Les IAS et les infections nosocomiales sont un problème de santé publique. Leur prévention est l'une des composantes essentielles de la qualité des soins.

1 Les infections associées aux soins (IAS)

• Une **infection associée aux soins (IAS)** survient au cours ou au décours de la prise en charge (diagnostique, thérapeutique, palliative, préventive ou éducative) d'un patient, si elle n'était ni présente ni en incubation au début de cette prise en charge. Elle comprend l'infection contractée dans un établissement de santé et couvre les soins délivrés en dehors des établissements de santé, avec un sens large. Une IAS concerne le patient, malade ou non, les professionnels de santé et les visiteurs.
• Les **principaux agents responsables des IAS** sont *Escherichia coli*, *Staphylococcus aureus* et *Pseudomonas aeruginosa*. Ce sont des bactéries multirésistantes (BMR).
• Le **mode de transmission** se fait à partir d'un porteur malade, asymptomatique, par voie directe (gouttelettes) ou indirecte (manuportage, matériel, eau, air).
• Les **circonstances favorisant les IAS** sont le croisement des circuits (propre et sale), la contamination de l'air, l'encombrement des services...
• Les **moyens de prévention** sont de former régulièrement le personnel, de mettre en place des protocoles de soins contrôlés, d'alterner les produits désinfectants...
– Les **précautions standards** ont pour objectif de protéger systématiquement le personnel des risques infectieux liés au contact avec le sang, les liquides biologiques... (ex. : hygiène des mains, port d'une tenue professionnelle).
– Les **précautions complémentaires** sont mises en œuvre en plus des précautions standards en fonction du mode de transmission de la pathologie (ex. : le port de la surblouse à usage unique, du masque et de gants est prescrit dans la chambre du patient).
• **La prévention institutionnelle contre les IAS :**
– le **Propias** (Programme national d'actions de prévention des infections associées aux soins) a pour but de favoriser la mutualisation des moyens, la cohérence et la continuité des actions de prévention ;
– le **CPias** (centre d'appui pour la prévention des IAS) a plusieurs missions telles que l'expertise et l'appui aux professionnels de santé pour la prévention et le suivi des déclarations des IAS ;
– le **Comité de lutte contre les infections nosocomiales** (CLIN) est une instance officielle au sein d'un établissement de soins. Composé de 22 membres au maximum, il a pour rôle d'organiser, de planifier et d'animer la lutte contre les infections nosocomiales.

2 Les infections nosocomiales

• Les infections nosocomiales sont désormais intégrées dans les infections associées aux soins.
• Une **infection nosocomiale** est une infection contractée dans un établissement de santé qui apparaît après un délai de 48 heures après son admission ou dans un délai supérieur à la période d'incubation lorsque celle-ci est connue. Pour les infections du site opératoire, le délai est porté à 30 jours suivant l'intervention. S'il y a mise en place d'une prothèse ou d'un implant, le délai est porté à un an.

La diversité du monde microbien

LU ☐
SU ☐
REVU ☐

Les micro-organismes sont classés en familles selon leur structure. Ils sont aussi classés en deux types cellulaires (excepté les virus), les cellules procaryotes et les cellules eucaryotes.

1 Les différentes familles de micro-organismes

1.1. Les bactéries

- Ce sont des **micro-organismes unicellulaires**, formés d'une seule cellule procaryote. Elles peuvent se regrouper en colonie.
- Il existe 3 formes de bactéries : la forme sphérique des **coques**, la forme en bâtonnet des **bacilles** et la forme en spirale des **spiralées**.
- Les bactéries s'assemblent en groupements caractéristiques : par 2 (diplocoques, diplobacilles), en grappe pour les coques (staphylocoques).

1.2. Les protozoaires

Ce sont des **micro-organismes unicellulaires**. Certains sont à l'origine de maladies, les **parasitoses**, comme le paludisme et la toxoplasmose.

1.3. Les algues microscopiques

Ce sont des micro-organismes unicellulaires ou pluricellulaires qui vivent dans l'eau.

1.4. Les champignons microscopiques

- Ils regroupent les **moisissures** et les **levures**. Les moisissures sont pluricellulaires de forme filamenteuse. Les levures unicellulaires sont souvent de forme ovale.
- Certains champignons microscopiques sont utiles (à l'origine de vaccins, de la fabrication de fromages), d'autres sont sources de maladies (**les mycoses**).

1.5. Les virus

Les virus doivent obligatoirement pénétrer dans une cellule pour vivre. Ce sont des **parasites obligatoires** responsables de maladies, les **viroses**, comme la grippe (> Voir fiche 81).

2 Les caractéristiques de la cellule procaryote

- Les bactéries sont des **cellules procaryotes**.
- Une **cellule procaryote** ne possède pas de noyau mais un chromosome unique, situé dans le cytoplasme, qui porte le matériel génétique, l'ADN. C'est une **cellule haploïde**.
- Une cellule procaryote se reproduit par **division** (> Voir fiche 77).

3 Les caractéristiques de la cellule eucaryote

- Les protozoaires, les algues et les champignons microscopiques sont des **cellules eucaryotes**.
- Les cellules eucaryotes possèdent un **noyau délimité par une membrane**.
- Le **noyau** contient des paires de chromosomes identiques. C'est une **cellule diploïde**.
- Ces cellules se multiplient par **mitose** (> Voir fiche 99).

L'ultrastructure des bactéries

LU ☐
SU ☐
REVU ☐

L'ultrastructure bactérienne est l'ensemble des éléments qui composent la cellule. La cellule bactérienne est une cellule procaryote, c'est-à-dire sans membrane autour de l'élément nucléaire. La taille moyenne d'une bactérie est comprise entre 1 et 10 micromètres (µm).

1 Les éléments d'une cellule bactérienne

1.1. Les éléments permanents

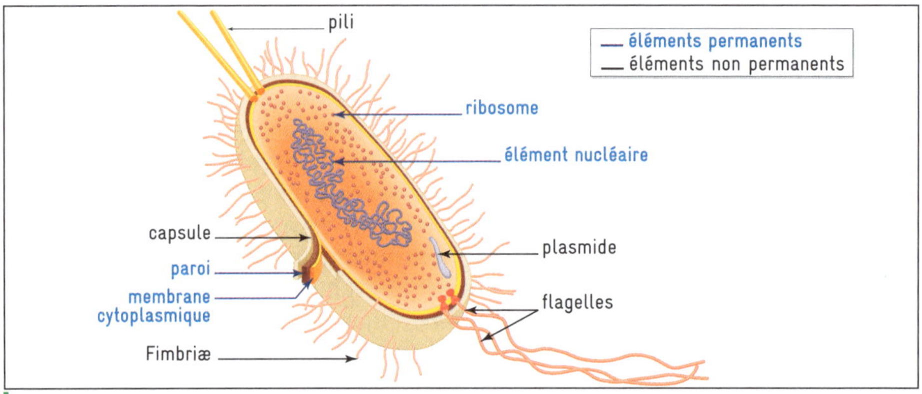

Doc. 35 – Les éléments permanents et non permanents de la bactérie.

- Les éléments permanents sont présents dans toutes les bactéries.
- La **paroi cellulaire** semi-rigide est la structure la plus externe, elle a un rôle de protection contre les agressions extérieures (substances chimiques, pression).
- La **membrane cytoplasmique** située sous la paroi règle les échanges avec le milieu extérieur (entrée de nutriments, sortie des déchets), elle participe à la respiration cellulaire.
- Le **cytoplasme**, gel protéique, contient des inclusions de réserve (glycogène) et les **ribosomes** qui synthétisent des protéines.
- L'**élément nucléaire**, dépourvu de membrane, est constitué d'un seul chromosome (long filament d'ADN). La bactérie est une **cellule haploïde**.

1.2. Les éléments non permanents

- Les **éléments non permanents** n'existent que chez certaines espèces bactériennes.
- Les éléments non permanents sont impliqués dans le pouvoir pathogène (pouvoir à rendre malade) des bactéries.
- La **capsule**, structure externe, entoure la paroi ; elle résiste à la phagocytose, elle est un élément majeur du pouvoir pathogène.
- Les **flagelles**, les **fimbriæ** et les **pili** permettent à la bactérie de se déplacer, d'adhérer sur un support et d'y introduire des éléments toxiques. Les pili communs participent à la formation de biofilm.
- Les **plasmides**, matériel génétique situé dans le cytoplasme, confèrent à certaines bactéries la résistance aux antibiotiques.

2 La coloration de Gram

La coloration de Gram permet de classer les bactéries en deux groupes : les **Gram +** prennent une **coloration violette** caractéristique et les **Gram –** prennent une **coloration rose**. Elle s'appuie sur la structure chimique de la paroi bactérienne.

Les conditions de vie et la croissance des bactéries

LU ☐
SU ☐
REVU ☐

Les bactéries ont besoin de substances nutritives et d'énergie pour vivre et se multiplier. Elles peuvent être classées selon la manière dont elles couvrent leurs besoins.

1 Les conditions de vie

1.1. Les besoins nutritionnels en carbone

• Les **bactéries autotrophes** fabriquent leurs composants contenant des atomes de carbone à partir du dioxyde de carbone présent dans l'air ou dans leur milieu.
• Les **bactéries hétérotrophes** synthétisent leurs composants carbonés seulement à partir de substances organiques (aliments, végétaux) qu'elles dégradent.

1.2. Les sources d'énergie et les besoins en dioxygène

• Les **bactéries phototrophes** transforment l'énergie des rayons lumineux en énergie chimique qu'elles utilisent pour la synthèse de leurs constituants.
• Les **bactéries chimiotrophes** utilisent directement les substances dont elles se nourrissent pour en tirer l'énergie.
• Les **bactéries aérobies strictes** vivent obligatoirement en présence d'air.
• Les **bactéries anaérobies strictes** ne peuvent vivre en présence d'air.
• Les **bactéries aéro-anaérobies** se développent en présence ou en absence d'air. Elles s'adaptent en utilisant la source de dioxygène disponible.

2 La reproduction et la croissance des bactéries

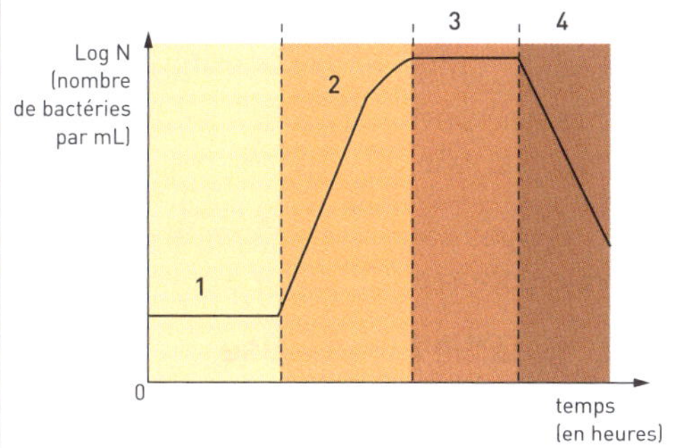

1 Phase de latence : les bactéries s'adaptent au milieu, la croissance est nulle.

2 Phase exponentielle : les bactéries se multiplient activement. Le taux de croissance est maximal, le temps de génération est minimal.

3 Phase stationnaire : le nombre de bactéries reste constant, le milieu s'épuise, les déchets s'accumulent.

4 Phase de déclin : les bactéries ne se divisent plus, certaines meurent par manque de nutriments et à cause de l'accumulation de déchets toxiques.

Doc. 36 – Les phases de la croissance bactérienne dans un milieu non renouvelé.

Une bactérie se reproduit en se divisant en deux cellules. Cette division s'appelle « **division binaire** » ou « **scissiparité** ». Le **temps de génération** est le temps nécessaire à une bactérie mère pour donner 2 bactéries filles. *Escherichia coli* ne met que 20 minutes à se reproduire.
• Le **taux de croissance horaire** est le nombre de divisions par heure.
• La croissance des bactéries aboutit à l'augmentation de leur nombre. Elle dépend des nutriments à disposition et de paramètres de l'environnement qui peuvent leur être favorables ou non (teneur en eau, température, pH, etc.).
• La **sporulation** est la transformation de certaines bactéries (Gram +) à l'état végétatif en une forme de résistance, la **spore**, lorsque les conditions de vie sont défavorables (pH extrême, absence d'eau, etc.). La spore est incapable de se reproduire, elle résiste aux agents physiques (hautes températures) et chimiques (désinfectants, antiseptiques, antibiotiques).

Le pouvoir pathogène des bactéries et l'infection bactérienne

LU ☐
SU ☐
REVU ☐

L'infection est l'invasion et l'implantation de micro-organismes pathogènes dans l'organisme. Le pouvoir pathogène est la propriété que possèdent certains micro-organismes de provoquer une infection en déjouant les défenses de l'individu.

1 Les bactéries pathogènes

1.1. Les caractéristiques des bactéries pathogènes et de l'hôte

• Les bactéries pathogènes **spécifiques** provoquent une maladie infectieuse (tuberculose, diphtérie, typhoïde), que l'hôte soit un individu sain ou affaibli.
• Les bactéries pathogènes **opportunistes** ne provoquent pas de maladie dans leur habitat normal et chez un sujet sain, mais deviennent pathogènes (bactéries du microbiote de la peau) chez un sujet aux défenses immunitaires affaiblies.
• Le **porteur asymptomatique** est un individu qui héberge des micro-organismes pathogènes sans présenter les signes de la maladie. Il peut transmettre les micro-organismes pathogènes à d'autres personnes et à son environnement.

1.2. Le pouvoir invasif et le pouvoir toxique des bactéries

• Le **pouvoir invasif** est la capacité des bactéries pathogènes à proliférer à l'intérieur des tissus de leur hôte. **Les facteurs favorisants :** nombre de bactéries, intensité du pouvoir pathogène (peste), présence d'éléments non permanents (pneumonie).
• Le **pouvoir toxique** correspond à la capacité, pour certaines bactéries, de fabriquer des poisons appelés « **toxines** » (par exemple, les bactéries *Clostridium tetani* et *Clostridium botulinum*).
• Une **toxémie** est une infection caractérisée par la présence de toxines dans le sang, **exotoxines** (pouvoir toxique élevé) ou **endotoxines** (pouvoir toxique faible).

2 L'infection bactérienne

La contamination peut s'effectuer par les voies naturelles (**digestives, urogénitales, respiratoires**) ou lors de blessures (**voie cutanéo-muqueuse** et **voie sanguine**).

2.1. Les différentes étapes de la maladie infectieuse

• **L'incubation :** intervalle compris entre la pénétration des micro-organismes et l'apparition des premiers signes de la maladie. Le risque de contagion est possible.
• **La période d'invasion :** les signes généraux (fièvre, douleurs) apparaissent.
• **La période d'état :** phase aiguë de la maladie accompagnée de signes cliniques spécifiques (éruption cutanée pour la varicelle, par exemple). Elle est suivie par la période de convalescence, durant laquelle l'organisme se rétablit.

2.2. L'étendue de la maladie infectieuse

• **L'infection locale :** les bactéries colonisent un espace limité. L'organisme réagit par une réaction locale : la **réaction inflammatoire** (**> Voir fiche 110**). Elle se traduit par une rougeur, un gonflement (œdème), une douleur et une sensation de chaleur au niveau de la lésion.
• L'**infection locorégionale** atteint les vaisseaux lymphatiques et les ganglions lymphatiques régionaux. Là, les lymphocytes et les anticorps apportent une **réponse spécifique** (immunité adaptative) (**> Voir fiche 111**).
• L'**infection générale** est caractérisée par une atteinte de tout l'organisme avec une fièvre élevée. Les bactéries ou leurs toxines se sont propagées au sang.

Les antibiotiques et la résistance bactérienne

LU ☐
SU ☐
REVU ☐

Les antibiotiques sont des substances d'origine microbienne ou chimique utilisées pour guérir des infections causées par des bactéries ou des champignons microscopiques pathogènes.

1 Le spectre d'activité d'un antibiotique

- Le **spectre d'activité d'un antibiotique** correspond à l'ensemble des espèces microbiennes sensibles à son action.
- Les antibiotiques agissent sur les bactéries et les champignons. Ils peuvent avoir une action bactéricide, bactériostatique, fongicide ou fongistatique. Ils n'ont aucune action sur les virus.

VOCABULAIRE

Bactéricide : qui tue les bactéries.
Bactériostatique : qui empêche (ou inhibe) la reproduction des bactéries.
Fongicide : qui tue les champignons microscopiques.
Fongistatique : qui empêche (ou inhibe) la reproduction des champignons microscopiques.

2 L'antibiogramme

- L'**antibiogramme** est un test de laboratoire qui permet de mesurer l'efficacité de plusieurs antibiotiques sur une souche microbienne à partir d'un prélèvement biologique (gorge, urine...).
- Son **rôle** est de permettre le choix de l'antibiotique le plus adapté en cas d'infection.
- Un **antibiotique actif** se repère par une zone claire dépourvue de colonie microbienne qui entoure le disque imprégné d'antibiotique.

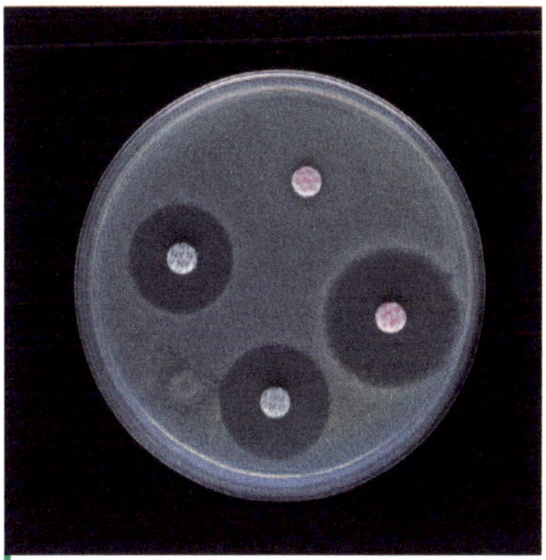

Doc. 39 – Un antibiogramme

3 La multirésistance bactérienne et ses conséquences

- La **résistance bactérienne** est la capacité qu'ont acquise certaines bactéries à survivre aux effets des antibiotiques qui les détruisaient ou les inhibaient auparavant.
- Les **conséquences de la résistance aux antibiotiques** sont la difficulté à soigner certaines infections (la tuberculose, par exemple), un nombre plus important de porteurs asymptomatiques avec un risque de contagion accru, un risque plus élevé d'hospitalisation et d'infections nosocomiales...
- Les **bactéries multirésistantes (BMR)** sont des bactéries qui développent des résistances vis-à-vis de plusieurs familles d'antibiotiques.
- Les **risques liés à la multirésistance aux antibiotiques** sont la diffusion de BMR par des porteurs, les infections nosocomiales, des souches bactériennes de plus en plus résistantes, des choix thérapeutiques restreints, des risques de décès et des conséquences économiques comme l'allongement de la durée des séjours hospitaliers et le recours à d'autres médicaments.

Les virus et deux maladies virales

LU ☐
SU ☐
REVU ☐

Un virus est un micro-organisme qui vit et se reproduit obligatoirement aux dépens d'une cellule cible. C'est un parasite cellulaire obligatoire. Le parasitisme obligatoire qualifie ce processus de reproduction.

1 Les caractéristiques structurales d'un virus

• Un virus est constitué d'un seul acide nucléique (ADN ou ARN), le **génome**, qui constitue son patrimoine génétique.
• La **capside** est une coque de protection. Elle renferme et protège l'acide nucléique. Elle est constituée d'unités structurales de base : les **capsomères**.
• La **nucléocapside** constitue l'ensemble génome et capside.
• Les **virus enveloppés** possèdent une enveloppe autour des nucléocapsides.
• Les **virus nus** ne possèdent pas d'enveloppe.

2 La reproduction d'un virus à ADN

① L'**attachement :** le virus se fixe sur la membrane de la cellule hôte.
② La **pénétration du virus** s'effectue à travers la membrane cellulaire.
③ La **décapsidation** détruit la capside et libère le génome : l'ADN.
④ La **synthèse du virus** commence par la réplication de l'ADN viral dans le noyau, puis la synthèse des protéines de la capside dans le cytoplasme, et enfin l'assemblage du virus à ADN s'effectue dans le noyau. Le virus est alors complet.
⑤ La **libération du virus** se fait par destruction de la membrane de la cellule hôte.

3 Des maladies virales

3.1. L'hépatite B

• L'hépatite B se transmet par le sang et les liquides biologiques (sperme, sécrétions vaginales, salive).
• L'**agent responsable** est un virus enveloppé à ADN, appelé « VHB », qui a pour cible les cellules du foie. La maladie contagieuse est souvent asymptomatique ou provoque les symptômes de la grippe. Elle peut évoluer vers une cirrhose ou un cancer du foie.
• La **prévention** consiste à se faire vacciner et à limiter le risque de transmission (utilisation de préservatif).

3.2. La grippe

• La grippe saisonnière est une infection hivernale des voies respiratoires.
• Le virus a pour cible les cellules ciliées de la trachée et des bronches.
• Les **signes caractéristiques** se développent 1 à 4 jours après la contamination : apparition brutale d'une forte fièvre, toux sèche, douleurs musculaires...
• L'**agent responsable** est un virus enveloppé à ARN, *Influenza*, de type A, B ou C. Le virus de la grippe modifie constamment sa structure, ce qui lui permet d'échapper aux défenses de l'organisme.
• Les **complications possibles** sont des pneumonies, des bronchiolites et des troubles cardiaques.
• La **prévention** est la **vaccination annuelle**, qui est nécessaire compte tenu de la variabilité du virus. Des **mesures d'hygiène** (lavage des mains, bionettoyage) s'imposent pendant l'épidémie pour limiter la transmission.

Le cadre juridique et les conventions collectives du secteur sanitaire et social

LU ☐
SU ☐
REVU ☐

Les conventions collectives formalisent les relations de travail d'un secteur d'activité en adaptant les règles édictées par le Code du travail aux situations spécifiques du secteur concerné. Les dispositions des conventions collectives peuvent concerner la durée de travail, les congés payés, les indemnités de licenciement, etc. Elles définissent les règles de calcul des rémunérations.

1 Les différents rythmes de travail dans le secteur sanitaire et médico-social

• Au sein des **établissements médico-sociaux**, la surveillance est souvent continue, comme en EHPAD. Les structures sont alors dans l'obligation de répartir les périodes en plusieurs postes. Dans la plupart des cas, les journées sont découpées en 8 heures ; mais actuellement, des journées de 10, voire 12 heures sont privilégiées.
• Ce roulement amène certains personnels à subir des rythmes de travail irréguliers d'une semaine à l'autre : le matin, la nuit, l'après-midi/soirée, la soirée/nuit...

2 La réglementation du travail de nuit et du week-end

• Les activités du secteur sanitaire, social et médico-social ont l'obligation d'assurer la **continuité** de la vie sociale et la **permanence** des soins.
• Le travail de nuit commence au plus tôt à 21 h et s'achève au plus tard à 7 h. La durée quotidienne de travail accomplie par un travailleur de nuit ne peut excéder 8 heures, sauf lorsqu'un accord collectif le prévoit.
• Tout salarié, homme ou femme, peut travailler la nuit, sauf les jeunes de moins de 18 ans. En contrepartie, le travailleur de nuit bénéficie d'un repos compensateur ou d'une compensation salariale.
• Un suivi médical adapté doit être assuré pour tout travailleur de nuit.
• Il est interdit de faire travailler un salarié plus de 6 jours par semaine. Le repos hebdomadaire est d'au moins 35 heures consécutives. Toutefois, des dérogations peuvent remettre en cause le droit au repos du week-end des salariés.
• La rémunération est majorée pendant les week-ends, sauf si le temps de repos hebdomadaire est d'au moins 1,5 jour par semaine.

3 Les conventions collectives du secteur sanitaire et médico-social

• Les conventions collectives **formalisent les relations de travail** d'un secteur d'activité en adaptant les règles du Code du travail aux situations spécifiques du secteur concerné (durée de travail, congés payés, indemnités de licenciement, calcul des rémunérations...).
• Elles sont négociées entre les syndicats de salariés et d'employeurs.
• Exemples : la convention collective nationale de travail des établissements et services pour personnes inadaptées et handicapées ; la convention collective nationale de la branche de l'aide, de l'accompagnement des soins et des services à domicile ; la convention collective nationale de l'hospitalisation privée.

Les statuts et les responsabilités du personnel

Le médico-social est un secteur d'activité particulièrement sensible en termes de responsabilités. L'activité d'un établissement de santé, ou des personnes qui y travaillent, est effectivement susceptible d'engendrer des dommages sur la santé, par exemple lors d'une erreur humaine lors de la distribution d'un médicament ou à cause d'un défaut de surveillance. Lorsqu'un usager subit un préjudice en raison de l'activité de l'établissement et/ou des agissements d'un de ses membres, la première question qui se pose généralement est de savoir qui, du personnel ou de l'établissement, est susceptible d'engager sa responsabilité.

1 Les statuts du personnel

1.1. Dans les collectivités territoriales et à l'hôpital

• Le personnel peut être un fonctionnaire d'État, de la fonction publique territoriale, de la fonction publique hospitalière ou un contractuel.
• Le fonctionnaire est recruté par concours dans un emploi permanent et titularisé à un poste. Cette titularisation constitue la garantie que l'administration est obligée de lui trouver un emploi correspondant à son grade.
• Le contractuel n'est pas titulaire et il est recruté en contrat à durée déterminée, le plus souvent sur candidature (lettre de motivation et curriculum vitæ).
• Les personnels, qu'ils soient fonctionnaires ou contractuels, doivent exercer leur activité avec dignité, impartialité et honnêteté.

1.2. Dans une association ou une entreprise commerciale

• Le personnel est salarié de l'association ou de l'entreprise.
• Les salariés et l'employeur doivent respecter les règles figurant dans le Code du travail et la convention collective en vigueur.

1.3. Dans le secteur du travail libéral

• Le travailleur est **non salarié**, il est indépendant.
• Les **professions libérales** du domaine sanitaire et médico-social sont réglementées : justification de certaines qualifications, demande d'autorisation d'exercer.
• L'activité est soumise à la seule responsabilité du travailleur libéral (horaire, congés...) et les bénéfices de l'activité lui appartiennent.

2 La responsabilité civile et la responsabilité pénale

• La **responsabilité civile** consiste dans l'obligation faite à l'auteur d'un dommage volontaire ou involontaire de le réparer. La réparation consiste à verser une somme d'argent appelée « dommages et intérêts ».
• La **responsabilité pénale** vise à sanctionner l'auteur d'une infraction à la loi. Elle a une fonction punitive (répressive) : une peine est prononcée à l'encontre de la personne auteur de la faute.

L'éthique et la déontologie

LU ☐
SU ☐
REVU ☐

Toute personne prise en charge dans le domaine médical ou médico-social a droit au respect de sa vie privée et au secret des informations le concernant.

1 L'éthique et la déontologie

• L'**éthique** est l'ensemble des règles de bonne conduite.
• La **déontologie** est l'ensemble des règles et des devoirs déterminant la conduite à tenir pour les membres d'une profession.
• Le **code de déontologie** est le recueil qui regroupe les règles et les devoirs (code de déontologie des médecins, des assistants de service social...).

2 Le secret professionnel

2.1. Définitions

• Le **secret professionnel** est l'obligation de taire toute information apprise (confiée, vue, entendue, constatée) dans le cadre de sa profession.
• La **discrétion professionnelle** consiste, pour un fonctionnaire, à garder secrète toute information apprise dans l'exercice de sa profession.

2.2. Les personnes tenues au secret professionnel

Les **personnes soumises au secret par profession :** les infirmiers, les sages-femmes, les médecins, les pharmaciens, les assistants de service social.
Les **personnes soumises au secret par fonction ou par mission :** les professionnels de l'aide sociale, du service de PMI, des centres hospitaliers...

2.3. Les conditions de la levée du secret professionnel

La **levée du secret** par un professionnel consiste à divulguer des informations qu'une personne lui a confiées.
Elle s'impose lorsque les informations concernent des privations, des mauvais traitements ou des atteintes sexuelles infligés à un enfant de moins de 15 ans ou à une personne vulnérable.

2.4. Les risques encourus en cas de non-respect du secret

• **Sur le plan pénal :** 1 an d'emprisonnement et 15 000 € d'amende.
• **Sur le plan civil :** dommages et intérêts pour la victime.
• **Sur le plan professionnel :** sanctions prévues dans le contrat de travail.

3 Le secret partagé

Le secret partagé consiste, pour un professionnel tenu au secret, à confier à un autre professionnel ou à son équipe une information confidentielle pour assurer la qualité et la continuité de la prise en charge du malade ou de l'usager.

Le respect de la laïcité et des normes dans le secteur sanitaire et social

LU ☐
SU ☐
REVU ☐

Dans le secteur médico-social, comme à l'école, le principe de laïcité doit être appliqué. Une série de droits et de devoirs en découlent, que ce soit pour le professionnel de santé, ou pour le patient. Par exemple, les soignants doivent afficher une neutralité absolue dans leur tenue vestimentaire, leurs bijoux et leur comportement et les établissements de santé doivent proposer un lieu ouvert à tous les cultes, tout en assurant la neutralité des espaces communs. Du côté des patients, ils ont le droit de prier, d'avoir des objets de culte dans leur chambre et d'adopter une tenue libre, mais qui doit cependant être adaptée au protocole de soins.

1 Les notions de valeur, de norme, de stéréotype et de discrimination

• Une **valeur** est un **idéal** qui oriente les actions et les comportements. Par exemple, la tolérance, la liberté, l'égalité et le respect.
• Une **norme** est une **règle de conduite** à respecter lorsque l'on fait partie d'un groupe social. Par exemple, la politesse et le respect du règlement intérieur...
• Un **stéréotype** est une **idée toute faite** qui associe des caractéristiques à un groupe de personnes en fonction de leur âge, de leur sexe, de leur profession. Par exemple, la proposition « dans les services de psychiatrie, les professionnels passent leur temps à prendre des cafés » est un stéréotype.
• Une **discrimination** est une **inégalité** entre 2 personnes. Elle est punie par la loi comme toutes les autres inégalités liées au sexe, aux convictions religieuses ou à l'apparence physique. Par exemple, refuser de soigner une personne du fait de sa religion.

2 Les principes de la laïcité dans les établissements sanitaires et médico-sociaux

• La **laïcité** n'est pas une opinion ou une croyance. C'est le principe qui garantit la **liberté de chacun(e) d'avoir des convictions philosophiques ou religieuses**.
• La laïcité repose sur les principes suivants :
– la liberté de conscience ;
– l'égalité des droits ;
– l'universalité des principes déterminés par la loi de la République : la liberté, l'égalité et la neutralité. La laïcité est la condition du « vivre ensemble ».
• Sur le plan religieux, les convictions religieuses doivent pouvoir être respectées dans les services publics.
• Tous les usagers et patients sont traités de la même façon, quelles que soient leurs croyances ou leurs convictions personnelles ; ils ne peuvent douter de la neutralité des professionnels de santé.
• S'agissant des croyances religieuses, les patients et résidents accueillis dans les établissements ont la liberté de pratiquer leur culte. Un espace de recueillement destiné aux différentes confessions reconnues leur est ouvert dans chaque établissement.
• Selon leurs convictions personnelles, le patient a le choix de son praticien et l'usager a le libre choix des intervenants libéraux en établissement médico-social. Cette liberté est toutefois inscrite dans la stricte limite des contraintes liées à l'organisation du service.

La qualité dans les établissements de santé et les EHPAD

LU ☐
SU ☐
REVU ☐

La certification est une procédure d'évaluation externe de la qualité et de la sécurité des prestations délivrées par les établissements de santé. C'est une démarche obligatoire contrôlée par la Haute autorité de santé (HAS) et l'Agence régionale de santé (ARS). Tous les établissements de santé publics ou privés doivent s'engager dans une certification tous les 4 ans.

1 La certification des établissements de santé

1.1. Les missions des organismes de référence

• La **Haute Autorité de santé (HAS)** décide de l'entrée des établissements de santé dans la procédure de certification, élabore le manuel de certification qui sert de référence à l'autoévaluation, forme les experts-visiteurs, prend la décision vis-à-vis de la certification et suit la réalisation des mesures du plan d'action.

• La **Fédération de l'hospitalisation privée (FHP)** représente les hôpitaux et cliniques privés de France ; elle les accompagne dans la mise en œuvre de la certification.

1.2. Les étapes de la procédure de certification

① L'**engagement de l'établissement** de santé dans la procédure tous les 4 ans.
② L'**analyse des pratiques** par une auto-évaluation par des professionnels de l'établissement en se basant sur le manuel de certification élaboré par la HAS.
③ La **visite de certification** réalisée par une équipe d'experts-visiteurs désignés par la HAS. Ces derniers rencontrent le personnel, des patients et visitent l'établissement.
④ **Prise de décision par l'HAS :** la certification, la certification avec recommandations lorsque des améliorations sont possibles, la certification avec réserve lorsqu'il y a des insuffisances.
⑤ **Diffusion du rapport de certification** sur le site de la HAS et transmission à l'établissement.

2 L'évaluation en EHPAD

• **L'évaluation en établissement d'hébergement pour personnes âgées dépendantes (EHPAD)** est une démarche qui vise à apprécier les activités des professionnels et la qualité des prestations délivrées aux usagers (soins, hôtellerie, accueil...).
• Elle permet la mise en place d'actions correctives pour réduire les points faibles.
• Elle est effectuée par une autoévaluation réalisée en continu par l'EHPAD et une évaluation réalisée tous les 5 ans par un organisme extérieur indépendant.

3 L'intérêt de la certification et de l'évaluation pour faire évoluer les pratiques professionnelles

• La certification des établissements de santé et l'évaluation en EHPAD permettent aux professionnels de réfléchir sur leur pratique et d'identifier les domaines à améliorer.
• Elles permettent également d'adapter les pratiques à l'évolution des connaissances et des techniques dans le domaine sanitaire et social.

La qualité dans les activités professionnelles

Les bonnes pratiques sont des comportements, des procédures qui sont considérés comme indispensables pour assurer une prise en charge de qualité de l'usager et assurer une qualité constante dans les activités professionnelles.

1 Des exemples de bonnes pratiques professionnelles

• Lors de la construction du projet personnalisé : il convient de donner à la personne l'information utile, de recueillir les seules informations nécessaires, de faciliter l'expression de la personne...
• Faire preuve de bientraitance en direction des personnes âgées en EHPAD : il s'agit de prendre en compte le rythme de l'usager, par exemple.
• Les services de soins infirmiers (SSIAD) : il s'agit, par exemple, de former l'ensemble des professionnels au respect de l'entrée dans un espace privatif, de favoriser la participation de la famille aux activités de la vie quotidienne.

2 Les recommandations des bonnes pratiques professionnelles (RBPP)

• Les RBPP sont des propositions de ce qui doit être fait pour faire évoluer les pratiques afin d'améliorer la qualité des prises en charge.
• La comparaison entre une pratique actuelle et la pratique de référence attendue (RBPP) permet la mise en place d'actions d'amélioration.

3 L'analyse des pratiques professionnelles

3.1. Généralités

• L'analyse des pratiques professionnelles a pour objectif de valoriser les compétences professionnelles en faveur de la qualité du service rendu à l'usager.
• C'est un outil de réflexion permettant au professionnel, soutenu par un groupe de collègues, de porter un regard sur ses pratiques.

3.2. Les différentes étapes de l'analyse des pratiques professionnelles

① Description d'une situation par un professionnel qui lui pose problème.
② Approfondissement de la situation par le groupe qui pose à la personne les questions nécessaires à la compréhension de la situation.
③ Implication des autres professionnels. Les participants qui le souhaitent enfonction de leurs propres valeurs, leurs propres vécus, leur propre expérience professionnelle, vont se projeter dans la situation puis exprimeront s'ils l'ont déjà vécue, ce qu'ils ont fait ou feraient dans une telle situation.
④ Retour du professionnel pour savoir comment il a vécu ce temps d'analyse et ce qu'il en retient.

3.3. Les conditions favorables au bon déroulement

• La présence d'un animateur qui régule les échanges et garantit les règles de fonctionnement.
• L'implication de chacun des participants.
• Le respect de la confidentialité.
• L'absence de jugement de la part des participants et de l'animateur.

Le travail en équipe et la gestion d'équipe

LU ☐
SU ☐
REVU ☐

Le travail en équipe permet le soutien et l'entraide. Il facilite la prise de décision et le développement de projets communs.

1 Les conditions d'un travail en équipe

• La **communication entre tous les membres** de l'organisation et pas uniquement entre les membres de l'équipe doit être facilitée.
• La **possibilité d'exprimer les désaccords et les tensions**.
• L'**entraide** en cas de difficulté d'un membre de l'équipe est indispensable.
• La **connaissance des aptitudes** des autres membres de l'équipe afin de développer la confiance envers les autres tout en connaissant leurs limites.

2 Les moyens facilitant le travail en équipe et la gestion d'équipe

2.1. Les moyens facilitant la communication au sein d'une équipe

• Des **documents écrits** permettent d'assurer la traçabilité des actions menées par l'équipe : le compte-rendu, le cahier de transmission, le diagramme de soins.
• Les réunions, les groupes de travail, les entretiens permettent de **réguler le travail** en équipe, d'organiser des actions, de les réajuster et de faire évoluer les pratiques.

2.2. Les moyens de valorisation des membres de l'équipe

• Les **compliments** de la part d'un supérieur hiérarchique.
• Les **avantages en nature** tels que la mise à disposition d'une voiture de service.
• La **proposition de responsabilités,** par exemple le tutorat d'un stagiaire.
• La **proposition de faire reconnaître l'expérience personnelle et professionnelle** par la validation des acquis de l'expérience (VAE) pour accéder à une formation.

2.3. Les moyens de coordination d'une équipe

• La **fiche de poste** et l'**organigramme** permettent à chaque membre de se situer dans la structure, de connaître ses missions ainsi que les liens hiérarchiques et fonctionnels de tout le personnel.
• Les **plannings d'activités** permettent d'organiser et de visualiser une succession d'actions de façon chronologique et ainsi de rendre compte de l'avancement des actions.
• Les **plannings de travail,** par exemple le planning d'intervention remis aux aides à domicile, permettent de formaliser la répartition du travail entre les différents membres de l'équipe.

2.4. L'entretien professionnel

• **Tout salarié** ayant au moins 2 années d'activité dans une même organisation bénéficie au minimum tous les 2 ans d'un entretien professionnel.
• L'**entretien professionnel** a pour objectif de permettre au salarié d'être acteur de son évolution professionnelle.
• La **grille d'entretien d'évaluation annuel** et le **guide d'entretien** sont 2 outils qui permettent de structurer les échanges et de garder une trace écrite.

Savoir
89

Le tutorat et l'accueil des bénévoles

LU ☐
SU ☐
REVU ☐

BLOC 3

Les professionnels de santé peuvent être amenés à accueillir et encadrer des stagiaires, par exemple à l'occasion des PFMP d'un élève de Bac pro ASSP, ou des bénévoles.

1 Le tutorat des stagiaires

• Le **tuteur** assure, avec l'équipe pédagogique, la responsabilité de la formation du stagiaire : il transmet les savoirs et les savoir-faire, et suit la progression du stagiaire.
• Le **livret de suivi des compétences**, appelé « carnet de liaison » ou « livret de suivi en milieu professionnel », permet au stagiaire de se positionner tout au long de sa période de formation en milieu professionnel.
• La **fiche de notation** ou la **grille d'évaluation** sont les documents utilisés lors de l'évaluation du stagiaire.

2 Les Périodes de Formation en Milieu Professionnel (PFMP) et le rôle des tuteurs

2.1 Les objectifs des PFMP

Les objectifs des PFMP sont multiples pour le stagiaire : découvrir différents milieux de travail du secteur social et médico-social et en appréhender l'organisation et les contraintes ; observer et analyser des situations professionnelles ; s'insérer dans des équipes de travail pluri professionnelles ; développer des compétences d'observation, de communication, d'autonomie et de responsabilité ; mettre en œuvre des compétences et des savoirs étudiés en centre de formation ; ou encore acquérir des compétences en situation professionnelle et en présence d'usagers.

2.2 Les engagements réciproques du stagiaire et du tuteur

• Le stagiaire s'engage à :
– respecter le règlement intérieur de l'entreprise d'accueil ;
– réaliser les activités ciblées en lien avec son tuteur ;
– tenir à jour son livret de suivi de période de formation en entreprise et le faire viser par ses formateurs (tuteur et professeur) ;
– rechercher les informations nécessaires à la rédaction de son dossier individuel.
• Le tuteur s'engage à :
– encadrer le stagiaire et veiller à la réalisation des activités convenues ;
– établir un bilan avec le stagiaire au cours de la période de formation en entreprise ;
– participer à l'évaluation formative du stagiaire ;
– participer à l'évaluation certificative en fin de PFMP.

3 L'accompagnement des bénévoles

• Le **bénévolat** est la situation dans laquelle une personne fournit à titre gratuit une prestation de travail pour une personne ou une structure en dehors de son temps professionnel et familial.
• Les **bénévoles** doivent adhérer aux valeurs et aux finalités de l'organisation dans laquelle ils exercent leur bénévolat. Ils participent à une ou des activités précises et doivent rendre compte de leur travail.

La communication

LU ☐
SU ☐
REVU ☐

La communication permet de partager des informations pour assurer des services et des soins de qualité auprès des usagers et des patients. Elle garantit aussi une traçabilité des données, que ce soit au domicile ou dans les structures

1 La diversité des formes de communication

• La **communication orale** a pour support la parole. Elle est mise en œuvre lors d'un entretien téléphonique, l'accueil direct. Elle permet le questionnement et la reformulation.
• La **communication écrite** a pour support une trace écrite. Elle est mise en œuvre dans une lettre, un rapport, un compte-rendu, un courriel, une invitation... Le message peut être conservé et comporter de nombreuses informations.
• La **communication visuelle** illustre ou remplace un message écrit par l'image mise en œuvre dans une affiche, un dépliant... La compréhension du message est facilitée et l'attention est captée.

2 La variété des situations de communication

• La **communication verbale** permet de transmettre un message par des mots exprimés à l'oral ou par écrit.
• La **communication non verbale** transmet des messages exprimés par des gestes, des mimiques, des postures.
• La **communication directe** consiste à utiliser des mots qui vont refléter le message avec un minimum d'interprétation possible (les transmissions écrites concernant un patient, par exemple).
• La **communication indirecte** transmet un message qui peut être interprété de différentes manières par le destinataire. L'émetteur utilise des allusions, des sous-entendus. Elle permet l'évitement d'une situation considérée comme gênante ou embarrassante, ou simplement parce que l'émetteur n'a pas de réponse précise ; elle permet d'atténuer une réponse directe qui pourrait heurter, blesser ou elle peut chercher à savoir ce que pense le destinataire du message.

3 Les facteurs influençant la communication

• Les facteurs favorisant la communication sont la clarté du message, la disponibilité de l'émetteur, l'écoute du récepteur, l'environnement favorable de l'émetteur et du récepteur à la communication (ambiance calme).
• Les freins à la communication sont de différentes natures : technique (bruit), affective (jalousie), culturelle (usage de termes trop complexes), institutionnelle (intermédiaires trop nombreux entre l'émetteur et le récepteur).

La transmission des informations et la communication numérique

LU ☐
SU ☐
REVU ☐

La bonne communication et une transmission fluide des informations jouent un rôle essentiel dans le bon fonctionnement d'une équipe pluri-professionnelle de soins.

1 Les intérêts de la transmission

• Les **actions des équipes de professionnels** sont coordonnées. Les soins sont ainsi planifiés pour répartir les tâches au sein d'une équipe.
• Les **résultats des actions mises en œuvre** sont évalués. Les démarches de soins et les actions à entreprendre peuvent ainsi être réajustées.
• Des **preuves** sont constituées grâce aux écrits, ce qui peut s'avérer utile en cas de mise en cause d'un professionnel de la part d'un patient ou d'un usager.

2 Les différentes modalités de transmission

2.1. La transmission écrite des informations

Différents supports « papier » ou électroniques, tels que le cahier de liaison et le dossier du patient, permettent la transmission écrite des informations. La **trace écrite** est durable et consultable à tout moment. La **traçabilité des soins** est assurée grâce aux transmissions écrites dans les établissements et les services sanitaires.

2.2. La transmission orale ou visuelle des informations

• Des **échanges** ont lieu entre les différents interlocuteurs lors des réunions de service, de la relève des équipes. Les signes non verbaux sont pris en compte.
• Les **prises de décision** sont facilitées. Les transmissions écrites sont précisées grâce aux informations orales, des réajustements peuvent être réalisés.
• La **visibilité des informations** est facilitée et un gain de temps précieux est fourni aux professionnels. C'est le cas, par exemple, du planning de travail d'une équipe.

3 La communication numérique

3.1. Les outils de la communication numérique

• Les **logiciels** qui centralisent l'intégralité des données relatives aux patients ou aux usagers, comme les dossiers patients informatisés (DPI).
• Les **logiciels** qui organisent toutes les actions à réaliser ou réalisées, par exemple le planning d'intervention des aides à domicile ou le carnet de liaison.
• Des **outils collaboratifs** pour faciliter le travail d'équipe à distance ou non : visio-conférence, plateforme pour le travail d'équipe (partage de fichiers, « écriture à plusieurs » mains, agenda partagé…). Ainsi que la **messagerie électronique**.

3.2. Les aspects réglementaires de la transmission d'informations

• Suivant le type d'interlocuteurs qui échangent des informations sur un patient ou un usager, celui-ci peut être amené à donner son accord qui prend la forme d'un droit d'opposition ou d'une obligation de **recueil de son consentement**.
• Les informations transmises sont des données personnelles et sensibles sur les patients et les usagers. Elles doivent être protégées.
• La **loi Informatique et Libertés** et le **règlement général sur la protection des données (RGPD)** ont édicté des règles pour protéger les données : accès réservés à certains professionnels, accord préalable des usagers ou des patients.

La propreté, l'hygiène et le nettoyage

LU ☐
SU ☐
REVU ☐

Le nettoyage contribue à l'hygiène et à la propreté. Les opérations et les résultats sont contrôlés pour maintenir ou améliorer la qualité des soins et des services.

1 Les définitions

• La **propreté** est l'absence ou la présence relative de salissures adhérentes ou non à une surface ou présentes dans l'air. Elle participe au confort. Pour la propreté des locaux, les techniques utilisées sont celles du nettoyage.
• Le **nettoyage** est l'opération d'élimination des salissures avec un procédé respectant l'état des surfaces traitées.
• L'**hygiène** est l'ensemble des règles et des méthodes relatives à la préservation et à l'amélioration de la santé. L'hygiène des locaux a pour objectif l'assainissement périodique des surfaces et de l'ambiance atmosphérique des lieux.
• La **propreté hygiénique** est l'absence de salissures et la réduction des biocontaminations, ce qui permet de préserver la santé. Elle est obtenue par des techniques regroupées sous le terme « bionettoyage ».
• Le **bionettoyage** est l'ensemble des opérations visant à détruire ou à éliminer momentanément les micro-organismes sur les surfaces de manière à les ramener au niveau cible requis (norme NF 50-790). Les opérations dépendent de la zone à risque concernée **(> voir fiche 94)**. Les produits ont obligatoirement une activité désinfectante.

2 Les dégradations, les salissures et les déchets

• Une **dégradation** est la détérioration de la surface d'un matériau. Elle peut être réversible ou irréversible selon qu'il y a ou non un retour à l'état initial après traitement de la surface.
• Les **salissures** sont définies comme des apports indésirables, en surface et/ou en profondeur, qui altèrent l'aspect ou le toucher des surfaces propres.
• Les **déchets** sont des salissures non adhérentes, de grosse dimension.

3 La classification des salissures

• Les **salissures non adhérentes** au support sont les poussières constituées de particules visibles et invisibles en suspension dans l'air et capables de se déposer sur les surfaces, et les déchets.
• Les **salissures adhérentes** sont les taches qui imprègnent ou non les matériaux, tels que les dépôts de colle, de gomme à mâcher…
• La **nature chimique des taches** peut être organique ou minérale. Les taches organiques sont grasses (huile…) ou maigres (fruit…) et d'origine végétale (huile…) ou animale (beurre…). Les taches minérales les plus connues sont celles causées par la terre et le plâtre.

4 Le protocole, le mode opératoire et la procédure

• Un **protocole** définit les opérations successives à réaliser, leur fréquence avec référence à une fiche méthode ou une fiche technique. Le protocole des opérations de nettoyage concerne une zone définie.

• Un **mode opératoire** décrit avec précision le geste à réaliser dans chaque opération du protocole.
• Le **respect des protocoles et des modes opératoires** est indispensable pour lutter contre les contaminations et les infections.
• Une **procédure** est la manière spécifique d'effectuer une activité. La description est précise et complète afin de garantir la répétitivité de son exécution. Son application est indispensable pour assurer un niveau de propreté optimal et la qualité des soins.
• La **maîtrise de la propreté visuelle et microbiologique** (niveau de la contamination microbienne de l'environnement) nécessite le respect des protocoles, des modes opératoires et de l'ordonnancement du travail.
• Une **organisation méthodique du travail** assure la qualité du résultat à atteindre, un gain de temps, d'efficacité, de rentabilité, la sécurité des professionnels, une répartition équilibrée de la charge de travail au sein de l'équipe...

5 Les facteurs intervenant dans les opérations de nettoyage

5.1. L'interdépendance des facteurs intervenant dans les opérations de nettoyage

• **Quatre facteurs** interviennent dans les opérations de nettoyage : l'action chimique, l'action mécanique, le temps d'action et la température. Ils sont complémentaires pour réaliser un nettoyage ou un bionettoyage efficace.
• Le **cercle de Sinner** montre l'interdépendance entre les différents facteurs. Si l'action d'un des facteurs diminue, elle doit être compensée par une autre action pour une efficacité maximale.

5.2. Les facteurs mis en œuvre dans le cercle de Sinner

• L'**action chimique** est liée à la dilution de la solution détergente ou détergente-désinfectante.
• L'**action mécanique** est exercée par le matériel (tampon abrasif, brosse...).
• Le **temps d'action** est le temps que mettent le produit et l'action mécanique à agir.
• La **température** de la solution détergente ou détergente-désinfectante agit sur la vitesse de réaction de l'activité chimique.

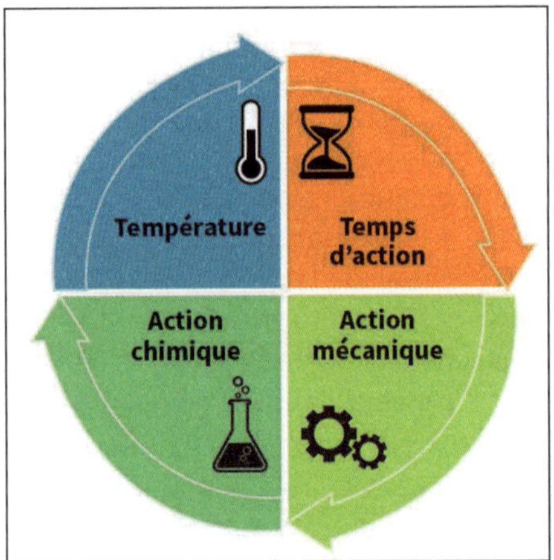

Doc. 38 – Le cercle de Sinner

6 Les contrôles des opérations et des résultats

• Le **contrôle de la propreté** s'effectue par l'observation visuelle (absence de salissures, de déchets) et des mesures d'empoussièrement (à l'aide d'un bassoumètre).
• Le **contrôle de l'hygiène** se fait par des analyses microbiologiques : prélèvements avec lames gélosées ou boîtes contact, lectures et interprétations.

Les produits de nettoyage et de désinfection

LU ☐
SU ☐
REVU ☐

Le choix du ou des produits doit tenir compte de leurs propriétés et de leur mode d'action. Leur utilisation nécessite le respect de règles de sécurité et de précautions, tout comme leur rangement et leur conservation **(> voir fiche 96)****.**

1 Les produits de nettoyage

• Le **nettoyage** consiste à éliminer les salissures présentes sur une surface. Il est essentiel pour le confort et le bien-être des personnes.
• Les **produits de nettoyage** sont conçus pour éliminer des salissures de natures différentes sans abîmer le support à nettoyer. Leur mode d'action est déterminé par les molécules qui les composent.
• Le **choix d'un détergent** dépend des salissures à éliminer, de la nature du support à traiter, de sa toxicité pour le professionnel, de son conditionnement, de la dimension « développement durable », de son rapport qualité/prix…

1.1. Les détergents

• Les **détergents** sont des produits constitués de tensioactifs qui, mélangés dans l'eau, se fixent sur les molécules de graisses et de salissures pour les dissoudre.
• Les **tensioactifs**, molécules présentes dans les produits détergents, possèdent un pôle hydrophile (lipophobe) et un pôle hydrophobe (lipophile) qui confèrent au détergent 4 pouvoirs : le pouvoir mouillant, le pouvoir émulsifiant, le pouvoir dispersant et le pouvoir moussant.

Schéma
Les 4 pouvoirs d'un détergent
liennathan.fr/tp253z

1.2. Les autres produits de nettoyage

• Les **abrasifs** sont des produits capables d'user par frottement des salissures adhérentes (action mécanique du cercle de Sinner). Leur forme est variée (tampon, disque…) ainsi que leur type (poudre, gel, crème)…
• Les **détartrants** sont des produits qui agissent par dissolution du tartre. Leur pH est acide (ex. : le vinaigre blanc).
• Les **agglutinants** sont des produits à base d'huile minérale ou végétale captant les poussières au cours des opérations de balayage humide (ex. : le produit agglutinant présent dans les gazes pré-imprégnées).

2 Les produits de désinfection

• La **désinfection** complète l'action de nettoyage dans les zones à risque. Elle consiste à éliminer les micro-organismes présents sur les surfaces et sources de biocontaminations et d'infections.
• Les **produits désinfectants** sont des produits contenant des biocides, substances chimiques destinées à détruire les micro-organismes ou à empêcher leur développement.
• Le **choix d'un produit désinfectant** dépend de son spectre d'activité, de sa compatibilité avec le détergent utilisé pour le nettoyage, de sa toxicité…

3 Les produits nettoyants désinfectants

• Les **produits nettoyants désinfectants** permettent une action combinée des opérations de nettoyage et de désinfection, et ainsi une simplification du travail et un gain de temps.
• Le **choix d'un produit nettoyant désinfectant** nécessite que la surface à entretenir ne comporte pas de souillures afin de garantir une efficacité optimale.
• La **dimension « développement durable »** peut être prise en compte dans le choix des produits. Deux écolabels sont délivrés : la marque NF Environnement pour le marché français et l'Écolabel européen pour le marché de l'Union européenne.

4 Les règles et les précautions d'utilisation

4.1. Les règles d'utilisation des produits d'entretien

• L'**étiquette du produit** d'entretien doit être lue attentivement pour garantir l'efficacité de l'opération, la préservation de la santé du professionnel, celle des usagers ainsi que l'environnement.
• Les **pictogrammes de danger** avertissent l'utilisateur sur les risques du produit. Il faut bien veiller à les repérer, à les identifier et à les respecter.

Doc. 39 – Les pictogrammes de danger des produits chimiques

• La **fiche de données de sécurité (FDS)** du produit d'entretien alerte le professionnel sur les dangers liés à son utilisation. Elle doit être accessible et à jour.

4.2. Les précautions à prendre

• Le **mode d'emploi**, la dilution, le temps d'action du produit d'entretien et toutes les consignes de sécurité données par le fabricant doivent être respectés.
• Le **mélange de produits** est interdit.
• Le **port d'équipements de protection individuelle (EPI)** est obligatoire.
• L'**aération des locaux** pendant et après leur entretien facilite non seulement le séchage, mais aussi l'évacuation des produits chimiques présents dans l'air.
• Les **conditions de rangement et de conservation des produits d'entretien** sont à respecter afin de prévenir tout risque (chimique, incendie...) pour l'utilisateur et les usagers et toute altération des produits (> voir fiche 96).

Les éléments de connaissances communs aux techniques d'entretien

LU ☐
SU ☐
REVU ☐

La mise en œuvre des différentes techniques d'entretien dépend des locaux. Le choix de la technique, du matériel, du ou des produits et des dosages tient compte de nombreux critères afin de garantir la qualité du résultat.

1 Les différentes zones à risque

• Une **zone à risque** est un lieu géographiquement défini et délimité dans lequel les individus et/ou les produits et/ou les matériels sont particulièrement vulnérables à la contamination. On distingue 4 niveaux de risque : faible, modéré, élevé et très élevé.

• La **classification des locaux selon le risque infectieux** permet de définir les techniques d'entretien à mettre en œuvre, les fréquences d'entretien, les produits à utiliser, les niveaux de propreté à atteindre.

Zone 0 : circulations extérieures telles que les abords, les escaliers extérieurs, les sas ambulances, les quais de livraison…				
Classification des locaux selon le risque infectieux	**Zone 1** Risque faible (Services administratifs, halls…)	**Zone 2** Risque modéré (Salles de soins, chambres des résidents…)	**Zone 3** Risque élevé (Sanitaires, salles d'eau…)	**Zone 4** Risque très élevé (Blocs opératoires, chambres en isolement…)
Fréquence des opérations	Détergence hebdomadaire ou pluri-hebdomadaire	Détergence quotidienne et désinfection possible	Détergence quotidienne, désinfection quotidienne	Détergence pluriquotidienne, désinfection pluriquotidienne
Techniques d'entretien à mettre en œuvre	Dépoussiérage humide Lavage manuel Lavage mécanisé Entretien mécanisé	Dépoussiérage humide Lavage manuel Lavage mécanisé Entretien mécanisé	Dépoussiérage humide Lavage manuel Lavage mécanisé Entretien mécanisé	Dépoussiérage humide Lavage manuel Lavage mécanisé
Produit(s) à utiliser	Détergent	Détergent ou détergent-désinfectant si nécessaire	Détergent-désinfectant ou détergent + désinfectant	Détergent-désinfectant ou détergent-désinfectant pour nettoyage intermédiaire
Niveau de propreté à atteindre	Propreté visuelle	Propreté visuelle Propreté microbiologique Propreté chimique		

Doc. 40 – Des techniques d'entretien adaptées au niveau de risque des locaux

2 Le choix de la technique, des produits et du matériel

• Le **choix d'une technique d'entretien** tient compte non seulement du niveau de risque du lieu, mais aussi de la nature du support, de la nature et de la quantité de salissures, du résultat attendu, de la prévention des risques professionnels (chimique, TMS, biologique), du risque épidémique et du micro-organisme mis en cause…
• Le **choix du matériel, des accessoires et des produits** tient compte de la nature et de la quantité des salissures, de la nature du support, du lieu, de la dimension « développement durable »…
• Les **dosages des produits** doivent être respectés. La lecture des étiquettes est donc indispensable. Elle contribue aussi à respecter l'intégrité des matériaux.
• Le **port des équipements de protection individuelle (EPI)** est obligatoire pour se protéger du risque chimique et des infections associées aux soins (IAS).

3 Les plans de nettoyage et de désinfection

• Les **plans de nettoyage et de désinfection** sont des documents affichés et accessibles au personnel, qui définissent de façon claire les opérations de nettoyage et de désinfection à mener.
• La **démarche à suivre** pour établir un plan de nettoyage est de définir tout d'abord le champ d'intervention puis le(s) acteur(s) concerné(s), les fréquences des opérations de nettoyage et de désinfection puis les modes opératoires. Il faut ensuite identifier les produits d'entretien et le matériel à utiliser. Les moyens de vérifier l'efficacité du plan doivent également être précisés.

4 L'entretien d'une chambre suite à l'isolement d'un patient

• La **procédure mise en œuvre dans l'entretien d'une chambre suite à l'isolement d'un patient** contaminé par un agent infectieux nécessite l'application de précautions standards et de précautions complémentaires.
• L'**application des précautions complémentaires** est définie en fonction du micro-organisme et de l'infection. Ces précautions sont à adapter au mode de transmission : contact (C), air (A), gouttelettes (G). Elles évitent ainsi la transmission des agents infectieux.
• La **traçabilité du travail** réalisé doit être assurée.

1. Préparer le matériel
2. Bionettoyer la chambre après le départ du patient
- Revêtir une surblouse, une charlotte, des lunettes de protection, un masque FFP2 et des gants à usage unique selon la procédure d'habillage « COVID-19 ».
- Ouvrir très largement les fenêtres.
- Évacuer tous les déchets issus de la chambre en sac jaune, fermé puis placé dans un deuxième sac jaune fermé (double emballage).
- Évacuer tout le linge utilisé pour le patient en sac hydrosoluble correctement fermé dans la chambre, puis placer en sac de transport rouge pour la filière « linge contaminé ».
- Évacuer le bac de désinfection des dispositifs médicaux réutilisables (15 minutes de trempage puis rinçage à l'eau).
- Bionettoyer rigoureusement toutes les surfaces et matériels présents à l'aide de lavettes à usage unique imbibées d'une solution nettoyante-désinfectante Surfanios diluée à 0,25 %, en insistant sur l'environnement immédiat du patient et les points de contact (poignée de porte, interrupteur…).
- Terminer par la désinfection des surfaces et du sol par pulvérisation d'Aniospray 29 ou Neoform K sprint (se placer à 50 cm des surfaces).
- Verser l'équivalent d'un verre d'eau de Javel dilué à 0,5 % de chlore actif dans les siphons et WC.
- Fermer les fenêtres et laisser sécher.
- Se déshabiller selon la procédure de déshabillage « COVID-19 ».
- Après 15 minutes, ouvrir les fenêtres.

Doc. 41 – Le bionettoyage d'une chambre après le départ d'un patient suspect de la Covid-19

Les matériels et les équipements à entretenir

LU ☐
SU ☐
REVU ☐

Les matériaux composant les matériels et les équipements (jouets, lits...) ont des propriétés dont il faut tenir compte dans le choix de la méthode d'entretien.

1 L'entretien des matériaux

• Un **matériau** est une matière d'origine naturelle ou synthétique utilisée dans la conception des matériels, des équipements... (ex. : le plastique, le caoutchouc, l'inox).

• L'**entretien d'un matériau** doit prendre en compte ses propriétés pour ne pas l'altérer. Par exemple, l'inox étant sensible aux rayures, le matériel d'entretien ne doit pas être abrasif ; l'aluminium étant sensible aux produits acides ou alcalins et aux produits chlorés, un produit neutre et non chloré doit être utilisé.

• Les **méthodes d'entretien** doivent donc être adaptées et mises en œuvre correctement en suivant les protocoles.

2 L'entretien des jouets

• L'**entretien des jouets** nécessite de les trier en fonction de leur matériau avant de démarrer toute méthode.

• Les **jouets lessivables** (en matière plastique, par exemple) sont bionettoyés avec un détergent-désinfectant à contact alimentaire (DDA).

• Les **jouets en tissu** peuvent être lavés au lave-linge après vérification de l'étiquette.

• L'**entretien des jouets non immergeables (électroniques, à piles)** se fait par essuyage avec une chiffonnette imprégnée d'une solution de DDA suivi d'un rinçage avec une autre chiffonnette imprégnée d'eau et se termine par un séchage.

3 L'entretien des dispositifs médicaux réutilisables (DMR)

L'**entretien des dispositifs médicaux réutilisables** (dont le niveau de risque infectieux est bas) se fait selon différentes méthodes en fonction du ou des matériaux qui le composent : l'essuyage humide au détergent-désinfectant, l'immersion dans une solution de détergent-désinfectant, le lavage en machine, le nettoyage par la vapeur.

4 L'entretien par la vapeur

L'entretien par la vapeur assure le nettoyage et la désinfection des matériels et des équipements résistants à la chaleur et à l'humidité. Ce procédé est efficace sur les surfaces difficilement accessibles comme les fauteuils roulants et le mobilier (lits...).

Le stockage et le rangement des produits et du matériel d'entretien

Gérer un stock permet d'assurer la continuité et la qualité des services. Les produits et le matériel d'entretien sont stockés et rangés selon des règles précises.

1 Le stock des produits et du matériel d'entretien

• Le **stock** correspond à l'ensemble des produits d'entretien et d'hygiène, de matériel... en attente d'utilisation dans une structure ou dans un domicile.

• **Gérer un stock** consiste à tenir et à suivre une quantité de produits d'entretien, de matériel... dans un lieu donné tel qu'un local fermé, une armoire, un placard... Il faut non seulement gérer les mouvements de produits et de matériel, c'est-à-dire les entrées et les sorties, mais aussi les réapprovisionnements. Une quantité élevée de stocks engendre de l'encombrement (étagères, placards...), un risque chimique plus élevé pour les professionnels, un risque de posséder des produits périmés et donc de gaspillage. Une fiche de stock doit être tenue à jour régulièrement.

2 Les règles d'hygiène et de sécurité

2.1. Les règles de stockage

Les **règles d'hygiène et de sécurité concernant le stockage des produits et du matériel d'entretien** sont les suivantes :
- stocker les produits d'entretien dans leur emballage d'origine, bouchon fermé, à l'abri de la lumière, de la chaleur ;
- respecter les conditions de stockage des produits indiqués sur les étiquettes et les fiches de données de sécurité (FDS) ;
- séparer les produits incompatibles ;
- stocker le matériel et les produits dans un local spécifique, fermé à clé, ventilé, remis en état selon les plans de nettoyage en vigueur dans la structure.

2.2. Les règles de rangement

Les **règles de rangement des produits et du matériel d'entretien** sont les suivantes :
- ranger les produits d'entretien hors de portée des enfants, en hauteur ;
- appliquer la méthode FIFO (*First In First Out*), aussi appelée PEPS (premier entré, premier sorti), qui garantit l'utilisation de produits dont la date de péremption n'est pas dépassée ;
- ranger les produits de sorte à bien lire les étiquettes, sur des étagères étiquetées et nettoyées régulièrement ;
- ranger le matériel propre, en veillant à ne pas encombrer les accès et à faciliter le déplacement du matériel et des professionnels.

Doc. 42 – Le rangement de produits d'entretien selon la méthode FIFO

Les facteurs d'hygiène et de confort des locaux

LU ☐
SU ☐
REVU ☐

Le confort est la sensation de bien-être. Celle-ci est assurée grâce à des dispositifs installés dans les locaux et à des mesures rendant la vie de l'usager plus agréable.

1 Les facteurs d'hygiène et de confort

La **température de l'air** et des parois, le **degré hygrométrique**, les **mouvements** et la **vitesse de l'air** régulent la sensation de confort thermique.

1.1. Les températures optimales des pièces

Les **températures optimales des pièces** dépendent des heures de la journée, de l'âge des usagers et de leurs activités. Selon le Code de la construction et de l'habitation, la température des pièces à vivre (salon, salle à manger, cuisine) doit être limitée à 19 °C.

1.2. Le degré hygrométrique

Le **degré hygrométrique** définit la quantité de vapeur d'eau contenue dans l'air. Une humidité trop élevée entraîne de la condensation sur les murs, favorisant l'apparition de moisissures et pouvant être à l'origine de maladies respiratoires. Une humidité trop faible cause un dessèchement de la peau et des voies respiratoires. Le confort thermique est obtenu pour un degré hygrométrique compris entre 40 et 60 %.

1.3. La circulation et le renouvellement de l'air

Les **mouvements** et la **vitesse de l'air** augmentent l'évaporation à la surface de la peau, abaissant la température de la peau. Cette sensation peut être appréciée l'été.

2 Des mesures simples

Des **mesures simples** permettent d'assurer le confort et le bien-être de la personne.

2.1. En été

- Les **fermetures** (stores…) diminuent les apports solaires directs.
- L'**ouverture des fenêtres** (la nuit ou le matin tôt) et le **réglage de la ventilation mécanique contrôlée (VMC) en position maximum** permettent de rafraîchir le logement. Les **apports d'énergie** lors de l'utilisation des appareils chauffants (four…) sont à éviter.
- Les **brumisateurs** et les **pulvérisateurs** augmentent le taux d'humidité de l'air ou de la peau.
- Les **ventilateurs** augmentent la vitesse de l'air et facilitent ainsi l'évapotranspiration et le rafraîchissement.
- La **climatisation** apporte un confort thermique immédiat et réduit la température de l'air entrant de 6 à 8 °C. Le climatiseur peut être programmable et avoir une fonction chauffage pour l'hiver.

2.2. En hiver

- L'**isolation du bâtiment ou du logement** permet d'obtenir une étanchéité efficace des pièces et évite l'effet « paroi froide ».
- Le **système de chauffage** doit être performant, adapté aux différentes pièces.

Savoir
98

L'ergonomie et la santé au travail

LU ☐
SU ☐
REVU ☐

L'ergonomie est une discipline qui étudie les interactions entre l'homme en activité et les composantes de cette activité (tâches, outils, méthodes...) pour travailler dans des conditions d'efficacité, de sécurité et de confort optimales.

1 La prise en compte de l'ergonomie

- La mise en œuvre d'une politique pour améliorer l'ergonomie sur le lieu de travail a de nombreux avantages : **réduire le stress**, **favoriser la motivation** du personnel, **limiter les risques d'accident du travail** et assurer un **meilleur confort sur chaque poste de travail**.
- Les différentes formes d'ergonomie sont : l'**ergonomie physique** (par exemple l'aménagement d'un bureau), l'**ergonomie cognitive** (pour diminuer la charge mentale par exemple) et l'**ergonomie organisationnelle** (par exemple, la gestion des ressources collectives ou l'aménagement des horaires).
- Les **cinq étapes** de la démarche ergonomique sont : l'analyse de la demande et du contexte, l'étude de terrain, le diagnostic et l'analyse des situations de travail, la présentation du diagnostic et des résultats et le suivi et la mise en place des solutions.

2 L'analyse et la prévention

- Afin d'analyser la situation de travail, les déterminants suivants sont utilisés : l'environnement, la nature de la tâche, la charge mentale et émotionnelle, la vie hors du travail, la durée et la contrainte de temps, les caractéristiques et capacités de l'opérateur, l'aménagement du poste et les relations professionnelles.
- La **formation initiale PRAP 2S** (acteur prévention des risques liés à l'activité physique) s'adresse à tous les professionnels de santé.
- **L'ALM** est une démarche basée sur la connaissance des déplacements naturels, qui repose surl'analyse de chaque situation d'accompagnement.

Sous-épreuve E33
Travail et communication en équipe pluriprofessionnelle

> Je fais le point sur l'épreuve !

- Quelles sont les modalités d'évaluation ?
- Quelles sont les compétences évaluées
- Quand se déroule l'épreuve ?
- Quelle durée ? Quel coefficient ?
- & surtout... Les conseils des professeurs !

liennathan.fr/c248rf

> Je teste mes connaissances sur le Bloc 3 !

Date	....	....	....	....	....
Mon score	.... /20	.... /20	.... /20	.... /20	.... /20

liennathan.fr/3pq67n

La cellule

LU ☐
SU ☐
REVU ☐

La cellule est la plus petite unité vivante de l'organisme. L'activité cellulaire permet le maintien de la vie.

1 La structure et l'activité de la cellule

Les cellules ont presque toutes la même organisation : elles possèdent un noyau qui baigne dans un liquide, le cytoplasme, et sont délimitées par une membrane plasmique.

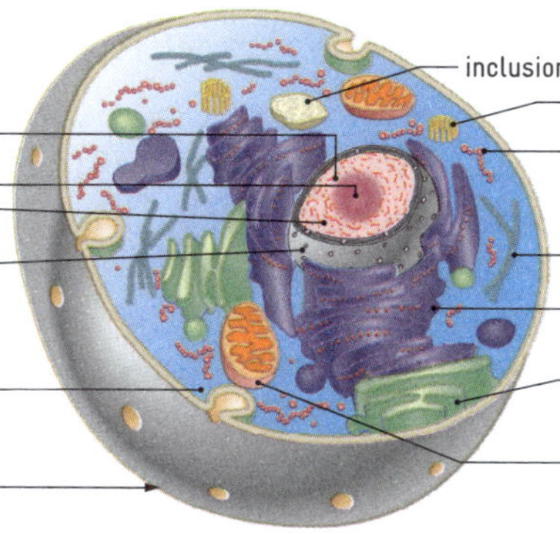

Doc. 43 – L'ultrastructure de la cellule

1.1. La membrane plasmique

• Elle délimite la cellule et assure ses échanges sélectifs avec son environnement.
• Les échanges membranaires dépendent de la nature et de la taille des molécules.
• Le **transport passif** par diffusion concerne l'eau et de petites molécules (eau, sucre).
• Le **transport actif** qui nécessite de l'énergie concerne des ions, des acides aminés.
• **Les grosses molécules** forment des poches, des **vésicules**, pour entrer (endocytose) ou sortir (exocytose) de la cellule.

1.2. Le cytoplasme

• Il est composé d'un liquide riche en sels, en sucres, le **cytosol**, dans lequel baignent les éléments du **cytosquelette** (qui donne la forme à la cellule) et les **organites**.
• Les **organites** sont le siège de nombreuses réactions chimiques : les **ribosomes** synthétisent les protéines ; les **mitochondries** assurent la respiration cellulaire et fournissent l'énergie nécessaire à l'activité cellulaire à partir du glucose.

1.3. Le noyau

• Il est limité par une **membrane nucléaire** perforée de pores qui permettent les échanges avec le cytoplasme.
• Le noyau assure la régulation de l'activité cellulaire et gère la reproduction des cellules pour permettre la croissance chez l'enfant et le renouvellement cellulaire chez l'adulte. Pour cela, le noyau détient des informations spécifiques, qui portent le nom d'**information génétique**.

1.4. L'activité cellulaire

Au cours de leur vie, les cellules suivent un cycle composé de deux périodes : l'**interphase** est caractérisée par une forte activité (se nourrir, fabriquer des molécules, rejeter des déchets…) ; la **mitose** est la période de la reproduction de la cellule.

2 L'information génétique

2.1. Les chromosomes

L'information génétique est détenue par la **chromatine** contenue par les **chromosomes** cellulaires.

- Les **chromosomes** sont les **supports de l'hérédité**, c'est-à-dire ce qui nous est transmis par nos parents biologiques.
- Un chromosome est constitué de **2 chromatides** (brins d'ADN parallèles) reliées entre elles par un centromère.
- Chez l'homme, le noyau de chaque cellule possède **46 chromosomes**, soit 23 paires : dont 22 paires de chromosomes homologues (identiques 2 à 2) non sexuels appelés « **autosomes** » et 1 paire de chromosomes sexuels, les **gonosomes**, homologues chez la femme, appelés « XX », et différents chez l'homme, appelés « XY ».

2.2. Le caryotype

- C'est la représentation photographique des chromosomes. Les chromosomes sont classés par paires d'homologues et selon leur taille.
- Le caryotype indique le nombre et la structure des chromosomes et permet ainsi de dépister des anomalies chromosomiques (trisomie 21).
- Le caryotype est réalisé à partir d'un prélèvement de cellules du sang, de moelle osseuse ou de liquide amniotique.

2.3. La mitose

- Elle transmet l'information génétique spécifique d'une cellule mère possédant 23 paires de chromosomes à 2 cellules filles identiques à 23 paires de chromosomes chacune.
- Elle fabrique les cellules nécessaires à la croissance et à la réparation des tissus.
- Les différentes étapes de la mitose :
  - **la prophase :** la chromatine se condense et s'enroule pour former un chromosome visible (les chromatides). La membrane nucléaire disparaît ;
  - **la métaphase :** les chromosomes alignés forment la plaque équatoriale ; un fuseau se met en place entre les 2 pôles ;
  - **l'anaphase :** les chromatides d'un même chromosome se divisent et se déplacent en 2 groupes identiques vers les pôles de la cellule. À chaque pôle se forme un jeu de 46 chromosomes ;
  - **la télophase :** les chromosomes se reconstituent en chromatine ; les deux cellules filles identiques apparaissent.

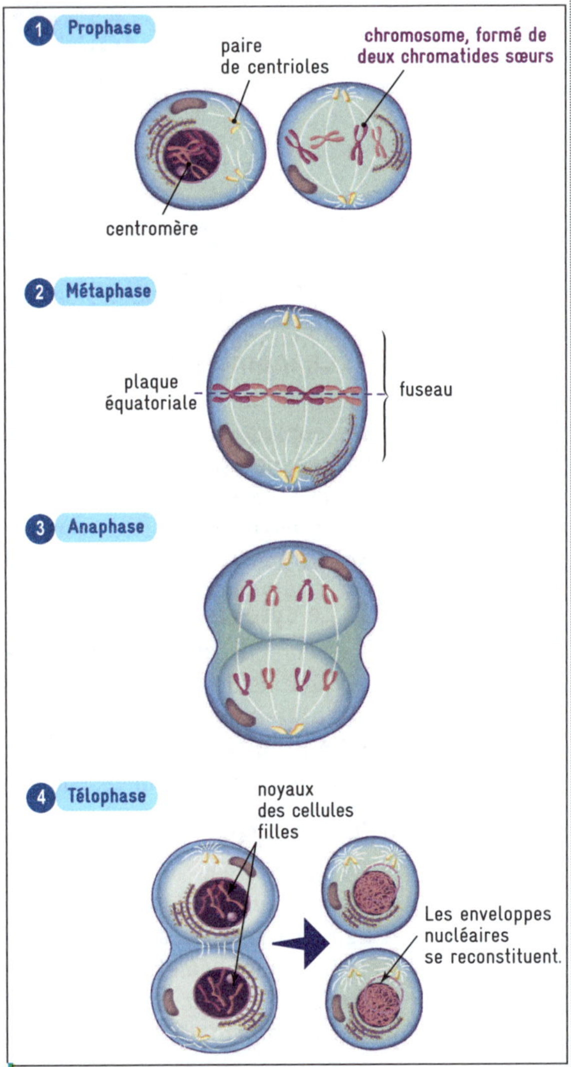

Doc. 44 – Les étapes de la mitose.

Les maladies génétiques

LU ☐
SU ☐
REVU ☐

Un gène est une portion d'ADN qui code pour une caractéristique de l'individu (couleur des yeux, forme du nez...). Chaque gène est constitué de 2 allèles situés au même endroit sur la paire de chromosomes. Chaque chromosome contient de nombreux gènes.

1 L'hérédité

1.1. L'hérédité autosomique

Elle concerne les caractères portés par les chromosomes autosomes, c'est-à-dire non sexuels.

1.2. L'hérédité liée au sexe

Elle est transmise par les gènes portés par les chromosomes sexuels, les gonosomes (XX, pour les filles ou XY pour les garçons).

Pour aller plus loin
Les gènes et les allèles
liennathan.fr/be524s

2 Les maladies génétiques et les maladies héréditaires

2.1. Les maladies génétiques héréditaires

Elles sont dues à des gènes défectueux transmis à la descendance par les gamètes (cellules sexuelles).

- Une **maladie génétique héréditaire autosomique** est **dominante** si la présence d'un seul allèle modifié suffit pour que la maladie s'exprime (ex. : la maladie de Marfan).
- Une **maladie génétique héréditaire autosomique** est **récessive** si la présence des 2 allèles mutés est nécessaire (ex. : la mucoviscidose).

2.2. Les maladies génétiques non héréditaires

Elles sont dues à une anomalie accidentelle (ex. : la trisomie 21, due à la présence d'un chromosome supplémentaire issu d'une division cellulaire anormale).

3 Les diagnostics et le conseil génétique

3.1. Le diagnostic anténatal

Il est pratiqué chez la femme enceinte lorsqu'un risque de maladie génétique existe (femme de plus de 38 ans ou antécédents familiaux). Parmi les techniques utilisées, l'échographie du fœtus et l'amniocentèse sont les plus connues.

3.2. Le diagnostic néonatal

C'est un dépistage systématique pratiqué chez tous les nouveau-nés lors du premier bilan de santé. Il a pour objectif de déceler et traiter précocement des maladies d'origine génétique : la mucoviscidose, la phénylcétonurie, la drépanocytose...

3.3. Le conseil génétique

Le conseil génétique est une consultation spécialisée pendant laquelle un médecin généticien évalue le risque pour un couple de transmettre une maladie génétique à sa descendance.

Les cancers

LU ☐
SU ☐
REVU ☐

Le cancer est une prolifération cellulaire anormale appelée aussi « tumeur maligne ». Dans un tissu sain, les cellules ne se divisent que sur ordre et contrôle des cellules environnantes. Les cellules cancéreuses échappent à ce processus.

1 La cellule cancéreuse

Elle se caractérise par des **mitoses incontrôlées**, des anomalies dans toute la cellule. La tumeur survient en raison de l'accumulation de **transformations de certains gènes** appelées **mutations**.

La cellule se multiplie, perd les caractéristiques du tissu d'origine, détruit le tissu sain. Des cellules cancéreuses peuvent alors envahir d'autres tissus, elles portent le nom de **métastases**.

2 Les étapes de diffusion des cellules tumorales

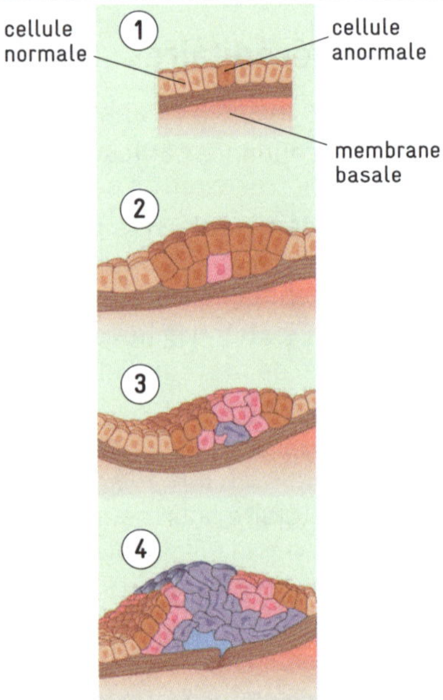

① **La modification génétique d'une cellule :** des gènes responsables de la mitose sont modifiés, ils mutent.

② **La prolifération de cellules anormales, l'hyperplasie :** les cellules mutées se multiplient rapidement. Une nouvelle mutation a lieu.

③ **L'accumulation de mutations, la dysplasie :** les mutations continuent, les cellules prolifèrent vite.

④ **La multiplication des cellules tumorales, le cancer primaire :** les cellules tumorales ont un aspect de plus en plus éloigné du tissu normal.

⑤ **Le cancer invasif :** des cellules se détachent du site initial, gagnent le sang et sont transportées vers d'autres tissus où elles se fixent. Ce sont des métastases.

Doc. 45 – L'évolution du cancer

3 Les causes, les traitements et la prévention

• Les **causes :** certaines sont identifiées, comme le tabac, l'alcool, l'alimentation, la sédentarité, les rayons ultraviolets, la pollution, le sexe, les facteurs génétiques.
• Les **traitements** proposés sont la chirurgie, la radiothérapie, la chimiothérapie, l'hormonothérapie.
• La **prévention** repose sur l'hygiène de vie (alimentation, activité physique), la préservation de la qualité de l'environnement et le dépistage pour certains cancers : cancer du sein, du côlon, du col de l'utérus.

Les parasitoses de la peau

LU ☐
SU ☐
REVU ☐

Les pédiculoses et la gale sont des parasitoses très répandues et hautement transmissibles entre les personnes. Les démangeaisons en sont le principal signe.

1 La pédiculose du cuir chevelu

• La **pédiculose du cuir chevelu** est une infestation du cuir chevelu par un insecte parasite de petite taille (2 à 3 mm) : le pou de la tête (*Pediculus humanus*).
• Les **signes cliniques** sont des démangeaisons au niveau du cuir chevelu, de la nuque, derrière les oreilles, avec la présence visible d'œufs de pou (lentes de couleur blanche).
• Une **complication possible** est une infection bactérienne (impétigo) due à des lésions causées par les démangeaisons. Dans ce cas, un antibiotique est prescrit et une éviction scolaire est obligatoire.
• Les **modes de transmission** sont le contact direct avec un sujet infecté (de chevelure à chevelure) ou le contact indirect par le biais des peignes, brosses, bonnets, casquettes, écharpes infectés.
• Les **facteurs favorisants** sont la vie en collectivité (crèche, école...) en raison des contacts multiples.
• Le **traitement** est local avec un shampoing et/ou une lotion spray ou une mousse anti-poux. La méthode naturelle par peignage avec un peigne en acier permet la suppression des lentes en rompant leur cycle de reproduction et le retrait des lentes mortes. Le lavage des vêtements et de la literie (draps, oreillers) se fait en machine à 60 °C.
• Les **moyens de prévention** sont d'examiner attentivement la chevelure tous les jours pour vérifier la disparition des poux et des lentes, d'attacher les cheveux, d'éviter les échanges de bonnets, casquettes ou écharpes, de prévenir l'établissement d'accueil.

2 La gale

• La **gale** est une parasitose cutanée très contagieuse liée à la colonisation de la couche de l'épiderme par un acarien invisible à l'œil nu : le sarcopte (*Sarcoptes scabiei*).
• Les **signes cliniques** sont des prurits nocturnes (démangeaisons), la présence de sillons de grattage (rougeurs, croûtes), surmontés à leur extrémité par une vésicule perlée. Les espaces interdigitaux, les plis des coudes et les aisselles sont le plus souvent concernés.
• Les **modes de transmission** sont les contacts physiques directs interhumains (peau contre peau), entre les partenaires sexuels (la gale est une IST), lors des soins de nursing pour les soignants dans les crèches, les EHPAD...
• Les **facteurs favorisants** sont la vie en collectivité, la promiscuité...
• Le **traitement** est local avec un produit acaricide.
• Les **moyens de prévention** sont d'éviter le contact avec les personnes infectées, d'isoler la personne infectée pendant 48 heures, de se laver les mains, de laver le linge en machine au moins à 60 °C, d'utiliser un produit acaricide pour les matelas, les fauteuils... car les œufs et les larves peuvent survivre sur des surfaces inertes.

L'appareil génital masculin

LU ☐
SU ☐
REVU ☐

L'appareil génital masculin remplit trois fonctions : il élabore les cellules reproductrices appelées les spermatozoïdes ; il produit l'hormone sexuelle, la testostérone, et il permet l'accouplement.

1 Les organes de l'appareil génital masculin

1.1. Les testicules et le pénis

Les testicules et le pénis sont des organes externes. Les **deux testicules** sont les glandes sexuelles masculines (**gonades mâles**). Ils sont localisés dans un sac cutané externe appelé « **scrotum** » ou « **bourses** ». Ce sont des glandes mixtes : elles produisent les cellules sexuelles mâles, **les spermatozoïdes**, et l'hormone sexuelle mâle, la **testostérone**. Le **pénis** est l'organe de copulation (accouplement), il contient des tissus érectiles : les **corps spongieux** et **caverneux**.

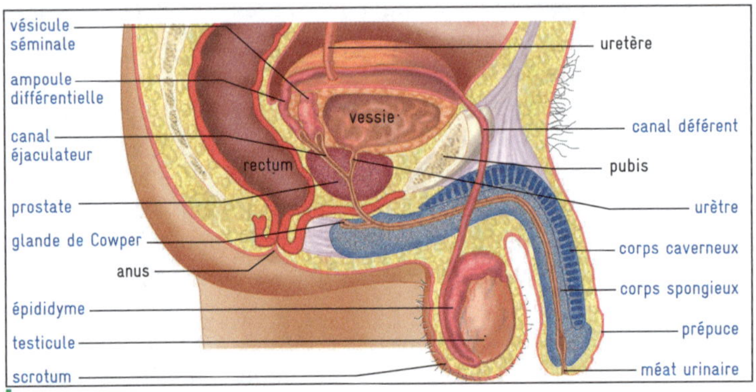

Doc. 46 – Vue en coupe de l'appareil génital masculin

1.2. Les voies génitales et les glandes annexes

Les voies génitales, les **épididymes**, les **canaux déférents** et **éjaculateurs** collectent les spermatozoïdes et les sécrétions des glandes annexes. Elles assurent la maturation et le transport des spermatozoïdes jusqu'à l'urètre. L'**urètre**, commun à l'appareil génital et l'appareil urinaire, évacue le **sperme** au cours de l'**éjaculation**. Les **glandes annexes** (les vésicules séminales, la prostate et les glandes de Cowper) produisent des liquides qui les nourrissent et facilitent leur déplacement.

2 Les spermatozoïdes et la testostérone

- Les **spermatozoïdes** sont des **gamètes** (cellules sexuelles) mobiles, capables de se déplacer dans l'appareil génital féminin et de pénétrer dans l'ovocyte.
- Un spermatozoïde mesure 50 micromètres et est constitué de 3 parties : la tête, la pièce intermédiaire et le flagelle, qui lui permet d'être mobile.
- **À la puberté**, la testostérone est sécrétée dans les testicules. Elle stimule la croissance et est responsable de l'apparition des **caractères sexuels secondaires** : la pilosité, la musculature, la mue de la voix, la croissance du pénis et des testicules.
- **À l'âge adulte**, la testostérone entretient l'activité des organes sexuels et contrôle la formation des spermatozoïdes, maintient les caractères sexuels secondaires.
- La **sécrétion de testostérone** est sous le contrôle de l'hypothalamus et de l'hypophyse.
- L'**andropause** est marquée par la diminution progressive de la production de testostérone qui n'affecte pas la fécondité.

L'appareil génital féminin

LU ☐
SU ☐
REVU ☐

L'appareil génital féminin remplit les fonctions suivantes : il élabore les cellules sexuelles, les ovocytes ; il sécrète les hormones sexuelles (œstrogènes et progestérone) ; il permet l'accouplement ; il assure le développement de l'embryon, puis du fœtus jusqu'à l'accouchement.

1 Les organes de l'appareil génital féminin

1.1. Les ovaires et les trompes utérines

• Les **ovaires** sont les deux **glandes sexuelles** (gonades) situées dans l'abdomen.
• Les ovaires produisent les cellules sexuelles femelles, les **ovocytes II** au cours d'un processus discontinu : l'**ovogenèse**. Ils élaborent aussi des hormones sexuelles : les **œstrogènes** et la **progestérone**.
• Chaque ovaire est coiffé par le pavillon de la trompe qui re-cueille, à chaque cycle, une cellule sexuelle.
• Chaque **trompe utérine** est un fin conduit qui relie un ovaire à l'utérus. C'est le lieu de la fécondation (rencontre entre un gamète mâle et un gamète femelle).

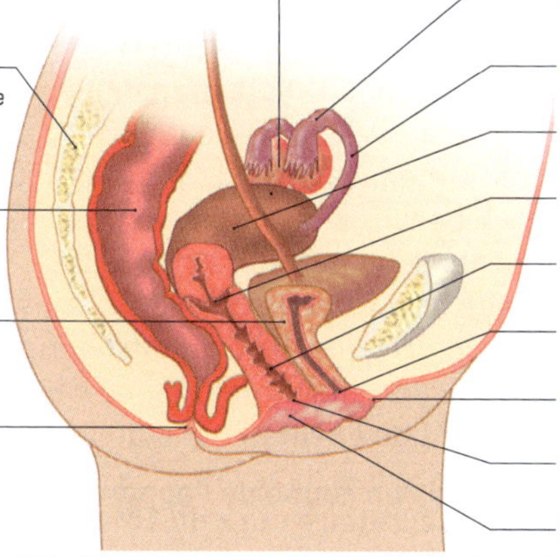

Doc. 47 – Vue en coupe de l'appareil génital féminin

1.2. L'utérus

• L'**utérus** est un organe creux et musculeux qui recueille l'ovocyte fécondé.
• L'**endomètre**, muqueuse épaisse et vascularisée, tapisse l'utérus.
• Le **myomètre**, muscle utérin, permet les contractions lors de l'accouchement.
• Le **col de l'utérus** communique avec le vagin. Il sécrète la glaire cervicale.

1.3. Le vagin et la vulve

• Le **vagin** est l'organe de l'accouplement. Il évacue les règles et permet la sortie du bébé au moment de l'accouchement.
• La **vulve** est formée par des replis cutanés, les grandes et les petites lèvres.
• Le **clitoris** est un petit organe érectile ayant un rôle dans la stimulation sexuelle.

1.4. L'ovogenèse

• **Durant la vie embryonnaire**, l'ovogenèse débute avec la formation de cellules haploïdes à 23 chromosomes : ce sont les ovocytes I, qui s'entourent de cellules pour former les **follicules primordiaux**.
• **À la naissance**, le stock définitif d'ovocytes I est constitué et restera en dormance jusqu'à la puberté.
• **De la puberté à la ménopause**, les ovaires élaborent des gamètes femelles.
• La **ménopause** signifie l'arrêt de la capacité de se reproduire chez la femme. Elle survient vers 50 ans.

BLOC 4

2 Le cycle ovarien, le cycle utérin et le cycle vaginal

2.1. La production de gamètes à partir de la puberté

Les modifications qui se produisent dans l'ovaire correspondent au **cycle ovarien**. D'une durée d'environ 28 jours, il constitue la phase de maturation d'un ovocyte I en un gamète fécondable : l'ovocyte II. Ce cycle est sous la dépendance des **hormones ovariennes**, **œstrogènes** et **progestérone**, qui synchronisent aussi l'activité cyclique de l'utérus et du vagin.

2.2. Les trois phases du cycle ovarien

① **La phase folliculaire (14 jours) :** maturation d'un seul follicule sous l'action de l'hormone FSH de l'hypophyse.
② **La phase d'ovulation se produit le 14e jour du cycle menstruel :** un pic de sécrétion d'une hormone hypophysaire, la LH, provoque la rupture du follicule qui libère l'ovocyte II, cellule sexuelle à 23 chromosomes.
③ **La phase lutéinique** (14 jours environ) : le follicule se transforme en corps jaune qui sécrète la progestérone et les œstrogènes. S'il n'y a pas de fécondation, le corps jaune régresse, les taux d'hormones chutent (entraînant l'apparition des règles).

2.3. Le cycle utérin et vaginal

• Le **cycle utérin**, ou **cycle menstruel**, correspond à différentes transformations subies chaque mois par l'endomètre.
① **La phase menstruelle :** le premier jour du cycle coïncide avec le premier jour des règles. Le taux d'hormones est bas. L'endomètre se desquame, provoquant des saignements pendant trois à cinq jours.
② **La phase proliférative dure du 6e au 14e jour :** l'endomètre se reconstitue sous l'influence d'un taux élevé d'œstrogènes. La glaire cervicale est épaisse et visqueuse, elle rend difficile la montée des spermatozoïdes dans le col utérin.
③ **Au moment de l'ovulation**, la glaire cervicale fluide et filante facilite la montée des spermatozoïdes dans le col de l'utérus.
④ **La phase sécrétoire dure du 15e au 28e jour :** sous influence hormonale, l'endomètre se prépare à recevoir l'embryon et s'épaissit. S'il n'y a pas de fécondation, **l'endomètre se desquame** et les règles marquent le début d'un nouveau cycle.
• Le **cycle vaginal** se caractérise par un renouvellement peu marqué de l'épithélium en fin de cycle.

2.4. Le contrôle des sécrétions ovariennes

Il est effectué par les hormones FSH et LH sécrétées par l'hypophyse qui est lui-même sous le contrôle de l'hypothalamus. Les hormones ovariennes agissent en retour (phénomène de rétrocontrôle) sur leur système de commande.

3 La toxoplasmose

• La **toxoplasmose congénitale** est une maladie infectieuse du fœtus due à un protozoaire, le **toxoplasme** (*Toxoplasma gondii*). Il parasite certains animaux de boucherie, les chats… et il est présent dans le sol.
• Le **toxoplasme** contamine la mère et traverse la barrière placentaire. Le risque de transmission de la mère à l'enfant est rare, mais les conséquences sont graves : **malformations cardiaques**, **neurologiques**, **oculaires**.
Le **dépistage** se fait en début de grossesse avec une prise de sang. La **surveillance** consiste à faire un contrôle mensuel. Les **moyens de prévention** sont de bien cuire les viandes, de laver soigneusement les végétaux, de se laver les mains, de porter des gants lors du jardinage ou du changement de la litière du chat.

L'appareil respiratoire

LU ☐
SU ☐
REVU ☐

L'appareil respiratoire assure l'entrée du dioxygène, nécessaire à la vie cellulaire, et le rejet du dioxyde de carbone, déchet du métabolisme. Les voies respiratoires constituées de muqueuses ciliées, très vascularisées, permettent l'arrivée d'un air purifié, humidifié et réchauffé à la zone de respiration.

1 Les voies respiratoires

• Les voies respiratoires formant la zone de conduction amènent les gaz respiratoires à la zone de respiration située dans les poumons.

• Les **voies aériennes supérieures**, les fosses nasales, le pharynx, le larynx, la trachée conduisent l'air aux deux poumons.

• Les **voies aériennes inférieures**, bronches, bronchioles, se terminent par la zone de respiration : sacs alvéolaires et alvéoles pulmonaires.

• Les **gaz respiratoires** sont ensuite transportés par l'appareil circulatoire.

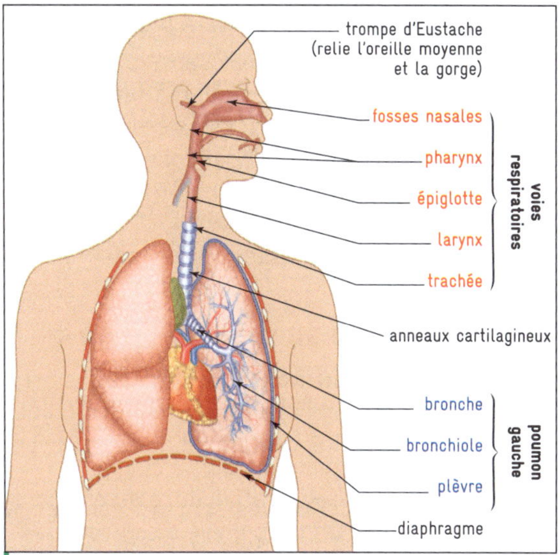

Doc. 48 – Les différentes parties de l'appareil respiratoire.

2 Le mouvement respiratoire et les échanges gazeux

2.1. Le mouvement respiratoire : l'inspiration et l'expiration

Les mouvements respiratoires permettent les échanges gazeux pulmonaires.

• **L'inspiration est un phénomène actif :** les muscles respiratoires se contractent, le volume des poumons augmente, le diaphragme se contracte et s'abaisse. L'air chargé de dioxygène pénètre dans les poumons.

• **L'expiration est un phénomène passif :** les muscles respiratoires se relâchent, le volume pulmonaire diminue, le diaphragme s'élève. Le dioxyde de carbone est chassé des poumons vers l'extérieur.

• Le **rythme respiratoire** (nombre de mouvements respiratoires par minute) est de 40 à 60 mouvements à la naissance et de 15 à 17 mouvements chez l'adulte. Avec l'âge, le rythme respiratoire diminue. L'activité physique et les pathologies le font augmenter.

2.2. Les échanges gazeux

• Dans les poumons, le dioxygène de l'air diffuse des alvéoles pulmonaires vers le sang au cours de l'inspiration. Le dioxyde de carbone venant des tissus diffuse des capillaires sanguins vers l'air alvéolaire lors de l'expiration.

• Dans les tissus, le **dioxygène** pénètre dans les cellules, et le **dioxyde de carbone** diffuse vers le sang qui le transporte vers les poumons.

Les pathologies de l'appareil respiratoire

LU ☐
SU ☐
REVU ☐

Les pathologies respiratoires provoquent toujours une insuffisance respiratoire.

1 L'asthme

• L'**asthme** est une affection respiratoire chronique caractérisée par des difficultés à respirer. Le diamètre des bronchioles se rétrécit du fait de la contraction des muscles lisses, de l'hypersécrétion et de l'accumulation de mucus.
• Les **signes** sont une respiration sifflante, un essoufflement...
• Les **causes** sont les allergènes (acariens, pollens) à l'origine de l'inflammation. Le froid, la fumée, les poussières sont des stimuli. Il existe des facteurs génétiques.
• Les **traitements** passent par l'identification de l'allergène suivie d'une désensibilisation. L'utilisation d'un anti-inflammatoire et d'un bronchodilatateur permet de calmer une crise d'asthme.
• La **prévention** passe par des mesures d'hygiène quotidienne (aspiration, aération).

2 L'asphyxie au monoxyde de carbone

• L'**asphyxie au monoxyde de carbone** est une intoxication (insuffisance respiratoire aiguë). Elle correspond à un défaut d'oxygénation du sang. Le monoxyde de carbone (CO) se fixe plus facilement que le dioxygène (O_2) sur l'hémoglobine des hématies, ce qui entraîne l'asphyxie des tissus.
• Les **signes cliniques** sont des vertiges, une perte de connaissance, des troubles du comportement, voire la mort.
• Le **traitement** en cas d'asphyxie aiguë est l'administration de dioxygène.
• La **prévention** consiste à faire contrôler régulièrement les appareils de chauffage (chaudière...) et à aérer les pièces au moins 10 minutes par jour.

3 La tuberculose

• La **tuberculose** est une maladie infectieuse contagieuse due à la bactérie *Mycobacterium tuberculosis*, appelée « bacille de Koch ». Elle touche en général le tissu pulmonaire ; on parle alors de « tuberculose pulmonaire ». Elle se transmet par voie aérienne, par les gouttelettes de salive d'une personne contaminée. C'est une maladie à déclaration obligatoire.
• Les **signes** sont une toux persistante, des rejets de mucosités et de sang, de la fièvre puis, à la radiographie, un ulcère caverneux apparaît.
• Le **traitement** consiste en une prise stricte d'antibiotiques avec mise en isolement. Un suivi clinique, radiologique et bactériologique de l'individu est nécessaire.
• La **prévention** est la vaccination par le BCG pour les personnes identifiées à risque et les professionnels de santé. Elle n'est plus obligatoire pour tous, mais reste recommandée.

4 La bronchiolite

• La **bronchiolite** est une maladie virale contagieuse transmise par les mains et l'air contaminés. Elle touche surtout les nourrissons.
• L'**agent responsable** est un virus causant l'inflammation et la sécrétion importante de mucus à l'origine du rétrécissement et de l'obstruction des bronchioles.

• Les **signes** sont un écoulement nasal, de la fièvre et une toux, qui évoluent vers des difficultés respiratoires (avec une respiration bruyante, haletante), qui nécessitent une consultation médicale.
• Le **traitement** varie selon la gravité de l'insuffisance respiratoire. Il faut hydrater l'enfant, désobstruer ses narines, veiller à l'aération de sa chambre. Les médicaments prescrits sont des antiviraux et des bronchodilatateurs. Des séances de kinésithérapie respiratoire sont généralement nécessaires.
• La **prévention** repose sur des mesures d'hygiène individuelle : le lavage des mains, l'aération de la chambre, la limitation de contacts avec des personnes enrhumées.

5 La bronchopneumopathie chronique obstructive

• La **bronchopneumopathie chronique obstructive (BPCO)** est une maladie due à l'inflammation et l'obstruction chronique des voies aériennes et des bronches.
• La **principale cause de la BPCO** est le tabagisme. Il y a aussi la pollution atmosphérique ou l'exposition professionnelle à certains irritants.
• Les **signes** sont une production excessive de mucus et une toux importante avec expectorations. L'encombrement des bronches provoque une difficulté respiratoire à l'effort, débouchant sur une insuffisance respiratoire chronique.
• L'**évolution possible de la BPCO** est l'emphysème (inflammation du tissu pulmonaire entraînant la destruction des alvéoles).
• Le **traitement** consiste en la prise de bronchodilatateurs et une réhabilitation respiratoire (kinésithérapie respiratoire), voire une oxygénothérapie pour les formes plus graves.
• Les **moyens de prévention** consistent à arrêter de fumer et à interrompre l'exposition aux substances irritantes à l'origine de la maladie.

6 Le tabagisme

• Le **tabagisme** (consommation excessive de tabac) affecte tout l'appareil respiratoire.
• Les **facteurs favorisants** sont d'ordre socioculturel. La consommation des premières cigarettes chez les jeunes est souvent due à une envie d'intégration dans un groupe, à des moments de convivialité ou à une affirmation de soi.
• **Les conséquences du tabagisme à court terme :** le tabac agit sur les voies aériennes supérieures en modifiant l'épithélium de la gorge et du larynx. Il agit sur les voies aériennes inférieures en paralysant les cils vibratiles.
• **Les conséquences du tabagisme à long terme :** l'encombrement des bronches provoque une insuffisance respiratoire chronique, des maladies cardiovasculaires. Des mutations des cellules épithéliales apparaissent, à l'origine du cancer des bronches.
• **Les dispositifs d'accompagnement au sevrage tabagique** (> voir fiche 4 de PSE).

L'appareil digestif et ses pathologies

LU ☐
SU ☐
REVU ☐

L'appareil digestif a pour fonction la digestion des aliments ingérés. La digestion est l'ensemble des transformations subies par les aliments dans l'appareil digestif, afin de les rendre utilisables par l'organisme.

Vidéo
L'excrétion urinaire
liennathan.fr/m7d6w5

1 L'anatomie

• L'**appareil digestif** est constitué du **tube digestif** et des **glandes digestives** : les glandes salivaires, le foie et le pancréas.

• Les **aliments** progressent dans le tube digestif, et les **enzymes** élaborées dans les glandes digestives s'y déversent.

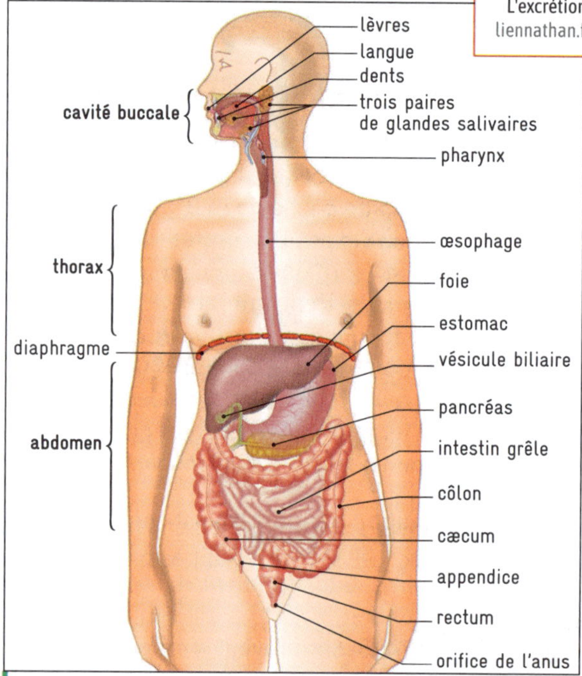

Doc. 49 – L'organisation de l'appareil digestif

2 La digestion

La digestion commence dans la bouche. L'ingestion des aliments est suivie, comme dans l'ensemble du tube digestif, d'actions mécaniques et chimiques.

2.1. Le bol alimentaire et la déglutition

• **Dans la bouche**, les aliments sont humidifiés par la salive, mastiqués par les dents et brassés par la langue. Ils sont réduits en petits morceaux, le **bol alimentaire**. L'**amylase salivaire**, une enzyme, commence la digestion des glucides.

• Le **bol alimentaire** est poussé volontairement vers la base de la langue et projeté vers le pharynx, provoquant alors le **réflexe de déglutition**. Le bol alimentaire descend dans l'œsophage.

2.2. La digestion stomacale (estomac)

• Dans l'estomac, le bol alimentaire est brassé.

• Les glandes de la paroi de l'estomac sécrètent du **mucus**, du **suc gastrique**, et de l'**acide chlorhydrique**. En effet, l'enzyme du suc gastrique, la **pepsine**, n'est active qu'en milieu acide, elle commence la **dégradation des protéines**.

• Les aliments transformés en **chyme** sont éjectés progressivement de l'estomac dans l'intestin grêle.

2.3. La digestion intestinale

• Le passage du chyme dans le **duodénum** déclenche la sécrétion du **suc pancréatique**, du **suc intestinal** et la libération de la **bile** par la vésicule biliaire.

• Les **enzymes du suc intestinal** (l'amylase, la trypsine, la lipase, la saccharase et la lactase) terminent la simplification des aliments en une bouillie claire, le **chyle**.

• Le **chyle** est constitué de molécules simples, les **nutriments**, et de glucides complexes, les fibres alimentaires non transformées.

• Les déchets avancent dans le **côlon**. Les fibres alimentaires augmentent le volume des selles. Le **microbiote intestinal** (bactéries intestinales) achève la dégradation en matières fécales expulsées par le rectum et l'anus.

2.4. Le bilan de la digestion

• Les **glucides** (amidon, glycogène, saccharose et lactose) sont simplifiés en **glucose**, les **protéines** en **acides aminés**, les **lipides** en **acides gras** et **glycérol**.
• L'eau, les vitamines et les fibres alimentaires ne subissent aucune transformation.

3 L'absorption intestinale

• L'épithélium de la muqueuse intestinale est composé de nombreux replis, les **villosités intestinales**. Les villosités sont irriguées par des capillaires sanguins et un vaisseau lymphatique (chylifère) qui recueillent les nutriments absorbés.
• La **voie sanguine** est empruntée par l'eau, les éléments minéraux, les oses, les acides aminés et les vitamines hydrosolubles.
• La **voie lymphatique** est empruntée par les acides gras, le glycérol et les vitamines liposolubles.

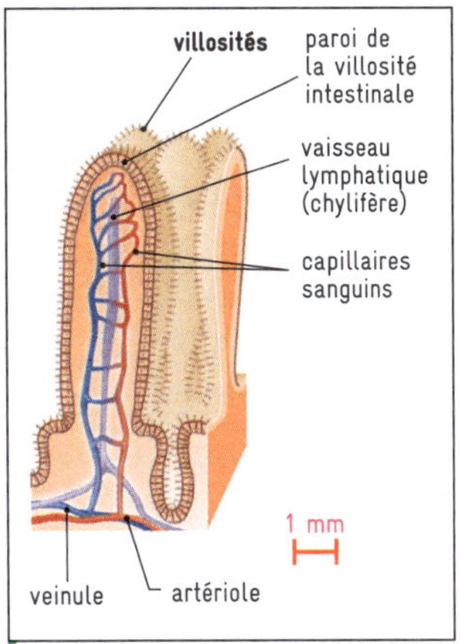

Doc. 50 – Une villosité intestinale

4 Les dents

4.1. La dentition

• La **dentition temporaire** est constituée de 20 dents appelées « dents de lait » réparties en 3 catégories : 8 incisives, 4 canines et 8 prémolaires. Elles tombent vers 6 ans et sont remplacées progressivement par la denture définitive.
• La **dentition définitive** se compose de 32 dents : **8 incisives**, **4 canines**, **8 prémolaires et 12 molaires**.

4.2. Le rôle des dents

Elles assurent la première action mécanique avec la langue. Les incisives coupent, les canines déchirent, les prémolaires et les molaires broient et écrasent les aliments humectés par la salive.

4.3. La structure d'une dent

• La **couronne** est la partie visible de la dent, elle est recouverte d'**émail**. **L'ivoire** situé sous l'émail est présent dans la couronne et se prolonge dans la racine.
• Le **collet** est une partie étroite située entre la racine et la couronne.
• La **racine** est enchâssée dans l'os de la mâchoire (os maxillaire). La **pulpe dentaire** est la partie vivante de la dent située sous l'ivoire.
• La **gencive**, ou **parodonte**, recouvre l'os maxillaire.

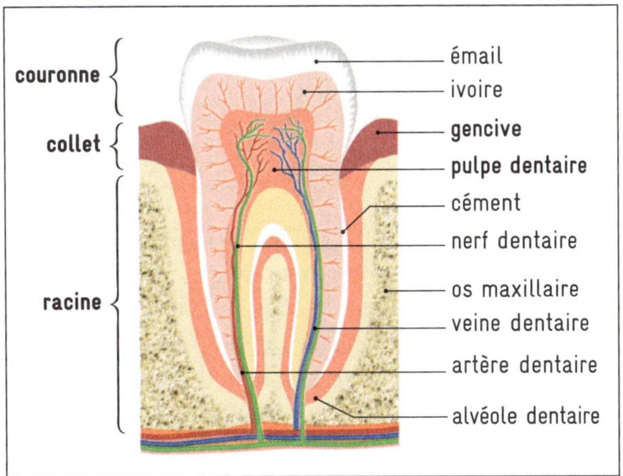

Doc. 51 – La structure d'une dent

5 Les spécificités de l'appareil digestif

5.1. Chez le jeune enfant

• **La bouche** est dépourvue de dents, l'amylase salivaire n'est pas encore sécrétée ce qui impose une alimentation liquide à base de lait maternel ou infantile.
• **L'œsophage très court** favorise le reflux gastro-œsophagien.
• **L'estomac** a un volume de 30 à 40 millilitres à la naissance et 200 à 300 millilitres à un an, l'alimentation doit être fractionnée en 6 à 8 prises par jour.
• **Le côlon,** stérile à la naissance, se colonise peu à peu. Le manque de micro-organismes peut provoquer des coliques chez le nourrisson.
• **Le sphincter anal** n'est pas maîtrisé, de ce fait il y a une selle par repas.

5.2. Chez la personne âgée

• **La perte de dents** diminue la capacité de mastication avec un risque de dénutrition
• **Le réflexe de déglutition** diminue et le risque de fausse route augmente.
• **Les sécrétions gastriques,** de la bile et du suc pancréatique diminuent ce qui rend difficile la digestion d'une alimentation riche en lipides.
• **Le transit intestinal** est ralenti.

6 Des pathologies de l'appareil digestif

6.1. La carie dentaire

• **La plaque dentaire** est un enduit mou et collant qui se dépose sur les dents.
• **La carie dentaire** est une maladie infectieuse de la dent due à une destruction progressive de l'émail jusqu'à atteindre la pulpe. Elle évolue en différents stades : attaque indolore de l'émail (stade 1), attaque de l'ivoire avec une sensibilité au chaud et au froid (stade 2), l'attaque de la pulpe avec de violentes douleurs (stade 3), destruction de la pulpe, l'infection se propage aux tissus environnants (stade 4).

6.2. Les troubles digestifs

• **La diarrhée** correspond à des selles liquides. Elle est due au passage trop rapide de selles dans le côlon sans que l'eau résiduelle ait été réabsorbée. L'origine peut être infectieuse, liée à une intolérance alimentaire ou médicamenteuse. Le traitement est adapté à l'origine de la diarrhée (traitement de l'infection, régime alimentaire).
• **La constipation** est un ralentissement du transit intestinal. Elle correspond à des selles dures, restées longtemps dans le côlon. L'origine peut être un régime pauvre en fibres, en eau, la sédentarité, une grossesse...Le traitement est adapté à la cause (régime riche en fibres, réhydratation, activité physique...).
• **Les vomissements** sont des rejets involontaires et soudains du contenu de l'estomac par la bouche. Les causes sont diverses : excès d'alcool, toxi-infections, aliments épicés... Les signes sont une pâleur, des nausées, une salivation abondante. La prévention et les traitements sont en lien avec la cause : réduction de la consommation d'alcool, d'épices, prescription de médicaments...
• **Les gastro-entérites** sont des infections provoquant l'inflammation simultanée de l'intestin grêle et du côlon. L'origine est souvent virale (*Rotavirus*) et plus rarement bactérienne ou parasitaire. La transmission s'effectue par contact direct avec une personne contaminée, des objets ou des surfaces souillées ou par des aliments contaminés. Les signes sont de la fièvre, des maux de tête, des selles liquides, des douleurs abdominales. Les complications sont la déshydratation. Les traitements sont de boire de l'eau, d'utiliser des solutés de réhydratation. La prévention est de se laver les mains, de désinfecter les surfaces en contact avec le malade.

Le système nerveux

LU ☐
SU ☐
REVU ☐

Le système nerveux est un système de régulation de l'organisme. Son bon fonctionnement nécessite de respecter des règles d'hygiène de vie (activité physique, sommeil (> voir fiche 2 de PSE).

1 Les fonctions du système nerveux

• **L'information sensorielle :** le système nerveux capte les informations de l'extérieur ou de l'intérieur de l'organisme par des récepteurs sensoriels (récepteurs auditifs, visuels, récepteurs de la douleur dans les organes internes…) ; des **nerfs sensitifs** transportent ces informations.
• **L'intégration :** le **système nerveux central** analyse, interprète et définit la réponse à donner.
• **La réponse motrice :** le système nerveux donne (ou non) une réponse motrice. Celle-ci est transmise par des **nerfs moteurs** et est réalisée par des **organes effecteurs** (qui agissent) : les muscles ou les glandes.

2 L'organisation du système nerveux

2.1. Le système nerveux central

Il se compose de l'**encéphale** et de la **moelle épinière**.
• L'**encéphale** est logé dans la boîte crânienne. Il est composé du cerveau, du tronc cérébral et du cervelet.
• La **moelle épinière** est protégée dans le canal osseux de la colonne vertébrale.

2.2. Le système nerveux périphérique

Il est principalement composé de nerfs qui transportent l'information, appelée « **influx nerveux** » : les **nerfs crâniens** relient l'encéphale aux organes ; les **nerfs spinaux ou rachidiens** relient la moelle épinière aux organes.

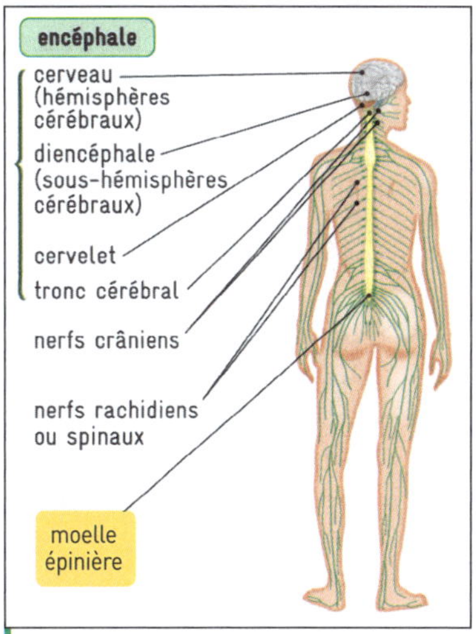

Doc. 52 – Le système nerveux cérébrospinal

3 Les deux parties du système nerveux

3.1. Le système nerveux cérébrospinal

• Il regroupe les organes nerveux impliqués dans les actes volontaires.
• Il est dépendant de notre volonté.
• Il intervient par l'intermédiaire de nerfs sensitifs somatiques du **système nerveux central** (cerveau) et de nerfs moteurs somatiques jusqu'aux effecteurs que sont les muscles squelettiques.

3.2. Le système neurovégétatif ou système nerveux autonome

• Il a pour fonction principale de maintenir l'**homéostasie** (l'équilibre du milieu intérieur) en régulant les fonctions vitales.

• Il a comme organes effecteurs : le cœur, les muscles lisses (tube digestif, appareil respiratoire...) et les glandes.

4 La moelle épinière

4.1. La structure de la moelle épinière

La **moelle épinière** est située dans la colonne vertébrale à l'intérieur du canal rachidien.

• Elle s'étend du tronc cérébral jusqu'aux vertèbres lombaires.

• Elle est formée de substance grise au centre entourée de substance blanche ; elle est protégée par 3 membranes : les **méninges**.

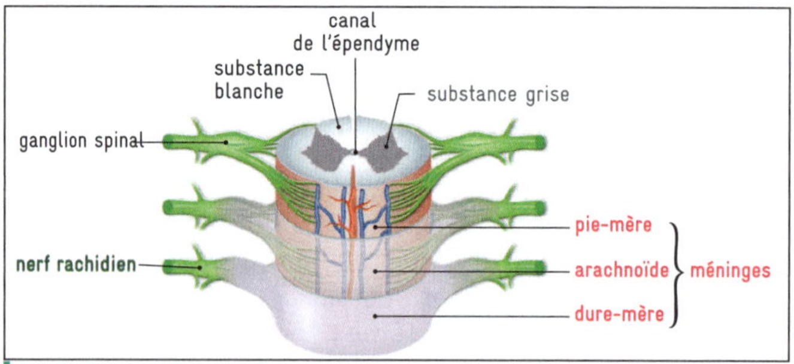

Doc. 53 – La moelle épinière

4.2. Les fonctions de la moelle épinière

• La **moelle épinière a un rôle de conduction** des informations sensitives captées par les récepteurs cutanés, tendineux et musculaires, ainsi que des ordres moteurs reçus de l'encéphale et destinés aux différentes parties du corps.

• **La moelle épinière est le siège d'actes réflexes :** elle est capable d'effectuer une réponse rapide et automatique sans participation du cerveau.

5 Le neurone

5.1. La structure d'un neurone

• Le **neurone, ou cellule nerveuse**, est l'unité fonctionnelle du système nerveux.

• **Un neurone ne se divise pas.**

• Un neurone est composé d'un corps cellulaire et de prolongements : un axone et des dendrites. Le corps cellulaire et les dendrites constituent la substance grise.

• L'axone entouré de myéline constitue la substance blanche.

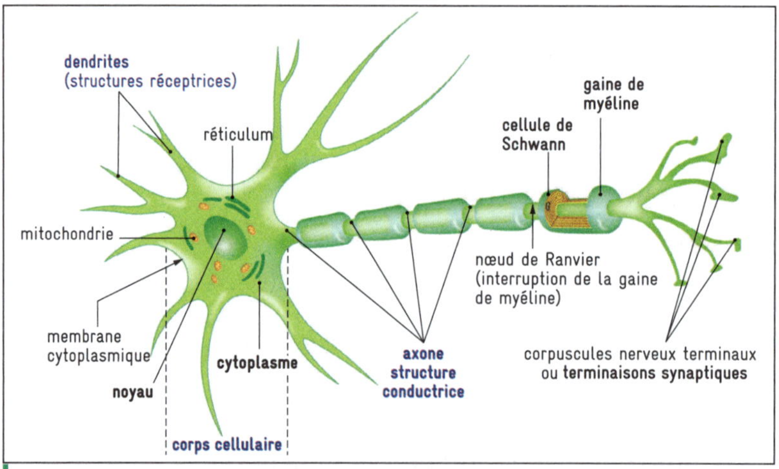

Doc. 54 – La structure d'un neurone multipolaire

5.2. Les propriétés du neurone

• **Un neurone est excitable**, c'est-à-dire capable de réagir à une stimulation chimique, visuelle, sonore, douloureuse... **Un neurone est conducteur.**

• La **stimulation** reçue par les dendrites est transformée en influx nerveux qui se propage du corps cellulaire à l'axone, puis jusqu'aux corpuscules nerveux terminaux ou terminaisons synaptiques où il est transmis à d'autres cellules.

5.3. La transmission de l'influx nerveux : la synapse

• Une synapse est définie comme étant la jonction fonctionnelle entre 2 neurones (synapse neuro-neuronale) ou entre un neurone et une cellule d'un muscle (plaque motrice) ou entre un neurone et une cellule d'une glande.
• La synapse est composée d'une **terminaison synaptique** d'un neurone présynaptique, d'une **fente synaptique** (espace entre deux neurones), d'une **région réceptrice post-synaptique** (dendrites) d'un neurone post-synaptique.
• Les **neurotransmetteurs** sont des **substances chimiques** libérées dans la fente synaptique : elles permettent la **communication** entre un neurone et une autre cellule. Par exemple la **sérotonine** facilite le sommeil ; la **dopamine** provoque une sensation de plaisir.
• Les **substances psychoactives** perturbent le fonctionnement des synapses et peuvent conduire à un état de dépendance (**> voir fiche 4 de PSE**).

6 Le nerf

• Un nerf est un **ensemble de faisceaux d'axones** (fibres nerveuses) appartenant au système nerveux périphérique et emballés dans du tissu conjonctif.
• Les **nerfs sensitifs (afférents)** transmettent des influx nerveux provenant des organes au système nerveux central.
• Les **nerfs moteurs (efférents)** transmettent les ordres provenant de l'encéphale ou de la moelle épinière aux organes effecteurs.

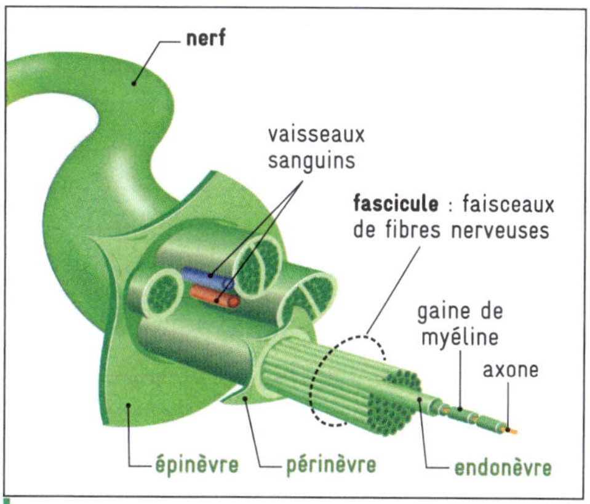

Doc. 55 – La structure d'un nerf

• Les **nerfs mixtes** contiennent à la fois des fibres nerveuses sensitives et motrices.
• Les **propriétés du nerf** sont identiques à celles du neurone : il est **excitable et conducteur**. L'intensité de la stimulation dépend du nombre de fibres excitées.

7 L'activité nerveuse

Toute sensation perçue suscite une réponse, qui déclenche soit une action volontaire, soit une action réflexe.

7.1. L'activité nerveuse volontaire

C'est un acte pensé. Elle va du simple geste à des activités complexes. Elle peut être d'ordre moteur, intellectuel (raisonnement...) ou affectif.

7.2. L'activité nerveuse réflexe

• Un **réflexe** est une réponse motrice involontaire, rapide et automatique à une stimulation. Le circuit nerveux d'un **acte réflexe** s'appelle l'**arc réflexe**.
• Le **réflexe inné** est une réponse automatique, prévisible, intégrée dans la physiologie du système nerveux (réflexes végétatifs : déglutition ; réflexes archaïques à la naissance : réflexe de succion, d'agrippement).
• Le **réflexe acquis** ou **conditionné** est aussi une **réponse immédiate et automatique**, mais qui résulte d'un apprentissage répétitif (vélo, conduite automobile...). Il doit être entretenu, sinon il régresse et disparaît.

Les pathologies du système nerveux

LU ☐
SU ☐
REVU ☐

Des pathologies peuvent toucher le système nerveux central ou périphérique. Certaines sont liées au vieillissement.

1 Les pathologies du système nerveux central

1.1. Les démences séniles

Les **démences séniles** sont des syndromes caractérisés par la perte des capacités psychiques, surtout cognitives. Elles sont dues à la vieillesse et sont détectables par des pertes de la mémoire, des troubles du sommeil, des changements soudains de personnalité et d'autres problèmes mentaux.

1.2. La maladie de Parkinson

- La **maladie de Parkinson** est une affection neurodégénérative qui mène à la destruction progressive de neurones du système nerveux central.
- Le **mécanisme d'apparition** est lié à l'insuffisance de la libération d'un neurotransmetteur, la dopamine, par les neurones du tronc cérébral du fait de leur dégénérescence. La dopamine participe au contrôle des mouvements corporels. Il s'ensuit une perturbation de l'innervation cérébrale, qui se traduit spécifiquement par des tremblements au repos et une lenteur dans le début des mouvements.
- Les **facteurs favorisants** sont mal connus.
- Les **signes cliniques** sont des tremblements au repos, la rigidité des mouvements de la tête, des difficultés à la marche, l'instabilité posturale.
- Les **traitements** cherchent à compenser la perte de dopamine en inhibant sa dégradation ou en apportant une molécule voisine. La maladie ne se guérit pas.

1.3. L'épilepsie

- L'**épilepsie** est une maladie chronique qui se traduit par des crises résultant d'un dérèglement de l'activité électrique du cerveau.
- Si la personne présente des convulsions, il ne faut pas la toucher et écarter tout objet dangereux. À la fin des convulsions, il convient d'examiner la victime et de la mettre en PLS si nécessaire.

2 Les troubles de l'équilibre

- La **proprioception** correspond à l'ensemble des informations nerveuses transmises au cerveau par des récepteurs sensibles à l'étirement ou à la pression qui se situent principalement dans les muscles et les ligaments. Ces informations nerveuses participent à la régulation de la posture et des mouvements du corps. D'autres organes participent à l'équilibre : les yeux, la peau, l'oreille interne.
- Les **troubles de l'équilibre** concernent la faculté à se maintenir en station verticale immobile (équilibre statique) et en mouvement (équilibre dynamique).
- Les **signes cliniques** sont des vertiges, des chutes, des nausées, des vomissements...
- Les **causes** sont liées à un dysfonctionnement de l'oreille interne, des autres récepteurs de l'équilibre (yeux, muscles...), du cervelet ou du tronc cérébral.
- Les **traitements** visent à limiter la désynchronisation des informations.
- Les **moyens de prévention chez la personne âgée** sont de proposer des activités physiques, d'effectuer un bilan de santé, d'évaluer les dangers au domicile...

L'immunité innée

LU ☐
SU ☐
REVU ☐

L'immunité est l'état de résistance de l'organisme aux antigènes. L'immunité innée permet à l'organisme de réagir rapidement aux agressions extérieures. Les agressions extérieures sont regroupées sous le nom d'antigènes.

1 La barrière cutanéo-muqueuse

- Les **antigènes** sont des agents infectieux (virus, bactéries), des substances étrangères (venin) ou des cellules altérées.
- La **peau et les muqueuses** forment la **première ligne de défense**.
- Une **barrière physique** est constituée par les cellules jointives de l'épithélium, la présence de kératine et de poils (narines, oreilles).
- **Une barrière chimique :** les sécrétions de la peau (sébum, sueur) et des muqueuses (mucus, larmes...) ralentissent la croissance des micro-organismes.
- Une **barrière biologique** est réalisée par le microbiote commensal qui empêche la prolifération de micro-organismes pathogènes.

2 La réaction inflammatoire

- C'est la **deuxième ligne de défense** contre les antigènes. Elle **évite la propagation** de l'agent infectieux dans l'organisme et facilite la **réparation des tissus**.
- La réaction inflammatoire est caractérisée par :

– une **rougeur**, qui est la conséquence d'un afflux de sang dans la plaie ;
– une **chaleur anormale**, qui provient de l'afflux de sang ;
– un **œdème** lié au passage du plasma sanguin dans les tissus ;
– une **douleur** dans le tissu lésé, due à la compression des fibres nerveuses.

3 Le processus de la réaction inflammatoire

- **Étape 1 :** le **chimiotactisme** est le processus d'alerte. Les cellules lésées libèrent des substances (kinine, histamine) qui attirent les cellules immunitaires, les phagocytes.
- **Étape 2 :** la **diapédèse** est **l'infiltration des leucocytes** (granulocytes, monocytes) présents dans le sang **entre les cellules de la paroi vasculaire** pour rejoindre le tissu endommagé. Les monocytes se transforment alors en macrophagocytes.
- **Étape 3 :** la **phagocytose** est **l'ingestion et la digestion des antigènes** effectuées par des granulocytes neutrophiles et les macrophagocytes. Elle permet l'élimination des antigènes et des débris cellulaires.

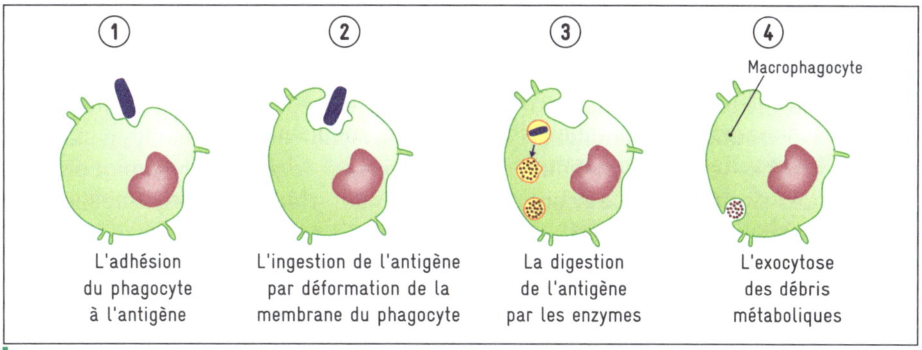

Doc. 56 – Les 4 étapes de la phagocytose

L'immunité adaptative

LU ☐
SU ☐
REVU ☐

L'immunité adaptative constitue la troisième ligne de défense de l'organisme. Elle intervient lorsque l'immunité innée a échoué. Selon la nature de l'antigène, la réponse immunitaire sera une réponse cellulaire ou une réponse humorale.

1 L'immunité adaptative

1.1. L'immunité cellulaire (action de cellule à cellule)

• Elle est assurée par les **lymphocytes T** qui détruisent les cellules infectées par les virus ou d'autres parasites intracellulaires, les cellules cancéreuses ou les cellules étrangères.

• Les **lymphocytes T** se répartissent en 2 groupes : le premier groupe agit, l'autre groupe devient des **cellules mémoires**.

1.2. L'immunité humorale (action de molécule à molécule)

• Elle est assurée par les **lymphocytes B** qui se répartissent en 2 groupes : le premier groupe intervient, l'autre groupe devient des **cellules mémoires**.

• Les **lymphocytes B (du premier groupe)** évoluent en cellules spécifiques, les **plasmocytes**, qui sécrètent des **anticorps**.

• Les **anticorps** sont les **molécules effectrices** (actives) de la réponse humorale. Ils reconnaissent de manière spécifique et combattent les **bactéries,** les **toxines**.

• Les **anticorps**, après avoir reconnu un antigène spécifique, forment avec lui un **complexe antigène-anticorps**. Ce complexe neutralise les antigènes, ne les détruit pas, mais les livre aux phagocytes qui s'en chargeront.

2 La mémoire immunitaire et l'allergie

2.1. La mémoire immunitaire

C'est la capacité qu'ont les cellules mémoires (B et T) de déclencher une réaction immunitaire secondaire rapide, efficace et prolongée lors d'un contact ultérieur avec le même antigène.

2.2. L'allergie

• L'**allergie** est une **réponse inadaptée** de la mémoire immunitaire.

• L'**allergie** ou **hypersensibilité** est une **réponse exagérée** du système immunitaire à des substances antigéniques appelées alors « **allergènes** » qui n'ont pas toujours de toxicité propre.

• L'allergie se déclare chez **des sujets sensibilisés**, c'est-à-dire ayant déjà été exposés à un allergène. Des facteurs génétiques seraient impliqués dans les processus allergiques.

• **Les principaux allergènes :** les allergènes respiratoires (pollen, tabac), ingérés (cacahuètes), transcutanés (cosmétiques), médicamenteux (antibiotiques...).

• La **réaction anaphylactique** est une réaction d'hypersensibilité avec atteinte de plusieurs organes cibles (appareils respiratoire, cardiovasculaire, digestif...).

• Le **choc anaphylactique** est une manifestation sévère de la réaction anaphylactique. Un état de choc s'installe en quelques minutes, accompagné de troubles vasculaires et respiratoires sévères qui nécessitent un traitement en urgence.

• Les **moyens thérapeutiques** utilisés contre les allergies sont la désensibilisation, la prise d'antihistaminique et l'éviction de l'allergène.

La vaccination

LU ☐
SU ☐
REVU ☐

La vaccination est un procédé médical préventif. Elle assure une protection individuelle et collective contre un certain nombre de maladies infectieuses.

1 Le principe de la vaccination

Le **principe de la vaccination** repose sur la capacité de mémoire de l'immunité adaptative. Il consiste à introduire dans l'organisme, sous forme de vaccin, des antigènes dont le pouvoir pathogène a été atténué. Le vaccin provoque la formation de cellules mémoires spécifiques prêtes à agir en cas d'introduction d'agents pathogènes. La vaccination permet d'éviter ou d'enrayer des épidémies.

2 Les caractéristiques de la vaccination

• La **vaccination** se caractérise par une efficacité quelques semaines après l'injection du vaccin, une durabilité (plusieurs années) et une action spécifique contre une infection donnée. C'est une méthode préventive.
• Le **calendrier vaccinal** fixe chaque année les vaccinations obligatoires et recommandées en fonction de l'âge des individus, de la couverture vaccinale antérieure, des risques infectieux et des progrès scientifiques.
• **Onze vaccinations sont obligatoires** depuis janvier 2018 pour les enfants de moins de 2 ans : diphtérie, tétanos, poliomyélite, coqueluche, *Haemophilus influenzae* de type B, hépatite B, méningocoque C, pneumocoque, rougeole, oreillons, rubéole.
• Les **rappels de certains vaccins** sont indispensables pour entretenir la mémoire immunitaire qui diminue au cours du temps.
Lorsqu'un antigène est en contact pour la première fois avec un lymphocyte T ou B, il déclenche la formation de cellules mémoires. En alerte, celles-ci agissent rapidement lors d'un deuxième contact avec le même antigène.

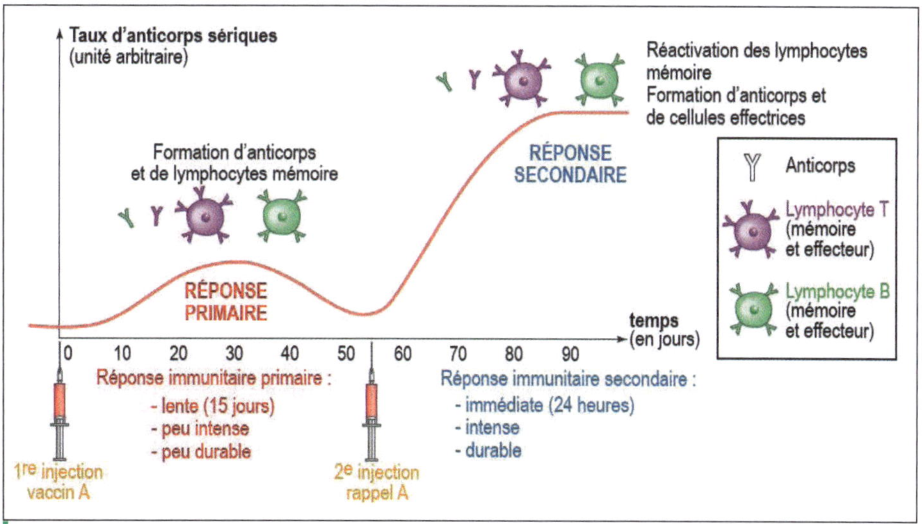

Doc. 57 – La production d'anticorps au cours de la vaccination

• Les **vaccins** sont obtenus par différents procédés. Ils sont classés en vaccins atténués (poliomyélite ; rougeole, oreillons, rubéole [ROR]) ; vaccins inactivés (grippe, rage, choléra) et vaccins sous-unitaires (hépatite B, tétanos, diphtérie).

Les maladies infectieuses de l'enfant

LU ☐
SU ☐
REVU ☐

Le développement des maladies infectieuses est lié au manque de maturité du système immunitaire chez l'enfant.

1 Les principales maladies virales de l'enfant

1.1. Les maladies virales éruptives

• **La rougeole**

– L'**agent responsable** est le virus enveloppé à ARN du genre *Morbillivirus*.

– Les **signes cliniques** sont des maux de gorge, une fièvre élevée, des lésions caractéristiques dans la bouche puis une éruption cutanée maculaire importante.

– Les **complications possibles** sont la pneumonie, l'encéphalite...

– Le **moyen de prévention** est la vaccination obligatoire pour les enfants nés depuis le 1er janvier 2018.

• **La varicelle**

– L'**agent responsable** est le virus à ADN nommé « varicelle-zona ».

– Les **signes cliniques** sont une éruption maculaire puis vésiculaire sur tout le corps et les muqueuses. Les vésicules contiennent le virus et la dissémination se fait aussi lors des démangeaisons.

– Les **complications possibles** sont une surinfection purulente des lésions et le zona.

– Il n'existe pas de vaccin.

• **La rubéole**

– L'**agent responsable** est le virus enveloppé du genre *Rubivirus*.

– Les **signes cliniques** sont une éruption maculaire discrète avec une adénopathie.

VOCABULAIRE

Adénopathie : gonflement des ganglions.

– Les **complications** sont un risque de retard de croissance et de malformation pour le fœtus chez la femme enceinte.

– Le **moyen de prévention** est la vaccination obligatoire pour les enfants nés depuis le 1er janvier 2018. L'immunité acquise est définitive.

1.2. Une maladie virale non éruptive : les oreillons

• L'**agent responsable** est le virus enveloppé à ARN du genre *Rubulavirus*.

• Les **signes cliniques** sont un gonflement douloureux des glandes salivaires parotides, qui deviennent douloureuses à la déglutition, et de la fièvre.

• Les **complications** chez l'enfant sont la surdité, l'encéphalite et la méningite.

• Le **moyen de prévention** est la vaccination obligatoire pour les enfants nés depuis le 1er janvier 2018. L'immunité acquise est définitive.

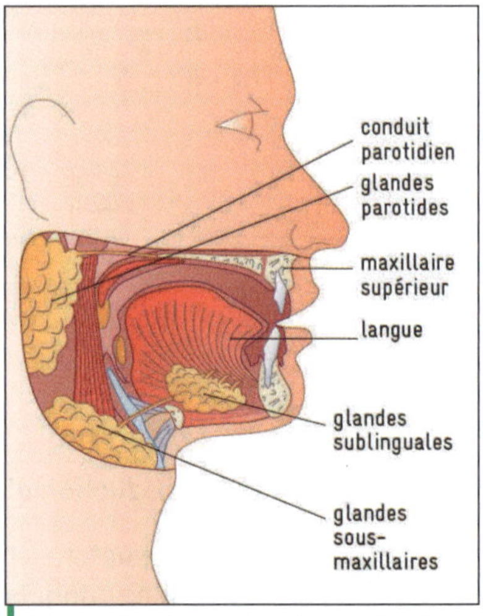

Doc. 58 – Les glandes salivaires

2 Des maladies bactériennes

2.1. La coqueluche

• La **coqueluche** est une maladie respiratoire très contagieuse. Les cellules cibles sont celles de l'épithélium de la trachée et des bronches.
• Les **agents responsables** sont les exotoxines et les endotoxines de la bactérie Gram – *Bordetella pertussis*.
• Les **signes cliniques** sont une toux sèche et de la fièvre, puis apparaissent des quintes de toux caractérisées par des crises de suffocation et des reprises respiratoires profondes en forme de « chant de coq », ainsi que des vomissements.
• Les **complications** sont graves, voire mortelles, surtout chez l'enfant. L'hospitalisation peut durer des semaines, avec des séquelles respiratoires à vie.
• La **prévention** est la vaccination contre la coqueluche, obligatoire pour les nourrissons, recommandée avant une grossesse ou pour les personnes fragiles.

2.2. La scarlatine

• La **scarlatine** est une maladie contagieuse éruptive. Elles touchent les voies respiratoires supérieures.
• L'**agent responsable** est la toxine de la bactérie *Streptococcus pyogenes.*
• Les **signes cliniques** sont une angine rouge et une adénopathie dans le cou. L'érythème cutané (rouge rosé) qui suit est dû à l'hypersensibilité de la peau à la toxine circulant dans le sang. La langue prend une couleur rouge avec un aspect framboisé. La peau et la langue desquament.
• Les **complications possibles** sont des atteintes rénales, cardiaques et articulaires.
• **La prévention :** la vaccination n'existe pas. La maladie est à déclaration obligatoire.

3 Les méningites bactériennes et virales

Les **méningites** sont des infections des membranes qui enveloppent l'encéphale et la moelle épinière appelées « méninges ». Le liquide céphalorachidien infecté contenu dans les méninges exerce alors une pression sur les tissus nerveux.

3.1. Les méningites bactériennes

• Les **méningites bactériennes** sont les méningites les plus graves.
• Les **principaux agents responsables** sont 3 bactéries encapsulées au fort pouvoir pathogène : *Streptococcus pneumoniae*, *Haemophilus influenzae* de type B et *Neisseria meningitidis.*
• Les **signes cliniques** surviennent après une infection locale (angine, otite...) : fièvre, céphalées importantes, raideur de la nuque suivie de nausées et de vomissements, parfois de convulsions.
• Les **complications** sont des atteintes neurologiques graves, en particulier la surdité.
• La **prévention** est la vaccination rendue obligatoire contre *Haemophilus influenzae* de type B, *Streptococcus pneumoniae* et une souche de méningocoques selon le calendrier vaccinal.

3.2. Les méningites virales

• Les **méningites virales** sont habituellement bénignes.
• Les **agents responsables** sont les entérovirus, mais aussi les virus des oreillons, de la varicelle et de la rougeole.
• Les **signes cliniques** sont les mêmes que ceux des méningites bactériennes.
• La **prévention** consiste en une application de mesures strictes d'hygiène, particulièrement en collectivité.

Les explorations et les moyens diagnostics

LU ☐
SU ☐
REVU ☐

Les explorations anatomiques et fonctionnelles permettent d'observer les structures internes et de repérer d'éventuels dysfonctionnements. Les moyens diagnostics deviennent de plus en plus nombreux et complexes.

1 Les examens biologiques

L'**analyse du liquide céphalo-rachidien (LCR)** est effectuée après une ponction lombaire. Le LCR est recueilli au niveau des vertèbres lombaires puis examiné au microscope pour observer la réponse immunitaire cellulaire (recherche de lymphocytes) et la présence éventuelle de micro-organismes. L'analyse du LCR est prescrite en cas de suspicion de méningite ou d'une autre affection du système nerveux central, comme la sclérose en plaques.

2 Les examens par endoscopie

L'**endoscopie** permet d'examiner, à l'aide d'un fibroscope (tube lumineux optique), l'intérieur des cavités, le plus souvent en utilisant les voies naturelles, comme dans l'endoscopie digestive. Cette technique est utilisée pour diagnostiquer différentes pathologies du tube digestif, comme des polypes ou des tumeurs.

3 Les examens par enregistrement graphique

L'**électroencéphalogramme (EEG)** est l'enregistrement de l'activité électrique du cerveau à l'aide d'électrodes posées sur le cuir chevelu. Il est utilisé en neurologie pour le diagnostic et le suivi des pathologies du système nerveux, comme l'épilepsie, les démences, les méningites, l'étude de certains troubles du sommeil (apnée du sommeil) et aussi en réanimation.

4 Les examens par imagerie

- La **radiographie** est une technique d'exploration par rayons X absorbés selon la densité des tissus, les structures les plus denses apparaissant pâles. La technique utilise un film photosensible (cliché). La radiographie sert à rechercher des pathologies osseuses et articulaires.
- La **scanographie** permet d'examiner l'organisme en minces couches grâce aux rayons X couplés à l'informatique. Cet examen permet de déceler des kystes, des tumeurs, des ganglions, des infections, voire des hémorragies.
- La **scintigraphie** utilise des atomes radioactifs qui sont injectés en faible quantité dans l'organisme. Ces atomes rejoignent des tissus spécifiques selon leur nature. Elle sert au diagnostic de tumeurs localisées, comme les tumeurs osseuses.
- L'**imagerie par résonance magnétique (IRM)** produit des images en 2 ou 3 dimensions en utilisant un champ magnétique. Cette technique permet l'exploration précise de tous les organes et renseigne sur leur fonctionnement.

La santé publique

LU ☐
SU ☐
REVU ☐

La santé se définit comme « un état de complet bien-être physique, mental et social et ne consiste pas seulement en une absence de maladie ou d'infirmité » (OMS). La santé publique désigne alors l'ensemble des mesures collectives mises en place par les pouvoirs publics pour améliorer la santé de la population.

1 La mesure de la démographie et de l'état de santé

• La **démographie** est la science qui étudie les caractéristiques d'une population. Pour cela, elle s'appuie sur des indicateurs tels que :
– la **natalité** qui mesure le nombre de naissances vivantes de l'année au sein de la population totale pendant une période déterminée ;
– la **fécondité** qui mesure le nombre d'enfants nés vivants des femmes en âge de procréer pendant une période déterminée.
• L'**épidémiologie** est la science qui étudie l'état de santé d'une population. Pour cela, elle s'appuie sur des indicateurs tels que :
– la **morbidité**, qui mesure le nombre d'individus atteints d'une maladie précise au sein d'une population pendant une période déterminée. On parle d'incidence quand on mesure le nombre de nouveaux cas (personnes qui ont contracté la maladie) pendant cette période et de prévalence quand on mesure le nombre total de cas ;
– la **mortalité** qui mesure le nombre de décès au sein de la population totale pendant une période déterminée.

2 Les déterminants de la santé

Un déterminant de la santé est un facteur qui influence positivement ou négativement la santé.

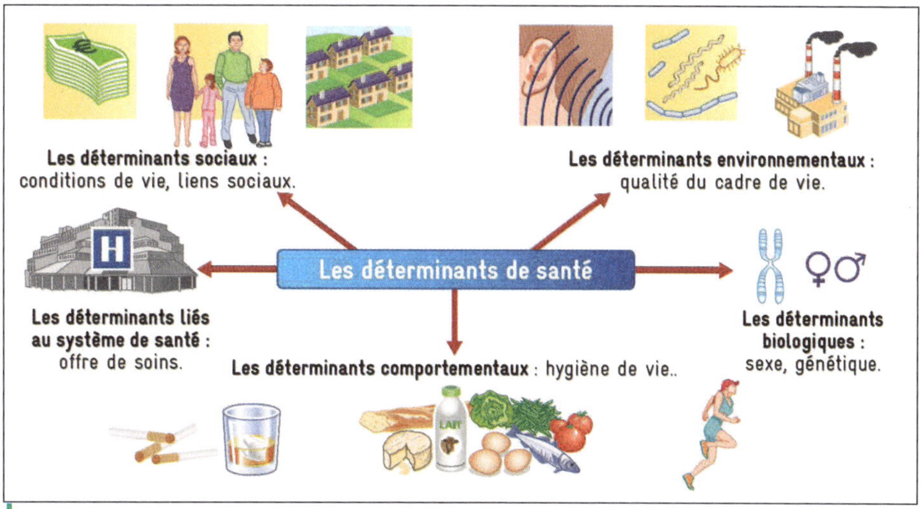

Doc. 59 – Des déterminants de santé

3 Les modes d'intervention en santé

• La **prévention** de la santé est l'ensemble de mesures qui visent à protéger la santé. On distingue 3 types de prévention : primaire, secondaire et tertiaire.

– La **prévention primaire** intervient avant l'apparition de toute perturbation de l'organisme. Les mesures de prévention sont destinées à diminuer l'apparition de nouveaux cas de maladie, par exemple : des mesures individuelles d'hygiène de vie (alimentation équilibrée, pratique d'une activité physique...), la vaccination...

– La **prévention secondaire** est l'ensemble des mesures destinées à détecter une maladie (test de dépistage) et à réagir dès les premiers signes de la maladie afin de lutter contre son développement (utilisation du défibrillateur, suivi médical...).

– La **prévention tertiaire** intervient après l'apparition de la maladie. Les mesures de prévention ont pour objectif de réduire les incapacités chroniques (par exemple, le réentraînement à l'effort, les séances de kinésithérapie) et les conséquences de la maladie dans des domaines autres que le domaine sanitaire (par exemple, l'adaptation du poste de travail, le mi-temps thérapeutique).

• **L'éducation à la santé** est un ensemble de mesures qui favorisent l'adoption de comportements favorables par l'individu ; elle agit sur les déterminants de santé. (une campagne de communication pour le brossage des dents, par exemple).

• La **promotion de la santé** est l'ensemble des mesures qui a pour objectif de donner aux individus et à la collectivité les moyens d'agir favorablement sur l'ensemble des déterminants de la santé. Les interventions visent à influencer les aptitudes individuelles (éducation à la santé...) et sur les environnements (conditions de vie, mesures environnementales...).

• **Les plans nationaux pour la santé :** différents plans sont régulièrement élaborés par les ministères en charge de la santé et de la prévention. Ces plans définissent des priorités sur plusieurs années afin de protéger la santé des personnes. Par exemple le 4e Plan national santé environnement : « Un environnement, une santé » (2021-2025)

4 Les causes de l'altération de la santé

• On distingue plusieurs causes pouvant altérer la santé.

– Les **maladies infectieuses** surviennent suite à l'entrée dans l'organisme d'agents infectieux (bactérie, virus, prion, parasite).

– Les **dérèglements du système immunitaire** sont par exemple des maladies allergiques ou des maladies auto-immunes.

– Les **maladies de la nutrition** sont liées aux différents apports de l'alimentation (excès ou carence).

• Les **maladies génétiques** sont causées par des gènes défectueux ou suite à une mutation affectant des gènes.

– Les **accidents de la vie courante**, de la route, professionnels.

– Le **vieillissement**.

– Le **handicap** congénital ou acquis.

5 Les inégalités sociales de santé

Les inégalités sociales de santé sont des différences au niveau de l'état de santé en raison de la place occupée dans la société (ressources, niveau d'étude, accès aux soins...).

L'organisation sanitaire et sociale en France

LU ☐
SU ☐
REVU ☐

L'État est le garant de la santé et du bien-être de la population. Pour mener à bien ce devoir, il a transféré certaines de ses compétences aux collectivités territoriales.

1 Les définitions

- Une **politique de santé publique** est un ensemble de décisions prises pour protéger et restaurer l'état de santé de la population.
- Une **politique sociale** est un ensemble de décisions prises pour améliorer le bien-être des individus et favoriser la cohésion sociale.

2 L'organisation sanitaire et sociale au niveau de l'État

- Les décisions prises au niveau national permettent de garantir les mêmes droits à toute la population.
- Mais pour s'assurer que les décisions prises soient appliquées et adaptées sur tout le territoire, des services représentant l'État mettent en œuvre au niveau des régions et des départements les politiques sanitaires et sociales décidées au niveau national.

Au niveau national
Le MINISTÈRE élabore les politiques sociales et de santé publique, le plus souvent sous la forme de plans nationaux.

Politiques déclinées par

Au niveau régional
AGENCES RÉGIONALES DE SANTÉ (ARS)
DIRECTIONS RÉGIONALES DE L'ÉCONOMIE, DE L'EMPLOI, DU TRAVAIL ET DES SOLIDARITÉS (DREETS)

Au niveau départemental
DIRECTIONS DÉPARTEMENTALES DE L'EMPLOI, DU TRAVAIL ET DE LA SOLIDARITÉ

3 L'organisation sanitaire et sociale au niveau des collectivités territoriales

L'État a transféré des compétences vers les collectivités territoriales ou locales : les régions, les départements et les communes.

ÉTAT

Transfert des compétences aux

RÉGIONS — DÉPARTEMENTS — COMMUNES

Chaque collectivité a un service qui met en œuvre les politiques sociales et de santé publique.

CONSEIL RÉGIONAL — CONSEIL DÉPARTEMENTAL — CONSEILS COMMUNAUX

Chaque collectivité a un conseil qui élabore les politiques sociales et de santé publique.

Service départemental qui prend en charge les personnes handicapées, les enfants et les personnes âgées.

Centre communal d'action sociale qui met en place des actions facultatives pour les personnes âgées, les personnes en situation d'exclusion du logement, de la santé...

Savoir

117

L'accueil collectif du jeune enfant

LU ☐
SU ☐
REVU ☐

Un établissement d'accueil du jeune enfant (EAJE) est une structure autorisée à accueillir des enfants âgés de moins de 6 ans. L'objectif de ces structures est de permettre aux parents de concilier activité professionnelle, vie familiale et vie sociale.

Document
La charte nationale d'accueil du jeune enfant
liennathan.fr/7zk92g

1 Les différents modes d'accueil

1.1. Les modes d'accueil régulier

• La **crèche collective**, pour les enfants de 1 mois à moins de 4 ans dont les deux parents ont un emploi, accueille de 20 à 60 enfants entre 8 et 12 heures par jour ; elle est fermée la nuit, les dimanches et les jours fériés. Les **crèches d'entreprises, d'hôpital** pour les enfants du personnel, ont les mêmes caractéristiques que la crèche collective.
• La **micro-crèche**, pour les enfants de 10 semaines à moins de 3 ans, accueille 10 enfants au maximum et propose des horaires souples.
• Le **jardin d'éveil**, pour les enfants de 2 à 3 ans, accueille 12 enfants maximum aux mêmes horaires que la crèche collective.
• Le **jardin d'enfants**, pour les enfants de 2 à 6 ans, accueille 80 enfants maximum aux mêmes horaires que l'école maternelle.

1.2. Les modes d'accueil occasionnel

La **halte-garderie** est destinée aux enfants de 10 semaines à moins de 6 ans dont les parents ne travaillent pas ou à temps partiel. Elle accueille 60 enfants maximum, pendant 4 demi-journées par semaine maximum.

1.3. Les modes d'accueil mixte

• La **crèche parentale** accueille les enfants de 10 semaines à moins de 3 ans. 20 enfants maximum sont pris en charge par les parents aidés des professionnels.
• Le **multi-accueil** est une structure qui regroupe une crèche et une halte-garderie.
• Le **service d'accueil familial** ou la **crèche familiale** reçoit les enfants de 10 semaines à moins de 3 ans. Des assistants maternels sont employés pour accueillir 1 à 4 enfants à leur domicile.

2 Le relais petite enfance (RPE)

• Le **relais petite enfance (RPE)** est un lieu de ressources et d'informations au service des parents, des assistants maternels agréés ou candidats à l'agrément.
• Les assistants maternels ont la possibilité de rencontrer leurs homologues, d'échanger leurs expériences avec eux et de participer à des ateliers éducatifs.

3 Les professionnels de la petite enfance

Une **équipe pluridisciplinaire** prend en charge les enfants à raison d'un professionnel pour 5 enfants qui ne marchent pas et un pour 8 enfants qui marchent :
• le **(la) puériculteur(trice) diplômé(e) d'État** est le(la) directeur(trice) de la structure, il (elle) surveille le développement de l'enfant et assure les soins.
• un(e) **éducateur(trice) diplômé(e) d'État** propose et anime des activités, participe à l'aménagement du cadre de vie et soutient les familles dans leur rôle éducatif.
• l'**auxiliaire de puériculture diplômé(e) d'État** réalise les soins d'hygiène, organise des activités, aide aux repas, participe à l'endormissement et désinfecte les jouets.

L'école maternelle et élémentaire

LU ☐
SU ☐
REVU ☐

L'instruction des enfants est obligatoire à partir de 3 ans. Elle se fait le plus souvent à l'école maternelle puis à l'école élémentaire.

1 Les objectifs de l'école primaire

• L'**école maternelle** stimule le développement sensoriel, moteur et cognitif de l'enfant, l'aide à devenir autonome et favorise la socialisation.
• L'**école élémentaire** permet l'acquisition des connaissances et des compétences nécessaires pour l'entrée en 6e : apprentissage de la lecture, de l'écriture, de la langue française et du calcul.

2 Le fonctionnement et l'organisation de l'école primaire

2.1. Les cycles d'enseignement

• Le **cycle des apprentissages premiers** correspond à la petite, à la moyenne et à la grande section de maternelle. Son objectif est de stimuler le développement sensoriel, moteur et cognitif de l'enfant, de l'aider à devenir autonome et de favoriser sa socialisation.
• Le **cycle des apprentissages fondamentaux** correspond au CP, au CE1 et CE2 de l'école élémentaire. L'apprentissage de la lecture, de l'écriture, de la langue française, du calcul constitue les objectifs prioritaires de ce cycle.
• Le **cycle de consolidation** correspond au CM1 et au CM2 de l'école élémentaire et à la 6e du collège. Son objectif est de consolider l'acquisition des connaissances et des compétences.

2.2. L'organisation de l'école primaire

Âges	3 ans	4 ans	5 ans	6 ans	7 ans	8 ans	9 ans	10 ans
École	École maternelle			École élémentaire				
Classe	Petite section	Moyenne section	Grande section	CP	CE1	CE2	CM1	CM2
Cycle	Des apprentissages premiers			Des apprentissages fondamentaux			D'approfondissements	

3 Le personnel intervenant à l'école maternelle

• Le (la) **directeur(trice) de l'école** est responsable du fonctionnement de l'école.
• Le(la) **professeur(e) des écoles** est responsable de la classe ; il (elle) assure les apprentissages et anime la vie de classe. C'est un fonctionnaire d'État qui a un niveau Master 2 ; l'accès au métier se fait par concours.
• L'**agent territorial spécialisé des écoles maternelles (ATSEM)** accompagne le(la) professeur(e) des écoles au quotidien : il (elle) accueille les parents et les enfants, veille à l'hygiène, prépare le matériel et participe à l'éveil des enfants. Depuis la mise en place des nouveaux rythmes scolaires, il (elle) travaille aux côtés des animateurs périscolaires, pour encadrer des ateliers de jeux, d'activités artistiques. Les ATSEM sont des agents de la fonction publique territoriale ; ils sont placés sous l'autorité hiérarchique du maire. Ils sont recrutés sur concours.

L'accueil de loisirs ou de vacances

LU ☐
SU ☐
REVU ☐

L'accueil de loisirs s'adresse à des jeunes scolarisés âgés de 3 à 17 ans durant les périodes hors du temps scolaire. Il a pour objectif de participer à l'éducation, à la socialisation et à la détente du jeune.

1 Les différents types d'accueil de loisirs

1.1. L'accueil de loisirs sans hébergement

L'accueil de loisirs sans hébergement (par exemple, l'accueil périscolaire au sein de la plupart des écoles), prend en charge les jeunes après l'école, à la journée ou à la demi-journée le mercredi, pendant les vacances scolaires et parfois le samedi. Il offre des activités de proximité : dessin, modelage, théâtre, activités physiques, sorties en forêt, dans des parcs d'attractions. Ces activités s'inscrivent dans une démarche de complémentarité avec l'école et la famille ; le directeur de l'école rédige un projet éducatif et pédagogique.

1.2. L'accueil de loisirs avec hébergement

L'accueil de loisirs avec hébergement (par exemple, les colonies de vacances) prend en charge un ou plusieurs groupes d'enfants loin du domicile des parents. Durant ce séjour, des activités sportives, culturelles, scientifiques et artistiques sont proposées aux jeunes.

2 Les différentes catégories de personnel

- L'équipe d'animation est constituée d'un(e) directeur(trice) titulaire du brevet d'aptitude aux fonctions de directeur (BAFD) et d'animateurs titulaires ou stagiaires du brevet d'aptitude aux fonctions d'animateur (BAFA).
- L'équipe technique est constituée d'un cuisinier, d'un économe, du personnel d'entretien et d'un assistant sanitaire.

3 La réglementation de l'accueil de loisirs

L'accueil de loisirs est sous la tutelle de la Direction régionale de la jeunesse, des sports et de la cohésion sociale. La réglementation de l'accueil de loisirs impose :
- un seuil de l'effectif minimum de jeunes accueillis de 7 mineurs ;
- un seuil minimum d'encadrement de 2 animateurs ;
- un taux d'encadrement d'un animateur pour 8 enfants de 3 à 6 ans, d'un animateur pour 14 enfants de plus de 6 ans pour l'accueil sans hébergement et d'un animateur pour 12 enfants de plus de 6 ans pour l'accueil avec hébergement ;
- une composition de l'équipe d'animation comprenant 50 % au minimum de titulaires du BAFA ou d'un titre équivalent et 20 % maximum sans qualification.

La protection de l'enfant et le service de l'Aide Sociale à l'Enfance (ASE)

Le service de l'Aide Sociale à l'Enfance (ASE), placé sous l'autorité du président du conseil départemental, est responsable de la protection des mineurs en danger et du respect de la Convention internationale des droits de l'enfant.

1 La Convention internationale des droits de l'enfant

La Convention internationale des droits de l'enfant est entrée en vigueur en France le 2 septembre 1992. Ces droits reposent sur **quatre principes** : **1. la non-discrimination** (les droits doivent être garantis à tout enfant quels que soient sa race, son sexe, sa religion, sa situation de fortune) ; **2. l'intérêt supérieur de l'enfant :** toute prise de décision concernant un enfant doit permettre de préserver son bien-être) ; **3. le droit à la vie, à la survie et au développement** (l'enfant doit avoir sa vie protégée dès la naissance et le droit de pouvoir survivre et se développer convenablement) ; **4. le respect de l'opinion de l'enfant :** l'enfant a le droit d'exprimer librement son opinion).

2 Le service de l'Aide Sociale à l'Enfance (ASE)

2.1. Les mission et moyens de l'ASE

La **mission générale de l'ASE** est d'apporter un soutien matériel, éducatif et psychologique aux mineurs, à leur famille, aux mineurs émancipés et aux majeurs âgés de moins de vingt et un ans confrontés à des difficultés sociales pouvant compromettre gravement leur équilibre. **Différentes actions** sont menées pour soutenir la famille par des aides appropriées (aides financières, aides éducatives à domicile...). Les **moyens** sont les équipes pluriprofessionnelles contribuant aux missions de l'ASE, les établissements d'accueil des mineurs en danger ou en risque de l'être.

2.2. Le repérage de l'enfant en danger

L'**enfant en danger** est un enfant victime de violences physiques, d'abus sexuels, de violences psychologiques, de négligences lourdes, ayant des conséquences graves sur son développement physique et psychologique. L'**enfant en risque de danger** est un enfant qui connaît des conditions d'existence risquant de compromettre sa santé, sa sécurité, sa moralité, son éducation ou son entretien, sans pour autant être maltraité. Les **signes pouvant évoquer une maltraitance** sont les hématomes, un retard staturo-pondéral, l'agressivité, des signes dépressifs, un désinvestissement scolaire.

3 Le signalement d'une situation de maltraitance

L'**obligation de signaler une situation de danger** concerne tous les professionnels de santé mais aussi tous les citoyens. Le Code pénal fait obligation d'informer les autorités administratives ou judiciaires en cas de connaissance de privation, de mauvais traitements ou d'atteintes sexuelles sur un mineur de moins de quinze ans. La loi du 5 mars 2007 aménage le secret professionnel pour permettre aux professionnels d'échanger entre eux les informations nécessaires à l'évaluation d'un enfant en danger ou en risque de l'être. Le **119, ligne téléphonique gratuite et anonyme** permet de recevoir 24 h/24 les appels d'enfants et de personnes confrontées à des mineurs en danger. La transmission d'informations préoccupantes doit se faire auprès de la CRIP (Cellule de recueil des informations préoccupantes).

Savoir 121

La mort inattendue du nourrisson

LU ☐
SU ☐
REVU ☐

La mort subite du nourrisson est le décès brutal d'un enfant âgé d'un mois à un an apparemment en bonne santé, pendant son sommeil.

1 Les facteurs favorisants

La mort inattendue du nourrisson aurait pour origine des facteurs conjugués :
– **des facteurs internes :** trouble du rythme cardiaque, suffocation liée à un reflux gastro-œsophagien, hyperthermie d'origine infectieuse… ;
– **des facteurs liés à l'environnement direct de l'enfant :** mauvaise position de couchage, étouffement avec une couverture, tabagisme passif.

2 Les moyens de prévention

Les **moyens de prévention** sont variés : coucher l'enfant sur le dos, choisir un lit adapté à l'âge avec un matelas ferme, habiller l'enfant avec une gigoteuse si besoin, proscrire oreiller, couverture et couette, tenir la température de la pièce entre 18 et 20 °C…

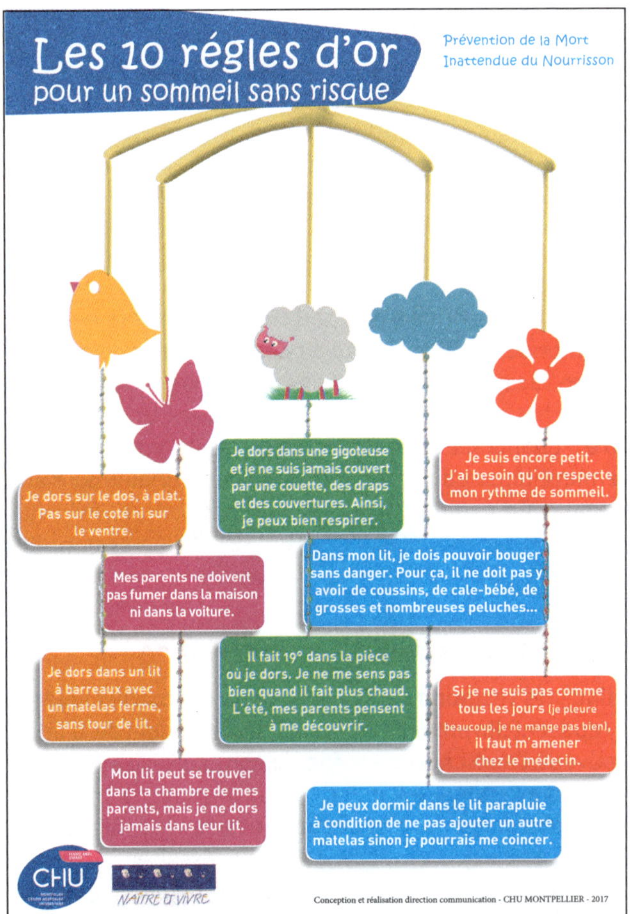

Doc. 60 – Affiche de prévention de la mort inattendue du nourrisson (CHU de Montpellier)

L'adolescence

LU ☐
SU ☐
REVU ☐

L'adolescence est la période de transition entre l'enfance et l'âge adulte. Elle se situe entre 10 et 19 ans. Elle se caractérise par des changements physiques, physiologiques, psychologiques et relationnels importants. Le début de l'adolescence est marqué par la puberté.

1 Les modifications physiques et physiologiques

• La **puberté** est le processus biologique qui déclenche l'entrée dans l'adolescence suite à la libération d'hormones sexuelles, œstrogènes et progestérone chez la fille, testostérone chez le garçon.
• La **taille** et le **poids** augmentent. Les **sécrétions de sébum** sont plus importantes, ce qui entraîne parfois de l'acné.
• Les **caractères sexuels secondaires** apparaissent :
– chez la fille : premières règles vers l'âge de 11 ans, développement des seins, de la pilosité (aisselles, organes génitaux) et élargissement du bassin ;
– chez le garçon : pilosité sur les organes génitaux, les aisselles, la poitrine et les jambes, barbe et moustache sur le visage, développement de la musculature. Les épaules s'élargissent, la voix mue et devient plus grave, le pénis et les testicules grossissent.
• L'**appareil génital** est en capacité de transmettre la vie.

2 Les transformations psychologiques

• **Les modifications de l'image de soi :** le jeune adolescent doit s'habituer aux bouleversements corporels. L'image du corps prend de l'importance. Cette période troublée est très déstabilisante, entre sentiment d'invulnérabilité et manque de confiance en soi.
• **Le désir d'autonomie :** l'adolescent devient plus mature dans ses raisonnements. Il a sa propre vision du monde, qu'il confronte à celle des adultes et de ses amis. Il désire être libre (partir en vacances avec ses amis…), mais il est toujours dépendant de ses parents.
• **La quête identitaire :** l'adolescent construit sa nouvelle identité. Ses anciens repères ne lui conviennent plus. La perception de sa personnalité se modifie, son rapport à l'autre change.

3 Les relations familiales

• L'adolescent aspire à **de nouvelles libertés** (sorties, argent de poche) et se confronte à l'autorité parentale.
• Cependant, aujourd'hui, les relations familiales sont moins conflictuelles qu'auparavant. Les relations reposent davantage sur l'écoute et le respect de la personnalité de chacun. Le plus souvent, l'adolescent dispose de son propre univers (ordinateur, connexion Internet, téléphone portable…).
• La famille reste un **espace protecteur et sécurisant** pour l'adolescent.

Les comportements des adolescents

LU ☐
SU ☐
REVU ☐

Lors de l'adolescence les changements psychosociaux s'ajoutent aux changements biologiques et modifient les comportements des adolescents, notamment leur comportement social.

1 Le comportement social de l'adolescent

• Le **groupe** devient un agent de socialisation. Les camarades (pairs) prennent une place importante.
• Le développement de relations amicales fortes et l'identification aux autres développent un fort **sentiment d'appartenance** et participent au **remaniement de l'identité personnelle et sociale** de l'adolescent.
• Celui-ci va le plus souvent adopter les **codes vestimentaires et langagiers** de ses pairs pour faciliter son intégration et faire ses premières expérimentations de la cigarette, de l'alcool.

2 Les conduites à risque les plus fréquentes

• Les **conduites à risque** sont des situations qui mettent en péril la santé physique et/ou mentale et peuvent altérer les possibilités d'intégration sociale.
• Il peut s'agir de **violence dirigée contre soi** (anorexie, boulimie, jeux dangereux...) ou contre les autres (bagarres, vols, fugue...), de l'usage de produits psychoactifs, de comportements sexuels à risque (sans protection...).

3 Les réponses institutionnelles

3.1. Agir en amont sur les facteurs de risque et éduquer aux risques

La loi protège les mineurs avec l'interdiction de leur vendre de l'alcool et du tabac. Au sein de l'école, des actions d'information du Comité d'éducation à la santé et à la citoyenneté (CESC) permettent de sensibiliser les adolescents aux risques.

3.2. Informer, proposer de l'aide, orienter

Accessibles individuellement, les permanences Fil Santé Jeunes (téléphonique, site Internet) et le réseau ADALIS (Addictions Drogues Alcool Info Service) répondent aux questions des adolescents. Santé publique France édite des brochures, met en place des campagnes de prévention.

3.3. Diminuer les risques encourus

Des lieux accueillent les adolescents pour des consultations médicales gratuites. Ce sont les consultations jeunes consommateurs (CJC) et l'accueil dans les Maisons des Adolescents.

L'évolution de la famille et l'autorité parentale

LU ☐
SU ☐
REVU ☐

La famille a évolué au cours de ces dernières années : baisse du nombre de naissances, diversification des formes d'union. Les règles de l'autorité parentale restent inchangées.

1 Les différentes formes de la famille

• **La famille nucléaire :** la famille nucléaire; ou famille traditionnelle; est composée d'un couple, marié ou non, avec un ou plusieurs enfants issus de cette union.
• **La famille recomposée :** la famille recomposée comprend un couple marié ou non et au moins un enfant dont l'un d'eux est le parent et l'autre est le beau-parent. Des enfants peuvent naître de cette union.
• **La famille monoparentale :** la famille monoparentale est composée d'un adulte vivant seul avec son (ou ses) enfant(s).
• **La famille homoparentale :** la famille homoparentale est composée de deux personnes de même sexe qui ont un ou des enfants issus d'une précédente relation. -

2 Les différentes formes d'union et leurs effets

• Le **mariage** est l'union entre deux personnes, de sexes différents ou de même sexe, consacrée par une déclaration solennelle (célébration) reçue par un officier de l'état civil (le maire, l'un de ses adjoints...). Les **effets du mariage** sont les devoirs à assurer en tant qu'époux(se) et en tant que parent. Le mariage oblige chacun des époux aux devoirs de respect, fidélité, secours et assistance. Chacun doit contribuer aux charges du mariage : dépenses du ménage et frais liés aux enfants.
• Le **pacte civil de solidarité (PACS)** est un contrat conclu entre deux personnes physiques majeures, de sexes différents ou de même sexe, pour organiser leur vie commune. Les **effets du PACS** sont l'aide mutuelle, l'aide matérielle et la solidarité des dettes entre les partenaires.
• Le **concubinage** est une union non officielle caractérisée par une vie commune entre deux personnes, de sexes différents ou de même sexe. Les **effets du concubinage** sont limités par rapport à ceux du mariage ou du PACS. L'absence de statut n'implique aucune obligation réciproque.

3 L'autorité parentale

• **L'autorité parentale, définie dans la loi du 4 mars 2002, est l'ensemble des droits et des devoirs appartenant aux parents mariés, concubins, pacsés, divorcés ou séparés dans l'intérêt de l'enfant. Elle est exercée en commun par les parents.** Elle implique des **droits** (le droit de surveiller les relations de son enfant, de contrôler ses déplacements...) et des **devoirs** (le devoir de protéger son enfant, de le nourrir).
• La délégation de l'autorité parentale permet à un tiers ou à un organisme spécialisé d'aider les parents à élever leur enfant. Seule une décision du **juge aux affaires familiales (JAF)** permet d'obtenir une telle décision. Cette délégation peut être volontaire ou forcée (à la demande de l'ASE par exemple).
• Les conditions de l'exercice de l'autorité parentale ne sont pas modifiées en cas de divorce, les parents doivent continuer de prendre ensemble toutes les décisions concernant la vie de leur enfant. Le Juge des affaires familiales (JAF) décide du lieu de résidence en cas de désaccord des parents ou si l'intérêt de l'enfant l'exige.

Les établissements et les structures d'accueil des personnes âgées

LU ☐
SU ☐
REVU ☐

Les établissements et les structures d'accueil proposent des services adaptés aux besoins et au degré d'autonomie des personnes âgées.

1 Les différentes structures d'accueil

1.1. Les structures accueillant des personnes autonomes

• La **résidence service et le logement foyer** accueillent les personnes autonomes âgées de plus de 60 ans.
• La **maison d'accueil rural pour personnes âgées (MARPA)** accueille les personnes âgées de plus de 60 ans en légère perte d'autonomie.
• Les **résidents** conservent leur indépendance au sein de leur appartement tout en disposant de services collectifs facultatifs et payants (loisirs,...).

1.2. Les structures accueillant des personnes dépendantes

• L'**établissement d'hébergement pour personnes âgées dépendantes (EHPAD)** accueille les personnes âgées de plus de 60 ans présentant une dépendance physique ou psychique ou n'ayant plus leur autonomie de vie.
• L'**unité de soins de longue durée (USLD)** pour les personnes fortement dépendantes dont l'état de santé demande une surveillance médicale constante, des soins permanents et un suivi médical spécifique.
• Les dépenses de soins sont prises en charge par l'assurance maladie, les repas et l'hébergement par le résident, la dépendance est financée par l'APA.

2 Les alternatives

• L'**hébergement temporaire** dans une structure d'accueil est destiné aux personnes âgées dont le maintien à domicile est momentanément impossible.
• L'**accueil familial** consiste, pour un particulier, à prendre en charge une à trois personnes âgées contre rémunération.
• L'**accueil de jour** accueille pendant une ou plusieurs journées par semaine dans un lieu convivial (atelier mémoire...) les personnes âgées d'au moins 60 ans en perte d'autonomie, vivant à leur domicile.

3 La charte de la personne âgée dépendante

• La **charte de la personne âgée dépendante** a été établie pour reconnaître la dignité de la personne et préserver ses droits.
• **Elle énonce les droits et les libertés de la personne âgée dépendante :** liberté de choisir son lieu de vie, liberté de se déplacer, respect de sa fin de vie...

CH G Chardinon

Charte des droits et libertés de la personne âgée en situation de handicap ou de dépendance

Lorsqu'il sera admis et acquis que toute personne âgée en situation de handicap ou de dépendance est respectée et reconnue dans sa dignité, sa liberté, ses droits et ses choix, cette charte sera appliquée dans son esprit.

1. Choix de vie
Toute personne âgée devenue handicapée ou dépendante est libre d'exercer ses choix dans la vie quotidienne et de déterminer son mode de vie.

2. Cadre de vie
Toute personne âgée devenue handicapée ou dépendante doit pouvoir choisir un lieu de vie – domicile personnel ou collectif – adapté à ses attentes et à ses besoins.

3. Vie sociale et culturelle
Toute personne âgée en situation de handicap ou de dépendance conserve la liberté de communiquer, de se déplacer et de participer à la vie en société.

4. Présence et rôle des proches
Le maintien des relations familiales, des réseaux amicaux et sociaux est indispensable à la personne âgée en situation de handicap ou de dépendance.

5. Patrimoine et revenus
Toute personne âgée en situation de handicap ou de dépendance doit pouvoir garder la maîtrise de son patrimoine et de ses revenus disponibles.

6. Valorisation de l'activité
Toute personne âgée en situation de handicap ou de dépendance doit être encouragée à conserver des activités.

7. Liberté d'expression et de conscience
Toute personne doit pouvoir participer aux activités associatives ou politiques ainsi qu'aux activités religieuses et philosophiques de sons choix.

8. Préservation de l'autonomie
La prévention des handicaps et de la dépendance est une nécessité pour la personne qui vieillit.

9. Accès aux soins / compensation des handicaps
Toute personne âgée en situation de handicap ou de dépendance doit avoir accès aux conseils, aux compétences et aux soins qui lui sont utiles.

10. Qualification des intervenants
Les soins et les aides de compensation des handicaps que requièrent les personnes malades chroniques doivent être dispensés par des intervenants formés, en nombre suffisant, à domicile comme en institution.

11. Droit à la pratique religieuse
Toute personne âgée en situation de handicap ou de dépendance doit avoir accès aux conseils, aux compétences et aux soins qui lui sont utiles.

12. Préservation de l'autonomie
La recherche multidisciplinaire sur le vieillissement, les maladies handicapantes liées à l'âge et les handicaps est une priorité. C'est aussi un devoir.

13. Exercice des droits / Protection juridique
Toute personne en situation de vulnérabilité doit voir protéger ses biens et sa personne.

14. Qualification des intervenants
L'information est le meilleur moyen de lutter contre l'exclusion.

Fondation Nationale de Gérontologie – Version révisée 2007

Doc. 61 – La charte de la personne âgée dépendante

Les établissements en faveur des personnes handicapées

LU ☐
SU ☐
REVU ☐

L'orientation vers un établissement ou un service en faveur des personnes adultes handicapées doit être autorisée par la commission des droits et de l'autonomie des personnes handicapées (CDAPH). Une personne en situation de handicap doit être reconnue travailleur handicapé par la CDAPH pour être accueillie dans un centre de rééducation fonctionnelle ou dans une structure de travail protégé.

1 Les centres de rééducation professionnelle (CRP)

Les **centres de rééducation professionnelle (CRP)** ont pour objectif de favoriser l'intégration professionnelle durable des personnes handicapées qui doivent envisager une reconversion. Une équipe pluridisciplinaire pédagogique, sociale et paramédicale dispense une formation qualifiante à la personne handicapée et assure un suivi médical, social et psychologique.

2 Les structures de travail protégé

• Les **établissements et services d'aide par le travail (ESAT)** sont des établissements médico-sociaux qui offrent une activité professionnelle aux personnes handicapées ayant une capacité de travail inférieure à un tiers de la capacité d'une personne valide. Les personnes en situation de handicap ont droit à une rémunération et une prise en charge médico-sociale.

• Les **entreprises adaptées** sont des unités de production qui accueillent au moins 80 % de travailleurs handicapés dont la capacité de travail correspond à au moins un tiers de celle d'un travailleur valide effectuant les mêmes tâches. Le travailleur en situation de handicap est considéré comme un salarié.

3 Les établissements médico-sociaux et les structures d'hébergement

• Les **foyers d'hébergement pour travailleurs handicapés** assurent l'hébergement et l'accompagnement des personnes en situation de handicap qui exercent une activité professionnelle la journée. Une équipe composée de travailleurs sociaux assure l'accompagnement le soir et le week-end.

• Les **foyers de vie** accueillent les personnes handicapées qui n'ont pas d'activité professionnelle mais suffisamment d'autonomie pour pratiquer des activités ludiques, éducatives et sociales. Ils assurent une prise en charge en internat, en semi-internat ou en accueil de jour.

• Les **foyers d'accueil médicalisé (FAM)** prennent en charge les personnes gravement handicapées qui ont besoin d'une aide pour la plupart des actes de la vie courante, ainsi que d'une surveillance médicale et des soins constants.

• Les **maisons d'accueil spécialisé (MAS)** prennent en charge les personnes dont l'état nécessite le recours à un tiers pour les actes de la vie courante, une surveillance médicale et des soins constants.

• L'**accueil familial** permet l'accueil de personnes atteintes de handicap par des personnes qui ont été agréées par le président du conseil départemental.

Savoir 127

Les besoins nutritionnels

LU ☐
SU ☐
REVU ☐

BLOC 4

Les différents besoins nutritionnels doivent être couverts par une alimentation adaptée tout au long de la vie. Des excès ou des carences favorisent des maladies.

1 Les différents besoins de l'organisme

• Les **besoins énergétiques** sont couverts par des molécules capables de libérer de l'énergie indispensable au métabolisme basal (fonctionnement des organes vitaux), aux réactions biochimiques dans les cellules, au fonctionnement de l'activité physique et digestive et au maintien de la température interne à 37 °C.

• Les **besoins plastiques ou bâtisseurs** sont couverts par les molécules qui entrent dans la composition des tissus. Ils sont importants au cours de la croissance, lors du remplacement des tissus (par exemple, en cas de blessures) et au cours du renouvellement naturel des cellules tout au long de la vie.

• Les **besoins fonctionnels** sont couverts par les molécules servant au transport de substances nutritives, à l'élaboration de biomolécules utilisables par la cellule, à l'élimination des déchets, à la défense de l'organisme.

2 Les modifications des besoins

• Les **besoins nutritionnels** varient et évoluent au cours de la vie d'un individu selon son sexe, son âge, son activité physique, son mode de vie (sédentarité, tabagisme...), son état pathologique (troubles digestifs, diabète...). L'état physiologique (croissance, grossesse, allaitement, ménopause) modifie les besoins nutritionnels.

• Les **apports recommandés** pour couvrir les besoins nutritionnels doivent tenir compte de la situation spécifique de chaque usager. Par exemple, en cas de constipation, les apports en fibres, en eau et en minéraux sont augmentés pour stimuler le transit intestinal.

3 Le maintien de l'équilibre nutritionnel

• L'**équilibre nutritionnel** est atteint lorsque les apports compensent les dépenses globales de l'organisme. Il est qualitatif si tous les groupes d'aliments sont répartis selon les besoins en constituants. Il est quantitatif si la quantité d'aliments consommée est adaptée à l'âge, au sexe, à l'activité physique, à l'état physiologique... de l'individu.

• L'**équilibre hydrique** correspond à un apport en eau égal aux pertes corporelles.

4 Les conséquences d'une alimentation déséquilibrée

• Les **conséquences d'une alimentation hyperglucidique et hyperlipidique** sont le surpoids puis l'obésité, une augmentation du risque de maladies cardiovasculaires et de diabète de type 2.

• Les **carences dans certains constituants alimentaires** entraînent des pathologies. Par exemple, en fer : l'anémie ; en calcium : l'ostéoporose ; en protéines : la fonte musculaire ; en vitamine D : le rachitisme chez le jeune enfant.

Les constituants alimentaires

LU ☐
SU ☐
REVU ☐

Les constituants alimentaires sont des biomolécules qui entrent dans la composition de la matière vivante. Ils possèdent des rôles spécifiques.

1 Les constituants alimentaires énergétiques

	LES GLUCIDES	LES LIPIDES	LES PROTIDES
Sources alimentaires	• **Glucides simples :** fruits mûrs, miel... • **Glucides doubles :** saccharose (sucre). • **Glucides complexes :** – **amidon :** féculents (pain...), légumineuses (lentilles...)... ; – **fibres alimentaires :** légumes et fruits crus ou cuits, céréales.	• **Lipides visibles :** beurre, huile, margarine, mayonnaise, crème... et fruits oléagineux (olives...). • **Lipides cachés :** viandes, charcuteries, fromages, frites...	• **Protides d'origine animale** : viandes, poissons, œufs, produits laitiers. Ils contiennent les acides aminés indispensables (AAI). • **Protides d'origine végétale :** légumineuses, céréales. Ils sont déficitaires en certains acides aminés.
Rôles majeurs	• **Rôle énergétique :** 1 g de glucides = 4 kcal ou 17 kJ • **Rôle des fibres :** fonctionnel. Elles facilitent le transit intestinal en augmentant le volume des selles.	• **Rôle énergétique :** 1 g de lipides = 38 kJ • **Rôle plastique :** constituants des membranes cellulaires, du cerveau et des nerfs. • **Rôle fonctionnel :** transport des vitamines liposolubles (A, D, E, K).	• **Rôle énergétique :** 1 g de protides = 4 kcal ou 17 kJ • **Rôle plastique ou bâtisseur :** constituants de base des cellules et tissus. • **Rôle fonctionnel :** constituants des hormones, des enzymes...

2 Les constituants alimentaires non énergétiques

	LES VITAMINES	LES ÉLÉMENTS MINÉRAUX	L'EAU
Sources alimentaires	• **Vitamines liposolubles (A, D, E, K2) :** huiles, beurre... • **Vitamines hydrosolubles (B1, B2, PP, C, K1...) :** aliments riches en eau (fruits, viande...).	Aliments d'origine animale et végétale, eaux de boisson, sel d'assaisonnement...	Eau du robinet, eaux minérales et de sources, aliments comme les fruits, les légumes, les viandes...
Rôles majeurs	• **Rôle fonctionnel :** utilisation de constituants alimentaires favorisée par l'organisme. • **Rôles spécifiques** pour chaque vitamine. – **Vitamine A :** vision et croissance. – **Vitamine D :** fixation du calcium sur les os. – **Vitamine E :** antioxydante. – **Vitamine K1 :** antihémorragique. – **Vitamine B1 :** fonctionnement du système nerveux. – **Vitamine C :** anti-infectieuse. – **Vitamine PP ou B3 :** assimilation des glucides, protides, lipides.	• **Rôle plastique :** constitution et renouvellement de certains tissus... • **Rôles spécifiques** pour chaque élément minéral. – **Calcium, phosphore, magnésium :** constitution des os du squelette. – **Fer :** constituant de l'hémoglobine des hématies. • **Rôle fonctionnel :** intervention dans de nombreux processus vitaux. – **Calcium, sodium, potassium :** régulation de la contraction musculaire et cardiaque. – **Sodium, potassium :** régulation de la pression sanguine...	• **Rôle plastique :** constituant des cellules, des différents liquides du corps comme le sang, la lymphe... • **Rôle fonctionnel :** transport des substances nutritives aux cellules, élimination des déchets, participation aux réactions cellulaires. • **Rôle de thermorégulation :** maintien de la température du corps à 37 °C.

Les équivalences alimentaires

LU ☐
SU ☐
REVU ☐

Les équivalences alimentaires ont de nombreux intérêts selon la situation de la personne aidée. Il existe les équivalences énergétiques, calciques et protidiques.

1 L'utilisation des équivalences alimentaires

• Des **aliments sont dits** « équivalents » lorsqu'ils apportent des quantités égales d'un même constituant alimentaire. Les équivalences se font dans un même groupe d'aliments ou entre différents groupes d'aliments.
• Le **but des équivalences alimentaires** est de pouvoir substituer un aliment à un autre en respectant les mêmes apports en constituants alimentaires ou en énergie. Les équivalences ne doivent pas nuire à l'apport nutritionnel.
• L'**intérêt des équivalences alimentaires** est, selon les situations, de varier les repas, de tenir compte des goûts et préférences de chacun, des contraintes d'un régime prescrit, d'une allergie ou d'une intolérance alimentaire, de gérer au mieux le budget, de respecter un choix culturel ou religieux.

2 Les principales équivalences alimentaires

2.1. Les équivalences énergétiques

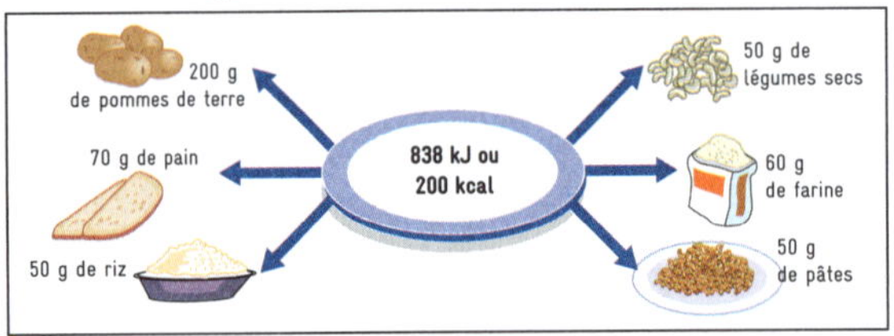

Doc. 62 – Des équivalences en énergie entre groupes différents

2.2. Les équivalences calciques

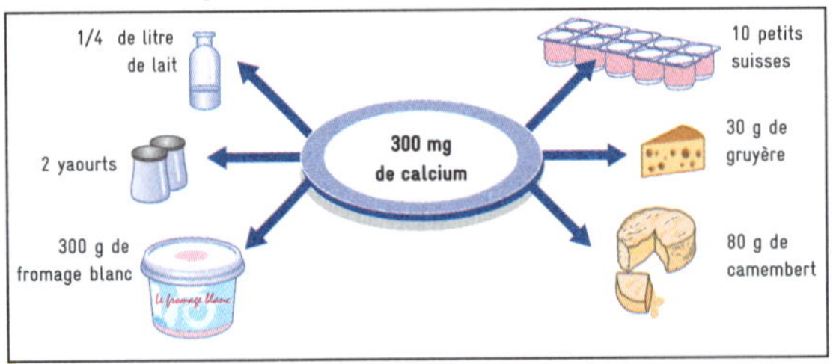

Doc. 63 – Des équivalences en calcium dans le groupe des produits laitiers

2.3. Les équivalences protidiques

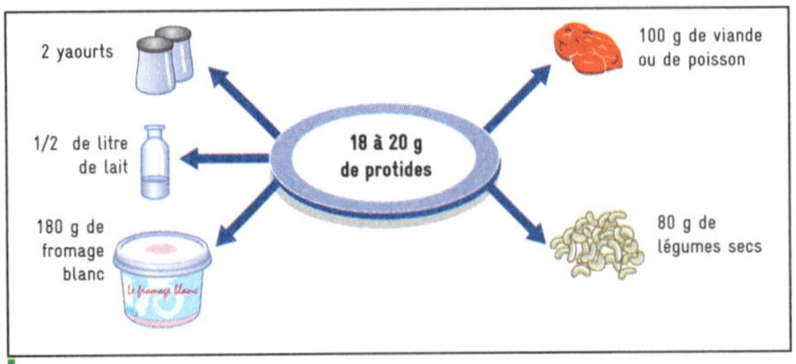

Doc. 64 – Des équivalences en protides entre groupes différents

L'alimentation du nourrisson et de l'enfant

LU ☐
SU ☐
REVU ☐

Les aliments proposés doivent être adaptés quantitativement et qualitativement aux besoins des personnes, que ce soit un nourrisson ou un enfant.

1 Les différents types de lait et leurs caractéristiques

• Le **lait maternel** est la seule alimentation adaptée aux besoins nutritionnels du nourrisson au cours des 6 premiers mois de sa vie. Il contient des anticorps et des facteurs immunitaires permettant de prévenir des maladies.
• Les **aliments lactés diététiques (ALD) ou laits infantiles** sont des préparations industrielles s'utilisant à défaut ou à l'issue d'une période d'allaitement maternel. Ils ne contiennent pas d'anticorps et sont plus riches en protéines et éléments minéraux que le lait maternel. Il existe les laits 1er âge (ou préparations pour nourrissons), destinés aux nourrissons de 0 à 4-6 mois, les laits 2e âge (ou préparations de suite), utilisés lors de la diversification alimentaire pour les enfants de 4-6 mois à un an, et les laits de croissance (ou préparations pour enfants en bas âge) pour les 1 à 3 ans.
• Des **laits infantiles spéciaux** sont destinés à l'alimentation du nourrisson prématuré, de faible poids ou malade ; par exemple, le lait anti-régurgitations (AR).
• Le **lait de vache** ne convient pas à l'enfant avant 3 ans. Il peut entraîner des troubles digestifs liés à sa teneur trop élevée en protéines.

2 La ration lactée

La **ration lactée** correspond à la quantité de lait qu'il est recommandé de consommer chaque jour pour couvrir les besoins nutritionnels. La quantité et le nombre de prises quotidiennes évoluent selon l'âge, le poids, le volume de l'estomac, la maturité de l'appareil digestif du jeune enfant.

3 La diversification alimentaire

• La **diversification alimentaire** est l'introduction progressive d'autres aliments que le lait dans l'alimentation du nourrisson dès que son appareil digestif est mature. Les besoins nutritionnels liés à la croissance sont ainsi couverts car la composition du lait maternel et des laits infantiles ne suffit plus.
• **Les étapes de la diversification alimentaire :** elle débute entre 4 et 6 mois en proposant tous les groupes d'aliments sous forme mixée lisse. Il est recommandé de donner chaque aliment nouveau séparément sans le mélanger. L'objectif est de faire découvrir progressivement toutes les textures des aliments (des mixés lisses aux aliments hachés écrasés puis aux fruits en morceaux mous) à partir de 6-8 mois. Une alimentation équilibrée et variée proche de celle recommandée pour les adultes est proposée de 1 à 3 ans, en quantités adaptées à l'âge de l'enfant.
Cette progression permet d'adapter la texture de l'aliment proposé aux possibilités de mastication de l'enfant selon l'évolution de sa dentition.

Document
Guide de la diversification alimentaire
liennathan.fr/6ndq87

L'alimentation des adolescents, des adultes et des personnes âgées

LU ☐
SU ☐
REVU ☐

Une alimentation équilibrée doit apporter les constituants alimentaires en quantité et en qualité pour assurer le bon fonctionnement de l'organisme.

1 L'alimentation de l'adolescent et de l'adulte

• Les **repères alimentaires du Programme national nutrition santé (PNNS)** sont des indications de consommation quantitatives et qualitatives des différents groupes d'aliments.

• Les **portions des groupes** doivent être adaptées aux besoins de l'individu. Chez les adolescents, les changements physiologiques modifient les besoins quantitatifs.

GROUPES D'ALIMENTS	REPÈRES ALIMENTAIRES
FRUITS ET LÉGUMES	Au moins 5 par jour Ex. : 3 portions de légumes et 2 portions de fruits
FRUITS À COQUE SANS SEL AJOUTÉ *(Noix, noisettes, amandes, pistaches...)*	Une petite poignée par jour
LÉGUMINEUSES *(Légumes secs : lentilles, haricots, pois chiches...)*	Au moins 2 fois par semaine
PRODUITS CÉRÉALIERS COMPLETS ET PEU RAFFINÉS *(Pain, pâtes, riz et autres produits céréaliers non ou peu raffinés)*	À consommer tous les jours, en privilégiant les produits complets ou peu raffinés
PRODUITS LAITIERS *(Lait, fromages, fromages blancs, yaourts...)*	2 par jour
VIANDE ET VOLAILLE	Limiter la consommation de viande rouge (bœuf, porc, veau...) à 500 g par semaine Privilégier la volaille
POISSON ET FRUITS DE MER	2 fois par semaine, dont un poisson gras (sardine, hareng, saumon...)
CHARCUTERIE	À limiter (150 g par semaine)
MATIÈRES GRASSES AJOUTÉES	À limiter Privilégier les huiles de colza et de noix (riches en oméga-3) et l'huile d'olive
PRODUITS SUCRÉS	À limiter
BOISSONS	Eau à volonté, boissons sucrées à limiter
SEL	Réduire la consommation
Au moins 30 minutes d'activités physiques dynamiques par jour sont recommandées.	

Doc. 65 – Les repères alimentaires du Programme national nutrition santé (PNNS)

2 L'alimentation de la personne âgée

• Les **modifications physiologiques liées au vieillissement** entraînent des problèmes de mastication, une altération des sensations gustatives, la diminution de la sensation de soif, une digestion longue et difficile.

• L'**adaptation des menus** à un régime spécifique (dysfonctionnement ou pathologie) : en cas d'ostéoporose, la ration de produits laitiers est renforcée ; en cas de problèmes de mastication ou de déglutition, les textures sont adaptées ; en cas de sarcopénie (perte musculaire), un régime hyperprotéiné est prescrit.

Les troubles de l'alimentation

LU ☐
SU ☐
REVU ☐

Certains facteurs tels que le vieillissement ou une pathologie perturbent les prises alimentaires et peuvent conduire à des troubles de l'alimentation.

1 Des obstacles à l'alimentation

• Les **obstacles physiologiques** (traitements médicamenteux, difficultés de mastication ou de déglutition, régimes) modifient les prises alimentaires.
• Les **obstacles socio-économiques** (revenus insuffisants, éloignement du lieu de travail) conduisent à des choix alimentaires limités, à sauter un repas…
• Les **obstacles psychosociaux** (isolement, médias, milieu social, religion…) influencent les choix alimentaires.

2 La dénutrition et la déshydratation

2.1. Les signes et les conséquences d'un état de dénutrition

• La **dénutrition** est la conséquence d'une insuffisance volontaire ou non d'apports énergétiques et protéiques.
• Les **signes d'un état de dénutrition** sont le manque d'appétit, la perte de poids, la fatigue, le repli sur soi, la dépression…
• Les **conséquences** sont un affaiblissement, des chutes, des risques de fractures, la dépendance, des infections, l'hospitalisation, le décès.

2.2. Les signes et les conséquences d'un état de déshydratation

• La **déshydratation** est un état physiologique se caractérisant par un manque d'eau et d'éléments minéraux dans l'organisme.
• Les **signes d'un état de déshydratation** sont la sensation de soif, une fatigue anormale, la bouche sèche, les yeux enfoncés, l'apparition d'un pli cutané.
• Les **conséquences** sont des troubles des fonctions cognitives, des complications cardiovasculaires, des infections urinaires, le décès.

3 Des troubles du comportement alimentaire

3.1. L'anorexie mentale

• L'**anorexie** est un trouble caractérisé par des restrictions alimentaires volontaires, parfois cachées à l'entourage.
• Les **signes d'alarme** sont un amaigrissement allant jusqu'à 50 % du poids normal avec des signes de dénutrition, des perturbations hormonales, une décalcification. Ces troubles graves nécessitent une prise en charge médicale et psychologique car ces dérèglements peuvent mener à la mort.

3.2. La boulimie

• La **boulimie** est un trouble caractérisé par un besoin incontrôlable d'absorber de la nourriture en grande quantité, sans faim ni plaisir, et souvent en cachette.
• Le boulimique a un sentiment de culpabilité, d'anxiété et peut avoir des tendances suicidaires. La thérapie peut être de la psychothérapie de groupe, la psychanalyse.

L'éducation alimentaire

LU ☐
SU ☐
REVU ☐

L'éducation alimentaire est un processus éducatif basé sur les connaissances nutritionnelles. Elle contribue à la prévention du surpoids et de l'obésité.

1 Les intérêts de l'éducation alimentaire

- L'**éducation alimentaire** vise à faire évoluer les comportements de l'individu vers des choix alimentaires ajustés à ses besoins physiologiques et à sa santé.
- Les **intérêts de l'éducation alimentaire** sont nombreux : découvrir de nouvelles saveurs et textures, avoir une alimentation variée, adaptée et respectant les repères de consommation alimentaire, prévenir le surpoids, l'obésité et toutes les maladies liées à une alimentation non adaptée.
- Le **Programme national nutrition santé (PNNS) 2019-2023** a plusieurs objectifs, dont ceux d'augmenter la pratique d'activités physiques et d'améliorer les consommations alimentaires afin de réduire des maladies comme l'obésité.

2 Le surpoids et l'obésité

- Le **surpoids** se définit par un **indice de masse corporelle (IMC)** compris entre 25 et 29,9 chez l'adulte ou une obésité de degré 1 chez l'enfant, à partir de la courbe de corpulence du carnet de santé.
- L'**obésité** se définit par un IMC égal ou supérieur à 30 chez l'adulte ou une obésité de degré 2 chez l'enfant (courbe de corpulence du carnet de santé).
- L'**IMC** est calculé en divisant le poids (kg) par la taille au carré (m^2).

$$\text{IMC} = \frac{\text{Poids (kg)}}{\text{Taille (m)}^2}$$

3 La prévention du surpoids et de l'obésité

3.1. Les dépistages individuel et collectif

- Le **dépistage individuel** des sujets à risque se fait dès l'enfance. Le médecin référent suit la courbe de corpulence du carnet de santé. L'enfant risquant de présenter ultérieurement une obésité est ainsi repéré. Le médecin associe la famille aux changements d'habitudes alimentaires et à la pratique d'activités physiques.
- Le **dépistage collectif** se fait grâce aux visites médicales scolaires, au nombre de 3 à l'école élémentaire. La prévention en milieu scolaire s'articule également autour d'événements tels que la semaine du goût, des ateliers de cuisine…

3.2. La prévention collective

- Des **actions d'éducation à la santé** sont proposées aux personnes dans les centres de protection maternelle et infantile (PMI), les crèches, les structures associatives…
- Des **campagnes de prévention et d'information** sont organisées par des organismes officiels pour tous les publics.

L'adaptation de l'environnement de la personne

LU ☐
SU ☐
REVU ☐

L'avancée en âge, un accident, un handicap ou une pathologie peuvent rendre le lieu de vie dangereux à une mobilité réduite. Des solutions simples existent pour adapter l'environnement aux besoins de la personne et assurer ainsi sa sécurité.

1 Le repérage des risques

• Les **risques liés à l'aménagement des locaux et des espaces** sont variés selon l'âge et l'autonomie des personnes. Par exemple : le risque de chutes pour les enfants (table à langer, escaliers...) et pour les personnes âgées (dans les escaliers, avec la baignoire...). Des autres risques existent selon le lieu de vie de la personne. Il faut les repérer pour proposer des moyens de les réduire ou de les supprimer.

• Une **grille de repérage** est mise à disposition des professionnels intervenant à domicile afin de faciliter un premier niveau d'évaluation des risques ainsi que des conseils de bon sens ou des solutions techniques pour sécuriser le logement.

2 Des solutions pour adapter l'environnement de la personne

• Les **exigences réglementaires** qui découlent de la loi Handicap du 11 février 2005 imposent l'accessibilité des logements neufs ou rénovés avec des normes pour la largeur des portes, la hauteur des interrupteurs... Des recommandations sont aussi données pour aménager un logement ancien en fonction du handicap.

• L'**accessibilité** doit permettre à toute personne quel que soit son lieu de vie, la plus grande autonomie possible, de circuler, d'accéder aux locaux et équipements, d'utiliser les équipements, de se repérer et de communiquer. Un espace de manœuvre du fauteuil d'un diamètre de 1.50 m est nécessaire pour assurer la circulation du fauteuil dans une pièce.

• Un **diagnostic d'évaluation du lieu de vie** par un professionnel permet de proposer des solutions d'adaptation ou d'équipements ainsi que les financements possibles.

• L'**adaptation du lieu de vie**, par des agencements ou des équipements permet de préserver la sécurité, l'autonomie et le bien-être de la personne dans sa vie quotidienne. Par exemple, remplacer une porte par une porte coulissante pour faciliter la manipulation et éviter les pertes d'espace lors de l'ouverture ou la fermeture, installer une barre d'appui murale dans la douche pour sécuriser la toilette...

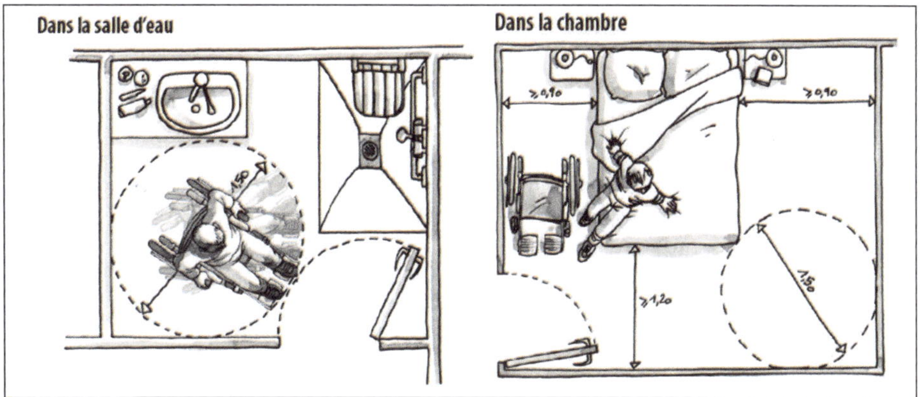

Doc. 66 – Les dimensions réglementaires en mètres (m) et des recommandations pour assurer l'accessibilité et la circulation dans les lieux de vie.

La conduite et le bilan d'une action d'éducation à la santé

La charte d'Ottawa de 1986 et l'OMS ont fixé l'objectif d'une action d'éducation a la sante : inciter chacun à se poser des questions et à prendre les bonnes décisions pour être acteur de sa santé.

1 Comprendre les besoins en éducation à la santé

1.1. Savoir analyser la situation pour comprendre les besoins

• Analyser les besoins d'un public et fixer des objectifs constituent une étape primordiale dans un projet d'éducation à la santé. Pour maîtriser ces compétences, il est important d'acquérir des **savoirs associés** dans les différents domaines du bac ASSP. Par exemple, l'apprentissage de l'hygiène des mains à l'école constitue un besoin en éducation à la santé afin de limiter la propagation de maladies auprès des élèves.

• Analyser une situation implique de :

1. Recueillir les besoins
2. Hiérarchiser les besoins
3. Identifier les capacités du public
4. Justifier la prise en compte des besoins
5. Tenir compte des axes du projet d'établissement

Exemple de dossier sur les savoirs
L'hygiène de la grossesse
liennathan.fr/f775uu

1.2. Les outils de recueil de données

• Avant tout projet d'éducation à la santé, il est indispensable d'identifier et de prendre en compte les besoins du public ciblé. Afin d'analyser la situation, il faut créer un **recueil des données**. Il existe plusieurs solutions possibles :
- questionnaires ;
- entretiens ;
- lecture d'articles scientifiques ;
- analyses de données numériques ;
- observations...).

• La solution optimale doit être choisie en fonction du public ciblé. Le questionnaire doit être adapté à l'âge et aux capacités des répondants. Par exemple, élaborer un guide d'entretien est nécessaire pour préparer un entretien semi-directif tandis que la grille d'observation est utile dans le cas d'une observation.

2 Identifier les dispositifs d'éducation à la santé et leurs partenaires

2.1. Les dispositifs d'éducation à la santé

• Les pouvoirs publics s'associent avec divers organismes pour mettre en œuvre des **campagnes d'éducation à la santé**. Parmi les acteurs en éducation à la santé, on identifie des organismes institutionnels (Assurance maladie, ARS, Éducation nationale...), mais aussi des mutuelles et des associations du champ médico-social.

• Les campagnes peuvent se décliner sur le plan local ou national. Elles sont à destination de tout public, mais peuvent aussi cibler des publics spécifiques (enfants, personnes âgées, personnes en situation de handicap...). Par exemple, une campagne de prévention pour la santé bucco-dentaire peut s'adresser à des enfants de 3 à 6 ans, ou à des adolescents de 6 à 12, mais aussi à des personnes en détention ou à des personnes âgées.

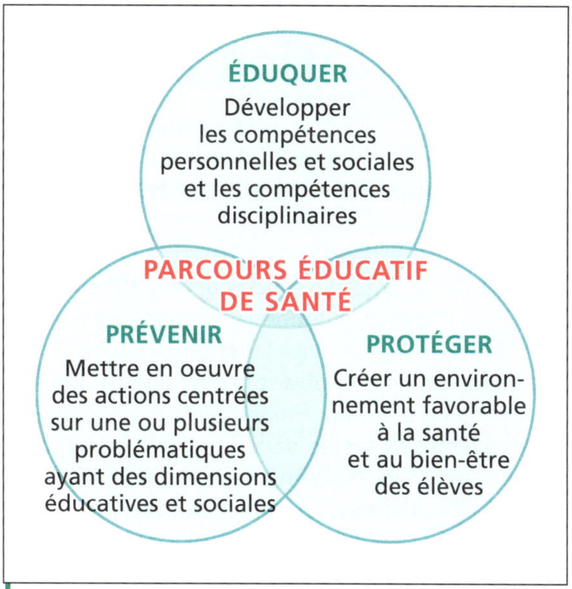

Doc. 67 – Un exemple de dispositif : le « Parcours éducatif de santé » pour les élèves de la maternelle au lycée

2.2. Les partenariats

• Généralement, les actions d'éducation à la santé se font à l'aide de **partenariats**. Ceux-ci doivent s'effectuer dans des conditions strictement réglementées.
• Le partenaire sélectionné pour une action d'éducation en santé doit exercer une mission en lien avec le domaine choisi et être agréé pour intervenir en milieu scolaire. Par exemple, l'Union française de la santé buccodentaire (UFSBD).
• Il s'agit ensuite de définir les actions, les responsabilités et les rôles de chacun et d'obtenir les coordonnées d'un interlocuteur référent afin de préciser les modalités d'échange d'informations et définir la fréquence des réunions partenariales ainsi que les modalités d'évaluation.
• Enfin, il convient de détailler les accords du partenariat dans une **convention écrite** qui permettra de préciser les modalités du travail en commun.

3 Organiser une action d'éducation à la santé

3.1. Le respect des limites de compétences et du cadre officiel

• Pour proposer une action d'éducation à la santé, lors d'une PFMP ou dans diverses structures, il est indispensable de s'appuyer sur des **actions officielles** (gouvernementales, régionales ou locale et de respecter les limites de compétences.
• Pour que l'action d'éducation à la santé soit efficace et pertinente, il est nécessaire de choisir des **supports** adaptés au public en fonction de l'âge. Ces supports devront aussi être adaptés aux objectifs visés.

3.2. La communication et la plannification

• Communiquer autour de son action permet, entre autres, de rechercher des partenaires, de maintenir la motivation des acteurs, d'intéresser le public ciblé, de valoriser les résultats obtenus. Les **moyens de communication** seront différents en fonction du public à atteindre : grand public ou public ciblé.
• Une action d'éducation à la santé doit absolument être planifiée afin d'organiser les étapes et d'atteindre les objectifs prévus dans les délais fixés. Pour cela, il existe des outils de planification à utiliser (to-do list, rétroplanning...).

4 Conduire une action d'éducation à la santé et en faire le bilan

4.1. La posture de l'animateur et l'encadrement

• L'animateur en éducation à la sante doit s'efforcer de répondre aux besoins d'autonomie, de compétence et de proximité sociale du public cible. Il doit adopter une posture **empathique**, non jugeante, non directive, permettant la libre expression et la réflexion individuelle.

• Il existe trois manières d'encadrer un groupe (directif, participatif, laisser-faire), mais généralement, la posture de l'animateur en mode **participatif** est la plus efficace car elle permet aux personnes d'agir en autonomie dans un cadre bienveillant. La dynamique de groupe est favorisée par la construction d'un projet commun, d'objectifs bien définis et l'établissement de relations constructives.

4.2. Le bilan d'une action d'éducation à la santé

L'**évaluation** de l'action ainsi que son **autoévaluation** sont nécessaires autant au niveau du processus de construction que de la mise en œuvre de l'action et des résultats car elles permettent d'avoir une pratique réflexive sur son action. Plusieurs outils sont à utiliser en fonction du moment de l'évaluation.

Outils possibles d'évaluation	Exemples
Les pictogrammes	Indiquez vote niveau gobal de satisfaction suite à cette intervention en éducation à la santé. *Répondez en entourant un des pictogrammes proposés.* 
Le questionnaire de satisfaction	L'intervention était-elle adaptée au public selon vous ? ☐ Oui ☐ Seulement partiellement adaptée ☐ Non
L'échelle d'attitude	Suite à cette intervention, dans quelle mesure êtes-vous prêt à modifier votre comportement ? *Répondez en entourant un chiffre sur l'échelle allant de 1 (pas du tout favorable) à 11 (tout à fait favorable).* Pas du tout favorable 1 2 3 4 5 6 7 8 9 10 11 Tout à fait favorable

Doc. 68 – Outils d'évaluation

Épreuve E2
Conception d'action(s) d'éducation à la santé

> *Je fais le point sur l'épreuve !*

– Quelles sont les modalités d'évaluation ?
– Quelles sont les compétences évaluées
– Quand se déroule l'épreuve ?
– Quelle durée ? Quel coefficient ?
– & surtout... Les conseils des professeurs !

liennathan.fr/y559yq

> *Je teste mes connaissances sur le Bloc 4 !*

Date	....	....	....	....	....
Mon score	.... /20	.... /20	.... /20	.... /20	.... /20

liennathan.fr/37g6bd

Savoir 1

L'objet d'étude et le thème limitatif du bac

LU ☐
SU ☐
REVU ☐

1 Qu'est-ce que « l'humanité » ?

1.1. L'humanité : définitions

Le mot « **humanité** » désigne d'abord la **nature humaine** dans le sens où les hommes apparaissent très différents des autres animaux et de leur **animalité**.
Le mot désigne également, par extension, **un sentiment de bienveillance** pour les autres hommes, envers lesquels on éprouve un **devoir d'humanité**.
Enfin, de façon beaucoup plus récente, **l'humanité** désigne l'ensemble des hommes, **la communauté humaine** dans son ensemble, hommes et femmes réunis, de toute origine, religion ou couleur de peau.

EXEMPLE Le mot « humanité » vient du latin *humanus* (« humain »), qui donne naissance à de nombreux autres mots de la même famille : humain, humainement, humaniste, humanitaire, humanisé...

FRANÇAIS

1.2. La marche en avant de l'humanité

Les **premiers humains** apparaissent au cœur de l'Afrique **il y a environ 3 millions d'années**, se répandant peu à peu sur la surface de la Terre. Pour devenir ce qu'il est aujourd'hui, **l'être humain a** lentement **évolué**, s'adaptant au monde qui l'entoure et le façonnant peu à peu. Les hommes forment progressivement **une multitude de peuples** aux **croyances**, aux **coutumes** et aux **savoirs** différents.

EXEMPLE La théorie de l'évolution, au XIXe siècle, trouve une explication scientifique à la diversité surprenante des hommes. Aujourd'hui, nous savons que plusieurs espèces humaines ont cohabité sur Terre. *Homo sapiens* est celle qui a survécu.

L'humanité en quelques dates

Il y a environ...	Événements
3 millions d'années	Apparition des premiers humains en Afrique.
70 000 ans	*Homo sapiens* se répand hors de l'Afrique. Extinction progressive des autres espèces d'humains, comme l'homme de Néandertal.
30 000 ans	Peintures rupestres. Religions primitives (animisme, polythéisme).
5 000 ans	Premiers royaumes, premières monnaies, première écriture. Religions modernes (monothéisme).
500 ans	Révolution scientifique. Les Européens partent à la conquête du monde.
200 ans	Révolution industrielle, exode rural, instruction obligatoire.
Aujourd'hui	L'humanité occupe et domestique toute la planète grâce aux technologies.

1.3. L'homme occupe la planète

De la **révolution agricole**, il y a 12 000 ans, à la **révolution industrielle**, au XIXe siècle, l'homme est resté identique. Mais **les sociétés humaines** ont beaucoup évolué, à travers **les échanges** ou **les guerres**. De **grands empires** se sont ainsi créés puis ont disparu, sur tous les continents.

Les êtres humains ont toujours cherché à comprendre et expliquer qui ils sont. **Les religions** donnent aux hommes **une explication** de leur présence sur la Terre. Aux **religions polythéistes** ont succédé les trois grandes **religions monothéistes** : le judaïsme, le christianisme puis l'islam. Les **grands systèmes philosophiques** concurrencent les religions pour tenter de **donner du sens à l'existence humaine**.

EXEMPLE Les grands systèmes de pensée, comme les religions ou les philosophies, tentent de donner un enseignement universel, c'est-à-dire qui s'applique à l'ensemble de l'humanité. Mais les croyances et les savoirs varient selon les lieux et les époques.

1.4. Humains aujourd'hui, humains demain ?

Aujourd'hui, presque **huit milliards d'hommes** peuplent la planète, contre un milliard en 1800. Les **différents peuples** qui composent l'humanité **communiquent** ensemble et **échangent** des marchandises et des idées, mais aussi **se font la guerre**, parfois. Le phénomène de **mondialisation** qui s'est accéléré depuis la **révolution informatique** de la fin du XXe siècle provoque un **brassage des populations et des cultures**. Les hommes **transcendent les limites** de la planète et de la nature. Les **armes nucléaires**, la **pollution** ou le **réchauffement climatique** apparaissent comme des menaces. Mais l'homme façonne des organismes et met à son service **l'intelligence artificielle**.

EXEMPLE La science-fiction imagine le monde de demain. Alors qu'au XXe siècle, ses auteurs imaginaient un avenir radieux et un monde toujours meilleur (l'utopie), ceux d'aujourd'hui sont volontiers pessimistes et n'entrevoient que catastrophes et déceptions (la dystopie).

Trois citations sur l'humanité

– « Ne cache pas tes pleurs, cesse de t'en défendre, c'est de l'humanité la marque la plus tendre. » (Voltaire, XVIIIe s.)
– « L'Humanité est vouée au progrès à perpétuité. » (Alfred Sauvy, XXe s.)
– « L'Humanité devra mettre un terme à la guerre, ou la guerre mettra un terme à l'Humanité. » (J. F. Kennedy, XXe s.)

Le thème de français : pistes de réflexion
liennathan.fr/rrq742

2 Qu'appelle-t-on « le monde » ?

2.1. L'homme face à la nature

Longtemps, les hommes ont subi **les rigueurs de la nature**. Face à la **faune** et à la **flore sauvages**, aux **épidémies** et aux **catastrophes naturelles**, les humains se sont battus **pendant des millénaires** pour simplement **subsister**.

Progressivement, les premiers hommes, **les chasseurs-cueilleurs**, ont appris à **domestiquer les animaux** et à **cultiver leurs champs**, afin de choisir leurs récoltes. De nomades, **ils deviennent** ainsi peu à peu **sédentaires**. Des villages puis des **villes** sont créés. C'est l'apparition du **monde moderne**.

EXEMPLE Les fouilles archéologiques permettent de découvrir les vestiges du passé humain, les différentes étapes qui ont conduit les hommes nomades à peu à peu se sédentariser pour construire des cités de plus en plus grandes.

Les hommes aiment **s'entourer d'animaux**, qui leur **tiennent compagnie**, les **protègent**, les **aident** au travail, et surtout leur **procurent la nourriture** dont ils ont besoin pour subsister.

2.2. La nature menacée ?

Cependant, plus **l'homme occupe sa planète** et moins il laisse de place à **la faune et à la flore sauvages**. Au point que nous assistons aujourd'hui, impuissants, à **l'extinction massive** d'une grande partie **des animaux et des végétaux** qui peuplent les terres et les océans.

EXEMPLE Les projections faites par la communauté scientifique internationale estiment que, d'ici 2050, le rythme d'extinction des espèces vivantes sera multiplié par 10. Les coraux, les mangroves et les forêts, lieux d'habitat des espèces animales, sont eux aussi menacés.

L'homme et la nature, en quelques dates

Il y a environ...	Événements
4,5 milliards d'années	Formation de la planète Terre.
300 000 ans	Usage quotidien du feu.
35 000 ans	Domestication du chien.
12 000 ans	Révolution agricole. Domestication des plantes et des animaux.
1 000 ans	Les grandes épidémies, comme la peste, ravagent les sociétés humaines.
Aujourd'hui	Pollution préoccupante des océans. Disparition des forêts primitives.
Demain	La nature « sauvage » remplacée par des organismes façonnés par l'homme (comme les OGM) ?

2.3. La connaissance du monde

Toutes **les formes d'art** s'interrogent sur le monde qu'elles explorent : la **peinture**, la **sculpture**, l'**architecture**, la **musique**... sont autant de façons d'**interroger le temps et l'espace**. Les arts contemporains mettent en jeu **des techniques** de plus en plus **sophistiquées** qui reflètent ainsi la **marche en avant de l'humanité**.
Pour « **vivre aujourd'hui** », chacun d'entre nous doit **questionner le monde actuel**, ses continuités et ses bouleversements, **s'interroger sur** la manière dont **l'humanité** s'y inscrit et s'y projette. Il convient ainsi de **faire preuve de recul** et de saisir comment **les questions les plus actuelles** ont parfois été abordées dans **le passé** ou dans **d'autres civilisations**.
Connaître le monde, c'est aussi **s'informer**. Pour cela, jamais **les médias** n'ont été aussi nombreux : **presse** écrite, radio ou télé, mais aussi une multitude de **réseaux sociaux**. Cette **abondance de sources d'informations** recèle des **pièges** dans lesquels il est facile de tomber et qu'il faut apprendre à éviter.

EXEMPLE Contrairement aux réseaux sociaux, qui donnent des informations brutes, souvent sous forme de simples images orientées par un commentaire subjectif, les médias traditionnels filtrent et vérifient les informations avant de les rendre publiques. Le journaliste professionnel cherche à montrer la réalité telle qu'elle est, sans la déformer.

2.4. Comment le cours de français peut-il aider à comprendre le monde ?

En classe de terminale, les élèves sont invités à étudier des œuvres littéraires qui proposent des clés pour comprendre **la condition humaine**. C'est pourquoi la **litté-**

rature d'idées est privilégiée : l'**essai**, le **texte de presse**, l'**interview**, le **dialogue argumentatif**, le **discours scientifique** ou **politique** sont autant de genres permettant de **confronter des points de vue** sur le monde, ses évolutions et ses crises.
« Ce que l'on conçoit bien s'énonce clairement », disait déjà **Nicolas Boileau** au XVIIe siècle. C'est à son époque que se fixent les **règles du français**. Expliquer l'humanité et le monde, à l'écrit comme à l'oral, passe d'abord par la **connaissance de la langue**, et donc de **la grammaire** et de **la phrase**.
Tous les deux ans, un nouveau **thème d'exploration** est proposé par le programme de terminale. La réflexion de l'élève se construit ainsi à partir de **connaissances précises**, répondant à une **perspective bien définie**. Pour cela, le professeur choisit **un ouvrage** qui sera **étudié en classe** et apportera un **éclairage particulier** à la problématique du programme.

EXEMPLE Si le thème de l'année en cours porte sur l'écologie, le professeur peut choisir d'étudier avec sa classe un roman de science-fiction portant sur le monde tel qu'il pourrait se présenter au siècle prochain.

Trois citations sur la nature et la culture

- « Nature peut tout et fait tout. » (Michel de Montaigne, XVIe s.)
- « Un homme sans culture ressemble à un zèbre sans rayure. » (Proverbe africain)
- « Notre maison brûle et nous regardons ailleurs. » (Jacques Chirac, XXe s.)

Le thème de français : pistes de réflexion
liennathan.fr/fu8j49

3 Quels sont les domaines des sciences et de la technique ?

3.1. L'homme face à la science

C'est **l'utilisation des outils** qui distingue l'homme des espèces qui lui ressemblent. La **révolution agricole**, il y a 12000 ans, la **révolution industrielle**, il y a 200 ans, et la **révolution informatique** engagée depuis quelques décennies modifient radicalement **les conditions de vie des hommes**.
Progressivement, **l'espérance de vie** s'est **prolongée**, notamment sous l'effet des recherches faites par les sciences : la **physique**, la **chimie** et la **biologie** permettent aujourd'hui à l'homme de comprendre le **fonctionnement de l'Univers**, de soigner la plupart des maladies grâce à **la médecine** et de créer des organismes vivants avec **la génétique**.
En parallèle, **la technologie** rend concrètes les découvertes effectuées et **modifie radicalement nos conditions de vie**. Le **logement**, les **transports**, les **communications** sont bouleversés par des **innovations** toujours plus nombreuses et spectaculaires.

EXEMPLE Le monde futuriste imaginé par Robert Zemeckis dans les films de la série *Retour vers le futur* fourmille d'inventions qui n'ont jamais vu le jour, comme le Hoverboard ou les affiches holographiques. Mais il est loin d'être aussi novateur que le monde réel, dans lequel Marty McFly serait incapable d'utiliser un smartphone !

L'homme, les sciences et les techniques, en quelques dates

Il y a environ…	Événements
300000 ans	Premiers outils. Domestication du feu.
12000 ans	Révolution agricole. Invention de la charrue.

300 ans	Denis Papin invente la « machine à vapeur », qui déclenchera une révolution du travail .
150 ans	Louis Pasteur expérimente les premiers vaccins, qui sauveront des millions de vies.
70 ans	Construction du premier ordinateur, pesant plusieurs tonnes !
30 ans	Premier smartphone, « téléphone intelligent ».

3.2. Une humanité menaçante ?

Depuis la **naissance de la science moderne au XVIe siècle**, les connaissances humaines ont **progressé** à une vitesse sans précédent : l'**éducation** des plus jeunes, la **connaissance de l'homme**, la **libre circulation** des individus et du savoir ont été **placés au cœur** de la société.

Les **progrès des sciences et des techniques**, des connaissances dans les domaines de l'**hygiène** et de la **médecine**, ont permis aux êtres humains de **se multiplier**. Au point que certains voient dans l'homme **une menace** pour le monde et la nature. L'homme serait-il aujourd'hui **dangereux pour lui-même** à cause de ses connaissances ?

Les **prouesses techniques** inquiètent par leurs **conséquences inattendues**. Que faire du **plastique** que nous ne parvenons pas à recycler ? **Cyclones**, **incendies**, **pandémies**... la nature elle-même semble parfois se révolter. **Le scientifique** n'est plus ce **savant**, cet **ingénieur** ou ce **médecin** qui était honoré comme un bienfaiteur par l'ensemble de la société. Il suscite parfois **la crainte et la méfiance**.

EXEMPLE L'invention et le développement d'Internet semblaient devoir assurer un accès pour le monde entier à l'information en temps réel. Deux décennies plus tard, le monde est en proie aux *fake news* et à la désinformation et l'humanité a plus que jamais des difficultés à distinguer le vrai du faux.

3.3. Un avenir difficile à déchiffrer

Le **développement** extraordinairement **rapide du savoir** rend paradoxalement toujours plus difficile la **compréhension du monde**. Les **objets techniques** sont d'une **complexité** toujours plus grande. L'**intelligence artificielle** permet aux scientifiques et aux techniciens de **transformer la réalité** mais aussi d'en **modifier l'apparence**. Le **réel et** le **virtuel se confondent** parfois.

L'existence des humains se transforme ainsi sans cesse, sans que personne puisse **prédire** ce que sera **le lendemain**. Les auteurs de **science-fiction** s'appuient pourtant sur les connaissances de leur temps pour **imaginer le monde futur**, nous invitant à **réfléchir sur l'avenir**. De même que d'autres **écrivains**, à travers leurs **essais**, **interrogent** avec inquiétude ou enthousiasme **le présent**, afin de **mieux le comprendre**.

Trois citations sur la science et la technique

– « Science sans conscience n'est que ruine de l'âme. » (François Rabelais, XVIe s.)
– « Tout ce qu'un homme est capable d'imaginer, d'autres seront capables de le réaliser. » (Jules Verne, XIXe s.)
– « Nous avons construit un monde où l'intelligence est la première des facultés, où la science et la technique nous tirent en avant et nous chutons, en produisant plus de misères, de famines, de maladies. » (Michel Serres, XXe s.)

Le thème de français : pistes de réflexion
liennathan.fr/fu8j49

4 Le thème limitatif

4.1 Renouvellement du thème

Tous les deux ans, la problématique de l'objet d'étude est renouvelée et précisée par un programme thématique accompagné d'une liste d'une dizaine d'ouvrages portant sur ce thème. Celui-ci est commun aux deux séquences de travail de l'année de Terminale :
- la première repose sur l'étude d'une œuvre intégrale choisie dans la liste proposée ;
- la seconde repose sur un corpus de textes au choix du professeur.

4.2 La découverte du thème au programme

Les mots-clés : le thème se développe autour d'un certain nombre de mots-clés, fournis par les programmes officiels (le B.O.). Ils définissent les différentes facettes du thème qui sera étudié durant les deux années.
La problématique : elle s'interroge sur le thème choisi, à travers ses dimensions humaines et philosophiques.

4.3 L'exploration du thème et de ses enjeux

L'étude des textes : l'étude des textes, tout au long de l'année, permet de réfléchir sur le thème au programme, son histoire, ses différentes facettes, les interrogations et les débats qu'il suscite au sein de la société. Il peut s'agir de textes littéraires (roman, poésie, théâtre, essais) ou d'œuvres non littéraires, comme les témoignages ou les articles de presse.
Les prolongements culturels : au-delà des lectures, le thème du programme est décliné dans toutes les formes de productions culturelles : le cinéma, le documentaire, la publicité, la chanson, toutes les arts peuvent enrichir les perspectives définies en classe.

4.4 Les deux séquences de travail de Terminale

La construction d'un corpus : à travers l'étude d'un groupement de textes et de documents iconographiques, la classe s'interroge sur l'une des problématiques posées par le thème. L'étude progressive de ce corpus prépare à s'interroger sur celui qui sera proposé à l'examen.
L'étude d'une œuvre intégrale : les œuvres littéraires proposées par le programme illustrent chacune à sa manière le thème à étudier. Chaque auteur porte sur ce thème un regard personnel et enrichissant pour le lecteur. Étudier une œuvre intégrale suppose qu'on y effectue un parcours de lecture permettant de bien connaître l'auteur, les personnages, l'intrigue et les enseignements que le lecteur peut en retirer.

Découvrir le thème limitatif du bac
liennathan.fr/fci787

S'entraîner au Bac
Exercice 1 : p. 209

Les caractéristiques des grands genres littéraires

LU ☐
SU ☐
REVU ☐

1 La poésie

Le poème joue avec **le langage** (sonorités, syntaxe, images, typographie, connotations) pour créer de **nouvelles façons de dire et de voir** l'univers. À travers ce genre d'écrits, l'écrivain poète cherche à **émerveiller**, **exalter** ou **émouvoir** le lecteur.

EXEMPLE La chanson, qui est l'une des formes les plus anciennes de la poésie, demeure au cœur de la vie quotidienne de chacun. Le poète et le destinataire y partagent une même vision du monde.

2 Le théâtre

Le texte théâtral donne à voir **des personnages** qui effectuent un **échange de paroles** en **public**. La force du texte théâtral repose donc sur son **écriture**, sa **mise en scène** et le **jeu des acteurs** qui l'incarnent. Le **dramaturge** peut avoir pour objectif de **divertir** le public, d'engager avec lui une **réflexion politique** ou une **critique sociale**.

EXEMPLE Les pièces de Molière, qui ont été jouées plus de 30 000 fois depuis la création de la Comédie-Française, en 1680, témoignent d'un message intemporel, renouvelé par l'adaptation de la mise en scène aux spectateurs d'aujourd'hui.

3 Le roman

Le roman présente des **formes**, des **thèmes** et des **personnages** d'une extraordinaire variété. Le **genre romanesque** se renouvelle constamment avec l'évolution de la **société** et les changements de sensibilité des lecteurs. Le **romancier**, à travers son **récit** et le **parcours de ses personnages**, explore **les rapports de l'homme avec la société**.

EXEMPLE À une époque où l'individu est au cœur des préoccupations, l'autobiographie connaît aujourd'hui un succès considérable qui place le genre romanesque en tête des ventes des librairies.

4 L'essai

L'essai est un texte qui **permet de prendre position** sur un sujet, afin de **créer le débat**. Sa **tonalité** est généralement **polémique** (le ton de la colère). Il est aussi l'occasion pour l'auteur de faire preuve d'**humour** ou d'**ironie**, de séduire le lecteur ou de le provoquer, en exprimant **une opinion originale**.

EXEMPLE Les écrivains, les philosophes, les journalistes, les sociologues publient régulièrement des essais qui leur permettent de faire partager au lecteur leur point de vue sur l'actualité : **Michel de Montaigne** s'interroge sur son existence dans ses *Essais*, au XVIe siècle ; **Michel Serres** essaye d'expliquer les révolutions technologiques dans son essai *Petite Poucette*, en 2012.

S'entraîner au Bac
Exercices 2, 3, 4, 5 : p. 210 et 211

Les caractéristiques de l'information et de l'argumentation

LU ☐
SU ☐
REVU ☐

1 Les écrits engagés à la recherche d'un monde meilleur

À travers ce qu'ils publient, **les écrivains** défendent souvent une **vision du monde** et de la société. On dit alors qu'**ils sont « engagés »** car ils mettent leur travail **au service d'une cause**. L'**essai** mais aussi le **roman**, le **théâtre**, la **poésie** ou la **chanson** peuvent être engagés.

EXEMPLE De nombreux rappeurs expriment dans le texte de leurs chansons ce qui les dérange dans le monde où ils ont grandi. Ils suivent en cela l'exemple des poètes des années passées.

2 Le dialogue et l'échange des arguments

Dans l'art, l'**argumentation** est souvent **indirecte** : l'auteur d'un roman, d'une pièce de théâtre ou d'un film fait s'exprimer **des personnages** qui **partagent ses idées**, ses angoisses et ses doutes. Il appartient alors au lecteur ou au spectateur de choisir l'opinion à laquelle il adhère.

EXEMPLE Dans sa pièce de théâtre intitulée *Les Justes*, Albert Camus met en scène des terroristes qui ont des visions opposées sur la violence, sur ce qu'il est « juste » de faire pour défendre une cause.

3 Le texte de presse et le commentaire de l'information

Le journaliste informe le lecteur ou le téléspectateur à travers ses **articles** ou ses **prises de parole**. Mais **informer, c'est aussi commenter**, donc **donner une opinion** sur certains sujets. On distingue ainsi ce qui est **objectif**, et relève de l'information, de ce qui est **subjectif**, et relève du commentaire personnel de celle-ci.

EXEMPLE Les journaux consacrent des articles dédiés au commentaire de l'information. Ce sont les éditoriaux, dans lesquels le journaliste défend le point de vue du journal sur un événement particulier.

4 Le réquisitoire et le plaidoyer

À l'oral, le **débat**, le **discours politique**, l'**hommage** peuvent avoir pour objectif **la défense** ou **l'attaque** d'un être, d'une situation ou d'un point de vue. On appelle « **plaidoyer** » le discours qui défend et « **réquisitoire** » le discours qui attaque.

EXEMPLE Le Président Chirac fait, en 2002, un plaidoyer pour la planète en commençant ainsi son discours : « Notre maison brûle et nous regardons ailleurs... »

Deux citations sur l'art de convaincre

– « Les meilleurs livres sont ceux qui font faire la moitié du chemin au lecteur. » (Voltaire, XVIIIe s.)
– « La vraie éloquence se moque de l'éloquence. » (Blaise Pascal, XVIIe s.)

S'entraîner au Bac
Exercices 6, 7, 8 : p. 211 et 212

Savoir 4

La construction du discours argumentatif

LU ☐
SU ☐
REVU ☐

1 La situation d'argumentation

• **La thèse.** La thèse, c'est-à-dire **la pensée**, **le point de vue**, **l'opinion**, est défendue par **un émetteur** (l'auteur, le personnage, celui qui parle), à l'intention d'**un destinataire** (le lecteur, un autre personnage, ceux qui écoutent).

• **Les formes de l'argumentation directe.** Elles regroupent les textes dans lesquels l'émetteur s'adresse directement au lecteur ou à l'auditeur : plaidoyer, réquisitoire, discours, tribune de presse, essai...

• **Les formes de l'argumentation indirecte.** Un poème, une chanson, un roman, un conte philosophique, une pièce de théâtre peuvent défendre une opinion ou un point de vue.

EXEMPLE Dans une pièce de théâtre, deux personnages peuvent s'opposer sur un thème donné. Mais le spectateur reste le destinataire réel du débat.

Quelle différence y a-t-il entre « convaincre » et « persuader » ?
Lorsqu'un auteur veut convaincre, il s'adresse à notre intelligence au moyen d'arguments, en apportant des preuves de ce qu'il dit. Mais, bien souvent, celui qui argumente s'adresse à nos sentiments pour nous persuader. C'est aussi la technique des publicitaires et de certains hommes politiques...

2 La structure argumentative du texte : la thèse, les arguments et les exemples

• Le discours argumentatif s'organise autour de **la thèse défendue**. Il développe **des arguments** (des preuves), qu'il illustre par **des exemples** destinés à éclairer et à convaincre.

EXEMPLE De quelque sens qu'on envisage les choses, le droit d'esclavage est nul, non seulement parce qu'il est illégitime, mais parce qu'il est absurde et ne signifie rien. Ces mots, esclavage, et droit, sont contradictoires ; ils s'excluent mutuellement. Soit d'un homme à un homme, soit d'un homme à un peuple, ce discours sera toujours également insensé. (Rousseau)

• Dans un débat contradictoire, **des contre-arguments** répondent aux **arguments** apportés. Des **contre-exemples** peuvent venir détruire l'argumentation adverse en montrant qu'elle est fausse.

3 Les procédés de la persuasion

Différents procédés rhétoriques peuvent venir appuyer l'argumentation :

• **Le lexique appréciatif.** Il fait appel aux **sentiments** du destinataire, à travers des termes affectifs ou évaluatifs, qui valorisent ou dévalorisent ce dont on parle.

• **Les modalisateurs.** Ils signalent **la certitude** ou, au contraire, **les doutes**. Ce sont des **adverbes** (*sans doute, certainement*...), des **verbes** (*admettre, prétendre*...), des **formules** comme « *on ne peut nier que*... » ou encore **l'emploi du conditionnel** (*il semblerait*).

• **Les figures de l'éloquence.** Elles poussent le lecteur ou l'auditeur à agir en lui communiquant une forme d'enthousiasme. Les **exclamations**, les **apostrophes**, les **anaphores**, les **images**, les **fausses questions**, toutes les figures de style peuvent devenir des outils au service de l'argumentation.

EXEMPLE « Riches, **portez** le fardeau du pauvre ; **soulagez** sa nécessité ; **aidez-le** à soutenir les afflictions sous le poids desquelles il gémit. » (Bossuet)

4 La tonalité de l'argumentation

Le ton de l'argumentation révèle l'état d'esprit de l'émetteur. Il a pour objectif de faire réagir le destinataire, de partager avec lui des convictions et des sentiments : la colère, la pitié, l'indignation, etc.

Tonalité	Définition	Procédés
Le ton polémique	Il exprime la colère et la révolte contre des personnes, des idées ou des institutions. On le trouve notamment dans la littérature d'idées : pamphlets, essais, contes philosophiques, tribunes de presse.	• Lexique dépréciatif • Exagération • Sarcasmes, indignation, apostrophe • Appels aux valeurs
Le ton épidictique	Il consiste à montrer les qualités (éloge) ou les défauts (blâme) pour provoquer l'admiration ou bien le mépris.	• Termes mélioratifs ou péjoratifs • Hyperboles
Le ton satirique	Il suggère et souvent amplifie les défauts d'une personne ou d'une institution pour les tourner en dérision.	• Caricature • Périphrases dévalorisantes • Hyperboles, antithèses, amplifications
Le ton ironique	Il consiste à se moquer en laissant entendre le contraire de ce que l'on dit. Employé dans tous types de discours.	• Antiphrases • Sous-entendus, équivoques • Rapprochements inattendus de mots

S'entraîner au Bac
Exercices 9, 10, 11 : p. 212 et 213

L'utilisation des figures de style

LU ☐
SU ☐
REVU ☐

1 Les figures d'insistance

1.1. Le parallélisme

Reprise d'une construction syntaxique ou rythmique pour accentuer une similitude, une opposition ou une gradation.

EXEMPLE **J'ai** tendresse **pour** toi, **j'ai** passion **pour** elle. (Corneille)

1.2. L'anaphore

Reprise en tête de phrase ou de vers d'un même mot ou d'une même expression pour créer un effet incantatoire, mélodique ou persuasif.

EXEMPLE **Il y aura des fleurs** tant que vous en voudrez
Il y aura des fleurs couleur de l'avenir
Il y aura des fleurs lorsque vous reviendrez. (Louis Aragon)

1.3. L'accumulation

Succession de termes de même nature et de même fonction pour produire un effet de foisonnement ou des variations d'intensité. Lorsque cette intensité est croissante ou décroissante, on parle de « gradation ».

EXEMPLE Je **me meurs**, je **suis mort**, je **suis enterré** ! (Molière)

2 Les figures d'amplification et d'atténuation

2.1. L'hyperbole

Procédé d'exagération qui met en relief une perception vécue ou un sentiment éprouvé, en les grossissant à l'extrême.

EXEMPLE Et quand sur la mer il fera noir,
Tes beaux yeux seront mes deux étoiles. (Richepin)

2.2. La litote

Procédé d'atténuation qui consiste à en dire moins pour signifier plus. C'est une atténuation qui sert à amplifier.

EXEMPLE Va, je ne te hais point. (Corneille)

2.3. L'euphémisme

Procédé d'atténuation qui consiste à utiliser un mot ou une expression plus faible pour signifier une réalité plus dure afin de l'adoucir, comme à propos de la mort dans l'exemple suivant.

EXEMPLE Il est temps que je me repose ;
Je suis terrassé par le sort.
Ne me parlez pas d'autre chose
Que des ténèbres où l'on dort ! (Hugo)

FRANÇAIS

3 Les figures d'opposition

3.1. L'antithèse

Rapprochement de deux éléments opposés, disposés de manière symétrique à l'intérieur d'une phrase ou d'un paragraphe, pour signifier un conflit ou un contraste.

EXEMPLE Paris est **tout petit**
C'est là sa **vraie grandeur**. (Prévert)

3.2. L'oxymore

Juxtaposition de deux mots contradictoires au sein d'un même groupe grammatical, pour faire surgir une réalité nouvelle et inattendue.

EXEMPLE Cette obscure clarté qui tombe des étoiles. (Corneille)

4 Les figures de substitution

4.1. La comparaison

Elle rapproche deux réalités (un comparé et un comparant) au moyen d'un outil de comparaison.

EXEMPLE Il était **plus** en colère **que** dix tigres déchaînés. (Jules Renard)

4.2. La métaphore

Elle met sur le même plan deux réalités, sans outil de comparaison.

EXEMPLE Paris est un véritable océan. (Honoré de Balzac)

4.3. La personnification

Elle consiste à prêter des sentiments et des comportements humains à un objet, à un être inanimé ou à un animal.

EXEMPLE La cathédrale explique tout, a tout enfanté et conserve tout. Elle est la mère, la reine, énorme au milieu du petit tas des maisons basses, pareilles à une couvée abritée frileusement sous ses ailes de pierre. (Émile Zola)

4.4. La périphrase

Elle désigne un objet par une expression qui le caractérise, en précise ou en développe le sens. Elle permet aussi d'éviter une répétition.

EXEMPLE La Ville Lumière (pour Paris)

4.5. L'antiphrase

Elle dit le contraire de ce qu'on veut faire entendre, en ne laissant aucun doute sur l'intention de sens. Elle donne au langage un ton ironique.

EXEMPLE Ne vous gênez pas ! C'est du joli ! Ça sent la rose, ici.

S'entraîner au Bac
Exercices 12 à 23 : p. 213 à 215

Savoir
6

L'organisation d'un paragraphe d'argumentation

LU ☐
SU ☐
REVU ☐

1 L'idée directrice du paragraphe

Chaque **paragraphe** développe **une idée** importante : elle est **une partie du plan** construit pour répondre à la question posée. Elle constitue **une étape du raisonnement** et elle est doit être affirmée clairement. Le passage d'un paragraphe à l'autre montre ainsi une **progression dans la pensée**.

EXEMPLE *Selon l'auteur du texte, la lutte contre les injustices menée au XVIIIe siècle par les philosophes des Lumières est remise en cause aujourd'hui par la mondialisation.*

Combien faut-il faire de paragraphes pour faire un bon devoir ?
Tout dépend du plan que vous avez construit. Si vous avez du mal à faire un plan, aérez de toutes façons votre copie en changeant de paragraphe à chaque fois que vous changez d'idée dans votre texte. N'oubliez pas l'introduction et la conclusion, qui constituent chacune un paragraphe.

2 Le développement de l'idée directrice

Des **explications**, des **arguments** développent l'idée directrice de chaque paragraphe. Ils ont une **fonction de justification**. Sans argument, l'idée directrice reste une affirmation gratuite. Chaque paragraphe développe ainsi au moins **un ou deux arguments** afin de **valider l'idée** développée.

EXEMPLE *Beaucoup d'internautes estiment difficile de gérer leurs données personnelles sur le web. C'est ainsi que, pour la majorité, les notions de vie privée et de vie publique restent floues. Il est vrai que cela ne va pas de soi. Mais, c'est comme tout, cela mérite d'être appris. Car je pense que chacun est l'unique responsable de la protection de sa vie privée.*

3 Le rôle des exemples

Les **exemples illustrent** les arguments en les validant. Vous pouvez choisir d'illustrer vos arguments au moyen de **citations**, de **références** à des auteurs ou à des œuvres, de **renvois à l'actualité**, en fonction du thème de l'argumentation développée par le paragraphe.

EXEMPLE Dans le travail d'écriture, vous pouvez tirer plusieurs exemples d'un auteur étudié en classe durant l'année. Mais vous pouvez aussi tirer parti d'un film ou d'une série en rapport avec le thème de votre argumentation.

4 L'importance des connecteurs

Les **connecteurs logiques** et les **connecteurs d'énumération** soulignent **l'enchaînement** rigoureux **des idées**, à l'intérieur d'un paragraphe, ou le passage **logique** d'un paragraphe à l'autre.

EXEMPLE D'une part, d'autre part, enfin... / Cependant, ainsi, par conséquent...

S'entraîner au Bac
Exercices 24, 25 : p. 215

Savoir
7

L'utilisation des connecteurs

LU ☐
SU ☐
REVU ☐

FRANÇAIS

1 Les relations logiques dans un texte

1.1. L'addition

Elle **ajoute** une idée à une autre idée, qu'elle met sur le même plan ou classe selon un ordre logique (*d'une part… d'autre part*).

1.2. L'opposition

Elle souligne **une contradiction** plus ou moins forte entre deux idées ou deux faits.

EXEMPLE *Les sciences et les techniques sont de plus en plus perfectionnées, mais leur complexité croissante peut effrayer.*

1.3. La cause et la conséquence

La cause indique **l'origine** d'un fait, son point de départ.
La conséquence expose **l'aboutissement** d'un fait ou le résultat d'un raisonnement.

1.4. L'explication

Elle **éclaire** une idée ou un fait en apportant des informations supplémentaires ou des exemples.

EXEMPLE *Ainsi, le smartphone permet de lire la presse ou de se documenter sur des encyclopédies en ligne comme Wikipédia.*

2 Les termes d'articulations logiques

Relation logique soulignée	Termes d'articulation utilisés	Relation logique soulignée	Termes d'articulation utilisés
ajouter	et, puis, d'ailleurs, voire, d'une part… d'autre part, d'un côté… de l'autre, ensuite, etc.	indiquer une conséquence	ainsi, c'est pourquoi, à tel point que, en conséquence, si bien que, de sorte que, donc, etc.
classer	premièrement, d'abord, de plus, enfin, en dernier lieu, etc.	concéder	il est vrai que, sans doute, certes, quoique, même si, bien que, etc.
opposer	mais, cependant, en revanche, au contraire, or, toutefois, etc.	expliquer	c'est-à-dire, d'ailleurs, effectivement, en effet, etc.
indiquer une cause	en effet, car, parce que, puisque, en raison de, du fait de, vu que, etc.	illustrer	par exemple, c'est ainsi que, c'est le cas de, notamment, comme, etc.

S'entraîner au Bac
Exercices 26 à 29 : p. 215 à 216

Savoir 8

LU ☐
SU ☐
REVU ☐

Le sujet du Bac

1 La phase d'observation

1.1. La découverte du corpus

Le corpus proposé à l'examen comprend **un ou plusieurs textes** accompagnés d'**un document iconographique** (image, schéma, photographie, peinture, etc.). Ce corpus permet **une réflexion sur le thème de l'objet d'étude** « Vivre aujourd'hui : l'humanité, le monde, les sciences et la technique », **ainsi que sur la problématique** posée par le programme limitatif renouvelé tous les deux ans.

EXEMPLE Le corpus de l'examen peut reposer sur **le thème de l'humanité face à la nature**, en étant constitué des éléments suivants :
– un texte contemporain présentant les Indiens d'Amazonie ;
– une illustration évoquant la destruction de la forêt amazonienne ;
– un texte de presse rendant compte des problèmes posés par le tourisme de masse.

1.2. Le repérage du paratexte

Avant même de lire les textes, il est nécessaire d'identifier **le contexte** de leur écriture afin de mieux les comprendre. Pour cela, il est important de repérer **les références** (noms d'auteur, titres, types d'écrits, dates de publication), **les introductions**, **notes** ou **légendes** éventuelles qui présentent les textes ou documents.

EXEMPLE Devant un document iconographique, il faut se demander ce qui le lie aux textes du corpus, de quelles façons il les éclaire ou les illustre.

2 La lecture et l'analyse des textes

2.1. La lecture cursive

Une première lecture attentive des textes du corpus doit permettre d'en **saisir le sens global** et de comprendre **ce qui relie les textes et documents** du corpus. Il s'agit d'une lecture au cours de laquelle on se contentera de se poser des questions comme : Qui ? Où ? Quand ? Quoi ?

EXEMPLE Il est nécessaire de lire l'ensemble des textes et documents avant de passer à une analyse plus approfondie. En effet, la lecture du texte 3 peut aider à mieux comprendre ensuite le texte 1.

2.2. La lecture analytique

Une **deuxième lecture** des textes du corpus doit permettre, **stylo en main**, de **mettre des notes** dans les marges des textes. Cette **lecture** doit être **minutieuse** car elle prépare les réponses aux questions posées.

EXEMPLE Si l'on repère une figure de style dans l'un des textes, on la surligne en mentionnant sa nature dans la marge (comparaison, métaphore, personnification...).

Savoir 9

Première partie de l'épreuve : les questions sur le corpus

LU ☐
SU ☐
REVU ☐

Dans la première partie de l'épreuve, notée sur **10 points**, le candidat répond à des questions qui vont de la **compréhension** et de l'**interprétation** vers la **confrontation** des différents éléments du corpus.

1 Les questions de compréhension

Elles invitent à **reformuler**, à **expliquer**, à **décrire** la pensée d'un auteur. On commence par **présenter** en une ou deux phrases **les textes ou documents**, avant de **répondre avec précision** à la question posée.

EXEMPLE Textes 1 et 2. *Quelle est **l'opinion** de chaque auteur **sur** les progrès récents de **la robotique** ? Sur quel **exemple précis** chacun appuie-t-il son raisonnement ?*

2 Les questions d'interprétation

Elles consistent à **rechercher les procédés d'écriture** qui permettent à l'écrivain d'**exprimer sa pensée de manière forte ou originale** : tonalité d'une argumentation, vocabulaire particulier, rythme ou syntaxe de la phrase, figure de style, etc.

EXEMPLE Après avoir **surligné dans la question** les effets d'écriture à analyser (une comparaison, une métaphore), on peut **repérer les éléments correspondants** à ce procédé d'écriture dans le texte ou le document concerné, **avant de les expliquer**.

3 La question de confrontation

3.1. La présentation des textes et documents

Le candidat doit montrer un **esprit de synthèse**. Pour cela, il peut **présenter** en deux ou trois phrases **les textes et documents** du corpus en s'aidant des éléments repérés : auteur, date, genre, nature et titre des textes ou documents.

EXEMPLE *Le **texte 1** est **un extrait de roman** contemporain évoquant la greffe d'organe après un grave accident de la route. Le **document 2** est **une photographie** montrant un athlète courant les jeux paralympiques grâce à des prothèses. Le **texte 3** est **l'interview d'un scientifique** expliquant ce qu'il appelle « **le corps augmenté** ».*

3.2. L'explication des relations entretenues

Il faut ensuite **expliquer** en quelques phrases **ce qui justifie le regroupement des textes et documents** du corpus. En effet, le corpus est construit autour d'**un thème** issu de l'objet d'étude de terminale. Il pose et illustre **une problématique** étudiée durant l'année à travers le programme.

EXEMPLE *Le corpus illustre **la problématique du corps augmenté**, de la manière de construire aux hommes un corps artificiel à partir de leur corps naturel. **Les auteurs s'interrogent** sur **les bienfaits** (texte 1 et document 2) mais aussi **les dangers** (texte 3) de ces techniques nouvelles, dont nous bénéficierons peut-être tous bientôt (texte 3).*

Seconde partie de l'épreuve : la recherche des idées

LU ☐
SU ☐
REVU ☐

Dans la seconde partie de l'épreuve (10 points), le candidat produit **un écrit argumentatif d'une quarantaine de lignes** au moins qui **s'appuie sur le corpus** étudié **et les connaissances** acquises durant l'année.

1 L'analyse du sujet

L'analyse de **la question posée par le sujet** d'écriture doit permettre de mettre en évidence **le problème qu'elle pose** et qu'il convient de résoudre. Il faut en souligner ou en surligner **les mots et expressions les plus importants**, en fonction de leur nature.

EXEMPLE Selon vous, la multiplication des réseaux sociaux peut-elle aider les hommes à surmonter leur solitude ou les enferme-t-elle au contraire dans une « bulle » néfaste à leur équilibre personnel ?

2 La collecte des premiers arguments

2.1. Les arguments provenant du corpus

Comme indiqué par le sujet, **le corpus** de textes et de documents contient **des arguments** qui peuvent être réutilisés **pour répondre à la problématique**. Ils ont été étudiés à l'occasion des réponses aux questions de lecture.

2.2. Les arguments liés à la connaissance de l'objet d'étude

L'essentiel des **arguments à apporter** provient des **connaissances acquises durant l'année** sur l'objet d'étude. En fonction de **la problématique du sujet**, il s'agit de les mobiliser au brouillon en les séparant en **deux ou trois colonnes**.

EXEMPLE *Pour le sujet ci-dessus, on peut regrouper, d'un côté, les arguments qui montrent que les réseaux sociaux servent d'abord à communiquer ; et, de l'autre, les contre-arguments qui montrent que cette communication est artificielle.*

3 La recherche de nouvelles idées

3.1. Le programme limitatif

Chaque classe de terminale a **étudié une œuvre** extraite d'un programme précis renouvelé tous les deux ans. Cette œuvre lue et analysée en classe fournit forcément des éléments de réponse **en relation avec le sujet posé**.

3.2. Les exemples tirés de la culture personnelle

Pour **enrichir son argumentation**, il faut enfin puiser dans **ses lectures** de l'année et **ses connaissances personnelles** (cinéma, chanson, théâtre, actualité, etc.) en rapport avec la question posée. Cela permet de trouver **des exemples qui éclairent et rendent plus vivants** les arguments trouvés précédemment.

Savoir 11

LU ☐
SU ☐
REVU ☐

Seconde partie de l'épreuve : la construction du développement

1 Le premier paragraphe : la thèse

1.1. L'objectif du paragraphe

La **première partie du développement** a pour objectif de **mettre en valeur l'un des points de vue** proposés par le sujet. Il ne s'agit pas de **défendre** sa propre opinion, mais de montrer qu'on est capable d'accepter **l'opinion d'autrui**.

EXEMPLE Pensez-vous, comme l'auteur du texte 1, que « l'humanité est dangereuse pour elle-même » ?

1.2. Le plan du paragraphe

Le paragraphe doit **mettre en évidence la validité du point de vue exprimé** au moyen d'arguments et d'exemples précis. On lui donne un titre (**l'idée défendue**) et on numérote les **deux ou trois arguments** qui le développent.

I. *L'humanité représente une menace pour elle-même*
1. *Certaines « avancées » scientifiques sont une menace (ex. : l'arme nucléaire)*
2. *Les conséquences sont incontrôlées (ex. : les océans pollués par le plastique)*

2 Le deuxième paragraphe : l'antithèse

2.1. L'objectif du paragraphe

Le deuxième paragraphe a pour objectif de **nuancer le point de vue** du premier en montrant qu'il n'est pas forcément le seul à envisager. Le **corpus** et **l'objet d'étude** proposent souvent des **pistes de réflexion** qui aident à la construction du plan.

2.2. Le plan du paragraphe

Le plan du deuxième paragraphe doit **étayer le point de vue nuancé** au moyen de **deux ou trois arguments** illustrés d'**exemples concrets**, issus des lectures de l'année ou de la culture personnelle.

II. *La science au secours de l'homme*
1. *Chaque problème a sa solution (ex. : la pandémie vs le vaccin)*
2. *On n'arrête pas le progrès (ex. : les énergies fossiles remplacées par le renouvelable)*

3 Le troisième paragraphe : le point de vue personnel

Il s'agit, dans le dernier paragraphe, de **montrer un point de vue plus personnel** sur la problématique du sujet. On peut donner **une préférence** pour l'un ou l'autre des points de vue discutés plus haut ou en donner un **nouvel éclairage**, qui offre **une solution**, **une réponse** à la question posée par le sujet.

III. *Point de vue personnel : La confiance dans le génie humain*
1. *Passé = vie sauvage et difficile (ex. : l'homme des cavernes)*
2. *Présent = vie confortable grâce à la science (ex. : médecine)*
3. *Avenir = possibilité du meilleur (ex. : virtuel, réalité augmentée…)*

Savoir

12

Seconde partie de l'épreuve : la rédaction de la réponse

LU ☐
SU ☐
REVU ☐

L'introduction et la conclusion sont **brèves** mais particulièrement **soignées.** La mise en page des **paragraphes** du **développement** participe aussi à l'effort **de lisibilité** de la **composition** écrite.

1 L'introduction

1.1. La mise en place du thème du sujet

L'introduction permet d'abord de **mettre en place le thème du sujet** en présentant celui-ci au lecteur. Elle explique en **deux ou trois phrases** quels sont les grands enjeux du corpus dans lequel s'inscrit **la problématique**.

EXEMPLE Selon vous, le contact avec la nature est-il indispensable au bonheur des êtres humains ? → Pour ce sujet, l'introduction peut expliquer que les humains ont toujours vécu dans et par la nature.

1.2. L'explication du sujet

L'introduction explique ensuite **les grands enjeux du sujet**. Pour cela, il est nécessaire de **reformuler les termes utilisés** dans le sujet afin de **montrer qu'il est compris**.

EXEMPLE *Les êtres humains ont toujours vécu au contact de la nature, leur « mère nourricière ». Cependant, cette nature, comme le montre le corpus, semble de plus en plus lointaine aux hommes d'aujourd'hui, au point qu'on peut se demander si elle nous est encore indispensable.*

1.3. L'annonce de la problématique

L'introduction se termine par **une question** : celle-ci a pour fonction d'**annoncer la problématique** du sujet, **le problème** qui sera **examiné** dans le développement.

EXEMPLE *Alors, peut-on se passer de tout contact avec la nature et être heureux ? Autrement dit, la nature est-elle indispensable ou non au bonheur des hommes ?*

2 Le développement

2.1. La rédaction des paragraphes

Chaque **paragraphe** développe **une idée générale**, en l'expliquant et en apportant des **arguments** qui viennent en souligner la validité. L'idée est illustrée par un ou plusieurs **exemples** qui la rendent plus concrète.

EXEMPLE **a)** Idée générale formulée → **b)** Explication de l'idée → **c)** Argument 1 (texte du corpus) → **d)** Argument 2 (connaissance personnelle) → **e)** Exemple(s) → **f)** Reformulation de l'idée du départ

2.2. Les termes d'articulation

Des termes d'articulations logiques – **les connecteurs** – viennent souligner la **progression du raisonnement**. Ils peuvent exprimer l'**opposition** (*cependant*), la **cause**

FRANÇAIS

(*en effet*), la **conséquence** (*c'est ainsi que*), l'**addition** (*de plus*) ou la **concession** (*certes… mais…*).

EXEMPLE ***Certes****, le contact avec la nature est indispensable à notre équilibre psychique.* ***Cependant****, ce contact, lorsqu'il est prolongé, n'est-il pas aussi une source d'ennui et de lassitude ?*

3 La conclusion

3.1. Le bilan de la réflexion

La conclusion rappelle dans un premier temps **les réponses apportées** à la problématique du sujet dans chacun des trois paragraphes (la thèse, l'antithèse, le choix personnel). **Chaque paragraphe est résumé** au moyen d'une phrase.

EXEMPLE *La nature nous rappelle que nous sommes, en quelque sorte, des animaux. Mais certains la vivent comme une menace et une source d'ennui, au point qu'elle les rend malheureux ! Pour ma part, je pense que nous ne pourrons jamais nous en couper tout à fait, sous peine d'oublier ce que veut dire le mot « bonheur ».*

3.2. L'élargissement

La dernière phrase de la conclusion **élargit la problématique** du sujet à l'**avenir** ou à **une problématique voisine**. Elle prend la forme d'une **exclamation** ou d'une **fausse question**.

EXEMPLE *En définitive, nos lointains descendants imagineront peut-être des loisirs leur permettant de revivre l'existence de nos ancêtres, bien au chaud auprès du feu et à l'abri dans leurs cavernes… Une expérience sûrement très agréable à condition de conserver son téléphone portable !*

Lexique

A

Anaphore : répétition du même mot ou de la même expression au début de plusieurs vers, phrases ou paragraphes.

Anti-héros : dans une œuvre littéraire ou cinématographique, l'anti-héros est un personnage qui ne possède aucune des qualités remarquables du héros traditionnel. Il est au contraire falot, sans envergure. Les personnages de Flaubert sont souvent des anti-héros.

Aparté : au théâtre, réplique entendue par le public mais non par l'interlocuteur pourtant en scène.

Autobiographie : comme le montre l'étymologie, c'est le récit qu'une personne fait de sa propre existence.

C

Caricature : portrait qui grossit les défauts de la personne, dans le but de faire rire.

Champ lexical : ensemble des mots qui, dans un texte, appartiennent à un même domaine, à un même thème.

Connotations : ensemble des associations d'idées et d'impressions qui peuvent s'ajouter au sens strict d'un mot, par influence du contexte, ou des références culturelles, sociales ou personnelles.

Conte : récit bref qui fait entrer le lecteur dans un monde différent du monde réel (conte merveilleux ou fantastique). Il peut inviter à la réflexion (conte philosophique).

Coup de théâtre : événement imprévu qui modifie le cours de l'action.

D

Dénouement : moment où, à la fin d'une pièce de théâtre, se résout le conflit.

Diversité : le mot « diversité », du latin *diversus*, signifie « contradictoire », « différent ». La diversité des individus repose sur leurs croyances, leurs traditions, leur âge, leur sexe, leurs origines sociales et géographiques...

Dystopie : récit de fiction dépeignant une société imaginaire dans laquelle l'avenir est décevant et envisagé de façon pessimiste (à l'inverse de l'utopie).

E

Éloquence : manière de s'exprimer avec aisance par le discours pour toucher et persuader. L'éloquence s'appuie souvent sur la rhétorique, l'ensemble des techniques de l'art de bien parler.

Énumération : accumulation de termes qui décrivent une situation.

Essai : l'essai permet à l'écrivain de traiter d'un sujet, d'un auteur, avec une certaine liberté dans le ton, dans la forme de son ouvrage. L'auteur veut exprimer un point de vue personnel, renouveler la façon d'aborder une question de littérature, d'art, d'histoire ou de société.

F

Focalisation (ou point de vue) : choix d'un mode de narration qui consiste à faire savoir au lecteur tout ou partie de l'histoire racontée : ou il sait tout (focalisation zéro), ou il ne sait que ce qu'il verrait de l'extérieur (focalisation externe), ou il ne sait que ce que voit, pense et ressent un personnage (focalisation interne).

H

Hyperbole : figure de style consistant à employer des termes trop forts, exagérés.

I

Identité : l'identité recouvre toutes les caractéristiques qui fondent l'originalité d'une personne et qui permettent de la différencier des autres. Par ailleurs, elle correspond aussi à tout ce qui rapproche et qui affirme l'appartenance à un groupe.

Incipit : première phrase d'une œuvre, qui introduit le lecteur dans cette œuvre.

Ironie : moquerie qui consiste à faire entendre le contraire de ce qu'on dit, ou à donner aux mots un sens détourné.

L

Lyrisme : on qualifie ainsi l'expression de sentiments personnels intimes.

M

Métaphore : figure de style qui consiste à utiliser, pour désigner une réalité, un terme ou des termes (métaphore filée) qui sont habituellement employés pour désigner une autre réalité qui entretient avec la première un rapport de ressemblance.

Mise en scène : art de porter à la scène un texte en utilisant les ressources de l'espace scénique (déplacement des acteurs, décor, lumière).

Monologue : au théâtre, il s'agit des propos que tient un personnage qui se trouve (ou se croit) seul.

Mythe : le mythe est un récit fabuleux anonyme, auquel on peut trouver un sens symbolique, et qui fait partie des traditions d'une communauté humaine ; c'est aussi la représentation de faits ou de personnages de façon déformée parce que cela exprime les désirs de la communauté qui véhicule ce mythe.

N

Narrateur : celui par lequel est racontée une histoire. Le narrateur peut être l'un des personnages. Même lorsqu'il n'est pas un personnage, il est celui qui prend en charge le récit sans vraiment représenter l'auteur, sauf dans le cas de l'autobiographie.

O

Objection : argument qui sert à réfuter une thèse.

P

Paratexte : le terme désigne l'ensemble des informations données sur un texte : introduction, notes, renseignements biographiques sur l'auteur...

Parodie : imitation comique et souvent moqueuse d'une œuvre ou d'une célébrité.

Pathétique : caractère d'un texte qui provoque une grande émotion, qui éveille par exemple un sentiment de pitié.

Péripétie : dans une pièce de théâtre ou un récit, c'est un changement brusque de la situation.

Plaidoyer : le plaidoyer est l'exposé de la défense d'une personne accusée. Il sert aussi à réfuter des idées et à prendre la défense d'une cause.

R

Réquisitoire : le réquisitoire appartient au genre judiciaire. C'est le développement de l'accusation présentant devant un tribunal tous les délits attribués à l'accusé.

S

Satire : la satire désigne d'abord, au XVIIe siècle, un discours en vers qui se moque de quelqu'un, de quelque chose. Le genre a évolué vers un écrit ou un discours qui constitue une attaque mêlée de moquerie.

Sciences humaines : ce sont des disciplines scientifiques qui étudient les comportements individuels et collectifs de l'être humain. La sociologie étudie le rôle social. La psychologie étudie le comportement individuel. La psychanalyse étudie l'inconscient. L'ethnologie étudie les mœurs et les coutumes d'une population.

U

Utopie : le mot signifie à l'origine le pays de nulle part (*Utopia* : le non-lieu). C'est le titre que l'écrivain anglais Thomas More a donné à son œuvre, dans laquelle il imagine une société idéale. Ce fut le point de départ d'un genre littéraire qui consiste à imaginer une communauté parfaitement organisée.

V

Valeurs : les valeurs sont des idéaux collectifs qui définissent les critères de ce qu'une communauté tient pour désirable ou de ce qu'elle rejette. Le bien et le mal, le beau et le laid, le juste et l'injuste... forment ce que l'on appelle le « système de valeurs » d'une société donnée.

Les objets d'étude au programme : vérifier ses connaissances

Exercice 1 voir Fiche Savoir 1

1. À laquelle de ces définitions le mot « humanité » ne peut-il être rattaché ? Chassez l'intrus.

a. La nature humaine par opposition à l'animalité
b. L'ensemble des hommes, de la communauté humaine
c. Une personne considérée comme supérieure, divine
d. Une attitude bienveillante envers les autres

2. De quelle époque peut-on environ dater l'apparition des premiers êtres humains ?

a. 3 milliards d'années
b. 3 millions d'années
c. 300 000 ans
d. 3 000 ans

3. Comment s'appelle la théorie de Darwin, selon laquelle les espèces vivantes ne cessent d'évoluer, sous l'influence du milieu dans lequel elles vivent ?

a. La théorie de l'observation
b. La théorie de l'évolution
c. La théorie de la transformation
d. La théorie de la mutation

4. Comment appelle-t-on les premières religions qui vénèrent de nombreux dieux ?

a. Les religions absentéistes
b. Les religions polythéistes
c. Les religions monothéistes
d. Les religions polyphoniques

5. Qu'est-ce qu'une dystopie ?

a. Une maladie qui se transmet à travers le monde
b. Un projet qui paraît irréalisable
c. Le récit d'un avenir sombre et inquiétant
d. La découverte d'une invention qui révolutionne le monde

6. À quel terme abstrait peut-on opposer le mot « nature » ?

a. Chasse
b. Élevage
c. Science
d. Culture

7. Qu'est-ce qui caractérise le mode de vie des premiers hommes, aussi appelés « chasseurs-cueilleurs » ?

a. Ils sont sédentaires
b. Ils sont nomades
c. Ils cultivent leur jardin
d. Ils repeignent l'intérieur des grottes

8. À quelle discipline correspond la recherche des vestiges du passé ?

a. L'archéologie
b. L'architecture
c. La physique
d. La chimie

9. Parmi les disciplines suivantes, lesquelles peut-on qualifier de « sciences humaines » ?

a. L'histoire
b. Les mathématiques
c. La géographie
d. L'ethnologie

10. Chassez l'intrus. Le monde d'aujourd'hui a été bouleversé par...

a. Le développement des sciences
b. L'irruption des nouvelles technologies
c. La création de Netflix
d. Les conséquences inattendues de nombreuses inventions

11. L'occupation de la planète Terre par près de 8 milliards d'humains menace de nombreuses autres espèces :

a. Vrai b. Faux

12. Lesquels de ces objets pourraient servir de symboles à la société de consommation, qui apparaît dans la seconde moitié du XXe siècle ?

a. La hache
b. L'automobile
c. Le tracteur
d. Le caddie

13. Comment appelle-t-on les organismes vivants façonnés par l'homme ?

a. Les ONG
b. Les OGM
c. Les ONU

14. Parmi ces médias, lequel donne une information non vérifiée ?

a. La télévision
b. La radio
c. La presse écrite
d. Les réseaux sociaux

15. Placez dans l'ordre chronologique de leur apparition ces trois grandes révolutions scientifiques ou technologiques.

a. La révolution industrielle
b. La révolution agricole
c. La révolution informatique

16. À quel savant peut-on attribuer l'invention du premier vaccin, utilisé contre la rage ?

a. Louis Pasteur
b. Sigmund Freud
c. Claude Lévi-Strauss
d. Pierre Bourdieu

17. **Lequel de ces termes ne renvoie pas à une catastrophe naturelle ? Chassez l'intrus.**

a. Cyclone
b. Guerre
c. Pandémie
d. Tsunami

18. **Complétez cette fameuse phrase de Rabelais : « Science sans conscience n'est que ruine de ... »**

a. l'âme
b. l'homme
c. l'humanité
d. l'imagination

19. **Laquelle de ces activités humaines n'a pas été bouleversée par les technologies ?**

a. Les transports
b. Les communications
c. La prière
d. Le travail

20. **Lequel de ces types de récits appartient à la science-fiction ?**

a. La fable
b. Le conte
c. Le récit d'anticipation
d. Le roman d'amour

FAIT ☐ REVU ☐

Les caractéristiques des grands genres littéraires

Exercice 2 voir Fiche Savoir 2

1. **Pourquoi peut-on dire du texte qui suit qu'il s'agit d'un poème ? Relevez deux éléments qui le prouvent.**

2. **Que dénonce l'auteur dans ce texte ? Sur quel champ lexical cette dénonciation s'appuie-t-elle ?**

3. **Expliquez en une phrase quel est l'objectif de Victor Hugo lorsqu'il écrit ce poème.**

Où vont tous ces enfants dont pas un seul [ne rit ?
Ces doux êtres pensifs que la fièvre maigrit ?
Ces filles de huit ans qu'on voit cheminer [seules ?
Ils s'en vont travailler quinze heures sous [des meules
Ils vont, de l'aube au soir, faire éternellement
Dans la même prison le même mouvement.
Accroupis sous les dents d'une machine [sombre,
Monstre hideux qui mâche on ne sait quoi [dans l'ombre,
Innocents dans un bagne, anges dans [un enfer,
Ils travaillent. Tout est d'airain, tout est de fer.
Jamais on ne s'arrête et jamais on ne joue.
Aussi quelle pâleur ! la cendre est sur [leur joue.
Il fait à peine jour, ils sont déjà bien las.
Ils ne comprennent rien à leur destin, hélas !
Ils semblent dire à Dieu : – Petits comme [nous sommes,
Notre père, voyez ce que nous font [les hommes !

Victor Hugo, « Melancholia », *Les Contemplations*, 1856.

FAIT ☐ REVU ☐

Exercice 3 voir Fiche Savoir 2

1. **Identifiez la situation présente dans le texte : indiquez l'époque et le lieu de l'action, dégagez l'identité des locuteurs, dites quel est le ton dominant.**

2. **À quel genre littéraire le texte appartient-il ? Repérez-en les caractéristiques dominantes.**

3. **Imaginez deux arguments que vous pourriez apporter pour étayer la thèse de Pierre Curie dans l'extrait ci-dessous : « Merci infiniment. La science, quand elle est pure, est en effet une bien noble tâche. »**

PIERRE. – Mon nom est Curie, Pierre Curie.

GEORGETTE. – Je sais. On se connaît.

PIERRE. – Vraiment ?

GEORGETTE. – Je suis la serveuse du restaurant Le Petit Glouton, vous vous souvenez pas ?

PIERRE. – J'y vais parfois mais...

GEORGETTE. – Vous m'avez renversé une soupière de pois cassés sur les jambes...

PIERRE. – Mais oui parfaitement ! Je suis le roi des maladroits.

GEORGETTE. – Vous êtes distrait, voilà tout, comme tous les savants.

PIERRE. – Il n'y a que les chiens qui sont « savants ». Je ne suis pas savant. Je suis simplement chargé de cours et de recherches en physique et chimie. Comme monsieur Bémont.

GEORGETTE. – En tout cas, je suis sûre que quand vous êtes à votre affaire vous ne faites pas de bêtises.

PIERRE. – Non, heureusement. *(Il se rassoit. La chaise, mal équilibrée, manque l'embarquer à la renverse. Il se rattrape de justesse, flanquant à nouveau par terre le tas de copies.)* Sapristi ! *(Georgette se précipite pour l'aider à ramasser.)* Non, laissez, je vous en prie ! *(Tous deux ramassent le tas de copies éparpillées.)* Non, s'il vous plaît, je vous assure, ça me gêne.

GEORGETTE. – C'est un honneur de vous aider. Vous faites un si beau métier.

PIERRE *(touché)*. – Merci infiniment. La science, quand elle est pure, est en effet une bien noble tâche.

Jean-Noël Fenwick, *Les Palmes de M. Schutz*, L'Avant-Scène Théâtre, n° 855, octobre 1989.

FAIT ☐ REVU ☐

Exercice 4 voir Fiche Savoir 2

1. **Identifiez le destinataire de ce tract. Quelles suppositions peut-on faire sur l'identité de l'émetteur ?**

2. **Relevez et analysez les indices qui montrent que l'émetteur s'implique fortement dans son argumentation.**

3. **Par quels procédés de mise en page le message de l'argumentation est-il mis en valeur ?**

Le veau en batterie, ça suffit !

UNE SOUFFRANCE QUI PASSE PAR VOTRE ASSIETTE

Arraché brutalement à sa mère quelques jours après sa naissance, le veau est enfermé seul, sans contact avec ses congénères, maintenu dans un box étroit dans lequel il ne peut ni se coucher dans une position normale, ni se retourner. Pendant plusieurs mois, il reste dans ce box, ne recevant qu'une alimentation appauvrie en fer et sans fourrage. Affaibli, anémié, sans avoir vu ni prairie, ni soleil, il sera délivré... par la mort à l'abattoir.

Maintenant vous savez pourquoi la viande de ce veau élevé en batterie est blanche !

Quand vous achetez du veau, n'achetez pas de veau élevé en batterie.

Mobilisons-nous dès aujourd'hui pour obtenir l'arrêt définitif de cet élevage.

FAIT ☐ REVU ☐

Exercice 5 voir Fiche Savoir 2

1. **Que présente au lecteur cet extrait de roman ? Que recherche l'auteur ?**

2. **Sur quel type de vocabulaire la description du navire s'organise-t-elle ? Relevez trois termes pour illustrer votre réponse.**

3. **Selon vous, comment peut-on expliquer le succès rencontré au XIXe siècle par les romans de Jules Verne ?**

C'était un yacht à vapeur du plus bel échantillon ; il jaugeait deux cent dix tonneaux, et les premiers navires qui abordèrent au Nouveau-Monde, ceux de Colomb, de Vespucci, de Pinçon, de Magellan[1], étaient de dimensions bien inférieures.

Le *Duncan* avait deux mâts : un mât de misaine avec misaine, goélette-misaine, petit hunier et petit perroquet ; un grand mât portant brigantine et flèche ; de plus, une trinquette, un grand foc, un petit foc et des voiles d'étai. Sa voilure était suffisante, et il pouvait profiter du vent comme un simple clipper ; mais, avant tout, il comptait sur la puissance mécanique renfermée dans ses flancs. Sa machine, d'une force effective de cent soixante chevaux, et construite d'après un nouveau système, possédait des appareils de surchauffe qui donnaient une tension plus grande à sa vapeur ; elle était à haute pression et mettait en mouvement une hélice double. Le *Duncan* à toute vapeur pouvait acquérir une vitesse supérieure à toutes les vitesses obtenues jusqu'à ce jour. En effet, pendant ses essais dans le golfe de la Clyde, il avait fait, d'après le patent-log, jusqu'à dix-sept milles à l'heure. Donc, tel il était, tel il pouvait partir et faire le tour du monde.

Jules Verne, *Les Enfants du capitaine Grant*, 1868.

1. Colomb, Vespucci, Pinçon, Magellan sont tous des grands navigateurs de la Renaissance.

FAIT ☐ REVU ☐

Les caractéristiques de l'information et de l'argumentation

Exercice 6 voir Fiche Savoir 3

1. **Sur quel thème les artistes se proposent-ils de réfléchir ? Quel constat font-ils ?**

2. **En quoi la chanson permet-elle le partage des idées ?**

J'ai l'impression que le changement a eu lieu
en une nuit
Soudain tous mes potes destroy des années 80
Ne jurent plus que par la nourriture bio,
le véganisme et les randonnées à vélo
Nous évitons les oxydations de toutes sortes
Nous sommes flippés en permanence
Nous arrêtons de fumer et de boire
Nous nous mettons à l'abri du soleil
Nous protégeons nos derniers instants
Ma génération est passée en un clin d'œil
de l'inconséquence à la paranoïa

Collectif Bon entendeur, « Entrevue Expérience », *Aller-retour*, avec Frédéric Beigbeder, Sony Music, 2019.

FAIT ☐ REVU ☐

Exercice 7 voir Fiche Savoir 3

1. À quoi le philosophe Jean-Paul Sartre compare-t-il les mots utilisés par l'écrivain ? Expliquez cette comparaison.

2. Reformulez la définition de l'écrivain engagé.

L'écrivain « engagé » sait que la parole est action. Il sait que les mots sont des « pistolets chargés ». S'il parle, il tire. Il peut se taire, mais puisqu'il a choisi de tirer, il faut que ce soit comme un homme, en visant des cibles et non comme un enfant, au hasard, en fermant les yeux et pour le seul plaisir d'entendre des détonations.

Jean-Paul Sartre, *Qu'est-ce que la littérature ?*, Éd. Gallimard, 1964.

FAIT ☐ REVU ☐

Exercice 8 voir Fiche Savoir 3

1. Quelle est l'idée partagée par l'émetteur de ce discours ? Reformulez-la.

2. Quelle est l'intention de l'homme politique lorsqu'il prononce ce discours ?

3. Pourquoi ce discours célèbre est-il à la fois un plaidoyer et un réquisitoire ?

« Notre maison brûle et nous regardons ailleurs. La nature, mutilée, surexploitée, ne parvient plus à se reconstituer et nous refusons de l'admettre. L'humanité souffre. Elle souffre de mal-développement, au Nord comme au Sud, et nous sommes indifférents. La Terre et l'humanité sont en péril et nous en sommes tous responsables.

Il est temps, je crois, d'ouvrir les yeux. Sur tous les continents, les signaux d'alerte s'allument. L'Europe est frappée par des catastrophes naturelles et des crises sanitaires. L'économie américaine, souvent boulimique en ressources naturelles, paraît atteinte d'une crise de confiance dans ses modes de régulation. L'Amérique latine est à nouveau secouée par la crise financière et donc sociale. En Asie, la multiplication des pollutions, dont témoigne le nuage brun, s'étend et menace d'empoisonnement un continent tout entier. L'Afrique est accablée par les conflits, le sida, la désertification, la famine. Certains pays insulaires sont menacés de disparition par le réchauffement climatique.

Nous ne pourrons pas dire que nous ne savions pas ! Prenons garde que le XXIe siècle ne devienne pas, pour les générations futures, celui d'un crime de l'humanité contre la vie. »

Jacques Chirac, *Discours de Johannesburg*, septembre 2002.

FAIT ☐ REVU ☐

La construction du discours argumentatif

Exercice 9 voir Fiche Savoir 4

1. Surlignez l'idée principale défendue par l'auteur.

2. S'agit-il d'une argumentation directe ou indirecte ? Justifiez votre réponse.

Il est possible que la littérature telle que nous la connaissons, les livres tels que nous les pratiquons ne soient plus là pour très longtemps. On nous l'annonce, on nous le fait entrevoir à mille signes.

Je ne suis ni prophète ni futurologue et ne hasarderai pas un pronostic ; mais c'est un fait que de notre vivant, si je puis dire, les choses ont déjà beaucoup changé autour de nous, nous ne voyons plus, nous n'entendons plus tout à fait de la même façon qu'il y a trente ans, nous ne lisons plus de la même façon qu'autrefois.

L'information instantanée et le bombardement continu des images auquel nous sommes soumis ont modifié quelque peu notre perception du monde.

Jean-Louis Curtis, « Questions à la littérature », revue *Esprit*, 1973.

FAIT ☐ REVU ☐

Exercice 10 voir Fiche Savoir 4

1. **Surlignez les connecteurs présents dans ce paragraphe.**

2. **Reformulez l'idée, la thèse défendue par l'auteur. Retrouvez les arguments.**

3. **L'auteur est-il pour ou contre l'extension des grandes villes ?**

Parler de crise de l'urbanisation peut sembler paradoxal : jamais autant d'hommes n'auront cherché à vivre en milieu urbain et le XXIe siècle est bien celui des villes. Pourtant, la prolifération de ces ensembles humains que sont les agglomérations urbaines apparaît aussi incontestable que problématique. Elle s'impose, de manière de plus en plus incontrôlée, au point que la question de son sens s'est obscurcie totalement. Ainsi, si l'urbanisation est un phénomène spécifiquement humain, son hypercroissance recèle quelque chose d'inhumain. D'une part, elle est l'œuvre même de l'ingéniosité de l'esprit ; mais d'autre part, elle oblitère la possibilité, pour les citadins eux-mêmes, de s'y orienter, de s'y repérer et de donner une signifiance à l'expérience qu'ils font de leur mode de vie.

Alain Cambier, « Quand la ville fait monde… », *Cahiers philosophiques*, 2009.

FAIT ☐ REVU ☐

Exercice 11 voir Fiche Savoir 4

1. **Pourquoi peut-on dire que la tonalité de ce texte est polémique ?**

2. **Montrez comment l'auteur y exprime sa colère et son indignation.**

Nous l'avons vue, la guerre. Nous avons vu les hommes, redevenus des brutes, affolés, tuer par plaisir, par terreur, par bravade, par ostentation. Alors que le droit n'existe plus, que la loi est morte, que toute notion du juste disparaît, nous avons vu fusiller des innocents trouvés sur une route et devenus suspects parce qu'ils avaient peur. Nous avons vu tuer des chiens enchaînés à la porte de leurs maîtres pour essayer des revolvers neufs, nous avons vu mitrailler par plaisir des vaches couchées dans un champ, sans aucune raison, pour tirer des coups de fusil, histoire de rire. […]

Qu'ont-ils donc fait pour prouver même un peu d'intelligence, les hommes de guerre ? Rien. Qu'ont-ils inventé ? Des canons et des fusils. Voilà tout.

Guy de Maupassant, « La Guerre », *Gil Blas*, 11 décembre 1883.

FAIT ☐ REVU ☐

L'utilisation des figures de style

Exercice 12 voir Fiche Savoir 5

Repérez les parallélismes et expliquez l'effet recherché par l'auteur.

Les uns mouraient sans parler, les autres parlaient sans mourir, les uns mouraient en parlant, les autres parlaient en mourant.

François Rabelais, *Gargantua*, 1534.

FAIT ☐ REVU ☐

Exercice 13 voir Fiche Savoir 5

1. **Relevez les anaphores des trois extraits suivants.**

2. **Précisez en une phrase l'effet produit par l'emploi de cette figure de style.**

a. Rome, l'unique objet de mon ressentiment !
Rome, à qui vient ton bras d'immoler mon amant !
Rome qui t'a vu naître, et que ton cœur adore !
Rome enfin que je hais parce qu'elle t'honore !

Pierre Corneille, *Horace*, acte IV, scène VI, 1640.

b. Il y a des petits ponts épatants
Il y a mon cœur qui bat pour toi
Il y a une femme triste sur la route

Guillaume Apollinaire, « Il y a », *Poèmes à Lou*, Éd. Gallimard, 1915.

c. Paris a froid Paris a faim
Paris ne mange plus de marrons dans la rue
Paris a mis de vieux vêtements de vieille
Paris dort tout debout sans aire dans le métro

Paul Éluard, « Courage », *Au rendez-vous allemand*, Éd. Gallimard, 1944.

FAIT ☐ REVU ☐

FRANÇAIS

Exercice 14 voir Fiche Savoir 5

1. Relevez les accumulations dans les citations suivantes.

2. Expliquez en une phrase quel est, pour chacune, l'effet recherché.

a. « Va, cours, vole, et nous venge. » (Corneille)
b. « Un souffle, une ombre, un rien, tout lui donnait la fièvre. » (La Fontaine)
c. « Pierre marchait au milieu de ces gens, plus perdu, plus séparé d'eux, plus isolé, plus noyé, dans sa pensée torturante, que si on l'avait jeté à la mer du pont d'un navire. » (Maupassant)
d. « Ah ! Oh ! Je suis blessé, je suis troué, je suis perforé, je suis administré, je suis enterré. » (Jarry)

FAIT ☐ REVU ☐

Exercice 15 voir Fiche Savoir 5

1. Les phrases suivantes recherchent-elles un effet d'amplification ou d'atténuation ?

2. Identifiez la figure de style utilisée.

a. Je suis mort de rire.
b. Elle est maigre comme un clou.
c. Le courage n'est pas son fort.
d. Ils ont tout soldé à un prix hallucinant.
e. Il est devenu fou de rage.
f. Il a recommencé mille fois avant de réussir.
g. Il est mort des suites d'une longue et douloureuse maladie.
h. Il n'a pas inventé l'eau tiède.

FAIT ☐ REVU ☐

Exercice 16 voir Fiche Savoir 5

1. Repérez l'hyperbole présente dans ce passage.

2. Quel est l'effet produit par cette figure de style sur le portrait du personnage ?

Il apportait dans la société une gaucherie sans timidité, une absence de forme convenue, un dédain si parfait de ce qu'on y admire, qu'au bout de quelques minutes, avec trois ou quatre syllabes, il avait trouvé moyen de se faire une meute d'ennemis acharnés.

Théophile Gautier, « Onuphrius », *Nouvelles fantastiques*, 1832.

FAIT ☐ REVU ☐

Exercice 17 voir Fiche Savoir 5

Identifiez les euphémismes dans les citations suivantes. À quelle réalité ces trois citations renvoient-elles ?

a. « Allons ! Il est bien temps que je désemplisse le monde. » (Victor Hugo)
b. « Dormir… enfin ! Je vais dormir. » (Alfred de Musset)
c. « Le temps s'en va, le temps s'en va, ma Dame ;
Las ! le temps, non, mais nous nous en allons,
Et tôt serons étendus sous la lame. »
(Pierre de Ronsard)

FAIT ☐ REVU ☐

Exercice 18 voir Fiche Savoir 5

Le langage journalistique impose l'emploi d'euphémismes pour atténuer l'effet de brutalité de certains mots. Trouvez ceux couramment employés à la place des mots ci-dessous.

a. Vieillard
b. Pays sous-développé
c. Cancer
d. Aveugle
e. Sourd

FAIT ☐ REVU ☐

Exercice 19 voir Fiche Savoir 5

1. Repérez les antithèses ou les oxymores dans ces extraits de chanson.

2. Expliquez-les en une phrase.

a. *Fantaisie militaire* (Alain Bashung)
b. *Leur soleil nous fait de l'ombre* (*Chanson pour l'Éthiopie*, Renaud)
c. *Douce violence* (Johnny Hallyday)
d. *Nous parlons en silence d'une jeunesse vieille* (Jacques Brel)

FAIT ☐ REVU ☐

Exercice 20 voir Fiche Savoir 5

1. Identifiez le comparé, l'outil de comparaison et le comparant des extraits proposés.

2. Précisez l'élément de sens commun qui justifie la comparaison.

a. Je suis rouge comme un bœuf écorché. (Sartre)
b. Les éclairs fusaient de la terre comme des jets d'eau. (Giono)

c. Le ciel n'est pas plus pur que le fond de mon cœur. (Racine)
d. Mon verre s'est brisé comme un éclat de rire. (Apollinaire)

FAIT ☐ REVU ☐

Exercice 21 voir Fiche Savoir 5

1. À quelle réalité renvoie l'expression « l'or du soir qui tombe » ?

2. Expliquez en quoi cette expression constitue une métaphore.

Je ne regarderai ni l'or du soir qui tombe
Ni les voiles au loin descendant vers Harfleur
(Victor Hugo)

FAIT ☐ REVU ☐

Exercice 22 voir Fiche Savoir 5

1. Repérez la périphrase dans cette citation.

2. Quel personnage de la fable évoque-t-elle ?

Celui de qui la tête au ciel était voisine
Et dont les pieds touchaient à l'Empire des Morts
(La Fontaine, *Le Chêne et le Roseau*)

FAIT ☐ REVU ☐

Exercice 23 voir Fiche Savoir 5

1. Que signifie en réalité chacune des antiphrases suivantes ?

2. Reformulez chaque idée exprimée sans avoir recours à l'ironie.

a. Tes résultats du trimestre sont vraiment exceptionnels !
b. Bravo ! Continue comme ça ! Tu es sur la bonne voie !...
c. J'ai eu 5 en maths : génial ! Il va être content, mon père !

FAIT ☐ REVU ☐

L'organisation d'un paragraphe d'argumentation

Exercice 24 voir Fiche Savoir 6

1. Repérez les termes qui indiquent un jugement de la part de l'auteur. Quelle est l'idée développée ? Où est-elle exprimée ?

2. Quels arguments amènent l'idée directrice ? Relevez-les.

Aujourd'hui, de nouveaux métiers se sont créés, qui ne demandent guère d'apprentissage et reçoivent un homme quelconque. Le véritable ouvrier, dans ces métiers, c'est la machine ; l'homme n'a pas besoin de beaucoup de force, ni d'adresse ; il est là seulement pour surveiller, aider cet ouvrier de fer. Cette malheureuse population asservie aux machines comprend 400 000 âmes, ou un peu plus. C'est environ la quinzième partie de nos ouvriers. Tout ce qui ne sait rien faire vient s'offrir aux manufactures pour servir les machines. Plus il en vient, plus le salaire baisse, plus ils sont misérables.

Jules Michelet, *Le Peuple*, 1846.

FAIT ☐ REVU ☐

Exercice 25 voir Fiche Savoir 6

1. Repérez dans le paragraphe d'élève suivant : l'idée directrice du paragraphe, les connecteurs utilisés, la phrase conclusive.

2. Quelle est la fonction des mots et des phrases placés entre guillemets ? Où l'élève les trouve-t-il ?

Le fantastique se développe d'abord dans cette nouvelle de Maupassant à partir d'une situation qui provoque une impression de malaise et de doute. Il s'agit en effet pour l'écrivain réaliste de jouer avec les sentiments qu'éprouve le lecteur. Le romancier utilise ainsi la première personne du singulier (« je », « mon »), qui provoque l'identification du lecteur au narrateur. De plus, la multiplication des questions que celui-ci se pose souligne son incompréhension devant ce qui survient : « Qu'était-ce que cela ? Quand ? Comment ? Pourquoi ces cheveux avaient-ils été enfermés dans ce meuble ? » (l. 17). Cependant, le doute laisse vite place à un sentiment de peur panique devant l'inexplicable.

FAIT ☐ REVU ☐

L'utilisation des connecteurs logiques

Exercice 26 voir Fiche Savoir 7

Quelle est la relation logique qui unit implicitement (c'est-à-dire sans connecteur) les propositions contenues dans les phrases suivantes ?

a. Les jours se suivent, ils ne se ressemblent pas.
b. Il s'est blessé, on a dû l'hospitaliser d'urgence.
c. La tempête se lève, les bateaux rentrent au port.

d. Je m'inquiète pour toi, tu ne me donnes aucune nouvelle.
e. Son geste lui valut de nombreux ennuis : on le poursuivit, il fut condamné, il connut la prison.

FAIT ☐ REVU ☐

Exercice 27 voir Fiche Savoir 7

1. Quelle est la relation logique explicitée par les termes d'articulation contenus dans les phrases suivantes ?

2. Remplacez chaque connecteur par un terme d'articulation équivalent, en transformant la phrase si nécessaire.

a. Comme il a beaucoup plu, la saison touristique a été décevante.
b. D'une part, les affiches publicitaires favorisent la consommation ; d'autre part, elles embellissent les rues.
c. Certes, le début est un peu lent, mais ce roman est passionnant.
d. Ce joueur a quitté le terrain parce qu'il prétend à tort que l'arbitrage était mauvais.
e. La vente des maillots de bain a baissé, mais celle des parapluies a augmenté.
f. J'ai adoré les poèmes de ce recueil si bien que j'ai emprunté d'autres livres de cet auteur.

FAIT ☐ REVU ☐

Exercice 28 voir Fiche Savoir 7

Surlignez les connecteurs logiques utilisés dans le texte suivant.

La différence principale entre l'animal et l'homme, c'est que le premier réagit toujours à un événement extérieur de façon instinctive alors que le propre de l'homme est de prendre des décisions à l'élaboration desquelles la raison contribue, à côté de l'instinct. Donc, il s'appuie forcément sur la connaissance la plus précise possible du monde extérieur que ses sens ne peuvent pas percevoir directement, un monde où interviennent sans cesse des modifications nées soit des bouleversements inattendus de la nature, soit de l'agression de groupes extérieurs. Certes, l'échelle géographique de ces relations varie suivant les étapes de la civilisation. Mais peut-être leur nature même est-elle immuable. C'est le lieu de citer le mot fameux d'Auguste Comte : « Il faut savoir afin de prévoir et de pouvoir. »

Jean-Noël Jeanneney, *Une histoire des médias : des origines à nos jours*, Éd. Seuil, 2000.

FAIT ☐ REVU ☐

S'entraîner au bac

Exercice 29 voir Fiches Savoirs 8 à 12

Objet d'étude

Vivre aujourd'hui : l'humanité, le monde, les sciences et la technique

Thème

Les sciences et les techniques, au service de l'humain, vraiment ?

Texte 1

Henri Bergson est un des plus grands philosophes du XXe siècle. Dans ce texte, il explique que la fabrication d'outils et de techniques a été une étape essentielle dans l'évolution de l'homme.

Un siècle a passé depuis l'invention de la machine à vapeur, et nous commençons seulement à ressentir la secousse profonde qu'elle nous a donnée. La révolution qu'elle a opérée dans l'industrie n'en a pas moins bouleversé les relations entre les hommes. Des idées nouvelles se lèvent. Des sentiments nouveaux sont en voie d'éclore. Dans des milliers d'années, quand le recul du passé n'en laissera plus percevoir que les grandes lignes, nos guerres et nos révolutions compteront pour peu de chose, à supposer qu'on s'en souvienne encore ; mais de la machine à vapeur, avec les inventions de tout genre qui lui font cortège, on parlera peut-être comme nous parlons du bronze ou de la pierre taillée ; elle servira à définir un âge. Si nous pouvions nous dépouiller de tout orgueil, si, pour définir notre espèce, nous nous en tenions strictement à ce que l'histoire et la préhistoire nous présentent comme la caractéristique constante de l'homme et de l'intelligence, nous ne dirions peut-être pas *Homo sapiens*[1], mais *Homo faber*[2].

Henri Bergson, *L'Évolution créatrice*, Éd. PUF, 1907.

1. *Homo sapiens* : en latin, homme intelligent.
2. *Homos faber* : en latin, homme qui fabrique.

Texte 2

Dans C'était mieux avant, *Michel Serres compare deux époques, celle de l'Europe de l'avant-guerre et celle d'aujourd'hui. Il se rappelle comment le progrès technologique a permis d'alléger le travail des hommes.*

Avant pour les mâles, dehors, le travail à la main faisait règle générale : pelle, pioche, fourche, hache, pic, ou rivelaine[1], faux. Pendant la guerre ils obtinrent des cartes d'alimentation au titre de travailleurs de force.

Pas de mécaniques pour lever les charges, aucun moteur pour soulager la peine, tout au biceps, le dos courbé. Je me souviens de levers à quatre heures : entre cinq et sept, avant le casse-croûte, il fallait charger le sable, de gravillons ou de cailloux cassés les deux dix tonnes et le gros, de vingt tonnes. À trois ou quatre : un de chaque côté du camion, l'autre à l'arrière. À la pelle pour le sable et le gravillon, à la fourche à neuf brins[2] pour les cailloux cassés. Le temps de déjeuner, les trois camions revenaient à vide et nous recommencions. Le chauffeur, parfois, nous donnait un coup de main. Vingt ans après, bénédiction : une bande transporteuse permit que le poids de la pelle ne montât plus au-dessus de la tête, mais restât au ras du sol. Paradis. Vingt ans après encore, fourches et pelles se rangèrent derrière le garage, on n'en entendit plus parler, tracteurs et pelles mécaniques courant et roulant sur les chantiers. On vit même les pioches remplacées par les marteau-piqueurs. Super paradis. Sauf pour les oreilles.

Miche Serres, *C'était mieux avant !*, Éd. Le Pommier/Humensis, 2017.

1. rivelaine : pic à deux pointes utilisé par les mineurs. 2. brins : tiges en métal.

Document 3

Affiche du film *Les temps modernes* réalisé par Charlie Chaplin en 1936.

Évaluation des compétences de lecture
(10 points)

Compréhension

Question 1 : Pourquoi, selon l'auteur du texte 1, on se souviendra davantage de l'invention de la machine à vapeur que des guerres et des révolutions ? (2 points)

Analyse et interprétation

Question 2 : Quel regard l'auteur du texte 2 porte-t-il sur les progrès qu'il a vécus ? Montrez comment il nuance son optimisme. (2 points)

Question 3 : Après avoir décrit l'affiche du film de Charlie Chaplin, vous analyserez le point de vue qu'il livre sur le travail « moderne ». (3 points)

Synthèse

Question 4 : Présentez brièvement le corpus en dégageant son unité et les différences entre les textes et documents qui le composent. (3 points)

Évaluation des compétences d'écriture
(10 points)

Selon vous, les progrès des sciences et des techniques auront-ils une influence positive sur le travail des hommes dans les années à venir ?

Vous répondrez à cette question dans un développement argumenté d'une quarantaine de lignes, en vous appuyant sur le corpus, l'objet d'étude et vos connaissances sur le programme limitatif de l'année de terminale.

Exercice 1

1-c ; 2-b ; 3-b ; 4-b ; 5-c ; 6-d ; 7-b ; 8-a ; 9-a, c et d ; 10-c ; 11-Vrai ; 12-b et d ; 13-b ; 14-d ; 15-b-a-c ; 16-a ; 17-b ; 18-a ; 19-c ; 20-c.

Exercice 2

1. Chaque ligne du texte commence par une majuscule : celle-ci signale un vers et non une phrase. Le texte est écrit en vers de douze syllabes, appelés des alexandrins : « Où/vont/tous/ces/en/fants//dont/pas/un/seul/ne/rit ? » (vers 1). On retrouve des rimes à la fin de chaque vers (« rit »/« maigrit », vers 1 et 2 par exemple).

2. L'auteur dénonce le travail des enfants. Il s'appuie sur le champ lexical de la misère (« maigrit », « fièvre », « travailler », « prison », « ombre », « bagne », etc.).

3. Victor Hugo veut sensibiliser les lecteurs de son poème, les alerter sur les conséquences catastrophiques du travail chez les jeunes enfants.

Exercice 3

1. Le texte est un extrait de pièce de théâtre. On y trouve deux personnages qui dialoguent, Pierre et Georgette. On a le sentiment qu'ils ont à peu près le même âge. Ils sont jeunes et font connaissance. C'est Georgette qui domine l'échange et mène la conversation.

2. On reconnaît le texte théâtral aux noms des personnages indiqués devant chaque réplique (parole prononcée). Les indications de mise en scène sont écrites en italique : ce sont les didascalies, qui renseignent le lecteur et les comédiens sur la façon dont la scène est vécue et jouée.

3. En effet, la science est « une bien noble tâche » à l'époque de Pierre et Marie Curie. La médecine en est encore à ses débuts (peu de vaccins, pas d'antibiotiques). Aux yeux d'une serveuse de restaurant, comme Georgette, les savants comme Pierre sont des personnes remarquables qui contribuent au bonheur futur de l'humanité.

Exercice 4

1. Le destinataire du tract est constitué par l'ensemble de ceux qui mangent de la viande de veau. Son émetteur est probablement une association de consommateurs ou de défenseurs de la cause animale.

2. L'émetteur s'implique fortement au moyen du pronom personnel « nous », qui associe celui qui s'exprime au destinataire du message. Il utilise aussi le vocabulaire affectif (« affaibli », « anémié », « délivré... par la mort »). Il emploie enfin le mode impératif pour montrer son engagement (« n'achetez pas de veau »).

3. Le slogan en lettres majuscules, le bandeau noir qui évoque un faire-part, l'utilisation du gras sont autant de procédés de mise en page qui mettent en valeur le message de ce tract.

Exercice 5

1. Ce texte de Jules Verne présente au lecteur le *Duncan*, un navire à la fois voilier et bateau à vapeur, sur lequel s'embarquent les personnages du roman à la recherche du capitaine Grant, disparu en Australie. L'auteur tente de montrer les progrès de la navigation à son époque. Il semble admiratif devant ce navire.

2. La description s'appuie sur le vocabulaire technique de la navigation : « yacht », « vapeur », « tonneaux », « mâts », « voile », etc. Il s'agit de montrer au lecteur que ce navire existe bel et bien. C'est la dimension documentaire et réaliste des récits du romancier.

3. Les romans de Jules Verne permettent à la fois de rêver d'endroits lointains, imaginaires ou réels. Les personnages y accèdent grâce aux progrès des sciences et des techniques, comme ici avec le *Duncan*. Les jeunes lecteurs sont davantage visés par le romancier, qui leur permet d'apprendre et de comprendre le fonctionnement des inventions nouvelles ou à venir.

Exercice 6

1. Les artistes s'interrogent sur le « retour à la nature », au naturel, qui caractérise leur génération ou leur époque : « changement », « nourriture bio », « véganisme », « randonnée », « vélo », etc. Il s'oppose à leur jeunesse « destroy ».

2. La chanson permet traditionnellement de partager des idées, d'exprimer « l'air du temps ». Toutes les chanteuses et tous les chanteurs expriment une vision de leur époque, du rappeur jusqu'au chanteur de variétés. La chanson véritablement engagée est plus rare mais elle existe aussi, lorsque son auteur dénonce une injustice ou proclame une nouvelle manière de vivre ou de penser.

Exercice 7

1. Sartre compare les mots à des « pistolets chargés ». Pour lui, la parole peut être un combat lorsqu'elle est bien utilisée, c'est-à-dire utilisée pour « s'engager », défendre une cause ou attaquer une injustice. Elle se choisit une cible et doit toucher, comme si elle était une arme.

2. L'écrivain engagé est donc l'écrivain qui n'écrit pas pour faire rêver mais pour faire réfléchir et défendre ses idées. Ce n'est pas seulement un artiste, mais c'est aussi un philosophe.

Exercice 8

1. « Notre maison brûle et nous regardons ailleurs. » : à travers cette métaphore devenue célèbre, Jacques Chirac dénonce l'immobilisme des hommes devant les dérèglements du climat, le réchauffement climatique. Il veut dire que nous préférons continuer à vivre de la même manière, au risque de voir notre planète bientôt détruite.

2. En utilisant le « nous » (« Notre maison », « nous regardons ailleurs »), Jacques Chirac englobe son destinataire dans l'énoncé, soulignant ainsi la gravité de son propos et la dimension collective des responsabilités. Il veut que chacun réagisse et se sente responsable de la situation.

3. Ce discours est à fois un plaidoyer – car il défend la planète et son avenir – et un réquisitoire – car il attaque nos contemporains qui ne font rien, ou pas assez, pour remédier aux problèmes qui se posent à nous.

Exercice 9

1. L'idée principale est défendue par l'auteur au début du texte : selon lui, il est probable que le livre disparaisse un jour, victime de la modernité.

2. Il s'agit d'une argumentation directe, car l'auteur parle en son nom et s'adresse directement au lecteur dans un essai ou un article de presse.

Exercice 10

1. Les connecteurs : « Pourtant », « aussi... que », « de plus en plus », « au point que », « Ainsi », « D'une part », « d'autre part ». Ils permettent de classer les idées et de souligner la progression du raisonnement. En les surlignant, on dégage le mouvement du texte.

2. La thèse défendue est que la multiplication des grandes métropoles ne peut être niée mais pose des problèmes. Les arguments sont soulignés : Elle s'impose, en Occident comme dans les pays émergents, de manière de plus en plus incontrôlée, au point que la question de son sens s'est obscurcie totalement. Ainsi, si l'urbanisation est un phénomène spécifiquement humain, son hypercroissance recèle quelque chose d'inhumain. D'une part, elle est l'œuvre même de l'ingéniosité de l'esprit ; mais d'autre part, elle oblitère la possibilité, pour les citadins eux-mêmes, de s'y orienter, de s'y repérer et de donner une signifiance à l'expérience qu'ils font de leur mode de vie.

3. L'auteur semble plutôt regretter l'expansion des grandes villes car il emploie l'adjectif « inhumain » pour les qualifier.

Exercice 11

1. et **2.** Dans ce texte de presse, Guy de Maupassant fait un réquisitoire contre la guerre et les guerriers. Le romancier veut faire partager au lecteur toute l'horreur qu'il éprouve pour la guerre et ceux qui la font. Il implique le destinataire à travers l'emploi du pronom « nous » (premier paragraphe) et de la fausse question (deuxième paragraphe). Le vocabulaire qui désigne les « hommes de guerre » est un vocabulaire dévalorisant : ils sont des « brutes » que l'on voit « tuer par plaisir, par terreur, par bravade, par ostentation ». Tout cela donne au texte une tonalité polémique : il fait la guerre avec des mots, dont il se sert comme s'ils étaient des armes de combat.

Exercice 12

Les deux propositions ont des constructions parallèles, qui reprennent les mêmes termes. L'auteur met ainsi en parallèle « les uns » et « les autres » pour montrer que leur point com-

mun à tous est de trouver la mort. Il crée un effet comique sur un sujet grave :
« Les uns mouraient sans parler, les autres parlaient sans mourir, les uns mouraient en parlant, les autres parlaient en mourant. »

Exercice 13

a. L'anaphore s'apparente ici à un cri, de haine en l'occurrence. L'émetteur renie sa ville (« Rome ») qui a tué son amant. La répétition de ce nom sonne aussi comme une provocation un défi lancé à Rome par une de ses enfants.

b. L'anaphore évoque l'amour du poète pour celle qu'il aime, comme une idée fixe qui l'obsède.

c. L'anaphore se double d'une personnification de la ville de Paris en martyr. La répétition est destinée à accentuer l'impression tragique rendue par le contraste entre ce nom de ville aux connotations glorieuses et la misère du tableau dressé ici.
Cette répétition lancinante insiste sur les souffrances endurées par la capitale de la France pendant la Seconde Guerre mondiale. 1.

Exercice 14

a. « Va, cours, vole, et nous venge. » : gradation d'intensité croissante. La phrase insiste sur l'urgence d'agir.

b. « Un souffle, une ombre, un rien, tout lui donnait la fièvre. » : gradation d'intensité décroissante. Le vers souligne la peur du personnage.

c. « Pierre marchait au milieu des gens, plus perdu, plus séparé d'eux, plus isolé, plus noyé, dans sa pensée torturante, que si on l'avait jeté à la mer du pont d'un navire. » : gradation d'intensité croissante. L'accumulation isole le personnage au sein de la foule.

d. « Ah ! Oh ! Je suis blessé, je suis troué, je suis perforé, je suis administré, je suis enterré. » : gradation d'intensité croissante. Ubu pastiche l'avare de Molière à travers cette gradation loufoque (« administré »).

Exercice 15

a. « Je suis mort de rire. » : hyperbole.
Effet d'amplification.

b. « Elle est maigre comme un clou. » : hyperbole.
Effet d'amplification.

c. « Le courage n'est pas son fort. » : euphémisme.
Effet d'atténuation.

d. « Ils ont tout soldé à un prix hallucinant. » : hyperbole. Effet d'amplification.

e. « Il est devenu fou de rage. » : hyperbole.
Effet d'amplification.

f. « Il a recommencé mille fois avant de réussir. » : hyperbole. Effet d'amplification.

g. « Il est mort des suites d'une longue et douloureuse maladie. » : euphémisme.
Effet d'atténuation.

h. « Il n'a pas inventé l'eau tiède. » : litote.
Effet d'atténuation qui sert à amplifier.

Exercice 16

1. L'hyperbole : « une meute d'ennemis acharnés ».

2. L'effet produit s'appuie sur le contraste entre le portrait du personnage qui ouvre l'extrait et le jugement des autres, en opposition avec la réalité.

Exercice 17

a. « Il est bien temps que *je désemplisse le monde* » : euphémisme pour atténuer l'annonce de la mort.

b. « *Dormir... enfin ! Je vais dormir* » : euphémisme (et presque litote) pour exprimer le désir de mort.

c. « *Le temps s'en va* », « *nous nous en allons* » : euphémismes pour exprimer l'arrivée inexorable de la mort.
La dernière périphrase, « Et tôt serons étendus sous la lame », relève moins de l'euphémisme que de l'image macabre du travail de la « faucheuse ».

Exercice 18

a. « vieillard » = « troisième âge », « quatrième âge »

b. « pays sous-développé » = « pays en voie de développement »

c. « cancer » = « longue et douloureuse maladie »

d. « aveugle » = « malvoyant », « non-voyant »

e. « sourd » = « malentendant »

Exercice 19

a. *Fantaisie militaire*. Juxtaposition de deux idées contradictoires :
– d'un côté l'originalité, voire l'extravagance du mot « fantaisie »
– de l'autre la rigueur, voire la rigidité du mot « militaire ».

b. *Leur soleil nous fait de l'ombre.* Image contradictoire d'un soleil qui n'apporte pas la joie ou la gaîté mais qui, au contraire, apporte le remords et la mauvaise conscience en l'occurrence.

c. *Douce violence*. Oxymore classique qui associe deux mots de sens opposé pour suggérer l'idée ambiguë d'une « violence » maîtrisée et féconde.

d. *Nous parlons en silence d'une jeunesse vieille*. Double oxymore qui associe d'une part la parole au silence et d'autre part la jeunesse à la vieillesse.
Cette « jeunesse vieille » évoque la distance, maintenant très grande, qui sépare les locuteurs de leurs années de jeunesse, aujourd'hui très ancienne.

Exercice 20

a. « Je suis rouge comme un bœuf écorché. »
Comparé : « je ».
Comparant : « un bœuf écorché ».
Outil : « comme ».
Élément de sens commun : la couleur (du sang).

b. « Les éclairs fusaient de la terre comme des jets d'eau. »
Comparé : « les éclairs ».
Comparant : « les jets d'eau ».
Outil : « comme ».
Élément de sens commun : le jaillissement, la manifestation soudaine du phénomène.

c. « Le ciel n'est pas plus pur que le fond de mon cœur. » Comparé : « le ciel ».
Comparant : « mon cœur ».
Outil : expression comparative « pas plus que ».
Élément de sens commun : la pureté (du ciel et des sentiments).

d. « Mon verre s'est brisé comme un éclat de rire. » Comparé : « mon verre ».
Comparant : « un éclat de rire ».
Outil : « comme ».
Élément de sens commun : la soudaineté, l'explosion.

Exercice 21

1. « L'or du soir qui tombe » représente métaphoriquement le crépuscule (sa couleur dorée par une journée ensoleillée) qui envahit le ciel.

2. Cette vision compare le soleil couchant à de l'or, avec, pour points communs entre le comparant (l'or) et le comparé (le soleil couchant), la beauté, la couleur ou encore la valeur.

Exercice 22

Le personnage évoqué dans la périphrase de la fable de la Fontaine est le chêne, symbole de puissance quasi divine comparé à la fragilité du roseau.

Exercice 23

a. Tes résultats sont vraiment mauvais.

b. Arrête tes bêtises et reviens dans le droit chemin.

c. J'ai eu 5 en maths, c'est une catastrophe, mon père ne va pas être content.

Exercice 24

1. Les termes qui indiquent un jugement de la part de l'auteur : « guère », « quelconque », « véritable », « asservie », « misérables »... L'idée du paragraphe est clairement exprimée à la fin du paragraphe : pour l'auteur, la machine rend l'ouvrier misérable.

2. Les arguments : la création de nouveaux métiers (début du texte), l'homme au service de la machine (milieu du texte), l'augmentation infinie du nombre d'ouvriers qui travaillent sur des machines (fin du texte).

Exercice 25

1. L'idée directrice du paragraphe d'argumentation : « *Le fantastique se développe d'abord dans cette nouvelle de Maupassant à partir d'une situation qui provoque une impression de malaise et de doute.* » Les connecteurs : *en effet, ainsi, de plus, cependant.* La phrase conclusive : « *Cependant, le doute laisse vite place à un sentiment de peur panique devant l'inexplicable* ».

2. Les mots placés entre guillemets ont une fonction d'exemples : l'élève les trouve dans les textes du corpus.

Exercice 26

La relation logique implicite :

a. Les jours se suivent, ils ne se ressemblent pas (opposition).

b. Il s'est blessé, on a dû l'hospitaliser d'urgence (cause/conséquence).

c. La tempête se lève, les bateaux rentrent au port (cause/conséquence).

d. Je m'inquiète pour toi, tu ne me donnes aucune nouvelle (conséquence/cause).

e. Son geste lui valut de nombreux ennuis : on le poursuivit, il fut condamné, il connut la prison (explication).

Exercice 27

1. La relation logique indiquée par les connecteurs :

a. Comme il a beaucoup plu, la saison touristique a été décevante (cause).

b. D'une part, les affiches publicitaires favorisent la consommation ; d'autre part, elles embellissent les rues (addition).

c. Certes, le début est un peu lent, mais ce roman est passionnant (concession).

d. Ce joueur a quitté le terrain parce qu'il prétend à tort que l'arbitrage était mauvais (cause).

e. La vente des maillots de bain a baissé, mais celle des parapluies a augmenté (opposition).

f. J'ai adoré les poèmes de ce recueil si bien que j'ai emprunté d'autres livres de cet auteur (conséquence).

2. La relation logique formulée par un autre connecteur :

a. C'est parce qu'il a beaucoup plu que la saison touristique a été décevante.

b. D'un côté, les affiches publicitaires favorisent la consommation ; de l'autre, elles embellissent les rues.

c. Il est vrai que le début est un peu lent, toutefois ce roman est passionnant.

d. Ce joueur a quitté le terrain sous prétexte que l'arbitrage était mauvais.

e. La vente des maillots de bain a baissé. Cependant, celle des parapluies a augmenté.

f. J'ai tellement adoré les poèmes de ce recueil que j'ai emprunté d'autres livres de cet auteur.

Exercice 28

La différence principale entre l'animal et l'homme, c'est que le premier réagit toujours à un événement extérieur de façon instinctive alors que le propre de l'homme est de prendre des décisions à l'élaboration desquelles la raison contribue, à côté de l'instinct. Donc, il s'appuie forcément sur la connaissance la plus précise possible du monde extérieur que ses sens ne peuvent pas percevoir directement, un monde où interviennent sans cesse des modifications nées soit des bouleversements inattendus de la nature, soit de l'agression de groupes extérieurs. Certes, l'échelle géographique de ces relations varie suivant les étapes de la civilisation. Mais peut-être leur nature même est-elle immuable. C'est le lieu de citer le mot fameux d'Auguste Comte : « Il faut savoir afin de prévoir et de pouvoir. »

Exercice 29

Compétences de lecture (10 points)

Compréhension

1. Pourquoi, selon l'auteur du texte 1, on se souviendra davantage de l'invention de la machine à vapeur que des guerres et des révolutions ? (2 points)

*Henri Bergson fait le constat du caractère irréversible de la révolution industrielle. Un siècle après l'invention de la machine à vapeur (« Un siècle a passé »), les « relations entre les hommes sont bouleversées ». Mieux encore, pour lui, cette invention sera encore dans les mémoires « dans des milliers d'années », plus que les guerres ou les révolutions. Il voit dans la machine à vapeur le début d'une nouvelle ère, aussi marquée que l'âge de bronze ou l'âge de pierre. Enfin, l'homme lui-même en sera transformé : l'*Homo sapiens *va laisser place à l'*Homo faber*, « l'homme qui fabrique », grâce aux machines.*

Analyse et interprétation

2. Quel regard l'auteur du texte 2 porte-t-il sur les progrès qu'il a vécus ? Montrez comment il nuance son optimisme. (2 points)

Michel Serres a vécu l'ensemble des changements annoncés par Henri Bergson. Il a vu l'homme quitter son statut de bête de somme (les «mâles», le «dos courbé», «les levers à quatre heures») pour celui d'homme civilisé, qui vit désormais au «paradis». Les outils ont été remplacés par les machines et l'auteur s'en félicite (« bénédiction »). On pourrait donc croire que le titre de l'essai d'où le texte est extrait C'était mieux avant *est ironique car Michel Serres semble vraiment heureux de tous ces changements qu'il a vus apparaître pour ceux qui travaillent sur les chantiers. Les derniers mots du texte viennent cependant nuancer cette position : «Super paradis. Sauf pour les oreilles.» Le progrès a forcément des côtés négatifs, le philosophe ne l'oublie pas.*

3. Après avoir décrit l'affiche du film de Charlie Chaplin, vous analyserez le point de vue qu'il livre sur le travail «moderne». (3 points)

L'affiche du film nous montre Charlot, souriant, assis sur une roue géante, avec derrière lui des mécanismes semblables à ceux d'une horloge. Il tient des clés géantes dans les mains et les croise derrière son dos, comme si elles devenaient ses oreilles. Il ressemble ainsi davantage à un âne qu'à un humain, malgré sa salopette de travail. Le titre est indiqué en rouge et noir, comme une mise en garde : «Les temps modernes, l'humanité à la recherche du bonheur». On devine cependant que, dès que le mécanisme se remettra en route, le personnage sera entraîné avec lui et ne pourra plus contrôler son destin. Charlie Chaplin nous appelle ainsi à nous méfier du travail moderne, du travail à la chaîne, des «progrès» qui nous promettent des jours heureux mais que nous subissons souvent, pour notre plus grand malheur.

Synthèse

4. Présentez brièvement le corpus en dégageant son unité et les différences entre les textes et documents qui le composent. (3 points)

Le corpus nous donne des visions contrastées sur le thème du travail et de ses évolutions. Henri Bergson, au début du XXe siècle, est enthousiaste : pour lui, la révolution industrielle et les machines qu'elle invente sont synonymes de bouleversements radicaux. Un siècle plus tard, Michel Serres témoigne de ces changements, dont il se félicite. Le travail est moins pénible, au moins sur les chantiers, l'homme y ayant été remplacé par les machines. Entre les deux, Charlie Chaplin dénonce une société qui transforme les hommes en robots, au risque de les rendre fous et de voir leur destin leur échapper. Chaque auteur propose un point de vue personnel et original, montrant ainsi les multiples facettes de la problématique du corpus.

Compétences d'écriture (10 points)

Selon vous, les progrès des sciences et des techniques auront-ils une influence positive sur le travail des hommes dans les années à venir ? Vous répondrez à cette question dans un développement argumenté d'une quarantaine de lignes, en vous appuyant sur le corpus, l'objet d'étude et vos connaissances sur le programme limitatif de l'année de terminale.

Depuis bientôt trois siècles, la vie des hommes est bouleversée par les révolutions technologiques. Ces transformations concernent tous les domaines, notamment le monde du travail qui est chaque jour un peu plus désorganisé par de nouvelles inventions, et que des métiers disparaissent tandis que d'autres surgissent sans cesse. Alors, ces progrès des sciences et des techniques auront-ils une influence positive sur le travail des hommes dans les années futures ? C'est ce que nous allons essayer de voir en observant différents points de vue.

La machine à vapeur de Bergson (texte 1) a laissé place au moteur à explosion, puis au nucléaire et au solaire, tandis que l'informatique venait transformer le monde... Que de changements brutaux à l'échelle de l'histoire de notre planète ! Si l'on en croit Michel Serres, l'auteur du texte 2, ces changements sont largement positifs, en tout cas pour les travaux pénibles comme ceux des chantiers. La machine nous soulage. Plutôt que de travailler des mains et des muscles, l'homme peut travailler du cerveau. Tout comme la femme ! Car les travaux domestiques sont eux aussi concernés. On peut ainsi dire que l'invention de la machine à laver a libéré une moitié de l'humanité jusque-là retenue à la maison par la force des obligations ménagères. D'autant que, la machine travaillant plus vite que l'homme, les enfants ont aussi pu en profiter en allant à l'école pour étudier. Comme nous l'avons vu en classe dans un poème de Victor Hugo (« Melancholia »), *les enfants étaient jusqu'au XXe siècle obligés de travailler dès 8 ans ! On ne peut donc pas regretter cette situation inhumaine.*

Cependant, Charlie Chaplin montre bien, dans son film Les Temps modernes *que la nouvelle organisation du travail ne profite pas de la même manière à tout le monde, que le «progrès» n'est peut-être pas pour les ouvriers, qui se retrouvent soit au chômage, soit traités comme des moutons. Cette critique est souvent faite et on peut penser qu'elle est juste. Chaque nouvelle invention dans le domaine du travail supprime des emplois, crée du chômage... Sans compter que les tâches les plus difficiles sont*

FRANÇAIS

toujours effectuées par des hommes, mais loin de chez nous. N'y a-t-il pas encore des enfants qui travaillent en Chine ou ailleurs pour fabriquer nos téléphones ou nos jeans ? Nous avons étudié en classe plusieurs textes sur ces inégalités dans le monde, ces combats perdus devant l'injustice et l'insouciance de ceux qui consomment sans s'interroger... Le problème est complexe. Mais la question à se poser est celle de notre avenir. Aurons-nous encore du travail et serons-nous plus heureux ?

Personnellement, je pense qu'on ne peut pas arrêter le progrès, dans le travail comme ailleurs. J'imagine que bientôt, par exemple, le métier de caissière dans les supermarchés disparaîtra. On voit déjà des caisses automatiques qui fonctionnent très bien. Certains disent que c'est malheureux pour les caissières, d'autres disent que caissière n'est pas un métier, et que c'est aussi bien comme cela. J'ai du mal à imaginer ce que sera le monde du travail dans dix ou vingt ans... N'y aura-t-il plus que des distributeurs de McDo ? Que deviendront les mécaniciens, si tous les véhicules sont électriques ? Est-ce un bien un mal ? Comment saurons-nous nous adapter ? Toutes ces questions sont pour moi sans réponse, mais l'important est peut-être de se les poser afin de savoir comment réagir lorsque l'avenir nous rattrapera.

En conclusion, il est bien difficile de dire si l'influence des progrès des sciences et des techniques est positive ou négative sur le travail de l'homme. Mais chacun peut s'accorder sur au moins un point : l'homme a besoin de travailler pour vivre, pas seulement pour gagner de l'argent, mais aussi pour être épanoui. Espérons donc que nous saurons nous adapter à tous ces changements, qui concernent le travail mais aussi le reste de notre existence.

LU ☐
SU ☐
REVU ☐

Le jeu des puissances dans les relations internationales depuis 1945

Carte interactive : le monde au temps de la guerre froide
liennathan.fr/38w8sj

1 Un monde divisé en deux blocs

a) L'affrontement de deux modèles. Dès 1947, un bloc capitaliste libéral se forme autour des États-Unis et s'oppose au bloc communiste dirigé par l'Union soviétique. Le premier défend la libre entreprise et la société de consommation, le second s'appuie sur la propriété collective et, après la lutte des classes, promet une société sans classes.

b) Le renforcement des blocs. Chaque bloc conclut des alliances économiques (plan Marshall en 1947, à l'ouest) et militaires (Organisation de l'Atlantique Nord ou OTAN à l'ouest, Pacte de Varsovie en 1955, à l'est).

c) Les caractéristiques de la guerre froide. Possédant l'un et l'autre l'arme nucléaire, les blocs ne s'affrontent pas directement. C'est la guerre « froide » qui se manifeste par des crises (blocus de Berlin en 1948-1949, Cuba en 1962) ou par des guerres indirectes (Corée 1950-1953, guerre du Vietnam 1955-1975).

2 L'émergence de nouveaux acteurs entre 1949 et 1991

a) L'unification de l'Europe. Des projets d'union sont relancés par les deux guerres mondiales. Dès le plan Marshall, des pays de l'Ouest se regroupent. En 1951 est fondée la Communauté européenne du charbon et de l'acier. Les traités de Rome de 1957 créent un marché commun, la Communauté économique européenne (CEE) ainsi que la Communauté européenne de l'énergie atomique (CEEA ou Euratom).

b) Une troisième voie. De nouveaux États issus de la décolonisation cherchent à se rendre indépendants des grandes puissances. En 1955, à Bandung (Indonésie), 29 pays afro-asiatiques affirment leur non-alignement face aux deux blocs.

c) Le réveil et l'affirmation de la Chine. En possession de l'arme nucléaire depuis 1964, la Chine s'affirme progressivement comme une puissance majeure à l'échelle mondiale. En 1971, elle entre au Conseil de sécurité de l'ONU.

3 Le monde depuis 1991

a) L'effondrement du bloc de l'Est. À la fin des années 1980, les pays communistes contestent le système et la domination de Moscou. Le 9 novembre 1989, le mur de Berlin tombe, l'Allemagne est réunifiée. En 1991, l'Union soviétique est dissoute et remplacée par la Russie et la Communauté des États indépendants (CEI).

b) L'hyperpuissance des États-Unis. La fin du monde bipolaire de la guerre froide laisse place à un monde dominé par les États-Unis. Ils interviennent dans des guerres comme celle du Koweit en 1991 ou en Irak en 2003.

c) Vers la multipolarisation du monde. Des conflits multiples, la prolifération des armements, le terrorisme international (attentats du 11 septembre 2001 à New York, attentats en Europe) rendent le monde plus instable. De nouvelles puissances s'affirment telles la Russie, l'Inde et surtout la Chine.

notions Arme nucléaire ◆ Communauté économique européenne ◆ Guerre froide ◆ Non-alignement ◆ Puissance régionale ◆ Superpuissance ◆ Décolonisation ◆ ONU ◆ Propagande

Repères d'histoire
liennathan.fr/

Savoir
1

POINTS CLÉS

Le jeu des puissances dans les relations internationales depuis 1945

LU ☐
SU ☐
REVU ☐

Vidéo : Hiroshima et Nagasaki les 6 et 9 août 1945
liennathan.fr/87k9fk

1 L'arme nucléaire, l'équilibre de la terreur

1. Une tension constante

a) Les États-Unis possèdent l'arme atomique depuis 1945 mais, en 1949, l'Union soviétique la possède à son tour ; ses missiles peuvent toucher le continent américain. En 1962, l'URSS installe des fusées à Cuba. Les États-Unis menacent d'une riposte nucléaire si les fusées ne sont pas retirées. Moscou cède mais le monde a vu l'imminence d'un conflit nucléaire.

b) Ainsi les deux Grands peuvent se détruire mutuellement mais cette situation conduit à la « dissuasion » qui fait finalement renoncer l'adversaire. Par ailleurs, des mouvements pacifistes appelant à renoncer à l'arme atomique se déploient comme ceux dirigés par les communistes entre 1945 et 1952 (Appel de Stockholm, 1950).

2. Le choix de la détente

a) En 1963, les États-Unis et l'Union soviétique signent un traité de non-prolifération nucléaire partiel. Si le Royaume-Uni y adhère, la Chine et la France – toutes deux ayant aussi l'arme atomique, refusent de signer. En 1972 et 1979, les accords SALT permettent un contrôle mutuel sur les armes nucléaires et les vecteurs, fusées et missiles.

b) Le retour des tensions. Depuis 1977, des fusées soviétiques SS20 menacent l'Europe de l'Ouest ; en 1983, les États-Unis répliquent avec des missiles Pershing. Il faut attendre la reprise du dialogue pour que de nouveaux accords de désarmement soient signés (accord START en 1987, supprimant tous les missiles à courte et moyenne portées en Europe).

2 L'émergence de nouvelles puissances

1. La fin des empires coloniaux

a) Les puissances coloniales telles que le Royaume-Uni et la France sont affaiblies par la Seconde Guerre mondiale. Les États-Unis et l'Union soviétique dénoncent le phénomène colonial et soutiennent les mouvements indépendantistes.

b) L'indépendance est acquise après des négociations avec les métropoles (Inde, Maroc, Tunisie, Afrique subsaharienne) ou par des guerres (Indochine 1946-1954, Algérie 1954-1962).

2. L'affirmation des nouveaux États

a) En 1955, à Bandung (Indonésie), 29 pays asiatiques pour la plupart nouvellement décolonisés affirment leur indépendance vis-à-vis des deux blocs et leur soutien aux pays encore sous domination étrangère. Si le non-alignement est finalement un échec, un dialogue Nord-Sud sur le développement est aussi réclamé.

b) Les nouveaux États présentent cependant de grandes inégalités. Certains connaissent l'instabilité politique, des guerres civiles, les difficultés économiques. Pourtant, on assiste peu à peu à l'essor de puissances émergentes (Inde, Brésil, Afrique du Sud), surtout la Chine. En 1971, cette dernière devient l'un des cinq membres permanents de l'ONU ; elle dispute actuellement aux États-Unis le rang de première puissance économique mondiale.

3 L'Europe dans le jeu des puissances

1. La construction européenne

a) Les désastres des guerres mondiales relancent l'idée d'union européenne. Mais c'est dans le contexte de la guerre froide que débute vraiment la construction de l'Europe. Les pays ayant accepté l'aide américaine (plan Marshall) se regroupent dans l'Organisation européenne de coopération économique (OECE). Le Conseil de l'Europe (1949) et la Cour européenne des droits de l'homme (1950) ont pour objectif « la protection des droits de l'homme et des libertés fondamentales ».

b) En 1950, Robert Schuman propose la création de la Communauté européenne du charbon et de l'acier (CECA). Instituée en 1951, elle contrôle la production de charbon et d'acier des six pays membres et marque une étape essentielle dans la construction européenne.

c) Les traités de Rome (1957) créent la Communauté économique européenne (CEE) dont les objectifs sont l'union économique et douanière (marché commun), la sauvegarde de la paix et de la liberté, le progrès social. Ils créent aussi la Communauté européenne de l'énergie atomique (CEEA ou Euratom), avec pour but d'associer la recherche et l'industrie nucléaire civiles.

2. L'élargissement et les limites de l'Union européenne

a) En 1992, le traité de Maastricht approfondit la CEE et la remplace par l'Union européenne (UE) qui marque le création d'une citoyenneté européenne, d'une politique extérieure et de sécurité commune (PESC) et d'une monnaie commune (euro). Les accords de Schengen (1995) suppriment les contrôles aux frontières intérieures de l'UE. La disparition des blocs de la guerre froide accélère l'élargissement de l'UE (28 membres en 2013).

b) Si l'Union européenne est la deuxième puissance économique du monde, elle ne constitue pas un État. Elle n'a qu'un rôle politique limité et ne possède pas d'armée. La sortie du Royaume-Uni de l'UE (Brexit) au 1er janvier 2021 lui a fait perdre 13 % de sa population et handicape les relations économiques et politiques.

4 Les nouveaux conflits dans les années 1990

1. La multiplication des guerres civiles

a) On assiste à l'affrontement entre nationalités (ex-Yougoslavie) ou à des conflits interethniques, comme en Afrique. Ces luttes débouchent parfois sur des génocides, ainsi au Rwanda en 1994 entre le régime Hutu et les Tutsis ou à Srebrenica, en Bosnie, en 1995 entre Bosniaques, Serbes et Croates.

b) Après l'implosion de l'Union soviétique, les États-Unis restent la seule hyperpuissance mondiale. Ils interviennent contre l'Irak en 1991 avec l'accord de l'ONU (première guerre du Golfe), en 2001 en Afghanistan avec l'OTAN. En 2003, les États-Unis interviennent en Irak sans l'accord de l'ONU.

2. Les nouvelles menaces planétaires

a) Le réseau terroriste islamiste Al Qaida frappe les États-Unis, au cœur même de New York, le 11 septembre 2001. Le terrorisme frappe aussi l'Europe : attentats de Madrid en 2004, de Paris en 2015, de Bruxelles en 2016... Depuis 2014, l'opération Barkhane, dirigée par la France, a pour but de lutter contre les djihadistes du Sahel.

b) Outre le terrorisme, la prolifération des armes de destruction massive est un autre danger ; elle est difficile à contrôler (Corée du Nord).

LU ☐
SU ☐
REVU ☐

Vivre en France en démocratie depuis 1945

Vidéo : le droit de vote à 18 ans en 1974
liennathan.fr/x94i9d

1 De la IIIe à la Ve République

a) La brève existence de la IVe République. Née en 1946, la IVe République veut appliquer les idéaux de la Résistance et s'affirme libérale et sociale (retraite, sécurité sociale, etc.). Mais elle se heurte à l'instabilité politique et aux difficultés coloniales. Cependant, grâce au *baby-boom* (40,5 millions d'habitants en 1946, 52,6 millions en 1975), grâce à la planification et au plan Marshall et malgré sa courte existence, la IVe République a modernisé la France.

b) L'avènement de la Ve République. La Ve République, fondée en 1958 par le général de Gaulle dans le contexte de la guerre d'Algérie, repose sur un système parlementaire où le pouvoir présidentiel est fort. La Constitution évolue et les institutions demeurent encore aujourd'hui.

2 Les mutations du travail et de la société

a) Les « Trente Glorieuses ». Le nom désigne la période qui va de 1945 au début des années 1970. La France connait une croissance sans pareille et le plein emploi. L'industrie en est l'élément majeur mais l'agriculture est aussi de plus en plus productive. On assiste parallèlement au développement des services (administration, commerce, banques, enseignement, tourisme, etc.).

b) La société de consommation. Les travailleurs immigrés et les femmes occupent une place plus importante parmi les salariés. En 1950 est institué un salaire minimum garanti. L'école devient obligatoire jusqu'à 16 ans (1959). Les conditions de vie s'améliorent et les modes de vie évoluent. Les populations se concentrent de plus en plus dans des aires urbaines. L'urbanisation conduit au développement des banlieues, créant de nouveaux paysages et l'avènement d'une nouvelle forme de commerce : la grande distribution.

3 Les défis contemporains

a) Depuis 1973, la croissance est ralentie. Les rythmes économiques et le monde du travail sont modifiés. La France connaît la désindustrialisation et la tertiarisation l'emporte (80 % des actifs). La société est soumise à de nouvelles mutations où le numérique offre de nouveaux emplois mais elle subit aussi des remises en cause comme le vieillissement de la population, la précarité, le chômage et les fractures sociales.

b) La France dans la mondialisation. La France est plus décentralisée ; elle est aussi intégrée à l'Union européenne et joue toujours un rôle de puissance moyenne dans le monde. Elle est concernée par les nouvelles mobilités internationales et numériques qui accentuent les mutations aussi bien économiques que sociales et politiques.

notions Constitution ◆ Démocratie libérale ◆ Démocratie sociale ◆ État-providence ◆ Plan Marshall ◆ Société de consommation ◆ « Trente Glorieuses »

Repères d'histoire
liennathan.fr/

LU ☐
SU ☐
REVU ☐

POINTS CLÉS

Vivre en France en démocratie depuis 1945

Schéma interactif : la Constitution de la Vᵉ République
liennathan.fr/1med83

1 La crise sociale et politique de mai 1968

1. Une crise majeure à caractère multiple

a) Le général de Gaulle, président de la République depuis décembre 1958, recherche le contact direct avec le peuple par l'utilisation de la télévision, les « bains de foule », le recours répété au référendum. Il donne régulièrement des conférences de presse. Mais la vie politique paraît étouffée ; la radio et la télévision françaises, contrôlées. Des mouvements sociaux agitent le pays depuis les années 1960. Le mécontentement s'exprime lors de l'élection présidentielle de 1965 où de Gaulle n'est élu qu'au second tour.

b) La crise de mai 1968 est à la fois un mouvement étudiant, social, politique et culturel. La France est paralysée par des manifestations violentes, par des grèves et des occupations d'usines.

2. Une crise de portée historique

a) Le 27 mai 1968, les accords de Grenelle entre le gouvernement, les syndicats et les employeurs débouchent notamment sur des augmentations de salaires et la diminution du temps de travail avec la semaine de 40 heures. Mais la contestation ne faiblit pas. De Gaulle paraît débordé mais finalement, le 30 mai, il s'exprime à la radio. L'Assemblée nationale est dissoute ; une immense manifestation de soutien se déroule sur les Champs-Élysées.

b) Les élections législatives de juin sont un triomphe pour les gaullistes mais de Gaulle est affaibli. En avril 1969, il organise un référendum sur la réforme du Sénat et la régionalisation. Face au vote négatif de 53 % des Français, le général démissionne. Il se retire à Colombey-les-Deux-Églises et meurt le 9 novembre 1970. Outre les conséquences à court terme, la crise de 1968 a entraîné de profondes mutations sociétales et culturelles pour la France.

2 Le combat des femmes pour l'égalité

1. La fin du statut de mineure

a) En 1944, les femmes obtiennent le droit de vote, ce qu'elles revendiquaient depuis plus d'un siècle. Il leur faut toutefois attendre l'année 2000 pour que leur faible représentation politique soit prise en compte par la loi sur la parité aux élections. S'y ajoute aussi l'obligation par exemple, à partir des élections départementales de 2015, de présenter dans chaque canton un homme et une femme.

b) L'émancipation juridique des femmes progresse parallèlement. En 1965, les femmes peuvent dorénavant exercer un emploi sans l'autorisation de leur mari. La loi Roudy de 1983 interdit toute discrimination sexiste au travail, cette loi se justifiant pleinement car les femmes représentent près de 50 % des actifs.

2. Le combat des mouvements féministes

a) Les femmes, par leurs combats féministes, ont en outre obtenu la liberté de contraception (loi Neuwirth, 1967) puis l'interruption volontaire de grossesse (IVG), avec la loi Veil de 1975. L'image traditionnelle de la mère au foyer s'est aussi largement modifiée.

b) Malgré des progrès (modification de la Constitution en 2008 dans un sens égalitaire, loi de 2014 également sur les inégalités, lutte contre le harcèlement, etc.), les clichés traditionnels demeurent encore vivaces ; l'égalité n'est dans certains cas que théorique, par exemple pour les salaires.

3 Le développement des études professionnelles

1. La démocratisation de l'enseignement

a) La loi de 1959 élève à 16 ans la scolarité obligatoire. Elle crée en outre les CEG (Collèges d'enseignement général) conduisant au CAP (Certificat d'aptitude professionnelle) ainsi que les CET (Collèges d'enseignement technique). À partir des années 1960, et jusqu'en 1975, s'élabore le collège unique d'enseignement secondaire (Loi Haby).

b) Les années 1960 voient aussi se développer des filières universitaires techniques courtes : BTS (Brevet de technicien supérieur, en 1962), BEP (Brevet d'études professionnelles, en 1967, supprimé en 2021), DUT (Diplôme universitaire de technologie, en 1968).

2. L'adaptation aux mutations du monde du travail

a) Les lois Auroux (1982) améliorent le dialogue social et les conditions de travail. Parallèlement, la désindustrialisation s'accompagne de la création de nouveaux métiers (robotique, outils numériques).

b) Le niveau de formation s'accroît avec la recherche d'une plus grande qualification professionnelle. Le baccalauréat professionnel, créé en 1985, concerne actuellement près de 180 000 bacheliers. Le BUT (*Bachelor* universitaire de technologie) se prépare en 3 ans et en contrôle continu dans un IUT (institut universitaire de technologie). Il s'effectue dans le cadre européen, permet l'équivalent d'un bac +3. Il concerne 2 % d'étudiants professionnels et 30 % d'étudiants techniques ; il remplace le DUT.

4 La Ve République : caractéristiques et évolutions

1. La naissance et l'affirmation de la Ve République

a) La Constitution de 1958, inspirée par le général de Gaulle, instaure un régime politique où l'exécutif domine. À partir de 1962, l'élection du président de la République au suffrage universel conforte le système et conduit à la bipolarisation de la vie politique.

b) Pendant sa présidence, de Gaulle achève la décolonisation. Dans le contexte de la guerre froide, il cherche à redonner à la France une place sur la scène internationale et conforte la réconciliation franco-allemande. Il poursuit la modernisation de l'économie. Affaibli par la crise de mai 1968, le général de Gaulle démissionne en 1969.

2. La Ve République face aux défis de la mondialisation

a) À partir de 1981, avec l'élection de François Mitterrand, la Ve République évolue sous l'effet de l'alternance des partis et de la cohabitation où le président de la République et la majorité parlementaire sont de courants opposés. Elle s'ancre aussi profondément dans le cadre européen.

b) Par des lois et des révisions de la Constitution (24 au total), le régime évolue : la décentralisation (à partir de 1982), le mandat présidentiel réduit à 5 ans (2000) et limité à deux mandats consécutifs (2008), la loi sur la parité (2000), la charte de l'environnement (2004), etc.

Savoir 3

LU ☐
SU ☐
REVU ☐

COURS

L'accès aux ressources pour produire, consommer, se loger, se déplacer

1 Des besoins croissants

Carte interactive : la répartition des ressources terrestres
liennathan.fr/57j5ii

a) La croissance démographique mondiale (7,7 milliards d'habitants en 2021), l'urbanisation mais aussi la croissance économique et les modifications des modes de vie pèsent de plus en plus sur les ressources de la planète. La demande en eau, en énergie, en minerais, en produits alimentaires ne cesse de croître.

b) L'accès aux ressources est très inégal. Plus de 10 % de la population mondiale ne possède pas encore d'accès à l'eau.

2 Les risques liés à l'exploitation intensive des ressources

a) La pression sur les ressources entraîne des conditions d'exploitation de plus en plus difficiles, de vastes défrichements (Amazonie), des sols surexploités ainsi que la surexploitation des ressources marines (surpêche). Les ressources non renouvelables se raréfient, la biodiversité recule.

b) Les tensions sur le pétrole, sur l'eau et sur les zones de pêche, entraînent des rivalités géopolitiques et des conflits d'usage. Ainsi cinq pays se disputent-ils les eaux du fleuve Mékong.

c) La surexploitation des ressources entraîne des changements globaux tels le changement climatique, l'accélération de l'érosion, la réduction de la biodiversité.

3 La nécessité d'une gestion durable

a) La logique d'un développement durable pour préserver les ressources de la planète et les conditions de vie des générations futures conduit, à l'échelle mondiale comme nationale, à évoluer : réflexions sur le modèle de production, de consommation et d'habitat, mesures sur la réduction des gaz à effet de serre, sur la pollution des eaux, des sols...

b) À l'échelle internationale, l'Accord de Paris sur le changement climatique est signé en 2015. La même année, dans le cadre de l'agenda 2030, les Nations unies mettent en place les Objectifs de développement durable (ODD), avec 17 objectifs, dont l'éradication de la pauvreté, mais aussi la protection, sous toutes ses formes, de la planète.

c) Des politiques publiques sont également menées à l'échelle européenne (normes de production plus sévères, quotas de pêche, soutien à l'agriculture durable). Des mesures sont prises aussi à l'échelle nationale comme la loi sur la transition énergétique de 2015. Les nouvelles mobilités et les transports « propres » sont valorisés, ainsi que les énergies renouvelables, la transformation des déchets, l'encouragement à une agriculture plus locale et durable.

notions Ressources disponibles ◆ Changements globaux

Repères de géographie
liennathan.fr/

Savoir 3

LU ☐
SU ☐
REVU ☐

POINTS CLÉS

L'accès aux ressources pour produire, consommer, se loger, se déplacer

1 L'eau du Colorado, une ressource convoitée et menacée

1. Une ressource vitale et surexploitée

a) Le fleuve Colorado, long de 2 300 km, prend sa source dans les montagnes Rocheuses, aux États-Unis, et se jette dans le golfe de Californie, au Mexique. Son bassin représente trois fois la superficie de la France.

b) Sept États américains sont concernés plus le Mexique. La plus forte consommation d'eau est celle de la Californie, ainsi dans l'*Imperial Valley*, qui est la plus vaste zone irriguée du mode (400 000 ha).

c) Le bassin du Colorado a fait l'objet d'aménagements multiples : barrages (hydroélectricité, irrigation), aqueducs (pour alimenter les villes en eau), canaux de dérivation (irrigation), fractionnements hydrauliques pour la production de gaz de schiste.

2. La lutte contre le gaspillage

a) Certaines années, il ne parvient presque plus d'eau jusqu'au golfe du Mexique. Les captages en amont sont supérieurs. Des villes comme Las Vegas, où il ne tombe que 95 mm de pluie par an, sont alimentées par le barrage Hoover (1935) ; l'eau est utilisée pour des fontaines, des parcs aquatiques, des gazons, etc.

b) Des politiques d'économie de l'eau sont menées comme le réaménagement des cultures, le contrôle de l'irrigation, la réduction de la climatisation.

c) De nouvelles techniques sont utilisées ou envisagées tels le déploiement des moyens informatiques (GPS pour une irrigation raisonnée) ou encore la désalinisation de l'eau de mer.

2 Les parcs éoliens en mer, des aménagements en débat

1. Les enjeux de l'éolien

a) La production d'énergie éolienne s'inscrit dans la lutte contre les gaz à effet de serre (loi relative à la transition énergétique). Les énergies renouvelables devraient représenter 32 % de la production énergétique française en 2030.

b) Les projets prévus le long de la mer du Nord, de la Manche et de l'Atlantique devraient alimenter en électricité plusieurs centaines de milliers de foyers et créer des emplois industriels. Sept parcs devraient être construits d'ici 2026.

2. Les acteurs et les conflits d'usage

a) Divers acteurs sont concernés : les communes, les pêcheurs. Certaines communes y sont favorables, d'autres, non.

b) Des critiques sont également émises sur l'impact paysager des parcs éoliens en mer, sur les atteintes à l'environnement.

c) De nombreux recours ont été émis, dont certains rejetés par le Conseil d'État.

3 Le Mékong, un exemple de lutte pour l'eau

1. Un fleuve vital

a) Long de plus de 4 300 km, le fleuve Mékong prend sa source en Chine, traverse cinq pays : le Myanmar, la Thaïlande, le Laos, le Cambodge et le Vietnam, et se

HISTOIRE-GÉOGRAPHIE-EMC

jette dans la mer de Chine méridionale. Son bassin, qui s'étend sur 795 000 km², est essentiel pour la vie de près de 90 millions d'habitants. Il est indispensable pour l'agriculture mais aussi pour la pêche et les coquillages.

b) Le niveau du fleuve, malgré l'apport de la mousson, baisse de façon préoccupante. Le Cambodge, la Thaïlande et le Vietnam sont particulièrement touchés.

c) Le réchauffement climatique mais surtout les barrages construits en amont par la Chine et le Laos en sont responsables. Par ailleurs, d'importantes extractions de sable, destinées entre autres à fabriquer du béton, entraînent l'enfoncement du delta sous la mer et provoquent de graves effondrements de terrain.

2. Des menaces pour les populations

a) Les atteintes sont environnementales : la pollution est forte et atteint la biodiversité, la couleur des eaux change, les sédiments ne parviennent plus jusqu'au delta. La sécurité alimentaire des populations est aussi menacée (pour le riz particulièrement) et certains habitants sont déjà déplacés autoritairement. Le Cambodge craint même la famine.

b) Les instances de coordination entre les pays usagers du Mékong, créées à partir de 1957, fonctionnent mal. La Chine est particulièrement accusée par la Commission internationale du Mékong (créée en 1995). Et le sujet intervient même dans l'opposition Chine/États-Unis.

4 L'accès aux ressources alimentaires

1. La sous-alimentation

a) Plus de 800 millions de personnes sont sous-alimentées dans le monde, c'est-à-dire qu'elles ne disposent pas de 2 400 calories par jour. Il s'agit de la quantité nécessaire en moyenne pour les dépenses énergétiques quotidiennes (selon la FAO, organisation des Nations unies pour l'alimentation et l'agriculture).

b) Plus de 25 000 personnes meurent de sous-nutrition chaque jour, essentiellement dans les pays en développement et en Afrique subsaharienne. Ce nombre tend à croître depuis 2015.

c) Les causes de la sous-alimentation sont multiples. Elles sont économiques : offre alimentaire trop chère car le marché est libre et spéculatif, coûts de production élevés en raison de l'agriculture industrielle, etc. L'inaccessibilité aux ressources alimentaires est liée aussi à l'urbanisation, à la faiblesse du rendement agricole et des infrastructures comme les transports. Elle est enfin liée aux guerres et aux problèmes climatiques.

2. Les enjeux pour l'avenir

a) L'aide alimentaire est apportée par l'ONU (programme PAM ou Programme alimentaire mondial), par les États, par les ONG.

b) D'ici 2050, 2 milliards de personnes supplémentaires seront à nourrir. L'objectif est d'augmenter les capacités de production agricole mais dans le cadre d'une agriculture durable (Défi Faim Zéro et Objectifs de développement durable ou ODD de l'ONU).

Site web : la crise de l'eau
liennathan.fr/647hkg

notions Accessibilité ◆ Aménagement des territoires ◆ Changements globaux ◆ Collectivités territoriales ◆ Disponibilité ◆ Territoires ◆ Aménagement ◆ Conflit d'usage ◆ Développement ◆ Objectifs de développement durable ◆ Habiter ◆ Mobilités ◆ Ressources

Repères de géographie
liennathan.fr/

LU ☐
SU ☐
REVU ☐

Les sociétés et les risques

Carte interactive : les sociétés vulnérables aux risques
liennathan.fr/434edp

1 La multiplicité des risques naturels

a) Lorsque des aléas entraînent des dommages humains et matériels (plus de 30 morts, il s'agit de catastrophe selon l'ONU), **ce sont des risques**. Ceux-ci peuvent être météorologiques et climatiques : cyclones, tempêtes, inondations, incendies, glissements de terrain, etc. Ils peuvent être d'origine géologique : volcanisme, séismes, etc.

b) Les risques peuvent être technologiques tels les accidents industriels (chimiques en particulier), nucléaires ou les accidents dus au transport de certains produits. Ces risques engendrent de la pollution, des marées noires, des incendies, etc.

c) Les risques peuvent être sanitaires : invasion de moustiques, pandémie mondiale liée au virus de la Covid-19, etc. Les risques sanitaires peuvent se combiner avec les risques naturels et technologiques.

2 Des sociétés qui aggravent les risques

a) Les risques sont accrus par l'aménagement des territoires comme le remembrement, la déforestation, l'urbanisation. Ils le sont aussi par les fortes densités de population dans des zones dangereuses, en particulier dans les vallées industrialisées, les littoraux ou sur certaines pentes.

b) Le changement climatique dû aux activités humaines, comme l'analyse le GIEC (Groupe d'experts intergouvernemental sur l'évolution du climat), entraîne la fonte des glaciers, la hausse du niveau des mers et de nombreux bouleversements dans les écosystèmes.

3 Des sociétés inégalement vulnérables

a) Les pays développés sont moins vulnérables car ils possèdent des systèmes de prévision et de prévention par exemple pour suivre les cyclones. Les populations sont éduquées aux risques et mieux informées. On construit des digues, on reboise, on impose des normes aux bâtiments. À l'échelle européenne, les sites industriels dangereux sont contrôlés par la directive Seveso (plus de 10 000 sites dont plus de 1 200 en France). La majorité des communes françaises a adopté des PPR (Plan de prévention des risques) définissant les zones à risque et réglementant leur usage.

b) Les pays en développement représentent plus de 80 % des victimes. Ils manquent de moyens de prévention, de communications aisément praticables et de constructions adaptées.

c) Des aides des États, de l'ONU et des ONG interviennent régulièrement ou ponctuellement. Depuis 1995, la COP (Conférence des parties) lutte contre le réchauffement climatique.

notions Aléa ◆ Risque ◆ Prévention

Les sociétés et les risques

LU ☐
SU ☐
REVU ☐

1 Le bassin caraïbe, une région vulnérable aux risques

1. Une région particulièrement vulnérable

a) Le bassin caraïbe s'étend sur un espace maritime de 4,3 millions de km^2 et concerne plus de 30 États indépendants ou sous tutelle. Il englobe des îles et archipels mais aussi des littoraux d'Amérique latine et d'Amérique du Nord. Les écarts de développement sont très importants.

b) C'est un espace particulièrement exposé aux risques majeurs : cyclones (le climat est tropical), séismes et éruptions volcaniques (trois plaques tectoniques se rencontrent), tsunamis, glissements de terrain et coulées de boue.

c) Le bassin caraïbe est également sensible au changement climatique : les températures augmentent y compris celles de l'océan, le niveau de la mer monte avec une forte érosion côtière, les tempêtes sont plus nombreuses.

2. Une vulnérabilité inégale

a) Les populations sont d'autant plus touchées que l'habitat se concentre sur les littoraux. Le degré de richesse et de développement, sauf exception comme Cuba, pèse sur la vulnérabilité.

b) Les capacités de prévention, d'information mais aussi l'organisation des secours et l'aide à la reconstruction sont très inégaux.

c) Les mesures mises en place visent à mieux prévenir les catastrophes naturelles, à éduquer les populations, à respecter des normes de localisation et de construction, à entretenir les infrastructures comme les digues, à organiser les secours. Tout cela dans le cadre d'une aide aux populations en développement.

2 Le changement climatique, réagir et s'adapter

Site web : comprendre le réchauffement climatique
liennathan.fr/v3ah72

1. Un changement global

a) Le GIEC (Groupe d'experts intergouvernemental sur l'évolution du climat) a alerté sur le réchauffement climatique. Celui-ci présente des risques graves pour la planète et l'humanité.

b) Les risques naturels sont en augmentation, par exemple : la désertification, l'envahissement des littoraux, la multiplication, peut-être aussi des tempêtes.

c) Les hommes accentuent les effets du réchauffement climatique par la déforestation et l'émission de grandes quantités de CO_2.

2. La diversité des moyens de lutte contre le changement climatique

a) La réponse est internationale comme l'Accord de Paris (traité sur les changements climatiques signé en 2015 et entré en vigueur en 2016). 196 parties l'ont adopté ; l'objectif est de limiter le réchauffement à 1,5 °C en luttant principalement contre les gaz à effet de serre.

b) La réponse se fait aussi au niveau des États, des collectivités territoriales, des citoyens (l'éducation en particulier), des ONG : lutte contre les énergies fossiles et l'érosion des littoraux, lutte contre le gaspillage, multiplication d'espaces verts, etc.

3 Le littoral français menacé

1. Un littoral fragile

a) L'écosystème littoral est menacé par les activités humaines : pollution industrielle, agricole, touristique, constructions anarchiques, etc.

b) Le réchauffement climatique est cependant le danger majeur car il entraîne une élévation du niveau de la mer et augmente la fréquence et la force des tempêtes.

c) En France, selon le GIEC, l'élévation devrait dépasser plus d'un mètre d'ici 2050 (certains scientifiques sont plus pessimistes). Cela devrait dépendre de la quantité des émissions de gaz à effet de serre et de la fonte de la calotte glaciaire de l'Antarctique. Un million de personnes serait ainsi concerné dans le Pas-de-Calais et les départements de l'Ouest principalement.

2. Des mesures difficiles à prendre

a) Pour défendre l'écosystème, certaines mesures concernent le changement des pratiques agricoles, le contrôle des activités portuaires y compris de plaisance ou encore la mise en place de stations d'épuration.

b) Contre les effets du réchauffement climatique, des ouvrages comme des digues sont édifiés ; les populations concernées sont obligées (moyennant des dédommagements financiers) ou poussées à reculer plus avant dans les terres. Outre-mer, les mangroves sont protégées.

c) Le Conservatoire du littoral (1975) et la loi Littoral (1986) tentent de concilier préservation (y compris contre la submersion marine) et développement du littoral.

4 La directive Seveso

1. Une directive européenne

a) Seveso est une ville italienne qui, en 1976, a connu une importante catastrophe industrielle. Un nuage d'herbicide contenant des produits toxiques s'est échappé d'une usine chimique. C'est devenu le nom de la directive européenne 96/82/CE.

b) L'objectif est de recenser les établissements industriels à risque et de leur imposer des normes de sécurité. Plus de 10 000 sites sont concernés en Europe. La directive date de 1982 et a été révisée deux fois (Seveso 3 depuis 2012).

2. Le dispositif Seveso en France

a) On distingue des seuils de risque haut et bas de dangerosité. Plus de 1300 installations sont classées Seveso dont plus de 700 en seuil haut.

b) Ces sites, dont l'établissement est soumis à l'autorisation de l'État, doivent élaborer des plans de prévention d'usage interne mais aussi externe pour les populations environnantes ainsi que des plans de gestion d'un accident éventuel.

c) Ces contrôles se font sous l'autorité de l'État et des préfets. Les maires doivent tenir compte des sites Seveso dans les plans d'occupation des sols ; la loi « Risques » de 2003 crée les PPRT ou Plans de prévention des risques technologiques.

Dossier EMC : changements et risques environnementaux

LU ☐
SU ☐
REVU ☐

1 L'impact de l'homme sur l'environnement

a) Les atteintes à l'environnement. À partir de la révolution industrielle et de l'urbanisation massive, les atteintes à l'environnement s'accentuent et menacent la biosphère et la biodiversité. Le terme « biodiversité » désigne la variété des milieux naturels et des formes de vie sur la Terre.

b) Le changement climatique. Les experts du GIEC ont mis en valeur la responsabilité des hommes dans le réchauffement climatique, en particulier en raison de l'émission des gaz à effet de serre.

c) Des débats majeurs. Les débats portent aussi sur la gestion des déchets du nucléaire et sur les OGM (organismes génétiquement modifiés). Ceux-ci permettent l'augmentation des rendements mais, selon leurs adversaires, menacent la biodiversité et la santé humaine.

2 La durabilité des modes de développement

a) Ménager la nature. Les hommes doivent promouvoir un développement durable qui réponde aux besoins du présent sans compromettre les besoins des générations futures.

b) De nouvelles ressources et pratiques. Il s'agit par exemple de développer les ressources renouvelables (énergie éolienne...), d'encourager les nouvelles mobilités (véhicules propres, vélos...). De nouvelles pratiques agricoles « bios » sont encouragées, sans pesticides ni insecticides. On encourage à limiter les déchets et à recycler.

c) Des actions multiples. Des actions s'effectuent à tous les niveaux : celui des citoyens (manifestations, consultations publiques, commissions), des États (en France, la charte de l'environnement avec le principe de précaution est inscrit dans la Constitution depuis 2005, une loi de protection de l'environnement est votée en 1976). Des sommets internationaux (COP 2 ou Conférence des parties sur les changements climatiques) et des accords tel l'Accord de Paris sur le climat (2015) s'efforcent aussi de réduire le réchauffement climatique et les risques environnementaux.

Dossier EMC : la révolution numérique

LU ☐
SU ☐
REVU ☐

1 L'essor du numérique et de l'internet

a) Une facilité de communication. Les communications sont plus rapides, sans contraintes géographiques (le monde entier est concerné), moins coûteuses aussi. Le télétravail est facilité.

b) Une démocratisation des savoirs. Les grandes œuvres de la littérature, les savoirs de tout ordre, les musées, etc., sont accessibles simplement en consultant Internet. Des vidéos de tutoriels se multiplient sur tous les sujets.

c) La création d'une identité numérique. Elle mêle domaine privé et domaine public et regroupe les contenus mis en ligne sur les réseaux sociaux, les blogs personnels par exemple. La personne est identifiée et mise en relation avec les autres individus des communautés virtuelles.

2 Les enjeux du numérique

a) La fracture numérique. L'accès à Internet est inégal dans les territoires. En France, en 2019, plus de 100 000 personnes n'ont pas accès à Internet ou l'accès est de mauvaise qualité. Il faut aussi ajouter une maîtrise inégale de l'outil numérique.

b) Des risques pour les libertés. La protection des données personnelles contre des acteurs publics ou privés n'est pas – ou mal – assurée y compris dans le domaine de la santé. Par ailleurs, la multiplication des « *fake news* » ou des messages d'apologie du terrorisme, par exemple, posent le problème de la liberté d'expression.

c) Les contrôles et les lois. En 1978, la France a créé, avec la loi Informatique et Libertés, la Commission nationale de l'informatique et des libertés (CNIL). La CNIL est chargée de veiller à la protection des données personnelles. C'est une autorité administrative indépendante ; elle alerte mais aussi contrôle et sanctionne. L'Agence nationale de la sécurité des systèmes d'information est créée en 2009 tandis que la loi pour une république numérique (2016) combine la circulation des données et du savoir, la protection des individus vis-à-vis du numérique ainsi que l'accès au numérique pour tous. À l'échelle européenne, la Commission veut renforcer l'hégémonie des géants du numérique (tous américains), les Gafa (Google, Amazon, Facebook et Apple).

Dossier EMC : l'essor des biotechnologies

1 Les domaines de la bioéthique

a) Une réflexion morale. Le terme de « bioéthique » qui apparaît dans les années 1960 à 1970 est une réflexion (le mot « éthique » signifie « morale » en grec ancien) sur la science et la philosophie. Elle ouvre des débats sur les pratiques médicales nouvelles et se traduit par des lois pour encadrer ces pratiques.

b) De nouvelles technologies. Les progrès techniques tels les scanners, les IRM (imageries par résonnance magnétique), les lasers, les microtechnologies permettent une meilleure exploration du corps humain. Les biotechnologies et la génétique qui concernent la santé mais aussi l'alimentation, l'agriculture et l'industrie posent des problèmes éthiques.

c) L'accès au corps humain. Cet accès a pour objectifs d'obtenir des éléments ou des produits, d'identifier des personnes ou des maladies, de créer des embryons *in vitro*. Les neurosciences permettent l'exploration du cerveau. Tous ces domaines posent des problèmes moraux.

2 Les enjeux de la bioéthique

a) Des normes morales difficiles à définir. La bioéthique évolue dans le temps, selon les sociétés et les convictions. Ainsi le clonage animal par la science génétique (elle étudie les caractères héréditaires des individus et des plantes et leurs mutations) est-il interdit en Europe.

b) Le Comité consultatif national d'éthique (1983). Il a pour mission d'émettre des avis et des rapports dans les domaines de la biologie, de la médecine. Il a conduit, à partir de 1988, à un ensemble de conseils et de lois.

c) La loi relative à la bioéthique (1994, 2004, 2011). La loi est l'objet de révisions régulières en fonction des progrès scientifiques et techniques. La loi de 1994, par exemple, a pour objets le don et l'utilisation des éléments et produits du corps humain ainsi que l'assistance médicale à la procréation et au diagnostic prénatal. Elle interdit par exemple le clonage et l'euthanasie.

Le projet de loi de 2020 élargit la PMA (procréation médicale assistée) aux couples de femmes et aux femmes seules. La PMA repose sur un ensemble de techniques et pratiques permettant de lutter contre la stérilité. La loi assouplit aussi la recherche sur les cellules souches.

Notions d'histoire

1. LE JEU DES PUISSANCES DANS LES RELATIONS INTERNATIONALES DEPUIS 1945

- **Arme nucléaire :** arme non conventionnelle qui utilise l'énergie nucléaire et la fission du plutonium : armes atomiques ou de fission (« bombe atomique » ou « bombe A », États-Unis, 1945, Union soviétique, 1949) et les armes thermonucléaires ou de fusion utilisant l'hydrogène (« bombe H », États-Unis, 1952, Union soviétique, 1955).
- **Communauté économique européenne (CEE) :** marché commun et union douanière nés lors du traité de Rome en 1957. Comprenant six membres à l'origine, elle s'est peu à peu élargie jusqu'à 12 membres. Elle est remplacée en 1992, au traité de Maastricht, par l'Union européenne.
- **Guerre froide :** conflit indirect, à la fois idéologique, politique, économique et militaire. La guerre froide crée une situation de tension entre deux États (les États-Unis et l'Union soviétique, de 1947 à la fin des années 1980) mais chacun évite de déclencher un conflit armé direct.
- **Non-alignement :** mouvement apparu en 1955, à la conférence de Bandung, et qui refuse la bipolarisation du monde entre deux blocs.
- **Puissance régionale :** une puissance régionale est une moyenne puissance qui détient un certain pouvoir et une influence sur une région donnée. Ce pouvoir peut être économique mais aussi militaire.
- **Superpuissance :** le terme « superpuissance » désigne un État dont le pouvoir économique, politique, militaire et culturel est dominant à travers le monde (les États-Unis après la chute du bloc soviétique à la fin des années 1980).
- **Décolonisation :** processus par lequel les puissances coloniales se retirent de leurs colonies. On parle d'« indépendance » lorsque l'ancienne colonie devient un État souverain.
- **ONU :** Organisation des Nations unies créée à San Francisco en 1945. L'organe de décision est le Conseil de sécurité, où les cinq membres permanents (Royaume-Uni, France, États-Unis, Chine, Union soviétique puis Russie) détiennent chacun un droit de veto.
- **Propagande :** ensemble de techniques destinées à propager une idée, une doctrine de manière à orienter les comportements.

2. VIVRE EN FRANCE EN DÉMOCRATIE DEPUIS 1945

- **Constitution :** texte juridique fondamental qui détermine la forme du gouvernement d'un pays et définit les différents pouvoirs (exécutif, législatif, judiciaire) en organisant leurs relations. La Constitution définit aussi les droits et les libertés du citoyen.
- **Démocratie libérale :** régime politique dans lequel la démocratie représentative protège les libertés individuelles privées et la liberté publique des citoyens.
- **Démocratie sociale :** la démocratie sociale désigne l'ensemble des relations entre l'État et la société civile. Ses tenants demandent une participation plus grande des citoyens (de la société civile) à la vie publique.
- **État-providence :** système dans lequel l'État prend des mesures pour corriger les inégalités et assure la protection sociale (sécurité sociale, allocation chômage, etc.).
- **Plan Marshall :** programme américain d'aide à l'Europe dévastée par la Seconde Guerre mondiale et proposé par le secrétaire d'État George C. Marshall. Élaboré dans le contexte de la guerre froide qui commence, le plan consiste en une aide financière et des prêts. Outre la reconstruction des pays européens, le plan a aussi pour but, d'éviter l'instabilité politique et d'aider à l'achat de produits américains.
- **Société de consommation :** société dans laquelle les consommateurs sont incités à acheter et consommer des biens et des services dans des proportions de plus en plus importantes. Le but est de stimuler la production, de favoriser l'emploi et de donner plus de confort mais la société de consommation est aussi profondément inégalitaire. Elle encourage le gaspillage et a contribué à épuiser les ressources de la planète.
- **« Trente Glorieuses » :** la formule désigne la période de forte croissance économique, de plein emploi, d'accroissement du pouvoir d'achat et de la consommation de masse, vécue par les pays industrialisés entre 1946 et 1975. L'expression est empruntée à l'économiste Jean Fourastié.

1. L'ACCÈS AUX RESSOURCES POUR PRODUIRE, CONSOMMER, SE LOGER ET SE DÉPLACER

- **Accessibilité :** terme désignant le droit et la possibilité d'accès à des domaines divers comme l'espace, l'éducation, la santé, l'eau, l'alimentation, l'emploi, etc.
- **Aménagement des territoires :** action du secteur public pour répartir les hommes, les activités et les infrastructures dans l'espace. Elle se réalise à différentes échelles, du simple édifice jusqu'à l'échelle européenne, et comprend un objectif de développement durable. C'est une opération planifiée où les autorités publiques peuvent se faire aider d'acteurs privés.
- **Changements globaux :** modifications, comme le changement climatique et la diminution de la biodiversité, liées aux activités humaines. Ces modifications, globales, se différencient cependant selon les espaces et les sociétés concernés.
- **Collectivités territoriales :** personne morale de droit public exerçant sur son territoire certaines compétences données par l'État. Selon l'article 72 de la Constitution, ces collectivités territoriales sont les communes, les Départements, les Régions, les collectivités à statut particulier et certaines collectivités d'outre-mer.
- **Disponibilité :** quantité des ressources à la disposition des individus. Ces ressources peuvent être alimentaires, énergétiques, etc. La disponibilité en eau est particulièrement importante pour les sociétés humaines. Ces ressources doivent s'équilibrer par rapport aux besoins et aux objectifs de développement durable.
- **Territoires :** il s'agit d'étendues de terre occupées par un groupe humain ; ils peuvent être administratifs, sociaux, culturels, etc., mais l'espace est toujours approprié par un pouvoir ou par les habitants.
- **Aménagement :** action d'organiser la répartition des populations, leurs activités, leurs infrastructures et leurs équipements. Les plans doivent tenir compte du « développement durable ».
- **Conflit d'usage :** situation dans laquelle un espace ou une ressource sont disputés par plusieurs usagers pour sa possession, son exploitation. On parle aussi de « conflit d'acteurs ».
- **Développement :** croissance de la production devant permettre le progrès économique et social. Outre la production de richesses, le développement inclut les conditions de vie, la santé, le niveau d'éducation, etc. Il peut être mesuré par des indices.
- **Objectifs de développement durable (ODD) :** il s'agit des 17 objectifs définis par les Nations unies et rassemblés dans l'agenda 2030 (adopté en 2015). Le but est de faire disparaître la pauvreté et les inégalités, de protéger la planète contre le réchauffement climatique et la dégradation de l'environnement et d'aboutir à la prospérité et à la paix pour tous. Ainsi peut-on distinguer cinq domaines, les « 5P » : peuple, prospérité, planète, paix, partenariats.
- **Les 17 objectifs de l'ODD :** Vaincre la pauvreté – Faim zéro – Tendre à la bonne santé et au bien-être – Avoir une éducation de qualité – Réaliser l'égalité entre les sexes – Permettre l'accès à l'eau propre et à l'assainissement – Obtenir une énergie propre et à un coût abordable – Offrir un travail décent et la croissance économique – Combiner industrie, innovation et infrastructure – Réduire les inégalités – Aménager des villes et des communautés durables – Promouvoir une consommation et une production responsables – Prendre les mesures relatives à la lutte contre les changements climatiques – Protéger la vie aquatique – Protéger la vie terrestre – Instaurer la paix ainsi qu'une justice et des institutions efficaces – Organiser des partenariats pour la réalisation des objectifs.
- **Habiter :** la notion d'habiter implique un certain rapport au monde. Elle évolue en fonction des transformations de celui-ci : urbanisation, accroissement des mobilités, mondialisation. Habiter, c'est occuper un espace en mutation, en saisir les enjeux économiques, sociaux, culturels, etc., entretenir des relations entre les lieux et les autres habitants.
- **Mobilités :** le terme désigne un changement de lieu, choisi ou subi par une ou plusieurs personnes. Les mobilités dépendent des acteurs mais aussi des conditions géographiques, des conditions de vie, des infrastructures. Elles sont sociales, professionnelles. Depuis le XIXe siècle, les mobilités se sont accrues ; elles entraînent une nouvelle organisation de l'espace et du temps toujours mouvante.
- **Ressources :** le mot désigne la mise en valeur d'un capital naturel (énergie, eau, etc.) ou

matériel pour les besoins d'une société donnée. Il inclut aussi la nature même de ces ressources. Celles-ci peuvent être exploitées jusqu'à l'épuisement ou bien de façon durable. Certaines ressources sont renouvelables. Les ressources peuvent aussi être l'objet de conflits.

2. LES SOCIÉTÉS ET LES RISQUES : ANTICIPER, RÉAGIR, SE COORDONNER ET S'ADAPTER

- **Adaptation :** le mot désigne la capacité à s'adapter aux changements environnementaux. Elle peut être organisée, planifiée et tenir compte du « principe de précaution ». Elle dépend du type de société et de la prise en compte des enjeux économiques, écologiques, etc.
- **Aléa :** l'aléa est un phénomène naturel ou technologique que l'on ne peut que partiellement ou pas du tout prévoir, tel un tremblement de terre. Lorsqu'il entraîne des conséquences humaines, il devient un risque.
- **Gestion de crise :** la crise désigne une rupture brutale dans une société ou un système donné. Les décideurs (politiques, entreprises) la gèrent dans l'urgence avec des experts (par exemple une crise sanitaire). Des tensions peuvent survenir. La gestion de crise s'effectue à plusieurs échelles, locale et nationale.
- **Prévention :** la prévention a pour but d'anticiper un risque afin de l'éviter ou de limiter ses effets. Le risque peut être éventuel ou déjà identifié. La prévention dépend de la nature des sociétés (éducation, moyens financiers et techniques, etc) et peut s'effectuer à différentes échelles.
- **Risque :** un risque se produit lorsqu'un aléa naturel ou technologique provoque des dommages sur une société donnée et son territoire. Les sociétés sont plus ou moins vulnérables aux risques (prévention, secours, reconstructions...).
- **Risque climatique :** le risque climatique fait partie des risques naturels qui ont tendance à devenir plus nombreux : tempêtes, typhons, inondations, sècheresses, etc. Les changements climatiques semblent bien l'amplifier. Le risque climatique entraîne des conséquences humaines, économiques, géopolitiques. Il est pris en compte dans les politiques de prévention et dans les aménagements de territoires mais à des niveaux inégaux selon les sociétés.
- **Systémique :** la systémique est l'étude et la compréhension des systèmes c'est-à-dire d'un ensemble dont les éléments sont en interaction les uns par rapport aux autres mais aussi par rapport à l'environnement et à d'autres systèmes. Les rapports entre la nature et la société sont au cœur des systèmes (exemple, un système climatique, un écosystème portant sur le vivant). Les échelles des systèmes (et leur étude) sont diverses.

Repères de géographie

Les États du monde

Les États européens

Notions et mots clés d'EMC

- **Assemblée :** une assemblée est la réunion d'un groupe de personnes ou des membres d'un corps constitué pour discuter et décider d'un ou de plusieurs sujets. En France, l'Assemblée nationale constitue, avec le Sénat, le Parlement. Le rôle du Parlement est de proposer, de débattre, d'amender et de voter les lois. Le Parlement peut aussi contrôler l'action du gouvernement.
- **Association :** réunion de plusieurs personnes qui mettent en commun connaissances ou activités pour un projet à but non lucratif. En France, les associations sont encadrées par la loi de 1901.
- **Démocratie représentative :** système politique dans lequel les citoyens sont représentés par une assemblée élue à qui ils délèguent leurs pouvoirs. Ces représentants (pouvoir législatif) font appliquer les lois par le pouvoir exécutif. La démocratie représentative s'oppose à la démocratie directe dans laquelle c'est l'ensemble des citoyens (ou éventuellement certains tirés au sort) qui prend lui-même ses décisions.
- **Liberté d'expression :** la liberté d'expression est le droit de pouvoir exprimer ses opinions et la liberté de recevoir ou de communiquer des idées. Elle est inscrite dans la Déclaration universelle des droits de l'homme de 1948 et dans la Constitution française. Elle s'accompagne de la liberté de la presse, d'association, de manifestation. Elle peut être limitée en cas, par exemple, d'incitation à la haine raciale.
- **Parti politique :** un parti politique est une association de citoyens partageant une idée commune et dont l'objectif est de se faire élire pour mettre en œuvre un projet. Il peut soutenir ou s'opposer au gouvernement en place. En France, le rôle des partis figure dans la Constitution et, depuis 1999, est également inscrite leur mission de favoriser l'égal accès des femmes et des hommes aux mandats électoraux et fonctions électives.
- **Pluralisme :** le pluralisme est un système dans lequel sont admis des opinions et des comportements divers. En politique, il s'agit de la reconnaissance de la diversité des opinions et de leurs représentants. Le pluralisme induit la tolérance et le respect des autres.
- **Responsabilité :** la responsabilité est l'obligation de répondre de ses actes et de devoir en rendre compte.
- **Syndicat :** un syndicat est une association de personnes qui a pour but la défense d'intérêts professionnels et de droits communs. En France, la liberté syndicale a été reconnue par la loi Waldeck-Rousseau de 1884.

REPÈRES ET RÉFÉRENCES SUR LES FORMES DU DÉBAT

- **1881 :** Loi sur la liberté de la presse
- **1901 :** Loi définissant la liberté d'association
- **1944 :** Droit de vote des femmes
- **1974 :** Premier débat télévisé de second tour de l'élection présidentielle
- **1982 :** Loi sur la liberté de l'audiovisuel
- **1989 :** Création du Conseil supérieur de l'audiovisuel (CSA)
- **1991 :** Décret de création des conseils académiques de la vie lycéenne (CAVL)
- **2003 :** Révision constitutionnelle sur la démocratie de proximité
- **2017 :** Loi relative à l'égalité et à la citoyenneté (émancipation des jeunes, citoyenneté et participation)

Exercice 1 voir Fiche Savoir 1

HISTOIRE

Le jeu des puissances dans les relations internationales depuis 1945

1. Complétez le tableau ci-dessous en précisant la date ou l'événement concerné.

De 1947 à la fin des années 1980	....
....	Pacte de Varsovie
1955	....
1957	....
....	Crise de Cuba
1989	....
2001	....

2. Présentez une crise de la guerre froide en insistant sur le rôle des États-Unis dans cette crise.

3. « Les États-Unis ont gagné la guerre froide. » Justifiez ou infirmez cette affirmation.

FAIT ☐ REVU ☐

Exercice 2 voir Fiche Savoir 1

HISTOIRE

Le plan Marshall et les débuts de la guerre froide

1. Que proposent les États-Unis ? (Doc. 1)

2. Quels sont leurs objectifs ? (Doc. 1)

3. Qui est le commanditaire de l'affiche et que veut-il dénoncer ? (Doc. 2)

4. Comment les documents témoignent-ils des origines de la guerre froide ?

Document n° 1 : Le plan Marshall

« Il est logique que les États-Unis fassent tout ce qu'ils peuvent pour aider à rétablir la santé économique du monde, sans laquelle il ne peut y avoir aucune stabilité politique et aucune paix assurée. Notre politique n'est dirigée contre aucun pays, aucune doctrine, mais contre la famine, la pauvreté, le désespoir et le chaos. Son but doit être la reconnaissance d'une économie active dans le monde, afin que soient créées les conditions politiques et sociales où de libres institutions puissent exister. »

Discours du général Marshall, 5 juin 1947.

Document n° 2 : Affiche contre le plan Marshall

FAIT ☐ REVU ☐

Exercice 3 voir Fiche Savoir 2

HISTOIRE

Discours de Dominique de Villepin, ministre des Affaires étrangères français, devant le Conseil de sécurité de l'ONU en 2003

1. Devant quelle institution internationale Dominique de Villepin prononce-t-il son discours ?
2. Quels arguments présente-t-il pour s'opposer à la guerre ?
3. Quelle solution préconise-t-il ?
4. Comment affirme-t-il que la France n'est pas cependant hostile aux États-Unis ?

« Les États-Unis sont favorables à une guerre contre l'Iraq qu'ils accusent entre autres de détenir des armes de destruction massive. Des inspecteurs mandatés par l'ONU ont été envoyés pour contrôle. Certains pays dont la France privilégient l'alternative à la guerre et surtout une action collective des nations.

L'usage de la force ne se justifie pas aujourd'hui. Il y a une alternative à la guerre : désarmer l'Iraq par les inspections. De plus, un recours prématuré à l'option militaire serait lourd de conséquences. L'autorité de notre action repose aujourd'hui sur l'unité de la communauté internationale. Une intervention militaire prématurée remettrait en cause cette unité, ce qui lui enlèverait sa légitimité et, dans la durée, son efficacité. Une telle intervention pourrait avoir des conséquences incalculables pour la stabilité de cette région meurtrie et fragile. Elle renforcerait le sentiment d'injustice, aggraverait les tensions et risquerait d'ouvrir la voie à d'autres conflits... Et c'est un vieux pays, la France, d'un vieux continent comme le mien, l'Europe, qui vous le dit aujourd'hui, qui a connu les guerres, l'occupation, la barbarie. Un pays qui n'oublie pas et qui sait tout ce qu'il doit aux combattants de la liberté venus d'Amérique et d'ailleurs ; et qui pourtant n'a cessé de se tenir debout face à l'histoire et devant les hommes. Fidèle à ses valeurs, il veut réagir résolument avec tous les membres de la communauté internationale. Il croit en la capacité à construire ensemble un monde meilleur. »

Discours de Dominique de Villepin, ministre des Affaires étrangères français, devant le Conseil de sécurité de l'ONU à New York, le 14 février 2003.

FAIT ☐ REVU ☐

Exercice 4 voir Fiche Savoir 1

HISTOIRE

La conférence de Bandung (1955)

1. Dans quel pays la conférence se tient-elle ?
2. De quels continents les 29 participants sont-ils originaires ?
3. Quels sont les trois principaux objectifs de la conférence ?

Discours de Zhou Enlai, Premier ministre de la Chine communiste.

FAIT ☐ REVU ☐

Exercice 5 voir Fiche Savoir 1

HISTOIRE

Le plan Schuman

1. Présentez l'auteur du texte. (Doc. 1)
2. Quelle est sa proposition ? (Doc. 1)
3. Quelle en serait la conséquence pour les relations entre la France et l'Allemagne ? (Doc. 1)
4. Expliquez la couleur bleue et le drapeau figurant sur le document 2.

Document n° 1 : Déclaration de Robert Schuman, ministre des Affaires étrangères français en 1950

« L'Europe ne se fera pas d'un coup, ni dans une construction d'ensemble : elle se fera par des réalisations concrètes créant d'abord une solidarité de fait. Le rassemblement des nations européennes exige que l'opposition séculaire de la France et de l'Allemagne soit éliminée. L'action entreprise doit toucher au premier chef la France et l'Allemagne.

Dans ce but, le gouvernement français propose immédiatement l'action sur un point limité mais décisif.

Le gouvernement français propose de placer l'ensemble de la production franco-allemand de charbon et d'acier sous une Haute Autorité commune, dans une organisation ouverte à la participation des autres pays d'Europe. »

Déclaration de Robert Schuman, ministre des Affaires étrangères français, 9 mai 1950 (extraits).

Document n° 2 : Les membres de la CECA

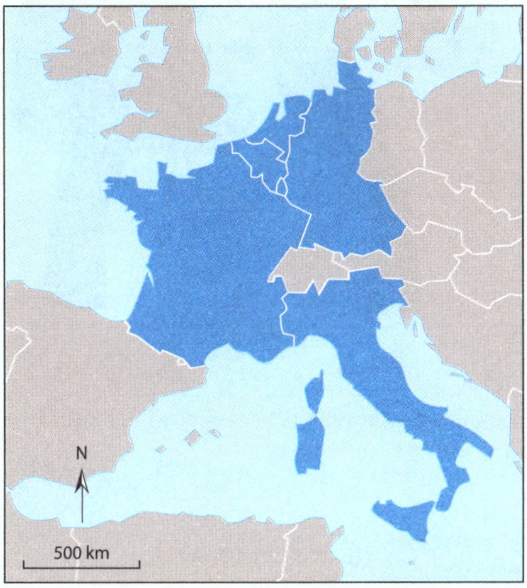

FAIT ☐ REVU ☐

Exercice 6 voir Fiche Savoir 1

HISTOIRE

La chute du mur de Berlin

1. Que représente la photographie ?
2. Rappelez ce qu'est ce « mur ».
3. Comment le document illustre-t-il la fin de la guerre froide ?

Ruines du mur de Berlin, 11 août 2011.

FAIT ☐ REVU ☐

Exercice 7 voir Fiche Savoir 1

HISTOIRE

Le 11 septembre 2001

1. De quel événement les documents sont-ils les témoignages ?
2. Comment l'attaque terroriste est-elle analysée ? (Doc. 2)
3. Quelle est la décision politique annoncée ?

Document n° 1 : L'attaque sur les tours du World Trade Center à New York (11 septembre 2001)

Document n° 2 : Déclaration de George W. Bush, président des États-Unis en septembre 2001

« Aujourd'hui, nos concitoyens, notre mode de vie, notre liberté même ont été attaqués dans une série d'actes terroristes meurtriers et délibérés [...]. Les attaques terroristes peuvent secouer les bases de nos plus grands bâtiments, mais elles ne peuvent pas toucher les fondements de l'Amérique. Ces actes brisent l'acier, mais ils ne peuvent pas entamer celui de la détermination américaine. Aujourd'hui notre nation a vu le mal, le plus mauvais de la nature humaine [...]. L'Amérique et nos amis et alliés se joignent à tous ceux qui veulent la paix et la sécurité dans le monde et nous ferons front ensemble pour gagner la guerre contre le terrorisme. »

Déclaration de George W. Bush, président des États-Unis, le soir du 11 septembre 2001 depuis la Maison Blanche.

FAIT ☐ REVU ☐

Exercice 8 voir Fiche Savoir 2

HISTOIRE

L'élection du président de la République au suffrage universel (1962)

1. Quelle est la nature du document ?
2. À quelle date et pour quelle circonstance le document est-il réalisé ?
3. Quels sont les commanditaires de l'affiche ?
4. À qui le document s'adresse-t-il ?
5. Relevez les couleurs employées. Expliquez le choix.
6. Quelle a été la portée du document ?

Affiche gaulliste pour le référendum de 1962

FAIT ☐ REVU ☐

Exercice 9 voir Fiche Savoir 2

HISTOIRE

Affiche de mai 1968

1. Identifiez la silhouette en noir sur l'affiche.
2. Que fait-il au jeune au premier plan ?
3. Quel malaise de la jeunesse l'affiche exprime-t-elle ?

Affiche de mai 1968.

FAIT ☐ REVU ☐

Exercice 10 voir Fiche Savoir 2

HISTOIRE

L'élection présidentielle et le quinquennat

1. Quels avantages le quinquennat offre-t-il ?
2. Quelles critiques du quinquennat l'auteur présente-t-il ?

L'élection présidentielle au suffrage universel est un trait essentiel du système politique français. Elle réunit un consensus. Elle est structurante en amenant les partis d'opposition à s'organiser et à se rapprocher pour tenter leur chance face à la majorité. Mais avec le quinquennat, mis à l'étude déjà par Georges Pompidou et ratifié par référendum du 24 septembre 2000[1], elle rapproche les échéances, aiguise les ambitions, crée selon certains les conditions d'une « campagne électorale permanente ».

1. L'adoption du quinquennat, en 2000, a été suivie en 2002 d'un changement de calendrier électoral. L'élection présidentielle précède maintenant les élections législatives.

Hubert Néant, *La Politique en France du XIXe siècle à nos jours*, Éditions Hachette, 2010.

FAIT ☐ REVU ☐

Exercice 11 voir Fiche Savoir 2

HISTOIRE

Débat télévisé du 3 mai 2017 avant le second tour de l'élection présidentielle

1. Identifiez les deux candidats.
2. Que signifient les chiffres sous le pupitre ?
3. Comment le document met-il en évidence la forte médiatisation de l'élection présidentielle ?

FAIT ☐ REVU ☐

Débat télévisé du 3 mai 2017 avant le second tour de l'élection présidentielle, regardé par près de 16,5 millions de personnes.

Exercice 12 voir Fiche Savoir 3

GÉOGRAPHIE

La ration calorique mondiale par habitant

1. Sur quel continent les rations alimentaires sont-elles les plus faibles ?
2. Comment la carte montre-t-elle l'importance des inégalités alimentaires dans le monde ?

FAIT ☐ REVU ☐

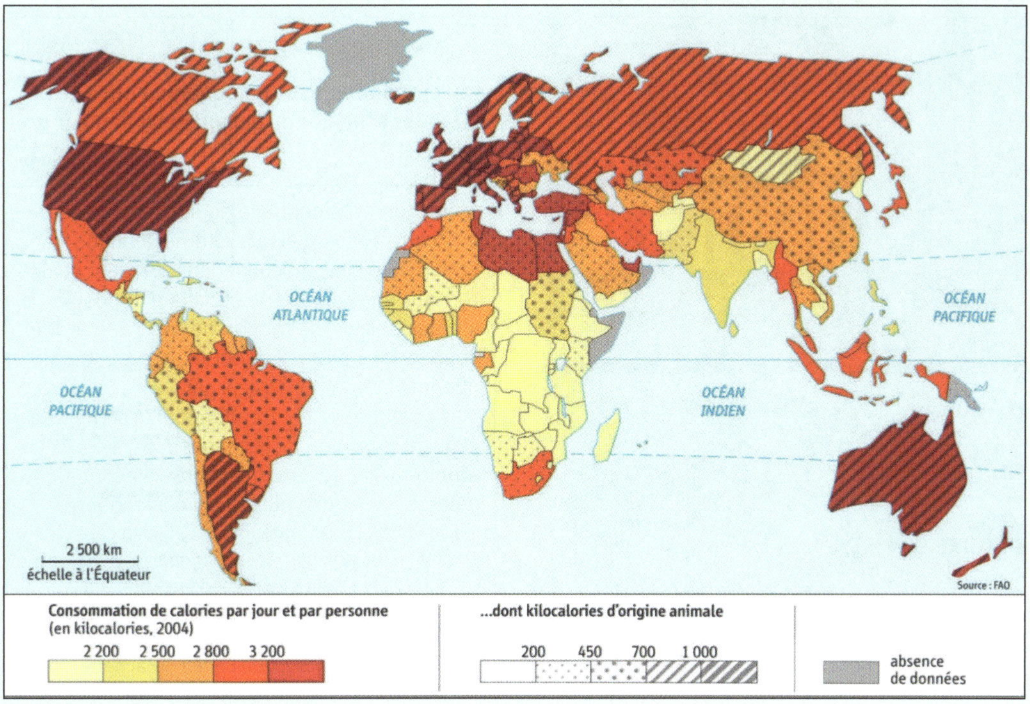

Ration calorique par habitant et alimentation carnée.

Exercice 13 voir Fiche Savoir 2

GÉOGRAPHIE

La croissance de la consommation mondiale d'énergie primaire

1. Quelle est l'énergie encore la plus utilisée actuellement ?
2. Commentez l'évolution de la consommation mondiale.

FAIT ☐ REVU ☐

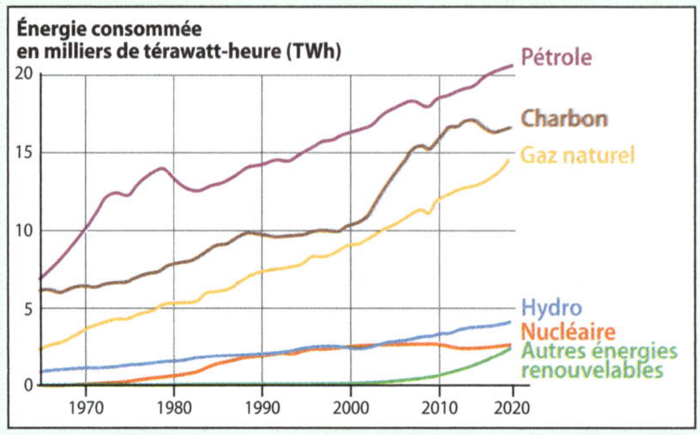

Consommation mondiale d'énergie primaire.

Exercice 14 voir Fiche Savoir 3

GÉOGRAPHIE

Les parcs éoliens en mer

1. Présentez le projet (situation et environnement géographiques). (Doc. 1)
2. Quels sont les avantages de l'éolien offshore (marin). (Doc. 2)
3. Quels obstacles le document 1 fait-il apparaître ?
4. Construisez une réponse courte et argumentée sur les avantages et les inconvénients des projets offshore.

Document n° 2 : Le rôle de l'éolien en mer

« Le développement des énergies renouvelables en mer est une priorité en application de la loi relative à la transition énergétique et pour la croissance verte de 2015. Il n'y a pas toujours de vent et le vent ne souffle pas toujours avec la même intensité, mais il existe des zones où la production d'électricité est possible pour 80 % du temps. »

« Développement de l'éolien : une énergie en débat », www.Vie publique.fr, 24 mai 2019.

FAIT ☐ REVU ☐

Document n° 1 : Le projet de parc éolien marin en face de l'île d'Oléron

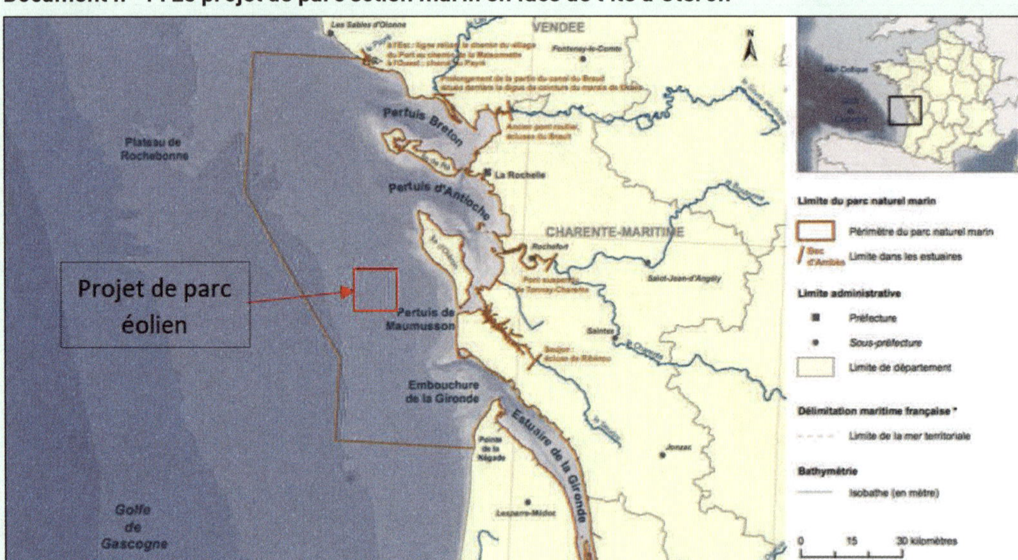

Exercice 15 voir Fiche Savoir 3

GÉOGRAPHIE

Les acteurs de l'aménagement des territoires

1. Sur le fond de carte proposé ci-contre, situez deux régions.
2. Sur le fond de carte proposé ci-contre, indiquez les trois villes dépassant le million d'habitants.
3. Présentez trois acteurs intervenant dans l'aménagement des territoires, entre autres dans la préservation de l'environnement, la gestion de l'urbanisation et la prévention des risques.

FAIT ☐ REVU ☐

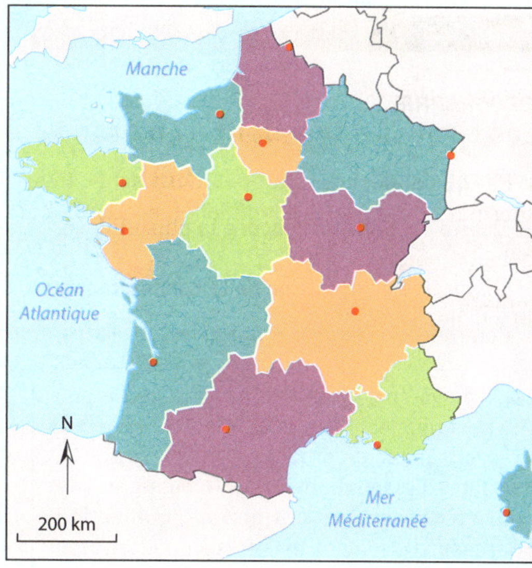

Exercice 16 voir Fiche Savoir 3

GÉOGRAPHIE

Les risques naturels

1. Quel est l'objectif du document ?
2. De quelle autorité émane-t-il ?
3. Dans un court paragraphe argumenté, montrez comment la prévention face aux risques reflète des situations inégales.

FAIT ☐ REVU ☐

Affiche rappelant les précautions à prendre en cas de cyclone (Martinique).

Exercice 17 voir Fiche Savoir 4

GÉOGRAPHIE

Les risques d'inondation en France

1. Par quels moyens les populations sont-elles informées des risques d'inondation encourus ?
2. Quelle situation créée par les hommes aggrave le danger d'inondation ? Quel serait le remède ?
3. Commentez la phrase soulignée dans le texte.

Notre système d'alerte s'est bâti peu à peu. Depuis plusieurs années, Météo France a la responsabilité de produire des cartes sur les risques d'inondation. Ces informations sont ensuite transmises aux préfets, qui les font descendre jusqu'aux maires, lesquels alertent la population. Les villes détiennent aujourd'hui un document d'information communal (Dicrim) qui liste les dangers existants et les moyens de s'en protéger [...]. La population doit aussi se prendre en charge. Par ailleurs, certains ne prennent pas toujours au sérieux les alertes et d'autres refusent de se mettre à l'abri en quittant leur habitation [...]. Depuis 1995, des plans de prévention des risques (PPR), élaborés par les préfectures, définissent les espèces à risque sur une commune, les constructions interdites ou possibles sous certaines conditions. Ces plans sont mal acceptés par certains maires, qui traînent pour les faire approuver... Les maires ne résistent pas toujours aux pressions d'une population qui veut s'installer dans des zones à risque et désire en même temps la sécurité... Si on devait appliquer la loi, on aurait des milliers d'habitations à démolir en France...

Yvette Veyret, géographe et auteur de l'*Atlas des risques en France*, *Le Figaro*, 5 octobre 2020.

FAIT ☐ REVU ☐

Exercice 18 voir Fiche Savoir 4

GÉOGRAPHIE

La protection de l'environnement

1. Quels articles montrent que la protection de l'environnement inclut des droits et aussi des devoirs ?
2. Quel article correspond à la formule « pollueur, payeur » ?
3. Quels sont les éléments pris en compte pour respecter un développement durable ?
4. Par quel article rappelle-t-on que les jeunes sont concernés par la formation à l'environnement ?
5. L'article 5 a fait l'objet d'une polémique, en particulier chez les scientifiques. Pourquoi, selon vous ?

La Charte de l'environnement est intégrée à la Constitution depuis 2005.

Art. 1er. Chacun a le droit de vivre dans un environnement équilibré et respectueux de la santé.

Art.2. Toute personne a le devoir de prendre part à la préservation et à l'amélioration de l'environnement.

Art. 3. Toute personne doit, dans les conditions définies par la loi, prévenir les atteintes qu'elle est susceptible de porter à l'environnement ou, à défaut, en limiter les conséquences.

Art. 4. Toute personne doit contribuer à la réparation des dommages qu'elle cause à l'environnement dans les conditions définies par la loi.

Art. 5. Lorsque la réalisation d'un dommage, bien qu'incertaine en l'état des connaissances scientifiques, pourrait affecter de manière grave et irréversible l'environnement, les autorités publiques veillent, par application du principe de précaution et dans leurs domaines d'attribution, à la mise en œuvre de procédures d'évaluation des risques et à l'adoption de mesures provisoires et proportionnées afin de parer à la réalisation du dommage.

Art. 6. Les politiques publiques doivent promouvoir un développement durable. À cet effet, elles concilient la protection et la mise en valeur de l'environnement, le développement économique et le progrès social. [...]

Art. 8. L'éducation et la formation à l'environnement doivent contribuer à l'exercice.

Loi constitutionnelle du 1er mars 2005 relative à la Charte de l'environnement (JORF n° 0051 du 2 mars 2005).

FAIT ☐ REVU ☐

Exercice 1

1.

De 1947 à la fin des années 1980	Guerre froide
1955	Pacte de Varsovie
1955	Conférence de Bandung
1957	Traités de Rome
1962	Crise de Cuba
1989	Chute du mur de Berlin
2001	Attentats de New York

2. Cuba est une île proche de la Floride où Fidel Castro, au pouvoir depuis 1959, s'est rapproché de l'URSS surtout après l'échec d'un débarquement d'exilés cubains aidés par les États-Unis et destiné à le renverser dans la baie des Cochons, (15 avril 1961). L'Union soviétique dirigée par Nikita Khrouchtchev est sur le point d'installer des fusées offensives à moyenne portée à Cuba. Le président américain John Kennedy décide une « quarantaine » (blocus de l'île) et annonce son intention d'arraisonner tout navire soviétique porteur de missiles et de charges nucléaires. Le monde se pense « au bord du gouffre ». Mais la crise se dénoue : les navires soviétiques font demi-tour, les installations sont démontées, les États-Unis renoncent à envahir Cuba. Cette crise montre la tension et le rapport de forces entre les deux grandes puissances dominatrices où la menace nucléaire et l'arme économique font aussi partie des caractéristiques de la guerre froide. Elle est aussi une première tentative de dialogue entre les deux grandes puissances.

3. Les États-Unis restent la seule grande puissance après l'effondrement du bloc soviétique et l'implosion de l'URSS. L'Europe n'est plus divisée et est en voie d'unification mais ne peut rivaliser, de même que les pays en développement.

Exercice 2

1. En 1947, les États-Unis proposent à l'Europe, ruinée par la Seconde Guerre mondiale, une aide économique et financière : le plan Marshall.

2. Cette aide a pour objectif de sauver les populations et de restaurer l'économie européenne (et par là même mondiale) ; elle est aussi inspirée par la crainte de voir les peuples dans la misère se tourner vers le communisme.

3. L'affiche de 1952 est commanditée par le Parti communiste français. La pieuvre symbolise les États-Unis et leur « impérialisme ». Les communistes, qui ne font plus partie du gouvernement en France depuis 1947, évoquent les Américains comme des colonisateurs.

4. Seize pays d'Europe occidentale ont accepté l'aide et se sont regroupés dans l'OECE (Organisation européenne de coopération économique), chargée de répartir l'argent du plan Marshall. En revanche, les pays communistes ont refusé le plan. L'acceptation ou non du plan Marshall est l'un des éléments ayant contribué à la coupure de l'Europe en deux et à la constitution des deux blocs de la guerre froide. Parallèlement s'est constituée l'OTAN (Organisation du traité de l'Atlantique Nord) en 1949 et a éclaté la première grande crise, le blocus de Berlin, aboutissant à la formation des deux Allemagne.

Exercice 3

1. Dominique de Villepin prononce son discours à l'ONU et plus précisément devant le Conseil de sécurité (les membres permanents dont cinq ont un droit de veto).

2. Il propose d'attendre la fin de la mission des experts. Par ailleurs, la guerre déstabiliserait la région et pourrait entraîner d'autres guerres.

3. Dominique de Villepin préconise une entente et éventuellement une action internationale sous la direction de l'ONU.

4. Dans son discours, le ministre des Affaires étrangères rappelle le rôle des combattants américains (et d'autres nations) dans la libération de la France et la fin de la Seconde Guerre mondiale.

Exercice 4

1. La conférence a lieu en Indonésie.

2. Les participants sont originaires d'Asie et d'Afrique.

3 Premier objectif : soutenir la marche vers l'indépendance des peuples encore colonisés. Deuxième objectif : favoriser la paix. Troisième objectif : rester neutre entre les deux blocs de l'Ouest et de l'Est.

Exercice 5

1. Robert Schuman est, en mai 1950, le ministre français des Affaires étrangères.

2. Il propose la réalisation d'une « Communauté européenne du charbon et de l'acier » ; le plan est inspiré par Jean Monnet. Ce serait la mise en commun de la production du charbon et des produits sidérurgiques. Ce plan prépare à une union européenne future, celle-ci ne pouvant, selon ses concepteurs, se réaliser que progressivement, et à partir d'opérations concrètes.

3. Le plan rendrait la guerre impossible entre les deux pays puisque la production d'acier, hautement symbolique, sert en particulier à faire des armes de guerre.

4. La couleur bleue correspond aux États membres de la CECA, ainsi que le nombre d'étoiles du drapeau.

Exercice 6

1. La photographie représente des ruines du mur de Berlin.

2. À partir du 13 août 1961, la RDA édifie un mur entre Berlin-Est et Berlin-Ouest, afin de stopper l'exode vers l'ouest. Ce « mur de la honte », ainsi appelé par les Occidentaux, était long de 155 km. 136 personnes sont officiellement mortes en raison de l'existence du mur dont 98 en tentant de le franchir.

3. Le 9 novembre, les autorités est-allemandes accordent la liberté de circulation. Le mur est ouvert dans la nuit du 9 au 10 et démantelé. La coupure de l'Europe en deux (le « rideau de fer », selon l'expression de Churchill), qui symbolisait aussi la division du monde en deux blocs, est terminée. C'est la fin de la guerre froide.

Exercice 7

1. La destruction des tours du World Trade Center de New York par des attentats terroristes.

2. L'attaque, selon le président américain, a pour cible les valeurs américaines (mode de vie, libertés), les bases mêmes de la démocratie des États-Unis. Cette attaque est perpétrée par des êtres mauvais qui sont le « mal ».

3. La riposte sera la recherche d'un front d'alliances contre ce « mal » et ira jusqu'à la guerre.

Exercice 8

1. Le document est une affiche.

2. Il est réalisé en 1962 lorsque le général de Gaulle propose l'élection du président de la République au suffrage universel.

3. Le commanditaire est le parti gaulliste.

4. Le document s'adresse aux électeurs français.

5. Les couleurs bleu, blanc, rouge rappellent le drapeau français.

6. Le référendum a été favorable à la proposition et, depuis 1962, le président est élu au suffrage universel (première élection en 1965).

Exercice 9

1. Il s'agit du président de la République, le général de Gaulle.

2. Sa main muselle le jeune.

3. La jeunesse a le sentiment d'être négligée et de ne pouvoir s'exprimer ; cela est d'autant plus frustrant car, issue du *baby-boom*, elle est de plus en plus nombreuse. Elle est aussi une force économique.

Exercice 10

1. Les Français sont d'accord avec le quinquennat. Celui-ci permet entre autres aux partis politiques d'opposition de mieux s'organiser « pour tenter leur chance ».

2. L'auteur craint qu'un mandat raccourci ne mène à une « campagne électorale permanente ».

Exercice 11

1. Ce sont Marine Le Pen et Emmanuel Macron.

2. Le temps de parole de chaque candidat est mesuré et ce temps s'affiche ainsi pour chacun.

3. Le débat télévisé du second tour est devenu un passage obligé. Il réalise toujours une très forte audience.

Exercice 12

1. Il s'agit du continent africain. Certains pays asiatiques comme l'Inde sont cependant dans une situation alimentaire fragile.

2. La carte souligne le contraste entre les pays riches et développés et les pays en développement. Elle met aussi en avant le manque de diversité dans les ressources (alimentation carnée plus importante dans les pays riches).

Exercice 13

1. L'énergie la plus utilisée est le pétrole.

2. On constate un accroissement global de la consommation. Dans les énergies non renouvelables, seule baisse la consommation de charbon. Pour les énergies renouvelables, l'hydroélectricité est en légère augmentation, le nucléaire a tendance à baisser puis à n'augmenter que très faiblement. En revanche, les autres énergies renouvelables comme l'éolien, la géothermie, etc., augmentent par rapport au reste des énergies mais de façon importante.

Exercice 14

1. Le projet concerne le Sud-Ouest et la Nouvelle Aquitaine et plus précisément le département de la Charente-Maritime. Il devrait se situer au large de l'île d'Oléron.

2. L'éolien offshore reçoit beaucoup plus de vents et des vents plus intenses. De plus, le projet s'inscrit dans la loi relative à la transition énergétique et à la croissance verte destinée à réduire les émissions de gaz à effet de serre et à diminuer en particulier la production d'énergie nucléaire.

3. Le projet se situe dans une zone naturelle protégée.

4. Les avantages portent sur la production d'une énergie renouvelable et propre pour les habitants concernés. Cela fournirait aussi des emplois. Les inconvénients sont les atteintes à l'environnement (visuel), aux zones de pêche et surtout le projet concerne des naturels protégés.
Cela serait un grave préjudice pour la faune et porterait atteinte à la biodiversité. Le projet est prévu sur 300 km². L'électricité produite (entre 500 mégawatts et 1 gigawatt) fournirait à terme de l'électricité pour 1,2 million d'habitants. Mais il est au cœur de trois zones naturelles protégées (dont Natura 2000) et nuirait à la fois à la faune locale mais aussi aux oiseaux migrateurs.

Exercice 15

1. Voir la carte ci-dessous.

2. Paris, Lyon, Marseille.

3. L'État, qui a été le premier aménageur, mais, avec la décentralisation, également les collectivités territoriales (Régions, Départements, communes et maintenant intercommunalités). Il faut aussi ajouter l'Europe.

Exercice 16

1. L'objectif est de prévenir les populations des précautions à prendre pour limiter les effets des cyclones.

2. Le document émane de la préfecture de la Martinique.

3. Selon les États et leur stade de développement, les risques sont plus ou moins ressentis. Des politiques d'éducation, de mesures préventives sont mises en œuvre dans les pays développés mais n'existent que fort peu dans les pays en développement.

Exercice 17

1. La population est informée par les maires, lesquels ont reçu les alertes transmises par les préfets depuis les services de Météo France.

2. C'est l'urbanisation qui aggrave les risques. Les maires cèdent parfois aux populations et accordent des permis de construire dans des zones dangereuses. Il faudrait détruire des milliers d'habitations.

3. Certaines personnes ne veulent pas évacuer par inconscience du danger réel mais d'autres, en particulier les plus âgées, résistent car trop attachées à leur maison et leurs souvenirs.

Exercice 18

1. Les articles 1 et 2.

2. L'article 4.

3. L'environnement mais aussi le développement économique et le progrès social.

4. L'article 8.

5. Il a été souligné que « le principe de précaution » pouvait, dans certaines circonstances, freiner le progrès scientifique.

Savoir 1

LU ☐
SU ☐
REVU ☐

Le groupe verbal

1 L'ordre des mots dans la phrase

PHRASE	CONSTRUCTION	EXEMPLES
AFFIRMATIVE	Sujet + (auxiliaire) + V	*Simon smokes. Ken can cook.*
NÉGATIVE	Sujet + auxiliaire + *not/n't* + V	*Donald doesn't drive. Kate can't count.*
QUESTIONS	(*Wh.../how...*) + auxiliaire + sujet + V	*What can a cat scratch? Is Liz fit?* *How do you do?*

2 Les principaux temps

TEMPS	FORMES = SUJET + ...	USAGES	EXEMPLES
PRÉSENT	V (+ *-s* à la 3e pers.)	Généralités, goûts	*Lily likes lemonade.*
PRÉSENT *-ING*	*be* + V + *-ing*	Situations particulières	*You're reading this page!*
FUTUR SIMPLE	*will* + V	Projets, prévisions	*Elections will take place in two months.*
FUTUR *GOING TO*	*be going to* + V	Intentions, futur proche	*I'm going to write to the Mayor.*
PRÉTÉRIT	V + *-ed* ou irrégulier	Fini + précis	*Sam saw Sid last Sunday.*
PRESENT PERFECT	*have* + V + part. passé *have been* + V + *-ing*	Pas précis ou pas fini	*Bart has bought a boat.* *Willy has worked for weeks.*
CONDITIONNEL	*could* (pourrais) + V *should* (devrais) + V *would* + V	Suggestion Conseil Situation envisagée	*Cooper could cook soup.* *Charles should change shoes.* *Mike would like a bike.*

3 Les auxiliaires de modalité

Construction : sujet + auxiliaire + verbe.
Deux sens : 1. Vie quotidienne. 2. Hypothèse.

AUX.	USAGES	EXEMPLES
MAY	**1.** Permission (peut) **2.** Pas sûr (*might* : moins sûr = peut éventuellement)	**1.** *You may not drive fast in town.* **2.** *It may rain in Marseille tomorrow.*
CAN	**1.** Capacité (peut) **2.** Possible (*could* : moins sûr = pourrait)	**1.** *Cats can catch mice.* **2.** *A new strategy can be a good idea.*
MUST	**1.** Devoir (doit) **2.** Sûr (*should* : moins sûr = devrait)	**1.** *You must go and see this film!* **2.** *My train must arrive at 10.*

S'entraîner au Bac
Exercices 1, 2, 3, 4 : p. 270

Savoir 2

LU ☐
SU ☐
REVU ☐

Le groupe nominal

1 Pluriel des noms dénombrables / indénombrables

– Dénombrables = objets qu'on peut compter > ils ont un singulier et un pluriel.
– Indénombrables (notions, matières, aliments) = non comptables > pas de pluriel.

Dénombrables : *a flower, two flowers.* **Indénombrables :** *love, peace, coffee, plastic*
Attention : *information* (les informations), *homework* (les devoirs), *furniture* (les meubles), *luggage* (les bagages), *advice* (les conseils), *fruit* (les fruits)

2 *The* ou ø ?

– *The* = précis, singulier ou pluriel // ø (absence d'article) = généralité.

The cakes I make. (Les gâteaux que je fais.) *I like cakes.* (J'aime les gâteaux.)

– Les noms propres ne sont pas précédés de *the* car ils sont uniques. Cela vaut pour les pays sauf lorsqu'ils contiennent un nom commun.

France, Great Britain / the United States / the United Kingdom

3 Adjectifs

Ils sont invariables et se placent avant le nom qu'ils accompagnent : *black taxis.*

3.1. Comparatifs (on compare deux éléments)

plus + adj. + que	adj. court + *-er than* *more* + adj. long + *than*	*-y* > *-ier* Exemple : *funny* > *funnier* Comparatifs irréguliers : *good* > *better* (mieux) ; *bad* > *worse* (pire) ; *far* > *farther* (plus loin)
moins + adj. + que	*less* + adj. + *than*	
aussi + adj. + que	*as* + adj. + *as*	

3.2. Superlatifs (on parle du seul élément qui sort du lot)

le plus + adj.	adj. court + *est* *the most* + adj. long	*-y* > *-ies* Exemple : *happy* > *happiest* *good* > *the best* (le meilleur) ; *bad* > *the worst* (le pire)
le moins + adj.	*the least* + adj.	

4 Pronoms relatifs qui, que

	HUMAIN	NON HUMAIN
SUJET	***who*** (qui)	*which*, ***that*** (qui)
COMPLÉMENT	Ø, ***that*** (que)	*which*, ***that***, Ø (que)

Autres relatifs : ***whose*** (= dont, jamais suivi de *the* : *the man whose photo...* = l'homme dont la photo...), ***where*** (*the place where...* = l'endroit où...), ***when*** (*the day when...* = le jour où...), ***why*** (*the reason why...* = la raison pour laquelle...)

S'entraîner au Bac
Exercices 5, 6, 7 : p. 270

Les nombres et les quantités

LU ☐
SU ☐
REVU ☐

1 Les nombres

1.1. *Dozen, hundred, thousand* et *million* sont invariables lorsqu'ils sont précédés d'un chiffre.

two dozen eggs, three hundred people. Mais : *millions of people*

1.2. À l'oral, les dizaines sont précédées de *and* dans un nombre contenant au moins trois chiffres. À l'écrit, on place une virgule avant les milliers et la virgule décimale française est un point en anglais.

3,052 : *three thousand* ***and*** *fifty two* (trois mille cinquante deux).
3.55 : *three point fifty five* (trois virgule cinquante cinq).

1.3. Les nombres ordinaux se forment (à partir du 4e) en ajoutant *-th* à la fin du nombre (il y a juste quelques variantes orthographiques comme : *fifth, ninth*...).

Le 1er = *the first* ; le 2e = *the second* ; le 3e = *the third* ; le 4e = *the fourth*, le 5e = *the fifth*...
the twenty-first (= 21^e^) ; *the forty-third* (= 43^e^) ; *the hundredth* (= 100^e^)...

On les utilise aussi pour exprimer une fraction et les dates.

Un tiers = *a third*, un quart = *a fourth*.
Le 3 juin = *June 3rd* (On dira : « *June the third* ».)

2 La quantité indéfinie : *some – any – no* et leurs composés

- *Some, any* et *no* seuls = du, de la, des, quelques...
- *Some* dans les phrases affirmatives ; *any* dans les questions ou dans les phrases avec négation ; *no* dans les phrases négatives sans autre négation.

You'll find some milk in the fridge but there's no butter left.

- Composés : *somebody, someone* (quelqu'un), *anybody/anywhere/anything* (n'importe qui/n'importe où/n'importe quoi), *nobody/nothing* (personne, rien)...

3 Pour indiquer un excès : « trop »

- Devant un adjectif : *My brother is* ***too*** *young to go to the pub.*
- Devant une quantité : ***too*** *many* + dénombrable pluriel/*too much* + indénombrable (*too much* peut être employé seul).

There are too many cars and too much noise in big cities. Some people work too much.

Attention, *too* après un mot ou une phrase signifie « aussi, également » : *My friend lives in Paris too.*

4 Dates et âge

on + date/jour ; ***in*** + année/mois ; pour donner son âge : *I am ... years old.*

I was born on June the 1st. I was born in 1996, I am twenty years old.

S'entraîner au Bac
Exercices 8, 9, 10 : p. 271

Savoir

4

La prononciation et l'intonation

LU ☐
SU ☐
REVU ☐

1 Les mots

1.1. Prononciation : quelques règles et conseils

Règle 1 : voyelle/consonne + voyelle = son long ou diphtongue.

cat/Kate [ei], *rid/ride* [aɪ], *ton/tone* [əʊ], *pet/Pete* [i:]

Règle 2 : devant une consonne double, le son voyelle est court.

write [aɪ]/*wri**tt**en* [i] ; *wine* [aɪ]/*wi**nn**ing* [i]

Conseil 1 : pour les voyelles, il faut bien distinguer les sons « courts » des sons « longs ».

fit/feet ; slip/sleep ; cat/cart…

Conseil 2 : pour les consonnes, il faut bien distinguer les sons « **ch** » et « **tch** » et veiller à la prononciation du « ***th*** » (jamais « v » !).

ships/chips ; three/tree ; three/free

Conseil 3 : la terminaison ***-able*** ne se prononce pas « abeul » mais presque « eubo ».

comfortable = ['kʌmftəbəl]

1.2. Accentuation : règles

a) Mots terminant par *-ic(s), -ical, -ion, -ian, -ial, -ity, -ety* : accent de mot sur la syllabe qui précède les terminaisons.

economic, economical, solution, technician, official, commercial, intensity, society
Exceptions en *-ic*: *Arabic, arsenic, catholic, heretic, politics, rhetoric.*

b) Verbes se terminant par *-ate* (et de plus de 2 syllabes) : l'accent de mot se place deux syllabes avant la terminaison.

accelerate, collaborate, manipulate

c) Mots avec consonne doublée : accent de mot avant la dernière consonne doublée.

cigarette, coffee, committee, graffiti

d) Les terminaisons *-ing* et *-ed* ne déplacent pas l'accent du mot racine.

interest > interesting, interested
challenge > challenging, challenged

2 La phrase, rythme et intonation

2.1. Les mots accentués sont les mots importants. Dans *What time is it?* seul *time* est accentué.

2.2. Dans une phrase, l'intonation est descendante sauf dans les questions qui commencent par un auxiliaire (et parfois pour indiquer la surprise ou l'ironie).

S'entraîner au Bac
Exercices 11, 12, 13 : p. 271

ANGLAIS

Savoir 5

Les mots de liaison, les prépositions

LU ☐
SU ☐
REVU ☐

1 Les mots de liaison

1.1. Pour annoncer le plan

first of all = tout d'abord
at the beginning = au début
at the end = à la fin
finally = finalement

1.2. Pour indiquer une liaison entre des idées

so/consequently = par conséquent, donc
in short = en bref
since = puisque
because = parce que
because of = à cause de
besides = d'ailleurs
that is to say = c'est-à-dire
anyway = de toute façon
in addition/moreover = de plus
in spite of = malgré
either ... or... = soit ... soit...
neither... nor... = ni... ni...

1.3. Pour donner des exemples

such as = comme/tel que
for example/for instance = par exemple
actually/in fact = en fait
in particular/in general = en particulier/en général

2 Les prépositions à connaître

2.1. Précisions de temps

a) *For* indique **la durée totale d'une action**. Il peut donc accompagner tous les temps.

How long can you work? > I can work for hours (pendant des heures). *Yesterday I worked for 6 hours.*

b) *Ago* indique **le temps écoulé depuis que l'action a eu lieu**. Elle est finie et définie, donc *ago* n'accompagne que le prétérit.

How long ago did he pass his exam? > He passed his exam two years ago. (= Il a réussi son examen il y a 2 ans.)

c) *Since* indique **le début d'une action non terminée** (donc avec *present perfect*).

Since when...? > I have been working here since 2009. (= Je travaille ici depuis 2009.)
Attention : *We've been together since we met.* (= On est ensemble depuis qu'on s'est rencontrés. L'action qui **suit** *since* est passée et finie, donc au prétérit.)

2.2. « Pour » / « Pour que »

« Pour » = *for* + nom ; *to* + verbe. « Pour que... » = *for* + nom et *to* + verbe.

That film is for children. They bought the DVD to please their children. Here is the address for you to find the cinema easily.

S'entraîner au Bac
Exercices 14, 15, 16 : p. 272

ANGLAIS

Présenter un sujet

LU ☐
SU ☐
REVU ☐

1 Présenter un événement, son expérience

Il s'agit de relater des faits : il faudra donc être précis et ordonner les faits chronologiquement (voir **FICHE SAVOIR 5**), les présenter de façon vivante en illustrant par des anecdotes. Pour la partie 2, préparez une fiche de vocabulaire spécifique au domaine (ou à l'entreprise) dont vous parlez.

1. Introduction : expliquez votre choix de sujet, indiquez quand cela a eu lieu.

2. Pour développer, donnez des détails précis et utilisez essentiellement le prétérit.

- S'il s'agit d'un stage, indiquez le nom de l'entreprise, son type d'activité, sa taille, le lieu où vous avez travaillé, comment vous avez trouvé l'entreprise. Expliquez en quoi a consisté le stage : ce qu'on vous a demandé, les points positifs, les difficultés rencontrées.

I chose to speak about this company because I attended an interesting training course there in November.

- S'il s'agit d'un événement : indiquez son contexte (historique, politique, sportif...), soulignez les aspects culturels, son intérêt (pour vous, la société, le monde...)

I chose to speak about London because I met tourists from London last year and they invited me over to spend a week there.

LEXIQUE

I was asked to = on m'a demandé
I was offered = on m'a proposé/offert
to carry out = mener à bien
thanks to = grâce à
to go on/to attend a training course = suivre une formation, faire un stage
to do work experience = faire un stage en entreprise
Attention : *a two-week training period* = un stage de 2 semaines, *week* ne prend pas de *s*.

2 Présenter une œuvre, un objet

Pour la description, utilisez le présent, *there is/are, we can see/notice*... et utilisez la même démarche pour tout type d'image (**FICHE SAVOIR 9**).

Pour parler de l'auteur : utilisez le présent s'il est encore en vie, le prétérit dans le cas contraire. Pour expliquer la création de l'œuvre ou d'événements associés, utilisez le prétérit (faits passés).

3 Conclure

Expliquez votre choix : le rôle que cette expérience/événement a joué dans votre vie (*present perfect*, voir **FICHE SAVOIR 1**), l'importance de l'objet, de l'œuvre dans la culture. Vous pouvez ouvrir la réflexion sur vos projets en utilisant cette fois le futur.

I'd like to/I want to/I intend to (+ V), Next year I will...

S'entraîner au Bac
Exercices 17, 18, 19, 20 : p. 272-273

Répondre à des questions

LU ☐
SU ☐
REVU ☐

1 Comprendre la question

1.1. Identifier les pronoms interrogatifs

Revoyez les pronoms interrogatifs (*who, what*, etc. et *how* et ses composés) et leur sens. Attention : *What ... for?* = Dans quel but ? On y répond par : *to* + V, alors qu'une question commençant par *Why* demande une cause.

Why did you choose this CD? Because of quality of the group.
What did you choose this subject for? To show that music plays a real role.

Attention également aux questions contenant *what* et *like*.

What was it like to work there? = Comment c'était de travailler là-bas ?
What did you like when you worked there? = Qu'avez vous aimé... ?

1.2. Identifier le temps de la question

Repérez l'auxiliaire ou la terminaison du verbe, pour reprendre le temps dans votre réponse.
L'auxiliaire *do* indique le temps (présent/passé : *do, does* ou *did*) à réutiliser mais pas à reprendre dans les réponses.

Who did you have the time to meet? I only had the time to meet the boss.
Where will you work next summer? I'll work...

1.3. Si l'on ne comprend pas la question

Ne pas hésiter à faire répéter : *I'm sorry, I didn't understand your question. Could you repeat it, please?*

2 Répondre

- Respectez l'ordre de la phrase en anglais (**FICHE SAVOIR 1**).
- Ne répondez pas par quelques mots, formulez des réponses complètes : *Yes, I do. No, I don't, because...*
- Si vous hésitez, utilisez des *gap-fillers* (« bouche-trous ») : *Well, er..., actually* (en fait)... *Let me think...,The thing is..., The problem is..., The point is..., I'd say that...*
- Si vous êtes à court de mots, pensez à utiliser des synonymes. Pensez aussi au stock de verbes irréguliers et aux mots transparents (mots en *-tion*, en *-ic(al)*) : *pollution, civilization, creation, dramatic, economic, historical, geographical...* Attention : *politics* = la politique ; *a policy* = une politique.
- Si vous devez absolument demander un mot, demandez-le en anglais : *What's the English for...? What's the verb for ... in English?*
- Si vous voulez donner votre opinion, variez les expressions : *I think (that)...* = je pense que..., *I believe (that)...* = je crois que..., *in my opinion, in my view, according to me...*

S'entraîner au Bac
Exercices 21, 22 : p. 274

Savoir 8

Comprendre un document écrit

LU ☐
SU ☐
REVU ☐

1 Avant la lecture : identifier le document

Repérez la source (journal, magazine, livre...), la date, l'auteur (est-il connu ?). Les illustrations guident la lecture : lisez la légende de l'image s'il y en a une. Attention, un copyright n'est pas une légende : il est précédé de ©.

2 Première lecture : comprendre globalement

Pour comprendre un texte écrit, deux lectures sont nécessaires : la première, rapide, pour une vue d'ensemble et une deuxième pour voir les détails et vérifier ce qu'on a compris à la première lecture.

Éléments à repérer :

- Dans un article de journal, **le gros titre** (= *headline*) contient **les mots-clés** (= *key words*) et donne l'idée principale qui figure aussi dans le premier paragraphe.
- Dans le texte, en principe **un paragraphe = une idée**. Cela doit guider la lecture.
- **Les noms propres** vont permettre de répondre aux questions : qui ? et où ?.
- Identifiez ce à quoi se réfèrent **les nombres** présents dans le texte (dates, quantités, âge... : voir FICHE SAVOIR 3). Ils aident à répondre aux questions : quoi ?, quand ?, quel âge ?...
- **Le temps des verbes** est significatif :
  - les prétérits indiquent un événement passé lié au sujet principal ;
  - le présent indique une opinion, un fait de société ou une description.
- **Les pronoms** utilisés indiquent si l'auteur s'adresse au lecteur (*I/you*), s'il parle de personnes en particulier (*he/she, they*), s'il décrit des faits généraux (*they, people*).
- **Les auxiliaires de modalité** indiquent si l'auteur donne des conseils (*you can, you should*), prévoit des événements à venir (*will, should*), envisage des possibilités (*can, may, might*), etc.

3 Deuxième lecture : entrer dans les détails

- Intéressez-vous à des **points précis** : les exemples donnés, les chiffres choisis, la relation entre les personnes mentionnées (différences, points communs).
- Cherchez si besoin **le sens des mots inconnus** : grâce au contexte immédiat, ou en en retrouvant sa racine et en le décomposant. **Ne cherchez pas à tout comprendre.**

> - Dans la phrase : *Don't be cowed by others' attitudes. Speak your mind!*, l'opposition entre *Don't be cowed* et *speak* permet de deviner que *be cowed* signifie le contraire de *speak*, donc il peut vouloir dire « se taire, se laisser impressionner ».
> - Dans la phrase *What you've done is unforgivable!*, pour deviner le sens du mot *unforgivable*, on sait que *un-* en début de mot correspond à in-/im- en français, que *-able* en fin de mot indique un adjectif (comme en français) et que *forgive* est un verbe irrégulier connu (*give* = donner, *forgive* = pardonner), on aboutit donc à « impardonnable ».

- Résumez mentalement, en français, ce que vous avez compris.

S'entraîner au Bac
Exercice 18 : p. 273

ANGLAIS

Savoir

9

LU ☐
SU ☐
REVU ☐

Analyser une image

Qu'il s'agisse d'une image isolée (photo, peinture) ou associée à un texte (article de journal), la démarche d'analyse est la même. Si l'image figure dans votre liste à l'examen, vous la présenterez en anglais, si elle est associée au document inconnu proposé par l'examinateur, vous répondrez aux questions en français.

1 Identifier

Repérez l'année, l'auteur, le titre ou la légende. Ces indications peuvent faire partie de votre introduction, à l'oral.

This photo was taken in [date/place] by [photographer].
This painting was painted in [date/place] by [painter].

LEXIQUE
photograph = photo ; *photographer* = photographe ; *painting* = peinture ; *painter* = peintre ; *caption* = légende ; *drawing* = dessin

2 Décrire très brièvement

Partez du plus important pour aller aux détails. Ne dites que ce qui est intéressant.

In the background there is (are)/We can see...
The main (= principal) *subject is ...*

LEXIQUE
setting = décor ; *in the foreground* = au premier plan ; *in the middle distance* = au deuxième plan ; *in the background/at the back* = en arrière-plan, au fond ; *in the corner* = dans le coin ; *at the top/at the bottom* = en haut/en bas ; *in the center* = centre ; *on the right/left* = à droite/gauche ; *shade, shadow/light* = ombre/lumière

3 Commenter et donner son opinion

Expliquez l'intérêt de l'image (artistique, publicitaire ou informatif). Décrivez l'impression donnée. Pour finir, donnez votre opinion et justifiez-la.

The focus is on...= our attention is first caught by... so the reader/spectator will immediately have the impression that... I think that/In my opinion the photographer/painter/journalist/advertiser has wanted to + V (= a voulu)... *because...*

LEXIQUE
to focus on = faire la mise au point sur, s'intéresser à ; *to convey a message* = transmettre un message ; *to intend to* + V = avoir l'intention de ; *to try to* + V = essayer de ; *to underline* = souligner ; *to suggest* = suggérer ; *convincing/successful* = convaincant(e) / réussi(e)

S'entraîner au Bac
Exercice 19 : p. 273

Analyser un cartoon, une BD

LU ☐
SU ☐
REVU ☐

1 Commenter un dessin ou une BD

La démarche d'analyse et de présentation est la même que pour une image simple (voir **FICHE SAVOIR 9**), mais la forme et le but visé par l'auteur sont spécifiques.

1.1. Identifier et décrire

Si cela est possible, vous indiquerez d'où est extrait le dessin (journal, magazine) et quelle en est la cible (le type de dessin et les textes sont adaptés à la cible).
Décrivez ensuite les éléments présents : composition, couleurs, style de dessin, les personnages et objets importants.
Si le dessin (la BD) accompagne un article de presse, vous aurez déjà identifié le document. Vous expliquerez maintenant la relation image-texte en soulignant les points communs (sujet, lieu, personnages).

1.2. Décomposer et interpréter

Vous déduisez ce que l'auteur a voulu exprimer grâce au texte dans les bulles, aux symboles dans le dessin, aux références éventuelles à d'autres images connues, à des héros, à des endroits, etc.
Pour conclure, vous pourrez expliquer pourquoi, selon vous, le dessin est intéressant (ou pas), pourquoi il atteint son but (ou pas) en s'appuyant sur différents critères tels que la qualité artistique, l'humour, l'accord ou le désaccord avec l'idée principale, la clarté du message, etc.

I think the aim (= le but) *of this caricature is to denounce… And, according to me* (= selon moi), *this cartoon reaches its target* (= atteint son but) *because the situation is clear/the drawing is funny/the text in the balloons refers to a film that all teenagers know…*

LEXIQUE
cartoon, cartoonist = dessin, dessinateur humoristique ; caricature ; *caption* = légende d'image ; *layout* = composition ; *font* = police de caractères ; *baloon* = bulle ; *frame* = cadre ; *to criticize* = critiquer ; *to make fun of* = se moquer de ; *to ridicule* = ridiculiser ; *to attack* = dénoncer ; *to draw* = dessiner ; *to exaggerate* = exagérer ; *grim humour* = humour noir

2 Analyser une publicité

Expliquez les liens entre le(s) texte(s) et l'image. Observez la place des éléments (*the slogan/the logo/the text/the photo*).

LEXIQUE
ad/advert/advertisement = publicité imprimée ; *to advertise (for)* = faire de la publicité pour ; *brand* = marque ; *target* = cible ; *buyer* = acheteur ; *to attract people's attention* = attirer l'attention des gens ; *purpose/goal/aim* = le but ; *link* = lien ; *pun* = jeu de mot ; *a means of* + V-*ing* = un moyen de ; *layout* = mise en page ; *in bold characters* = en caractères gras ; *in capitals* = en majuscules

S'entraîner au Bac
Exercice 19 : p. 273

Présenter un graphique

LU ☐
SU ☐
REVU ☐

1 Démarche

a) Identifiez le type de graphique et sa source, le pays (= *country*)/la ville (= *city*)/le lieu où ont été recueillies les données.

The figures correspond to the number of people who lived in Boston between 1995 and 2015.

b) Décrivez ensuite les informations : à quoi correspondent les chiffres, comment ils évoluent, et comparez les différentes données.

The blue line corresponds to... and the red one shows ...
We can see that there are more people in Boston in 2015 than in 1995. The population has grown a lot ...

c) Concluez en faisant un résumé des informations, puis en expliquant l'intérêt des données : liez le graphique au sujet de l'article s'il s'agit d'un journal, expliquez pourquoi le graphique présente un intérêt... Vous pouvez compléter en décrivant des situations similaires ou contraires.

I think the situation is similar in x city because people tend to go to big cities when they're looking for a job...

LEXIQUE

a graph = un graphique ; *a bar chart* = un graphique à barres ; *a table* = un tableau ; *a diagram* = un diagramme ; *a pie chart* = un diagramme circulaire (en camembert) ; *a dot* = un point ; *a column* = une colonne ; *a line* = une ligne ; *a dotted line* = une ligne pointillée ; *a broken line* = une ligne discontinue ; *a solid line* = une ligne continue ; *a slice/a share* = une portion ; *a scale* = une échelle ; *a figure* = un chiffre ; *a data* = une donnée ; *a percentage* = un pourcentage ; *10% = ten per cent* ; *a period* = une période ; *a trend* = une tendance ; *average* = moyen(ne) ; *a loss* = une perte ; *a gain* = un gain ; *low* = bas ; *high* = élevé ; *both* = tous les deux ; *to account for* = expliquer, justifier ; *to publish* = publier ; *to grow* = s'accroître ; *to improve* = (s')améliorer ; *to increase* = augmenter, croître ; *to decrease* = baisser decroître

2 Structures à utiliser

Pour décrire un graphique, vous aurez besoin d'exprimer des quantités (voir **FICHE SAVOIR 3**), de faire des comparaisons avec le comparatif et le superlatif (voir **FICHE SAVOIR 2**) et vous pourrez avoir besoin des comparatifs progressifs :

- « de plus en plus » = *more and more* [adjective] / adjective + *-er and adjective* + *-er* ;
- « de moins en moins » = *less and less* [adjective] ; *fewer and fewer* + nom pluriel.

The graph shows that the city is bigger and bigger. It's more and more polluted, noisier and noisier. There are more and more people too. And there are fewer and fewer gardens.

S'entraîner au Bac
Exercice 20 : p. 273

ANGLAIS

Savoir
12
Comprendre un document sonore

LU ☐
SU ☐
REVU ☐

1 La première écoute : repérer l'essentiel

1.1 Avant l'écoute
Avant la première l'écoute :
- repérez dans la consigne ce que l'on vous demande d'identifier particulièrement ;
- si un thème est donné, anticipez sur les mots que vous prévoyez d'entendre ;
- sur un brouillon, listez ce que vous devez identifier :
  • la nature du document (dialogue, récit, interview, etc.) ;
  • la situation (lieu, et/ou moment, heure, année, etc.) ;
  • l'idée principale (quel fait passé, quelle opinion, etc.) ;
  • les personnes ou personnages et leurs points de vue.

1.2 Pendant l'écoute
Lors de cette étape, essayez de repérer des mots-clés que vous connaissez.
Vous pouvez les noter, si possible en les associant à la personne qui les prononce.
Pendant la minute de pause, écrivez en français ce que vous avez compris de la situation et notez l'idée importante. Vous vérifierez plus tard si vous avez raison.
Si vous avez noté des mots-clés, vérifiez que votre idée principale est bien liée à ces mots.

2 La deuxième écoute : compléter

Lors de la deuxième écoute, repérez et notez les éléments suivants :
- Les noms de lieux : ils vous indiquent le contexte.
- Le moment : identifiez les noms de jours ou de mois ou des nombres prononcés (heures, années...).
- Les mots répétés ou du même thème lexical : ils donnent le sujet principal ou la situation. Par exemple, si vous avez noté des mots comme *work / factory / colleagues / boss / training* > le sujet est certainement lié au monde du travail.
- Le temps des verbes : il est significatif, car les prétérits indiquent le récit d'un événement passé ; alors que le présent indique une opinion ou une description.
- Les adjectifs et verbes de goût : ils vous indiqueront si l'opinion du locuteur est positive ou non.
- Les auxiliaires de modalité : ils vous indiquent si une personne donne des conseils (*you can / you should*), prévoit des événements à venir (*will / should*) ou envisage des possibilités (*can / may / might*), etc.

3 La troisième écoute : faire le point

À la troisième écoute, vérifiez vos notes : sont-elles cohérentes ?
Par exemple, vous avez noté « *catastrophe / fire / rescue* », et vous pensiez à un récit d'accident. Mais vous entendez cette fois « *actor / play* » : il s'agit certainement du résumé d'un film et non d'un fait réel. Avez-vous tous les éléments demandés dans la consigne ? À la fin de cette écoute, n'attendez pas pour rédiger votre compte-rendu.

S'entraîner au Bac
Exercice 21 : p. 274

Savoir 13

Rédiger un texte

LU ☐
SU ☐
REVU ☐

À partir de 2022, il est demandé en troisième partie d'épreuve écrite, de rédiger un texte en anglais (minimum 100 mots). Deux sujets bien différents sont proposés, en anglais également. Ils peuvent être liés aux deux documents de compréhension.

1 Préparation

– Identifiez ce qui est demandé (un récit d'expérience personnelle ou professionnelle, votre opinion sur une situation, etc.) ;
– Trouvez dans les documents ou dans le sujet des mots-clés à réutiliser (notez et complétez par des mots que vous connaissez et qui sont liés au thème) ;
– Notez vos idées sous forme de mots-clés (en anglais si possible) ;
– Ordonnez et numérotez vos idées pour faire votre plan.

2 Rédaction

Dans un premier temps, rédigez un brouillon. Selon votre niveau essayez de ne pas faire que des phrases simples et utilisez des connecteurs pour relier vos phrases.

Because = parce que ; *since* = puisque ; *as* = vu que, comme ; *still* = cependant ; *although* = bien que. (**FICHE SAVOIR 5**).

Si l'on vous demande un récit d'expérience : présentez les faits chronologiquement, en illustrant par des anecdotes et utilisez le temps du prétérite. Procédez comme dans une présentation orale, (**FICHE SAVOIR 6**).

Si le sujet demande votre opinion, vous pouvez donner des exemples au présent et envisager des situations possibles en utilisant *could* et *may*.
Pensez aux expressions qui introduisent une opinion :

I (don't) think / In my opinion / For me / According to me / I (don't) believe / I am sure / I am certain / I've always thought...

Pensez à faire une conclusion en donnant votre ressenti par exemple ou en envisageant ce qui pourrait se passer à l'avenir.

In the future I think...things will be better / worse ; it will probably be the same ; things will change...

3 Amélioration et relecture

Vérifiez que vous avez le minimum de mots nécessaires. Améliorez votre premier jet en enrichissant vos phrases grâce à des adjectifs, des adverbes, des précisions. Avant de recopier votre texte, relisez-le. Vérifiez particulièrement les verbes (temps, terminaison, le « s » de 3e personne), le pluriel des noms, la place des adjectifs.

S'entraîner au Bac
Exercices 22, 23 : p. 274

Les sujets de ces exercices sont tous différents : ils peuvent enrichir votre lexique et certains peuvent servir d'exemples de commentaires.
Faites ces exercices sur un brouillon pour pouvoir les refaire en cas de résultat insuffisant.

Exercice 1 voir Fiche Savoir 1

Choisir le bon présent

Présent simple ou présent V + *-ing*? Mettez le verbe entre crochets au temps qui convient.

Young people and jobs

Nowadays people [have] lots of difficulties to find a job. Young people [work] for months as trainees and they [earn] very little money. I have a friend, Sammy: at the moment, he [work] for a big building company to pay for his school. And every month his parents [help] him!

FAIT ☐ REVU ☐

Exercice 2 voir Fiche Savoir 1

Choisir entre *preterit* et *present perfect*

Mettez le verbe au temps qui convient.

The progress of surgery[1]

Before the XIXth century operations [be] horrific procedures, and most patients [die] from post-operative shock or infection. But in 1800 the scientist Humphrey Davy [find] out that laughing gas was an anaesthetic and Wilhelm Roentgen [discover] x-rays.
Now things [improve] thanks to other anaesthetics and antiseptics. Of course the number of operations [grow] since the XIXth century but new blood transfusion techniques [save] many lives Karl Landsteiner [discover] blood groups in 1901. And surgeons [become] more and more skilled.

1. La chirurgie.

FAIT ☐ REVU ☐

Exercice 3 voir Fiche Savoir 1

Utiliser le bon auxiliaire modal

Trouvez l'auxiliaire qui convient suivant le degré de certitude du détective.

Crime scene

The detective observed the scene and thought : "I am nearly sure : the doctor [may/can/must] have committed the crime in the kitchen. I am certain: we [should/may/might] find a proof there. But I hesitate: he [should/can/must] have used a knife or scissors. And we don't know when he did it exactly: it [might/should/must] have been 9:30 or 10 o'clock. Perhaps later..."

FAIT ☐ REVU ☐

Exercice 4 voir Fiche Savoir 2

Utiliser le bon article

Complétez le texte par *a, an, the* ou *ø*.

Businesses: definitions

... business is ... organisation engaged in ... commercial or industrial activities. It can make goods or provide services (goods are ... products such as ... books or ... cars.)
Businesses range from ... small firms run by just one person to large companies which employ thousands of ... people.
Nearly half ... million businesses start up each year. ... vast majority of businesses are very small and operate in ... service sector

FAIT ☐ REVU ☐

Exercice 5 voir Fiche Savoir 2

Former le comparatif et le superlatif

Mettez l'adjectif à la bonne forme.

Do super powers make a man happy?

The original super-hero was Superman : he was [strong] ... man in the world, he could fly [fast] ... a plane, he could see [far] ... anyone else. But what about his life? The [powerful] man in the universe worked as an anonymous reporter, he had to be [clumsy (= *maladroit*)] ... others, his boss bullied (= *maltraitait*) him ... than other reporters. And in his Fortress of Solitude he was [happy] ... than other people ...

FAIT ☐ REVU ☐

Exercice 6 voir Fiche Savoir 2

Utiliser le bon pronom relatif

Complétez avec le pronom relatif qui convient (*who, that, why* ou *when*).

Guy Fawkes day, the failure of a plot[1]

Guy Fawkes Day is an annual commemoration ... is observed on 5 November in Great Britain.

ANGLAIS

It commemorates the day ... Guy Fawkes was arrested, in 1605: he was a member of a group of plotters ... had placed explosives beneath the House of Lords to kill the king. The Londoners celebrated the fact ... King James had survived and they lit bonfires ... were seen all around London. That is the reason ... there are still people ... burn the effigy of Guy Fawkes every year.

1. L'échec d'un complot.

FAIT ☐ REVU ☐

Exercice 7 voir Fiche Savoir 3

Dire un nombre

Écrivez ces nombres en toutes lettres, puis énoncez-les à haute voix.

a. 2,056 – b. 9.5 – c. $300 – d. the 51st – e. 1/100

FAIT ☐ REVU ☐

Exercice 8 voir Fiche Savoir 3

Choisir entre *some*, *any* et *no*.

Complétez les phrases avec *some*, *any* ou *no*.

Life at the North Pole?

... people say that living at the North Pole must be fantastic. But does ... live at the North Pole? No, there's ... life AT the North Pole itself. There is ... actual land at the North Pole itself, so ... inhabitants, ... animals actually live there either as there is ... food. ... species live AROUND the Pole, in the Arctic Ocean.

But be careful! There are ... people who live IN North Pole: it's a small town in Alaska. And ... child in the US knows it's Santa Claus's town!

FAIT ☐ REVU ☐

Exercice 9 voir Fiche Savoir 3

Parler de dates et d'âge

Dites-le anglais.

a. J'aurai 19 ans la semaine prochaine.

b. Je passe mon examen oral jeudi.

c. La reine Victoria est morte en 1901. Elle avait 81 ans.

d. Amundsen a atteint le Pôle Nord en 1926. C'était en mai.

e. Mon frère a eu 16 ans le mois dernier.

FAIT ☐ REVU ☐

Exercice 10 voir Fiche Savoir 4

Accentuer les mots au bon endroit

Trouvez la syllabe accentuée des mots suivants.

a. democratic – b. politician – c. society – d. exaggerate – e. exhibition – f. fantastic – g. finished – h. communicated – i. financial

FAIT ☐ REVU ☐

Exercice 11 voir Fiche Savoir 4

Lire avec la bonne intonation

Indiquez pour chaque phrase si l'intonation est montante ou descendante.

a. I have never heard such a funny story.
b. Can you open the door, please?
c. Which paragraph shall I read?
d. This cartoon is very interesting, I think.

FAIT ☐ REVU ☐

Exercice 12 voir Fiche Savoir 5

Organiser votre présentation

Complétez le texte par les mots de liaison de la liste : *because of, but, finally, first, so, then.*

Bad luck[1]

My wedding was supposed to be the most beautiful day in my life ... it wasn't! ... my fiancé arrived late at the wedding ceremony ... a traffic jam on the road. ... my parents got lost on the way to the reception site ... we had to wait for them. ... during the reception the fire alarm went off! What a day!

1. Manque de chance.

FAIT ☐ REVU ☐

Exercice 13 voir Fiche Savoir 5

Choisir la préposition de temps

Replacez les mots suivants dans le texte : *ago, for, in, on, since.*

London

Two thousand years ... , London was invaded by the Romans. It was the capital of Roman Britain ... four centuries. And ... that period London has never stopped growing. ... 1666, ... September 2, the Great Fire destoyed 60% of the City but it was rebuilt and the town continued to expand. A few years ... London even hosted the Olympic Games.

FAIT ☐ REVU ☐

Exercice 14 voir Fiche Savoir 6

Énoncer ce qui est pertinent

Vous voulez parler d'une recette de l'*Indian Tandoori Chicken*. Parmi les phrases suivantes trouvez celles qui se rapportent au sujet.

a. I think food is part of the culture of a country.

b. I have a new cooking book.

c. Indian food became fashionable (= à la mode) in England during Queen Victoria's reign in the XIXth century.

d. This dish (= plat) is interesting because the tandoor is typically Indian.

e. There are more than 9,000 Indian restaurants in England, which show that the British love Indian food.

f. I think India has nice monuments.

g. There's a strong link between India and Great Britain because India was a British colony until 1947.

FAIT ☐ REVU ☐

Exercice 15 voir Fiche Savoir 6

Utiliser le temps approprié

Pour chacune des idées suivantes, quel temps allez-vous utiliser ?

a. Vous racontez votre arrivée au stage.

b. Vous décrivez les difficultés que rencontrent les jeunes actuellement en Grande-Bretagne.

c. Vous présentez vos projets de carrière.

d. Vous expliquez ce qu'on pourrait faire pour économiser l'énergie.

e. Vous listez les films que vous avez déjà vus.

FAIT ☐ REVU ☐

Exercice 16 voir Fiche Savoir 6

Raconter une anecdote

Mettez ce texte au passé.

I have a dream. I arrive at the office early. My boss is already there. He is phoning. Then he turns round and sees me. He says to me "Why don't you put on your jeans?" And then I realize that I have put on a bathing suit instead of my trousers. That's when I wake up.

> Last night I...

FAIT ☐ REVU ☐

Exercice 17 voir Fiche Savoir 7

Anticiper les questions

En partie 1 de l'épreuve, vous avez présenté un article expliquant que la chaîne de magasins Marks and Spencer propose à ses clients de recycler leurs anciens vêtements quand ils en achètent des neufs. En partie 2, parmi les questions suivantes, lesquelles pourraient vous être posées ?

a. Do you think it's a good idea?

b. Do you think it can bring new customers to M&S?

c. Is M&S British or Italian?

d. What do you think of this idea?

e. What do you think the British Government should do?

f. Can you think of other things retailers[1] could do to waste[2] less?

1. Les commerçants.
2. Gâcher.

FAIT ☐ REVU ☐

Exercice 18 voir Fiche Savoir 8

Comprendre un document écrit

Student deceives friends and family

Zilla V. deceived her loved ones into thinking she was enjoying an exotic five-week holiday across Asia. But the 25-year-old was actually still at home in Amsterdam and used Photoshop to create the images before posting them on Facebook.

The graphics student was waved off at the airport by her family before she took a train back to Amsterdam and spent the following 42 days indoors cleverly altering images.

For five weeks Zilla seemed to go snorkelling in turquoise blue water, sample authentic Asian food, travel in traditional tuk-tuks and she even visited a Buddhist temple. She even created the illusion of a Thai hotel room in her own bedroom, using old Christmas decorations and an umbrella, to fool her parents during Skype sessions.

Zilla said, 'My goal was to prove how common and easy it is for people to distort reality.'

1. Choisissez la bonne proposition.

A. De quoi parle l'article ?

a. D'une fille de 25 ans partie en Asie pour Noël.

ANGLAIS

b. D'un jeune asiatique qui voyage pour donner des cours d'informatique.
c. D'une jeune fille qui a trompé ses proches sur les réseaux sociaux.

B. Où Zilla a-t-elle séjourné pendant 5 semaines ?
a. En Thailande – **b.** À Amsterdam – **c.** Dans un temple bouddhiste.

C. Pendant 5 semaines, Zilla a (plusieurs réponses) :
a. voyagé en pousse-pousse. **b.** visité un temple.
c. retouché des photos. **d.** utilisé des décorations de Noël pour simuler un décor thaïlandais.
e. communiqué avec ses parents sur Skype et Facebook.

D. Le but de Zilla était de :
a. mentir à ses parents pour les rendre ridicules.
b. prouver qu'on peut jouer avec la réalité.
c. apprendre à se servir de Photoshop.

2. Quel paragraphe :
a. explique le but que Zilla s'était fixé ?
b. décrit ses activités en détails ?
c. indique ce qu'elle a fait au moment de son départ ?
d. résume la situation ?

3. Que signifient les mots suivants dans le texte ? Aidez-vous du contexte pour deviner.
a. *deceive*: décevoir – déchoir – tromper – voler
b. *actually*: actuellement – en réalité – activement
c. *snorkelling*: faire de la plongée – chasser des oiseaux – raconter des histoires
d. *sample*: exemple – échantillonner – goûter

FAIT ☐ REVU ☐

Exercice 19 voir Fiche Savoir 9-10

Analyser un document illustré

1. Cette photo représente :
a. un panneau d'interdiction de jeter des ordures sur la voie publique.
b. un panneau d'interdiction de consommer de l'alcool.
c. un panneau qui annonce la vérification de quantités d'alcools achetées.

2. La photo a été prise à :
a. New York. – **b.** Londres. – **c.** Metropolis.

3. L'illustration montre :
a. que l'interdiction vaut pour tout type d'alcool.
b. qu'on peut boire des jus de fruits en canettes.
c. que boire est une activité conviviale.

4. Le texte :
a. met en garde contre l'abus d'alcool.
b. indique qu'on ne peut pas vous empêcher de boire.
c. dit qu'il faut obéir si un policier intervient.

5. En cas de refus d'obtempérer, on risque :
a. la peine de mort.
b. l'arrestation et une forte amende.
c. de se voir confisquer l'alcool.
d. rien.

FAIT ☐ REVU ☐

Exercice 20 voir Fiche Savoir 11

Présenter un graphique

Average hours per weekday spent by highschool students in various activities in 2014

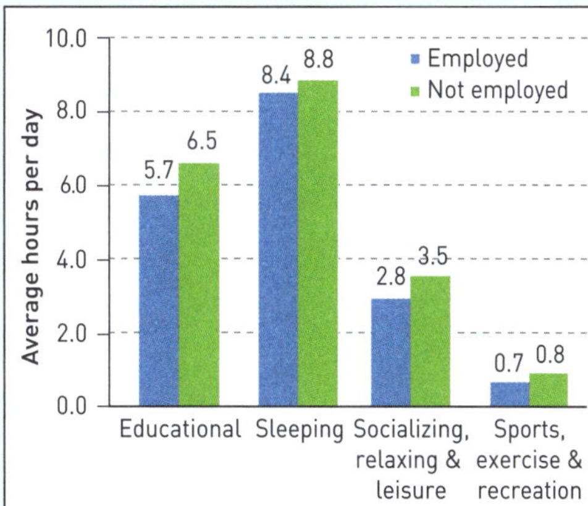

Source: US Bureau of Labor Statistics

1. This is:
a. a pie chart.
b. a bar chart.
c. a table.

2. It was published by:
a. a US private company.

b. a British department.
c. an American official agency.

3. It gives information on what highschool[1] students do:
a. in their free time.
b. during weekdays.
c. during the week-end.

4. Right or wrong?
a. Employed students spend less time studying.
b. Unemployed students sleep longer.
c. Students practise sport every day for hours.
d. Unemployed students have more time to make friends.
e. Students spend about one third of a day studying.

1. Lycée.

FAIT ☐ REVU ☐

Exercice 21 voir Fiche Savoir 12

Anticiper les mots à repérer dans un document sonore

En fonction du thème donné, barrez les trois mots que vous pensez ne pas entendre.
a. Une période de stage : *trainee – permanent – job – colleague – play – welcome – learn – movie.*
b. Le cinéma aux États-Unis : *movie – realize – actor – role – model, – Los Angeles – Alaska – director.*
c. Les centres commerciaux : *middle – center – gallery – shopping mal – buy – purchase – prize – customer.*
d. L'écologie : *red light – go green – rescue – save – repair – wild – wind – energy.*

FAIT ☐ REVU ☐

Exercice 22 voir Fiche Savoir 13

Se relire

Dans ce court texte, corrigez les 8 erreurs.
When I meeted the boss for the fist time, I was impressed. Mr. Smith were a man old and tall. And she was strict and serious. Her secretary telled me about the working hours in the office. And when I asked "Where we eat?" she shows me on a floor map.

FAIT ☐ REVU ☐

Exercice 23 voir Fiche Savoir 13

Améliorer un énoncé

Dans le texte qui suit, remplacez les mots soulignés par des mots de cette liste :
as well – choose – essential – guests – I've always thought – organize – particularly – pleasant – prepare – soft background – the best ingredients I can find – warmly.
For me it's important to welcome people well. This is what I do: I have good dishes with good food, I have a very nice decoration, and I have funny games.You can have some nice music too.

FAIT ☐ REVU ☐

Exercice 1

Young people and jobs

Nowadays people have lots of difficulties to find a job. Young people work for months as trainees and they earn very little money. (Généralités : nowadays = de nos jours.)
I have a friend, Sammy: at the moment, he is working for a big building company to pay for his school. (Cas précis + at the moment > présent V + *-ing*.)
And every month his parents help him! Habitude > présent simple.

Exercice 2

The progress of surgery

were (passé fini et défini : avant le XIXe siècle)
died
found
discovered (passés finis et définis : en 1800)
have improved (ça s'est passé, ça vaut jusqu'à maintenant, pas de date précise : présent perfect).
has grown
have saved
discovered (ici on a à nouveau une date > prétérit)
have become (évolution non datée touchant au présent > present perfect).

Exercice 3

Crime scene

The detective observed the scene and thought: "I am nearly sure: the doctor must have committed the crime in the kitchen (il est quasiment certain et *must* indique la plus grande certitude parmi les 3 auxiliaires proposés). I am certain: we should find a proof there (même chose). But I hesitate: he can have used a knife or scissors (il n'est plus aussi sûr. On aurait pu trouver *may* également). And we don't know when he did it exactly: it might have been 9:30 or 10 o'clock. Perhaps later..." (*we don't know* implique une hypothèse peu étayée donc *might*).

Exercice 4

Businesses: definitions

A business is an organisation (noms comptables singuliers) engaged in ø commercial or industrial activities. (pluriel général)
It can make goods or provide services (goods are ø products such as ø books or ø cars.) (pluriels généraux aussi)
Businesses range from ø small firms (pluriel général) run by just one person to large companies which employ thousands of ø people.
Nearly half a million (nom comptable singulier) businesses start up each year. The vast majority (singulier précis) of businesses are very small and operate in the service sector (ce secteur en particulier).

Exercice 5

the strongest (le plus fort, superlatif : il sort du lot), faster than (on compare Superman à un avion donc comparatif), farther than (on compare Superman à n'importe qui d'autre donc comparatif), most powerful (il n'y en a qu'un, lui, donc superlatif), clumsier than others (on le compare aux autres), more (même chose), less happy (comparatif : il était moins heureux que les autres).

Exercice 6

that (objet, sujet de "is"), when, who (humain sujet de "had"), that, that, why, who.

Exercice 7

a. Two thousand and fifty six
b. Nine point five
c. Three hundred dollars
d. The fifty first
e. One hundredth

Exercice 8

Life at the North Pole?

Some people say (= Des gens disent, il y a des gens qui disent, certaines personnes diront...) that living at the North Pole must be fantastic. But does anything/anybody live at the North Pole? No, there's no life at the North Pole itself (= pas de vie, aucune vie au pôle à proprement parler). There is no actual land at the North Pole itself, so no inhabitants, no animals actually live there either as there is no food. Some species (= Certaines espèces) live around the Pole, in the Arctic Ocean. But be careful! There are some people (= il y a des gens) who live IN North Pole: it's the name of a small town in Alaska. And any child (= n'importe quel enfant) in the US will tell you it's Santa Claus's town!

Exercice 9

a. I'll be 19 (years old) next week. **b.** I'm taking my oral exam on Thursday. **c.** Queen Victoria died in 1901. She was 81 (years old). **d.** Amundsen reached the North Pole in 1926. It was in May. **e.** My brother was 16 last month.

Exercice 10

a. democratic
b. politician
c. society
d. exaggerate
e. exhibition
f. fantastic
g. finished
h. communicated
i. financial

Exercice 11

Toutes descendantes sauf **b.**

Exercice 12

but, First, because of, Then, so, Finally.

Exercice 13

London

Two thousand years ago, London was invaded by the Romans. It was the capital of Roman Britain for four centuries. And since that period London (cette période = début de la croissance de Londres) has never stopped growing. In 1666, on September 2, the Great Fire destoyed 60% of the City but it was rebuilt and the town continued to expand. A few years ago London even hosted the Olympic Games.

Exercice 14

Toutes sauf **b.** et **f.** parlent de l'intégration de la nourriture indienne dans la culture britannique, ses causes et ses effets. On parle bien de civilisation. La phrase **b.** ne donne qu'une information personnelle et la **f.** parle de tourisme.

Exercice 15

a. prétérit (récit passé)
b. présent simple (généralités)
c. futur : *will* (projets)
d. conditionnel : *could – should* (suggestion, conseil)
e. present perfect (bilan, constat)

Exercice 16

Last night I had a dream. I arrived at the office early. My boss was already there. He was phoning. Then he turned round and saw me. He said to me "Why didn't you put on your jeans?" And then I realized that I had put on a bathing suit instead of my trousers. That's when I woke up.

Exercice 17

Toutes les questions traitent bien du sujet sauf les questions **c.** (qui parle de nationalité) et **e.** (qui mentionne une possible intervention du gouvernement).

Exercice 18

1. A. : c. ; B. : b. ; C. : c., d., e. ; D. : b.
2. a. : §4 ; **b.** : §3 ; **c.** : §2 ; **d.** : §1
3. a. *deceive*: tromper ; **b.** *actually*: en réalité ; **c.** *snorkelling*: faire de la plongée ; **d.** *sample*: goûter

Exercice 19

1. = b. ; 2. = b. (£500) ; **3. = a. ; 4. = c. ; 5. = b.** et **c.**

Exercice 20

1. = b. 2. = c. 3. = b.
4. a. = right ; **b.** = right ; **c.** = wrong ; **d.** = right ; **e.** = wrong (one fourth : about 6 hours/24)

Exercice 21

a. Une période de stage : *trainee, ~~permanent~~, job, colleague, ~~play~~, welcome, learn, ~~movie~~.*
b. Le cinéma aux États-Unis : *movie, ~~realize~~* (un réalisateur se dit « film director »), *actor, role, ~~model~~* (= mannequin), *Los Angeles, ~~Alaska~~* (aucun lien avec Hollywood), *director*.
c. Les centres commerciaux : *~~middle~~* (= milieu), *center, ~~gallery~~* (= galerie d'art), *shopping mall, buy, purchase, ~~prize~~* (= récompense), *customer*.
d. L'écologie : *~~red light~~* (= feu rouge), *go green, ~~rescue~~* (= secourir), *save* (= épargner), *repair, ~~wild~~* (= sauvage), *wind* (= le vent), *energy*.

Exercice 22

When I met the boss for the fist time, I was impressed. Mr. Smith was an old and tall man. And he was strict and serious. His secretary telled me about the working hours in the office. And when I asked "Where do we eat?" she showed me on a floor map.

Exercice 23

I've always thought it's essential to welcome guests warmly. This is what I do: I prepare good dishes with the best ingredients I can find, I have a particularly pleasant decoration, and I organize funny games. You can choose some soft background music as well.

Savoir 1

Les organisations marchandes et non marchandes

LU ☐
SU ☐
REVU ☐

Les organisations répondent aux besoins de l'économie et à la demande sociale. Elles exercent leurs activités dans le secteur marchand ou dans le secteur non marchand.

1 Qu'est-ce qu'une organisation ?

Une organisation est la mise en œuvre durable, coordonnée et rationnelle, par une ou plusieurs personnes, de moyens, de compétences, de connaissances. Son activité économique est la production de biens et de services marchands ou non marchands.

EXEMPLE
Une entreprise, une association, une administration sont des organisations.

2 Le secteur marchand

Les biens et les services du secteur marchand sont produits et vendus par les entreprises qui cherchent à obtenir un profit de leur activité économique (but lucratif). Ces biens et ces services sont payants.

EXEMPLES
Un laboratoire pharmaceutique produit des médicaments (ce sont des biens) dans le but de réaliser un profit (un bénéfice).
Un artisan électricien produit des services (installation d'équipement électriques, réparations) dans le même but.

Les entreprises peuvent être privées (elles sont indépendantes de l'État) ou publiques (elles sont alors la propriété de l'État pour plus de 50 % de leur capital).

3 Le secteur non marchand

Les organisations à but non lucratif (secteur privé : associations, fondations, organisations non gouvernementales (ONG), etc.) et les administrations publiques (secteur public : État, régions, départements, communes, administrations de Sécurité sociale, etc.) constituent le secteur non marchand.
Elles ne cherchent pas à réaliser un profit : les services non marchands sont fournis aux bénéficiaires gratuitement ou à des prix inférieurs à leur coût de revient.

EXEMPLES
Les tarifs appliqués par une crèche municipale dépendent du montant des ressources des parents.
La ville de Dunkerque a rendu ses transports publics gratuits.

mots clés
Organisation ◆ Activité économique ◆ Biens ◆ Services ◆ Secteur marchand ◆ Secteur non marchand ◆ Entreprises ◆ Profit ◆ Organisations à but non lucratif ◆ Associations ◆ Administrations publiques

S'entraîner au Bac
Exercices 1, 2, 3 : p. 313 et 314

Savoir 2

La diversité des entreprises

LU ☐
SU ☐
REVU ☐

Les entreprises se caractérisent par la diversité de leurs activités économiques et de leurs effectifs. Si les entreprises cherchent à réaliser un profit, ce n'est cependant pas leur seule finalité ni leur seule raison d'être.

1 Les secteurs d'activité

Pour l'Insee (Institut national de la statistique et des études économiques), un secteur d'activité regroupe les entreprises de fabrication, de commerce ou de service dont l'activité principale s'exerce dans le même domaine.

EXEMPLES
Le secteur de la santé regroupe les hôpitaux, les cliniques, les pharmacies, etc.
Le secteur de la construction regroupe les entreprises du bâtiment et des travaux publics.

2 Les effectifs

L'Insee classe les entreprises en fonction de leur effectif salarié :

0 à 9	10 à 249	250 à 4999	5000 et plus
TPE (très petites entreprises)	PME (petites et moyennes entreprises)	ETI (entreprises de taille intermédiaire)	Grandes entreprises

EXEMPLE
Dans le secteur de la construction, on trouve Bouygues Construction (grande entreprise de plus de 50000 salariés) et des artisans maçons qui travaillent seuls ou avec quelques salariés (TPE).

3 Les finalités des entreprises

Les entreprises poursuivent un but lucratif. Cela signifie qu'elles créent de la richesse et du profit.
Elles cherchent également à assurer leur avenir et leur croissance.
Les entreprises ont des responsabilités sociétales qui les conduisent à limiter les conséquences négatives de leurs actions sur l'environnement et sur les droits humains des personnes vivant et travaillant dans leur entourage.

EXEMPLE
Conformément à ses responsabilités en terme de parité, l'industrie ouvre progressivement ses rangs aux femmes, jusqu'aux plus hauts niveaux hiérarchiques.

mots clés
Secteur d'activité ◆ Insee ◆ Effectif ◆ But lucratif ◆ Croissance ◆ Responsabilités sociétales

S'entraîner au Bac
Exercices 2, 3, 5 : p. 313 à 316

Savoir 3

Les organisations du secteur non marchand et leurs finalités

LU ☐
SU ☐
REVU ☐

Les organisations du secteur non marchand produisent des biens et des services sans chercher à réaliser un profit.

1 Les organisations à but non lucratif

Les organisations à but non lucratif cherchent à défendre un intérêt collectif.
Les associations et les syndicats fournissent un service à leurs membres adhérents.
Les associations peuvent également satisfaire des besoins sociaux et sociétaux (santé, développement durable, sécurité, etc.) ou poursuivre un but culturel ou un objectif humanitaire (c'est le cas des organisations non gouvernementales – ONG).

EXEMPLE
Une association sportive a pour but de faciliter la pratique du sport par ses membres adhérents.

2 La reconnaissance d'utilité publique

L'État peut reconnaître à une association une utilité publique et lui donner ainsi une légitimité particulière. La reconnaissance d'utilité publique (RUP) autorise à recevoir des dons, des donations et des legs.

EXEMPLE
Les Restos du cœur ont pour but d'apporter une assistance bénévole aux personnes démunies, notamment dans le domaine alimentaire. Il s'agit d'une association à but non lucratif et reconnue d'utilité publique, créée en France par Coluche en 1985.

3 Les administrations publiques

Une des fonctions principales des administrations publiques est de produire des services non marchands et des biens publics.
Les administrations publiques défendent l'intérêt général en assurant les services publics, la défense et la sécurité des citoyens.
Elles agissent aussi dans des domaines où l'initiative privée est insuffisante.

EXEMPLE
Une commune permet le maintien d'un service de santé en zone rurale en aidant à la création d'une maison médicale.

mots clés
Association ◆ Syndicat ◆ ONG ◆ Administration publique ◆ RUP ◆ Intérêt collectif ◆ Intérêt général

S'entraîner au Bac
Exercices 1, 5 : p. 313 et 316

Savoir 4

L'économie sociale et solidaire

LU ☐
SU ☐
REVU ☐

Certaines organisations concilient activité économique et utilité sociale. Elles appartiennent à l'économie sociale et solidaire (ESS).

1 Les structures de l'économie sociale et solidaire

Les organisations qui s'inscrivent dans l'économie sociale et solidaire (ESS) sont marchandes ou non marchandes. Elles prennent la forme d'une Société coopérative et participative (Scop), d'une mutuelle, d'une association ou d'une fondation.

EXEMPLE
La Société coopérative et participative (Scop) est une société commerciale dans laquelle les salariés sont également les associés.

2 Les finalités des organisations de l'économie sociale et solidaire

Les organisations de l'ESS privilégient au profit un principe de solidarité et d'utilité sociale (bien-être des salariés, coopération, ancrage local, etc.).
Pour atteindre leurs finalités, elles adoptent des modes de gestion démocratiques et participatifs : partage des bénéfices, réinvestissement des résultats pour leur développement et leur pérennité, limitation des écarts de salaires, etc.

EXEMPLES
Dans une Scop, au moins 25 % des bénéfices sont distribués chaque année aux salariés mais, dans la réalité, c'est souvent plus de 40 %.
Un garage associatif permet d'entretenir soi-même son véhicule avec l'aide d'un spécialiste, pour une intervention à moindre coût.

3 Les spécificités de l'économie sociale et solidaire

La loi reconnaît les particularités de l'ESS : organisations à la fois génératrices de richesses économiques et porteuses de réponses aux besoins sociaux et environnementaux.
L'État soutient l'ESS par des dispositifs d'accompagnement et des appuis financiers.

EXEMPLES
L'industrie est le premier secteur des Scop en France.
L'ESS représente 14 % de l'emploi privé en France, une place qui a tendance à s'accroître.

mots clés
ESS ◆ Société coopérative et participative (Scop) ◆ Mutuelle ◆ Solidarité ◆ Utilité sociale ◆ État

S'entraîner au Bac
Exercice 5 : p. 316

Savoir 5

L'environnement institutionnel des entreprises

LU ☐
SU ☐
REVU ☐

L'activité des entreprises est encadrée, contrôlée et soutenue par différentes institutions.

1 Les chambres consulaires

Les chambres consulaires sont des établissements publics sous tutelle de l'État :
– les chambres de métiers et de l'artisanat (CMA) défendent les intérêts des artisans et les accompagnent dans chaque étape de leur vie professionnelle ;
– les chambres de commerce et d'industrie (CCI) participent au développement des entreprises industrielles et commerciales.
Les chambres consulaires participent à la formation de leurs adhérents.

EXEMPLE
La CCI d'Ajaccio gère les ports d'Ajaccio, de Propriano, de Porto-Vecchio et de Bonifacio et aide ainsi au développement économique du département de Corse du Sud.

2 Les organisations professionnelles et les syndicats

Les organisations professionnelles patronales et les syndicats regroupent les employeurs ou les salariés autour de la défense de leurs intérêts réciproques.

EXEMPLES
L'Union des Industries et Métiers de la Métallurgie (UIMM) est une organisation professionnelle patronale qui représente les entreprises industrielles.
La CGT (Confédération générale du travail) et la CFDT (Confédération française démocratique du travail) sont des syndicats de salariés.

3 L'État et les collectivités territoriales

L'État et les collectivités territoriales (les régions, les départements, les communes) soutiennent le développement économique et favorisent la création et la croissance des entreprises par le versement de subventions et la mise à disposition d'équipements (routes, zones industrielles, par exemple).
L'Inspection du travail (service de l'État) vérifie que les dispositions du droit du travail sont bien appliquées dans les entreprises et informe et conseille les employeurs et les salariés.

EXEMPLE
Isabelle M., aide à domicile, considère que son employeur ne respecte pas ses obligations et qu'il expose sa santé à des risques. Elle sollicite l'aide de l'Inspection du travail.

mots clés
Chambres consulaires ◆ Organisations professionnelles patronales ◆ Syndicats ◆ État ◆ Collectivités territoriales ◆ Inspection du travail

S'entraîner au Bac
Exercices 1, 3, 5 : p. 313, 314 et 316

Savoir 6

Les échanges entre agents économiques

LU ☐
SU ☐
REVU ☐

Les agents économiques ont des relations de dépendance et d'échanges les uns avec les autres.

1 L'activité économique

L'activité économique se réalise à travers des échanges entre agents économiques autour d'opérations de production, de distribution et de consommation de biens et de services.

EXEMPLES
Vous participez à l'économie en achetant vos fournitures scolaires ; une entreprise industrielle participe à l'économie en produisant des biens.

2 Les différents agents économiques et leurs fonctions

Les agents économiques ont chacun une fonction principale :
– les entreprises produisent des biens et des services marchands ;
– les administrations produisent des services non marchands ;
– les institutions financières prêtent de l'argent aux agents économiques ;
– les ménages consomment des biens et des services ;
– le reste du monde importe et exporte des biens et des services.

3 L'interdépendance entre les agents

Les agents économiques agissent sur le marché et s'y rencontrent. Leurs échanges occasionnent des flux de biens, de services et de monnaie. Ces flux peuvent être représentés sous la forme d'un circuit économique :

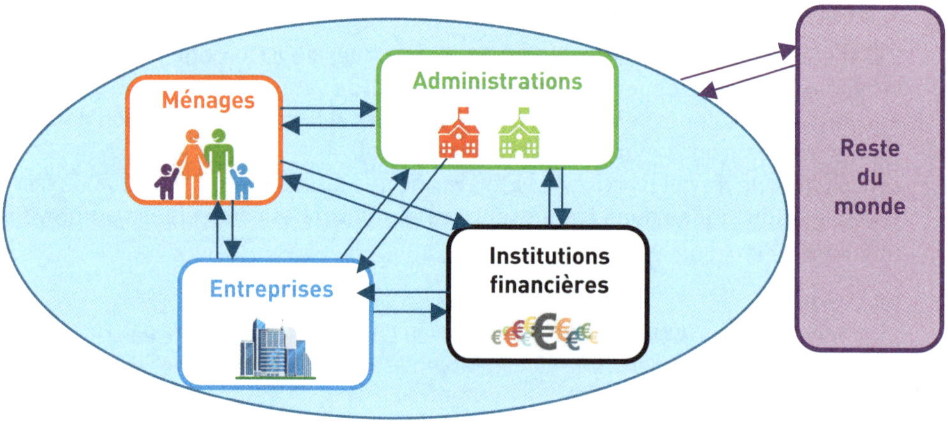

mots clés Circuit économique ◆ Marché ◆ Agents économiques ◆ Flux ◆ Échanges

S'entraîner au Bac
Exercices 1, 3, 5 : p. 313, 314 et 316

ÉCONOMIE-GESTION

Les contrats

LU ☐
SU ☐
REVU ☐

Nul ne peut être contraint à contracter, mais celui qui s'est engagé s'oblige vis-à-vis des autres parties au contrat. En contrepartie, il acquiert des droits.

1 Le contrat et la liberté contractuelle

Le Code civil (art. 1101) définit le contrat comme un accord de volontés entre une ou plusieurs personnes destiné à créer, modifier, transmettre ou éteindre des obligations. Chacun est libre de contracter ou non, de choisir ses cocontractants, et de négocier le contenu du contrat. Cependant, certains contrats sont interdits (un contrat ne peut aller à l'encontre d'une loi), d'autres sont réglementés (par exemple le contrat de travail) ou obligatoires (par exemple l'assurance).

EXEMPLE
Charles Reboul vient de passer son permis de conduire et a acheté sa première voiture (contrat de vente). Avant de lui livrer le véhicule, le concessionnaire lui a demandé de justifier qu'il s'était bien assuré (contrat d'assurance).

2 La formation du contrat

Pour qu'un contrat soit valide, il doit respecter plusieurs conditions :
– le consentement des parties : les parties ont voulu contracter l'une avec l'autre ;
– la capacité juridique des parties : les mineurs et les majeurs sous tutelle sont incapables juridiquement de contracter ;
– un contenu licite et certain : l'objet de l'engagement de chacune des parties doit respecter l'ordre public et être clairement déterminé.

3 Les obligations contractuelles

La formation du contrat sécurise la relation entre les parties. Les contractants s'obligent, envers un ou plusieurs autres, à donner, à faire ou à ne pas faire quelque chose.

EXEMPLE
Livrer au client la marchandise qu'il a commandée est une obligation de donner.

Le débiteur est la personne qui a une obligation envers une autre, le créancier. On distingue les obligations de moyens et les obligations de résultat.

EXEMPLES
Le médecin a une obligation de moyens (il doit tout mettre en œuvre pour guérir son patient). Le charpentier a une obligation de résultat : il s'engage à réaliser une prestation pour un résultat précis et déterminé à l'avance.

mots clés
Contrat ◆ Consentement ◆ Capacité juridique ◆ Contenu licite et certain ◆ Débiteur ◆ Créancier ◆ Obligation de moyens / de résultat

S'entraîner au Bac
Exercices 1, 4 : p. 313 et 315

La responsabilité et la réparation

LU ☐
SU ☐
REVU ☐

Le droit stipule que les dommages doivent être réparés par celui qui en est responsable.

1 Responsabilité personnelle et responsabilité professionnelle

Le fondement de la responsabilité personnelle repose sur l'article 1240 du Code civil : « *Tout fait quelconque de l'homme, qui cause un dommage à autrui, oblige celui par la faute duquel il est arrivé à le réparer.* »
On est ainsi responsable personnellement de ses faits (c'est-à-dire de ses actes et de leurs conséquences), de sa négligence, de son imprudence.
Les activités professionnelles sont susceptibles de provoquer des dommages : la responsabilité professionnelle du dirigeant est alors engagée soit directement, soit indirectement si le dommage est la conséquence de l'acte d'un salarié ou d'un sous-traitant.

2 La responsabilité civile contractuelle

Le contrat ayant force obligatoire, son inexécution ou sa mauvaise exécution met en œuvre la responsabilité civile contractuelle.
La responsabilité est engagée s'il y a dommage, inexécution contractuelle et lien de causalité entre les deux. Le créancier n'a pas à prouver la faute du débiteur : il suffit de faire constater l'inexécution.

EXEMPLE
La responsabilité de l'entreprise Plomberie et Sanitaire Bernard et fils est engagée car l'installation d'un cumulus chez sa cliente, Mme D., a provoqué un incendie.

Une assurance permet de couvrir le risque de la responsabilité civile.

3 Les dommages et intérêts

La responsabilité civile contractuelle oblige un contractant à réparer le dommage causé à l'autre partie. Le dommage peut être matériel (atteinte au patrimoine), corporel (atteinte à l'intégrité physique) ou moral (atteinte à l'intégrité psychique).
Le débiteur peut être condamné à verser des dommages et intérêts au créancier à titre de réparation.

EXEMPLE
M. Djemali a commandé un véhicule d'occasion chez Occas'Auto. Quinze jours plus tard, le vendeur refuse la livraison. Le tribunal condamne Occas'Auto à verser des dommages et intérêts à l'autre partie au contrat.

mots clés
Responsabilité personnelle ◆ Responsabilité professionnelle ◆ Responsabilité civile contractuelle ◆ Dommages et intérêts

S'entraîner au Bac
Exercice 4 : p. 315

Savoir

9

La structure de l'entreprise

LU ☐
SU ☐
REVU ☐

Pour améliorer son efficacité, une entreprise se structure autour de grandes fonctions, chacune relative à un ensemble de tâches bien identifiées. L'organigramme permet de visualiser la manière dont les fonctions sont coordonnées.

1 Les fonctions de l'entreprise

Il existe plusieurs fonctions au sein de l'entreprise. Ainsi :
– la fonction de production de biens et de services ;
– la recherche et le développement (R&D) ;
– les achats, les ventes, l'après-vente, la mercatique (ou *marketing*), la logistique ;
– la direction et l'administration centrale qui assurent la stratégie de l'entreprise et prennent les décisions nécessaires pour son orientation ;
– les ressources humaines (RH) qui permettent de gérer le personnel ;
– la fonction financière et comptable qui consiste à rechercher et gérer les capitaux nécessaires à l'activité.

EXEMPLE
Dans l'entreprise Vitalex, du secteur des services à la personne, Edmonde Vital assure la direction et la vente. Son assistant, Hervé Ledur, assure les RH et la fonction financière. Huit aides à domicile remplissent la fonction de production.

2 La répartition des fonctions entre les services

La structure de l'organisation permet la division du travail entre différents services et la mise en place de relations entre eux.
Dans les TPE (très petites entreprises), la structure est souvent simple et nécessite la polyvalence des salariés. Dans les plus grandes entreprises, on peut trouver une structure fonctionnelle (chaque service est spécialisé dans une fonction) ou divisionnelle (une division gère un domaine d'activité ou un produit).

EXEMPLE
Un centre hospitalier peut être organisé en plusieurs divisions (pédiatrie, chirurgie, soins palliatifs, etc.). Chaque division est autonome et responsable de ses résultats.

3 L'organigramme

L'organigramme permet de visualiser la structure de l'entreprise sous la forme d'un schéma. À sa lecture, les salariés peuvent se situer dans l'organisation et dans la hiérarchie.

EXEMPLE
Hugo D. est technicien. Il travaille au service production de l'entreprise Aquilor sous les ordres directs de Malika B. Il a trois ouvriers sous sa responsabilité.

mots clés : Fonctions ◆ Structure ◆ Services ◆ Organigramme

S'entraîner au Bac
Exercice 4 : p. 315

Savoir 10

La production de biens et de services

LU ☐
SU ☐
REVU ☐

Pour créer des richesses, ce qui correspond à sa finalité, l'entreprise répond à la demande de biens et de services en assurant leur production et leur vente.

1 L'offre et la demande

Par son offre de produits, l'entreprise répond à la demande des consommateurs (ménages ou organisations) qui souhaitent satisfaire un besoin.
La demande peut précéder l'offre (le consommateur passe commande à l'entreprise d'un bien ou d'un service qui n'a pas encore été produit) ou l'offre peut précéder la demande (l'entreprise propose un produit sur le marché). Le marché est le cadre des échanges de biens et de services.

EXEMPLE Un ménage envisage d'acquérir un logement neuf : il hésite entre faire bâtir un pavillon en ayant recours à un architecte ou choisir un appartement sur plans dans une résidence en construction.

2 Les biens et les services

Les biens sont des produits matériels qui peuvent être fabriqués, vendus, achetés.
Les services sont des productions immatérielles, résultat d'une prestation.

EXEMPLES
Un garage automobile produit des services (entretien et réparation de véhicules).
Une usine automobile produit des biens (les véhicules).

3 Le cycle de vie du produit et l'innovation

Le cycle de vie d'un produit représente les différentes étapes depuis sa conception jusqu'à l'arrêt de sa production.

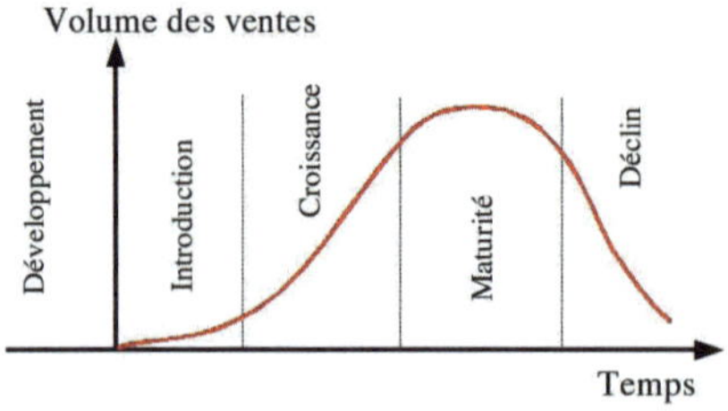

L'innovation est la conception d'un produit nouveau ou l'intégration d'une nouveauté à un produit existant afin d'allonger son cycle de vie.

EXEMPLE
Les lunettes connectées sont une innovation.

mots clés Offre ◆ Demande ◆ Marché ◆ Biens ◆ Services ◆ Cycle de vie d'un produit ◆ Innovation

S'entraîner au Bac
Exercices 1, 2, 3, 5, 6 : p. 313 à 317

ÉCONOMIE-GESTION

Savoir

11

L'adaptation de l'offre à la demande

LU ☐
SU ☐
REVU ☐

Dans un contexte économique et dans un environnement en mutation, les entreprises adaptent leur offre pour répondre à l'évolution de la demande.

1 Des services associés au produit

Les services associés au produit (qu'il s'agisse d'un bien ou d'un service) sont complémentaires à l'offre ; et ils apportent d'une part des avantages additionnels qui attirent le consommateur et d'autre part un avantage concurrentiel à l'entreprise qui propose une solution intégrée plutôt qu'un simple produit.

EXEMPLES Alex V. achète une automobile. On lui offre une garantie de sept ans sur le moteur et un service assistance pendant toute la durée de la garantie.
Juliane G, ingénieure dans une usine du secteur de la chimie, voyage en classe *business* en avion pour un voyage professionnel et bénéficie ainsi de services associés qu'elle n'aurait pas eus en classe économique (salon d'attente, boissons, etc.).

2 La prise en compte du développement durable

L'économie circulaire répond aux exigences des consommateurs en termes de développement durable et de réduction des déchets. Elle limite le gaspillage des ressources et l'impact environnemental, et augmente l'efficacité à tous les stades du cycle de vie du produit. Les entreprises limitent ainsi le volume des emballages, produisent des biens recyclables, des biens durables ou partagés ou des biens d'occasion reconditionnés. Ils luttent contre l'obsolescence programmée.

EXEMPLES Des pistes cyclables à base de plastique recyclé (des bouchons de bouteilles) sont un exemple de production circulaire.
Backmarket est le numéro 1 du smartphone reconditionné en France.

3 L'émergence de nouveaux services

Le circuit court (vente directe) permet au consommateur d'acheter au producteur sans intermédiaires et favorise l'économie locale.
On assiste à une dématérialisation progressive des biens, notamment dans le secteur culturel. C'est l'usage du bien qui est vendu et non le bien lui-même.

EXEMPLES Rachid A. consomme régulièrement de la musique sur son smartphone à partir de Deezer auquel il est abonné. Il n'achète ni CD ni DVD.
Michelin propose aux entreprises la facturation des pneus au kilomètre pour leur flotte poids lourds.

mots clés Services associés au produit ◆ Solution intégrée ◆ Développement durable ◆ Économie circulaire ◆ Circuit court ◆ Dématérialisation ◆ Usage

S'entraîner au Bac
Exercices 2, 3, 5 : p. 313 à 316

Savoir 12

Les facteurs de production

LU ☐
SU ☐
REVU ☐

En fonction de ses contraintes et de la qualité visée, l'entreprise décide de la manière dont elle associe le facteur travail et le facteur capital.

1 Le facteur travail

Le facteur travail (facteur humain) représente la main-d'œuvre, c'est-à-dire les compétences, le temps et l'énergie que fournissent les hommes et les femmes qui composent l'entreprise.

EXEMPLE
Le Groupe Vinci emploie plus de 200 000 collaborateurs et assure chaque année la formation interne de plus de 30 000 d'entre eux.

2 Le facteur capital

Le facteur capital (facteur technique) comprend :
– le capital fixe (le capital technique), c'est-à-dire les bâtiments, les machines, les véhicules ;
– le capital immatériel, c'est-à-dire les marques et les brevets déposés par l'entreprise ;
– le capital circulant (les matières premières, les produits semi-finis, les stocks).

EXEMPLES
Le dépôt d'un brevet auprès de l'Institut national de la propriété industrielle (INPI) permet de protéger une invention et donne à l'entreprise un avantage concurrentiel.
L'industrie chimique est un secteur très intensif en capital qui investit beaucoup dans la recherche et le développement (R&D).

3 La combinaison des facteurs

L'entreprise combine le facteur travail et le facteur capital pour produire des biens et des services.
Elle peut privilégier la main-d'œuvre ou la machine en fonction de ses contraintes (coût, qualité, préservation de l'emploi) et choisit la meilleure combinaison productive, celle qui est la plus efficace.
Il n'est pas toujours possible de remplacer un facteur par un autre.

EXEMPLE
Dans les entreprises de services à la personne, les compétences des salariés et la dimension relationnelle de leur travail ont un rôle prépondérant alors que le capital technique est limité.

mots clés : Facteur travail ◆ Facteur capital ◆ Combinaison productive

S'entraîner au Bac
Exercices 1, 2, 3, 7 : p. 313 à 317

Savoir

13

L'organisation de la production

LU ☐
SU ☐
REVU ☐

Pour répondre à la demande de biens ou de services, l'entreprise organise sa production en utilisant au mieux ses ressources.

1 La chaîne de valeur

L'enchaînement des différentes étapes nécessaires à la production (le processus) permet de répondre à la demande des clients en termes de qualité, de quantité et de délai, en utilisant au mieux les moyens afin de produire au moindre coût. Chaque fonction de l'entreprise se situe dans la chaîne de valeur et y contribue, qu'il s'agisse d'activités principales (production, logistique, vente, etc.) ou d'activités de soutien (gestion des ressources humaines, approvisionnements, etc.).

EXEMPLE L'entreprise Y. est une conserverie de poissons. Elle a analysé sa chaîne de valeur et constaté que l'organisation de la mise en boîte induisait des coûts excessifs au lieu d'apporter de la valeur. Elle a donc réorganisé cette activité.

2 Flux tendus, flux poussés

Lorsque l'entreprise anticipe la demande et produit à l'avance en fonction de prévisions de vente, on parle de production en flux poussé vers le marché. Cette organisation induit des stocks importants et d'éventuels invendus mais permet de livrer les clients dans les meilleurs délais.
La production en flux tendu consiste à ne lancer la production d'un bien qu'à la commande du client, fini juste-à-temps pour être livré, ce qui réduit les stocks mais allonge les délais de livraison.

EXEMPLE Margaux C. passe commande d'une voiture. Elle choisit la couleur, les options, la motorisation. La fabrication n'est lancée que lorsque la commande est finalisée : il s'agit d'une production en flux tendu.

3 La production de services

On appelle « servuction » la production de services. L'une des caractéristiques du service produit est qu'il est consommé immédiatement et ne peut donc être stocké. La production d'un service est donc déterminée par la commande du client.

EXEMPLE
Un client sollicite une entreprise d'aide à la personne pour commander une prestation de nettoyage. La prestation est réalisée après la commande.

mots clés
Processus ◆ Qualité ◆ Chaîne de valeur ◆ Logistique ◆ Approvisionnements ◆ Flux poussés ◆ Flux tendus ◆ Juste-à-temps ◆ Servuction

ÉCONOMIE-GESTION

S'entraîner au Bac
Exercices 3, 5 : p. 314 et 316

Savoir 14

Les choix stratégiques de l'entreprise en termes de production

LU ☐
SU ☐
REVU ☐

L'entreprise effectue des choix en termes d'organisation afin d'améliorer sa productivité et d'assurer sa croissance. Cela peut la conduire à investir et, parfois, à externaliser une partie de ses activités.

1 Productivité et rendement

L'efficacité de la combinaison productive est mesurée par la productivité (rapport entre la production et les moyens utilisés) et le rendement (efficacité d'un facteur). Les investissements et le progrès technique améliorent la productivité du facteur capital ; la formation et la qualification améliorent la productivité du facteur travail.

EXEMPLE
Dans l'industrie pharmaceutique, pour gagner en productivité, les entreprises mesurent la qualité de la production (rapport entre la quantité de produits de qualité et la quantité totale produite) et apportent les correctifs nécessaires.

2 Croissance interne, croissance externe

La croissance de l'entreprise se mesure par le développement de son activité et de sa clientèle, l'augmentation de ses effectifs, de son chiffre d'affaires, de son résultat. La croissance interne se fait par la création de nouvelles activités, l'investissement dans de nouvelles machines, de nouveaux ateliers, le recrutement et la formation du personnel.
La croissance externe se fait par l'acquisition d'entreprises déjà existantes, concurrentes ou complémentaires.

EXEMPLE
Un groupe familial de travaux publics rachète une entreprise spécialisée dans la démolition pour assurer sa croissance externe.

3 L'externalisation

L'externalisation d'une activité (en la déléguant à une autre entreprise) permet à l'entreprise de répondre à un accroissement temporaire d'activité, de recourir à des capacités de production qu'elle n'a pas (sous-traitance de capacité) ou de trouver des compétences dont elle ne dispose pas (sous-traitance de spécialité).

EXEMPLE
L'industrie automobile externalise le plus souvent la fabrication des accessoires (par exemple les sièges et les garnitures).

mots clés
Productivité ◆ Rendement ◆ Investissements ◆ Qualification ◆ Croissance interne ◆ Croissance externe ◆ Externalisation ◆ Sous-traitance de capacité ◆ Sous-traitance de spécialité

S'entraîner au Bac
Exercices 2, 3 : p. 313

ÉCONOMIE-GESTION

Savoir

15

Le marché de l'entreprise

LU ☐
SU ☐
REVU ☐

L'entreprise évolue dans un marché où elle peut se trouver en concurrence avec d'autres producteurs. Les conditions de son activité et la qualité de ses produits peuvent être garantis par le respect de normes et par des labels.

1 Marché concurrentiel

Un marché concurrentiel est un marché sur lequel un grand nombre d'entreprises proposent le même produit à un grand nombre de consommateurs.

EXEMPLE Le marché de l'optique est un marché où de nombreuses enseignes concurrentes sont représentées.

2 Monopoles et oligopoles

Un monopole est un marché sur lequel une seule entreprise propose un bien ou un service.
Un oligopole est un marché où un nombre limité d'entreprises offrent le même produit aux consommateurs. Les marchés en situation d'oligopole sont exposés au risque d'entente entre les offreurs.

EXEMPLE Avant l'ouverture du transport ferroviaire à la concurrence, la SNCF disposait d'une situation de monopole.

3 Normes et labels

Atteindre la qualité est un objectif pour les entreprises qui souhaitent prendre des avantages concurrentiels sur leur marché.
Un label ou une certification garantit au consommateur la qualité du produit et le respect d'un cahier des charges dans sa fabrication.
Une norme ISO est élaborée par l'Organisation internationale de normalisation (ISO) et décrit les usages et les règles en termes de qualité, de sécurité, d'environnement, etc.

EXEMPLES
Le label « Oeko-Tex® » garantit que le produit textile sur lequel il est apposé ne contient aucun produit chimique nocif pour la peau.
Une entreprise d'aide aux personnes à domicile certifiée « NF Service » respecte un cahier des charges reconnu par l'Agence nationale des services à la personne (ANSP).
Une entreprise du bâtiment qui respecte les recommandations de la norme ISO 26000 sur la responsabilité sociale des entreprises (RSE) assume ses responsabilités en termes d'innovation, de respect de l'environnement et d'équité sociale.

mots clés
Marché concurrentiel ◆ Consommateurs ◆ Monopole ◆ Oligopole ◆ Label ◆ Norme ISO ◆ Certification

S'entraîner au Bac
Exercices 5, 6 : p. 316

Savoir **16**

Les décisions de l'entreprise dans son environnement

LU ☐
SU ☐
REVU ☐

L'entreprise évolue dans un environnement complexe où elle peut déceler des opportunités, mais aussi des menaces. Elle prend des décisions pour exploiter les unes et contrer les autres en tenant compte de ses propres forces et faiblesses.

1 Les caractéristiques externes

L'entreprise est confrontée à différents facteurs politiques, économiques, sociologiques, technologiques, environnementaux et légaux (facteurs PESTEL) qui peuvent représenter une menace ou une opportunité à saisir (par exemple l'évolution de la législation, de la mode, un nouveau concurrent sur le marché, etc.).

EXEMPLE
Si la crise sanitaire de la Covid-19 a représenté une menace majeure pour de nombreuses entreprises, elle a en revanche représenté une opportunité pour les concepteurs de vaccins ou la vente à distance.

2 Les caractéristiques internes

Les forces d'une entreprise sont les compétences et les ressources dont elle dispose (personnel qualifié, image de marque, etc.). Ses faiblesses sont le manque d'atouts dont elle aurait besoin vis-à-vis de la concurrence (ressources financières, locaux, main-d'œuvre, etc.).

EXEMPLE
L'entreprise de chaudronnerie Zagi et fils ne peut répondre à la demande d'un client qui souhaite la construction d'un bassin enterré en acier Corten® car ni ses compétences, ni ses machines ne lui permettent de réaliser cette installation. Le client s'adresse à la Cofima®, son concurrent.

3 La prise de décision

Dans cet environnement, l'entreprise analyse les faits et les hiérarchise afin de les évaluer et de prendre les décisions stratégiques qui s'imposent (par exemple l'abandon d'une ligne de produit, le dépôt d'un brevet, etc.).

mots clés
Menaces ◆ Opportunités ◆ Forces ◆ Faiblesses ◆ Décisions stratégiques

S'entraîner au Bac
Exercices 2, 3, 5 : p. 313 à 316

Savoir

17

La mesure de l'activité de l'entreprise

LU ☐
SU ☐
REVU ☐

Pour mieux gérer son activité et mesurer sa performance, l'entreprise calcule différents éléments comptables.

1 Les charges

Les dépenses supportées par l'entreprise sont appelées des charges. Certaines charges sont fixes (elles ne varient pas avec le volume de l'activité), d'autres sont variables en fonction du volume de l'activité.

EXEMPLES Les loyers, les abonnements, l'assurance sont des charges fixes.
Les matières premières, les emballages sont des charges variables.

2 Les coûts

Pour assurer la bonne gestion de l'entreprise, la connaissance et la maîtrise des coûts sont indispensables.

- Coût d'achat = achats + charges d'approvisionnement.
- Coût de production = coût d'achat + charges de production.
- Coût de revient = coût de production + charges de distribution (mise sur le marché).

En divisant la totalité des charges par la quantité produite, on obtient le coût de revient unitaire d'un produit.

EXEMPLE Dans une entreprise de production de meubles, le coût de revient d'une chaise prend en compte les achats de bois et de cuir nécessaires à sa fabrication mais aussi une part des salaires, de l'électricité, de la publicité, de la logistique, etc.

3 Le chiffre d'affaires et le résultat

Le chiffre d'affaires de l'entreprise est le montant des ventes de biens et de services réalisées sur une période donnée. Il dépend du volume des ventes et du prix de vente.
Le résultat de l'exercice est la différence entre les produits (le chiffre d'affaires) pour une année (un exercice) et les charges (les dépenses).
Charges > Produits = résultat déficitaire (perte).
Charges < Produits = résultat positif (bénéfice) : la situation est saine.
À partir de l'évolution de ces indicateurs d'un exercice à l'autre, l'entreprise peut mesurer sa performance.

EXEMPLE Entre l'année N et l'année N-1, le chiffre d'affaires d'une entreprise de services à la personne performante a augmenté de 5 % et son bénéfice de 12 %.

mots clés Charges fixes ◆ Charges variables ◆ Coût d'achat ◆ Coût de production ◆ Coût de revient ◆ Chiffre d'affaires ◆ Résultat ◆ Perte ◆ Bénéfice ◆ Performance

S'entraîner au Bac
Exercices 2, 6 : p. 313 et 317

Savoir

18 L'entreprise créatrice de valeur

LU ☐
SU ☐
REVU ☐

Pour se pérenniser et assurer sa croissance, l'entreprise doit créer de la valeur. Celle-ci est partagée entre différents acteurs.

1 La valeur ajoutée

La richesse créée par une entreprise grâce aux facteurs capital et travail est appelée valeur ajoutée (VA). La VA correspond à la différence entre la valeur des biens ou services produits et la valeur des biens et services utilisés pour les produire (les consommations intermédiaires).

EXEMPLE L'entreprise Hultix fabrique des draisiennes pour enfants. Ses ventes cette année s'élèvent à 400 000 euros. Elle a consommé 215 000 euros de biens et services (bois, peinture, publicité, etc.). Sa valeur ajoutée est de 185 000 euros.

2 Les bénéficiaires de la valeur ajoutée et les parties prenantes

La valeur ajoutée créée par l'entreprise est répartie entre différents bénéficiaires : les salariés, les actionnaires (apporteurs de capitaux), l'État (impôts sur la production), les banques (intérêts des emprunts) et l'entreprise elle-même qui remplace son capital technique (amortissements) ou investit.

EXEMPLE La valeur ajoutée créée par Hultix, 185 000 euros, lui a permis de payer des impôts, d'acquérir une machine-outil supplémentaire, d'octroyer des dividendes à ses actionnaires, de payer les salaires et de verser à la banque les intérêts sur un emprunt.

Les fournisseurs et les clients ne bénéficient pas de la VA mais sont parties prenantes car l'entreprise, dans ses décisions, prend en compte leurs intérêts.

3 Les choix liés au partage de la valeur ajoutée

La valeur ajoutée permet de rémunérer les propriétaires de l'entreprise pour leur apport de capitaux, de payer des salariés et de les intéresser au résultat.
Quand les salariés reçoivent une part plus importante de la valeur ajoutée, le profit des propriétaires de l'entreprise est plus faible, et inversement.
Dans le partage, l'entreprise peut également choisir de privilégier le capital technique plutôt que de rémunérer davantage les actionnaires ou la main-d'œuvre.

EXEMPLE
Les dirigeants d'Hultix prévoient l'an prochain de remplacer plusieurs machines-outils. Ils envisagent donc de limiter le versement de dividendes aux actionnaires.

mots clés Valeur ajoutée (VA) ◆ Consommations intermédiaires ◆ Bénéficiaires de la VA ◆ Parties prenantes ◆ Partage de la VA

S'entraîner au Bac
Exercices 2, 5, 6 : p. 313 à 317

Savoir 19

La fixation du prix de vente

LU ☐
SU ☐
REVU ☐

L'entreprise fixe, en prenant en compte ses coûts et le contexte de son marché, un prix de vente qui lui permet de dégager une marge et de rester compétitive.

1 La marge

Quand le prix de vente est supérieur au coût de revient, il permet de dégager une marge bénéficiaire.
La marge est exprimée en euros. Le calcul permet de déterminer la rentabilité du produit.

EXEMPLE
L'entreprise Le Trèfle fabrique des produits d'entretien bios. Elle vend 3,5 euros le flacon de nettoyant pour les vitres pour un coût de revient de 2,5 euros. Sa marge est de 1 euro par flacon, soit 40 %. Ce produit est rentable.

2 La compétitivité

Une entreprise qui produit des biens et des services avec un rapport qualité/prix favorable va gagner des parts de marché sur les entreprises concurrentes.
Le prix n'est pas le seul élément de la compétitivité : une entreprise peut mettre en avant la qualité de ses produits ou des services associés.

EXEMPLE
L'entreprise d'aide à domicile Lévinas est reconnue dans son secteur géographique pour la grande qualité de ses intervenants. Les clients font volontiers appel à ses services même si ses tarifs sont plus élevés que ceux de ses concurrents.

3 La détermination du prix de vente

Pour déterminer son prix de vente, l'entreprise prend en compte son coût de revient, la marge souhaitée en fonction de la rentabilité visée, les prix proposés par la concurrence et sa place sur le marché.
Elle tient également compte du prix psychologique qui permettra d'emporter le choix du client.

EXEMPLE
L'entreprise Varal souhaite concurrencer Lévinas en agissant sur ses prix. Son tarif horaire d'intervention est actuellement de 13 euros pour un coût de revient de 12 euros. Le tarif de Lévinas est de 14 euros. Varal décide de fixer son prix horaire d'intervention à 12,90 euros pour mieux marquer la différence avec son concurrent.

mots clés Prix ◆ Coût de revient ◆ Marge ◆ Compétitivité ◆ Concurrence ◆ Prix psychologique

S'entraîner au Bac
Exercices 2, 6 : p. 313 à 317

Savoir 20

La valeur créée par l'activité économique

LU ☐
SU ☐
REVU ☐

L'activité économique crée de la valeur et dégage de la richesse. Cela peut être mesuré à l'échelon national par différents indicateurs.

1 Le produit intérieur brut

Le produit intérieur brut (PIB) mesure la richesse d'un pays. Il représente le total de la valeur ajoutée réalisée en un an par les agents économiques résidant dans un pays. Son évolution exprimée en pourcentage mesure la croissance économique (taux de croissance). Le niveau de vie est mesuré par le PIB par habitant.
En période de croissance, la demande de biens et de services augmente et les entreprises produisent et investissent davantage.

EXEMPLES Pour l'année 2019, l'Insee a mesuré un taux de croissance de 1,5 %. Au troisième trimestre 2020, le produit intérieur brut (PIB) rebondit : +18,2 % après −13,7 % au deuxième trimestre 2020. Le PIB demeure nettement en dessous de son niveau d'avant la crise sanitaire liée à la pandémie de Covid-19 mais la demande croît nettement au troisième trimestre.

2 Le PIB, un outil limité

Le PIB exclut le travail bénévole, le travail des ménages réalisé pour eux-mêmes et l'économie illégale. Il valorise les effets négatifs de l'économie comme un embouteillage (consommation supplémentaire de carburant) mais il ne mesure ni le bien-être des citoyens, ni le respect de l'environnement, ni les données sociales (comme les inégalités entre les femmes et les hommes).

EXEMPLES Le bricolage, le travail ménager ne sont pas pris en compte dans le PIB. Un accident de voiture, une marée noire participent à l'augmentation du PIB.

ÉCONOMIE-GESTION

3 L'indice de développement humain

L'Organisation des Nations unies (ONU) a construit un indicateur plus qualitatif que le PIB : l'indice de développement humain (IDH) qui ajoute aux données du PIB celles de l'espérance de vie à la naissance du niveau de scolarisation et d'alphabétisation. Il évalue le bien-être collectif sans se limiter à la seule production économique.

EXEMPLES
L'IDH varie de 0 (plus faible développement) à 1 (plus fort développement). En 2019, la Norvège (IDH de 0,954) se classait en tête et le Niger avait l'IDH le plus faible de la planète (0,377). L'IDH de la France (0,891) situe le pays à la 26e place mondiale.

mots clés
PIB ◆ Taux de croissance ◆ Travail bénévole ◆ Effets négatifs de l'économie ◆ ONU ◆ IDH

S'entraîner au Bac
Exercices 2, 5, 6 : p. 313 à 317

Savoir

21

Les revenus primaires des ménages

LU ☐
SU ☐
REVU ☐

Les ménages perçoivent des revenus primaires en contrepartie de leur contribution au processus de production et à la création de valeur.

1 Les revenus de l'activité

Par leur activité économique directe, les ménages participent à la création de richesse et de valeur. En contrepartie de leur travail, ils reçoivent des revenus. Les revenus de l'activité sont les salaires, les honoraires, les primes, les pourboires, etc.

EXEMPLE
Marina est technicienne dans une usine textile. Son conjoint est infirmier dans une clinique psychiatrique. Le revenu de l'activité du ménage est constitué de leurs deux salaires.

2 Les revenus de la propriété

Les ménages tirent également un revenu de la propriété, c'est-à-dire de leur patrimoine, des biens et des actifs financiers dont ils sont propriétaires (loyers perçus, intérêts de placements financiers, dividendes, etc.).

EXEMPLE
Marina et son conjoint sont propriétaires d'un atelier dont ils ont hérité et qu'ils louent à leur voisin artisan pour un loyer mensuel de 500 euros. Ils ont à la banque un compte en actions d'entreprises qui leur rapporte des dividendes et un livret A pour lequel ils perçoivent des intérêts chaque année.

3 Les revenus mixtes

Les revenus primaires perçus par les entrepreneurs individuels sont des revenus mixtes qui sont à la fois le fruit de leur activité et de leur investissement financier (le capital qu'ils ont mobilisé pour exercer leur activité).

EXEMPLE
Mourad B. est artisan peintre et travaille en moyenne 50 heures par semaine. L'installation de son entreprise (locaux, véhicule, outillage, etc.) lui a coûté 120 000 euros. Cette année il a réalisé un bénéfice de 35 000 euros. Son revenu primaire est à la fois la rémunération de son travail et celle de son investissement.

mots clés Revenus primaires ◆ Revenus de l'activité ◆ Revenus de la propriété ◆ Revenus mixtes

S'entraîner au Bac
Exercices 1, 6 : p. 313 à 317

Savoir
22

L'action de l'État dans la répartition de la richesse

LU ☐
SU ☐
REVU ☐

L'État et les collectivités territoriales réalisent des opérations de redistribution des revenus entre les agents économiques.

1 Les limites de la répartition primaire

La répartition primaire rémunère les agents économiques qui ont participé à la création de richesse mais les ménages ne peuvent pas tous en bénéficier, ou en bénéficient insuffisamment. Cela creuse les inégalités de revenus et de patrimoine et accroît les aléas de la vie et les risques sociaux (santé, vieillesse-survie, maternité, emploi, exclusion sociale).

EXEMPLE
Avec la crise sanitaire liée à la pandémie mondiale de Covid-19, le nombre de pauvres a augmenté, l'écart entre les ressources des plus aisés et celles des plus modestes s'est accru, le chômage a touché davantage de ménages.

2 Les revenus de transfert

Pour assurer la protection sociale et compenser les inégalités, des revenus de transfert sont versés aux ménages par l'État, les collectivités territoriales et les organismes de Sécurité sociale. Ce sont les allocations (aides sociales) et les prestations sociales (assurances sociales).

EXEMPLE
Jeanne C. vit seule avec ses deux enfants. Elle perçoit l'aide personnalisée au logement (APL), les allocations familiales et le revenu de solidarité active (RSA).
Victor A. est âgé de 72 ans et reçoit chaque mois sa pension de retraite.

3 Le budget de l'État et la redistribution

Le budget de l'État est fixé chaque année par la loi de finances. Il représente l'ensemble de ses ressources, de ses dépenses et de sa dette.
L'État effectue des prélèvements obligatoires sur les revenus des agents économiques (impôts directs, impôts indirects et cotisations sociales) pour en transférer une partie à d'autres agents (assurance et aide sociale) et offrir des biens collectifs et des services publics. C'est le mécanisme de la redistribution.

EXEMPLE
Le paiement des retraites et des pensions d'invalidité versées par l'État représente environ 8 % de son budget.

mots clés
Répartition primaire ◆ Inégalités ◆ Risques sociaux ◆ Protection sociale ◆ Revenus de transfert ◆ Budget de l'État ◆ Biens collectifs ◆ Redistribution

S'entraîner au Bac
Exercices 5, 6 : p. 316

Savoir
23

Le revenu disponible et le pouvoir d'achat

LU ☐
SU ☐
REVU ☐

Les ménages utilisent leurs revenus pour consommer et épargner en fonction du pouvoir d'achat dont ils disposent.

1 Le revenu disponible

Le revenu disponible est le revenu dont dispose un ménage pour consommer et épargner.
Revenu disponible = revenus primaires + revenus de transfert – prélèvements obligatoires (impôts directs et cotisations sociales).
Une baisse des prélèvements obligatoires a pour conséquence une hausse de la consommation des ménages mais peut aussi agir sur l'épargne. Les ménages épargnent l'excédent de revenu qu'ils n'ont pas consommé.

EXEMPLE
Malika et Baptiste ont trois enfants. Le salaire de Malika est de 3 000 euros bruts par mois. Baptiste travaille à mi-temps et gagne 1 800 euros bruts par mois. Leurs cotisations sociales représentent 1 200 euros par mois. Ils paient mensuellement l'impôt sur le revenu (200 euros). Ils reçoivent 530 euros de prestations sociales chaque mois. Leur revenu disponible est de 4 800 – 1 200 – 200 + 530 = 3 930 euros mensuels. Ils déposent environ 300 euros par mois sur un plan d'épargne logement.

2 Le pouvoir d'achat

Le pouvoir d'achat d'un ménage est la quantité de biens et de services qu'il peut acheter avec son revenu. Il dépend des prix et des revenus du ménage.

EXEMPLE
Deux ménages ont un revenu disponible identique. L'un habite Paris, l'autre Caen. Leur pouvoir d'achat n'est cependant pas le même car les prix, notamment ceux des loyers, sont beaucoup plus élevés à Paris.

3 L'évolution du pouvoir d'achat

L'évolution du pouvoir d'achat d'un ménage correspond à la différence entre l'évolution de ses revenus et celle des prix. Ainsi, quand la hausse des revenus est supérieure à la hausse des prix, le pouvoir d'achat augmente. Il diminue dans le cas contraire.

EXEMPLE
Isabelle G. prend sa retraite à la fin du mois. Elle va désormais faire la chasse aux promotions alimentaires dans la grande surface où elle fait régulièrement ses achats.

mots clés
Revenu disponible ◆ Prélèvements obligatoires ◆ Pouvoir d'achat ◆ Évolution du pouvoir d'achat

S'entraîner au Bac
Exercices 5, 6 : p. 316

ÉCONOMIE-GESTION

Savoir 24

La consommation et l'épargne des ménages

LU ☐
SU ☐
REVU ☐

Les ménages consomment la plus grande partie de leur revenu disponible et épargnent ce qu'ils n'ont pas consommé. Les modes de consommation et d'épargne évoluent.

1 Consommation marchande et non marchande

Les ménages achètent des biens et des produits échangés sur un marché et payés à un prix supérieur à leur coût de revient. Il s'agit de la consommation marchande. Les ménages consomment des biens et des services obtenus gratuitement ou pour une somme inférieure à leur prix de revient : les biens et services publics et les biens produits pour eux-mêmes. Il s'agit de la consommation non marchande.

EXEMPLES Les soins hospitaliers, les transports en commun, l'éducation sont des services publics non marchands.
Le pain acheté chez le boulanger, un smartphone et son abonnement, la coupe de cheveux chez le coiffeur sont des biens et des services marchands.

2 L'évolution des modes de consommation

La consommation est influencée par l'âge du consommateur, sa profession et catégorie socioprofessionnelle (PCS), ses pratiques culturelles et les effets de mode.
Le e-commerce, les circuits courts, l'achat de produits bios et locaux se généralisent. La dématérialisation des biens s'accompagne du développement des services.
La consommation collaborative est en hausse, les consommateurs privilégiant les usages partagés d'un bien plutôt que son usage exclusif (covoiturage, biens d'occasion, location, etc.).

EXEMPLES Pour acheter un smartphone reconditionné qui lui permettra de regarder des vidéos en *streaming*, Polo S., lycéen en terminale, consulte Backmarket.fr. La mère de Polo achète des légumes bios auprès d'une association pour le maintien d'une agriculture paysanne (AMAP).

3 Les modes d'épargne

Les moyens les plus utilisés par les ménages pour leur épargne sont l'immobilier locatif, l'assurance-vie, les actions et les livrets.

EXEMPLES Les ménages peuvent opter pour des livrets éthiques ou solidaires dont les fonds servent à financer des projets environnementaux ou sociaux, comme le livret de développement durable et solidaire (LDDS).

mots clés Consommation marchande ◆ Consommation non marchande ◆ PCS ◆ E-commerce ◆ Consommation collaborative ◆ Épargne

S'entraîner au Bac
Exercices 5, 6 : p. 316

Savoir

25

Le budget des ménages

LU ☐
SU ☐
REVU ☐

Le budget des ménages permet de catégoriser les différents types de dépenses et de les comparer grâce aux coefficients budgétaires.

1 Les différents types de dépenses

Les dépenses incontournables peuvent être réduites mais ne peuvent être évitées. Les dépenses arbitrables sont les dépenses sur lesquelles le ménage peut réaliser des choix.

Les dépenses pré-engagées sont des dépenses contraintes sur lesquelles le ménage ne peut réaliser d'économies. Elles peuvent représenter près de 50 % du budget des ménages les plus modestes.

EXEMPLES Le loyer, les assurances sont des dépenses pré-engagées. Les loisirs sont des dépenses arbitrables. L'alimentation, la santé sont des dépenses incontournables.

2 Les coefficients budgétaires

Les coefficients budgétaires permettent d'évaluer la part de chaque poste de consommation en pourcentage d'utilisation du revenu et d'effectuer des comparaisons (d'une région à l'autre, d'un pays à l'autre, d'une année à l'autre).

EXEMPLE Les Luxembourgeois consacrent 7 % de leur budget à l'alimentation tandis que les Lituaniens dépensent 25 % de leur budget pour ce poste de consommation.

3 L'évolution de la structure des dépenses en France

ÉVOLUTION DES COEFFICIENTS BUDGÉTAIRES EN FRANCE DEPUIS 1960 (D'APRÈS L'INSEE)

Postes de consommation	1960	1980	2000	2018
Alimentation	27,3 %	16,3 %	13,7 %	12,8 %
Habillement	10,1 %	6,1 %	4,2 %	2,8 %
Logement	9,8 %	15,4 %	18,1 %	20,0 %
Santé	1,9 %	1,6 %	2,6 %	3,0 %
Loisirs et culture	5,8 %	6,6 %	6,9 %	6,0 %
Etc.				

La hausse du niveau de vie s'est accompagnée de profonds changements dans la structure des dépenses. Les services représentent une part croissante du budget des ménages.

mots clés Dépenses pré-engagées ◆ Coefficients budgétaires ◆ Structure des dépenses

S'entraîner au Bac
Exercices 5, 6 : p. 316

ÉCONOMIE-GESTION

Savoir 26

Le financement des dépenses des ménages

LU ☐
SU ☐
REVU ☐

Pour financer leur consommation, les ménages peuvent recourir à différents moyens adaptés au type de bien ou de service.

1 Achats au comptant

Le paiement immédiat d'un bien ou d'un service en une seule fois est un achat au comptant. L'intégralité de la somme due est versée lors de l'achat.
Ce type de paiement, en espèces (seulement pour les achats inférieurs à 1 000 euros), par chèque, par virement ou par carte de paiement (débit immédiat ou différé), est privilégié pour l'acquisition de petits biens à la consommation.

EXEMPLE Pour ses achats à la boulangerie ou à la maison de la presse, Valérie V. paie en général par carte bancaire sans contact.

2 Crédit à la consommation

Les achats à crédit peuvent concerner la consommation de biens et services courants. On parle alors de crédit à la consommation. La banque peut ainsi accorder un prêt personnel de courte durée à un ménage.
Certains achats peuvent être réglés en plusieurs fois par prélèvement différé. Cette solution est souvent proposée par le e-commerce.
La souscription d'une carte de crédit ou d'une carte de fidélité adossée à un crédit renouvelable (appelé aussi « crédit *revolving* » ou « crédit permanent ») permet d'utiliser librement une somme d'argent mise à disposition par le prêteur et qui se reconstitue au fur et à mesure des remboursements de l'emprunteur. Elle a l'inconvénient d'être très coûteuse et n'est pas recommandée pour financer le quotidien.

EXEMPLE Pour acheter un smartphone, Yvan G. a choisi le paiement en trois fois que le vendeur lui proposait plutôt que l'achat au comptant.

3 Le financement des biens durables

Quand son épargne est insuffisante pour financer un bien durable, comme une maison ou une voiture, un ménage peut emprunter auprès d'une banque en sollicitant un crédit sur le moyen ou le long terme.
La location avec option d'achat (LOA) encore appelée *leasing*, location avec promesse de vente ou crédit-bail, est un contrat de crédit qui offre la possibilité d'acheter le bien à la fin de la location.

EXEMPLE Benjamin et Dominique P. ont souscrit un emprunt sur 20 ans pour l'achat d'un appartement.

mots clés Achat au comptant ◆ Crédit à la consommation ◆ Prêt personnel ◆ Crédit renouvelable ◆ Crédit sur le moyen ou le long terme ◆ LOA

S'entraîner au Bac
Exercices 5, 6 : p. 316

Savoir
27

Les technologies numériques et les modalités de travail

LU ☐
SU ☐
REVU ☐

Les technologies numériques font évoluer les processus et les métiers. Elles modifient l'organisation du travail et ses modalités en introduisant plus de flexibilité.

1 Les technologies numériques

Le numérique offre aux entreprises des moyens d'action supplémentaires et il est source d'innovation et d'opportunités.
La dématérialisation des échanges documentaires améliore la traçabilité des opérations de production et la sécurité des échanges entre les services. Le *Big data* a pour but l'analyse rapide d'un très grand volume de données. Il représente cependant un coût écologique élevé. L'intelligence artificielle (IA) développe des programmes qui simulent l'intelligence humaine.

EXEMPLES Avec l'impression 3D, certaines pièces de rechange automobiles pourront être produites directement dans le garage.
Les exosquelettes réduisent les troubles posturaux des manutentionnaires.

2 Le développement de nouvelles modalités de travail

L'environnement numérique influence les modalités de travail. Se développent ainsi le travail collectif et le travail collaboratif (entre humains, notamment en mode projet, mais aussi entre humains et machines).
Le travail à distance et le télétravail sont rendus possibles par la mobilité numérique qui permet d'accéder aux informations où que l'on soit.

EXEMPLE Dans l'industrie aéronautique, les robots collaboratifs (cobots) augmentent la productivité de la main-d'œuvre en aidant à la manipulation de pièces lourdes.

3 La flexibilité

Quand un salarié peut occuper plusieurs postes de travail et que ses différentes compétences sont utilisées en fonction des besoins de la production, on parle de « polyvalence » et de « flexibilité ».
L'outil de production peut également être rendu flexible grâce aux technologies numériques.

EXEMPLES Dans une PME de services à la personne, Hélène H., aide à domicile, participe également aux tâches de prospection de la clientèle.
Une usine automobile flexible et reconfigurable remplace la chaîne d'assemblage traditionnelle par des modules autonomes. La production s'adapte à la demande du client dans toutes les options choisies.

mots clés Numérique ◆ Dématérialisation ◆ *Big data* ◆ IA ◆ Travail collectif et collaboratif ◆ Mode projet ◆ Travail à distance ◆ Télétravail ◆ Mobilité numérique ◆ Flexibilité

S'entraîner au Bac
Exercices 1, 3, 7 : p. 313 à 317

La relation de travail

LU ☐
SU ☐
REVU ☐

Traditionnellement, la relation de travail repose sur l'existence d'un contrat de travail mais la flexibilité de la production et les technologies spécialisées modifient la relation de travail et développent son externalisation.

1 Le salarié

Dans le cadre d'un contrat de travail, le salarié s'engage à effectuer un travail pour le compte et sous la direction d'un employeur qui s'engage à le rémunérer.

EXEMPLE
Yoan C. vient d'être recruté par une entreprise de constructions métalliques. Il a signé un contrat de travail.

2 Le prestataire de services

La prestation de services est une tâche externalisée qu'une entreprise confie à une autre entreprise (le prestataire), car elle n'a pas en interne les compétences ou les machines qui lui permettent de la réaliser elle-même.

EXEMPLES
Zenix est une entreprise de 40 salariés qui produit des savons et des shampoings. Elle a confié à V., un micro-entrepreneur spécialisé et équipé de machines à très haute pression, le nettoyage de ses laboratoires avant leur réaménagement.

3 L'évolution de la relation de travail

Le recours à un prestataire de services offre plus de flexibilité à l'entreprise et lui permet de réduire les contraintes de la réglementation et du droit du travail.
Avec le développement des technologies numériques et de l'économie collaborative, la relation de travail tend à évoluer d'une relation employeur/salarié vers une relation client/fournisseur.
On parle d'« ubérisation » de la relation de travail, en référence à la plateforme numérique Uber qui met en contact des chauffeurs indépendants et des utilisateurs de services de transport.

EXEMPLE
La plateforme de livraison de plats cuisinés Deliveroo emploie des livreurs à vélo indépendants et non des salariés.

mots clés : **Contrat de travail ◆ Prestation de services ◆ Flexibilité ◆ Économie collaborative**

S'entraîner au Bac
Exercices 1, 4 : p. 313 à 317

Savoir

29

Le travailleur indépendant

LU ☐
SU ☐
REVU ☐

Plus autonome et jouissant de plus de liberté qu'un salarié, mais moins protégé que lui, le travailleur indépendant travaille pour son compte et dirige une entreprise individuelle dont il est le seul propriétaire.

1 Le contrat d'entreprise

Le contrat d'entreprise est aussi appelé « contrat de prestations de services » ou « louage d'ouvrage ». Le prestataire de services s'oblige, contre rémunération, à exécuter pour l'autre partie un service spécifique, sans la représenter et de façon indépendante.

EXEMPLE
L'entreprise d'aide à domicile Domix a confié à Peter H., un concepteur indépendant, la refonte de son site Internet. Le contrat prévoit 5000 euros pour cette prestation.

2 Le statut du travailleur indépendant

Le travailleur indépendant peut opter pour l'entreprise individuelle (EI), l'entreprise unipersonnelle à responsabilité limitée (EURL) ou la micro-entreprise (autoentrepreneur). Il prend seul les décisions et assume seul les risques. L'EURL protège le patrimoine de l'entrepreneur. Le travailleur indépendant bénéficie d'une protection sociale réduite (absence de congés payés, allocation chômage sous conditions, etc.).

EXEMPLE
Peter H. est un autoentrepreneur. Il travaille seul dans son entreprise. Les formalités comptables qu'il doit remplir sont allégées.

3 La responsabilité du travailleur indépendant

Un travailleur indépendant jouit d'une grande liberté dans son organisation, le choix de ses clients, la tarification de ses prestations. Il n'existe pas de lien de subordination entre le client et le prestataire de services. Le client, s'il n'a pas de pouvoir de direction sur son prestataire, dispose cependant d'un droit de regard sur le respect des engagements du travailleur indépendant qui peut voir sa responsabilité contractuelle mise en cause.

EXEMPLE
Peter H. a pris beaucoup de retard dans la réalisation de la prestation confiée par Domix. Sa responsabilité contractuelle est engagée.

ÉCONOMIE-GESTION

mots clés
Contrat d'entreprise ◆ Prestataire de services ◆ EI ◆ EURL ◆ Micro-entreprise ◆ Responsabilité contractuelle

S'entraîner au Bac
Exercices 1, 4 : p. 313 à 317

Savoir 30

Le contrat de travail

LU ☐
SU ☐
REVU ☐

Le contrat de travail est un accord entre un employeur et un salarié. Il existe plusieurs types de contrats de travail.

1 Les éléments caractéristiques du contrat de travail

Le contrat de travail est une convention caractérisée par trois éléments : la fourniture d'un travail, le paiement d'une rémunération, un lien de subordination entre le salarié et l'employeur. Le lien de subordination est le fait pour le salarié d'être sous la direction et le commandement d'une autre personne.

EXEMPLE Après son baccalauréat professionnel Industrie des Procédés, Victoria K. a signé un contrat de travail et commence une période d'essai sous les ordres de R., responsable de production.

2 Les clauses du contrat de travail

Les clauses du contrat de travail précisent la nature de l'emploi et son lieu, la qualification du salarié, la durée de la période d'essai et la durée du contrat, les obligations de chacune des deux parties, le montant de la rémunération, etc.
Certaines clauses sont interdites (célibat, réduction de la liberté syndicale, etc.).

EXEMPLE Le contrat de travail de Mélania, technicienne dans l'industrie aéronautique, comporte une clause de non-concurrence. Si elle quitte son employeur, il lui sera interdit avant un délai de deux ans de travailler chez un concurrent.

3 Les différents types de contrats de travail

– Le CDI (contrat à durée indéterminée) ne fixe pas la date de la fin du contrat.
– Le CDD (contrat à durée déterminée) est conclu pour une durée définie et pour l'exécution d'une tâche précise et temporaire.

EXEMPLE Kamel C., titulaire du bac pro ASSP, a été recruté en CDD dans un Ehpad pour une durée de 6 mois en qualité d'assistant du responsable de l'animation.

– Le CTT (contrat de travail temporaire) est conclu par un intérimaire avec une entreprise de travail temporaire qui le met à disposition d'une entreprise utilisatrice pour effectuer une mission définie.
– Le contrat de professionnalisation (formation continue) et le contrat d'apprentissage (formation initiale) permettent au salarié d'acquérir une qualification par la voie de l'alternance.

mots clés Contrat de travail ◆ Rémunération ◆ Lien de subordination ◆ Obligations ◆ CDI ◆ CDD ◆ CTT ◆ Contrat de Professionnalisation ◆ Contrat d'apprentissage

S'entraîner au Bac
Exercices 1, 4 : p. 313 à 317

Savoir 31

Le temps de travail et la rémunération

LU ☐
SU ☐
REVU ☐

Le temps de travail des salariés est prévu dans leur contrat. Leur rémunération dépend pour partie de ce temps de travail.

1 Le temps de travail effectif

Le temps de travail effectif est le temps pendant lequel un salarié est à la disposition et sous les directives de son employeur, sans occupation personnelle.

EXEMPLE La restauration et les pauses ne sont pas considérées comme du temps de travail effectif.

2 La durée du travail

La durée légale du travail est fixée à 35 heures hebdomadaires.
Les heures supplémentaires sont les heures de travail effectuées au-delà de la durée légale. Elles donnent droit à une majoration de salaire.
La durée du travail des salariés à temps partiel est inférieure à la durée légale ou conventionnelle pratiquée dans l'entreprise. Le temps partiel peut être choisi ou subi.

EXEMPLES Kim L., aide-soignant dans un EHPAD, a demandé à son employeur de travailler à temps partiel car il souhaite pouvoir s'occuper de ses enfants le mercredi.
Eliah S., technicienne de fabrication, a travaillé 46 heures cette semaine à cause d'une commande urgente. Elle a droit à 11 heures supplémentaires majorées.

3 La rémunération

Les salariés peuvent être rémunérés à l'heure ou mensualisés. Le salaire brut est constitué du salaire de base auquel s'ajoutent les heures supplémentaires, les avantages en nature, les primes et majorations, le remboursement des frais professionnels.
Des cotisations sont payées par le salarié et par l'employeur. La différence entre le salaire brut et les cotisations salariales s'appelle le salaire net.
Le bulletin de paie précise le détail de ces éléments. Il est remis au salarié ou disponible sur un espace numérique.
Le salaire ne peut être inférieur au salaire minimum interprofessionnel de croissance (Smic).

EXEMPLE
Benjamin B. est cadre. Il reçoit tous les mois une rémunération forfaitaire identique.

mots clés
Temps de travail effectif ◆ Durée légale du travail ◆ Heures supplémentaires ◆ Temps partiel ◆ Rémunération ◆ Salaire de base ◆ Salaire brut ◆ Salaire net ◆ Smic

S'entraîner au Bac
Exercices 1, 4 : p. 313 à 317

ÉCONOMIE-GESTION

Savoir 32

Les droits et obligations des salariés et des employeurs

LU ☐
SU ☐
REVU ☐

En vertu de la législation du travail et du contrat de travail qui les lie, les parties disposent de droits et doivent respecter des obligations. La représentation collective des salariés est assurée par la négociation et par différentes instances.

1 Les obligations et les pouvoirs de l'employeur

L'employeur doit rémunérer le salarié, lui fournir un travail et les moyens de le réaliser, respecter les clauses du contrat de travail et la législation.
L'employeur dispose du pouvoir de direction (sélectionner un salarié, déterminer ses conditions de travail, etc.), du pouvoir réglementaire (élaborer le règlement intérieur), du pouvoir disciplinaire (prendre envers un salarié ayant commis une faute une sanction disciplinaire conforme au règlement intérieur).

EXEMPLE
Benoît V. arrive très souvent en retard à son travail. Il a reçu plusieurs avertissements oraux et un avertissement écrit.

2 Les obligations et les droits du salarié

Le salarié doit exécuter le travail qui lui est demandé, respecter les clauses de son contrat de travail, les horaires et le règlement intérieur.
Il a droit à une rémunération, à des congés payés et au respect de ses droits sociaux.

EXEMPLE
Responsable commerciale dans une entreprise d'aide à domicile, Raïssa H. doit respecter la clause de résultat et d'objectif indiquée à son contrat de travail (augmenter le chiffre d'affaires d'au moins 5 % par an).

3 Les relations collectives au travail

La négociation obligatoire entre employeurs et syndicats (les partenaires sociaux) conduit à la conclusion de conventions collectives, d'accords collectifs et de conventions et accords d'entreprises.
La représentation des salariés dans l'entreprise est assurée par les délégués syndicaux, les délégués du personnel, les représentants au comité d'entreprise. Les représentants du personnel sont protégés par la loi.

EXEMPLE
Dans l'entreprise N., l'employeur refuse la présence des représentants du personnel au comité d'entreprise. Il est passible du délit d'entrave.

mots clés
Employeur ◆ Pouvoir de direction ◆ Pouvoir réglementaire ◆ Pouvoir disciplinaire ◆ Salarié ◆ Droits sociaux ◆ Négociation ◆ Partenaires sociaux ◆ Représentation des salariés

S'entraîner au Bac
Exercices 1, 4, 7 : p. 313 à 317

Savoir

33

Vie privée et vie professionnelle

LU ☐
SU ☐
REVU ☐

Les technologies numériques facilitent les échanges d'informations. Cependant, les conditions dans lesquelles elles sont utilisées ne doivent pas être source de dégradation des conditions de travail. Chacun peut veiller à sa réputation en ligne.

1 L'e-communication

L'e-communication (communication numérique ou digitale) utilise les outils de l'internet et de l'intranet et les réseaux sociaux. Elle permet à l'entreprise de faciliter le travail collaboratif au sein de ses services.

EXEMPLE Une entreprise du secteur de la chimie a créé un réseau social d'entreprise qui favorise le télétravail et le partage de l'information entre salariés.

2 Le décloisonnement entre la vie privée et la vie professionnelle

L'épanouissement des salariés est recherché par les gestionnaires des ressources humaines qui souhaitent améliorer la motivation et faciliter les recrutements. Cet épanouissement dépend d'un juste équilibre entre vie privée et vie professionnelle, favorisé par le droit à la déconnexion (droit de ne pas être connecté aux outils numériques professionnels hors de son temps de travail).

EXEMPLES Recevoir des appels professionnels au cours du dîner familial peut être source de tension dans un couple.
La généralisation du télétravail peut conduire certains salariés à un sentiment d'isolement si l'accompagnement de l'entreprise est insuffisant.

3 L'identité numérique

L'identité numérique est constituée de toutes les traces et contenus qu'une personne peut laisser en ligne lors de son utilisation d'Internet et des réseaux sociaux au cours de sa vie privée comme de sa vie professionnelle.
Une mauvaise e-réputation peut nuire à un candidat à l'emploi ou à un salarié alors qu'à l'inverse une excellente e-réputation peut favoriser sa carrière. La Commission nationale de l'informatique et des libertés (CNIL) peut être saisie aux fins de suppression de données personnelles ou d'informations portant atteinte à la vie privée.

EXEMPLE Dylan U., lycéen professionnel en terminale, restreint l'accès de son profil sur les réseaux sociaux à ses seuls amis pour protéger sa e-réputation.

mots clés E-communication ◆ Droit à la déconnexion ◆ Identité numérique ◆ E-réputation ◆ CNIL

ÉCONOMIE-GESTION

S'entraîner au Bac
Exercice 7 : p. 317

Savoir

34

La rupture de la relation de travail

LU ☐
SU ☐
REVU ☐

La volonté d'une ou des deux parties, la fin de la mission ou la situation économique peuvent conduire à la rupture de la relation de travail.

1 La rupture individuelle du contrat de travail

La rupture du contrat de travail peut se faire :
- librement pendant la période d'essai par l'une ou l'autre des parties ;
- à l'initiative du salarié (démission) ;
- à l'initiative de l'employeur (licenciement pour motif personnel ou licenciement pour motif économique). Le licenciement doit reposer sur une cause réelle et sérieuse. À condition qu'il n'y ait pas eu de faute grave ou lourde, le salarié licencié peut percevoir des indemnités de licenciement et bénéficier d'un préavis et du paiement de ses congés payés. L'autorisation de l'Inspection du travail est nécessaire pour licencier un représentant du personnel ;
- d'un commun accord entre les deux parties (rupture conventionnelle).

EXEMPLE Soudeur optique chez un opérateur téléphonique, Jules R. souhaite changer de région et s'installer à son compte. Il a négocié une rupture conventionnelle.

2 La défaillance de l'organisation

Quand une entreprise d'au moins 50 salariés est en difficulté et doit procéder au licenciement économique d'au moins 10 salariés sur 30 jours, elle doit obligatoirement mettre en œuvre un plan de sauvegarde de l'emploi (PSE) qui vise à favoriser le reclassement des salariés licenciés et à en limiter le nombre.

EXEMPLE Les syndicats représentatifs de Nokia ont signé un accord sur les mesures sociales d'accompagnement du plan de sauvegarde de l'emploi (PSE) prévoyant 980 suppressions de postes.

3 La fin de la relation de travail avec le travailleur indépendant

La relation de travail avec le travailleur indépendant a lieu à la fin de la mission dans les conditions prévues au contrat d'entreprise. Un travailleur indépendant qui estime que sa prestation relève d'une activité salariée déguisée peut solliciter la requalification de son contrat d'entreprise en contrat de travail.

EXEMPLE La justice a donné raison à un livreur Deliveroo qui demandait la requalification de son contrat de prestataire de services en contrat de travail. Le livreur était placé en situation de subordination vis-à-vis de la plateforme et n'avait aucune liberté quant aux tarifs.

mots clés Démission ◆ Licenciement ◆ Indemnités ◆ Rupture conventionnelle ◆ PSE ◆ Requalification ◆ Missions

S'entraîner au Bac
Exercice 4 : p. 315

Savoir

35

Compétences et qualification

LU ☐
SU ☐
REVU ☐

Les entreprises recrutent les travailleurs en tenant compte de leurs compétences pour le poste de travail à pourvoir et de leur qualification.

1 La qualification

Au sein d'un même secteur exercent des professionnels de qualifications différentes.

EXEMPLES Dans un hôpital travaillent des médecins, des infirmiers, des aides-soignants. Dans une usine travaillent des ingénieurs, des techniciens, des ouvriers.

La qualification d'un professionnel est liée à ses capacités à réaliser les activités et à accomplir les tâches qui lui sont dévolues. La qualification est attestée par un titre ou un diplôme (délivrés par un organisme privé ou par l'État), ou par un certificat (délivré par la profession). Les diplômes sont classés en niveaux, fonction de la complexité des compétences acquises.

EXEMPLE Niveau 3 pour un certificat d'aptitude professionnelle (CAP), niveau 4 pour un baccalauréat professionnel, niveau 5 pour un brevet de technicien supérieur (BTS).

2 Les compétences et les aptitudes

Les compétences sont liées à la qualification professionnelle. Elles sont un ensemble indissociable de savoirs (les connaissances), de savoir-faire (la pratique) et de savoir être (le comportement et les attitudes professionnelles). Les compétences s'acquièrent et se démontrent dans les situations de travail.

EXEMPLES Réaliser la toilette d'une personne âgée ou d'un enfant est une compétence de l'aide-soignant. Exploiter un planning de fabrication est une compétence du technicien en chaudronnerie.

Les qualités et les aptitudes sont liées à la personne et ont un caractère général qui n'est pas uniquement professionnel.

EXEMPLE Le souci du détail est une aptitude. L'enthousiasme est une qualité.

3 Le bilan de compétences

Le bilan de compétences permet à un salarié de définir un projet d'évolution professionnelle et de formation à partir de ses compétences, aptitudes et motivations. Il peut être réalisé à l'initiative du salarié (dans le cadre ou non d'un congé spécifique) ou proposé par l'employeur (dans le cadre du plan de formation).

mots clés Qualification ◆ Titre ◆ Diplôme ◆ Compétences ◆ Aptitudes ◆ Bilan de compétences

S'entraîner au Bac
Exercices 1, 3, 4, 7 : p. 313 à 317

La formation tout au long de la vie

LU ☐
SU ☐
REVU ☐

Les compétences attendues par les entreprises sont fonction de l'évolution des métiers et des technologies. La formation tout au long de la vie permet de se professionnaliser et de s'adapter à cette évolution.

1 Les différentes voies de formation

Les dispositifs de la formation tout au long de la vie (FTLV) permettent une continuité entre formation initiale (pour les personnes non encore entrées dans la vie active) et formation continue (pour les personnes déjà entrées dans la vie active).
La poursuite d'études permet au titulaire d'un diplôme de poursuivre sa formation et d'acquérir un niveau de qualification supérieur.
L'alternance sous statut de salarié permet de suivre une formation sous contrat d'apprentissage ou sous contrat de professionnalisation.

EXEMPLE On peut préparer un BTS ESF (Économie sociale familiale) ou SP3S (Services et prestations des secteurs sanitaire et social) après un baccalauréat professionnel ASSP (Accompagnement, soins et services à la personne).

2 Les enjeux de la formation et de la validation des acquis

L'employeur est dans l'obligation d'organiser la formation de ses salariés et ceux-ci ont l'obligation de la suivre. L'employeur établit un plan de formation qui réunit toutes les actions de formation que l'entreprise souhaite faire suivre à ses salariés.
La formation peut éventuellement permettre au salarié d'obtenir une promotion ou d'assurer sa reconversion professionnelle.
La validation des acquis de l'expérience (VAE) autorise, avec au moins un an d'expérience dans un métier, à demander de faire valider ses compétences pour obtenir un diplôme ou un titre.

EXEMPLES Mme L., agent d'accueil dans une entreprise industrielle, suit une formation pour devenir opératrice sur une ligne de production dans la même société.
Dans une clinique, la direction a inscrit au plan de formation une action de manutention des malades destinée aux aides-soignants et aux infirmiers.

3 Le droit à la formation

Le compte personnel de formation (CPF) permet à un salarié de cumuler un crédit en euros au sein de son compte personnel d'activité (CPA) et de l'utiliser pour suivre une action de formation qu'il choisit librement, par exemple en vue d'une VAE.
Les périodes de professionnalisation sont mises en œuvre à l'initiative du salarié ou de l'employeur. Elles se déroulent en principe pendant le temps de travail.

mots clés FTLV ◆ Formation initiale ◆ Formation continue ◆ Alternance ◆ Plan de formation ◆ VAE ◆ CPF ◆ CPA ◆ Périodes de professionnalisation

S'entraîner au Bac
Exercices 1, 3 : p. 313

Exercice 1

Voir Fiches Savoir 1, 3, 5, 6, 7, 10, 12, 21, 27, 28, 29, 30, 31, 32, 35, 36

Se former en travaillant

Répondre à des questions. Traiter une question d'économie et de gestion

Après votre baccalauréat, vous souhaitez continuer à vous former tout en travaillant. Après avoir pris connaissance du document 1 et à l'aide de vos connaissances, vous répondez brièvement aux questions suivantes :

1. Quel est le rôle de Pôle Emploi ? Pôle Emploi produit-il des biens ou des services ? Est-ce une entreprise, une association ou une administration ?
2. Citez trois agents économiques.
3. Donnez des exemples de diplômes de différents niveaux de qualification.
4. Quelle est la différence entre une qualité personnelle et une compétence ?
5. Donnez un exemple de revenu primaire pour un ménage.
6. Distinguez contrat d'entreprise et contrat de travail.
7. Quelle est la durée légale du travail pour un salarié ?

Vous traitez ensuite de manière structurée la question suivante en illustrant votre réponse d'un exemple propre à votre secteur d'activité : Comment un jeune diplômé peut-il bénéficier de la formation tout au long de la vie ?

– En introduction, vous présenterez le concept de formation tout au long de la vie (FTLV).

– Dans le développement, à titre indicatif, vous pourrez aborder certains des thèmes suivants, mais cela n'est pas limitatif : le contrat de travail ; le contrat de professionnalisation ; le contrat d'apprentissage ; les diplômes et les qualifications ; les technologies numériques, la VAE...

– En conclusion, vous présenterez l'intérêt pour les jeunes diplômés de continuer à se former après l'entrée dans la vie active.

Document 1 – Jeunes diplômés : et maintenant on fait quoi ?

Formez-vous pour trouver un emploi : la formation continue contribue, selon différents dispositifs que vous soyez salarié ou demandeur d'emploi, à entretenir et adapter vos compétences professionnelles tout au long de la vie. [...]

Acquérir des compétences complémentaires : [...] aujourd'hui, il n'est pas rare, pour trouver un travail, de devoir suivre une formation complémentaire, par exemple sur un logiciel précis. Il existe plusieurs dispositifs de formation pour vous permettre d'acquérir des compétences supplémentaires : les formations des régions ; les dispositifs spécifiques de Pôle Emploi, etc.

Apprendre un nouveau métier : entre travail et formation, l'alternance permet d'être formé au métier choisi tout en étant salarié et donc rémunéré. Vous suivez une formation théorique dispensée en centre de formation, complétée par une période de mise en situation de travail dans l'entreprise avec à la clé l'acquisition d'une qualification reconnue.

Valoriser vos compétences avec la VAE : la Validation des Acquis de l'Expérience (VAE) vous permet de faire reconnaître votre expérience pour accéder à un emploi. Grâce à elle, vous pouvez obtenir tout ou partie d'une certification [...] sur la base d'une expérience professionnelle salariée, non salariée [...], bénévole (syndicale, associative) et/ou volontaire et/ou élective, d'au moins 1 an.

www.pole-emploi.fr

FAIT ☐ REVU ☐

Exercice 2

Voir Fiches Savoir 1, 2, 10, 11, 12, 14, 16, 17, 18, 19, 20

Croissance et PIB

Répondre à des questions. Traiter une question d'économie et de gestion

Après avoir pris connaissance des documents 1, 2 et 3 ci-après, et à l'aide de vos connaissances, vous répondez brièvement à quelques questions :

1. Comment les entreprises citées dans les documents participent-elles au PIB de notre pays ?
2. Que signifie l'expression « activités les plus porteuses et les plus rentables » ?
3. Parmi les entreprises citées dans les documents, laquelle ou lesquelles produisent des biens ? laquelle ou lesquelles produisent des services ?
4. Comment les entreprises fixent-elles leurs prix ?

Vous traitez ensuite de manière structurée la question suivante en illustrant votre réponse d'un exemple propre à votre secteur d'activité : Quelles sont les modalités de la croissance des entreprises et ses conséquences ?

– En introduction, vous définirez la notion de croissance d'une entreprise.
– Dans le développement, à titre indicatif, vous pourrez aborder certains des thèmes suivants mais cela n'est pas limitatif : la croissance interne ; la croissance externe ; la création de richesses ; le marché de l'entreprise ; la stratégie de l'entreprise ; les conséquences de la croissance pour les salariés ; etc.
– En conclusion, vous présenterez l'intérêt pour les entreprises à assurer leur croissance.

Document 1 – Bastide Le Confort Médical

Le Groupe Bastide Le Confort Médical annonce avoir finalisé 5 opérations de croissance externe en juillet en France, dans le domaine des prestations de services en assistance respiratoire avec l'acquisition de 4 sociétés spécialisées dans ce domaine, et dans la vente en ligne de consommables pour le maintien à domicile, avec l'acquisition du leader français de la vente en ligne des produits pour troubles urinaires, la société Sphère Santé. Ces 5 acquisitions entrent parfaitement dans la stratégie de croissance du Groupe qui vise à se renforcer rapidement sur les activités les plus porteuses et les plus rentables.

www.zonebourse.com

Document 2 – La croissance interne de Korian

Le Groupe Korian, qui exploite à la fois des maisons de retraite, des cliniques spécialisées, des résidences de services et propose des soins à domicile pour les seniors, prévoit un chiffre d'affaires en progression d'au moins 5 %. Cette croissance est favorisée notamment par une dynamique de prix positive sur l'ensemble des marchés, le développement de nouveaux services et l'ouverture d'au moins 2500 lits supplémentaires.

Document 3 – Une gamme renouvelée

L'an dernier, Audi, le constructeur aux anneaux, a livré 1845550 véhicules dans le monde, soit un volume en augmentation de 1,5 % par rapport à l'année précédente. En France, la firme a vu ses ventes croître de 11,5 % pour atteindre 57533 unités immatriculées. La filiale française du constructeur allemand explique ces bonnes performances par une gamme largement renouvelée au cours des derniers mois pour rendre la marque plus attirante et désirable.

https://www.automobile-entreprise.com

FAIT ☐ REVU ☐

Exercice 3

Voir Fiches Savoir 1, 2, 5, 6, 10, 11, 12, 13, 14, 16, 27, 35, 36

L'économie circulaire

Répondre à des questions

Après avoir pris connaissance des documents 1, 2 et 3 ci-dessous et à l'aide de vos connaissances, vous répondez brièvement aux questions suivantes :

1. Qu'appelle-t-on économie circulaire ?
2. Qu'appelle-t-on cycle de vie d'un produit ?
3. Le marché automobile est-il un marché concurrentiel ou un monopole ? Pourquoi ?
4. Donnez un exemple de service associé à un produit.
5. Que représentera le facteur travail de Renault en 2030 sur le site de Flins ? Quel est l'effectif actuel ?
6. Quelle est la différence essentielle entre le contrat de travail des salariés de Renault et le contrat de travail des intérimaires ?
7. Qu'est-ce qu'une compétence ? En quoi les compétences permettent-elles d'assurer le « futur des salariés » ?
8. Comment les salariés de Renault vont-ils acquérir de nouvelles compétences ?
9. Entre flux tendus et flux poussés, quelle est l'organisation de la production choisie par l'industrie automobile ? Pourquoi l'industrie automobile adopte-t-elle cette organisation ?
10. Donnez un exemple de menace et un exemple d'opportunité pour les entreprises du secteur d'activité auquel vous vous formez.
11. Qui seront les partenaires de Renault dans son projet ?
12. En quoi le projet est-il novateur ?
13. À quel type de croissance correspond la création de nouvelles activités ?

Document 1 – Renault convertit l'usine historique de Flins au recyclage de véhicules et de batteries.

La France comptera bientôt une usine automobile de moins. La direction de Renault a confirmé l'arrêt de l'activité d'assemblage à Flins lorsque la ZOE arrivera en fin de vie [...]. Le nouveau projet [...] doit permettre d'employer plus de 3000 personnes sur le site en 2030. [...] Les dirigeants du Losange[1], Jean-Dominique Senard et Luca de Meo, ont confirmé ce mercredi lors d'une visite dans les Yvelines que ce site historique de l'industrie française serait désormais dédié à « l'économie circulaire de la mobilité ». L'usine emblématique du Losange, qui emploie 2600 salariés Renault et environ un millier d'intérimaires, assemble aujourd'hui la ZOE électrique et la Micra de Nissan. Sa reconversion avait été annoncée dans le cadre du grand plan d'économies dévoilé fin mai par Renault. [...] « C'est un projet créatif, novateur, d'une grande modernité », souligne le directeur général, Luca de Meo. « Il permettra aux salariés de se doter de compétences qui leur permettront d'assurer leur futur, bien plus qu'aujourd'hui ».

https://www.lesechos.fr

1. L'usine du Losange : Renault

Document 2 – Économie circulaire : une usine Renault va recycler des véhicules et des batteries

« Avec la Re-factory, Flins va devenir une référence européenne en matière d'économie circulaire », a souligné Luca de Meo, le directeur général de Renault. « Cette usine, avec un objectif de bilan CO2 négatif à 2030, s'inscrit pleinement dans la stratégie globale du groupe en alliant économie circulaire, réduction des émissions, développement des compétences et création de nouvelles activités générant de la valeur. » Des dispositifs d'accompagnement et de formation des salariés de Flins et Choisy-Le-Roi sont prévus pour « développer les compétences », a indiqué Renault.
Flins va également héberger un incubateur ainsi qu'un pôle universitaire novateur.

https://www.linfodurable.fr

Document 3 – Renault et l'économie circulaire

C'est dans les vieux pots d'échappement qu'on fait les meilleurs moteurs. C'est faux, mais c'est un peu le principe de l'économie circulaire dans le secteur automobile : faire du neuf avec des pièces en fin de vie. (Utiliser) des chutes de ceinture recyclées, offrir une deuxième chance à des moteurs usagés, alimenter des bâtiments avec d'anciennes batteries de voitures électriques, et la boucle est bouclée.

https://group.renault.com

FAIT ☐ REVU ☐

Exercice 4

Voir Fiches Savoir 7, 8, 9, 28, 29, 30, 31, 32, 34, 35

La relation de travail

Répondre à des questions

Après avoir pris connaissance des documents 1 et 2 ci-dessous, vous répondez brièvement aux questions suivantes :

1. Qu'est-ce qu'un contrat d'entreprise ?

2. Donnez un exemple de mauvaise exécution d'un contrat et un exemple d'inexécution partielle dans le secteur d'activité auquel vous vous formez.

3. Quels sont les éléments qui fondent la responsabilité contractuelle ?

4. Que signifie EURL ?

5. Barbara P. figure-t-elle dans l'organigramme de l'entreprise C. ? Pourquoi ?

6. Quels sont les différents motifs de rupture d'un contrat de travail ?

7. Pourquoi et comment un représentant du personnel est-il protégé contre le licenciement ?

8. Un employeur peut-il exiger que l'aide à domicile qu'il emploie reste célibataire ? Pourquoi ?

Document 1 – Extrait d'un contrat d'entreprise entre l'entreprise C. et l'EURL Barbara P. pour une prestation de nettoyage de bureaux

[...] En cas de retard dans l'exécution des travaux par l'EURL Barbara P. pour lesquels une date limite a été fixée, il est appliqué une pénalité journalière de 50 euros qui vient en déduction du montant de l'ensemble des travaux. [...]

Document 2 – Salarié protégé... mais pas de tout !

Contrairement aux idées reçues, un élu ou un syndicaliste peut être licencié.
[...] La loi a toujours protégé les salariés exerçant un mandat, afin qu'ils puissent effectuer leur mission sans craindre d'éventuelles menaces de licenciement. Pour autant, croire qu'un salarié protégé ne peut en aucun cas se voir notifier la rupture de son contrat de travail est un leurre. Pour preuve la confirmation par le tribunal administratif de Montreuil du licenciement d'un délégué syndical CGT d'Air France qui avait arraché la chemise du DRH de la compagnie aérienne.
Il faut d'abord savoir qu'en cas de difficultés de l'entreprise, le collaborateur n'est pas plus à l'abri que les autres d'un licenciement économique. S'il ne peut plus exercer en raison d'une maladie ou d'un handicap, et qu'aucun aménagement de poste ou reclassement n'est possible, il pourra aussi faire l'objet d'un licenciement pour inaptitude. L'élu ou le syndicaliste peut également se voir infliger un licenciement pour insuffisance professionnelle, s'il n'a pas les compétences requises pour son poste. Mais attention ! « On ne peut lui reprocher de ne pas atteindre les mêmes objectifs que ses collègues qui, eux, n'ont pas d'heures de délégation ».
Dans quels cas, alors, s'applique le bouclier protecteur ? D'abord et avant tout si l'inspection du travail, amenée à donner son autorisation à la rupture du contrat, estime que la décision de licencier

est liée au mandat du collaborateur. Autrement dit, si elle soupçonne l'employeur de vouloir se débarrasser d'un individu « gênant ».
Le salarié protégé l'est aussi, dans une certaine mesure, s'il commet une faute. (...) Une cause réelle et sérieuse, suffisante pour un autre salarié non protégé, ne l'est généralement pas pour congédier un salarié protégé.
La faute grave est nécessaire. Rappelons ce qui la caractérise : elle est d'une importance telle qu'elle rend impossible le maintien du salarié dans la société pendant le préavis.

https://lentreprise.lexpress.fr

FAIT ☐ REVU ☐

Exercice 5

Voir Fiches Savoir 2, 3, 4, 5, 6, 10, 11, 13, 15, 16, 18, 20, 22, 23, 24, 25, 26

Les ménages et les entreprises

Répondre à des questions

Après avoir pris connaissance des documents 1, 2 et 3 ci-contre et à l'aide de vos connaissances, vous répondez aux questions suivantes :

1. Expliquez en quoi l'objectif d'un salarié et l'objectif d'un actionnaire peuvent être contradictoires.

2. Comment une entreprise peut-elle communiquer auprès de ses partenaires pour mettre en avant la qualité de ses produits ?

3. Entre le PIB et l'IDH, quel est l'indicateur qui mesure la qualité de vie ?

4. Comment a évolué la consommation des ménages depuis les années 1950 ?

5. En quoi la prise en compte du souhait des ménages à « être mieux » fait-elle partie de la prise en compte par les entreprises de leur responsabilité sociétale ?

6. Comment les ménages utilisent-ils la part de leur revenu disponible qui n'est pas consommée ?

7. Citez deux dépenses pré-engagées dans le budget des ménages.

8. Définissez le pouvoir d'achat d'un ménage.

9. Pour quel type de dépenses les ménages font-ils appel à la location avec option d'achat ?

10. Citez un exemple de revenu de transfert pour les ménages.

11. Qui assure la redistribution des revenus ?

12. Que signifie « coefficient budgétaire » ?

13. Une entreprise du secteur marchand peut-elle appartenir à l'économie sociale et solidaire ? Pourquoi ?

14. Citez une partie prenante externe à l'entreprise et une partie prenante interne.

Document 1 – Services et qualité de vie

Dans l'immédiat après-guerre, la préoccupation première des Français était l'« avoir » : chacun aspirait à posséder une maison, une voiture, une machine à laver... Cette aspiration a perduré jusqu'à la fin des années 70. Dans les années 80, chacun a voulu en avoir plus : une deuxième voiture, une deuxième, voire une troisième télévision. Dans les années 90 s'est produite une transition vers « l'avoir mieux » : l'écran plat a remplacé la télévision cathodique, le véhicule hybride s'est parfois substitué à la voiture polluante.
Progressivement, nous passons aujourd'hui à « l'être mieux ». Nous prenons conscience que ce n'est pas tant l'accumulation de biens qui procure une qualité de vie que les services. Cela rejoint une préoccupation de développement durable puisque les ressources en termes de services sont, contrairement aux ressources naturelles, inépuisables.

www.xavierpavie.com

Document 2 – Les parties prenantes

Les parties prenantes sont les acteurs internes (salariés et leurs représentants, actionnaires...) ou externes (banques, administrations...) et les partenaires économiques et sociaux de l'entreprise (clients, fournisseurs, concurrents, associations...). Toutes les activités économiques de l'entreprise ont des conséquences directes ou indirectes sur les parties prenantes et ces acteurs ont une influence sur les décisions de l'entreprise et peuvent représenter des contre-pouvoirs. Or les objectifs des parties prenantes ne sont pas identiques et l'entreprise doit réaliser des arbitrages.

Document 3 – Les structures de l'économie sociale et solidaire

La loi du 31 juillet 2014 définit l'économie sociale et solidaire comme un mode d'entreprendre et de développement économique adapté à tous les domaines de l'activité humaine, auquel adhèrent des personnes morales de droit privé qui remplissent les conditions cumulatives suivantes :
1. Un but autre que le seul partage des bénéfices. Cette formulation permet d'intégrer des entités aussi différentes que des sociétés commerciales ou des fondations.
2. Une gouvernance démocratique. Le mode de gouvernance est défini et organisé par les statuts. Il prévoit l'information et la participation (dont l'expression n'est pas seulement liée à leur apport en capital ou au montant de leur contribution financière) des associés, des salariés et des parties prenantes aux réalisations de l'entreprise.
3. Une lucrativité limitée.

https://bpifrance-creation.fr

FAIT ☐ REVU ☐

Exercice 6

Voir Fiches Savoir 10, 15, 17, 18, 19, 20, 21, 22, 23, 24, 25, 26

La valeur ajoutée

Répondre à des questions

Après avoir pris connaissance du document ci-dessous et à l'aide de vos connaissances, vous répondez brièvement aux questions suivantes :

1. Une bibliothèque est-elle un bien ou un service ?
2. Si Valandin vend 200 bibliothèques par mois, quel est son chiffre d'affaires annuel ?
3. Quelle est la valeur ajoutée par bibliothèque pour l'entreprise Valandin ?
4. Comment appelle-t-on la différence entre prix de vente et valeur ajoutée ?
5. En quoi le prix de vente d'une bibliothèque Valandin est-il un prix psychologique ?
6. Peut-on dire que Valandin a le monopole sur le marché des bibliothèques ?
7. De votre point de vue, les ménages qui achètent une bibliothèque Valandin sont-ils de PCS+ ou de PCS– ?
8. Que peut faire un ménage dont l'épargne n'est pas suffisante pour acheter une bibliothèque Valandin et qui souhaite cependant l'acquérir ?
9. Qui sont les bénéficiaires de la valeur ajoutée ?
10. Quel est le rôle de l'État dans le partage de la valeur ajoutée ?

La production de l'entreprise Valandin

L'entreprise Valandin est spécialisée dans la production et la vente directe de bibliothèques en kit. Pour chaque bibliothèque produite, elle consomme 1 600 euros de matières premières (peinture, bois et matières plastiques, etc.) et 100 euros d'énergie (éclairage et chauffage de l'atelier et des locaux, fioul pour alimenter les machines, etc.). Une bibliothèque est vendue 4 990 euros.

FAIT ☐ REVU ☐

Exercice 7

Voir Fiches Savoir 12, 27, 32, 33, 35

Vie privée, vie professionnelle

Répondre à des questions

Après avoir pris connaissance des documents 1 et 2 ci-dessous et à l'aide de vos connaissances, vous répondez brièvement aux questions suivantes :

1. Définissez le terme « partenaires sociaux ».
2. En quoi la mobilité numérique facilite-t-elle la mise en place du télétravail ?
3. Le métier auquel vous vous préparez permet-il de télétravailler ?
4. Comment définissez-vous la flexibilité du facteur travail ? celle du facteur capital technique ?
5. Comment un télétravailleur peut-il préserver l'équilibre entre sa vie professionnelle et sa vie personnelle ?
6. Qu'est-ce que l'identité numérique ?
7. Comment faites-vous pour préserver votre e-réputation et pourquoi le faites-vous ?

Document 1 – Le télétravail

Ce que contient l'accord sur le télétravail signé par les syndicats : un « double volontariat », la prise en charge des frais et le droit à la déconnexion.
Le projet, qui définit ce qu'est le télétravail et impose certaines obligations, a été signé par tous les partenaires sociaux, à l'exception de la CGT.

https://www.lemonde.fr

Document 2 – Le blurring

8 heures du matin : devant votre petit-déjeuner, vous vérifiez les e-mails sur votre téléphone. 11 heures : vous profitez d'un creux dans le travail pour prendre rendez-vous chez le coiffeur. 15 heures : vous vous perdez sur le site du *Monde*. 21 heures : un SMS du patron ! Vous répondez immédiatement. Vous vous êtes reconnu dans cette situation ? Sachez que vous êtes victime de *blurring*, en bon jargon managérial.
Le *blur*, en anglais, c'est le flou, ce qui est brouillé : d'aucuns savent que le *blurring* est une technique de maquillage qui consiste à camoufler les imperfections de la peau. En management, il s'agit aussi de camouflage : le *blurring* désigne l'effacement de la frontière entre vie privée et vie professionnelle. Puisqu'il est question d'interférences, nous parlerons en français de « brouillage professionnel ».

https://www.lemonde.fr

FAIT ☐ REVU ☐

ÉCONOMIE-GESTION

Exercice 1

Se former en travaillant

1. Service public chargé d'accompagner les demandeurs d'emploi et d'aider les entreprises à recruter. Produit des services.

2. Administrations, entreprises, ménages, institutions financières, reste du monde.

3. BEP (niveau 3), Bac (niveau 4), BTS ou DUT (niveau 5), etc.

4. Qualités : caractère général qui n'est pas uniquement professionnel. Compétences : liées à la qualification professionnelle.

5. Salaire, loyers perçus, bénéfice de l'artisan, etc.

6. Le contrat de travail lie une entreprise et un salarié. Le contrat d'entreprise lie un client et un prestataire de services. Il n'y a pas de lien de subordination dans le second cas.

7. 35 heures par semaine.

Comment un jeune diplômé peut-il bénéficier de la formation tout au long de la vie ?

Les dispositifs de la formation tout au long de la vie permettent une continuité entre formation initiale et formation continue. Est-il possible, pour un jeune diplômé du secteur (de l'aide aux personnes, de l'industrie, du bâtiment...), d'en bénéficier dès son entrée dans la vie active ?

Dès l'embauche, le jeune diplômé pourra bénéficier de l'adaptation à l'emploi. Par exemple, un jeune embauché (un technicien de maintenance, un chaudronnier, un aide-soignant...) pourra être accompagné à sa prise de poste par un collègue expérimenté et passer par plusieurs services avant son affectation définitive.

Un diplômé du baccalauréat professionnel (niveau 4) pourra préparer un BTS ou un DUT (niveau 5) en alternance, par la voie de l'apprentissage (formation initiale) ou par le biais d'un contrat de professionnalisation (formation continue).

Plus tard, après un an d'expérience dans un emploi qualifié, le jeune diplômé pourra accéder au dispositif de la validation des acquis de l'expérience (VAE).

Pôle Emploi, les entreprises de travail temporaire, les associations d'anciens élèves, les missions locales, les chambres consulaires, les syndicats et ordres professionnels, les Greta, les centres de formation d'apprentis, etc., sont susceptibles d'apporter une aide au jeune diplômé dans sa recherche de formation.

Continuer à se former dès sa sortie du lycée permet à un jeune diplômé de se professionnaliser et d'améliorer rapidement sa qualification et de faciliter ainsi son insertion.

Exercice 2

Croissance et PIB

1. Le PIB mesure le total de la valeur ajoutée réalisée par les agents économiques, notamment les entreprises.

2. Production de biens et de services adaptés à la demande et dont la vente dégage une marge bénéficiaire.

3. Bastide et Korian : services, Audi : biens.

4. En prenant en compte le coût de revient du produit, la marge de rentabilité, la concurrence et le marché, le prix psychologique.

Quelles sont les modalités de la croissance des entreprises et ses conséquences ?

La croissance d'une entreprise correspond au développement de son chiffre d'affaires, de son résultat, de ses effectifs, de ses capacités de production. Par leur développement, les entreprises participent à la croissance du pays (augmentation du PIB).

La croissance se fait selon deux modalités : la croissance externe par l'acquisition d'une entreprise concurrente ou complémentaire, la croissance interne par la création d'une nouvelle activité, par l'agrandissement des locaux, etc.

La croissance de l'entreprise a des conséquences sur le facteur humain : positives quand elle nécessite le recrutement de nouveaux salariés, négatives quand une restructuration entraîne au contraire des réductions d'effectifs, notamment au sein de l'entreprise rachetée. Par exemple, après rachat de son concurrent par une entreprise (une entreprise d'aide à la personne, une clinique, une entreprise industrielle ou de travaux publics...), un comptable et une secrétaire sont licenciés car en surnombre. Ces restructurations peuvent permettre la reconversion de salariés dont le poste est supprimé.

Les entreprises ont intérêt à assurer leur croissance pour pérenniser leur activité et répondre à la demande de leurs parties prenantes.

Exercice 3

L'économie circulaire

1. Production exigeante en termes de développement durable. Circuits courts.

2. Étapes depuis sa conception jusqu'à l'arrêt de sa production.

3. Marché concurrentiel. Nombreux offreurs et nombreux consommateurs.

4. Service complémentaire à l'offre : allongement de la garantie, hot-line gratuite, etc.

5. Facteur travail : 3 000.
Actuellement 3 600 (2 600 salariés Renault + 1 000 CTT).

6. Salariés Renault employés par Renault, intérimaires (CTT) employés par les entreprises de travail temporaire et mis à disposition de Renault.

7. Ensemble de savoirs, de savoir-faire et de savoir-être démontrés dans les situations de travail. Permettent aux salariés de s'adapter à l'évolution des emplois.

8. Dispositif de formation et d'accompagnement.

9. Flux tendus pour réduire les stocks et adapter la production à la demande d'options.

10. Menaces : nouveau concurrent, pandémie, évolution de la mode... Opportunités : nouveau besoin, loi favorable, disparition d'un concurrent...

11. Organismes de formation, incubateur, pôle universitaire.

12. Abandon d'une activité traditionnelle (l'assemblage) au profit de l'économie circulaire. Choix stratégique adapté à de nouveaux marchés. Économie de la mobilité (recyclage de véhicules et de batteries).

13. Croissance interne.

Exercice 4

La relation de travail

1. Un contrat signé entre une entreprise et un prestataire de services pour l'exécution d'une tâche spécifique.

2. Mauvaise exécution : malfaçon... Inexécution partielle : la prestation de services n'a pas été complètement effectuée, par exemple un carrelage n'a pas été posé dans une des pièces où cela était prévu.

3. Dommage, inexécution contractuelle et lien de causalité.

4. Entreprise unpersonnelle à responsabilité limitée.

5. Non ; elle n'est pas salariée, il n'y a pas de lien de subordination entre l'entreprise et elle.

6. Le licenciement, la démission, la rupture conventionnelle. Le contrat peut également être rompu au cours de la période d'essai, librement par l'une ou l'autre partie.

7. L'autorisation de l'inspection du travail est nécessaire.

8. Non, la clause de célibat est interdite (atteinte à la vie privée).

Exercice 5

Les ménages et les entreprises

1. Chacun souhaite obtenir la meilleure part de la valeur ajoutée de l'entreprise.

2. Site Internet, publicité dans les médias...

3. L'IDH.

4. D'abord plus de biens, puis plus de services et plus de qualité.

5. La chaîne de valeurs s'adapte à la demande de biens durables ; La responsabilité sociétale consiste à prendre en compte l'intérêt des parties prenantes (santé, sécurité, etc.) en limitant les effets négatifs de l'économie.

6. Épargne.

7. L'abonnement téléphonique, l'assurance, etc.

8. Quantité de biens et de services que le ménage peut acquérir avec son revenu.

9. Biens d'équipement (souvent les automobiles...).

10. Allocations familiales, pension de retraite, RSA, etc.

11. L'État, les départements, les organismes de Sécurité sociale.

12. Part du budget en % consacrée à un poste budgétaire (l'alimentation, la santé, etc.).

13. Oui, elle peut avoir un but lucratif et en même temps assumer ses responsabilités sociétales dans le cadre de l'ESS.

14. Parties prenantes internes : les salariés, les dirigeants, les actionnaires ; Parties prenantes externes : les banques, les clients, les administrations, une chambre de commerce, etc.

Exercice 6

La valeur ajoutée

1. C'est un bien (c'est un meuble, à ne pas confondre avec une bibliothèque municipale, une médiathèque qui sont des services publics proposant des services non marchands de prêt d'ouvrages).

2. 998 000 euros (4 990 x 200).

3. 3 290 euros (4 990 – (1 600 + 100)).

4. Les consommations intermédiaires.

5. L'entreprise a déterminé le prix psychologique (prix d'acceptabilité) que le plus grand nombre de clients potentiels va considérer comme juste. Ici, le consommateur a le sentiment d'acheter une bibliothèque à 4 000 euros plutôt qu'à 5 000 euros, ce qui peut décider d'éventuels indécis.

6. Non, il existe beaucoup de concurrents et d'acheteurs sur le marché des meubles. Ce n'est pas un marché de monopole.

7. PCS+ car le prix est élevé et ne correspond pas au pouvoir d'achat des PCS–.

8. Il peut financer l'achat par un emprunt (en sollicitant un crédit à la consommation ou un prêt à moyen terme).

9. Les salariés, les actionnaires, l'État, les banques, l'entreprise elle-même.

10. Assurer la protection sociale et compenser les inégalités par la redistribution (prélèvements sur certains agents et versement de revenus de transfert).

Exercice 7

Vie privée, vie professionnelle

1. Organisations d'employeurs et représentants des salariés impliqués dans la négociation collective.

2. Mise à disposition d'outils et ressources numériques où que l'on soit (entreprise, domicile ou tiers-lieu).

3. Le télétravail n'est pas adapté à certains métiers (soins à la personne, fabrication en atelier, maintenance chez les clients, etc.).

4. Flexibilité du travail : un salarié est affecté à un poste en fonction des besoins. Flexibilité du capital : les technologies numériques permettent d'adapter l'outil technique à la demande du client.

5. Droit à la déconnexion.

6. Traces et contenus laissés en ligne.

7. Restreindre l'accès à son profil sur les réseaux sociaux à ses seuls proches pour éviter que des informations personnelles ne deviennent publiques.

Savoir 1

Statistique à deux variables

LU ☐
SU ☐
REVU ☐

1 Définition d'une série statistique à deux variables

Une série statistique à deux variables est donnée par des couples de points de coordonnées $(x_i ; y_i)$. Les deux variables doivent être quantitatives.

2 Représentation graphique

On peut représenter la série statistique graphiquement par un nuage de points, de coordonnées $(x_i ; y_i)$.

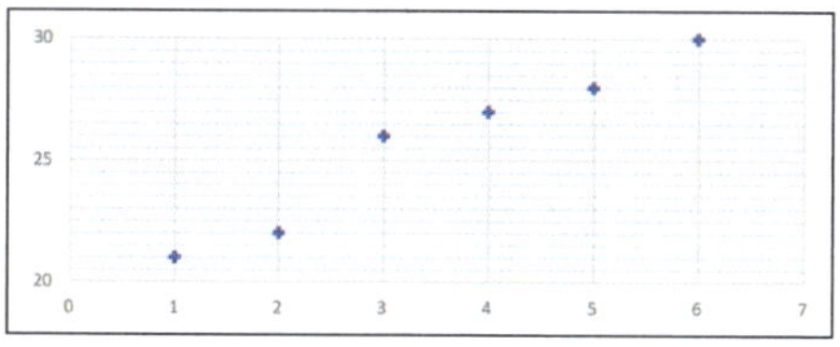

3 Ajustement

3.1. Ajustement affine

Lorsque le nuage de points est de forme allongée, on peut l'ajuster par une droite représentative d'une fonction affine par la méthode des moindres carrés.

- **Méthode des moindres carrés**

Lorsque les points semblent alignés, on recherche la droite qui passe au plus près de chaque point, tel que la somme des carrés des écarts verticaux des points à la droite soit minimale.

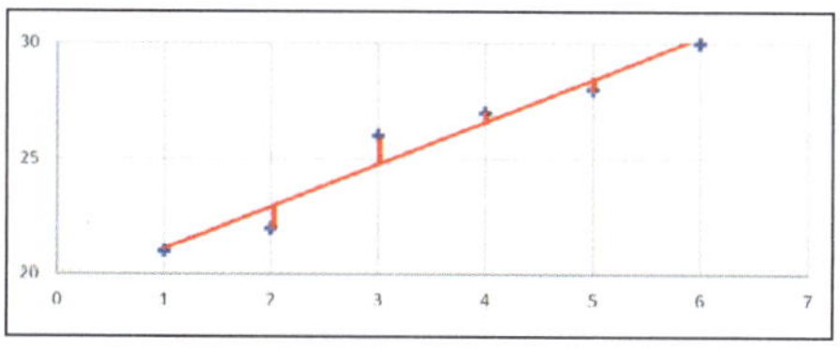

- **Équation réduite de la droite d'ajustement affine**

À l'aide d'outils numériques, on peut déterminer l'équation réduite de la droite d'ajustement affine de la forme $y = ax + b$.

3.2. Autres types d'ajustements

Dans certains cas, le nuage de points a une forme courbe. De ce fait, l'ajustement affine semble moins pertinent.
On recherche alors une autre courbe de tendance plus adaptée. Cette nouvelle courbe de tendance peut être liée à un ajustement exponentiel, logarithmique ou polynomial de degré 2 ou 3.

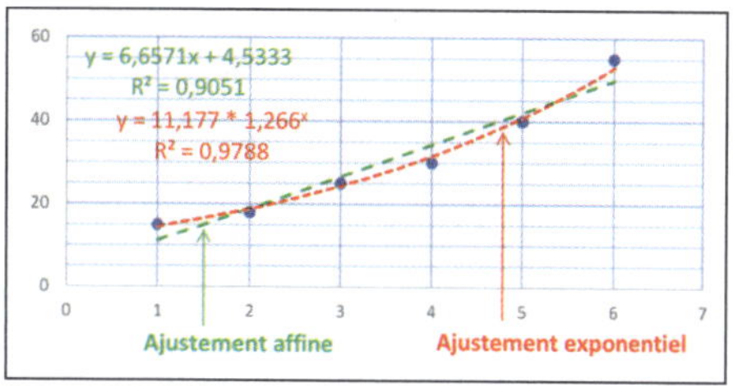

4 Coefficient de détermination R^2

Le coefficient de détermination R^2 est un indicateur qui permet de juger de la qualité de l'ajustement.
Ce coefficient varie entre 0 et 1. Plus la valeur est proche de 1, plus l'équation de l'ajustement est adaptée pour décrire la distribution des points et possède un pouvoir de prédiction fort.

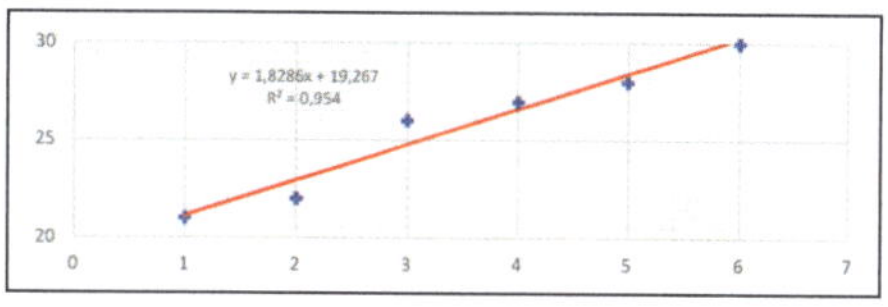

5 Interpolation ou extrapolation

La détermination de l'équation liée à l'ajustement le plus pertinent permet d'interpoler ou d'extrapoler des valeurs inconnues. Extrapoler c'est estimer par calcul la valeur d'une des deux variables en dehors du domaine d'étude fourni par la série statistique. Interpoler, au contraire, est le fait de faire une estimation dans le domaine d'étude.

S'entraîner au Bac
Exercices 1 à 7 : p. 337 à 338

Probabilités

LU ☐
SU ☐
REVU ☐

1 Vocabulaire

• **Expérience aléatoire :** une expérience est aléatoire si les résultats (issues) possibles d'un événement sont dus au hasard.
• **Univers :** ensemble de tous les résultats possibles d'une expérience aléatoire.
• **Événement :** sous-ensemble de résultats possibles d'une expérience aléatoire. C'est une partie de l'univers.
• **Événement élémentaire :** événement n'ayant qu'un seul résultat possible.
• **Probabilité :** nombre de chances qu'un événement se produise. Ce nombre est compris entre 0 et 1 (ou 0 % et 100 %).
• **Équiprobabilité :** tous les événements élémentaires étudiés ont la même probabilité.
• **Intersection** ($\cap$) de deux événements : ensemble des résultats qui réalisent les deux événements simultanément.
• **Réunion** ($\cup$) de deux événements : ensemble des résultats qui réalisent l'un ou l'autre des deux événements.
• **Événement contraire** ($\overline{A}$) d'un événement A : événement qui n'a aucune issue en commun avec lui.
• **Événements incompatibles :** deux événements sont incompatibles si leur réalisation simultanée est impossible.

2 Probabilité d'un événement dans un univers fini

2.1. Probabilité d'un événement

La probabilité d'un événement est le rapport entre le nombre de résultats favorables à cet événement et le nombre de résultats possibles.

$$p(A) = \frac{\text{nombre de résultats favorables}}{\text{nombre de résultats possibles}}$$

Remarque : $p(A)$ est la somme des probabilités des événements élémentaires qui forment l'événement A.

2.2. Événement contraire

Un événement et son contraire sont incompatibles. Par conséquent :

$p(A \cap \overline{A}) = 0$ et $p(\overline{A}) = 1 - p(A)$.

2.3. Tableau croisé d'effectifs

Un tableau croisé d'effectifs permet d'étudier simultanément deux caractères sur une même population.

	B	**$\overline{B}$**
A	$A \cap B$	$A \cap \overline{B}$
$\overline{A}$	$\overline{A} \cap B$	$\overline{A} \cap \overline{B}$

2.4. Réunion ($\cup$) et intersection ($\cap$) d'événements

• La probabilité de la réunion de deux événements s'exprime :

$$p(A \cup B) = p(A) + p(B) - p(A \cap B) .$$

• Si A et B sont des événements incompatibles, alors $p(A \cap B) = 0$, d'où :

$$p(A \cup B) = p(A) + p(B) .$$

3 Fréquences conditionnelles

Une **fréquence** est le rapport entre l'**effectif** et l'**effectif total**.
Une **fréquence conditionnelle** est déterminée à partir du tableau croisé d'effectifs lorsque la population totale de référence n'est plus l'univers.

$$f = \frac{\text{effectif}}{\text{effectif total de la référence}}$$

4 Probabilité conditionnelle

La **probabilité conditionnelle** $p_B(A)$ est la probabilité que l'événement A se produise sachant que l'événement B est réalisé.

$$p_B(A) = \frac{p(A \cap B)}{p(B)} \text{ avec } p(B) \neq 0.$$

MATHÉMATIQUES

5 Arbre de probabilités

5.1. Construction

Un arbre de probabilités permet de représenter une expérience aléatoire afin de calculer différentes probabilités.

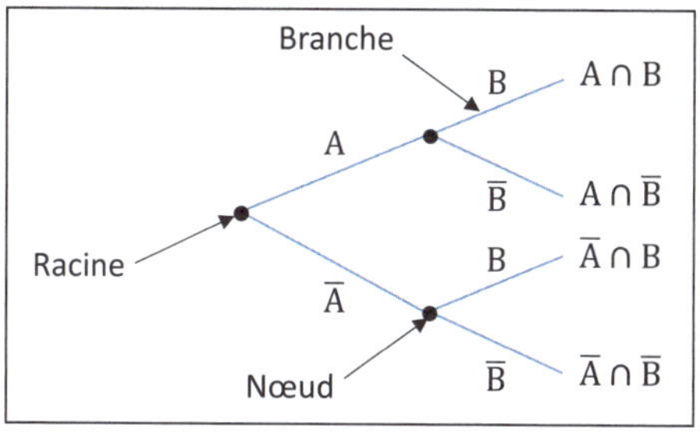

5.2. Propriétés

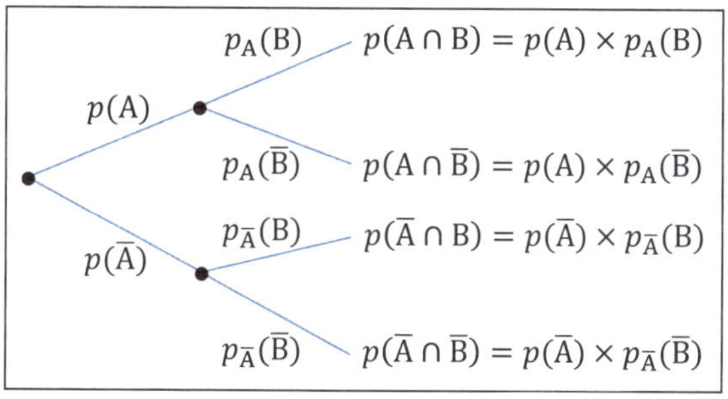

- La somme des probabilités issues d'un même nœud est égale à 1.
- La probabilité d'un événement est égale à la somme des probabilités menant à l'événement.

EXEMPLE

$p_A(B) + p_A(\overline{B}) = 1$

$p(B) = p(A \cap B) + p(\overline{A} \cap B)$.

6 Événements indépendants

Deux événements A et B sont indépendants signifie que la réalisation de l'un n'influe pas sur la probabilité de l'autre. Cela se traduit par :

$$p(A \cap B) = p(A) \times p(B).$$

On a aussi :
$p_B(A) = p(A)$ et $p_A(B) = p(B)$.

S'entraîner au Bac
Exercices 8 à 16 : p. 338 à 340

Suites numériques

LU ☐
SU ☐
REVU ☐

1 Suite numérique

1.1. Notation indicielle

Une suite numérique est une suite de nombres réels. Cette suite (u_n) est une fonction qui, à tout nombre $n \in \mathbb{N}$, fait correspondre son image u_n, appelée terme de rang n de la suite.
Le 1er terme d'une suite est le terme de rang 0 (ou 1) et est noté u_0 (ou u_1).

1.2. Calculs de termes

Soit f une fonction définie sur un intervalle I, alors une suite (u_n) peut être définie par :

$$u_n = f(n).$$

1.3. Sens de variation

Pour tout $n \in \mathbb{N}$, la suite (u_n) est :
- croissante si et seulement si $u_{n+1} > u_n$;
- décroissante si et seulement si $u_{n+1} < u_n$;
- constante si et seulement si $u_{n+1} = u_n$.

2 Suite arithmétique

2.1. Définition

Une suite (u_n) est arithmétique si, pour passer d'un terme au suivant, on ajoute toujours le même nombre réel r. Ce nombre r est appelé raison de la suite arithmétique.

$$u_{n+1} = u_n + r.$$

2.2. Expression du terme de rang *n* en fonction de son 1er terme et de sa raison

Le terme général u_n d'une suite arithmétique de 1er terme u_0 (ou u_1) et de raison r est donné par la relation :

$$u_n = u_0 + nr$$

(ou $u_n = u_1 + (n-1) \times r$) avec $n \in \mathbb{N}$.

2.3. Lien entre suite arithmétique et fonction affine

Il existe un lien entre une suite arithmétique et une fonction affine :

$u_n = nr + u_0$ (ou $u_n = nr + (u_1 - r)$)

$$f(x) = ax + b.$$

2.4. Sens de variation

La représentation graphique d'une suite arithmétique est formée de points alignés de coordonnées $(n ; u_n)$.
- Si $r > 0$, la suite est croissante.
- Si $r < 0$, la suite est décroissante.
- Si $r = 0$, la suite est constante.

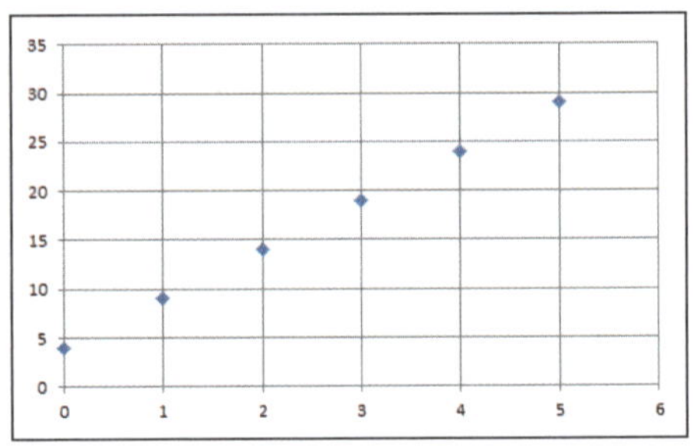

$r > 0$

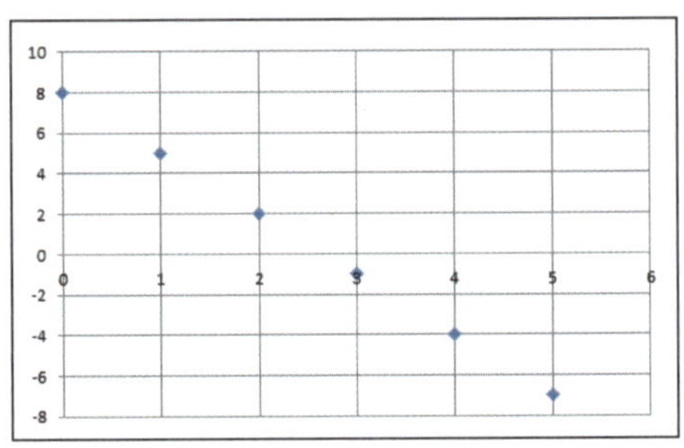

$r < 0$

2.5. Somme des *k* + 1 (ou *k*) premiers termes

- Si le 1er terme est u_0, la somme des $k+1$ premiers termes se détermine avec la formule :

$$S = u_0 + u_1 + ... + u_k = \frac{k+1}{2} \times (u_0 + u_k).$$

MATHÉMATIQUES

- Si le 1er terme est u_1, la somme des k premiers termes se détermine avec la formule :

$$S = u_1 + u_2 + ... + u_k = \frac{k}{2} \times (u_1 + u_k).$$

3 Suite géométrique

3.1. Définition

Une suite est géométrique si, pour passer d'un terme au suivant, on multiplie toujours par le même nombre, appelé raison et noté q.

3.2. Formule de récurrence

On multiplie toujours par le même nombre entre deux termes consécutifs. Soit la formule de récurrence :

$$u_{n+1} = u_n \times q.$$

3.3. Expression du terme de rang *n*

- Pour une suite géométrique de 1er terme u_0 et de raison q, on obtient le terme de rang n avec l'expression :

$$u_n = u_0 \times q^n.$$

- Pour une suite géométrique de 1er terme u_1 et de raison q, on obtient le terme de rang n avec l'expression :

$$u_n = u_1 \times q^{n-1}.$$

3.4. Sens de variation

Les termes d'une suite géométrique sont représentés par des points qui forment une courbe exponentielle de base q. Les variations dépendent du signe du premier terme et de la valeur de la raison.

- **Avec $u_0 > 0$ (ou $u_1 > 0$), si :**

$0 < q < 1$, la suite est décroisssante ;
$q > 1$, la suite est croissante ;
$q = 1$, la suite est constante.

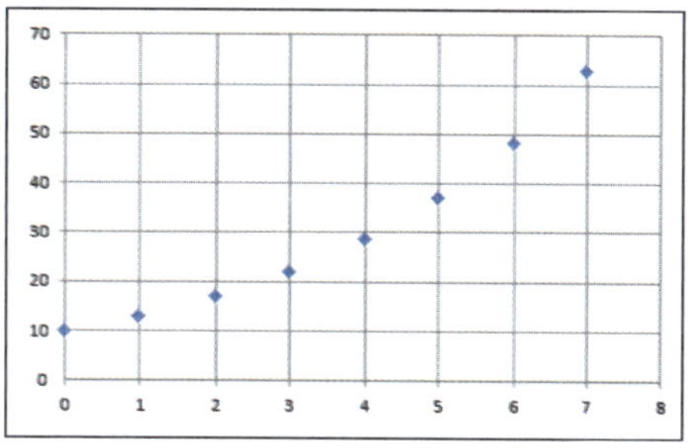

$u_0 > 0$ et $q > 1$

- **Avec $u_0 < 0$ (ou $u_1 < 0$), si :**

$0 < q < 1$, la suite est croisssante ;
$q > 1$, la suite est décroissante ;
$q = 1$, la suite est constante.

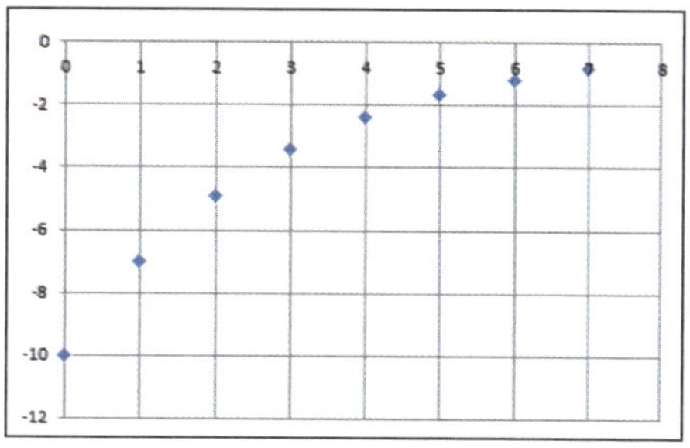

$u_0 < 0$ et $0 < q < 1$

3.5. Somme des $k + 1$ (ou k) premiers termes

La somme des $k + 1$ (ou k) premiers termes d'une suite géométrique se détermine avec la formule :

$$S = u_0 \times \frac{(1 - q^{k+1})}{(1 - q)}$$

ou $$S = u_1 \times \frac{(1 - q^k)}{(1 - q)}.$$

S'entraîner au Bac
Exercices 17 à 25 : p. 340 à 342

Savoir 4

Résolution graphique d'équations et d'inéquations (1re)

LU ☐
SU ☐
REVU ☐

1 Résoudre $f(x) = g(x)$

Pour résoudre graphiquement, avec ou sans outil numérique, des équations de la forme $f(x) = g(x)$, il faut rechercher l'abscisse des points d'intersection des représentations graphiques des fonctions f et g.

EXEMPLE

Soit les fonctions $f(x) = -2x^2 + 3x + 4$ et $g(x) = 3x^2 + 2x - 5$.

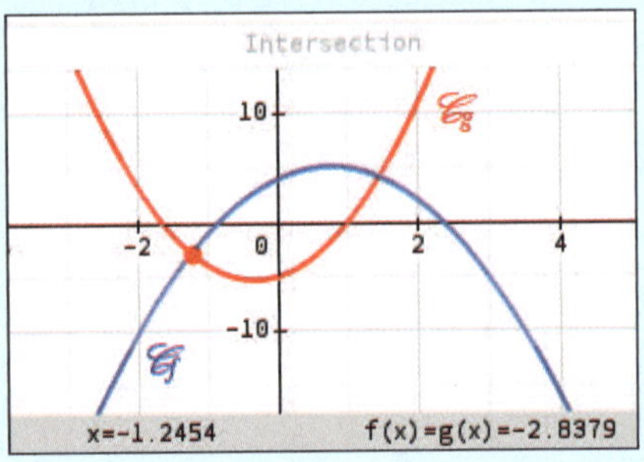

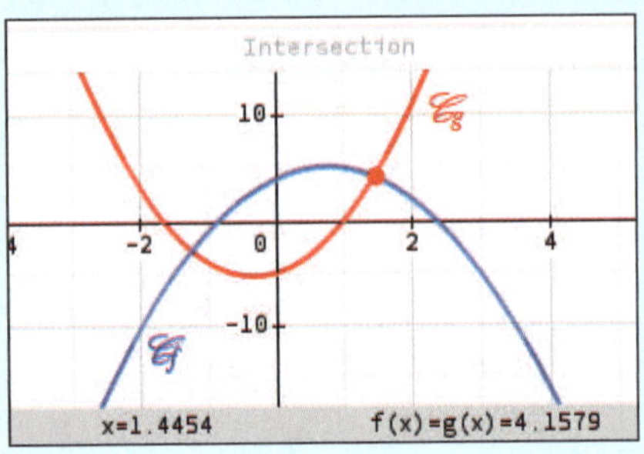

À l'aide de l'outil numérique, on trouve $f(x) = g(x)$ pour $x = -1{,}25$ et $x = 1{,}45$ arrondis au centième.

2 Résoudre $f(x) \geq g(x)$

Pour résoudre graphiquement, avec ou sans outil numérique, des inéquations de la forme $f(x) \geq g(x)$, il faut rechercher l'intervalle des abscisses des points d'intersection des représentations graphiques des fonctions f et g pour lequel la représentation de f est « au-dessus » de celle de g.

EXEMPLE

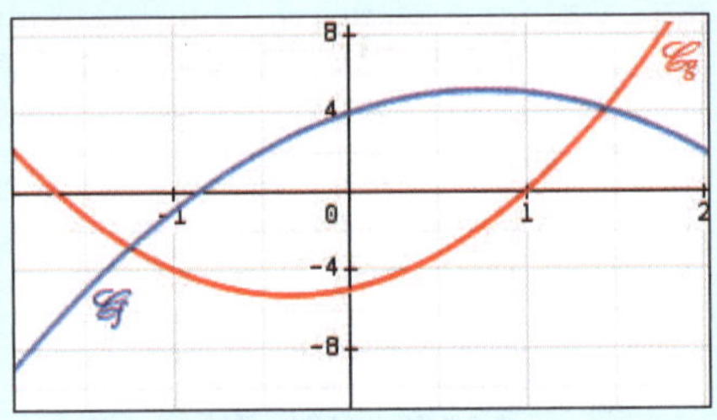

$f(x) \geq g(x)$ pour $x \in [-1{,}25 ; 1{,}45]$

S'entraîner au Bac
Exercices 26 à 29 : p. 342

MATHÉMATIQUES

Savoir 5

LU ☐
SU ☐
REVU ☐

Fonctions polynômes du second degré (1re)

1 Définition et représentation graphique

Une fonction polynôme du 2nd degré est donnée sous la forme :

$$f(x) = ax^2 + bx + c$$

avec a, b et c des réels et $a \neq 0$. Sa représentation graphique est une parabole. L'allure de la représentation graphique dépend du signe du coefficient a de x^2.

• $a > 0$: la courbe « sourit »

Allure de la courbe

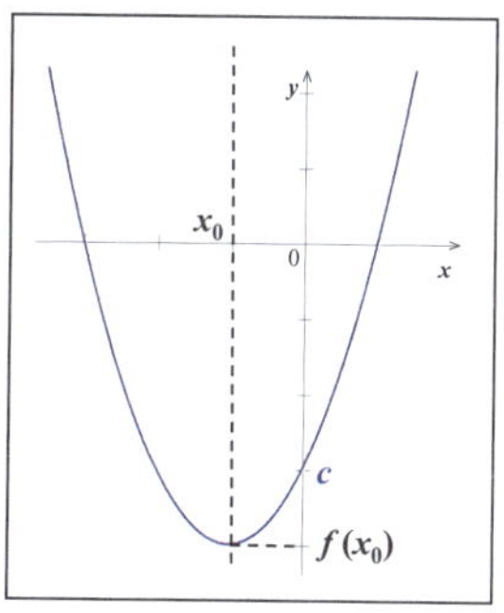

Tableau de variations

x		x_0	
f	↘	$f(x_0)$	↗

Extremum

La fonction est décroissante puis croissante, elle admet donc un **minimum.**

• $a < 0$: la courbe « ne sourit pas »

Allure de la courbe

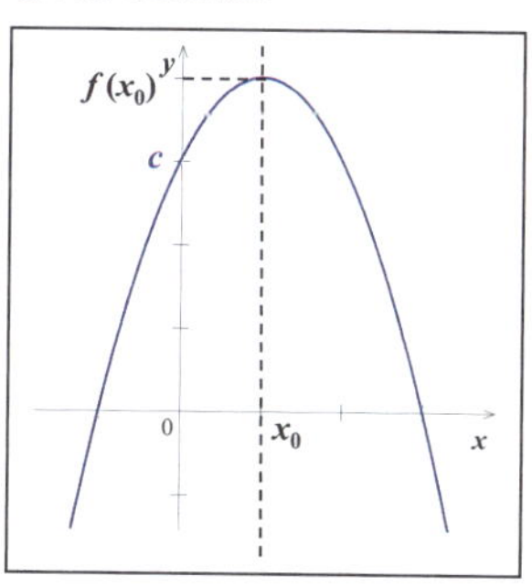

Tableau de variations

x		x_0	
f	↗	$f(x_0)$	↘

Extremum

La fonction est croissante puis décroissante, elle admet donc un **maximum.**

Remarques : une fonction polynôme du 2nd degré admet :

- un sommet d'abscisse $x_0 = -\dfrac{b}{2a}$;
- un axe de symétrie vertical qui passe par le sommet ;
- une ordonnée à l'origine, le coefficient c, qui est le point d'intersection entre la courbe et l'axe des ordonnées (Oy).

2 Solutions de l'équation $f(x) = 0$

L'équation $f(x) = 0$ peut admettre aucune, une ou deux solutions, appelées **racines.** Pour rechercher graphiquement le nombre de solutions de l'équation $f(x) = 0$, on recherche les abscisses des points d'intersection entre la représentation graphique de la fonction polynôme du 2nd degré et l'axe des abscisses (Ox). Les solutions sont notées x_1 et x_2.

EXEMPLE

Soit la fonction $f(x) = 3x^2 + 3x - 6$ définie sur $[-3 ; 2]$.

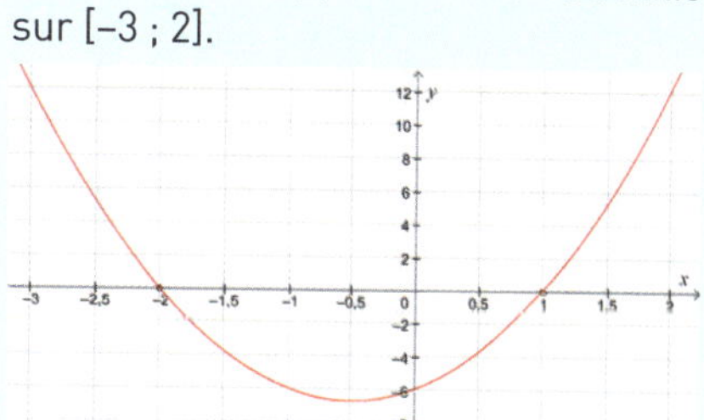

L'équation $f(x) = 0$ admet deux solutions : $x_1 = -2$ et $x_2 = 1$.

3 Factorisation d'une fonction polynôme du 2nd degré

3.1. Forme factorisée en fonction du nombre de solutions de $f(x) = 0$

Nombre de solutions	0	1 (x_1)	2 (x_1 et x_2)
Expression factorisée	Factorisation impossible	$a(x - x_1)^2$	$a(x - x_1)(x - x_2)$

3.2. Allure de la représentation graphique de la fonction factorisée $f(x) = a(x - x_1)(x - x_2)$

• $a > 0$

Allure de la courbe

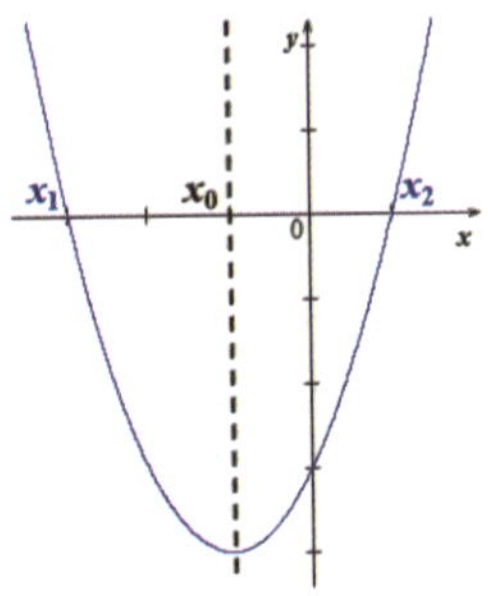

• $a < 0$

Allure de la courbe

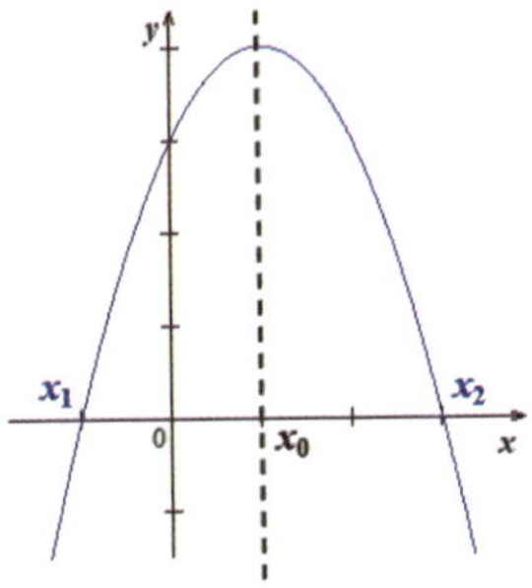

Abscisse x_0 du sommet : $x_0 = \dfrac{x_1 + x_2}{2}$

4 Détermination de la 2e racine en connaissant la 1re

Si $f(x) = ax^2 + bx + c$ admet 2 racines, x_1 et x_2, en connaissant une des racines, on peut déterminer la seconde grâce aux relations suivantes :

$$\frac{c}{a} = x_1 \times x_2 \quad \text{et} \quad -\frac{b}{a} = x_1 + x_2 .$$

5 Signe d'une fonction polynôme

x		x_1		x_2	
Signe de $a(x - x_1)(x - x_2)$	Signe de a	0	Signe de $-a$	0	Signe de a

x		x_1	
Signe de $a(x - x_1)^2$	Signe de a	0	Signe de a

S'entraîner au Bac
Exercices 30 à 34 : p. 343 à 344

MATHÉMATIQUES

Savoir
6

LU ☐
SU ☐
REVU ☐

Fonction dérivée et variations d'une fonction (1re)

1 Sécante et tangente à une courbe en un point

• Une **droite** est la représentation graphique d'une fonction affine d'expression $f(x) = ax + b$. L'équation de cette droite est de la forme $y = ax + b$ avec :

▪ a, le coefficient directeur de la droite (pente de la droite) :
- si $a > 0$, la fonction affine associée à la droite est croissante,
- si $a < 0$, la fonction affine associée à la droite est décroissante,
- si $a = 0$, la fonction affine associée à la droite est constante ($y = b$) ;

▪ b, l'ordonnée à l'origine.

RAPPEL

Soit M et N, deux points de la droite d'équation $y = ax + b$.

On a : $a = \dfrac{y_M - y_N}{x_M - x_N}$ et $b = y_M - ax_M$.

• Une droite est **sécante** à une courbe lorsqu'elle passe par au moins un point de la courbe.

• La **tangente** d'une courbe représentative d'une fonction f en un point M est la « position limite » des sécantes à la courbe en ce point afin que la droite soit au plus proche de la courbe.

EXEMPLE
$f(x) = -x^2 + x + 2$
$\mathscr{D} : y = -x + 3$
M(1 ; 2)

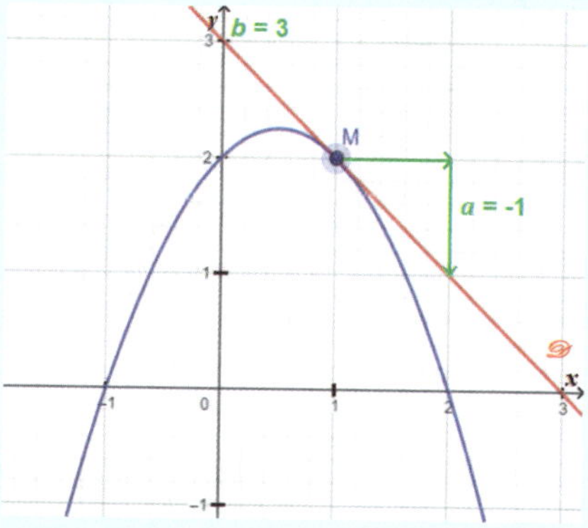

2 Tangente et nombre dérivé

2.1. Nombre dérivé

Le **nombre dérivé** de la fonction f au point M de coordonnées $(x_M ; f(x_M))$ est le coefficient directeur de la tangente en ce point. Il est noté $f'(x_M)$ (on lit f « prime » de x_M).

EXEMPLE Pour la fonction précédente, au point M, on a donc $f'(1) = -1$.

2.2. Équation réduite de la tangente de la fonction f au point M

Elle se note : $y = f'(x_M) \times x + b$
ou $y = f'(x_M) \times (x - x_M) + f(x_M)$.

3 Fonction dérivée $f'(x)$

3.1. Définition

La fonction dérivée f' de la fonction f est la fonction qui, à tout x, associe le nombre dérivé $f'(x)$ de la fonction f en x.

3.2. Formules de dérivation des fonctions de référence

Fonction $f(x)$	Fonction dérivée $f'(x)$
b = cte	0
x	1
ax	a
$ax + b$	a
x^2	$2x$
ax^2	$2ax$
$ax^2 + bx + c$	$2ax + b$
$\dfrac{1}{x}$	$-\dfrac{1}{x^2}$
$u(x) + v(x)$	$u'(x) + v'(x)$
$k \times u(x)$	$k \times u'(x)$

avec a, b, c et k nombres réels et $a \neq 0$.
u et v sont deux fonctions dérivables.

MATHÉMATIQUES

3.3. Variations d'une fonction dérivable

Soit une fonction f définie et dérivable sur un intervalle I :

- si $f'(x) > 0$, alors la fonction f est **croissante** sur I ;
- si $f'(x) < 0$, alors la fonction f est **décroissante** sur I ;
- si la fonction dérivée s'annule en un point d'abscisse x_0 en changeant de signe sur I, alors la fonction f admet un **extremum local** en x_0.

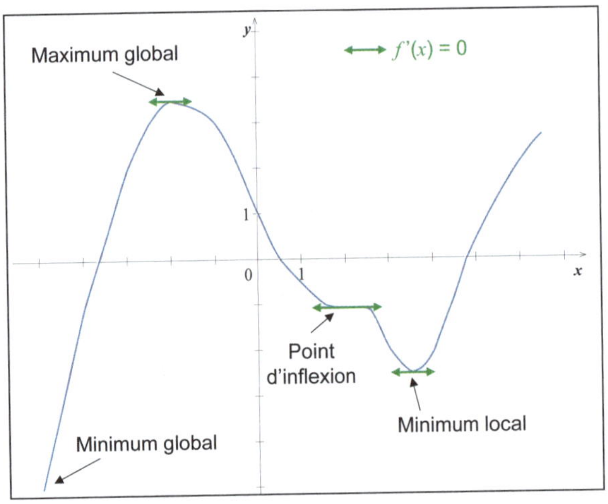

Remarques :

– si cet extremum est la **plus grande** valeur de $f(x)$ sur I, on parle alors de **maximum global** ;

– si cet extremum est la **plus petite** valeur de $f(x)$ sur I, on parle de **minimum global** ;

x		x_0	
Signe de $f'(x)$	–	0	+
f	↘	$f(x_0)$	↗

x		x_0	
Signe de $f'(x)$	+	0	–
f	↗	$f(x_0)$	↘

– le fait que la dérivée s'annule en un point ne suffit pas toujours pour conclure que cette fonction possède un extremum local en ce point. C'est alors un point d'inflexion (voir graphique).

4 Fonction inverse

- La **fonction inverse** est la fonction qui, à tout nombre x non nul, associe le réel $\frac{1}{x}$.

Pour tout nombre réel $x \neq 0$, on a $f(x) = \frac{1}{x}$.

- La fonction dérivée de la fonction inverse est $f'(x) = -\frac{1}{x^2}$.

La fonction dérivée est négative, donc la fonction inverse est strictement décroissante pour tout x non nul.
Sa représentation graphique est une **hyperbole**.

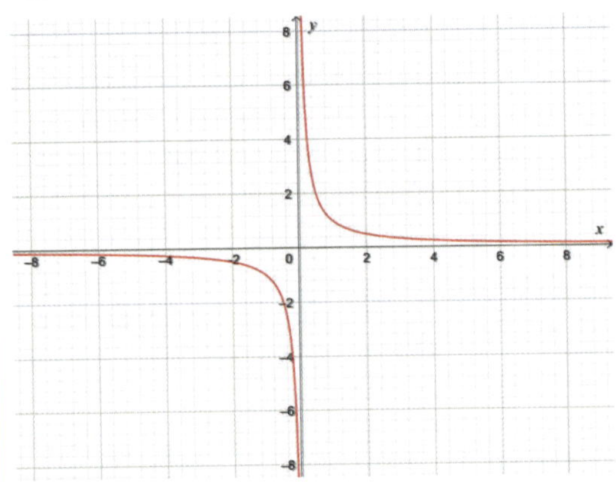

x		0	
Signe de $f'(x)$	–	‖	–
f	↘	‖	↘

S'entraîner au Bac
Exercices 35 à 41 : p. 344

Savoir

7

Fonction polynôme de degré 3

LU ☐
SU ☐
REVU ☐

1 Fonction cube

• La fonction cube est la fonction qui, à tout nombre x, associe le nombre réel x^3, tel que $f(x) = x^3$.

• La fonction dérivée de $f(x) = x^3$ est $f'(x) = 3x^2$.
La fonction dérivée est positive quel que soit $x \in \mathbb{R}$.

• Le tableau de variations de la fonction cube est donc le suivant.

x		0	
Signe de $f'(x)$	+	0	+
Variations de f	↗	0	↗

Remarques :
– la dérivée s'annule en $x = 0$ mais la fonction n'admet pas d'extremum local en ce point mais un point d'inflexion ;
– pour tout réel c, l'équation $x^3 = c$ admet exactement une solution, que l'on appelle **racine cubique** de c.

• Représentation graphique : la courbe est symétrique par rapport à l'origine du repère ; la fonction cube est impaire $f(-x) = f(x)$.

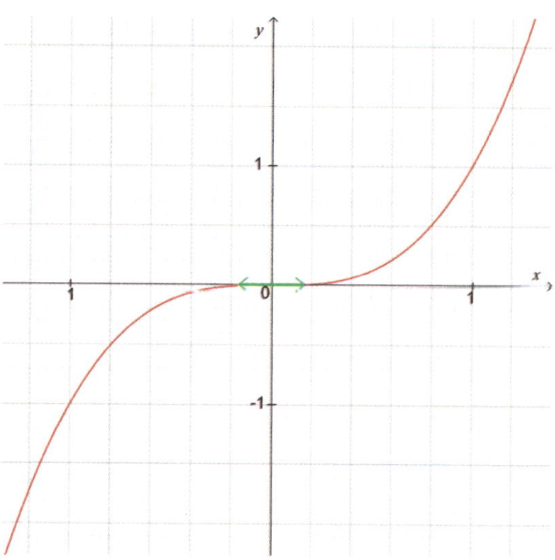

2 Fonction polynôme de degré 3

Soit la fonction polynôme d'expression $f(x) = ax^3 + bx^2 + cx + d$.

2.1. Formules de dérivation

Fonction $f(x)$	**Fonction dérivée $f'(x)$**
$cx + d$	c
bx^2	$2bx$
x^3	$3x^2$
ax^3	$3ax^2$
$ax^3 + bx^2 + cx + d$	$3ax^2 + 2bx + c$

2.2. Variations d'une fonction dérivable

• Si $f'(x) > 0$, alors la fonction f est **croissante** sur I.

• Si $f'(x) < 0$, alors la fonction f est **décroissante** sur I.

x		x_1		x_2	
Signe de $f'(x)$	–	0	+	0	–
f	↘	$f(x_1)$	↗	$f(x_2)$	↘

La fonction admet un minimum local en x_1 et un maximum local en x_2.

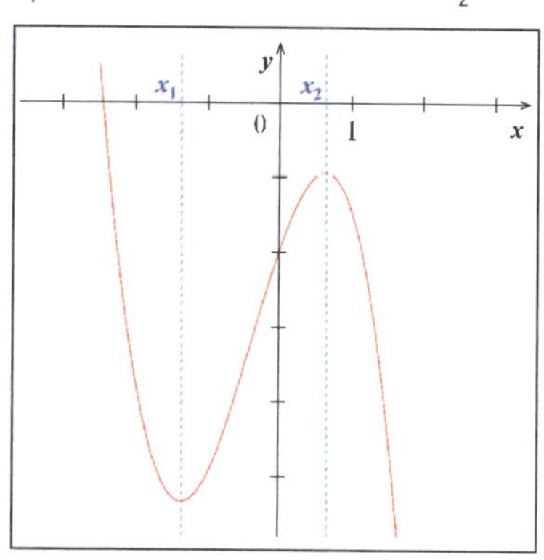

MATHÉMATIQUES

x		x_1		x_2	
Signe de $f'(x)$	+	0	−	0	+
f	↗	$f(x_1)$	↘	$f(x_2)$	↗

La fonction admet un maximum local en x_1 et un minimum local en x_2.

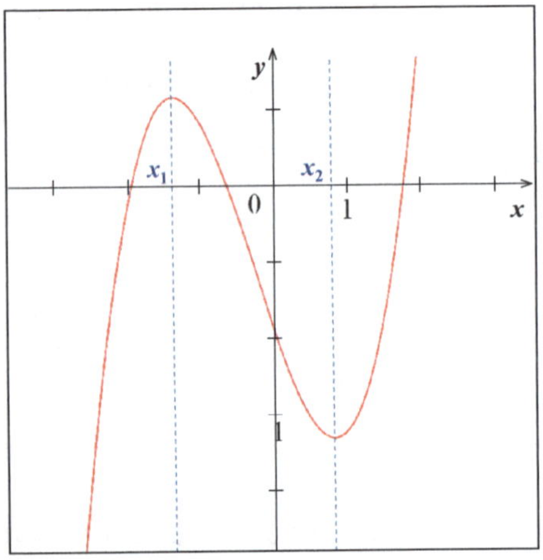

Remarques :

– on utilise le tableau de variations pour déterminer le nombre de solutions de l'équation $f(x) = c$; avec c nombre réel ;

– le seul fait que la dérivée d'une fonction s'annule en un point ne suffit pas pour conclure que cette fonction possède un extremum local en ce point, c'est alors un point d'inflexion.

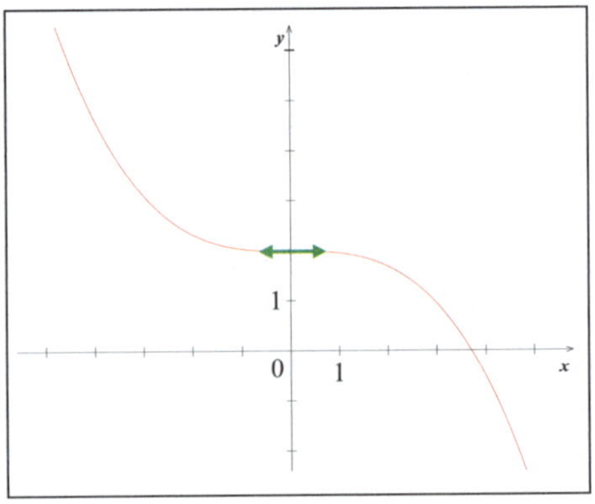

S'entraîner au Bac
Exercices 42 à 47 : p. 345

Fonction exponentielle et logarithme décimal

1 Fonction exponentielle de base q

La fonction exponentielle de base q, avec q strictement positif et différent de 1, est définie par $f(x) = q^x$ avec $x \in \mathbb{R}$.

1.1. Sens de variation

• $0 < q < 1$
La fonction est décroissante.

x	a	b
q^x	q^a ↘	q^b

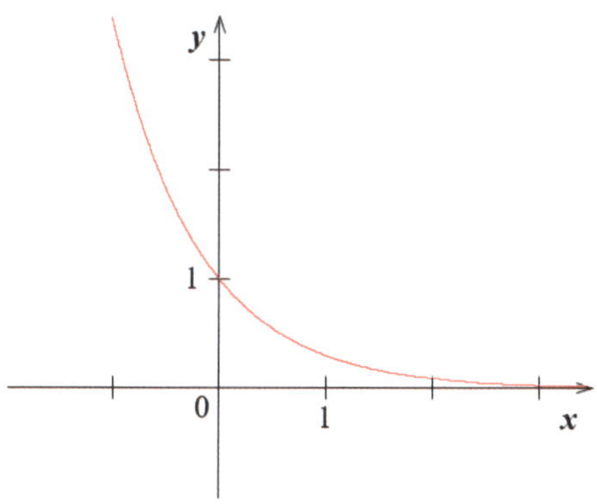

• $q > 1$
La fonction est croissante.

x	a	b
q^x	q^a ↗	q^b

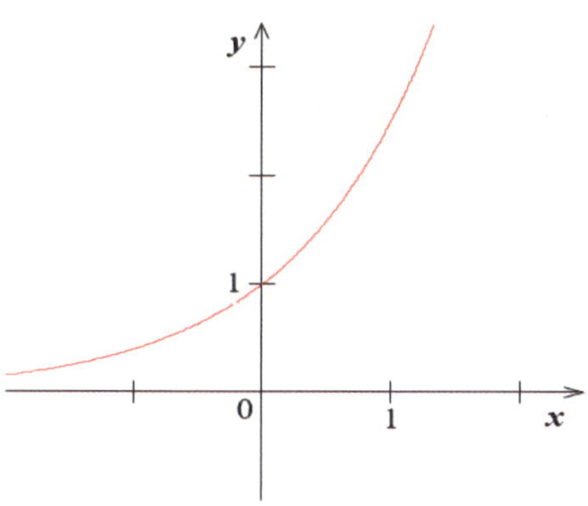

1.2. Propriétés opératoires

Soit x et $y \in \mathbb{R}$ et $q > 0$:

- $q^x \times q^y = q^{x+y}$;
- $\dfrac{q^x}{q^y} = q^{x-y}$;
- $(q^x)^y = q^{x \times y}$.

2 Fonction logarithme décimal

Le logarithme décimal d'un nombre a strictement positif est le nombre b tel que :

$$\log(a) = b \text{ et } a = 10^b.$$

On en déduit que $10^{\log(a)} = a$

et $\log(10^b) = b$.

La fonction logarithme décimal est définie par $f(x) = \log x$ pour $x > 0$ sachant que $\log(1) = 0$ et $\log(10) = 1$.

2.1. Sens de variation

La fonction logarithme décimal est strictement croissante pour tout $x > 0$.

x	0	1	10	$+\infty$
$\log x$	$-\infty$ ↗	0 ↗	1 ↗	$+\infty$

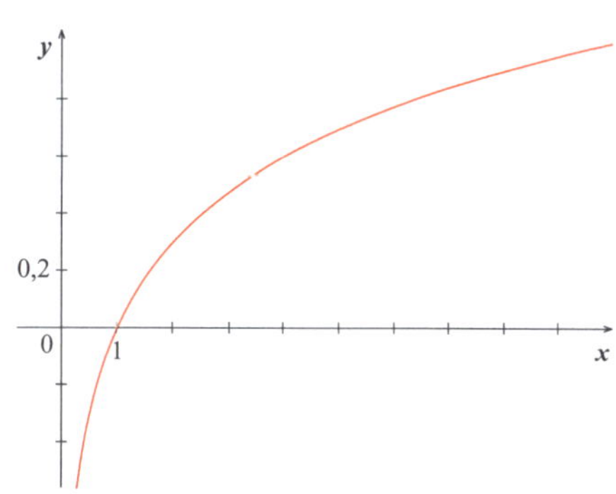

2.2. Propriétés opératoires

Soit a et $b > 0$:

- $\log(ab) = \log(a) + \log(b)$;
- $\log\left(\frac{a}{b}\right) = \log(a) - \log(b)$;
- $\log(a^n) = n \log(a)$ donc $\log(10^n) = n$.

3 Résoudre une équation de type $q^x = a$ ou $\log x = a$

- Pour résoudre **graphiquement** $q^x = a$ ou $\log x = a$, on recherche l'abscisse x_0 du point d'intersection entre la courbe représentative et la droite d'équation $y = a$.

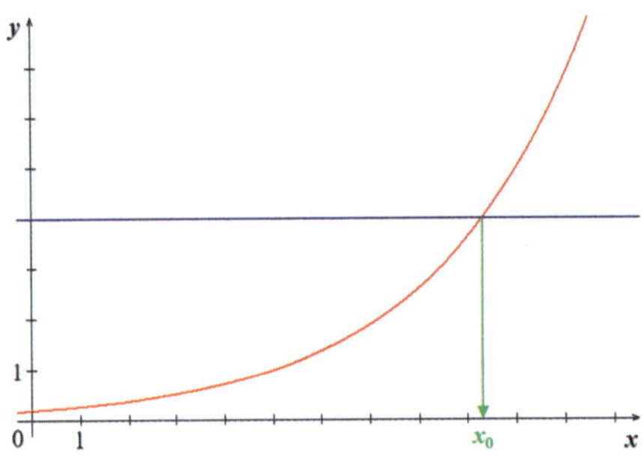

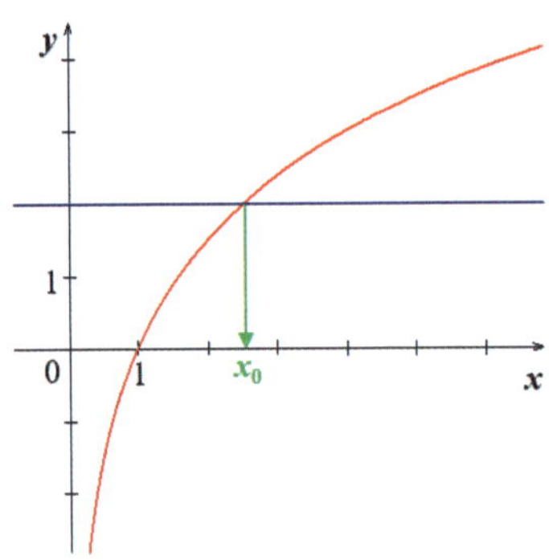

- Pour résoudre **algébriquement** $q^x = a$:
– on prend le logarithme décimal de chaque membre : $\log(q^x) = \log(a)$;
– on en déduit : $x \log(q) = \log(a)$;
– d'où : $x = \dfrac{\log(a)}{\log(q)}$.

- Pour résoudre **algébriquement** $\log x = a$:
– on élève chaque membre à la puissance de 10 : $10^{\log(x)} = 10^a$;
– d'où : $x = 10^a$.

4 Résoudre une inéquation de type $q^x \geq a$

- On prend le logarithme décimal de chaque membre : $\log(q^x) \geq \log(a)$.
- On en déduit : $x \log(q) \geq \log(a)$.
- D'où :
– si $q > 1$, alors $x \geq \dfrac{\log(a)}{\log(q)}$;
– si $0 < q < 1$, alors $x \leq \dfrac{\log(a)}{\log(q)}$ car dans ce cas $\log(q) < 0$.

S'entraîner au Bac
Exercices 48 à 54 : p. 347

Savoir 9

LU ☐
SU ☐
REVU ☐

Géométrie dans l'espace

1 Solides usuels et volumes

• Le cube d'arête *a*	• Le pavé droit	• La pyramide
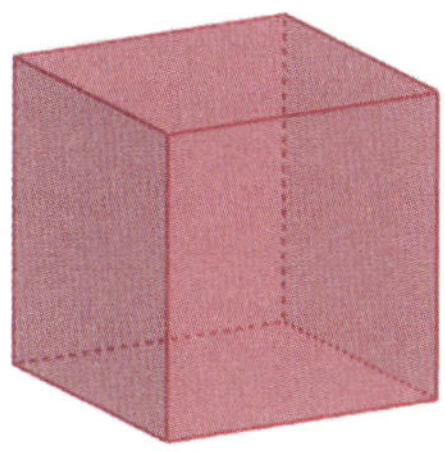	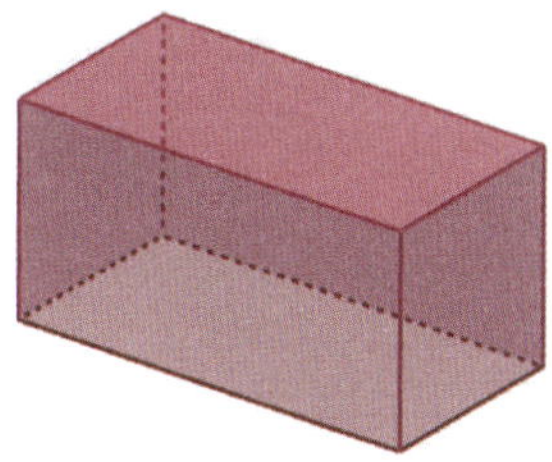	
$V = a^3$	$V = a^2 \times b$	$V = \frac{1}{3} \times B \times h$

• Le cylindre droit	• Le cône	• La boule
	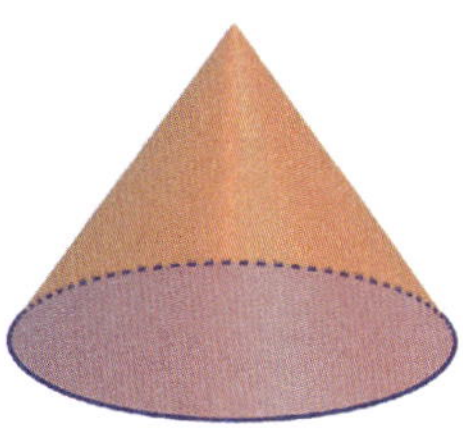	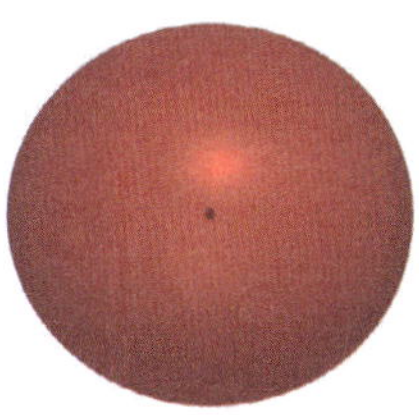
$V = \pi \times r^2 \times h$	$V = \frac{1}{3} \times \pi \times r^2 \times h$	$V = \frac{4}{3} \times \pi \times r^3$

Remarque : les solides complexes sont des assemblages de solides usuels.

2 Section plane d'un solide

La section plane d'un solide est une surface en 2D obtenue lorsqu'un plan coupe le solide.

• Cube	• Pavé droit	
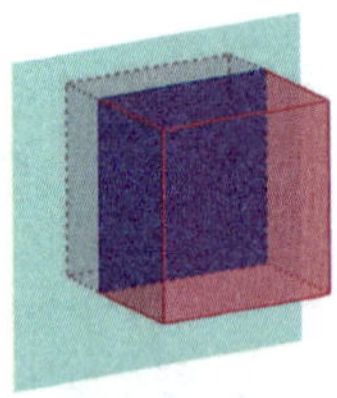	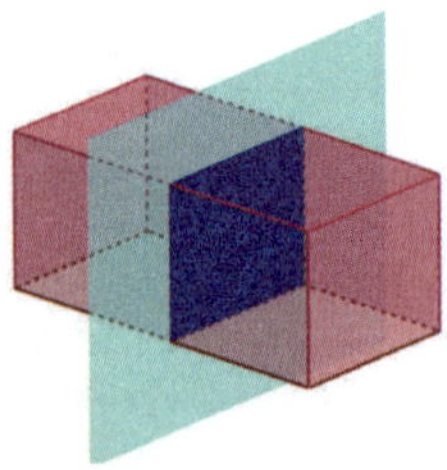	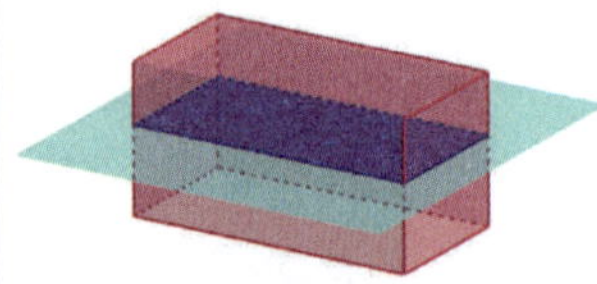
La section est un carré.	La section est un carré.	La section est un rectangle.

• Pyramide à base triangulaire	• Pyramide à base carrée	• Cône
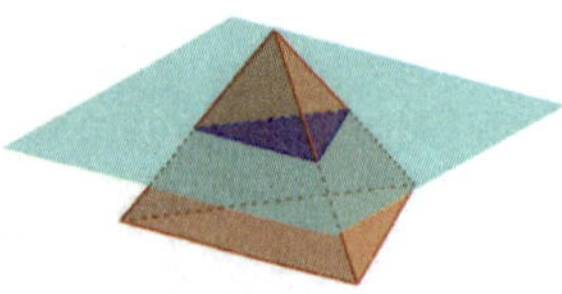	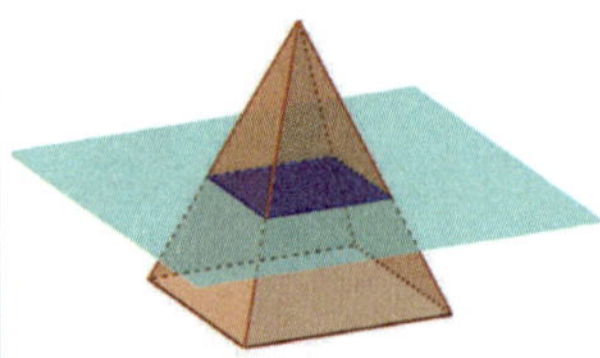	
La section est un triangle.	La section est un carré.	La section est un cercle.

• Cylindre		• Sphère
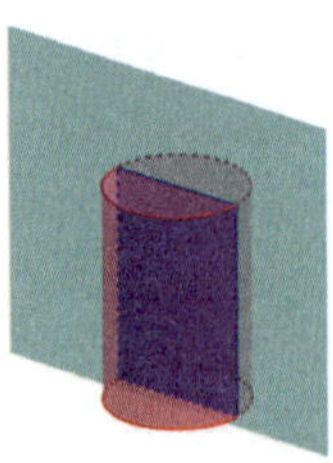	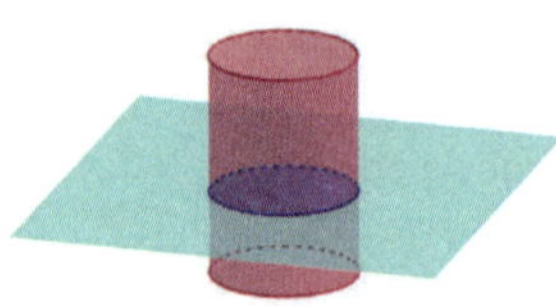	
La section est un rectangle.	La section est un cercle.	La section est un cercle.

S'entraîner au Bac
Exercices 55 à 58 : p. 348

Exercice 1 voir Fiche Savoir 1

Statistique à deux variables – QCM

QCM : Statistique à deux variables
liennathan.fr/c69ve4

FAIT ☐ REVU ☐

Exercice 2 voir Fiche Savoir 1

Équation de la droite d'ajustement affine

Soit la droite d'ajustement $y = 2{,}412x - 17{,}53$.

1. **Calculer** y pour $x = 10$ puis pour $x = 500$.
2. **Déterminer** x pour $y = 103{,}07$ puis pour $y = 9$. **Arrondir** à l'unité.

FAIT ☐ REVU ☐

Exercice 3 voir Fiche Savoir 1

Représentation graphique d'une série statistique à deux variables

Le directeur d'une entreprise étudie l'évolution du chiffre d'affaires (CA), en milliers d'euros, des 6 premiers mois de l'année.

MOIS	Janvier	Février	Mars	Avril	Mai	Juin
CA	23	27	31	33	36	39

1. **Indiquer** s'il est possible de faire une représentation graphique par un nuage de points de cette série.
2. **Représenter** graphiquement le nuage de points de coordonnées $(x_i\,;\,y_i)$ associé à cette série statistique en attribuant le rang 1 au mois de janvier, le rang 2 au mois de février, etc.
3. **Indiquer**, en justifiant, si dans ce cas un ajustement affine est envisageable.
4. **Déterminer** l'équation de la droite d'ajustement affine de y en fonction de x. **Arrondir** au millième.
5. **Estimer** le chiffre d'affaires au mois d'août. **Arrondir** au dixième.
6. **Rechercher** le mois à partir duquel le chiffre d'affaires dépassera potentiellement les 54 k€.

FAIT ☐ REVU ☐

Exercice 4 voir Fiche Savoir 1

Ajustement affine

Un directeur de restaurant réalise une étude sur les ventes de ses plats et desserts. Les résultats, par semaine, sont donnés dans le tableau suivant.

SEMAINE	1	2	3	4	5	6
NOMBRE DE PLATS (X_i)	850	565	742	913	478	895
NOMBRE DE DESSERTS (Y_i)	678	297	554	798	173	742

1. **Montrer** qu'il y a une relation de causalité entre les deux variables.
2. **Représenter** le nuage de points de coordonnées $(x_i\,;\,y_i)$ associé à cette étude entre les plats et les desserts.
3. **Réaliser** l'ajustement affine de ce nuage et **préciser** l'équation de la droite. **Arrondir** au centième.
4. **Donner** le coefficient de détermination, arrondi au millième, et **en déduire** si l'ajustement est pertinent.
5. Pour la semaine suivante, le directeur souhaite vendre 950 plats. **Calculer** le nombre de desserts qu'il devrait vendre.
6. S'il veut dépasser les 700 desserts vendus la semaine suivante, **déterminer** le nombre minimum de plats à vendre.

FAIT ☐ REVU ☐

Exercice 5 voir Fiche Savoir 1

Autres types d'ajustements

Une campagne vaccinale a commencé le 1er janvier. Elle a suivi une évolution dont les données sont regroupées dans le tableau suivant.

DATE	01/01	22/01	28/01	05/02
RANG DE L'ANNÉE	1	22	28	36
NOMBRE DE PERSONNES VACCINÉES (EN MILLIERS)	0,01	1	30	262

DATE	11/02	18/02	26/02	05/03
RANG DE L'ANNÉE	42	49	57	64
NOMBRE DE PERSONNES VACCINÉES (EN MILLIERS)	597	1 085	1 582	1 903

1. **Représenter** graphiquement cette série statistique sous forme d'un nuage de points à l'aide d'un outil numérique.

2. **Indiquer**, en justifiant, si un ajustement affine est envisageable.

3. **Rechercher** le coefficient de détermination pour un autre type d'ajustement de *y* en *x* en choisissant une courbe de tendance exponentielle, polynomiale de degré 2 et logarithmique.
Recopier et **compléter** le tableau suivant.

Courbe de tendance	Linéaire	Exponentielle	Polynomial de degré 2	Logarithmique
R^2 **(à 0,01)**				

4. **En déduire** l'ajustement le plus pertinent permettant une extrapolation et **noter** son équation. **Arrondir** à 10^{-2}.

5. **Calculer** le nombre de personnes qui seraient vaccinées le 30 juin de la même année.

6. Sachant que la population s'élève à 67,4 millions (67 400 milliers) d'habitants, **déterminer** le rang de l'année où l'ensemble de la population serait vaccinée si la tendance restait la même. **Arrondir** à l'unité.

7. **En déduire** la date exacte à laquelle toute la population serait vaccinée.

FAIT ☐ REVU ☐

Exercice 6 voir Fiche Savoir 1

Autres types d'ajustements

Le prix d'une voiture neuve diminue au cours des années. Arthur suit l'évolution du prix de sa voiture qu'il a achetée neuve il y a plusieurs années. Les prix sont relevés dans le tableau suivant.

ANNÉE	1	2	3	4	5	6
PRIX	32 000	25 500	20 500	16 500	13 100	10 500

1. **Représenter** graphiquement cette série statistique sous forme d'un nuage de points à l'aide d'un outil numérique.

2. **Indiquer**, en justifiant, si un ajustement affine est envisageable.

3. À l'aide du coefficient de détermination R^2, **choisir** l'ajustement le plus pertinent pour cette série entre linéaire, logarithmique, polynomial (degré 2) et exponentiel (de la forme $a \times b^x$).

4. **Écrire** l'équation de l'ajustement le plus approprié. **Arrondir** les coefficients au dixième.

5. **Estimer** le prix de la voiture la 8e année. **Arrondir** à l'unité.

6. Arthur souhaite vendre sa voiture lorsque son prix sera inférieur à 3 000 €. **Déterminer** l'âge de sa voiture lorsqu'il la vendra.

FAIT ☐ REVU ☐

Exercice 7 voir Fiche Savoir 1

Interpolation et extrapolation

Une nouvelle carte, élaborée par MapBiomas Amazonía, permet de remonter dans le temps afin de donner une idée de l'ampleur des pertes forestières en Amazonie, ainsi que de l'évolution de la couverture végétale et des sols, entre 1970 et 2018 (*source* : planeteamazone.org).
Ces données sont répertoriées dans le tableau suivant.

ANNÉE	1970	1990	2000	2010	2015	2018
RANG DE L'ANNÉE	70	90	100	110	115	118
SURFACE FORÊT AMAZONIENNE (EN MILLIONS DE KM²)	4,1	3,7	3,5	3,36	3,33	3,3

En effectuant un ajustement exponentiel, **déterminer** l'année où la surface de la forêt amazonienne de 1970 aura diminué de moitié. **Arrondir** les coefficients au millième.

FAIT ☐ REVU ☐

Exercice 8 voir Fiche Savoir 2

Probabilités – QCM

QCM : Probabilités
liennathan.fr/k59h4f

FAIT ☐ REVU ☐

Dans les exercices 9 à 16, les résultats seront arrondis au centième, si besoin et sauf indication contraire.

Exercice 9 voir Fiche Savoir 2

Tableau croisé d'effectifs

1. **Compléter** le tableau croisé d'effectifs suivant.

	B	$\overline{B}$	TOTAL
A	46		120
$\overline{A}$			
TOTAL		100	250

2. Calculer $p(A)$; $p(B)$; $p(A \cap B)$; $p(A \cup B)$; $p(\overline{A})$; $p_A(B)$ et $p_B(\overline{A})$.

FAIT ☐ REVU ☐

Exercice 10 voir Fiche Savoir 2

Diagramme de Venn

Dans une ville, on s'intéresse à 150 commerces : 99 sont des restaurants, 81 sont des bars et 42 font les deux.
On note R l'événement « le commerce est un restaurant » et B l'événement « le commerce est un bar ».

1. Décrire les événements $\overline{R}$; $R \cap B$ et $R \cup B$.

2. Recopier et **compléter** le diagramme de Venn suivant.

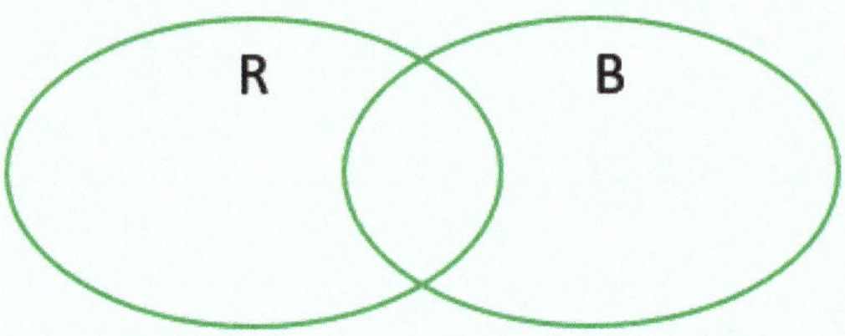

3. Déterminer les probabilités des événements $\overline{R}$; $R \cap B$ et $R \cup B$.

FAIT ☐ REVU ☐

Exercice 11 voir Fiche Savoir 2

Probabilité de la réunion et conditionnelle de deux événements

Dans une entreprise de 8 000 salariés, une enquête a été réalisée lors d'une épidémie. 60 % des salariés sont des femmes, 960 salariés ont été malades et sur les salariés hommes, 82 % n'ont pas été malades.
Soit l'événement F « le salarié est une femme » et l'événement M « le salarié a été malade ».

1. Réaliser le tableau croisé d'effectifs des événements F et M.

2. On prend un salarié au hasard.

a) Déterminer la probabilité, en %, que l'employé soit une femme ou ait été malade.

b) Déterminer la probabilité, en %, que le salarié soit une femme sachant qu'il a été malade.

FAIT ☐ REVU ☐

Exercice 12 voir Fiche Savoir 2

Arbre de probabilités

1. a) Recopier et **compléter** l'arbre de probabilités suivant.

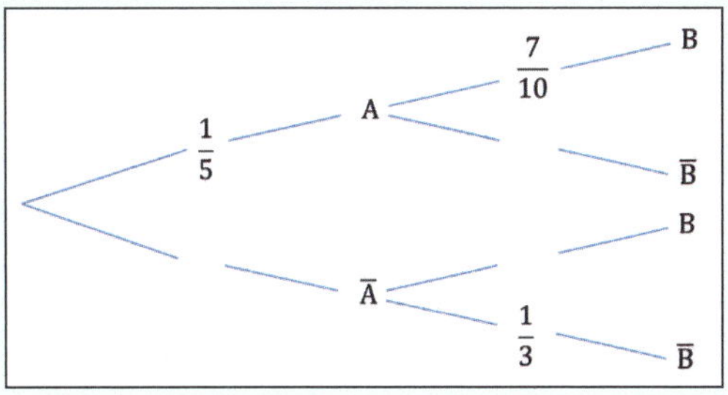

b) Calculer les probabilités suivantes, exprimées sous forme de fraction irréductible :
$p_A(B)$; $p(A \cap B)$; $p(\overline{A} \cap B)$; $p(B)$.

2. a) Recopier et **compléter** l'arbre de probabilités suivant.

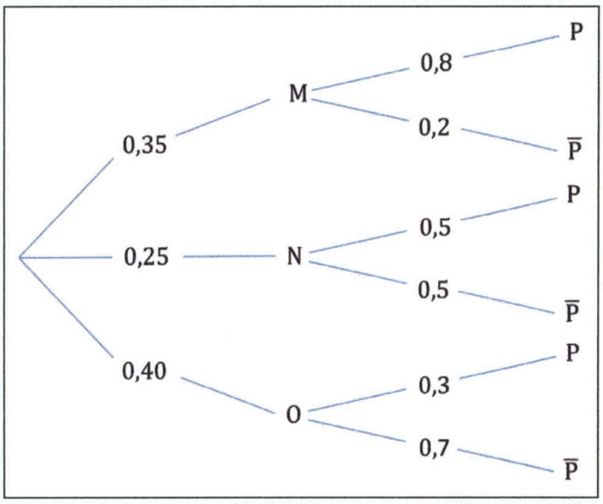

b) Calculer les probabilités suivantes :
$p_N(P)$; $p(O \cap P)$; $p(P)$.

FAIT ☐ REVU ☐

Exercice 13 voir Fiche Savoir 2

Événements indépendants

On dispose d'un jeu de 32 cartes.
On s'intéresse aux événements : T « la carte est un trèfle » et D « la carte est une dame ».
Déterminer si les événements sont indépendants.

FAIT ☐ REVU ☐

Exercice 14 voir Fiche Savoir 2

Propriétés d'un arbre de probabilités

Clara a 6 pantalons : 3 noirs, 1 gris et 2 blancs. Elle a également 10 hauts de couleur : 3 rouges, 5 jaunes et 2 verts.

1. Construire l'arbre de probabilités correspondant.

2. Calculer la probabilité que Clara mette un haut vert sachant qu'elle met un pantalon gris.

3. Déterminer la probabilité qu'elle mette un pantalon noir et un haut rouge.

FAIT ☐ REVU ☐

Exercice 15 voir Fiche Savoir 2

Événements indépendants

Une grande entreprise a embauché 1 200 personnes cette année.

$\frac{3}{8}$ des nouveaux employés ont plus de 40 ans.

Le pourcentage d'embauche dans l'administratif est de 63 % pour les plus de 40 ans et de 15 % pour les moins de 40 ans. On s'intéresse aux événements A « l'employé est dans l'administratif » et J « l'employé a moins de 40 ans ».

1. Réaliser et **compléter** l'arbre de probabilités correspondant à cette situation.

2. Calculer la probabilité, en %, qu'un employé choisi au hasard travaille dans l'administratif.

3. Déterminer si les événements A et J sont indépendants.

FAIT ☐ REVU ☐

Exercice 16 voir Fiche Savoir 2

Probabilités

Le diagramme circulaire suivant représente la répartition des bacheliers 2020 selon leur voie.

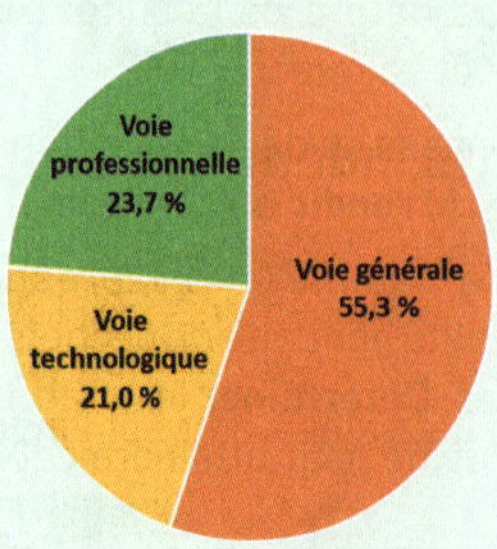

69,5 % des bacheliers de la voie générale, 55,6 % de ceux de la voie technologique et 58,2 % de ceux de la voie professionnelle ont obtenu une mention. **Déterminer** la probabilité, en %, qu'un bachelier ait obtenu une mention en 2020. **Arrondir** à 0,1 %.

FAIT ☐ REVU ☐

Exercice 17 voir Fiche Savoir 3

Suites numériques – QCM

QCM : Suites numériques
liennathan.fr/9n93dk

FAIT ☐ REVU ☐

Exercice 18 voir Fiche Savoir 3

Suites numériques

1. Déterminer les trois termes suivants de chaque suite de façon logique.

- A : 25 ; 38 ; 51 ; 64.
- B : 6 ; 18 ; 54 ; 162.
- C : 9,6 ; 8,2 ; 6,8 ; 5,4.
- D : –4,3 ; –3,7 ; –3,1 ; –2,5.
- E : –625 ; –125 ; –25 ; –5.

2. Donner la nature de chaque suite en précisant son premier terme et sa raison.

3. Indiquer en justifiant le sens de variation de chaque suite.

FAIT ☐ REVU ☐

Exercice 19 voir Fiche Savoir 3

Suite arithmétique

Soit la suite arithmétique de 1er terme 460 et de raison $r = -32$.

1. Indiquer le sens de variation de la suite.

2. Déterminer les cinq premiers termes de la suite.

3. Exprimer u_n en fonction de n.

4. Calculer le 25e terme.

5. Déterminer la somme des 25 premiers termes de la suite.

FAIT ☐ REVU ☐

Exercice 20 voir Fiche Savoir 3

Suite géométrique

Soit la suite géométrique de 1er terme 1,4 et de raison $q = 3$.

1. **Indiquer** le sens de variation de la suite.
2. **Déterminer** les cinq premiers termes de la suite.
3. **Exprimer** w_n en fonction de n.
4. **Calculer** le 10e terme.
5. **Déterminer** la somme des 10 premiers termes de la suite.

FAIT ☐ REVU ☐

Exercice 21 voir Fiche Savoir 3

Représentation graphique d'une suite numérique

La représentation graphique bleue représente une suite U_n et la représentation graphique orange une suite V_n.

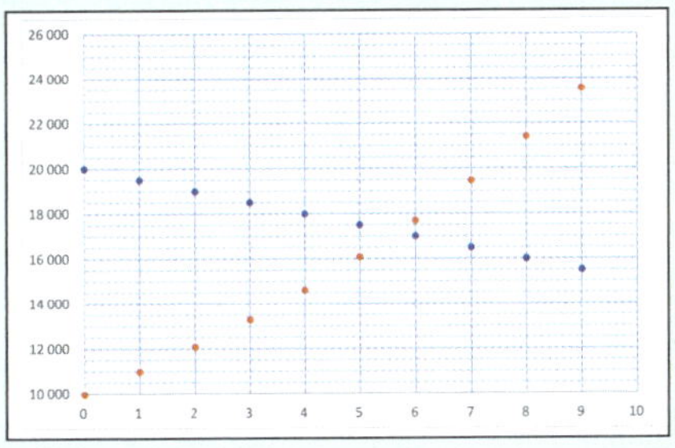

1. **Identifier** les représentations graphiques correspondant à une suite arithmétique et une suite géométrique.
2. **Donner** pour chaque suite son premier terme et **déterminer** sa raison.
3. **Calculer** la valeur du 15e terme. **Arrondir** à l'unité.

FAIT ☐ REVU ☐

Exercice 22 voir Fiche Savoir 3

Suite numérique

Jules a créé une application de jeux pour smartphone. Au bout de quelques mois, il a remarqué que le nombre de téléchargements de son application représente une suite numérique définie par $u_n = 1\,824n + 460$ où n représente le rang du mois et u_n le nombre de téléchargements.

1. **Calculer** le nombre de téléchargements les 1er, 2e et 3e mois.
2. **En déduire** le sens de variation de cette suite.
3. **Calculer** le nombre de téléchargements au bout de 12 mois.
4. **Déterminer** le nombre de mois qu'il faudra pour que l'application dépasse les 50 000 téléchargements.

FAIT ☐ REVU ☐

Exercice 23 voir Fiche Savoir 3

Suite numérique

Une marque de vêtements lance un nouveau blouson style « perfecto ». La première année, 3 200 blousons ont été vendus. Puis les ventes ont augmenté de 1 450 pièces par an.

1. **Indiquer** la nature de la suite en justifiant.
2. **Donner** son premier terme et sa raison.
3. **En déduire** le sens de variation de la suite.
4. **Déterminer** le nombre de ventes la 5e année.
5. Si le nombre total de blousons vendus pendant les 5 premières années est supérieur à 30 000 exemplaires, ce modèle devient un basique pour la marque. Sinon la production et la vente s'arrêtent.

a) **Calculer** le nombre total de blousons vendus pendant ces 5 ans.

b) **Conclure** sur l'avenir de ce modèle.

FAIT ☐ REVU ☐

Exercice 24 voir Fiche Savoir 3

Suite numérique

La production de déchets d'une usine doit diminuer de 15 % par an. Au départ de l'étude, la production anuelle de déchets est de 25 tonnes.

1. **Calculer** la masse de déchets (en tonnes) au bout d'un an, puis de deux ans. **Arrondir** au centième.
2. **En déduire** la nature de la suite. **Donner** son premier terme et sa raison.
3. **Calculer** la masse de déchets, en tonnes, après 10 ans d'étude. **Arrondir** au centième.
4. L'usine sera qualifiée « d'écoresponsable » lorsque sa quantité annuelle de déchets sera inférieure à 3 tonnes. **Déterminer** le nombre d'années nécessaire à l'usine pour atteindre cet objectif.

FAIT ☐ REVU ☐

Exercice 25 voir Fiche Savoir 3

Suite numérique

Paul décide d'économiser un an pour acheter un ordinateur en plaçant chaque mois une somme d'argent sur un compte suivant le tableau suivant.

RANG DU MOIS	0	1	2	3
MONTANT PLACÉ	110 €	114,4 €	118,96 €	123,74 €

1. Montrer que le montant placé représente une suite géométrique. **Donner** le 1er terme et la raison (arrondie à 0,01).

2. En déduire le sens de variation de la suite.

3. Déterminer le 12e terme de la suite.

4. Donner la signification de ce 12e terme.

5. Calculer la somme des 12 premiers termes de la suite.

6. En déduire si Paul pourra s'acheter un ordinateur à 1 600 €.

FAIT ☐ REVU ☐

Exercice 26 voir Fiche Savoir 4

Résolution graphique d'équations et d'inéquations – QCM

QCM : Résolution graphique d'équations et d'inéquations
liennathan.fr/e357iy

FAIT ☐ REVU ☐

Exercice 27 voir Fiche Savoir 4

Résolution graphique d'équations et d'inéquations

On définit les fonctions f et g sur l'intervalle [–2 ; 7] dont la représentation graphique est donnée ci-après.
Résoudre graphiquement et **arrondir** au dixième :

1. $f(x) = g(x)$ **2.** $f(x) < g(x)$

FAIT ☐ REVU ☐

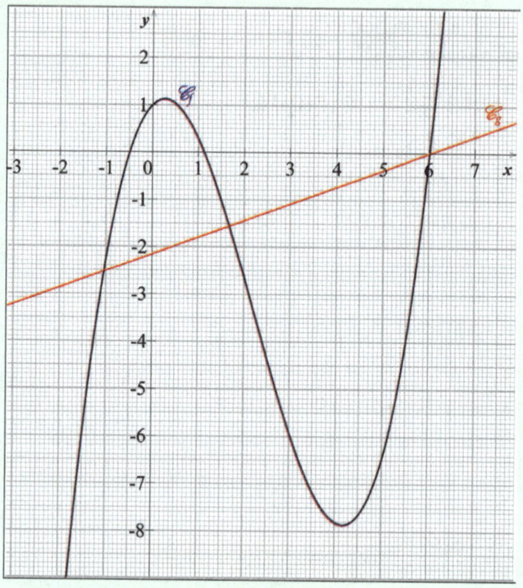

Exercice 28 voir Fiche Savoir 4

Résolution graphique d'équations et d'inéquations

On considère les deux fonctions $f(x) = x^2 + 4x - 1$ et $g(x) = -x^2 + 2x + 3$ définies sur l'intervalle [-3 ; 3].

1. Recopier et **compléter** le tableau de valeurs suivant.

x	–3	–2	–1	0	1	2	3
$f(x)$							
$g(x)$							

2. À l'aide d'un outil numérique, **représenter** graphiquement les deux fonctions.

3. Résoudre graphiquement :

a) $f(x) = g(x)$

b) $g(x) \geq f(x)$

FAIT ☐ REVU ☐

Exercice 29 voir Fiche Savoir 4

Résolution graphique d'équations et d'inéquations

Un lycée professionnel s'est lancé dans la fabrication de puzzles en bois. La production quotidienne varie entre 5 et 90 puzzles. Le montant journalier des charges, en euros, occasionnées par cette activité est donné par la relation :

$$C(x) = x + \frac{400}{x}$$

avec x le nombre de puzzles appartenant à l'intervalle [5 ; 90].

La recette, en €, est donnée par la relation :

$$V(x) = 0{,}45x + 50.$$

Le résultat $R(x)$ est la différence entre la recette et le montant des charges : $R(x) = V(x) - C(x)$.

Si le résultat est positif, il y a un bénéfice, sinon c'est une perte.

1. Choisir la condition pour laquelle le lycée réalisera un bénéfice.

☐ **a)** $V(x) < C(x)$

☐ **b)** $V(x) > C(x)$

☐ **c)** $V(x) = C(x)$

2. Représenter graphiquement les fonctions V et C à l'aide d'un outil numérique.

Fenêtre : $X_{min} = 5$; $X_{max} = 90$; $Y_{min} = 0$; $Y_{max} = 100$.

3. Résoudre graphiquement $V(x) = C(x)$. **Arrondir** au centième.

4. Conclure sur le montant du résultat dans ce cas.

5. Résoudre $V(x) > C(x)$. **Arrondir** à 10^{-2}.

6. En déduire le nombre de puzzles à vendre pour réaliser un bénéfice.

FAIT ☐ REVU ☐

Exercice 30 voir Fiche Savoir 5

Fonctions polynômes du second degré – QCM

QCM : Fonctions polynômes du second degré
liennathan.fr/p92j4e

FAIT ☐ REVU ☐

Exercice 31 voir Fiche Savoir 5

Racines

Donner les racines des fonctions factorisées suivantes.

1. $f(x) = -3(x - 1)(x + 2)$

2. $g(x) = 0{,}01(x + 0{,}4)(x - 1{,}6)$

3. $h(x) = 7(x - 50)(x - 90)$

FAIT ☐ REVU ☐

Exercice 32 voir Fiche Savoir 5

Forme factorisée

La fonction polynôme $j(x) = 6x^2 + 180x - 6\ 000$ a pour racines –50 et 20. Sa forme factorisée est donc (**choisir** la bonne réponse) :

☐ **a)** $j(x) = 180(x - 20)(x + 50)$

☐ **b)** $j(x) = 6(x + 20)(x - 50)$

☐ **c)** $j(x) = 6(x - 20)(x + 50)$

FAIT ☐ REVU ☐

Exercice 33 voir Fiche Savoir 5

Représentation graphique d'une fonction polynôme du 2nd degré

Soit la représentation graphique de la fonction $f(x) = 2x^2 - 4x - 6$ sur [–2 ; 4].

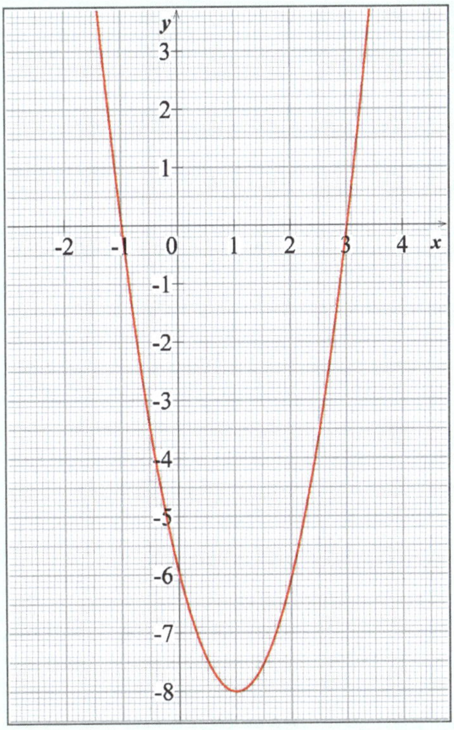

1. Indiquer l'extremum admis par la fonction f.

2. Déterminer graphiquement les coordonnées du sommet de la fonction f.

3. Retrouver l'abscisse de ce sommet algébriquement.

4. Donner les solutions de l'équation $f(x) = 0$.

5. En déduire la forme factorisée de la fonction f.

FAIT ☐ REVU ☐

Exercice 34 voir Fiche Savoir 5

Étude d'une fonction polynôme du 2nd degré

L'entreprise « Techn-Haut » produit et vend des écouteurs sans fil bluetooth. Leur résultat journalier est donné en fonction du nombre n de paires d'écouteurs par la relation suivante :
$B(n) = -2n^2 + 220n - 4\,800$. $B(n)$ est en euros.
L'entreprise produit et vend entre 20 et 90 paires d'écouteurs par jour.

1. Calculer le résultat pour la vente de 85 paires.

2. Indiquer en justifiant si le résultat précédent est un bénéfice ou une perte.

3. On considère la fonction f définie sur l'intervalle $[20 ; 90]$ par $f(x) = -2x^2 + 220x - 4\,800$.

a) Déterminer algébriquement la 2e racine de la fonction f sachant que la 1re est $x_1 = 30$.

b) Factoriser la fonction f.

c) Dresser le tableau de signes de la fonction f sur $[20 ; 90]$.

d) En déduire l'intervalle de nombre d'écouteurs à vendre pour réaliser un bénéfice.

e) Indiquer si la fonction admet un minimum ou un maximum.

f) Déterminer algébriquement les coordonnées de cet extremum.

g) Dresser le tableau de variations de la fonction f.

h) Donner le nombre de paires d'écouteurs à vendre afin de réaliser un bénéfice maximal et le montant de ce bénéfice maximal.

i) Tracer une représentation graphique de la fonction f à l'aide d'un outil numérique.

j) Retrouver graphiquement les résultats des questions a), d) et h).

FAIT ☐ REVU ☐

Exercice 35 voir Fiche Savoir 6

Fonction dérivée – QCM

QCM : Fonction dérivée
liennathan.fr/38dcu2

FAIT ☐ REVU ☐

Exercice 36 voir Fiche Savoir 6

Tangentes

La fonction $f(x) = -x^2 + 2$ est représentée ci-dessous avec quelques-unes de ses tangentes.

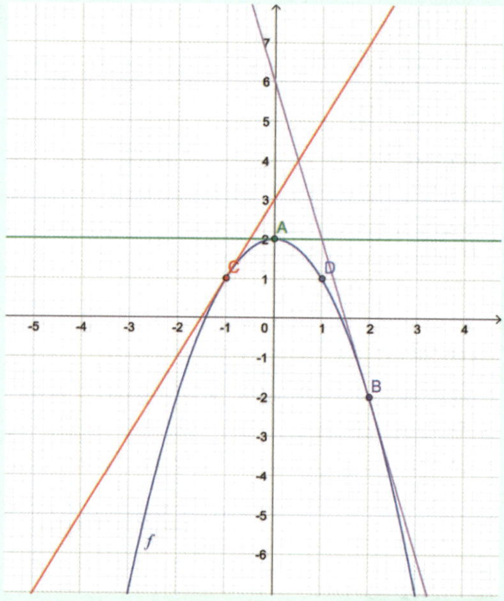

1. Indiquer en justifiant le point où la dérivée est nulle.

2. Déterminer l'équation de la tangente au point B.

3. En déduire la valeur de $f'(2)$.

4. Déterminer l'équation de la tangente au point C.

5. En déduire la valeur du nombre dérivé en ce point.

6. Construire la tangente au point D et **déterminer** l'équation de cette droite.

7. En déduire la valeur de $f'(1)$.

8. En déduire l'expression de la fonction dérivée de la fonction f.

FAIT ☐ REVU ☐

Exercice 37 voir Fiche Savoir 6

Fonctions dérivées

Déterminer la fonction dérivée des fonctions suivantes.

1. $f(x) = \dfrac{8}{x}$

2. $g(x) = -6x + 7$

3. $h(x) = 3x^2 - 7x + \dfrac{1}{x} + 5$

4. $i(x) = 0{,}5x^2 - \dfrac{9}{x}$

5. $j(x) = -26x^2 + 286x - 4\,800$

6. $k(x) = 8x^2 + 64x - 128$

FAIT ☐ REVU ☐

Exercice 38 voir Fiche Savoir 6

Signe d'une fonction dérivée

1. **Étudier** le signe des fonctions dérivées des fonctions j et k précédentes sur $\mathbb{R}$.

2. **Recopier** et **compléter** le tableau de signes suivant pour chaque fonction.

x	$-\infty$ .... $+\infty$
Signe de $f'(x)$	0

3. **En déduire** si chaque fonction admet un maximum ou un minimum.

FAIT ☐ REVU ☐

Exercice 39 voir Fiche Savoir 6

Variations d'une fonction dérivée

Soit la fonction $f(x) = x^2 - 4x - 6$ sur $[-2\,;\,6]$.

1. **Déterminer** la fonction dérivée de la fonction f.

2. **Étudier** le signe de la dérivée sur $[-2\,;\,6]$.

3. **Dresser** le tableau de variations de la fonction f sur $[-2\,;\,6]$.

4. **En déduire** si la fonction admet un maximum ou un minimum et **donner** ses coordonnées.

5. **Indiquer** si l'extremum est global ou local sur $[-2\,;\,6]$.

6. **Représenter** avec un outil numérique la fonction f et sa dérivée sur $[-2\,;\,6]$.

FAIT ☐ REVU ☐

Exercice 40 voir Fiche Savoir 6

Signe d'une fonction dérivée

Soit la fonction $a(x) = x + \dfrac{4}{x}$ définie sur $]0\,;\,8]$.

1. **Donner** la fonction dérivée a' de a.

2. **Montrer** que cette dérivée peut s'écrire $a'(x) = \dfrac{(x+2)(x-2)}{x^2}$.

3. **Justifier** que le signe de $a'(x)$ ne dépend que du signe de $(x-2)(x+2)$.

4. **Dresser** le tableau de signes de $a'(x)$ et le tableau de variations de a sur $]0\,;\,8]$.

5. **En déduire** les coordonnées de l'extremum et **indiquer** s'il s'agit d'un maximum ou d'un minimum.

6. **Représenter** avec un outil numérique la fonction a sur $]0\,;\,8]$.

FAIT ☐ REVU ☐

Exercice 41 voir Fiche Savoir 6

Étude d'une fonction dérivable

Un magasin de meubles a la capacité de produire et vendre jusqu'à 50 buffets en chêne par mois. Une étude prévisionnelle a conduit à considérer que le résultat mensuel, exprimé en euros, en fonction du nombre x de buffets vendus est donné par la fonction R, définie sur l'intervalle $[0\,;\,50]$ par :

$$R(x) = -5x^2 + 240x - 1\,600.$$

1. **Calculer** R' où R' désigne la dérivée de la fonction R.

2. **Résoudre** $R'(x) \leq 0$.

3. **Dresser** le tableau de variations de la fonction R sur $[0\,;\,50]$.

4. **Représenter** la fonction R à l'aide d'un outil numérique.
FENÊTRE $X_{min} = 0$ $X_{max} = 50$
$Y_{min} = -2\,000$ $Y_{max} = 1\,500$

5. **Rechercher** le maximum et **noter** ses coordonnées.

6. **Résoudre** graphiquement $R(x) > 0$.

7. **Déterminer** le nombre de buffets à vendre pour que le magasin atteigne un bénéfice maximal. **Donner** le montant de ce bénéfice.

8. **Donner** l'intervalle du nombre de buffets que le magasin doit vendre pour réaliser un bénéfice.

FAIT ☐ REVU ☐

Exercice 42 voir Fiche Savoir 7

Fonction cube – QCM

QCM : Fonction cube
liennathan.fr/937aut

FAIT ☐ REVU ☐

Exercice 43 voir Fiche Savoir 7

Variations d'une fonction polynôme de degré 3

La fonction $f(x) = -0{,}5x^3$ est représentée ci-dessous sur l'intervalle [-3 ; 3].

1. **Dresser** le tableau de variations de la fonction sur [- 3 ; 3].
2. **En déduire** le nombre de solution(s) de l'équation $f(x) = 4$.
3. **Résoudre** graphiquement $f(x) = 4$.

FAIT ☐ REVU ☐

Exercice 44 voir Fiche Savoir 7

Dérivée d'une fonction polynôme de degré 3

Déterminer la fonction dérivée des fonctions suivantes.

1. $f(x) = x^3 - 2x^2 + 5$
2. $g(x) = -6x^3$
3. $h(x) = \dfrac{1}{3}x^3 - 7x + 4$
4. $i(x) = 0{,}5x^3 - 25x^2 + 460x - 5\,100$

FAIT ☐ REVU ☐

Exercice 45 voir Fiche Savoir 7

Dérivée d'une fonction polynôme de degré 3

Soit la fonction $f(x) = x^3 - 12x$ définie sur [-5 ; 5].

1. **Déterminer** la dérivée de la fonction f.
2. **Montrer** que la fonction dérivée peut s'écrire $f'(x) = 3(x + 2)(x - 2)$.
3. **En déduire** les deux racines de la fonction dérivée.
4. **Recopier** et **compléter** le tableau de signes et de variations suivant.

x	–5	…	…	5
Signe de $(x + 2)$		0		
Signe de $(x - 2)$			0	
Signe de $f'(x)$		0	0	
Variations de f				

FAIT ☐ REVU ☐

Exercice 46 voir Fiche Savoir 7

Étude d'une fonction polynôme de degré 3

Soit la fonction $g(x) = 0{,}02x^3 - 6x - 4$ sur [–25 ; 25].

1. **Déterminer** la fonction dérivée g' de la fonction g.
2. Sachant que la 1re racine de la fonction dérivée est –10, **calculer** la 2e racine de $g'(x)$.
3. **Dresser** le tableau de signes de $g'(x)$ et de variations de la fonction g sur [–25 ; 25].
4. **Donner** les coordonnées du maximum local et du minimum local de la fonction g.
5. **Indiquer** le nombre de solutions de l'équation $g(x) = -15$ sur [–25 ; 25].
6. **Représenter** graphiquement la fonction g à l'aide d'un outil numérique.
7. **Déterminer** graphiquement les solutions de $g(x) = -15$ sur [–25 ; 25]. **Arrondir** au centième.

FAIT ☐ REVU ☐

Exercice 47 voir Fiche Savoir 7

Étude d'une fonction polynôme de degré 3

Une entreprise fabrique mensuellement entre 0 et 100 tonnes de produits.
Le coût de fabrication de x tonnes, en milliers d'euros, est modélisé par la fonction C définie sur [0 ; 100] par :

$$C(x) = 0{,}01x^3 - 1{,}05x^2 + 37x + 40.$$

Chaque tonne est vendue 19 milliers d'euros. Le chiffre d'affaires est donc donné par l'expression : $V(x) = 19x$.

1. Montrer que le résultat, en milliers d'euros, réalisé par l'entreprise peut être modélisé par l'expression :

$$R(x) = -0{,}01x^3 + 1{,}05x^2 - 18x - 40.$$

Aide : $R(x) = V(x) - C(x)$.

2. Déterminer la dérivée R'.

3. Résoudre $R'(x) = 0$.

4. Dresser le tableau de variations de la fonction R sur [0 ; 100].

5. En déduire le nombre de tonnes de produits que l'entreprise doit vendre pour que le bénéfice soit maximal. **Donner** le montant de ce bénéfice, en milliers d'euros.

6. À l'aide du tableau de variations, **déterminer** le nombre de solution(s) de $R(x) = 0$.

7. À l'aide d'un outil numérique, **déterminer** les solutions de $R(x) = 0$ sur [0 ; 100]. **Arrondir** au dixième.

8. En déduire l'intervalle de produits à fabriquer, en tonnes, pour réaliser un bénéfice.
Aide : FENÊTRE : $X_{min} = 0$; $X_{max} = 100$; pas = 1 ; $Y_{min} = -1\,500$; $Y_{max} = 550$; pas = 100.

FAIT ☐ REVU ☐

Exercice 48 voir Fiche Savoir 8

Fonction exponentielle et logarithme décimal – QCM

QCM : Fonction exponentielle et logarithme décimal
liennathan.fr/3fvv28

FAIT ☐ REVU ☐

Exercice 49 voir Fiche Savoir 8

Fonction exponentielle de base q

La fonction $f(x) = 2^x$ est représentée ci-après sur l'intervalle [-2 ; 2].

1. Donner le sens de variation de la fonction sur [-2 ; 2].

2. Déterminer graphiquement la solution de :

a) $f(x) = 0{,}5$. b) $f(x) > 2$.

3. Retrouver ces solutions algébriquement.

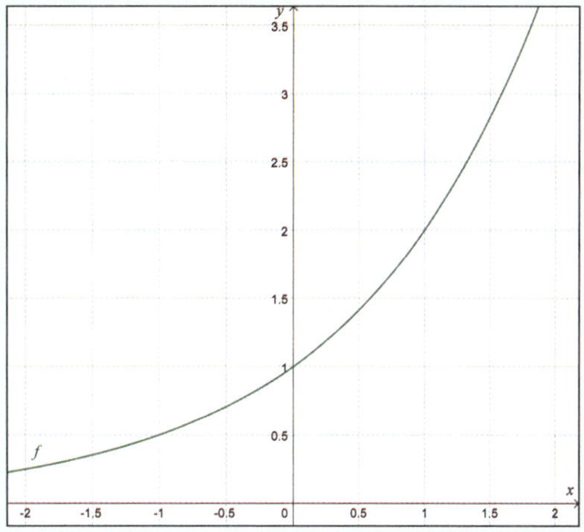

FAIT ☐ REVU ☐

Exercice 50 voir Fiche Savoir 8

Fonction logarithme décimal

La fonction $g(x) = 2 \log(4x)$ est représentée ci-dessous sur l'intervalle]0 ; 4].

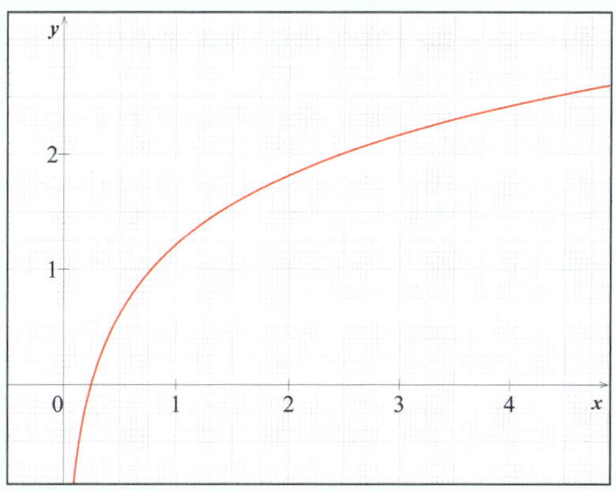

1. Donner le sens de variation de la fonction sur]0 ; 4].

2. Déterminer graphiquement la solution de $g(x) = 2$.

3. Retrouver cette solution algébriquement.

FAIT ☐ REVU ☐

Exercice 51 voir Fiche Savoir 8

Propriétés opératoires

Résoudre les expressions suivantes.

1. $0{,}5^x > 8$

2. $0{,}25 \times 6^x = 324$

MATHÉMATIQUES

3. $\log x = -3$

4. $3 \log (5x) \leq 12$

FAIT ☐ REVU ☐

Exercice 52 voir Fiche Savoir 8

Fonction logarithme décimal

Soit la fonction $h(x) = 15 + 90 \log (x + 1)$ définie sur $[0 ; 30]$.

1. **Calculer** $h(9)$.

2. **Dresser** le tableau de variations de la fonction h sur $[0 ; 30]$. **Arrondir** à 10^{-1}.

3. **Représenter** la fonction h à l'aide d'un outil numérique sur $[0 ; 30]$.

4. **Résoudre** graphiquement $h(x) \geq 130$. **Arrondir** au centième.

5. **Retrouver** ce résultat par le calcul. **Arrondir** au centième.

FAIT ☐ REVU ☐

Exercice 53 voir Fiche Savoir 8

Étude d'une fonction exponentielle de base *q*

Lou désire réduire ses dépenses mensuelles pour les loisirs. Elle décide de les diminuer de 3 % par mois jusqu'à ce qu'elles soient inférieures à 250 €. Au mois de départ, ses dépenses étaient de 400 €.

1. **Calculer** le montant des dépenses pour les deux mois suivants.

2. **Montrer** que les valeurs ainsi obtenues forment une suite géométrique. **Donner** la valeur du 1er terme et la raison.

3. **Exprimer** le terme de rang n de cette suite en fonction du rang n.

4. On note f la fonction définie sur $[0 ; 24]$ par : $f(x) = 400 \times 0{,}97^x$.

a) **Dresser** le tableau de variations de la fonction f sur $[0 ; 24]$. **Arrondir** si besoin au centième.

b) **Représenter** la fonction f à l'aide d'un outil numérique sur $[0 ; 24]$.

c) **Résoudre** graphiquement $f(x) < 250$. **Arrondir** au centième.

d) **Retrouver** ce résultat par le calcul. **Arrondir** au centième.

e) **En déduire** le nombre de mois qu'il faudra à Lou pour atteindre son objectif.

FAIT ☐ REVU ☐

Exercice 54 voir Fiche Savoir 8

Étude d'une fonction exponentielle de base *q*

Depuis que le dernier clip d'un groupe célèbre a été mis sur « YouTube », le nombre de vues a augmenté de 17 % par jour. Il y en a eu 6 500 le 1er jour.
Déterminer graphiquement et par le calcul le nombres de jours qu'il a fallu pour que le nombre de vues dépasse le million.
Aide : $X_{min} = 0$; $X_{max} = 40$;
$Y_{min} = 6\,500$; $Y_{max} = 1\,100\,000$.

FAIT ☐ REVU ☐

Exercice 55 voir Fiche Savoir 9

Volume d'un solide

Calculer le volume des solides suivants.

1. Cube de 12 cm d'arête.

2. Pavé droit de dimensions 6 m × 5 m × 3 m.

3. La pyramide de Khéops à base carrée de 230 m de côté et de hauteur 147 m.

FAIT ☐ REVU ☐

Exercice 56 voir Fiche Savoir 9

Volume d'un solide

Un récupérateur d'eau de forme cylindrique, de diamètre 80 cm et de hauteur 1,50 m est placé dans un jardin. Paul décide de placer un filtre pour les feuilles à 30 cm à l'intérieur du cylindre.

1. **Calculer** l'aire du filtre. **Arrondir** au m^2.

2. Sachant que la hauteur d'eau ne doit pas dépasser le filtre, **déterminer** le volume maximum d'eau que le récupérateur peut contenir. **Arrondir** au millième de m^3.

3. **Convertir** le volume en litre.

FAIT ☐ REVU ☐

Exercice 57 voir Fiche Savoir 9

Section plane d'un solide

Maud fait un gâteau pour 6 personnes qui a la forme d'un pavé droit de dimensions (en cm) : 30 × 8 × 8. Elle fait deux essais pour le découpage de ce gâteau et se demande si les parts seront équivalentes en volume.

1. 1er essai : 5 sections à intervalle régulier dans le sens de la largeur comme sur la vue du dessus suivante.

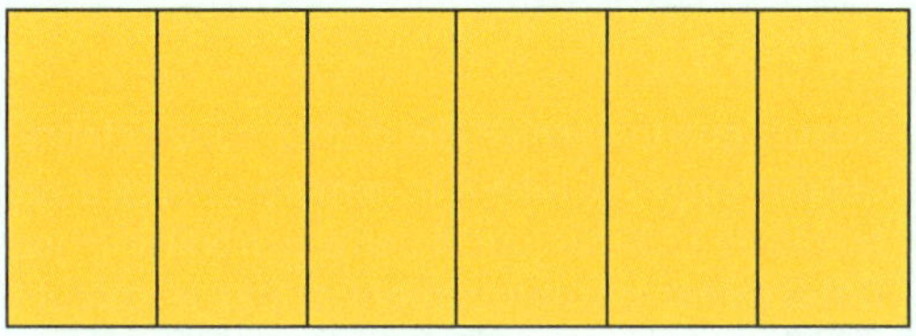

a) **Donner** la forme de la section créée par la coupe des parts.

b) **Calculer** l'aire de chaque section.

c) **Déterminer** la largeur de chaque part.

d) **En déduire** le volume de chaque part en cm^3.

2. 2e essai : une section au milieu du gâteau dans le sens de la longueur et 2 sections dans le sens de la largeur comme sur la vue du dessus suivante.

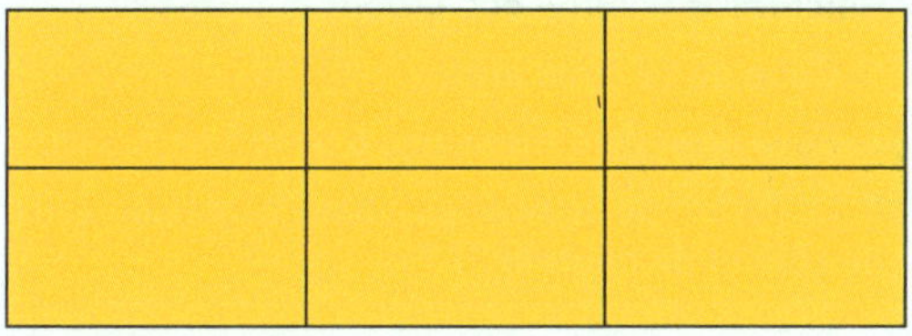

a) **Donner** la forme de la section créée par la coupe faite dans le sens de la longueur.

b) **Calculer** le volume de chaque part.

3. **Répondre** au questionnement de Maud.

FAIT ☐ REVU ☐

Exercice 58 voir Fiche Savoir 9

Section plane d'un solide

Une entreprise souhaite créer une nouvelle boule de Noël de diamètre 10 cm ayant la forme suivante. La section va se faire à 3 cm du centre de la sphère.

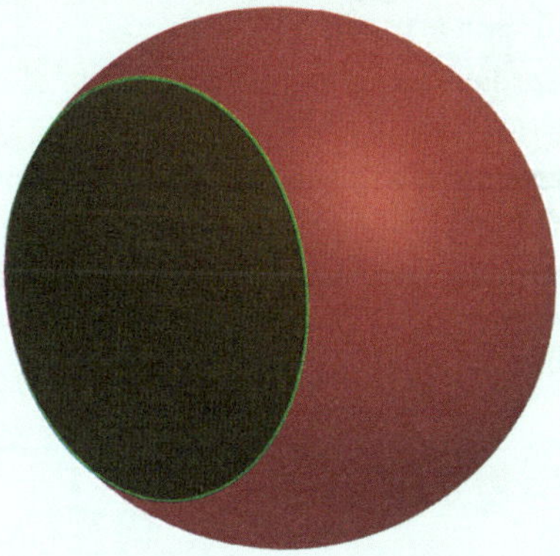

Déterminer l'aire de la partie verte de la boule.

FAIT ☐ REVU ☐

Exercice 1

1. b) **2.** c) **3.** b) **4.** c) **5.** b)

Exercice 2

1. • $y = 2{,}412 \times 10 - 17{,}53 = 6{,}59$
• $y = 2{,}412 \times 500 - 17{,}53 = 1\,188{,}47$

2. • $103{,}07 = 2{,}412x - 17{,}53$

$x = \dfrac{103{,}07 + 17{,}53}{2{,}412} = 50$

• $9 = 2{,}412x - 17{,}53$

$x = \dfrac{9 + 17{,}53}{2{,}412} = 11$

Exercice 3

1. Une des variables est qualitative mais pas quantitative donc la représentation n'est pas possible.

2.

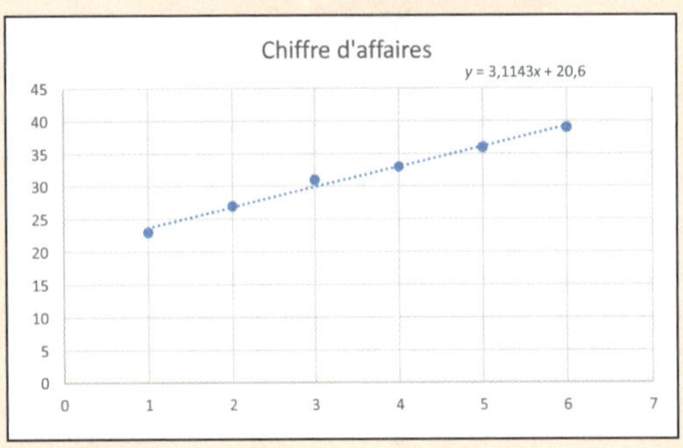

3. Le nuage de points est de forme allongée, donc l'ajustement affine est envisageable.

4. $y = 3{,}114x + 20{,}6$.

5. $y = 3{,}114 \times 8 + 20{,}6 = 45{,}5$ milliers d'euros.

6. $3{,}114x + 20{,}6 > 54$

$x > \dfrac{54 - 20{,}6}{3{,}114}$

$x > 10{,}7$ donc à partir de novembre (rang 11), le chiffre d'affaires dépassera potentiellement 54 k€.

Exercice 4

1. Les ventes de desserts évoluent logiquement avec les ventes de plats. Il y a bien une causalité entre les deux variables.

2.

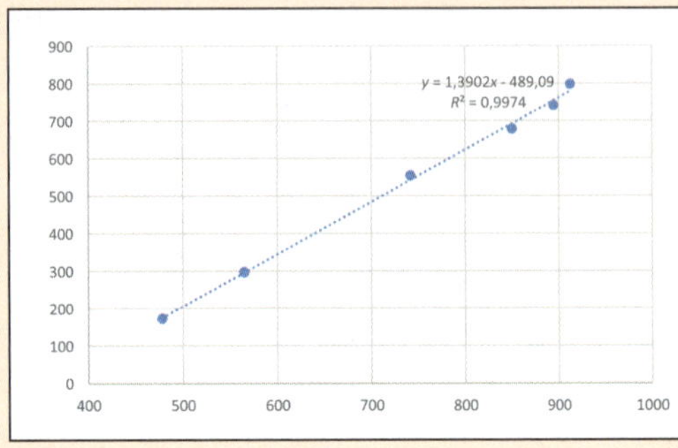

3. $y = 1{,}39x - 489{,}09$.

4. $R^2 = 0{,}997$

R^2 est très proche de 1, l'ajustement est donc pertinent.

5. $y = 1{,}39 \times 950 - 489{,}09 = 831$ desserts.

6. $700 = 1{,}39x - 489{,}09$

$x = \dfrac{700 + 489{,}09}{1{,}39} = 855$ plats.

Exercice 5

1.

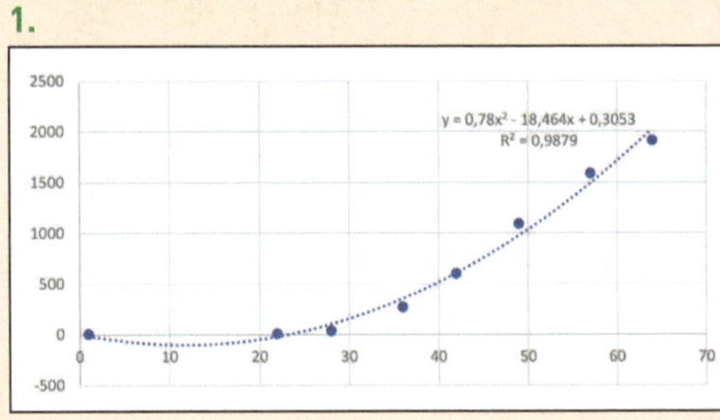

2. Le nuage de points n'est pas de forme allongée, l'ajustement affine n'est pas envisageable.

3.

Courbe de tendance	Linéaire	Exponentielle	Polynomial de degré 2	Logarithmique
R^2 (à 0,01)	0,8015	0,8962	0,9879	0,3397

4. $y = 0{,}78x^2 - 18{,}46x + 0{,}31$.

5. 30 juin = rang 181.
$y = 0{,}78 \times 181^2 - 18{,}46 \times 181 + 0{,}31 = 22\,212{,}63$ milliers, soit environ 22,2 millions.

6. $67\,400 = 0{,}78x^2 - 18{,}46x + 0{,}31$
$0{,}78x^2 - 18{,}46x + 0{,}31 - 67\,400 = 0$
$0{,}78x^2 - 18{,}46x - 67\,399{,}69 = 0$
On détermine les racines de l'équation
$x = -282$ (impossible) et $x = 306$.

7. Le 306ᵉ jour, soit le 2 novembre de l'année, l'ensemble de la population serait vaccinée si la tendance restait la même.

Exercice 6

1.

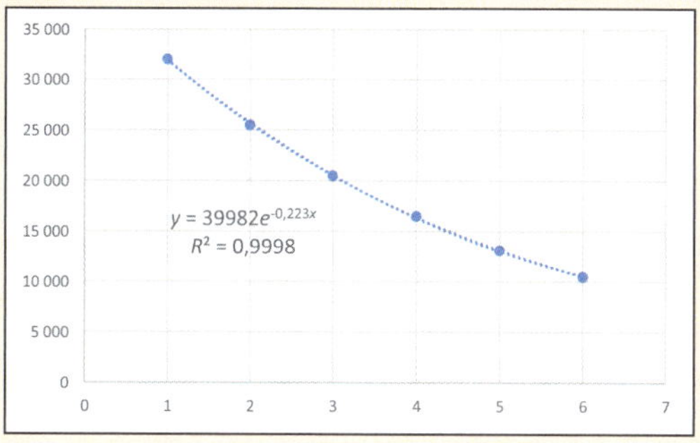

2. Les points semblent alignés, donc un ajustement affine serait envisageable.

3.

Ajustement	Linéaire	Exponentiel	Polynomial	Logarithmique
R^2	0,9749	0,9998	0,996	0,9897

L'ajustement le plus approprié est l'exponentiel.

4. $y = 39\,982 \times e^{-0{,}223x} = 39\,982 \times 0{,}8^x$.

5. $y = 39\,982 \times 0{,}8^8 = 6\,708$ €.

6. $39\,982 \times 0{,}8^x < 3\,000$

$0{,}8^x < 0{,}075$

$x \log(0{,}8) < \log(0{,}075)$

$x > \dfrac{\log(0{,}075)}{\log(0{,}8)}$

$x > 11{,}6$ donc la voiture aura 12 ans lorsqu'Arthur la vendra.

Exercice 7

$y = 5{,}607 \times 0{,}995^x$

$5{,}607 \times 0{,}995^x = 2{,}05$

$0{,}995^x = 0{,}366$

$x \times \log(0{,}995) = \log(0{,}366)$

$x = \dfrac{\log(0{,}366)}{\log(0{,}995)} = 201.$

En 2101, la surface amazonienne aura diminué de moitié si la tendance reste la même.

Exercice 8

1. b) **2. a)** **3. c)**

4. b) **5. a)** **6. c)**

Exercice 9

1.

	B	$\overline{B}$	TOTAL
A	46	74	120
$\overline{A}$	104	26	130
TOTAL	150	100	250

2. $p(A) = \dfrac{120}{250} = 0{,}48$; $p(B) = \dfrac{150}{250} = 0{,}6$;

$p(A \cap B) = \dfrac{46}{250} = 0{,}184 = 0{,}18$;

$p(A \cup B) = 0{,}48 + 0{,}6 - 0{,}184 = 0{,}896 = 0{,}90$;

$p(\overline{A}) = 1 - 0{,}48 = 0{,}52$;

$p_A(B) = \dfrac{p(A \cap B)}{p(A)} = \dfrac{0{,}184}{0{,}48} = 0{,}38$;

$p_B(\overline{A}) = \dfrac{104}{150} = 0{,}69.$

Exercice 10

1. $\overline{R}$: « le commerce n'est pas un restaurant ».
$R \cap B$: « le commerce est un restaurant et un bar ».
$R \cup B$: « le commerce est un restaurant ou un bar ».

2.

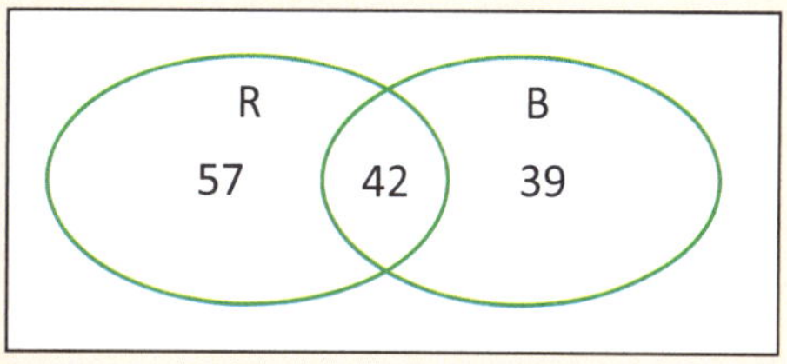

3. $p(\overline{R}) = 1 - \dfrac{99}{150} = \dfrac{17}{50} = 0{,}34.$

$p(R \cap B) = \dfrac{42}{150} = 0{,}28.$

$p(R \cup B) = \dfrac{99}{150} + \dfrac{81}{150} - \dfrac{42}{150} = \dfrac{23}{150} = 0{,}92.$

Exercice 11

1.

	F	$\overline{F}$	TOTAL
M	384	576	960
$\overline{M}$	4 416	2 624	7 040
TOTAL	4 800	3 200	8 000

MATHÉMATIQUES

2. a) $p(F \cup M) = p(F) + p(M) - p(F \cap M) = \dfrac{4800}{8000} + \dfrac{960}{8000} - \dfrac{384}{8000} = \dfrac{84}{125} = 0{,}672 = 67{,}2\ \%$.

b) $p_M(F) = \dfrac{p(F \cap M)}{p(F)} = \dfrac{\frac{384}{8000}}{\frac{960}{8000}} = \dfrac{384}{960} = 0{,}4 = 40\ \%$.

Exercice 12

1. a)

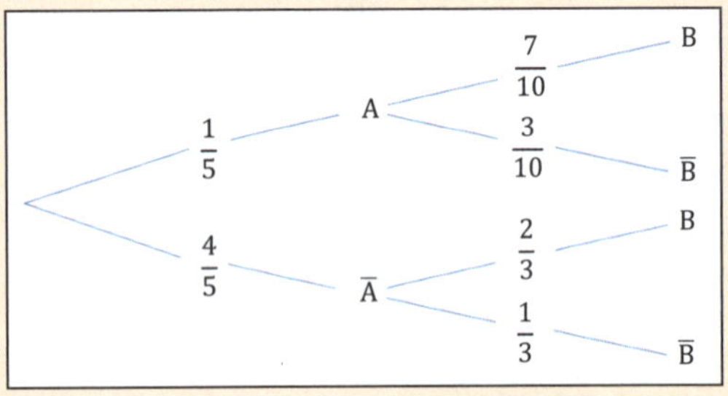

b) $p_A(B) = \dfrac{7}{10}$; $p(A \cap B) = \dfrac{1}{5} \times \dfrac{7}{10} = \dfrac{7}{50}$;

$p(\overline{A} \cap B) = \dfrac{4}{5} \times \dfrac{2}{3} = \dfrac{8}{15}$; $p(B) = \dfrac{7}{50} + \dfrac{8}{15} = \dfrac{101}{150}$.

2. a)

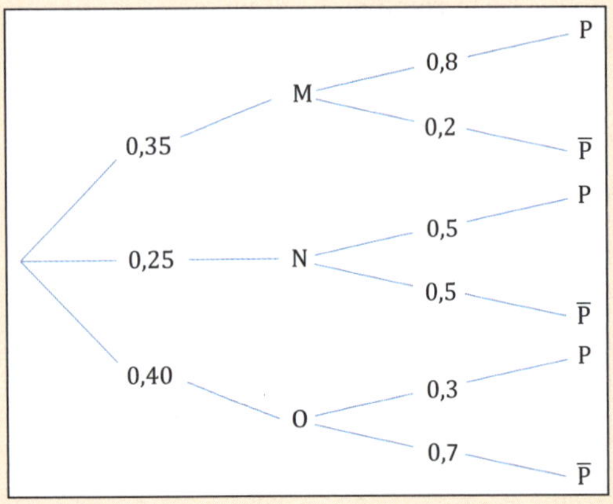

b) $p_N(P) = 0{,}5$; $p(O \cap P) = 0{,}4 \times 0{,}3 = 0{,}12$; $p(P) = 0{,}35 \times 0{,}8 + 0{,}25 \times 0{,}5 + 0{,}4 \times 0{,}3 = 0{,}525$.

Exercice 13

$p_T(D) = \dfrac{1}{8}$ et $p(D) = \dfrac{4}{32} = \dfrac{1}{8}$, donc $p_T(D) = p(D)$.

Ou $p(D \cap T) = \dfrac{1}{32}$ et $p(D) \times p(T) = \dfrac{4}{32} \times \dfrac{8}{32} = \dfrac{1}{32}$, donc $p(D \cap T) = p(D) \times p(T)$.

Donc les événements T « la carte est un trèfle » et D « la carte est une dame » sont indépendants.

Exercice 14

1.

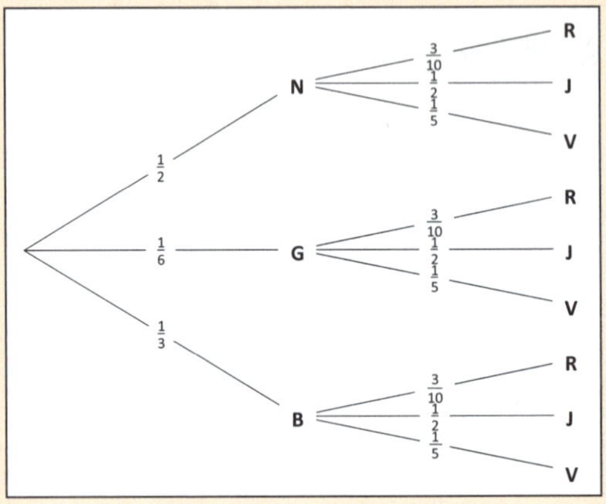

2. $p_G(V) = \dfrac{3}{10} = 0{,}3$.

3. $p(N \cap R) = \dfrac{1}{2} \times \dfrac{3}{10} = \dfrac{3}{20} = 0{,}15$.

Exercice 15

1.

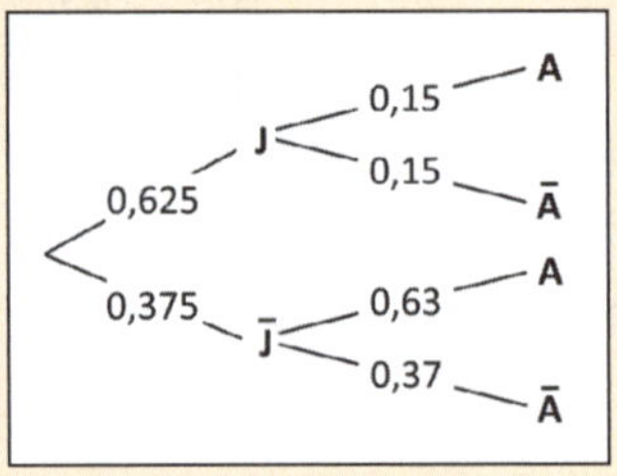

2. $p(A) = 0{,}625 \times 0{,}15 + 0{,}375 \times 0{,}63 = 0{,}33 = 33\ \%$.

3. $p_J(A) = 0{,}15$ et $p(A) = 0{,}33$

$p(A) \neq p_J(A)$ donc les événements ne sont pas indépendants.

Exercice 16

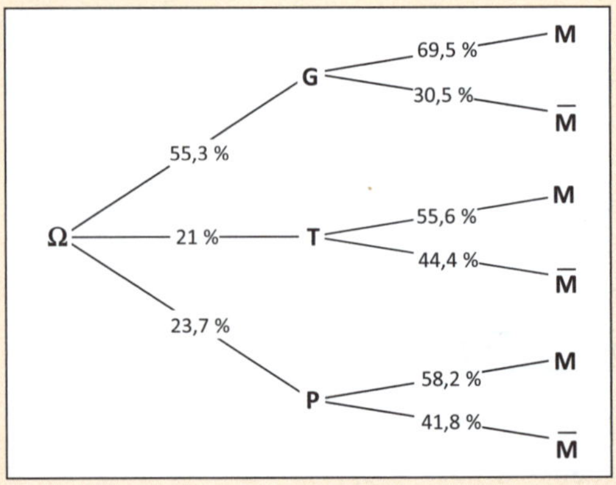

$p(M) = p(G \cap M) + p(T \cap M) + p(P \cap M)$
$p(M) = 0{,}553 \times 0{,}695 + 0{,}21 \times 0{,}556 + 0{,}237 \times 0{,}582 = 0{,}639 = 63{,}9$ %.

Exercice 17

1. b) **2.** c) **3.** c) **4.** a)

Exercice 18

1. • A : 77 ; 90 ; 103.
• B : 486 ; 1 458 ; 4 374.
• C : 4 ; 2,6 ; 1,2.
• D : –1,9 ; –1,3 ; –0,7.
• E : –1 ; –0,2 ; –0,04.

2. A : suite arithmétique. $A_0 = 25$ et $r = 13$.
B : suite géométrique. $B_0 = 6$ et $q = 3$.
C : suite arithmétique. $C_0 = 9{,}6$ et $r = -1{,}4$.
D : suite arithmétique. $D_0 = -4{,}3$ et $r = 0{,}6$.
E : suite géométrique. $E_0 = -625$ et $q = 0{,}2$.

3. A : croissante car $r > 0$.
B : croissante car $B_0 > 0$ et $q > 1$.
C : décroissante car $r < 0$.
D : croissante car $r > 0$.
E : croissante car $E_0 < 0$ et $0 < q < 1$.

Exercice 19

1. Suite décroissante car $r < 0$.

2. $u_0 = 460$; $u_1 = 428$; $u_2 = 396$; $u_3 = 364$; $u_4 = 332$.

3. $u_n = 460 - 32 \times n$.

4. $u_{24} = 460 - 32 \times 24 = -308$.

5. $S_{24} = \frac{25}{2}(460 - 308) = 1\,900$.

Exercice 20

1. Suite croissante car $w_0 > 0$ et $q > 1$.

2. $w_0 = 1{,}4$; $w_1 = 4{,}2$; $w_2 = 12{,}6$; $w_3 = 37{,}8$; $w_4 = 113{,}4$.

3. $w_n = 1{,}43 \times 3^n$

4. $w_9 = 1{,}4 \times 3^9 = 27\,556{,}2$.

5. $S_9 = 1{,}4 \times \frac{1 - 3^{10}}{1 - 3} = 41\,333{,}6$.

Exercice 21

1. Représentation bleue : suite arithmétique U_n.
Représentation orange : suite géométrique V_n.

2. Bleue : $u_0 = 20\,000$ et $r = 19\,500 - 20\,000 = -500$.
Orange : $V_0 = 10\,000$ et $q = 11\,000/10\,000 = 1{,}1$.

3. $u_{14} = 20\,000 + 14 \times (-500) = 13\,000$.
$v_{14} = 10\,000 \times 1{,}1^{14} = 37\,975$.

Exercice 22

1. $u_1 = 1\,824 + 460 = 2\,284$;
$u_2 = 1\,824 \times 2 + 460 = 4\,108$;
$u_3 = 1\,824 \times 3 + 460 = 5\,932$.

2. Croissante.

3. $u_{12} = 1\,824 \times 12 + 460 = 22\,348$.

4. $1824n + 460 > 50\,000$
$n > \frac{50\,000 - 460}{1\,824}$
$n > 27{,}2$.
Il faudra donc 28 mois à Jules pour que son application dépasse les 50 000 téléchargements.

Exercice 23

1. La suite est arithmétique car pour passer d'un terme au suivant on ajoute toujours le même nombre.

2. Le premier terme est $u_1 = 3\,200$ et la raison est égale à $r = 1\,450$.

3. $r > 0$ donc la suite est croissante.

4. $u_5 = 3\,200 + 4 \times 1\,450 = 9\,000$.

5. a) $S = \frac{5}{2}(3\,200 + 9\,000) = 30\,500$.

b) Les ventes sur 5 ans ont dépassé les 30 000 exemplaires, le modèle va devenir un basique de la marque.

Exercice 24

1. $q = 1 - \frac{15}{100} = 0{,}85$;
$u_1 = 25 \times 0{,}85 = 21{,}25$ tonnes ;
$u_2 = 21{,}25 \times 0{,}85 = 18{,}06$ tonnes.

2. La suite est géométrique car pour passer d'un terme au suivant on multiplie toujours par le même nombre. $u_0 = 25$ et $q = 0{,}85$.

3. $u_9 = 25 \times 0{,}85^9 = 5{,}79$ tonnes.

4. $25 \times 0{,}85^n < 3$
$0{,}85^n < 0{,}12$
$n \log(0{,}85) < \log(0{,}12)$
$n > \frac{\log(0{,}12)}{\log(0{,}85)}$ (car $\log(0{,}85) < 0$)
$n > 13{,}05$.
L'entreprise pourra être qualifiée d'écoresponsable 13 ans après le début de l'étude.

Exercice 25

1. $\frac{123{,}74}{118{,}96} = \frac{118{,}96}{114{,}7} = \frac{114{,}4}{110} = 1{,}04$.

La suite est géométrique de 1er terme $u_0 = 110$ et de raison $q = 1{,}04$.

2. $u_0 > 0$ et $q > 1$, la suite est croissante.

3. $u_{11} = 110 \times 1{,}04^{11} = 169{,}34$ €.

4. u_{11} est la somme placée le 12e mois.

5. $s_{11} = 110 \times \frac{1 - 1{,}044^{12}}{1 - 1{,}04} = 1\,652{,}84$ €.

6. Paul a assez économisé pour s'acheter un ordinateur à 1 600 €.

Exercice 26

1. c) 2. a) 3. c)

Exercice 27

1. $f(x) = g(x)$ pour $x = -1$; $x = 1{,}7$ et $x = 6$.

2. $f(x) < g(x)$ pour $x \in [-2\ ;-1[\cup]1{,}7\ ;6[$.

Exercice 28

1.

x	−3	−2	−1	0	1	2	3
$f(x)$	−4	−5	−4	−1	4	11	20
$g(x)$	−12	−5	0	3	4	3	0

2.

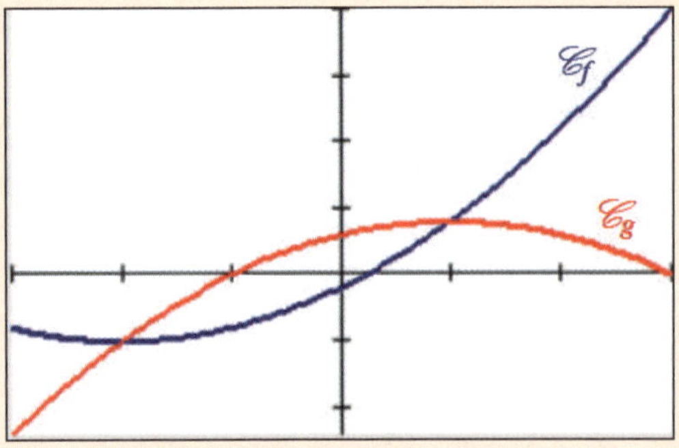

3. a) $f(x) = g(x)$ pour $x = -2$ et $x = 1$.

b) $g(x) \geq f(x)$ pour $x \in [-2\ ;1]$.

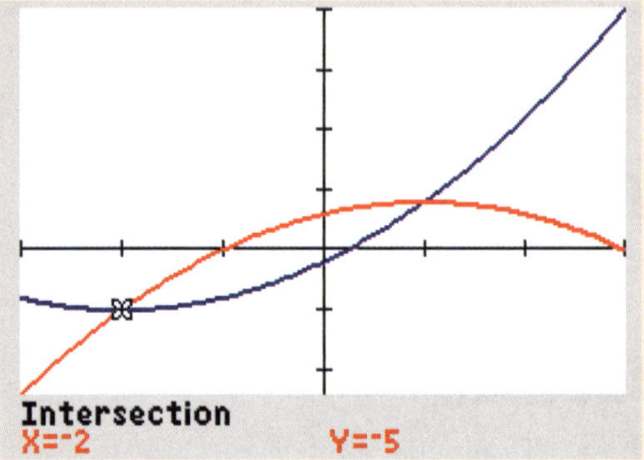

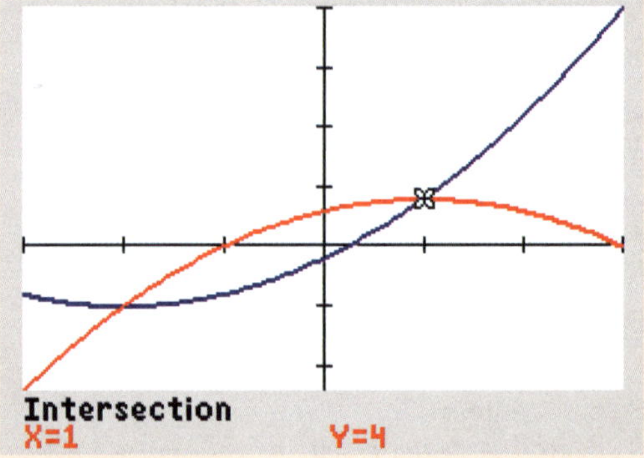

Exercice 29

1. $V(x) > C(x)$.

2.

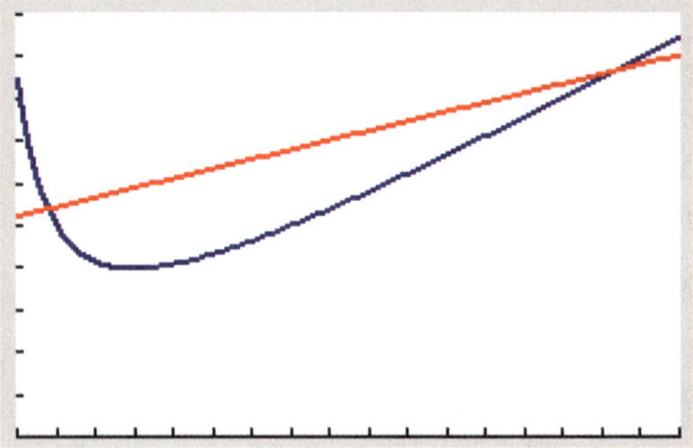

3. $V(x) = C(x)$ pour $x = 8{,}86$ et $x = 82{,}04$.

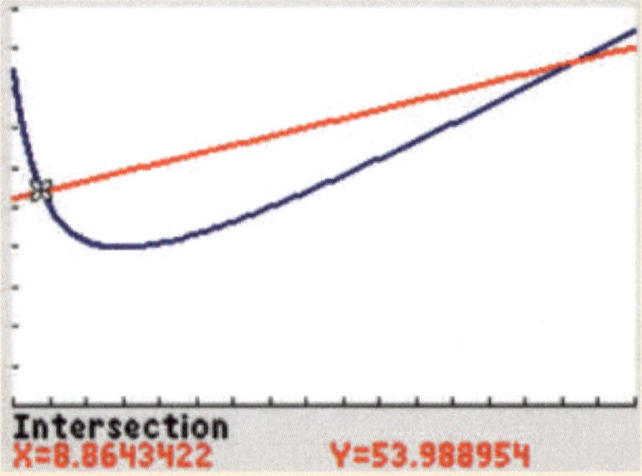

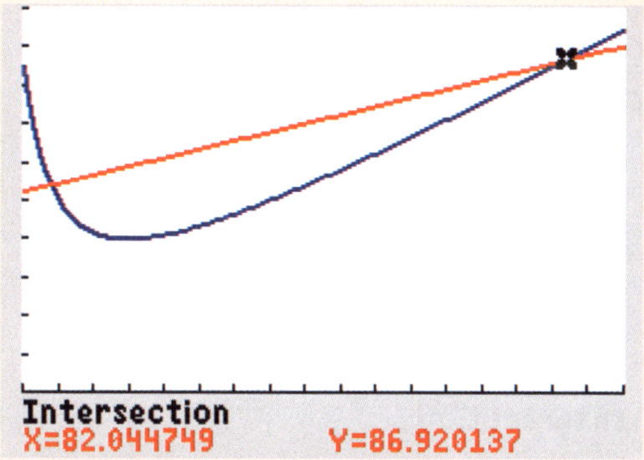

4. Lorsque $V(x) = C(x)$, le résultat est nul.

5. $V(x) > C(x)$ pour $8{,}86 < x < 82{,}04$.

6. Il faut vendre entre 9 et 82 puzzles pour réaliser un bénéfice.

Exercice 30

1. b) **2.** a) **3.** c) **4.** b) **5.** c) **6.** b)

Exercice 31

1. –2 et 1. **2.** –0,4 et 1,6. **3.** 50 et 90.

Exercice 32

c) $j(x) = 6(x - 20)(x + 50)$

Exercice 33

1. La fonction admet un minimum.

2. (1 ; –8).

3. $x_0 = -\dfrac{b}{2a} = -\dfrac{-4}{2 \times 2} = 1$.

4. $f(x) = 0$ admet 2 solutions $x_1 = -1$ et $x_2 = 3$.

5. $f(x) = 2(x + 1)(x - 3)$.

Exercice 34

1. $B(85) = -2 \times 85^2 + 220 \times 85 - 4\,800 = -550$ €.

2. Le résultat est une perte car il est négatif.

3.a) $x_1 + x_2 = -\dfrac{b}{a}$; $30 + x_2 = -\dfrac{220}{-2}$; $x_2 = 80$.

b) $f(x) = -2(x - 30)(x - 80)$.

c)

x	20		30		80		90
Signe de $f(x)$		–	0	+	0	–	

d) Il faut donc vendre entre 31 et 79 paires d'écouteurs pour réaliser un bénéfice (à 30 et 80 paires, le bénéfice est nul).

e) $a < 0$, la fonction va donc admettre un maximum.

f) $x_0 = \dfrac{x_1 + x_2}{2} = \dfrac{30 + 80}{2} = 55$.

$f(55) = -2 \times 55^2 + 220 \times 55 - 4\,800 = 1\,250$.

g)

x	20		55		90
f	–1 200	↗	1 250	↘	–1 200

h) Il faut vendre 55 paires d'écouteurs pour réaliser un bénéfice maximal de 1 250 €.

i) et **j)**

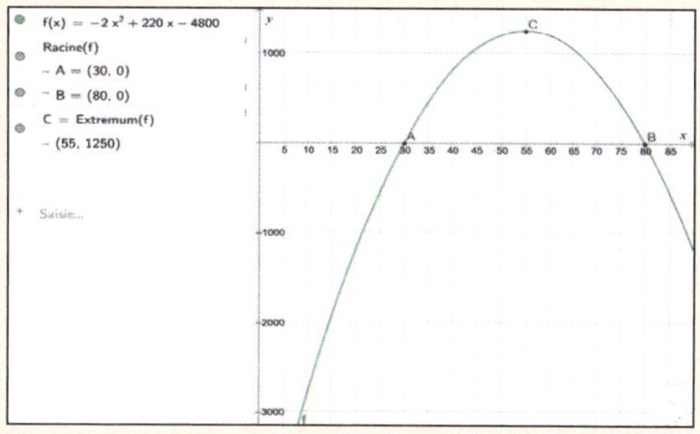

Exercice 35

1. b) **2.** a) **3.** c) **4.** b) **5.** a)

Exercice 36

1. Le point A car la tangente est horizontale.

2. $y = -4x + 6$.

3. $f'(2) = -4$.

4. $y = 2x + 3$.

5. $f'(-1) = 2$.

6. $y = -2x + 3$.

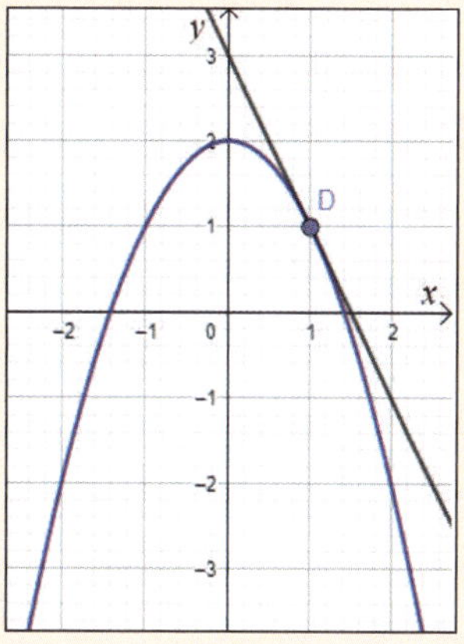

7. $f'(1) = -2$.

8.

x	-1	1	2	x
$f'(x)$	2	-2	-4	$-2x$

$f'(x) = -2x$

Exercice 37

1. $f'(x) = -\dfrac{8}{x^2}$.

2. $g'(x) = -6$.

3. $h'(x) = 6x - 7 - \dfrac{1}{x^2}$.

4. $i'(x) = x + \dfrac{9}{x^2}$.

5. $j'(x) = -52x + 286$.

6. $k'(x) = 16x + 64$.

Exercice 38

1. $j'(x) < 0$; $-52x + 286 < 0$; $-52x < -286$;

$x > \dfrac{-286}{-52}$; $x > 5{,}5$.

$k'(x) < 0$; $16x + 64 < 0$; $x < 4$.

2.

x	$-\infty$		$5{,}5$		$+\infty$
Signe de $j'(x)$		$+$	0	$-$	

x	$-\infty$		4		$+\infty$
Signe de $k'(x)$		$-$	0	$+$	

3. La fonction j admet un maximum et la fonction k admet un minimum.

Exercice 39

1. $f'(x) = 2x - 4$.

2. $2x - 4 < 0$; $x < 2$.

3.

x	-2		2		6
Signe de $f'(x)$		$-$	0	$+$	
f	6	↘	-10	↗	6

4. La fonction est décroissante puis croissante, elle admet donc un minimum de coordonnées $(2 ; -10)$.

5. Le minimum est la plus petite valeur de $f(x)$ sur $[-2 ; 6]$, c'est donc un extremum global.

6.

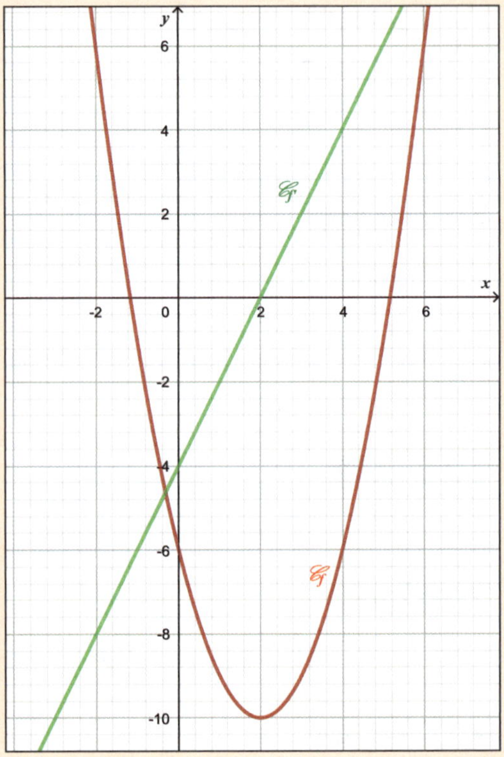

Exercice 40

1. $a'(x) = 1 - \dfrac{4}{x^2}$.

2. $a'(x) = \dfrac{x^2}{x^2} - \dfrac{4}{x^2} = \dfrac{x^2 - 4}{x^2} = \dfrac{(x+2)(x-2)}{x^2}$.

3. Le dénominateur x^2 est strictement positif quel que soit $x \in]0 ; 8]$.

4.

x	0		2		8
Signe de $x + 2$		$+$		$+$	
Signe de $x - 2$		$-$	0	$+$	
Signe de $a'(x)$		$-$	0	$+$	
a	$+\infty$	↘	4	↗	$8{,}5$

5. $(2 ; 4)$ et c'est un minimum global.

6.

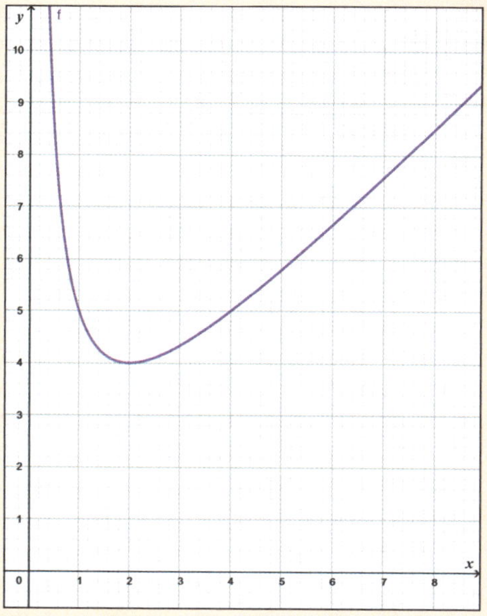

Exercice 41

1. $R'(x) = -10x + 240$.

2. $-10x + 240 \leq 0$; $x \geq 24$.

3.

x	0		24		50
Signe de $R'(x)$		+	0	–	
Variations de R	– 1600 ↗		1 280	↘	–2 100

4.

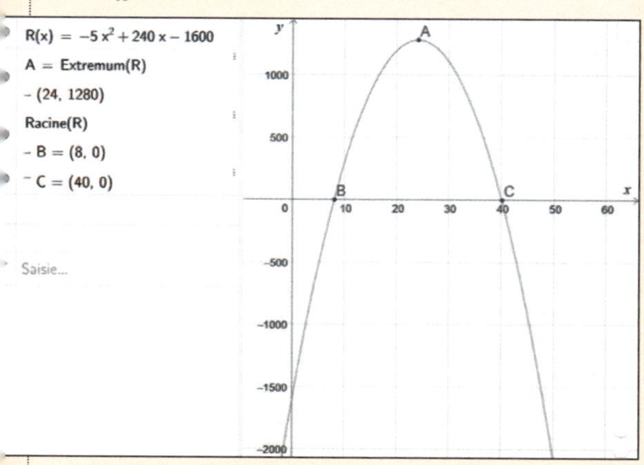

5. (24 ; 1 280).

6. $8 < x < 40$.

7. Il faut vendre 24 buffets pour avoir un bénéfice maximal de 1 280 €.

8. Le magasin doit vendre entre 9 et 39 buffets pour réaliser un bénéfice.

Exercice 42

1. a) **2.** c) **3.** b)

Exercice 43

1.

x	–3	3
Variations de f	13,5 ↘	–13,5

2. La fonction f est strictement décroissante et varie de 13,5 à –13,5, donc $f(x) = 4$ a une seule solution.

3. $f(x) = 4$ pour $x = -2$.

Exercice 44

1. $f'(x) = 3x^2 - 4x$.

2. $g'(x) = -18x^2$.

3. $h'(x) = x^2 - 7$.

4. $i'(x) = 1{,}5x^2 - 50x + 460$.

Exercice 45

1. $f(x) = 3x^2 - 12$.

2. $f'(x) = 3(x^2 - 4) = 3(x + 2)(x - 2)$.

3. $x_1 = -2$ et $x_2 = 2$.

4.

x	–5		–2		2		5
Signe de $(x + 2)$		–	0	+		+	
Signe de $(x - 2)$		–		–	0	+	
Signe de $f'(x)$		+	0	–	0	+	
Variations de f	–65 ↗		16	↘	–16	↗	65

Exercice 46

1. $g'(x) = 0{,}06x^2 - 6$.

2. $x_1 + x_2 = -\frac{b}{a} \rightarrow -10 + x_2 = 0 \rightarrow x_2 = 10$.

3.

x	–25		–10		10		25
Signe de $g(x)$		+	0	–	0	+	
Variations de g	–166,5 ↗		36	↘	–44	↗	158,5

4. Maximum local (–10 ; 36) et minimum local (10 ; –44).

5. À l'aide du tableau de variations, on en déduit que l'équation $g(x) = -15$ admet 3 solutions sur [–25 ; 25].

6.

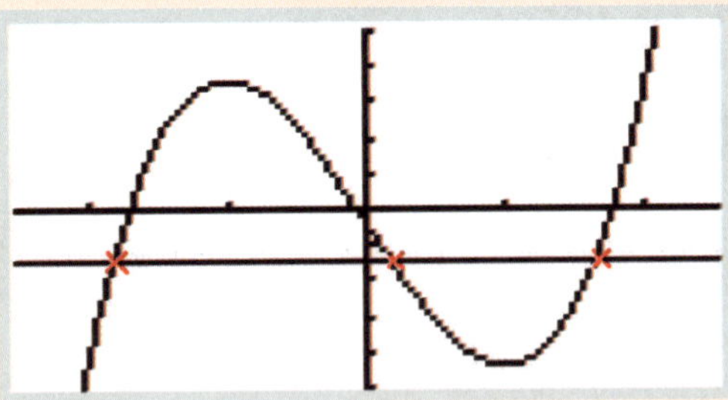

7. $g(x) = -15$ pour $x = -18{,}17$; $x = 1{,}85$ et $x = 16{,}32$.

Exercice 47

1. $R(x) = V(x) - C(x) = 19x - (0{,}01x^3 - 1{,}05x^2 + 37x + 40) = -0{,}01x^3 + 1{,}05x^2 - 18x - 40$.

2. $R'(x) = -0{,}03x^2 + 2{,}1x - 18$.

3. $R'(x) = 0$ pour $x_1 = 10$ et $x_2 = 60$.

4.

x	0		10		60		100
Signe de $R'(x)$		–	0	+	0	–	
Variations de R	–40	↘	–125	↗	500	↘	–1 340

5. L'entreprise doit vendre 60 tonnes de produits afin d'avoir un bénéfice maximal de 500 milliers d'euros.

6. D'après le tableau de variations, il y a deux solutions de $R(x) = 0$ sur [0 ; 100] : pour x compris entre 10 et 60, et pour x compris entre 60 et 100.

7. $R(x) = 0$ pour $x_1 = 24{,}4$ et $x_2 = 82{,}6$.

8. Il faut produire entre 25 et 82 tonnes de produits pour réaliser un bénéfice.

Exercice 48

1. b) **2.** a) **3.** c)

Exercice 49

1. La fonction est strictement croissante.

2.

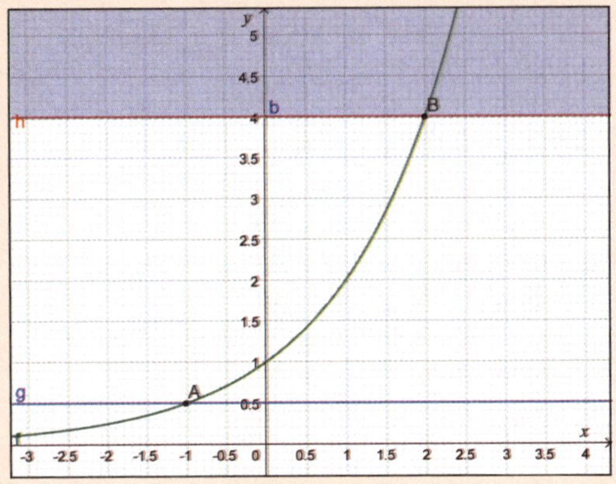

a) $f(x) = 0{,}5$ pour $x = -1$.

b) $f(x) > 4$ pour $x > 2$.

3. $2^x = 0{,}5$

$\log(2^x) = \log(0{,}5)$

$x \times \log(2) = \log(0{,}5)$

$x = \dfrac{\log(0{,}5)}{\log(2)} = -1$.

Exercice 50

1. La fonction f est strictement croissante.

2.

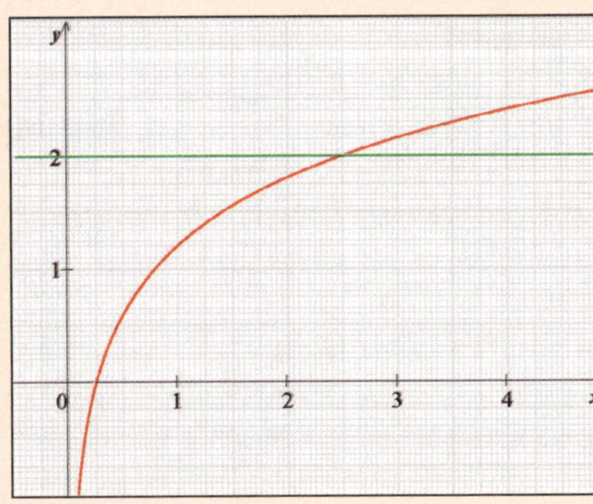

$g(x) = 2$ pour $x = 2{,}5$.

3. $2\log(4x) = 2$

$\log(4x) = 1$

$4x = 10^1$

$x = \dfrac{10}{4} = 2{,}5$.

Exercice 51

1. $0{,}5^x > 8$

$x\log(0{,}5) > \log(8)$; $x < \dfrac{\log(8)}{\log(0{,}5)}$

$x < -3$.

2. $0{,}25 \times 6^x = 324$

$6^x = 1\,296$; $x \log(6) = \log(1\,296)$

$x = \dfrac{\log(1\,296)}{\log(6)} = 4$

3. $\log(x) = -3$

$x = 10^{-3} = 0{,}001.$

4. $3 \log(5x) \leq 12$

$\log(5x) \leq 4$

$5x \leq 10^4$

$x \leq \dfrac{10^4}{5}$

$x \leq 2000.$

Exercice 52

1. $h(9) = 15 + 90 \log(10) = 105.$

2.

x	0	30
$h(x)$	15 ↗	149,2

3.

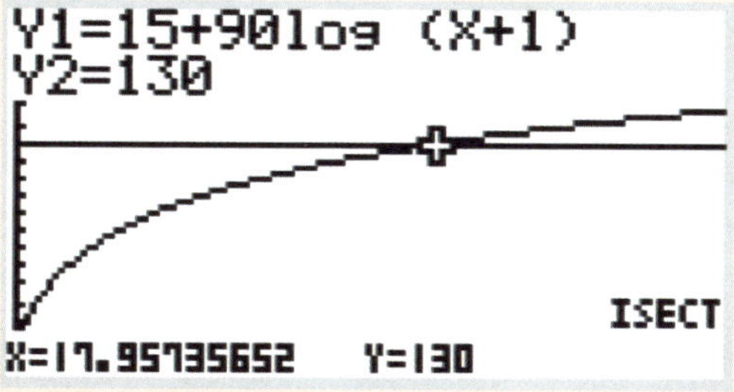

4. $h(x) \geq 130$ pour $x \geq 17{,}96$.

5. $15 + 90 \log(x + 1) \geq 130$

$90 \log(x + 1) \geq 115$

$\log(x + 1) \geq \dfrac{115}{90}$; $\log(x + 1) \geq \dfrac{23}{18}$

$x + 1 \geq 10^{\frac{23}{18}}$

$x \geq 10^{\frac{23}{18}} - 1$

$x \geq 17{,}96.$

Exercice 53

1. 1er mois : $400 \times \left(1 - \dfrac{3}{100}\right) = 388$ €

2e mois : $388 \times 0{,}97 = 376{,}36$ €.

2. La suite est géométrique car on multiplie toujours par le même nombre pour aller d'un terme au suivant.

$u_0 = 400$ et $q = 1 - \dfrac{3}{100} = 0{,}97.$

3. $u_n = 400 \times 0{,}97^n.$

4. a)

x	0	24
$h(x)$	400 ↘	192,57

b)

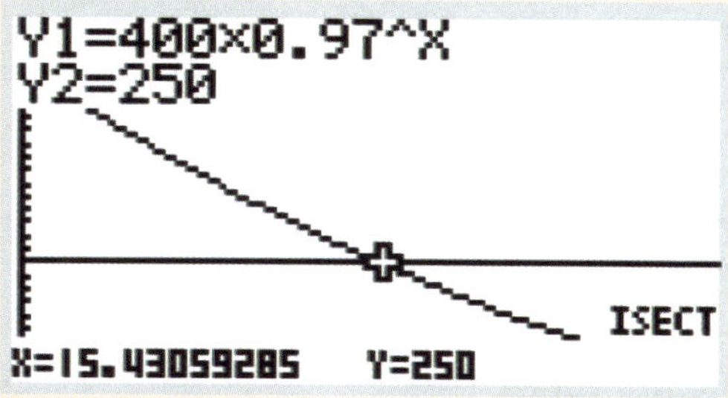

c) $f(x) < 250$ pour $x > 15{,}43$

d) $400 \times 0{,}97^x < 250$

$0{,}97^x < 0{,}625$

$x > \dfrac{\log(0{,}625)}{\log(0{,}97)}$

$x > 15{,}43.$

e) Il faudra donc 16 mois à Lou pour atteindre l'objectif d'avoir des dépenses mensuelles inférieures à 250 €.

Exercice 54

Le nombre quotidien de vues représente une suite géométrique de 1er terme 6 500 et de raison

$q = 1 + \dfrac{17}{100} = 1{,}17.$

Soit la fonction $f(x) = 6\,500 \times 1{,}17^x$.

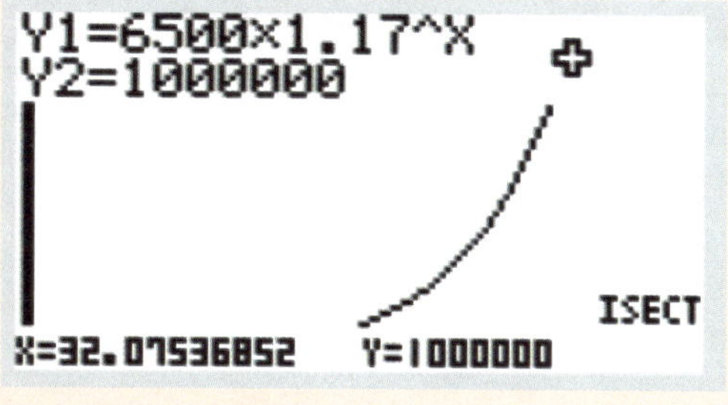

$6\,500 \times 1{,}17^x > 1\,000\,000$

$1{,}17^x > \dfrac{2\,000}{13}$

$x \times \log(1{,}17) > \log\left(\dfrac{2\,000}{13}\right)$

$x > \dfrac{\log\left(\dfrac{2\,000}{13}\right)}{\log(1{,}17)}$

$x > 32{,}1.$

À partir du 33e jour, la vidéo du clip aura dépassé le million de vues.

Exercice 55

1. $V = 12^3 = 1\,728\ \text{cm}^3$.

2. $V = 6 \times 5 \times 3 = 90\ \text{m}^3$.

3. $V = 230 \times 230 \times 147 = 7\,776\,300\ \text{m}^3$.

Exercice 56

1. $A = \pi \times 0{,}4^2 = 0{,}16\pi = 0{,}5\ \text{m}^2$.

2. $h = 1{,}50 - 0{,}30 = 1{,}2\ \text{m}$;
$V = A \times 1{,}2 = 0{,}16\pi \times 1{,}2 = 19{,}2\pi = 0{,}603\ \text{m}^3$.

3. 603 L.

Exercice 57

1. a) Un carré.

b) $8^2 = 64\ \text{cm}^2$.

c) $\frac{30}{6} = 5\ \text{cm}$.

d) $V = 64 \times 5 = 320\ \text{cm}^3$.

2. a) Un rectangle.

b) $V = 10 \times 4 \times 8 = 320\ \text{cm}^2$.

3. Le volume des parts est le même quelle que soit la façon de le couper.

Exercice 58

Le rayon (r) de la partie verte est lié au rayon de la sphère (R) et à la distance (d) de la partie verte au centre de la sphère par le théorème de Pythagore, tel que : $R^2 = r^2 + d^2$.

D'où $r = \sqrt{R^2 - d^2} = \sqrt{5^2 - 3^2} = 4\ \text{cm}$.
L'aire de la partie verte est égale à :
$A = \pi \times 4^2 = 50{,}27\ \text{cm}^2$.

MATHÉMATIQUES

Savoir

1

Rappels de 1re

LU ☐
SU ☐
REVU ☐

1 Distinguer énergie et puissance électrique

• En régime continu, la **puissance électrique *P***, exprimée en **watt** (W), est égale au produit de la tension ***U***, exprimée en volt (V), appliquée aux récepteurs et de l'intensité ***I***, exprimée en ampère (A), du courant qui les traverse :

$$P = U \times I.$$

Il s'agit d'une valeur instantanée nécessaire à faire fonctionner un appareil électrique.
Dans une installation électrique, la puissance totale est égale à la somme des puissances des récepteurs.

$$P_T = P_1 + P_2 + P_3...$$

• **L'énergie électrique *E***, exprimée en **joule** (J), correspond à la puissance électrique ***P*** reçue ou consommée pendant une durée ***t***, exprimée en seconde (s) :

$$E = P \times t.$$

L'énergie et la puissance peuvent se mesurer à l'aide d'un joulemètre, d'un wattmètre ou d'un système d'expérience assistée par ordinateur (ExAO).
Pour des raisons pratiques l'énergie peut s'exprimer à l'aide d'autres unités :
– le **wattheure** (Wh) : **un watt** pendant **une heure** 1 Wh = 3 600 J ;
– le **kilowattheure** (kWh) : **un kilowatt** pendant **une heure** 1 kWh = 3 600 000 J.

EXEMPLE
2 radiateurs de puissance 1 000 W fonctionnent pendant 6 min, soit 360 s (6 × 60).
La puissance totale est : $P_T = 2 \times 1\,000 = 2\,000$ W.
L'énergie consommée : $E = P_T \times t = 2\,000 \times 360 = 720\,000$ J donc
$E = \frac{720\,000}{3\,600} = 200$ Wh $= 0{,}2$ kWh.

2 Comprendre la combustion du carbone et des hydrocarbures

• La combustion est une réaction chimique libérant de l'énergie thermique. Elle est la principale source d'énergie utilisée en France aujourd'hui.
Par un mouvement moléculaire induit par la libération de chaleur, **les moteurs thermiques convertissent l'énergie libérée par la combustion en énergie mécanique**.

La combustion du carbone entraîne la formation d'un seul réactif : le dioxyde de carbone.

$$C + O_2 \rightarrow CO_2$$

PHYSIQUE-CHIMIE

La combustion **complète** des autres hydrocarbures entraîne la formation de deux réactifs :
– le dioxyde de carbone : CO_2 (identifiable par un test à l'eau de chaux) ;
– l'eau : H_2O (identifiable par un test au sulfate de cuivre anhydre).
Selon l'hydrocarbure consommé il faut équilibrer l'équation à l'aide de **coefficients stœchiométriques**.

EXEMPLE
Équation de la réaction de combustion du méthane :

$$CH_4 + \mathbf{2}\,O_2 \rightarrow CO_2 + \mathbf{2}\,H_2O$$

• Pour calculer la quantité d'énergie libérée par la combustion, on utilise le pouvoir calorifique P_C exprimé en J/kg ou en J/L. Il correspond à la quantité de chaleur libérée en joule pour un kilogramme ou un litre de combustible brûlé.

EXEMPLE
Méthane : $P_C = 35\,860$ J/L.
La combustion complète de 3 L de méthane dégage :

$$E = 3 \times 35\,860 = 107\,580 \text{ J de chaleur.}$$

• **La combustion incomplète :** la combustion est dite incomplète lorsque l'apport en comburant (O_2) est limité. La réaction produit alors du monoxyde de carbone (CO), un gaz incolore et inodore, et potentiellement mortel.

• **L'impact sur l'environnement :** le dioxyde de carbone est un gaz à effet de serre (GES). L'augmentation de sa concentration dans l'atmosphère est l'une des causes principales du réchauffement climatique.

3 Distinguer pression et force pressante

• La **pression *p*** est la valeur de la force exercée normalement à une surface par un fluide **rapportée à l'unité de surface**. Elle est due à l'ensemble des chocs entre les particules du fluide et les parois du récipient.

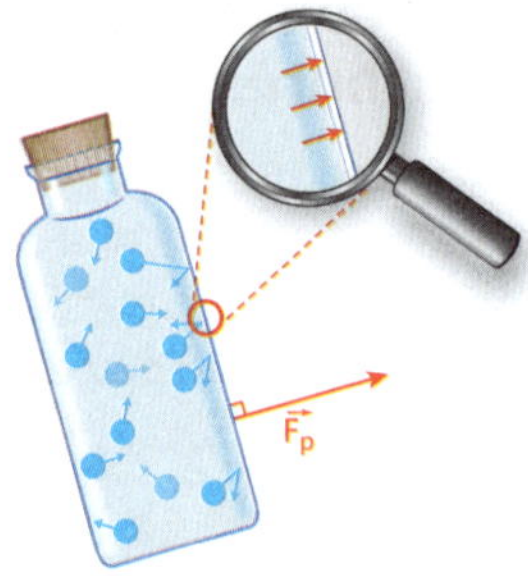

Elle s'exprime en pascal (Pa) et est donnée par la relation :

$$p = \frac{F}{S}$$

avec F la valeur de la force pressante en newton (N) et S l'aire de la surface pressée en mètre carré (m^2).

La **force pressante** est la force exercée sur l'ensemble de la surface pressée.

EXEMPLE
Une force F de valeur 100 N exercée sur une surface $S = 2\ m^2$ engendre une pression $p = \frac{100}{2} = 50$ Pa.

• La pression se mesure à l'aide d'un manomètre et peut s'exprimer en différentes unités usuelles :
– l'**hectopascal** (1 hPa = 100 Pa) utilisé en météorologie ; la pression atmosphérique normale (niveau de la mer, 15 °C) est 1 013,25 hPa ;
– le **bar** (1 bar = 100 000 Pa) utilisé dans le système métrique ; il correspond à une force de 1 daN appliquée sur une surface de 1 cm^2 ;
– le **PSI** (*Pound-force per Square Inch*) dans le système de mesure anglo-saxon…

• La pression p, exprimée en pascal, et le volume V, exprimé en mètre cube, d'une quantité de gaz à température constante sont liés par la loi de Boyle Mariotte :
pour un gaz considéré comme parfait, on a la relation suivante : $pV = nRT$
avec n la quantité de matière en moles (mol), T la température en kelvin (K) et R la constante universelle des gaz parfaits : $R = 8{,}314\ J.K^{-1}.mol^{-1}$.

4 Caractériser la pression dans un fluide

• Dans un fluide incompressible à l'équilibre, la pression varie avec la profondeur dans ce fluide.
Cette variation suit la **relation de Pascal** : $p_B - p_A = \rho \times g \times h$.
p_A et p_B sont les pressions aux points A et B, ρ est la masse volumique du fluide en kg/m^3, g est l'intensité de la pesanteur en N/kg et h est la différence d'altitude entre les points A et B.

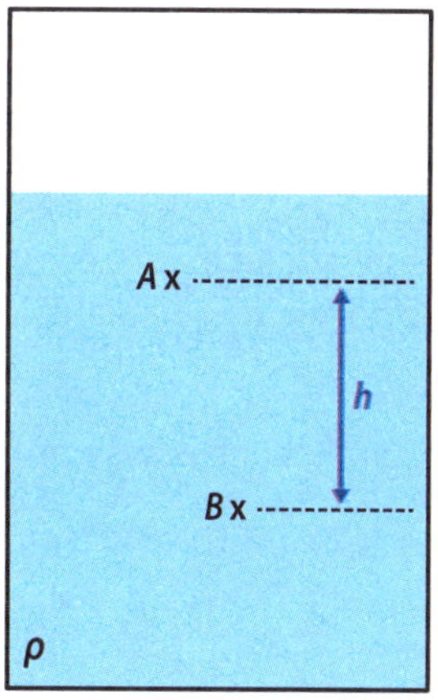

EXEMPLE
Une colonne d'eau (ρ = 1 000 kg/m^3) de hauteur h = 1,5 m génère une pression p_B sous une pression atmosphérique p_A = 101 500 Pa :

$$p_B = \rho g h + p_A = 1\,000 \times 9{,}81 \times 1{,}5 + 101\,500 = 116\,215 \text{ Pa} = 1{,}16 \text{ bar.}$$

• **Le principe de Pascal**
Si la pression varie en un point d'un liquide confiné et au repos, cette variation se transmet à l'intégralité du liquide.

Conséquence : l'intensité des forces exercées sur ou par le fluide sont proportionnelles aux aires des surfaces pressées.
L'application de ce principe aux vérins hydrauliques donne la relation :

$$\frac{F_1}{S_1} = \frac{F_2}{S_2}$$

$\vec{F_1}$ et $\vec{F_2}$ étant les forces pressantes associées aux surfaces pressées S_1 et S_2.

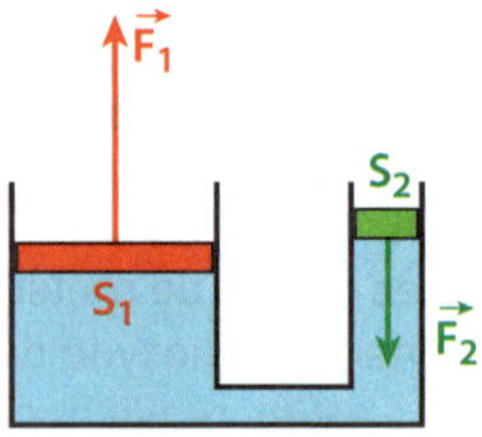

Principe du cric hydraulique

EXEMPLE
Une force de valeur $F_1 = 10$ N exercée sur une surface d'aire $S_1 = 1$ cm² transmet sur une surface d'aire $S_2 = 2$ cm² une force de valeur $F_2 = \frac{F_1 \times S_2}{S_1} = \frac{10 \times 2}{1} = 20$ N.

5 Décrire la matière à l'échelle macroscopique

• Lors de variations de température, les volumes des liquides et des solides varient. Si la température augmente, le volume en général augmente, ce phénomène s'appelle la dilatation.

• La **masse volumique** ρ (« rhô ») permet de caractériser un matériau : $\rho = \frac{m}{V}$.

La masse volumique s'exprime :
– en gramme par centimètre cube (g/cm³) ou en gramme par millilitre (g/mL) ;
– en kilogramme par mètre cube (kg/m³).
Lorsque la température augmente, le volume augmentant généralement, la masse volumique des fluides et des solides diminue.

EXEMPLE
Un liquide de volume $V = 20$ mL a une masse $m = 15{,}6$ g.
On a donc $\rho = \frac{m}{V} = \frac{15{,}6}{20} = 0{,}78$ g/mL.

6 Modéliser la matière à l'échelle microscopique

• La **classification périodique** des éléments regroupe différentes familles chimiques, chacune possédant des propriétés différentes. Elles apparaissent sous forme de colonnes :
– la première colonne correspond à la famille des alcalins ;
– la deuxième colonne correspond à la famille des alcalino-terreux ;
– la dix-septième colonne correspond à la famille des halogènes ;
– et enfin la dix-huitième colonne est celle des gaz nobles.

• Un élément va former un **ion**, en gagnant ou en perdant un ou plusieurs électrons afin d'obtenir une couche électronique externe saturée :
– un **cation** est un atome ou une molécule portant une charge positive (perte d'électron(s)) ;
– un **anion** est un atome ou une molécule portant une charge négative (gain d'électron(s)).

EXEMPLE
L'atome de calcium possède 2 électrons sur sa couche externe, il cède 2 électrons et devient le cation Ca^{2+}.
L'atome d'iode possède 7 électrons sur sa couche externe, il gagne 1 électron et devient l'anion I^-.

• En chimie, certaines formules brutes de molécules sont à connaître par cœur, par exemple : eau : H_2O ; dioxygène : O_2 ; dioxyde de carbone : CO_2 ; dihydrogène : H_2 ; diazote : N_2 ; méthane : CH_4.

7 Caractériser quantitativement une solution aqueuse

• La mole (symbole : mol) est l'unité de **quantité de matière**. Elle correspond à $6,02 \times 10^{23}$ (nombre d'Avogadro) entités (atomes, ions, molécules, particules...).
La masse d'une mole d'un élément est appelée **masse molaire**. Les valeurs sont reportées dans la classification périodique des éléments. La masse d'une mole de molécules s'obtient en additionnant toutes les masses molaires des atomes qui la composent. On l'appelle **la masse molaire moléculaire**.

EXEMPLE
Masse molaire moléculaire de l'eau H_2O :
$$M_{H_2O} = 2 \times M_H + M_O = 2 \times 1 + 16 = 18 \text{ g/mol}.$$

La quantité de matière ***n*** en moles (mol) d'une substance contenue dans un échantillon se calcule par la relation suivante :

$$n = \frac{m}{M}$$

avec *m* la masse de la substance en gramme (g) et *M* la masse molaire de la substance en gramme (g).

EXEMPLE
100 g d'eau distillée contient $n = \frac{m}{M_{H_2O}} = \frac{100}{18} = 5,56$ mol d'eau.

• Une solution est constituée **d'un soluté et d'un solvant**. Le soluté est l'espèce dissoute dans le solvant. Lorsque le solvant est l'eau, on parle alors de solution aqueuse. La concentration en quantité de matière *C* d'un soluté est la quantité de matière en mole dissoute dans un litre de solution ; son unité est la mole par litre (mol/L) :

$$C = \frac{n}{V}$$

EXEMPLE
On introduit 0,01 mol de NaCl dans une fiole jaugée de 100 mL, on obtient alors une solution de concentration $C = \frac{n}{V} = \frac{0,01}{100 \times 10^{-3}} = 0,1$ mol/L.

• Le **dosage** permet de déterminer expérimentalement la concentration d'un soluté présent dans une solution aqueuse. On suit les variations d'un paramètre de la solution (pH, conductivité, couleur...) lors de l'ajout d'une solution de dosage. Lorsque le paramètre étudié varie brusquement (changement de couleur ou variation de la pente de la courbe), on obtient le volume à l'équivalence $V_{éq}$ qui permet de déterminer la concentration de la solution.

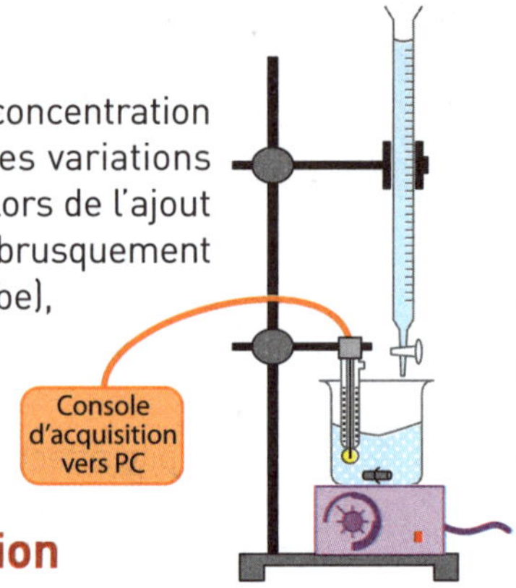

8 Prévoir une réaction d'oxydoréduction et protéger les métaux contre la corrosion

• Les métaux, et en particulier le fer, s'oxydent en présence d'eau et du dioxygène de l'air.

• Une **réaction d'oxydoréduction** est une réaction chimique durant laquelle il y a un transfert d'électron entre un oxydant et un réducteur. Pour prévoir les réactions spontanées ou écrire les équations de ces réactions on utilise une classification électrochimique et on utilise la « règle » du gamma γ.

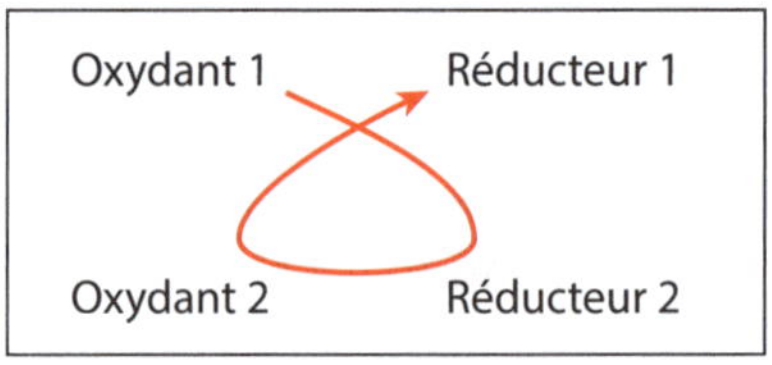

• Certains métaux créent au contact du dioxygène de l'air une couche protectrice d'oxyde très résistante et adhérente (par exemple l'acier inox), c'est ce qu'on appelle la **passivation**.
Pour protéger un métal contre la corrosion, on peut utiliser un autre métal plus réducteur qui sera préférentiellement oxydé. C'est la méthode de **l'anode sacrificielle**.

9 Caractériser une onde électromagnétique

• Les **ondes électromagnétiques** transportent de l'énergie mais sont aussi capables de transporter des **informations**.
Le domaine de longueurs d'ondes perceptible par l'œil humain est le domaine de la lumière visible de **400 à 750 nanomètres** (nm) environ.

• La **longueur d'onde** dans le vide λ, exprimée en mètre (m), la vitesse de la lumière c, exprimée en mètre par seconde (m/s), et la fréquence f, exprimée en hertz (Hz), sont liées par la relation :

$$\lambda = \frac{c}{f}$$

• Les **ondes électromagnétiques** sont classées en fonction de leur longueur d'onde dans le **spectre électromagnétique**.
Les réseaux Wi-Fi, de téléphone cellulaire ou RFID utilisent les **ondes radioélectriques**.
Les **ultraviolets** et les **infrarouges** sont aussi utilisés dans la vie courante.

Savoir 2

Stocker l'énergie à l'aide d'un système électrochimique

LU ☐
SU ☐
REVU ☐

1 La pile

1.1. Constitution et principe de fonctionnement

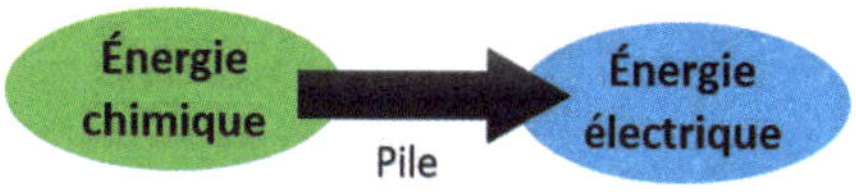

Une pile effectue une transformation d'énergie chimique en énergie électrique.
Une pile électrochimique est constituée de deux lames de nature différente (électrodes) plongeant dans une solution conductrice et reliée par un pont salin.
Les réactions chimiques mises en jeu aux électrodes sont des **réactions d'oxydo-réduction.**

1.2. Réalisation expérimentale d'une pile : la pile Daniell

Le pôle négatif de la pile est constitué par le métal le plus réducteur. Ici, le zinc : Zn^{2+}/Zn. Le pôle positif de la pile est constitué par le métal le moins réducteur. Ici, le cuivre : Cu^{2+}/Cu.
Ainsi on représente cette pile de la façon suivante : $Zn^{2+}/Zn \,||\, Cu^{2+}/Cu$.
Il se produit une demi-réaction d'oxydoréduction à chaque électrode.

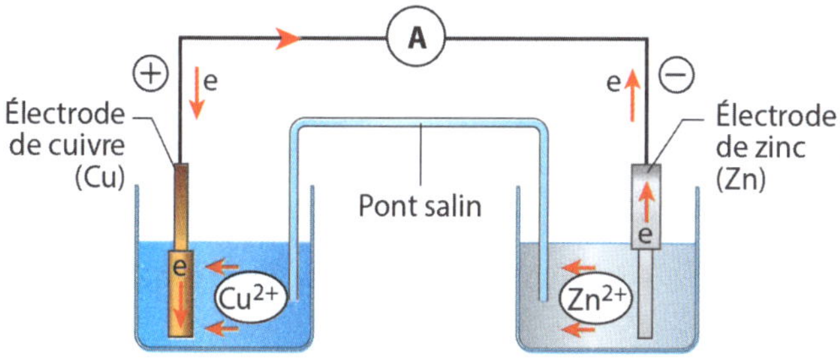

Cathode (–) : **OXYDATION**
$Zn \rightarrow Zn^{2+} + 2\,e^-$
Anode (+) : **RÉDUCTION**
$Cu^{2+} + 2\,e^- \rightarrow Cu$
Bilan :
$Zn + Cu^{2+} \rightarrow Zn^{2+} + Cu$

La neutralité de la solution est maintenue grâce au déplacement d'ions dans le pont salin. La réaction chimique est **irréversible : la pile s'use car il y a consommation de zinc au niveau de la cathode, des ions Cu^{2+}** dans la solution de sulfate de cuivre et des ions contenus dans le pont salin.

2 L'accumulateur

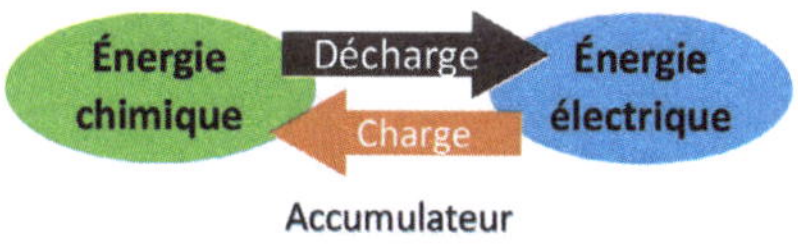

Un accumulateur se comporte comme une pile en décharge et effectue une transformation d'énergie électrique en énergie chimique lors de la charge.
Les réactions chimiques mises en jeu dans un accumulateur sont réversibles.
L'accumulateur est un générateur lors de la décharge et un récepteur lors de la charge.

La **charge électrique (ou capacité)** Q est la quantité d'électricité emmagasinée par l'accumulateur. Elle se mesure en Ah ou mAh, en multipliant un courant constant I par le temps de charge/décharge t : $Q = I \times t$.
Cette capacité diminue au fur et à mesure de la vie de l'accumulateur.

L'**énergie stockée** dans la batterie E est égale à sa charge électrique Q multipliée par la tension moyenne U sous laquelle cette charge est déchargée : $E = Q \times U$.

S'entraîner au Bac
Exercices 1 à 4 : p. 382

PHYSIQUE-CHIMIE

Distinguer les trois modes de transfert thermique

LU ☐
SU ☐
REVU ☐

1 Le transfert thermique

L'élévation (ou la diminution) de température d'un corps nécessite un apport (ou une perte) d'énergie.
La **chaleur** est un mode de transfert d'énergie entre deux corps de températures différentes : le corps le plus chaud cède de l'énergie sous forme de chaleur au corps le plus froid.

Leurs températures évoluent vers un état d'**équilibre thermique**.
Ce transfert peut entraîner soit une augmentation de la température du corps froid, soit un changement d'état du corps froid.

2 Les différents modes de transferts thermiques

Il existe trois modes de transfert thermique.

2.1. La conduction thermique

La conduction thermique correspond à un transfert d'énergie **sans déplacement de matière**. Les atomes d'un solide (ou d'un fluide immobilisé) vibrent autour de leur position d'équilibre et transmettent cette vibration aux atomes voisins de proche en proche.

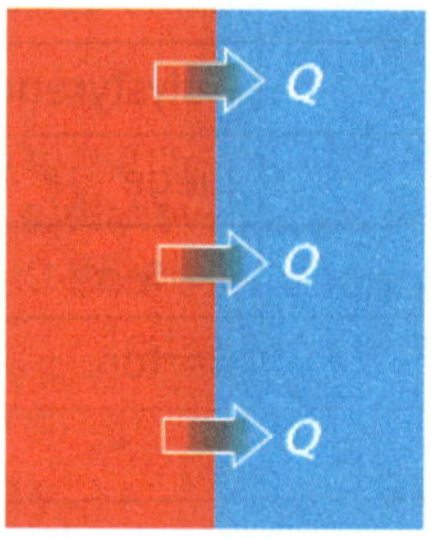

2.2. La convection thermique

La convection thermique correspond à un transfert d'énergie **lié à un déplacement de matière** pour un fluide (liquide ou gaz) ou pour un fluide en contact avec un solide. Les molécules transfèrent leur énergie thermique en se déplaçant naturellement ou de manière forcée.

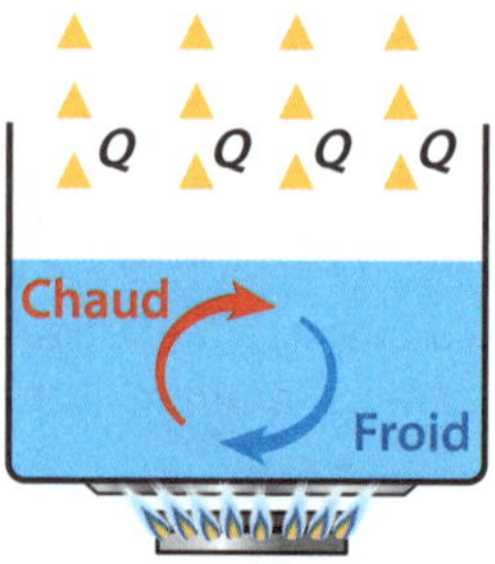

2.3. Le rayonnement

Quelle que soit sa température, un corps émet de l'énergie sous forme électromagnétique permettant ainsi un transfert de chaleur : le **rayonnement**. Ce mode de transfert ne nécessite pas de milieu matériel permettant ainsi au Soleil de nous apporter de la chaleur par rayonnement à travers le vide.

3 La notion de conducteurs et d'isolants thermiques

Un conducteur thermique est un matériau qui a la faculté de favoriser les transferts de chaleur.
Un isolant thermique est un matériau qui, contrairement à un conducteur, ne facilite pas les transferts thermiques.

EXEMPLE Conducteurs et isolants thermiques

Conducteurs thermiques	Isolants thermiques
Cuivre	Air emprisonné
Aluminium	Laine de roche
Acier	Polystyrène
Marbre	Liège
Béton armé	Bois
Verre	Carton
…	…

(+ en haut, – en bas)

PHYSIQUE-CHIMIE

S'entraîner au Bac
Exercices 5 à 9 : p. 382

Savoir 4

Utiliser le rayonnement thermique et comprendre l'origine de l'effet de serre atmosphérique

LU ☐
SU ☐
REVU ☐

1 Les caractéristiques du rayonnement thermique

Tout objet produit un **rayonnement thermique** dont les caractéristiques (puissance, répartition spectrale) dépendent de leur température.

• Dans le cas de températures très élevées (Soleil, filament de lampe à incandescence...), le rayonnement est dans le **domaine du visible**. Nous pouvons donc le voir naturellement.

• À température ambiante, le rayonnement est constitué de longueurs d'onde supérieures aux longueurs d'ondes visibles : on parle de **rayonnement infrarouge (IR)**. Pour observer ce rayonnement, on utilise des caméras dites thermiques. Le rendu de ces caméras est relatif. Plus l'image semble lumineuse, plus l'objet émet un rayonnement infrarouge intense.

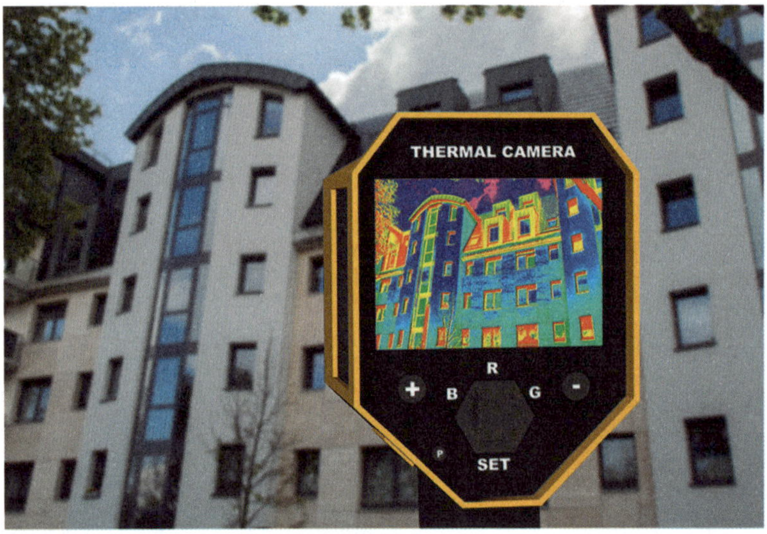

2 L'impact du rayonnement infrarouge sur les objets

Si un objet est exposé à un rayonnement thermique, il peut réagir de deux manières :

– il **réfléchit** le rayonnement infrarouge sans en subir l'impact thermique. L'objet reste alors à température constante et se comporte comme un isolant (bois, verre...) ;

– il **absorbe** le rayonnement infrarouge et subit une augmentation de température. De ce fait, il rayonne à son tour un rayonnement infrarouge plus intense diffusant de la chaleur dans l'environnement proche (matières plastiques transparentes ou opaques).

3 L'effet de serre et ses facteurs de risque

L'**effet de serre** est un phénomène naturel permettant à la planète de maintenir une température stable et vivable.
Il repose sur l'absorption ou la réflexion de certains rayonnements.

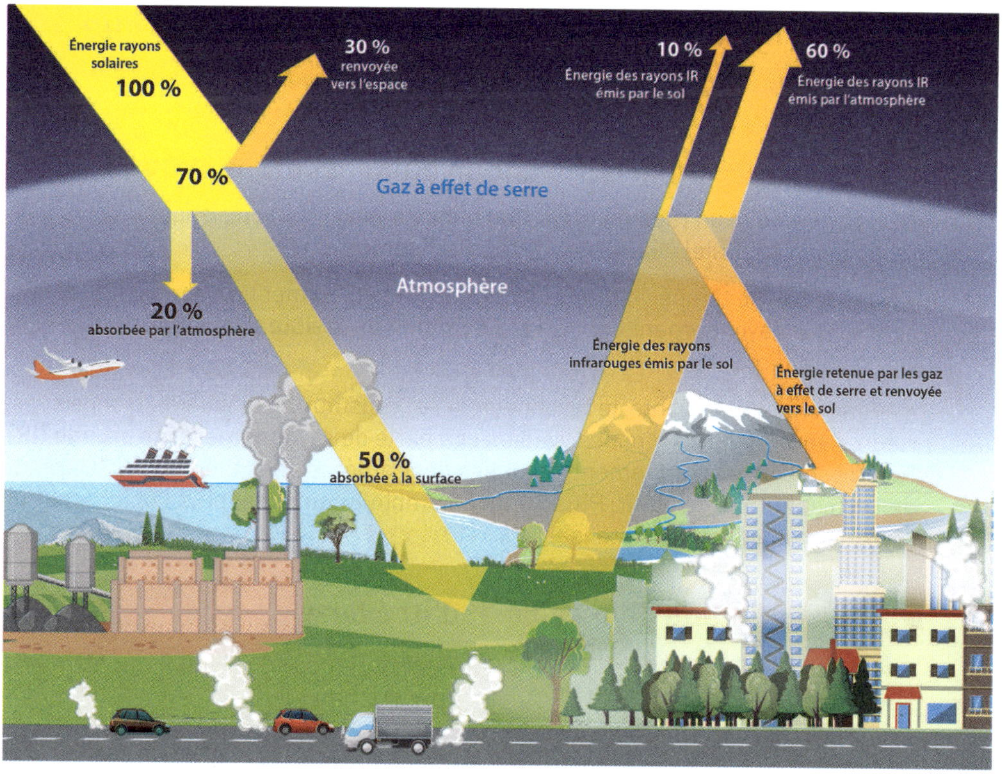

Le Soleil émet plusieurs types de rayonnements :
- les rayons de longueur d'onde visible et UV qui ne sont pas stoppés par l'atmosphère ;
- les rayonnements IR qui sont réfléchis par l'atmosphère.

Les rayons visibles et UV atteignent donc la surface de la Terre et la réchauffent. De ce fait, elle émet à son tour des rayonnements. Or, l'atmosphère bloquant le passage des IR, ils sont renvoyés sur Terre et la réchauffent à nouveau, entraînant la formation de nouveaux rayons, amorçant ainsi une spirale infinie.

L'augmentation de la concentration en **gaz à effet de serre** (GES) (vapeur d'eau (H_2O), dioxyde de carbone (CO_2), méthane (CH_4) et protoxyde d'azote (N_2O)) dans l'atmosphère, accentue ce phénomène et entraîne une augmentation constante de la température moyenne terrestre.

L'effet de serre est amplifié par le rejet de GES, notamment de dioxyde carbone (CO_2), dans l'atmosphère du fait de l'activité humaine.

PHYSIQUE-CHIMIE

S'entraîner au Bac
Exercices 10 à 14 : p. 383

Savoir

5

LU ☐
SU ☐
REVU ☐

Caractériser une solution acido-basique

1 Le caractère acido-basique d'une solution

- Plus une solution est **acide**, plus son pH est **faible**.
- Plus une solution est **basique**, plus son pH est **élevé**.
- Les solutions **neutres** ont un **pH voisin de 7**.

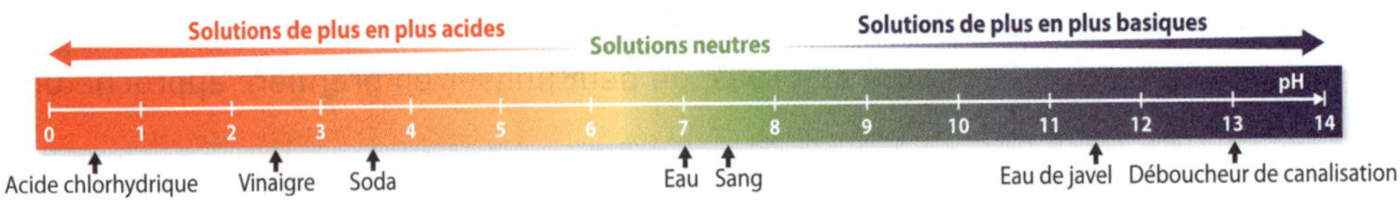

EXEMPLE
Jus de citron (acide) : pH = 2,5 ; eau pure (neutre) : pH = 7 ; lessive (base) : pH = 13.

2 La définition d'un acide et d'une base

- Un acide HA est une espèce qui, en solution aqueuse, se dissocie et forme des ions **H_3O^+** en **cédant un proton H^+**.

$$HA + H_2O \rightarrow A^- + H_3O^+$$

- Une base B est une espèce qui, en solution aqueuse, **capte un proton H^+** et dissocie une molécule d'eau pour **former l'ion hydroxyde OH^-**.

$$B + H_2O \rightarrow BH^+ + OH^-$$

- Le pH caractérise l'acidité d'une solution, c'est-à-dire sa capacité à **céder des protons H^+**. **pH** veut dire « **p**otentiel **H**ydrogène »

3 Les relations entre le pH et la concentration en ions H_3O^+

- Le pH d'une solution aqueuse dépend de la concentration en ions H_3O^+ qui se note $[H_3O^+]$.
- Le pH se calcule à l'aide de la relation : $pH = -\log [H_3O^+]$

EXEMPLE
Solution d'acide chlorhydrique telle que $[H_3O^+] = 10^{-1}$ mol/L, donc $pH = -\log 10^{-1} = 1$.
Solution de soude telle que $[H_3O^+] = 10^{-12}$ mol/L, donc $pH = -\log 10^{-12} = 12$.

- Réciproquement la concentration $[H_3O^+]$ peut se déterminer à partir du pH selon la relation : $[H_3O^+] = 10^{-pH}$

EXEMPLE
Solution acide telle que pH = 3, donc $[H_3O^+] = 10^{-3}$ mol/L.
Solution basique telle que pH = 9,5, donc $[H_3O^+] = 10^{-9,5} = 3,16 \times 10^{-10}$ mol/L.

- Plus la concentration d'une solution aqueuse en ions $[H_3O^+]$ est forte, plus la solution est acide et plus la valeur du pH de la solution est **faible**.

S'entraîner au Bac
Exercices 15 à 18 : p. 385

PHYSIQUE-CHIMIE

Savoir 6

Réaliser des analyses physico-chimiques

LU ☐
SU ☐
REVU ☐

1 Le dosage

• Le dosage est une méthode **non destructive** pour déterminer la concentration en quantité de matière d'un soluté dans une solution.

• Certaines propriétés des solutions évoluent **proportionnellement** à la concentration d'un de leurs solutés.

• Lorsque les solutions sont colorées, on peut utiliser en première approche une échelle de teintes.

• Pour une mesure plus précise, on effectue un dosage par étalonnage : il faut tracer la courbe qui associe une grandeur physique mesurable à différentes concentrations. Ensuite, par lecture graphique, on trouve la concentration de la solution étudiée.

• Pour les dosages par étalonnage, on peut mesurer :
– l'**absorbance**, qui traduit la capacité d'un milieu à absorber un rayonnement (dosage photométrique) ;
– la **conductance**, qui traduit la capacité d'un milieu à conduire le courant électrique (dosage conductimétrique) ;
– la **masse volumique**, qui caractérise la masse pour un volume donné de solution.

2 Le titrage

Le titrage est une méthode **destructive** pour déterminer la quantité de matière d'un soluté dans une solution. C'est le suivi d'une propriété du milieu au **cours d'une réaction chimique** qui permet de déterminer la quantité de matière d'un soluté de la solution initiale.

2.1. Le titrage conductimétrique

En suivant au cours d'une réaction chimique la conductivité σ (ou la conductance G) d'une solution, on peut déterminer la quantité de matière initiale d'un des composés ioniques (donc conducteurs) de la solution initiale.

EXEMPLE
Évolution de la conductivité d'une solution en fonction du volume de solution titrante versé, le volume équivalent $V_{éq}$ est obtenu à l'intersection des deux demi-droites.

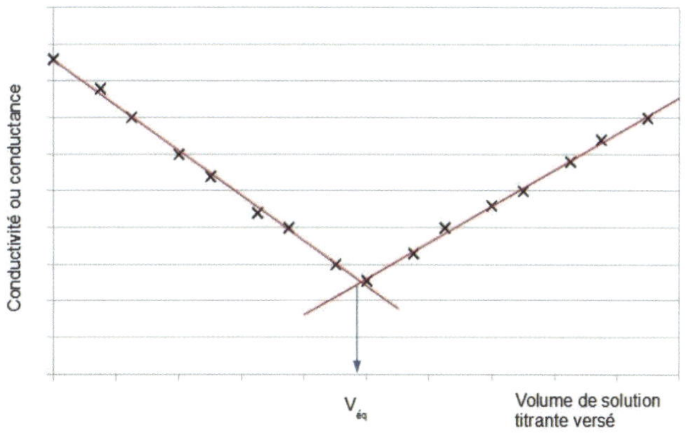

PHYSIQUE-CHIMIE

2.2. Le titrage pH-métrique

En suivant au cours d'une réaction chimique le pH d'une solution, on peut déterminer la quantité de matière initiale d'un acide ou d'une base présent dans la solution initiale.

EXEMPLE

Schéma du montage d'un titrage pH-métrique.

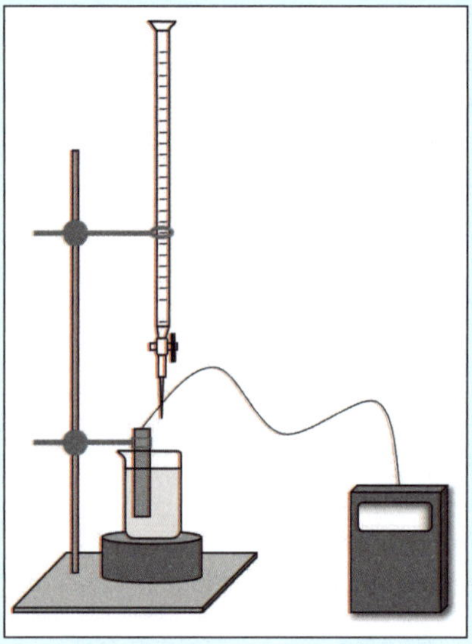

3 L'extraction par solvant

Il est possible d'extraire une espèce d'un milieu (solide ou liquide) en réalisant une extraction. Le choix du solvant est guidé selon plusieurs critères dont :
- la solubilité des espèces en solution ;
- la miscibilité des espèces entre elles ;
- les facteurs sécuritaires et environnementaux.

S'entraîner au Bac
Exercices 19 à 23 : p. 385

Savoir 7

Réaliser des synthèses en chimie organique

LU ☐
SU ☐
REVU ☐

1 Les formules brutes, semi-développées et développées d'une molécule

Formule	Définition	Exemple	
Développée	Tous les atomes sont représentés, ainsi que toutes les liaisons, symbolisées par des tirets de covalence.	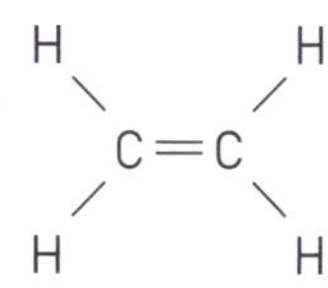 (a)	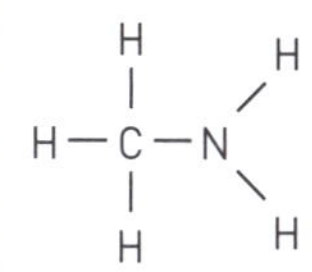 (b)
Semi-développée	Les seules liaisons visibles sont les liaisons carbone-carbone.	(a) $H_2C{=}CH_2$	(b) $H_3C{-}NH_2$
Brute	Les atomes sont présentés par ordre alphabétique avec leurs nombres respectifs en indice.	(a) C_2H_4	(b) CH_5N

2 L'identification des groupes caractéristiques

Fonction	Groupe fonctionnel	Terminaison	Formule semi-développée	Vue 3D
Alcool	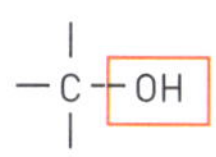	-ol	$CH_3{-}CH_2{-}CH_2{-}OH$	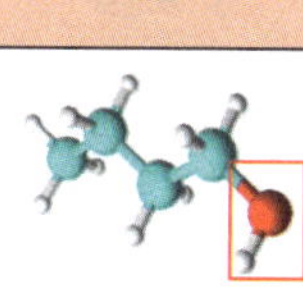
Cétone	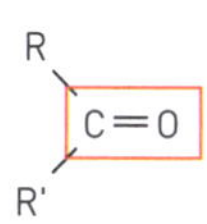	-one	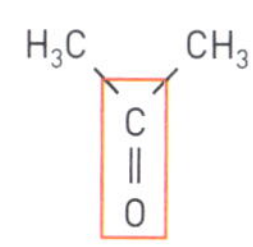	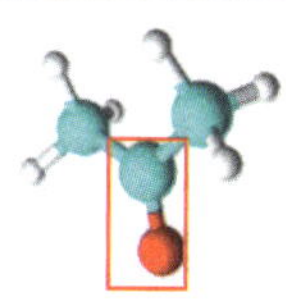
Aldéhyde	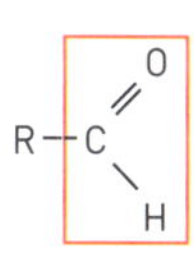	-al	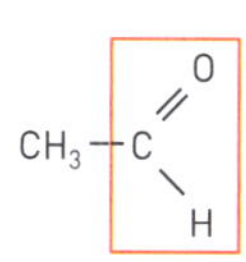	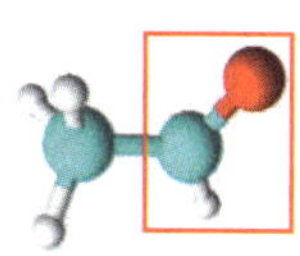
Ester	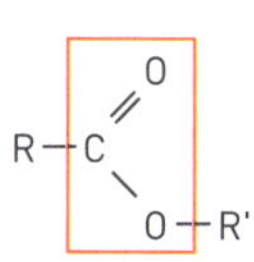	oate de ....-yle	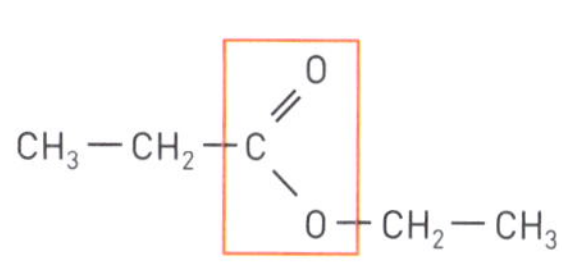	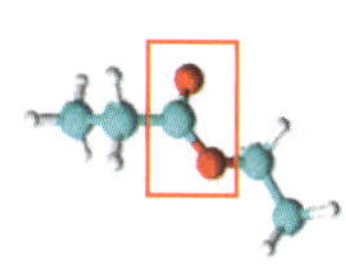
Carboxyle	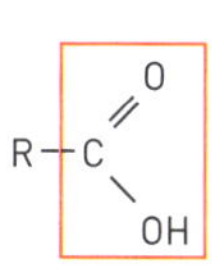	Acide .....-oïque	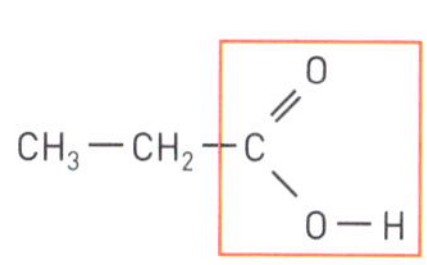	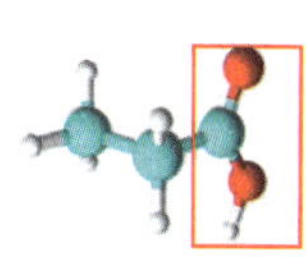

3 L'estérification

Une réaction d'estérification se produit quand on met en contact un **acide carboxylique** et un **alcool**. Les produits de la réaction sont un **ester** et de l'**eau**. La réaction est lente, incomplète et réversible.

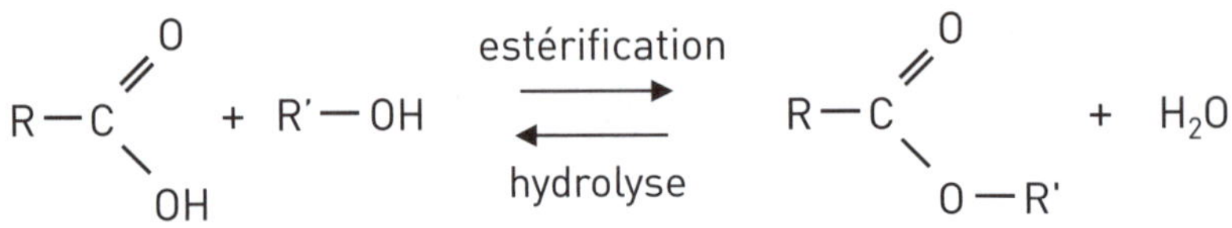

acide carboxylique — alcool — ester — eau

EXEMPLE Réaction d'estérification

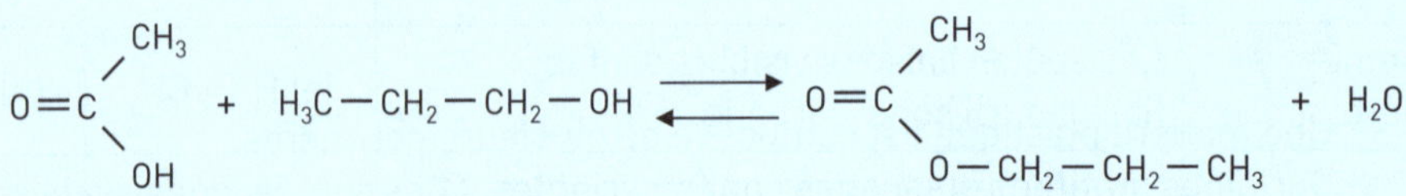

acide éthanoïque — propanol — éthanoate de propyle ou « acétate de propyle » — eau

4 La saponification

La saponification d'un ester est une réaction chimique entre un **corps gras** (un ester) et une **base forte**. Les produits sont un **savon** et un **alcool**.

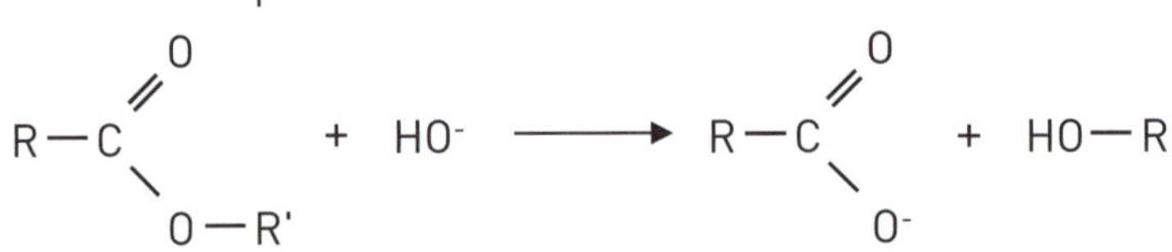

ester — ion hydroxyle — ion carboxylate — alcool

Pour la fabrication des savons, l'ion hydroxyde est amené grâce à :
- l'hydroxyde de sodium NaOH qui produit des carboxylates de sodium, des savons durs ;
- l'hydroxyde de potassium KOH qui produit des carboxylates de potassium, des savons plutôt mous sinon liquides.

5 La chromatographie sur couche mince (CCM)

Une chromatographie est une méthode de **séparation et d'identification** d'espèces chimiques.

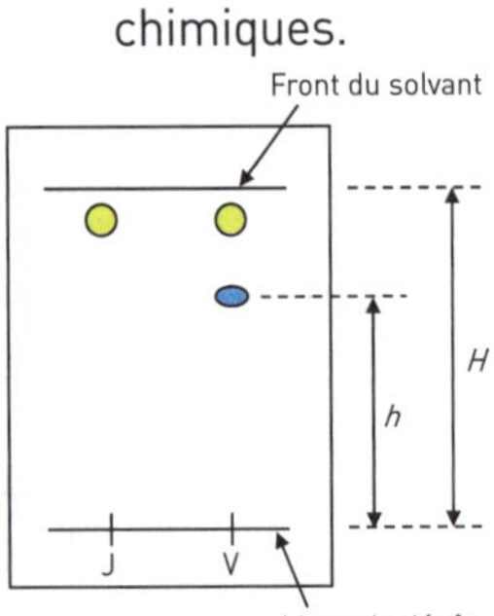

En chromatographie sur couche mince, la plaque de silice ou la feuille de papier est la phase fixe. La phase mobile liquide (ou éluant) monte par capillarité dans la phase fixe. Une substance très soluble migre beaucoup, une substance peu soluble migre moins : les espèces constituant un mélange sont donc séparées. Pour un éluant donné, le rapport frontal R_f caractérise la position de la tache, donc de l'espèce chimique :

$$R_f = \frac{h}{H}.$$

S'entraîner au Bac
Exercices 24 à 28 : p. 387

Savoir 8

Synthétiser et identifier les matières plastiques recyclables

LU ☐
SU ☐
REVU ☐

1 Les macromolécules et les polymères

Une macromolécule est une molécule géante qui diffère d'une molécule ordinaire par :
– la présence d'un grand nombre d'atomes ;
– la variabilité du nombre d'atomes (alors qu'une molécule a un nombre fixe d'atomes).

Un polymère est une macromolécule engendrée par la répétition d'une petite unité structurale appelée **monomère (ou motif)**.

EXEMPLE
Le bois, le caoutchouc, la soie, la laine et le coton sont des polymères naturels.

2 Les matières plastiques

Une matière plastique est composée de plusieurs polymères.
Certaines matières plastiques sont recyclables. Elles sont reconnaissables grâce à leurs symboles et grâce à des tests spécifiques.

N° de recyclage	Abréviation	Nom du polymère	Exemples d'utilisation
01 PET	**PETE ou PET**	Polyéthylène téréphtalate	Recyclable pour produire des bouteilles d'eau, des plateaux de traiteur et de boulangerie, des vêtements, des tapis, des pinceaux, etc.
02 PEHD	**HDPE ou PEHD**	Polyéthylène haute densité	Recyclable pour produire des bouteilles, sacs à provisions, poubelles, tuyaux agricoles, sous-tasses, barrières, équipements de terrain de jeu, bûches plastiques, conteneurs d'acide (le PEHD est un plastique qui résiste aux acides), etc.
03 PVC	**PVC ou V**	Polychlorure de vinyle	Recyclable pour produire des tuyaux, des profilés pour la construction (fenêtres, lames de terrasses, portails...), des grillages et des bouteilles non alimentaires.
04 PELD	**PELD ou PEBD**	Polyéthylène basse densité	Recyclable pour fabriquer de nouveaux sacs et films plastiques.
05 PP	**PP**	Polypropylène	Recyclable en pièces de voiture, tapis et fibres géotextiles et industrielles.
06 PSE	**PS**	Polystyrène	Recyclable dans une grande variété de produits incluant accessoires de bureau, jouets, cassettes vidéos et boîtiers, et panneaux isolants.
07 OTHER	**OTHER**	Autres plastiques, incluant le polycarbonate, l'acrylique et le nylon.	

Le logo « Triman » est le logo officiel attestant de la recyclabilité d'un produit.

ATTENTION : recyclable ne veut pas dire biodégradable !
Une matière plastique est dite **recyclable** si elle permet la fabrication d'autres matières plastiques. Une matière plastique **biodégradable** a un impact neutre sur l'environnement après décomposition.

3 Les tests de reconnaissance des matières plastiques

3.1. Le test de chauffage

Légèrement chauffés, les **thermodurcissables restent rigides** et les **thermoplastiques se ramollissent** ou fondent.
1. Chauffer un agitateur en verre tenu à l'aide d'une pince en bois dans la flamme d'un bec Bunsen.
2. Poser l'agitateur chaud sur l'échantillon à tester.
3. Si **l'échantillon ramollit** (ou garde une empreinte), alors le test est positif : c'est un **thermoplastique**. Sinon, c'est un **thermodurcissable**.

3.2. Le test de densité

Nettement moins denses que les métaux, les plastiques ont des densités relatives à l'eau allant de 0,9 à 1,4. Ce test n'est pas valable pour les plastiques armés (contenant une armature) ou contenant de l'air (mousse, polystyrène expansé, fibre aérées).
1. Plonger l'échantillon dans un bécher rempli d'eau et le maintenir immergé pendant une vingtaine de secondes, puis le libérer.
2. Si **l'échantillon surnage**, alors le test est positif (densité inférieure à 1).

3.3. Le test de Belstein

Ce test est utilisé pour mettre en évidence la présence de l'élément chlore dans un plastique (utilisé aussi pour les solvants chlorés).
1. Chauffer au rouge dans la flamme d'un bec Bunsen un fil de cuivre tenu à l'aide d'une pince en bois.
2. Poser le fil sur l'échantillon et le tourner afin de l'enrober de matière plastique.
3. Réintroduire le fil de cuivre au sommet de la flamme du bec Bunsen.
4. Si **la flamme prend une couleur verte**, alors le test est positif (présence de chlore dans le plastique).

3.4. Le test du solvant

Tous les plastiques sont insolubles dans l'eau mais certains plastiques peuvent être solubles dans des solvants organiques, comme l'**acétone**.
À faire loin de toute flamme !
1. Placer l'échantillon dans un tube à essais.
2. Prélever à l'aide de la pipette environ 2 mL d'acétone et verser le liquide dans le tube à essais.
3. Attendre 10 minutes et verser quelques gouttes d'eau distillée dans le tube à essais.
4. Si **un trouble (précipité) apparaît**, alors le test est positif.
À l'issue du test, récupérer le solvant dans un bécher prévu à cet effet.

S'entraîner au Bac
Exercices 29 à 33 : p. 388

Savoir 9

Déterminer l'action d'un détergent ou d'un savon

LU ☐
SU ☐
REVU ☐

1 La tension superficielle

Tout objet en contact avec la surface d'un liquide (par exemple l'eau) est soumis à une force de tension superficielle de celui-ci. Tout se passe comme si la surface de l'eau avait les propriétés d'une membrane élastique tendue.

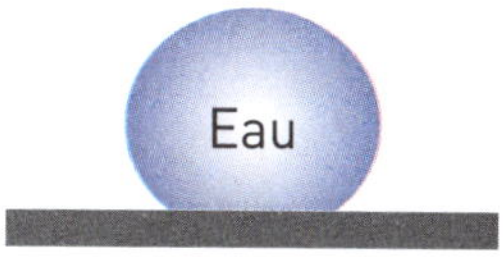

2 Les molécules tensioactives

Les savons et les détergents contiennent des **molécules tensioactives** qui améliorent leurs propriétés lavantes. Les molécules tensioactives sont constituées d'une « tête » hydrophile, groupe ionique, et d'une « queue » hydrophobe, longue chaîne hydrocarbonée.

La partie carbonée (la queue), non ionique, **se dissout dans la graisse ou les huiles** alors que la partie ionique (la tête) est **soluble dans l'eau**.

Les molécules tensioactives ont des propriétés **mouillantes, détergentes et moussantes**.

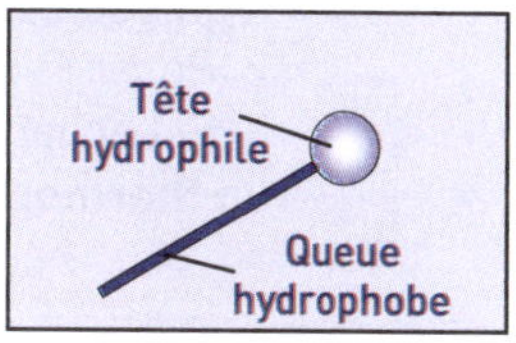

Schématisation d'une molécule tensioactive

3 Le mode d'action des savons et des détergents

Les molécules tensioactives entourent les salissures pour former des micelles qui sont décollées du tissu et emportées par l'eau de rinçage.

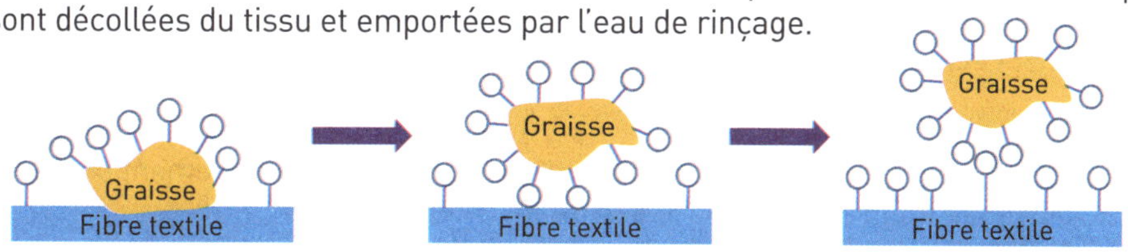

Les tensioactifs entourent la salissure. — Les tensioactifs forment une micelle autour de la salissure. — La salissure est détachée du textile et emportée avec l'eau du rinçage

4 Les pouvoirs des détergents et des savons

Les savons et les détergents sont conçus pour fonctionner comme agents de nettoyage ou tensioactifs. Ils sont très similaires dans leur contexte à la structure et à la fonction des tensioactifs.

Les savons sont composés d'éléments que l'on trouve dans la nature alors que la plupart des détergents sont **synthétiques**.

Les savons sont inefficaces en « eaux dures » (contenant des ions Ca^{2+} et Mg^{2+}).

Les détergents sont plus souvent utilisés que les savons car ils restent **solubles en « eaux dures »**.

5 Les détergents et la pollution

L'abondance de phosphates dans les détergents entraîne un développement anormalement rapide des algues, ce qui engendre l'asphyxie de l'hydrosphère. Ce phénomène est appelé **eutrophisation**.

S'entraîner au Bac
Exercices 34 à 38 : p. 389

Savoir

10

Sécurité en chimie

LU ☐
SU ☐
REVU ☐

1 Les pictogrammes de sécurité

Dangers physiques			
Explosif Manipuler à l'écart des flammes, des étincelles, des sources de chaleur. Éviter les chocs.	**Inflammable** Tenir à l'écart des matières comburantes. Manipuler à l'écart des flammes, des étincelles, des sources de chaleur.	**Comburant** Tenir à l'écart des matières combustibles. Manipuler à l'écart des flammes, des étincelles, des sources de chaleur.	**Gaz sous pression** Tenir à l'écart de la chaleur pour éviter les risques d'explosion. Prendre toutes les mesures nécessaires pour éviter les brûlures ou blessures cryogéniques.

Dangers pour la santé				Danger pour l'environnement
Toxicité aiguë Interdire tout contact avec le corps humain. Éviter l'ingestion, l'inhalation et le contact avec la peau.	**Corrosif** Prendre toutes les précautions nécessaires pour empêcher le contact avec la peau et les yeux. Ne pas inhaler les vapeurs.	**Toxicité faible Irritant – allergie** Éviter le contact avec la peau et les yeux. Ne pas inhaler les vapeurs.	**Toxicité chronique CMR** Proscrire tout contact avec le corps humain. Éviter l'exposition longue et/ou répétitive. Éviter l'ingestion, l'inhalation et le contact avec la peau.	**Dangereux pour l'environnement** Éviter le rejet dans l'environnement. Éliminer les déchets dans un centre de collecte agréé.

Dans tous les cas, il est nécessaire de tenir compte des mentions de danger et des conseils de prudence indiqués sur les étiquettes de sécurité.

2 L'interprétation d'une étiquette apposée sur un produit dangereux

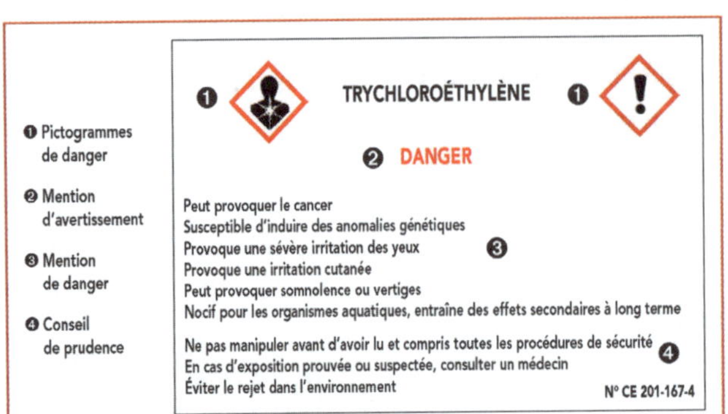

En cas d'accident

✓ NE PAS PANIQUER !
✓ Enlever les vêtements contaminés par le produit.
✓ Rincer abondamment à l'eau.
✓ En cas d'ingestion du produit, ne pas faire vomir (pour éviter un second passage).
✓ Contacter les services d'urgence.

PHYSIQUE-CHIMIE

Savoir

11

Mesures et incertitudes

LU ☐
SU ☐
REVU ☐

1 La détermination de l'incertitude liée à la mesure

La mesure d'une grandeur physique présente toujours une incertitude due à l'instrument de mesure (temps de réponse, exactitude, sensibilité...), à son utilisation et à la variabilité de facteurs non contrôlés :
– la grandeur mesurée peur varier légèrement ;
– les conditions environnementales peuvent évoluer (température, pression...) ;
– l'opérateur ne refait jamais la même mesure exactement dans les mêmes conditions.

Si l'on répète *N* fois la même opération de mesures indépendantes, la répartition des valeurs mesurées définit donc une distribution statistique.

Pour obtenir la **meilleure estimation de la valeur** de la grandeur étudiée, il faut **calculer la moyenne** des valeurs mesurées.

Pour obtenir une estimation de l'**incertitude** de mesure, il faut :
– soit **calculer l'écart-type** σ de la série de mesures ;
– soit **lire** les indications fournies par le constructeur.

EXEMPLE
On réalise une expérience permettant de déterminer la distance focale *f'* d'une lentille convergente. On obtient les résultats suivants.

Mesure N°	*f'* (cm)
1	11,8
2	11,9
3	11,9
4	12
5	11,8
6	11,7

À l'aide de la calculatrice on obtient les indicateurs statistiques ci-dessous.

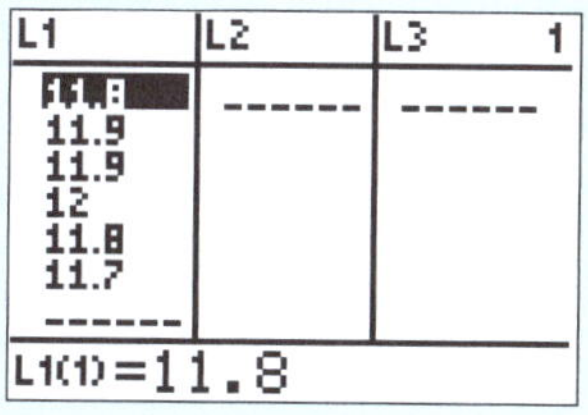

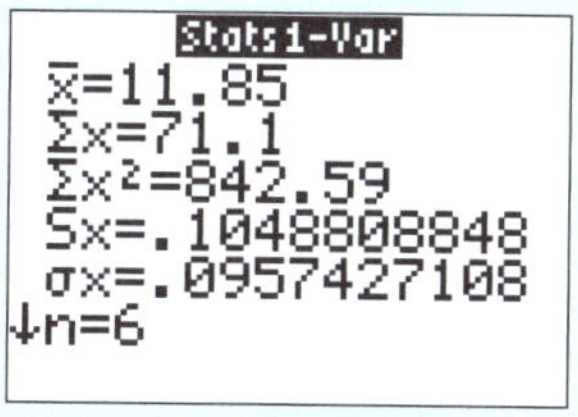

On obtient donc une distance focale moyenne $\overline{f'}$ = **11,85 cm** et un écart-type σ = **0,0957427108**.

2 La présentation du résultat

Dans un nombre, les chiffres autres que zéro sont significatifs. Les zéros, s'ils sont placés en tête du nombre, ne sont pas significatifs.

EXEMPLE
11,85 comporte 4 chiffres significatifs et 0,0957427108 en contient 9.

Le nombre de chiffres significatifs doit indiquer la précision, il est donc nécessaire d'arrondir.
Pour cela, augmenter le dernier chiffre significatif d'une unité si le chiffre suivant vaut au moins 5, le conserver dans le cas contraire.

EXEMPLE
La précision des valeurs mesurées est à 0,1 donc $\overline{f'} = 11,85 \approx 11,9$ cm et $\sigma = 0,0957427108 \approx 0,1$ cm.
On communique ainsi le résultat : $\overline{f'} = 11,9 \pm 0,1$ cm.

PHYSIQUE-CHIMIE

Exercice 1 voir Fiche Savoir 2

Pour chaque question, indiquer la bonne réponse.

1. **Au cours de la décharge d'une pile, il y a transformation :**

☐ **a)** d'énergie chimique en énergie électrique
☐ **b)** d'énergie électrique en énergie chimique
☐ **c)** d'énergie chimique en énergie thermique

2. **Un accumulateur en charge effectue une transformation :**

☐ **a)** d'énergie chimique en énergie électrique
☐ **b)** d'énergie électrique en énergie chimique
☐ **c)** d'énergie chimique en énergie thermique

3. **Le courant fourni par une pile est dû :**

☐ **a)** à des réactions d'oxydoréduction
☐ **b)** uniquement à des réactions de réduction
☐ **c)** uniquement à des réactions d'oxydation

4. **La relation entre la capacité Q d'un accumulateur, l'intensité du courant I et le temps d'utilisation t est :**

☐ **a)** $Q = \frac{I}{t}$ ☐ **b)** $Q = \frac{t}{I}$ ☐ **c)** $Q = I \times t$

FAIT ☐ REVU ☐

Exercice 2 voir Fiche Savoir 2

Une pile dite « alcaline » est représentée ci-dessous.

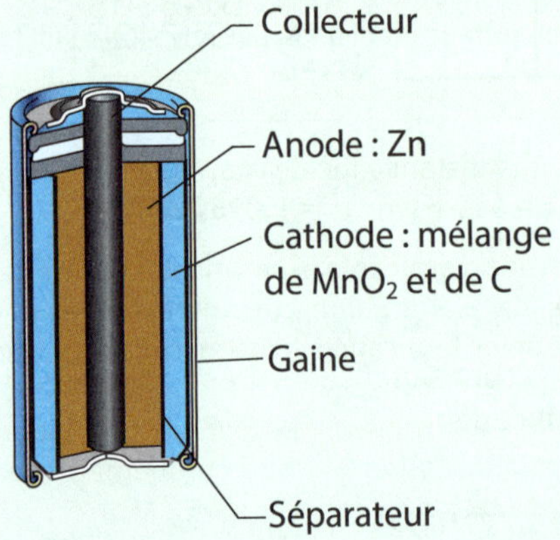

1. **Nommer les composés chimiques constituant l'anode et la cathode.**

2. **Décrire le principe de fonctionnement de cette pile.**

3. **La réaction chimique mise en jeu est-elle réversible ?**

4. **Nommer l'appareil de mesure permettant de tester la pile.**

FAIT ☐ REVU ☐

Exercice 3 voir Fiche Savoir 2

1. **Les caractéristiques d'une batterie alimentant le moteur d'un fauteuil roulant sont données ci-dessous.**

6-CNF J-90 (12V90Ah)		
12V Battery Range		
	Charging (constant voltage)	
Temp.	Cycle	Float
20 °C – 30 °C	14,4 V – 14,8 V	13,5 V – 13,8 V
31 °C – 40 °C	14,25 V – 14,65 V	13,35 V – 13,65 V
41 °C – 46 °C	14,1 V – 14,5 V	13,2 V – 13,5V

a) **Relever la tension et la capacité nominale de la batterie.**

b) **Calculer l'énergie stockée dans la batterie.**

c) **Calculer la capacité utilisée pour délivrer un courant électrique d'intensité 0,9 A pendant 90 h.**

d) **Déterminer si la batterie peut alimenter un courant électrique d'intensité I = 2 A pendant plus de 48 h.**

2. **La documentation technique, rédigée en anglais, propose ce graphique de durée de vie à 25 °C.**

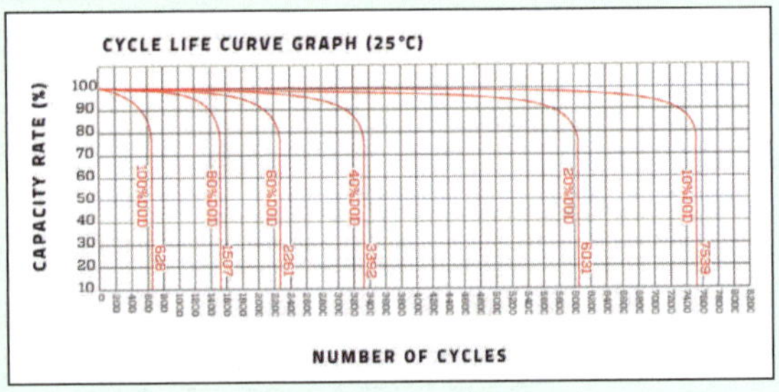

a) **Déterminer la durée de vie de la batterie pour une utilisation à 100 % de décharge avant recharge.**

b) **Justifier qu'il est préférable de ne pas dépasser les 80 % de décharge avant de recharger.**

3. **La batterie est composée d'accumulateurs à électrodes de plomb plongées dans une solution acide électrolyte.**

a) **Proposer un protocole expérimental permettant de modéliser le fonctionnement de l'accumulateur en charge et en décharge à l'aide du matériel ci-dessous.**

Matériel : 2 plaques de plomb, de l'acide sulfurique concentré, un bécher, un générateur CC 12 V, une lampe, des fils de connexion.

b) **Préciser les règles de sécurité à respecter.**

FAIT ☐ REVU ☐

Exercice 4 voir Fiche Savoir 2

On donne les densités massiques de différents types d'accumulateurs exprimées en Wh/kg.

Type	Densité massique (en Wh/kg)
Plomb/acide	30-50
Ni-Cd	45-80
Ni-MH	60-110

1. Calculer l'énergie maximale fournie par un accumulateur de type Ni-MH de masse 5 kg fonctionnant pendant 2 h.

2. Déterminer la masse d'un accumulateur au plomb qui permettrait de fournir la même énergie sur la même durée.

FAIT ☐ REVU ☐

Exercice 5 voir Fiche Savoir 3

Pour chaque question, indiquer la bonne réponse.

1. Le sens de transfert de la chaleur est :

☐ **a)** du corps chaud vers le corps froid
☐ **b)** du corps froid vers le corps chaud
☐ **c)** les deux sens simultanés

2. La conduction thermique nécessite :

☐ **a)** un contact
☐ **b)** un mouvement
☐ **c)** les deux réunis

3. La propriété qui définit un isolant est :

☐ **a)** produit de la chaleur
☐ **b)** diffuse facilement la chaleur
☐ **c)** ne diffuse pas ou mal la chaleur

4. Les rayons du Soleil fournissent de la chaleur sous forme de :

☐ **a)** convection
☐ **b)** conduction
☐ **c)** rayonnement

FAIT ☐ REVU ☐

Exercice 6 voir Fiche Savoir 3

Justifier pourquoi on peut manger une tarte quelques minutes après qu'elle soit sortie du four alors que toucher le plat nous brûle.

FAIT ☐ REVU ☐

Exercice 7 voir Fiche Savoir 3

Initialement développée par la NASA pour protéger les satellites des rayonnements du Soleil, la couverture de survie permet de protéger des victimes, notamment d'une hypothermie.
La face argentée réfléchit jusqu'à 90 % des rayons infrarouges, la face dorée absorbe 50 % de la chaleur incidente. Une fine couche de plastique (PET) de faible conductivité thermique est insérée entre les deux faces.

1. Justifier pourquoi la couverture de survie est constituée de PET.

2. Déterminer quelle face doit être orientée vers la victime pour la protéger d'une hypothermie.

3. Indiquer s'il est possible d'utiliser la couverture de survie pour protéger une personne victime d'une insolation.

FAIT ☐ REVU ☐

Exercice 8 voir Fiche Savoir 3

Pour chaque exemple, déterminer le mode de transfert thermique engagé.

1. Chauffe-biberon.
2. Lampe infrarouge.
3. Bouillotte.
4. Sèche-cheveux.
5. Poche de glace.
6. Rayons du Soleil.
7. Réchauffeur médical pour couverture.

FAIT ☐ REVU ☐

Exercice 9 voir Fiche Savoir 3

Proposer un protocole expérimental permettant de classer l'aluminium, le cuivre, l'acier et le plomb selon leur conductivité thermique, à l'aide du matériel ci-dessous.
Matériel : une bougie, 4 morceaux de cire, 4 lames de matériaux différents, un chronomètre, une pince en bois.

FAIT ☐ REVU ☐

Exercice 10 voir Fiche Savoir 4

Pour chaque question, indiquer la bonne réponse.

1. Sous l'effet d'un rayonnement IR, un corps :

☐ **a)** refroidit
☐ **b)** change de couleur
☐ **c)** chauffe

2. **Les gaz à effet de serre (GES) :**

☐ a) laissent passer les rayons infrarouges du Soleil

☐ b) laissent passer les rayons visibles du Soleil

☐ c) empêchent de passer les rayons visibles du Soleil

3. **Le phénomène de l'effet de serre naturel :**

☐ a) aggrave le réchauffement de la Terre

☐ b) diminue le réchauffement de la Terre

☐ c) maintient une température moyenne stable sur Terre

4. **L'augmentation de la concentration en GES dans l'atmosphère provoque :**

☐ a) un trou dans la couche d'ozone

☐ b) des maladies pulmonaires

☐ c) le réchauffement climatique

FAIT ☐ REVU ☐

Exercice 11 voir Fiche Savoir 4

L'image ci-dessous a été capturée par une caméra thermique.

1. **Indiquer à quel(s) type(s) de rayonnement(s) la caméra est sensible.**
2. **Dire si la personne encadrée au premier plan a une température corporelle « normale ».**
3. **Justifier les différences de couleurs sur l'écran.**

FAIT ☐ REVU ☐

Exercice 12 voir Fiche Savoir 4

Proposer un protocole expérimental permettant de montrer qu'un objet se réchauffe sous l'effet d'un rayonnement, à l'aide du matériel ci-dessous.

Matériel : une lampe à incandescence, des plaques de différents matériaux, un thermomètre.

FAIT ☐ REVU ☐

Exercice 13 voir Fiche Savoir 4

La photo ci-dessous a été prise à l'aide d'une caméra thermique. Il s'agit d'une personne dont on souhaite mesurer la température corporelle.

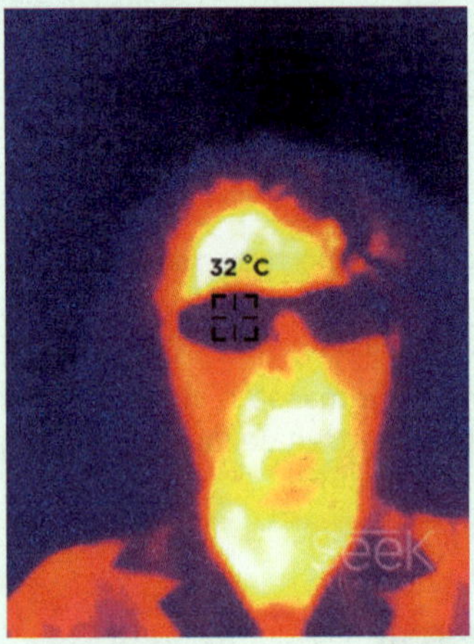

1. **Expliquer la trace bleue autour des yeux de la personne.**
2. **Dire si la personne est en hypothermie.**

FAIT ☐ REVU ☐

Exercice 14 voir Fiche Savoir 4

L'homme grand responsable de l'effet de serre ?

L'effet de serre est un phénomène naturel qui permet de limiter les variations de température sur Terre. L'activité humaine provoque un dérèglement de cet effet.

Avec le transport, les combustions ou la déforestation, il y a une forte production de dioxyde de carbone (CO_2). Les engrais produisent du protoxyde d'azote (N_2O). Les décharges à ciel ouvert, l'élevage intensif sont les principales causes de production de méthane (CH_4).

Ces gaz sont appelés gaz à effet de serre (GES). Ils se concentrent dans l'atmosphère et réfléchissent les rayonnement infrarouges émis par la Terre, les renvoyant vers celle-ci et provoquant un nouveau réchauffement et l'émission de nouveaux rayons IR. Ce réchauffement entraîne la vaporisation de l'eau, elle aussi considérée comme un GES.

Ce cycle est reponsable de l'augmentation de la concentration en GES dans l'atmosphère qui provoque de graves dérèglements climatiques. Afin de limiter ce phénomène, l'homme doit privilégier des sources d'énergies vertes ou renouvelables et adopter un comportement responsable limitant la production de GES.

1. **Relever les différents gaz à effet de serre.**

2. Donner les principales causes de l'augmentation de la concentration en GES dans l'atmosphère.

3. Citer des exemples de sources d'énergie qui ne produisent pas ou très peu de GES.

4. Rechercher sur Internet des exemples de phénomènes exceptionnels liés au dérèglement climatique.

FAIT ☐ REVU ☐

Exercice 15 voir Fiche Savoir 5

Pour chaque question, indiquer la bonne réponse.

1. Le pH d'une solution est obtenu à partir de la concentration en ions $[H_3O^+]$ à partir de la relation :

☐ **a)** $pH = -\log([H_3O^+])$
☐ **b)** $pH = \log([H_3O^+])$
☐ **c)** $pH = 10^{-[H_3O^+]}$

2. Pour calculer la concentration $[H_3O^+]$ à partir de la valeur du pH, on utilise la formule :

☐ **a)** $[H_3O^+] = pH^{-10}$
☐ **b)** $[H_3O^+] = -\log(pH)$
☐ **c)** $[H_3O^+] = 10^{-pH}$

3. En diluant une solution acide :

☐ **a)** le pH de la solution va diminuer
☐ **b)** la concentration en ions H_3O^+ va augmenter
☐ **c)** le pH de la solution va augmenter

4. Dans les conditions usuelles, le pH de l'eau pure est égal à :

☐ **a)** pH = 1
☐ **b)** pH = 7
☐ **c)** pH = 12

FAIT ☐ REVU ☐

Exercice 16 voir Fiche Savoir 5

On dispose d'une solution S_1 d'acide chlorhydrique HCl dont la concentration $[H_3O^+] = 0{,}01$ mol/L = 10^{-2} mol/L.
L'étiquette de sécurité du flacon contenant la solution contient le pictogramme ci-contre.

1. Indiquer la signification du pictogramme de sécurité.

2. Donner la conduite à tenir en cas de projection dans les yeux de la solution S_1.

3. Proposer une méthode permettant d'obtenir des solutions S_2, S_3 et S_4 d'acide chlorhydrique de concentration en ions $[H_3O^+]$ respectives de 10^{-3}, 10^{-4}, 10^{-5} mol/L à partir de la solution S_1.

4. Nommer l'appareil de mesure qui permet de mesurer le pH des solutions avec une précision de 0,02 pH.

5. Les mesures des pH des solutions sont regroupées dans le tableau suivant.

Solution	S_1	S_2	S_3	S_4
$[H_3O^+]$ (mol/L)	10^{-2}	10^{-3}	10^{-4}	10^{-5}
pH	2,02	2,99	4,03	4,97

Montrer que la relation $pH = -\log([H_3O^+])$ est vérifiée.

FAIT ☐ REVU ☐

Exercice 17 voir Fiche Savoir 5

Calculer les pH et donner le caractère acide, basique ou neutre des solutions suivantes.

1. Vinaigre : $[H_3O^+] = 0{,}004$ mol/L.

2. Eau de Dakin non tamponnée : $[H_3O^+] = 4 \times 10^{-10}$ mol/L.

3. Sérum physiologique : $[H_3O^+] = 44 \times 10^{-8}$ mol/L.

4. Eau de Javel : $[H_3O^+] = 4 \times 10^{-13}$ mol/L.

5. Acide nitrique : $[H_3O^+] = 4 \times 10^{-2}$ mol/L.

FAIT ☐ REVU ☐

Exercice 18 voir Fiche Savoir 5

Calculer les concentrations en ions H_3O^+ des solutions suivantes.

1. Bicarbonate de soude : pH = 8,4.

2. Suc gastrique : pH = 2.

3. Lessive liquide alcaline : pH = 13.

4. Eau distillée : pH = 7.

5. Sang humain : pH = 7,4.

FAIT ☐ REVU ☐

Exercice 19 voir Fiche Savoir 6

Pour chaque question, indiquer la bonne réponse.

1. Les titrages conductimétriques sont particulièrement adaptés pour les solutions contenant :

☐ **a)** des ions
☐ **b)** des molécules organiques
☐ **c)** des solides non dissous

2. Lors d'un dosage, l'espèce étudiée est :

☐ a) détruite

☐ b) colorée

☐ c) préservée

3. Pour réaliser une extraction, on utilise :

☐ a) de l'eau chaude

☐ b) un solvant approprié

☐ c) un soluté approprié

4. Lors d'une extraction liquide-liquide, le solvant organique utilisé est de densité 0,78 et solubilise très fortement le soluté recherché. Après décantation :

☐ a) la phase aqueuse sera au-dessus

☐ b) la phase contenant le soluté à extraire sera en dessous

☐ c) la phase contenant le soluté à extraire sera au-dessus

FAIT ☐ REVU ☐

Exercice 20 voir Fiche Savoir 6

Pour désinfecter des plaies on peut utiliser une solution de Dakin. La solution de Dakin est un antiseptique à base d'hypochlorite de sodium et qui contient du permanganate de potassium. Les ions permanganates donnent aux solutions une couleur magenta très prononcée.

Comment vérifier la concentration en ion permanganate d'une solution de Dakin par une méthode non destructive ?

FAIT ☐ REVU ☐

Exercice 21 voir Fiche Savoir 6

Une solution de déboucheur de canalisation annonce une concentration de 6 moles par litre (mol/L) de soude (Na^+ ; OH^-). Étienne désire vérifier la véracité des indications portées par le fabricant sur l'étiquette.

Pour cela, il va faire réagir les ions OH^- avec les ions H_3O^+ contenus dans de l'acide chlorhydrique.

1. Décrire le protocole permettant de déterminer la concentration en soude par titrage conductimétrique.

2. Le titrage conductimétrique d'une solution diluée 100 fois permet d'obtenir le tableau de valeurs suivant (V_A en mL et σ en mS/cm).

V_A	0	1	2	3	4	5
σ	2,4	2,3	2,2	2	1,9	1,8
V_A	6	7	8	9	10	11
σ	1,65	1,55	1,4	1,3	1,2	1,1
V_A	12	13	14	15	16	17
σ	1,3	1,4	1,8	2,1	2,4	2,7
V_A	18	19	20	21		
σ	3	3,3	3,6	3,9		

Montrer que le volume équivalent est $V_{éq}$ = 11,4 mL.

3. Calculer la concentration de soude $C_{Dilué}$ dans le déboucheur de canalisation dilué en utilisant la formule : $C_A \times V_{éq} = C_{Dilué} \times V_{Dilué}$.

4. En déduire la concentration de soude mesurée dans le déboucheur de canalisation du commerce.

5. Comparer la valeur trouvée avec la valeur annoncée par le fabricant.

6. Donner les précautions d'utilisation de ce déboucheur de canalisation.

FAIT ☐ REVU ☐

Exercice 22 voir Fiche Savoir 6

Afin d'étudier la composition d'un sirop d'orgeat, Angevine doit extraire le « parfum d'amande » constitué de benzaldéhyde de la solution aqueuse de sirop d'orgeat.

Pour cela, elle se réfère aux données ci-dessous.

	Eau	Éther diéthylique	Éthanol	Dichloro-méthane
Densité	1,00	0,71	0,80	1,33
Solubilité du benzaldéhyde	faible	très bonne	très bonne	faible
Miscibilité avec l'eau		nulle	très bonne	nulle

Choisir le bon solvant pour extraire le benzaldéhyde du sirop d'orgeat. Justifier.

FAIT ☐ REVU ☐

Exercice 23 voir Fiche Savoir 6

Améziane doit déterminer la concentration en diiode d'une teinture d'iode officinale. Pour cela, il décide d'effectuer un dosage par spectrophotométrie qui consiste à comparer l'absorbance de la teinture d'iode officinale à la courbe d'étalonnage obtenue à l'aide de différentes solutions de diiode de concentrations connues.

Voici la courbe d'étalonnage de son dosage spectrophotométrique.

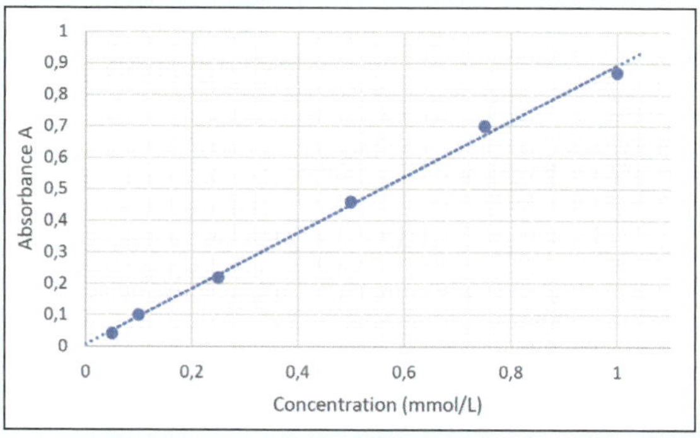

Améziane a dilué sa teinture d'iode officinale 200 fois afin de pouvoir faire une mesure d'absorbance. Il a obtenu A = 0,78.

1. Déterminer la concentration en diiode de la solution diluée par Améziane.

2. En déduire la concentration de la teinture d'iode officinale.

FAIT ☐ REVU ☐

Exercice 24 voir Fiche Savoir 7

Pour chaque question, indiquer la bonne réponse.

1. Un aldéhyde possède un groupe caractéristique :

☐ **a)** –OH

☐ **b)** -COOR

☐ **c)** -COH

2. Les réactifs d'une réaction d'estérification sont :

☐ **a)** un acide carboxylique et de l'eau

☐ **b)** un acide carboxylique et un alcool

☐ **c)** un ester et de l'eau

3. Les produits de la réaction de saponification sont :

☐ **a)** un corps gras et une base forte

☐ **b)** un savon et un alcool

☐ **c)** un savon et une base forte

4. La chromatographie sur couche mince est une méthode de :

☐ **a)** séparation et d'identification d'espèces chimiques

☐ **b)** détermination de la masse d'espèces chimiques

☐ **c)** détermination de la couleur d'espèces chimiques

FAIT ☐ REVU ☐

Exercice 25 voir Fiche Savoir 7

1. Représenter la formule développée de l'acide acétique de formule $C_2H_4O_2$.

2. Compléter le tableau suivant.

Molécule	Formule		
	Brute	Semi-développée	Développée
	C_3H_8O		
Acide butanoïque			
		CH_3-CH_2-COH	
			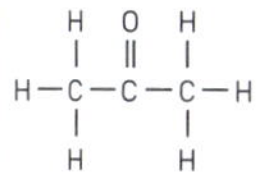

FAIT ☐ REVU ☐

Exercice 26 voir Fiche Savoir 7

1. En vous aidant de la liste de matériel ci-dessous, proposer un protocole expérimental permettant de réaliser la synthèse d'un arôme artificiel.

Matériel : un tube à essais, une pince en bois, un bec électrique, des pipettes jetables en plastique, des compte-gouttes, une spatule, des grains de pierre ponce, 10 gouttes d'acide éthanoïque, 20 gouttes d'éthanol, de l'acide sulfurique concentré.

2. Donner la signification des pictogrammes de l'éthanol et de l'acide sulfurique concentré.

3. Nommer la réaction chimique, les réactifs et les produits.

4. Écrire l'équation de la réaction.

FAIT ☐ REVU ☐

Exercice 27 voir Fiche Savoir 7

1. En vous aidant de la liste de matériel ci-dessous, proposer un protocole expérimental permettant de réaliser la synthèse d'un savon naturel.

Matériel : un support élévateur, un chauffe-ballon, un ballon rond unicol, un reflux à boules, un verre à pied, du papier filtre ou filtre Büchner, un agi-

PHYSIQUE-CHIMIE

tateur, des grains de pierre ponce, 30 mL d'huile d'olive, 30 mL de solution de soude concentrée, 60 mL d'éthanol, une solution concentrée de chlorure de sodium.

2. **Énoncer les précautions à prendre lors de la manipulation de la solution de soude concentrée. Pictogramme :**

3. **Indiquer pourquoi il faut chauffer le ballon.**

4. **Une fois le précipité filtré, on obtient un solide pâteux : il s'agit d'un savon à base d'huile d'olive. Préciser si le savon obtenu peut être utilisé tel quel.**

FAIT ☐ REVU ☐

Exercice 28 voir Fiche Savoir 7

Le butanoate d'éthyle est une molécule à l'odeur caractéristique d'ananas que l'on sait synthétiser au laboratoire. C'est pourquoi, à défaut d'extrait d'ananas pur, plus coûteux, il est souvent utilisé pour parfumer les eaux aromatisées.
On souhaite vérifier que l'odeur d'ananas d'une boisson « bio » provient bien de l'essence naturelle d'ananas.

1. **Indiquer le nom de la méthode de séparation des constituants d'une substance.**

2. **On prépare une plaque de silice et on y dépose des microgouttes de : butanoate d'éthyle (B), essence naturelle d'ananas (A) et un extrait de la boisson étudiée (Boisson). On obtient le résultat ci-dessous.**

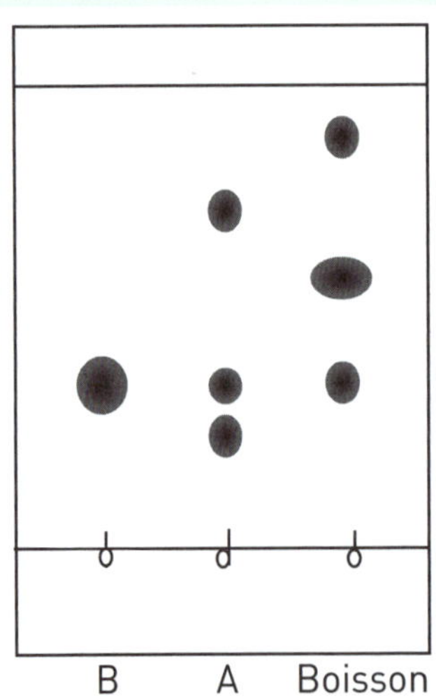

Justifier pourquoi des taches apparaissent à différentes hauteurs.

3. **Indiquer en justifiant si l'extrait naturel d'ananas (A) est constitué de butanoate d'éthyle (B).**

4. **En déduire si la boisson étudiée est parfumée à l'arôme de synthèse ou à l'extrait naturel.**

5. **Conclure sur la nature bio de l'eau aromatisée.**

FAIT ☐ REVU ☐

Exercice 29 voir Fiche Savoir 8

Pour chaque question, indiquer la bonne réponse.

1. **Un polymère est une macromolécule issue d'un assemblage répété de :**

☐ **a)** monomères
☐ **b)** dimères
☐ **c)** trimères

2. **Le logo Triman atteste de :**

☐ **a)** la biodégradabilité du plastique
☐ **b)** la composition du plastique
☐ **c)** la recyclabilité du plastique

3. **Un plastique recyclable est :**

☐ **a)** biodégradable
☐ **b)** recyclé en d'autres plastiques
☐ **c)** indestructible

4. **Le polychlorure de vinyle a pour sigle :**

☐ **a)** 01 PET ☐ **b)** 03 PVC ☐ **c)** 06 PSE

FAIT ☐ REVU ☐

Exercice 30 voir Fiche Savoir 8

On désire transvaser du white spirit dans une bouteille plastique. Pour cela, on dispose de deux bouteilles en plastique dont on ignore la nature.
Problématique : peut-on utiliser ces bouteilles pour transporter du white spirit ?
Des tests d'identification sont effectués sur deux échantillons. Les résultats sont regroupés dans le tableau suivant.

Échantillon de la bouteille	Test de chauffage	Test de densité	Test de Belstein	Test du solvant
1	Négatif	Négatif	Positif	Positif
2	Négatif	Positif	Négatif	Négatif

1. **Indiquer les consignes de sécurité à mettre en œuvre pour le test du solvant.**

2. **À la lecture des résultats des tests effectués, dire quelle bouteille choisir. Justifier.**

3. **Le polyéthylène réagit positivement au test de densité. Le polychlorure de vinyle réagit positivement aux tests de Belstein et du solvant.**

PHYSIQUE-CHIMIE

a) **Nommer le plastique composant la bouteille n° 2. Dessiner et donner la signification de son symbole.**

b) **Dire si ce plastique est biodégradable.**

FAIT ☐ REVU ☐

Exercice 31 voir Fiche Savoir 8

En vous aidant de la liste de matériel ci-dessous, proposer un protocole expérimental permettant de réaliser la synthèse du nylon 6-10.

Matériel : un bécher, un agitateur en verre, une pince à épiler, des solutions de dichlorométhane, de chlorure de sébacoyle et d'hexan-1,6-diamine.

FAIT ☐ REVU ☐

Exercice 32 voir Fiche Savoir 8

On synthétise expérimentalement une matière plastique biodégradable en suivant ce protocole.

> **Composition :** 150 mL d'eau, 7,5 g de fécule de maïs, 10 mL de vinaigre, 10 mL de glycérine.
> **Protocole :** mesurer les quantités de liquide nécessaires avec une éprouvette graduée et peser le solide. Mélanger tous les produits. Chauffer le tout à moins de 100 °C sur une plaque chauffante afin que la solution ne soit pas portée à ébullition et à une faible vitesse pour ne pas entraver la réaction chimique. Lorsque la réaction est terminée, déposer la solution sur une plaque de verre que l'on laisse sécher à l'air libre.

1. **Indiquer les ingrédients qui pourraient influer sur la qualité du plastique obtenu (à V_{eau} constant).**

2. **Proposer une méthode permettant de tester l'influence de chacun de ces ingrédients.**

FAIT ☐ REVU ☐

Exercice 33 voir Fiche Savoir 8

La formule de la kératine est représentée en bas de page.

1. **Justifier pourquoi la kératine est une macromolécule.**

2. **Cette chaîne est caractérisée par la répétition constante du motif CO – NH, appelé amide.**

En déduire quelle sorte de polymère naturel est la kératine :

☐ **a)** polyester
☐ **b)** polyamine
☐ **c)** polyamide
☐ **d)** polyacide

FAIT ☐ REVU ☐

Exercice 34 voir Fiche Savoir 9

Pour chaque question, indiquer la bonne réponse.

1. **Pour améliorer les propriétés lavantes, un détergent et un savon contiennent des molécules :**

☐ **a)** tensio-ioniques
☐ **b)** tensio-passives
☐ **c)** tensioactives

2. **Un savon est d'autant moins efficace que l'eau est :**

☐ **a)** dure ☐ **b)** molle ☐ **c)** neutre

3. **Les principes actifs des détergents ou savons sont constitués de deux parties :**

☐ **a)** hydrophobe et lipophile
☐ **b)** hydrophile et lipophobe
☐ **c)** hydrophobe et hydrophile

4. **Les polyphosphates sont dangereux pour l'environnement car :**

☐ **a)** ils rendent l'eau dure
☐ **b)** ils assèchent les sols
☐ **c)** ils favorisent la prolifération des algues

FAIT ☐ REVU ☐

Exercice 35 voir Fiche Savoir 9

Les trois étapes du phénomène de la détergence sont représentées dans le désordre ci-dessous.

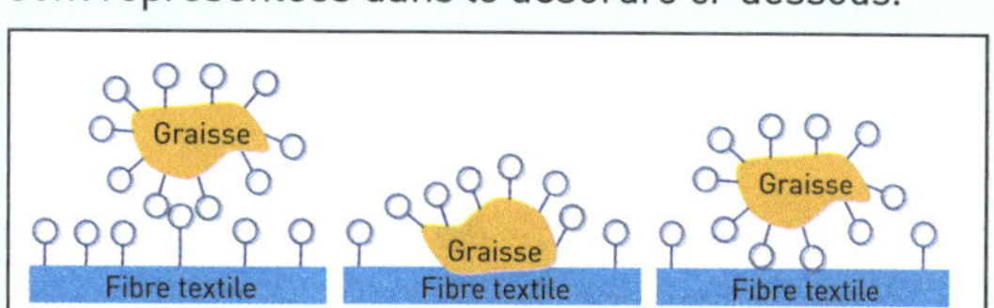

1. **Numéroter ces étapes dans l'ordre chronologique.**

2. **Décrire l'action du détergent pour chacune des étapes.**

FAIT ☐ REVU ☐

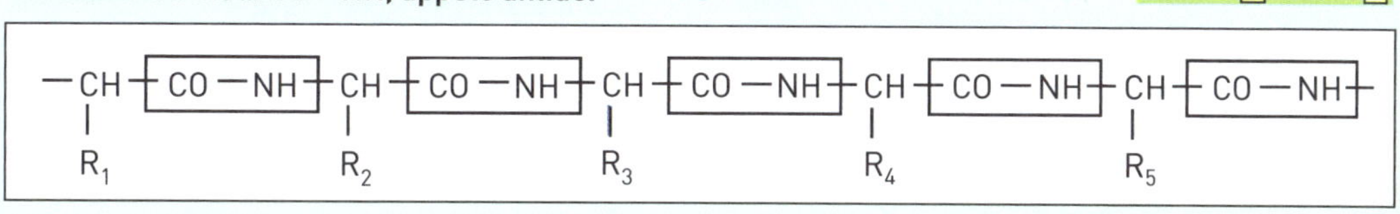

PHYSIQUE-CHIMIE

Exercice 36 voir Fiche Savoir 9

Schématiser une molécule tensioactive et indiquer la partie hydrophobe et la partie hydrophile.

FAIT ☐ REVU ☐

Exercice 37 voir Fiche Savoir 9

1. **Définir la dureté de l'eau.**
2. **En vous aidant de la liste de matériel ci-dessous, proposer un protocole expérimental permettant de comparer l'efficacité d'un savon en fonction de la dureté de l'eau.**

Matériel : du savon de Marseille, de l'eau distillée, 6 tubes à essais, un bécher de 250 mL, des eaux minérales : Volvic, Vittel, Contrex, Hépar.

FAIT ☐ REVU ☐

Exercice 38 voir Fiche Savoir 9

Compléter le texte ci-dessous à l'aide des mots suivants : prolifération, zones côtières, eutrophisation, hyperfertilisation, nappes phréatiques, augmentation, désoxygénation.

Les polyphosphates sont responsables du phénomène global appelé .... Présents dans les lessives et les détergents, les polyphosphates entraînent une .... des eaux, une augmentation de la masse des algues et une .... des cours d'eau.

Ce phénomène concerne les rivières, les lacs, mais également les .... Il a pour conséquence la .... des algues et la pollution des ....

FAIT ☐ REVU ☐

PHYSIQUE-CHIMIE

Exercice 1

1. a) **2. b)** **3. a)** **4. c)**

Exercice 2

1. Anode : Zn → Zinc.
Cathode : MnO_2 → dioxyde de manganèse,
C → carbone

2. Lorsque les pôles de la pile sont reliés par un conducteur, il se produit une réaction de réduction au niveau de la cathode et une oxydation à l'anode. L'ensemble constitue une réaction d'oxydoréduction.

3. Dans une pile, la réaction d'oxydoréduction mise en jeu n'est pas réversible. Les piles ne sont pas rechargeables.

4. Un voltmètre permet de mesurer la tension aux bornes de la pile. La tension mesurée doit être très proche de la tension affichée sur la pile.

Exercice 3

1. a) Tension $U = 12$ V. Capacité $Q = 90$ Ah.

b) $E = U \times Q = 12 \times 90 = 1\,080$ Wh.

c) $Q = I \times t = 0{,}9 \times 90 = 81$ Ah.

d) $t = \frac{Q}{I} = \frac{90}{2} = 45$ h.

La batterie ne peut pas fournir un courant électrique d'intensité 2 A pendant plus de 45 h.

2. a) Pour une utilisation à 100 % de décharge, la durée de vie de la batterie est de 628 cycles.

b) Pour une utilisation à 80 % de la batterie, la durée de vie est de 1 507 cycles.
80 % : $1\,507 \times 0{,}8 \times 90 = 108\,504$ Ah fournis sur la durée de vie.
100 % : $628 \times 1 \times 90 = 56\,520$ Ah fournis sur la durée de vie.
$\frac{108\,504 - 56\,520}{56\,520} = 0{,}92$.
En ne dépassant pas 80 % de décharge, la batterie fournit 92 % d'énergie en plus sur sa durée de vie.

3. a) Interrupteur en position 1 : charge.
Interrupteur en position 2 : décharge, la lampe s'allume. Voir schéma de montage en haut de colonne suivante.

b) La manipulation de l'acide sulfurique nécessite de porter une blouse, des gants et des lunettes de protection. À l'issue de la manipulation, les déchets doivent être traités.

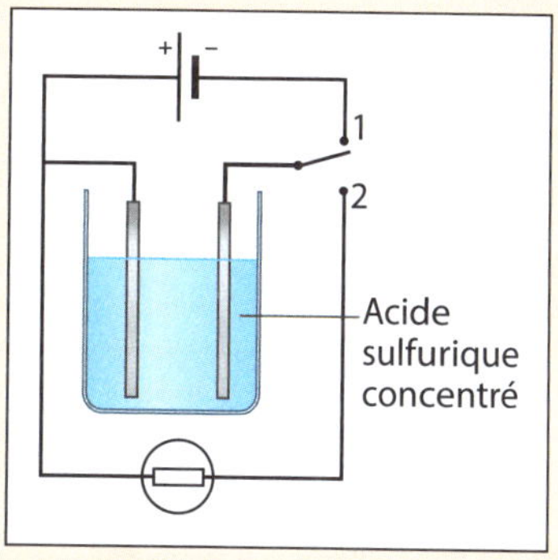

Exercice 4

1. $E = 110 \times 5 \times 2 = 1\,100$ Wh.

2. $m = \frac{1\,100}{50 \times 2} = 11$ kg.

Exercice 5

1. a)
2. a)
3. c)
4. c)

Exercice 6

Le plat est constitué d'une matière conductrice de chaleur. Ainsi la quantité de chaleur transférée par conduction vers la main sera très importante rapidement, ce qui provoque une brûlure. Au contraire pour la tarte, les aliments sont très peu conducteurs de chaleur même s'il faut rester vigilant avant de les ingérer.

Exercice 7

1. Le PET est un isolant thermique, il limite les transferts thermiques par conduction.

2. La face argentée réfléchit 90 % des rayonnements IR. Ainsi, orientée vers la victime, elle permet de conserver une grande partie de sa chaleur.

3. En orientant la face argentée vers l'extérieur, elle isole la victime des rayonnements de l'extérieur pour limiter l'apport de chaleur.

Exercice 8

1. Conduction (eau vers biberon).
2. Rayonnement.
3. Conduction (bouillotte vers malade).

4. Convection.
5. Conduction (malade vers glace).
6. Rayonnement.
7. Convection.

Exercice 9

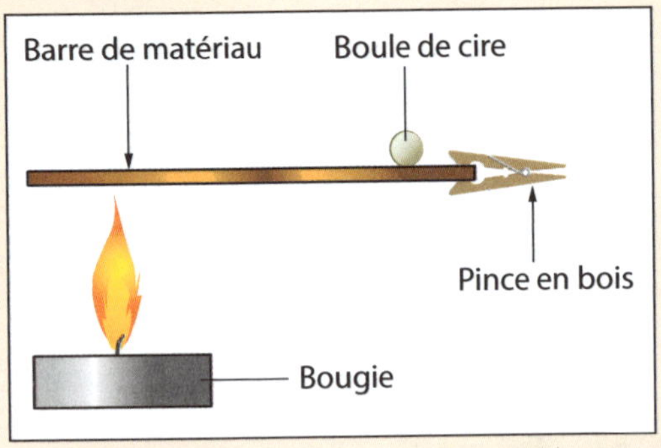

- Mesurer le temps nécessaire pour que la boule de cire fonde pour chacune des 4 lames de métal.
- Classer par ordre croissant de temps pour obtenir un classement du métal le plus conducteur au moins conducteur.

Exercice 10

1. c) 2. b) 3. c) 4. c)

Exercice 11

1. La caméra est sensible aux rayonnements infrarouges.

2. La personne au premier plan a une température corporelle mesurée supérieure à la température corporelle normale. Cependant, il est important de s'assurer que la caméra thermique est bien étalonnée avant d'en tirer des conclusions sur la santé de la personne.

3. Le rayonnement IR étant invisible pour des températures usuelles, la caméra thermique traduit ce rayonnement dans une gamme de couleurs visibles. Les couleurs bleues correspondent aux objets n'émettant que très peu de rayons IR, les couleurs rouges correspondent aux émissions de rayonnements infrarouges plus importants.

Exercice 12

Exposer les différents matériaux aux rayonnements de la lampe à incandescence (ou IR) et tracer l'évolution de la température du matériau en fonction du temps.

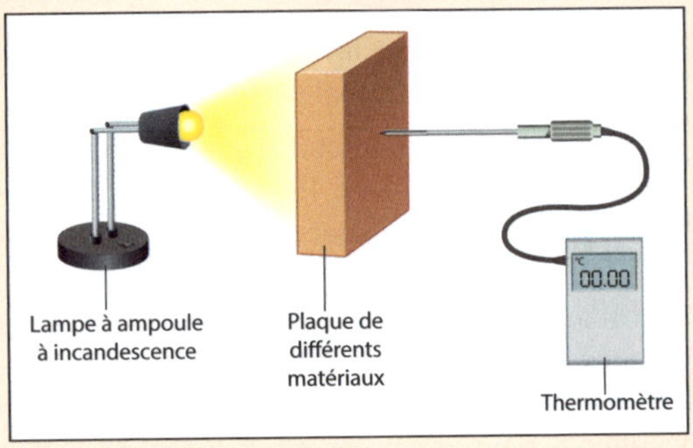

Exercice 13

1. La personne porte des lunettes de soleil qui réfléchissent le rayonnement IR. Ainsi les rayons émis par la personne derrière ses lunettes ne parviennent pas au capteur de la caméra.

2. La caméra affiche une température de 32 °C mais elle pointe sur les lunettes de soleil. Pour déterminer si la personne est en hypothermie, il faut viser une partie de son corps qui n'est pas protégée (le front par exemple).

Exercice 14

1. GES : le dioxyde de carbone CO_2, le protoxyde d'azote N_2O, le méthane CH_4 et la vapeur d'eau H_2O.

2. Les principales causes de l'augmentation de la concentration en GES dans l'atmosphère sont essentiellement liées à l'activité humaine : les transports, les combustions, la déforestation, les décharges à ciel ouvert, l'agriculture et les élevages intensifs et le réchauffement climatique lui-même.

3. Les sources d'énergies vertes : éolien, hydraulique, panneaux photovoltaïques. La marche, le vélo...

4. Épisode de neige au Texas (02/21), périodes de canicule plus fréquentes, inondations et tempêtes plus fréquentes (augmentation de la variabilité du cycle de l'eau).

Exercice 15

1. a) 2. a) 3. c) 4. b)

Exercice 16

1. Corrosif.

2. En cas de projection, laver à grande eau. Appeler le 15 et décrire la situation.

3. Il faut procéder par dilutions successives. Dans une fiole jaugée de 100 mL, verser 10 mL de la solution S_1. Compléter avec de l'eau distillée jusqu'au trait de jauge. On obtient ainsi la solution S_2, 10 fois moins concentrée, $[H_3O^+] = 10^{-3}$ mol/L. On procède de la même façon pour obtenir les solution S_3 et S_4 en partant de préférence de la solution S_1 pour limiter les incertitudes.
10 mL de S_1 dans une fiole jaugée de 1 L pour obtenir S_3 et 1 mL de S_1 dans une fiole jaugée de 1 L pour obtenir S_4.

4. Le pH-mètre permet d'obtenir des valeurs de pH avec une précision de 0,02.

5.

Solution	S_1	S_2	S_3	S_4
$[H_3O^+]$ (mol/L)	10^{-2}	10^{-3}	10^{-4}	10^{-5}
pH	2,02	2,99	4,03	4,97
–log ($[H_3O^+]$)	2	3	4	5

Aux incertitudes de mesures près, les lignes pH et –log($[H_3O^+]$) sont égales. La relation est vérifiée.

Exercice 17

1. Vinaigre : pH = –log (0,004) ≈ 2,4.

2. Eau de Dakin non tamponnée :
pH = –log (4×10^{-10}) ≈ 9,4.

3. Sérum physiologique : pH = –log (4×10^{-8}) ≈ 7,4.

4. Eau de Javel : pH = –log (4×10^{-13}) ≈ 12,4.

5. Acide nitrique : pH = –log (4×10^{-2}) ≈ 1,4.

Exercice 18

1. Bicarbonate de soude : $[H_3O^+] = 10^{-8,4} = 4 \times 10^{-9}$ mol/L.

2. Suc gastrique : $[H_3O^+] = 10^{-2} = 0,01$ mol/L.

3. Lessive liquide alcaline : $[H_3O^+] = 10^{-13}$ mol/L.

4. Eau distillée : $[H_3O^+] = 10^{-7}$ mol/L.

5. Sang humain : $[H_3O^+] = 10^{-7,4} = 4 \times 10^{-8}$ mol/L.

Exercice 19

1. a) **2. c)** **3. b)** **4. c)**

Exercice 20

La teinte d'une solution de permanganate de potassium dépendra de la concentration en ion permanganate.
On peut, par exemple, réaliser une échelle de teintes en effectuant des dilutions successives d'une solution initiale de permanganate de potassium. On compare ensuite la « couleur » du Dakin testé aux différentes solutions obtenues.

Exercice 21

1. Schéma et liste de matériel du protocole.

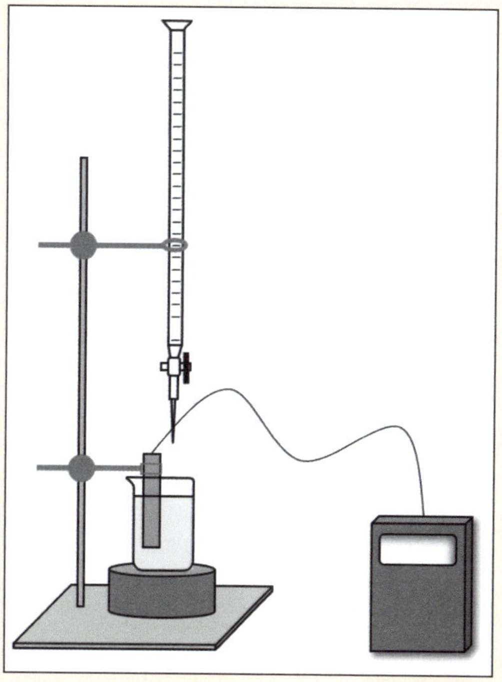

Matériel : un conductimètre et sa cellule étalonnée, 2 béchers de 250 mL, un agitateur magnétique et un barreau aimanté, une burette de 25 mL, une potence et des pinces de serrage, une solution à titrer (solution « déboucheur de canalisation » diluée 100 fois), une solution titrante (acide chlorhydrique C_A = 0,1 mol/L), une pissette d'eau distillée, une pipette de 20 mL.

• Remplir la burette d'acide chlorhydrique et faire le « zéro ».

• Préparer dans un bécher une solution contenant 20 mL de solution « déboucheur de canalisation dilué », 100 mL d'eau distillée et l'agitateur magnétique.

• Mesurer la conductivité de la solution après avoir versé l'acide chlorhydrique millilitre par millilitre.
• Déterminer le volume équivalent.
• Calculer la concentration de la solution de « déboucheur de canalisation ».

2. On réalise le graphique suivant.

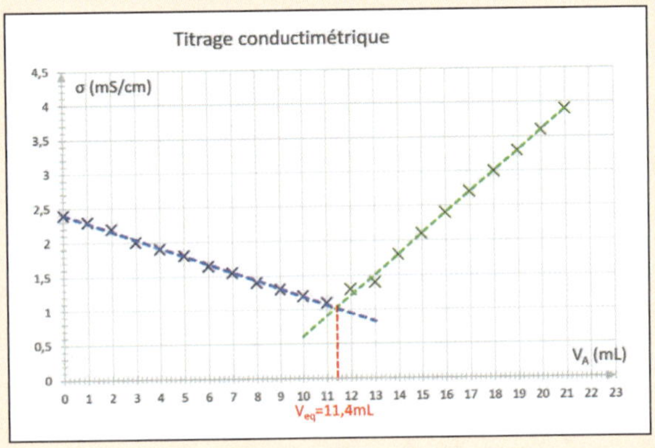

3. $C_{\text{Dilué}} = \dfrac{C_A \times V_{\text{éq}}}{V_{\text{Dilué}}} = 0{,}057$ mol/L.

4. $C_{\text{NaOH}} = 0{,}057 \times 100 = 5{,}7$ mol/L.

5. Les valeurs trouvées précédemment sont en accord avec la concentration de NaOH de 20 % en masse dans le déboucheur de densité 1,2.

$m_{\text{NaOH}} = n_{\text{NaOH}} \times M_{\text{NaOH}} = 5{,}7 \times 40 = 228$ g

et $\dfrac{228}{1{,}2 \times 1\,000} = 19\ \%$.

6. Il est nécessaire de porter des gants, des lunettes et des vêtements adaptés.

Exercice 22

On procède par élimination.

• On élimine en premier l'eau car on cherche à extraire le benzaldéhyde d'une solution aqueuse !
• Puis le dichlorométhane car la solubilité du benzaldéhyde est faible.
• Enfin entre l'éther diéthylique et l'éthanol, on choisira l'éther diéthylique car sa miscibilité avec l'eau est nulle.

Exercice 23

1. Par lecture graphique, on obtient $c_S = 0{,}88$ mmol/L.

2. Amézianne a dilué 200 fois sa solution donc $c = 0{,}88 \times 200 = 176$ mmol/L $= 0{,}176$ mol/L.

Exercice 24

1. c) **2.** b) **3.** b) **4.** a)

Exercice 25

1.

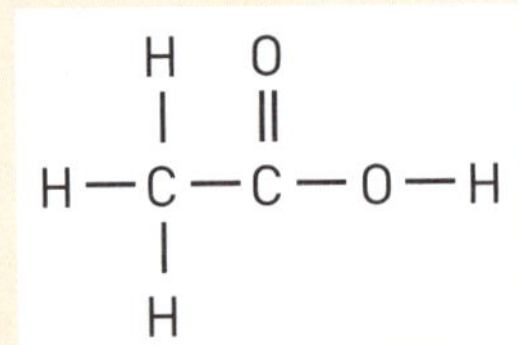

2.

Molécule	Formule		
	Brute	Semi-développée	Développée
Propanol	C_3H_8O	CH_3–CHOH–CH_3	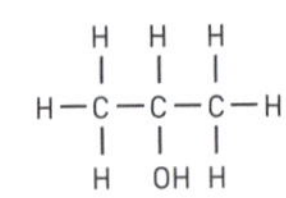
Acide butanoïque	$C_4H_8O_2$	CH_3–CH_2–CH_2–COOH	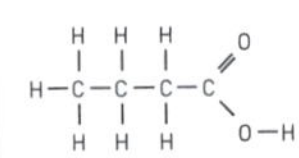
Propanal	C_2H_6O	CH_3–CH_2–COH	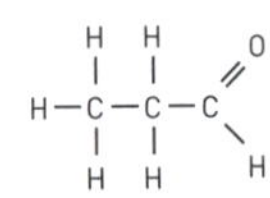
Propanone	C_3H_6O	CH_3–CO–CH_3	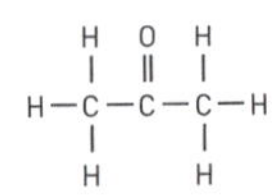

Exercice 26

1. Protocole expérimental :
– dans le tube à essais, placer quelques grains de pierre ponce, 4 gouttes d'acide sulfurique concentré à l'aide d'une pipette, une petite quantité d'acide éthanoïque et d'éthanol ;
– chauffer le tube à essais de manière uniforme ;
– après une minute d'ébullition, laisser refroidir et porter le tube près de vous et diriger les vapeurs vers votre nez avec la main.

2.  : inflammable  : corrosif

3. C'est une réaction d'estérification. Réactifs : acide éthanoïque et éthanol. Produits : éthanoate d'éthyle (ou acétate d'éthyle) et de l'eau.

PHYSIQUE-CHIMIE

4.

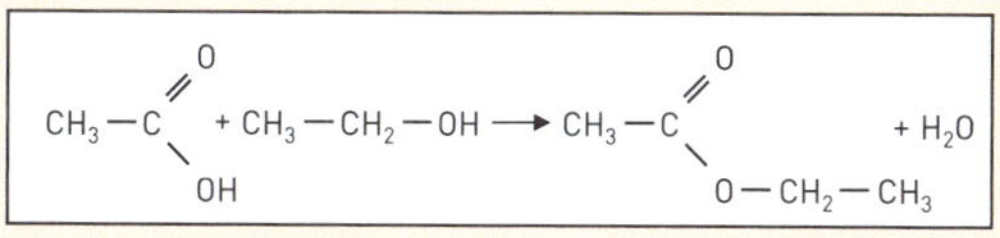

Exercice 27

1. Protocole expérimental :
– dans le ballon unicol, verser les grains de pierre ponce, l'huile d'olive, la solution de soude concentrée et l'éthanol ;
– mettre en place le ballon sous le réfrigérateur à boules, ouvrir la circulation d'eau et placer le chauffe-ballon sous le ballon en actionnant le support élévateur ;
– chauffer à reflux pendant 20 minutes ;
– enlever le chauffe-ballon et laisser refroidir la solution obtenue (tout en laissant la circulation d'eau dans le réfrigérant à boules) pendant 20 min ;
– transvaser le contenu dans un verre à pied, rempli au préalable d'une solution de chlorure de sodium concentrée ;
– filtrer sur Büchner ou papier filtre le précipité obtenu à l'étape précédente.

2. La solution est corrosive. Il faut porter des gants, des lunettes et une blouse.

3. Sans chauffage, la réaction est trop lente.

4. Le pH du savon fabriqué est très basique. Il faut neutraliser le pH du savon en le rinçant abondamment à l'eau.

Exercice 28

1. La chromatographie sur couche mince.

2. À chaque tache correspond une substance différente. Il y a donc plusieurs composants dans la boisson et l'essence naturelle d'ananas.

3. L'extrait naturel n'est pas composé uniquement de butanoate d'éthyle car il y a plusieurs taches, donc plusieurs composants.

4. L'eau aromatisée a pour composant le composé chimique et non pas l'essence naturelle d'ananas. En effet, il y a une tache dans la boisson qui correspond au R_f de la molécule de synthèse (les deux autres taches correspondent à d'autres produits différents de ceux présents dans l'essence naturelle d'ananas).

5. L'eau aromatisée n'est donc pas bio.

Exercice 29

1. a) 2. c) 3. b) 4. b)

Exercice 30

1. Travailler loin de toute flamme et sous une hotte. Porter des gants, des lunettes et une blouse.

2. Le plastique de la bouteille n° 1 est positif au test du solvant. Cela risque de provoquer des fuites de white spirit. Il faut donc utiliser la bouteille n° 2.

3. a) La bouteille n° 2 est en polychlorure de vinyle. Le ruban de Moebius indique que le PVC peut être recyclé pour fabriquer d'autres récipients.

b) Le PVC est recyclable mais il n'est pas biodégradable.

Exercice 31

Protocole expérimental :
– dans un bécher, verser 5 mL d'une solution de dichlorométhane, 6 gouttes de dichlorure de sébacoyle. Mélanger soigneusement ;
– verser délicatement le long de la paroi (utiliser un agitateur en verre) le mélange obtenu dans une solution d'hexane-1,6 diamine sans agiter ;
– tirer, à l'aide d'une pince à épiler, sur le voile qui s'est formé. Enrouler le fil autour d'un agitateur en verre.

Exercice 32

1. La quantité d'amidon (fécule de maïs), la quantité de glycérine, la quantité de vinaigre.

2. Reprendre le protocole initial, en changeant uniquement une proportion (les autres volumes et/ou masses sont identiques).

Exercice 33

1. La kératine est molécule géante formée par la répétition d'une séquence chimique identique.

2. c)

Exercice 34

1. c) 2. a) 3. c) 4. c)

Exercice 35

1.

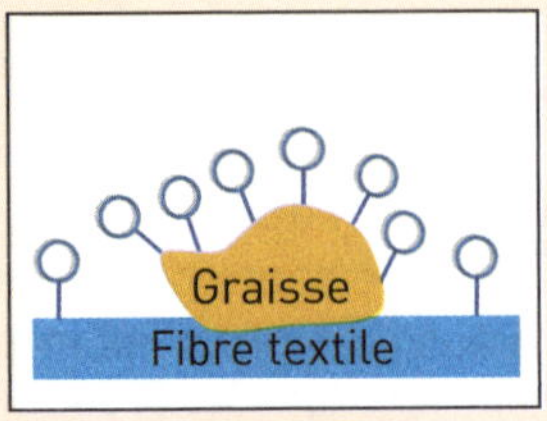

Les tensioactifs forment une micelle autour de la salissure, partie hyrophobe côté graisse.

2.

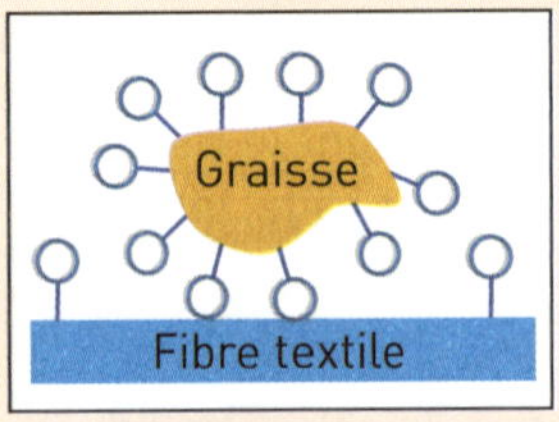

La salissure est détachée du textile et emportée avec l'eau de rinçage grâce à la partie hydrophile.

3.

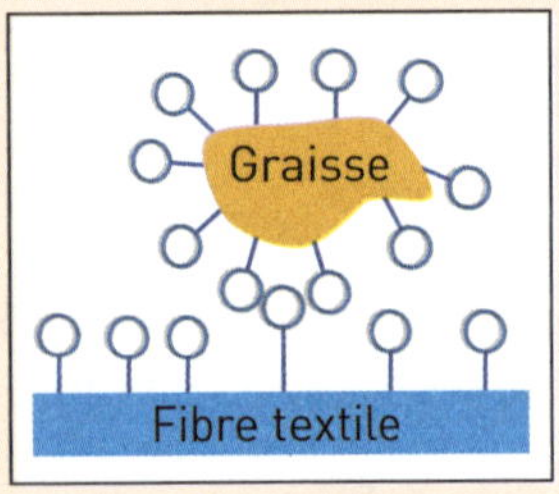

Les tensioactifs entourent la salissure. La fibre textile est libérée de la graisse.

Exercice 36

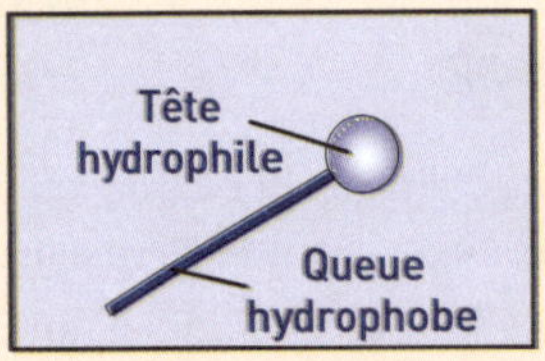

La partie hydrophile (tête) est capable de se combiner avec l'eau.
La partie hydrophobe (queue) est capable de se combiner avec les graisses et est constituée d'une longue chaîne hydrocarbonée R.

Exercice 37

1. La dureté d'une eau dépend de la quantité d'ions calcium Ca^{2+} et de magnésium Mg^{2+} qu'elle contient. Elle se mesure en degrés français, symbolisés par un « °f » ou « °TH ».

2. Protocole expérimental :
- préparer une solution savonneuse en dissolvant 3 g de savon de Marseille dans 250 mL d'eau distillée ;
- dans les 5 premiers tubes à essais, verser respectivement 4 mL de chaque eau minérale + 2 mL de la solution savonneuse ;
- dans le 6e tube à essais, verser uniquement de l'eau savonneuse (tube témoin) ;
- agiter chaque tube à essais et laisser reposer ;
- observer la quantité de mousse présente dans les tubes à essais et la mettre en relation avec la quantité d'ions Ca^{2+} et Mg^{2+} présents dans les eaux minérales.

Exercice 38

Les polyphosphates sont responsables du phénomène global appelé **eutrophisation**. Présents dans les lessives et les détergents, les polyphosphates entraînent une **hyperfertilisation** des eaux, une **augmentation** de la masse des algues et une désoxygénation des cours d'eau.
Ce phénomène concerne les rivières, les lacs, mais également les **zones côtières**. Il a pour conséquence la **prolifération** des algues et la pollution des **nappes phréatiques**.

Savoir 1

Le système de santé

LU ☐
SU ☐
REVU ☐

Vidéo : la Sécurité sociale
liennathan.fr/upg975

Selon l'OMS, la santé est un état de complet bien-être physique, mental et social, qui ne consiste pas seulement en une absence de maladie ou d'infirmité. Nous ne sommes pas tous égaux sur le plan de la santé. Une partie des facteurs qui contribuent à nous maintenir en bonne santé ne dépendent pas de nous (hérédité), mais nous pouvons agir sur d'autres facteurs pour préserver au maximum notre capital santé.

1 Les effets des facteurs internes et externes sur la santé

Les facteurs favorables contribuent à nous maintenir en bonne santé, les facteurs défavorables dégradent notre capital santé en augmentant le risque de maladie.
Les facteurs internes, propres à chaque personne, sont l'âge, le sexe, l'hérédité : diabète, tendance à l'obésité, allergies, risque de cancer…
Les facteurs externes sont liés :
- au mode de vie : alimentation, sommeil, consommation de substances psychoactives (tabac, alcool, café, drogues), activité physique, hygiène corporelle ;
- à l'environnement : qualité de l'air ambiant, exposition à des produits chimiques, ambiance de travail plus ou moins stressante, ambiance thermique, exposition aux micro-organismes pathogènes (dangereux).

2 Les enjeux d'un plan santé

Un plan national santé, élaboré par le ministère de la Santé et de la prévention, définit des orientations sur plusieurs années afin de protéger la santé des individus, en menant des actions de prévention collective.
Le PNNS4 (Programme national nutrition santé 2019-2024) a pour but de diminuer de 20 % la fréquence de surpoids et d'obésité chez les enfants et adolescents, de stabiliser le surpoids des adultes et de réduire l'obésité de 15 %, de baisser le pourcentage des personnes âgées dénutries. Il vise à augmenter l'activité physique et à réduire la sédentarité (ex. : diminuer le temps passé devant écran), améliorer l'alimentation (ex. : diminuer la consommation de produits ultra transformés) en tenant compte des enjeux de développement durable.

3 Le principe de solidarité du système de santé français

Le système de santé français repose sur le principe de solidarité. La Sécurité sociale assure pour toute personne travaillant ou habitant en France la prise en charge de ses frais liés à sa santé. L'assuré cotise de la même manière indépendamment de son état de santé. Les ayants droit (enfant, conjoint) bénéficient des mêmes droits que l'assuré.
Le parcours de soins coordonné par un médecin traitant déclaré à la caisse d'assurance maladie permet de percevoir des remboursements plus importants (70 % au lieu de 30 %).
La carte Vitale, personnelle à partir de 16 ans, permet d'être remboursé des frais médicaux plus rapidement et évite l'envoi de feuilles de soins par courrier ; elle favorise le suivi des soins en conservant les informations sur la santé du patient.
« Mon espace santé » est un espace numérique personnel permettant à l'assuré de stocker les documents et informations sur sa santé et de les partager avec ses professionnels de santé.

Savoir
2

LU ☐
SU ☐
REVU ☐

Les rythmes biologiques et le sommeil

Les Français dorment moins de 7 heures par nuit en moyenne, ce qui est insuffisant par rapport à leurs besoins. Pourtant, le sommeil est indispensable pour la santé physique et mentale.

Vidéo : les écrans et le sommeil
liennathan.fr/6s4g2y

1 Les rythmes biologiques

La plupart des fonctions de l'organisme sont soumises à un rythme biologique circadien, c'est-à-dire à un cycle de 24 heures régulé par une horloge interne. C'est le cas pour le rythme de la vigilance, pour le cycle de variations de la température corporelle, pour la production de l'hormone de croissance, de l'hormone du sommeil (la mélatonine). D'autres rythmes biologiques ont des fréquences plus rapides (rythme cardiaque, respiratoire, etc.) ou plus lentes (cycle menstruel).

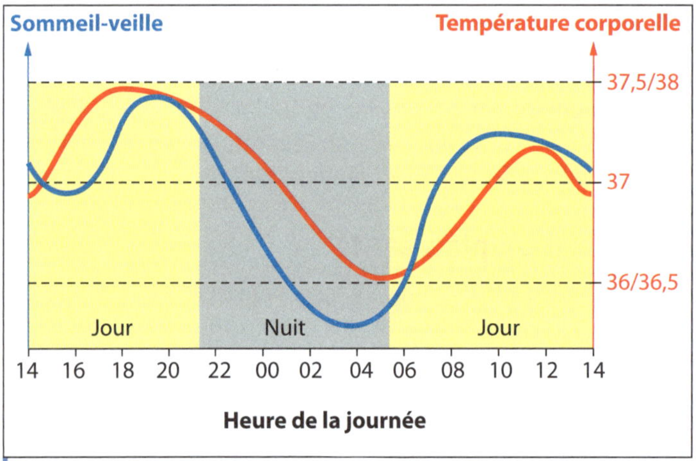

Les rythmes biologiques

2 Les rôles des phases d'un cycle de sommeil

Un adulte a besoin de 7 à 8 heures de sommeil environ sur 24 heures. Une nuit normale comprend 4 ou 6 cycles d'une heure et demie à deux heures. Chaque cycle se décompose en deux principales phases :

• Phase 1 : le sommeil lent, qui a pour rôle la récupération de la fatigue physique, la fabrication de l'hormone de croissance pour les enfants et adolescents et la stimulation des défenses immunitaires.

• Phase 2 : le sommeil paradoxal, qui a pour rôle la récupération mentale, donc de favoriser la mémorisation.

3 Les facteurs influençant les rythmes biologiques et leurs effets

Les rythmes circadiens sont régulés par une horloge biologique qui se situe dans le cerveau. Elle commande la sécrétion de mélatonine, hormone qui déclenche l'envie de dormir. Ces rythmes circadiens sont également sous l'influence de synchroniseurs externes liés à l'environnement : lumière ou obscurité, bruit ou silence, température de la pièce, etc.

Les rythmes sociaux (rythmes liés au travail, aux loisirs, aux horaires des repas, aux horaires des études et des sorties, etc.) ont un impact sur nos rythmes biologiques. Si nos activités sont régulières et se déroulent en journée, nous avons plus de chance que notre horloge interne soit synchronisée.
Les horaires décalés (ex. : travail de nuit ou posté : 3/8, sorties la nuit, etc.), le décalage horaire lors d'un voyage désynchronisent les rythmes biologiques comme le rythme du sommeil. Ils peuvent entraîner une baisse de vigilance, un risque accru d'accident, un isolement social lors du travail de nuit et des effets négatifs sur la santé (fatigue, maladies cardiovasculaires, problèmes digestifs, surpoids, irritabilité).

4 La réglementation sur le travail de nuit

Un travail de nuit est un travail effectué durant au moins 9 heures en suivant et incluant la plage horaire de minuit à 5 heures du matin. Le travail de nuit est soumis à la réglementation suivante :
• L'employeur ne peut y avoir recours qu'exceptionnellement, il doit se justifier par la nécessité d'assurer la continuité de l'activité de l'entreprise.
• Le travail de nuit est interdit aux mineurs mais des dérogations peuvent être accordées dans certains secteurs ou lors de situations d'urgence.
• Tout travailleur de nuit bénéficie d'un suivi individuel régulier de son état de santé. Selon l'article R3122-11 du Code du travail, « le suivi de l'état de santé des travailleurs de nuit a notamment pour objet de permettre au médecin du travail d'apprécier les conséquences éventuelles du travail de nuit pour la santé, la sécurité, les répercussions potentielles sur la vie sociale des salariés ».
• Le travail de nuit fait partie des facteurs de risque professionnel et peut donner droit à l'alimentation d'un compte professionnel de prévention (C2P). Le C2P permet au salarié d'accumuler des points pour partir plus tôt à la retraite, bénéficier de formations, passer à temps partiel sans perte de salaire.

5 Les mesures pour améliorer la qualité du sommeil

Pour éviter les conséquences sur la santé d'un manque de sommeil ou d'un sommeil perturbé, il faut veiller à l'hygiène du sommeil par les mesures suivantes :
- dormir dans une chambre non surchauffée (maximum 18° C), aérée régulièrement, sombre et si possible calme ;
- manger léger le soir (plats pas trop gras) et ne pas consommer de boissons excitantes en fin de journée (café, thé) ;
- éviter la consommation d'alcool et de drogues ;
- pratiquer une activité physique la journée et éviter les sports intenses le soir ;
- éviter les activités sur écran avant de se coucher et éteindre son téléphone portable la nuit ;
- privilégier des horaires réguliers de coucher et de lever ;
- s'exposer au maximum à la lumière naturelle la journée.

L'activité physique

LU ☐
SU ☐
REVU ☐

L'activité physique comprend les mouvements effectués dans les activités sportives et dans la vie quotidienne. Elle est bénéfique pour la santé physique et mentale.

1 Le mécanisme du mouvement volontaire

1.1. Structure anatomique des muscles striés squelettiques

L'activité physique fait intervenir les muscles striés squelettiques qui s'accrochent aux os par l'intermédiaire des tendons.

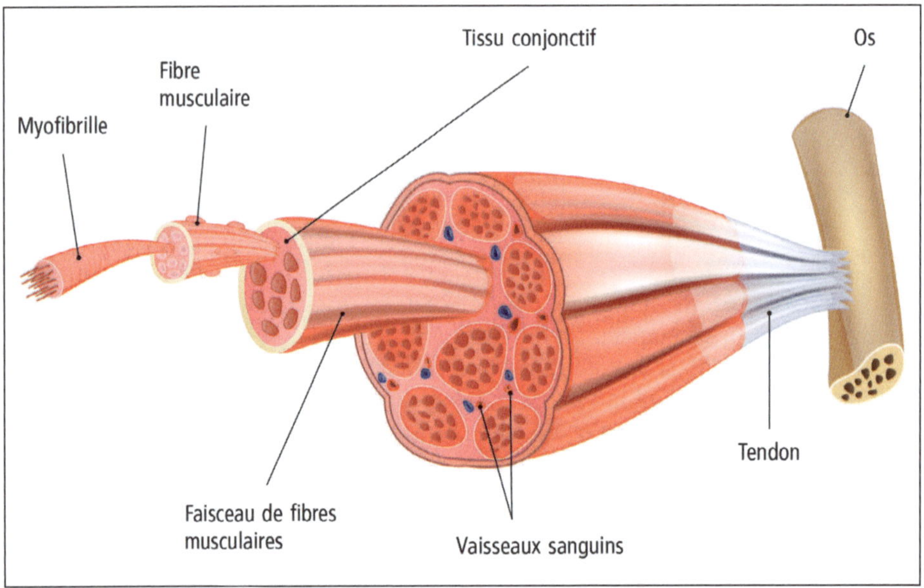

Structure des muscles striés

Un muscle strié squelettique est composé de faisceaux de fibres musculaires qui réagissent à une excitation nerveuse selon la propriété d'excitabilité. Les fibres se contractent pour produire un mouvement : c'est la propriété de contractilité. Le muscle se gonfle en se raccourcissant lors de la contraction et se relâche, en se dégonflant et en s'allongeant, le muscle est élastique. Au repos, les muscles ont une certaine tonicité qui permet le maintien des postures.

1.2. Mécanisme de contraction musculaire

Pour se contracter, le muscle strié squelettique a besoin de produire de l'énergie à partir de dioxygène et de glucose. Il rejette du dioxyde de carbone et d'autres déchets.

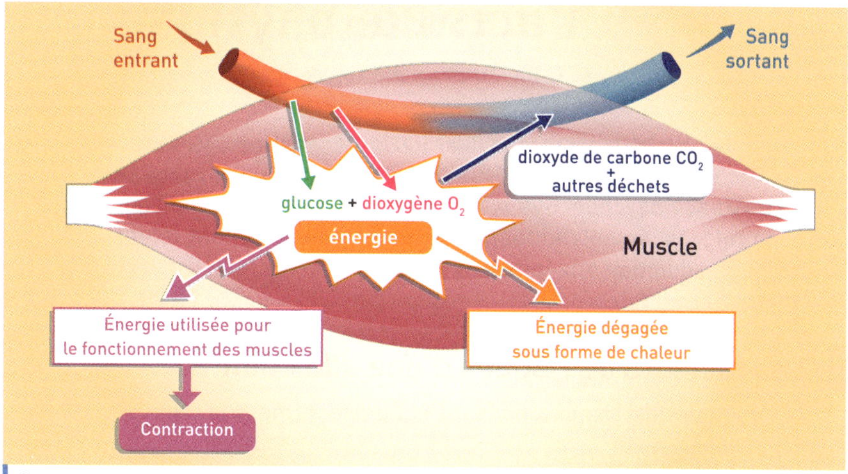

La contraction musculaire

2 Les modifications physiologiques lors d'un travail musculaire

Pendant le travail musculaire, le débit sanguin, le rythme cardiaque et respiratoire, la consommation de dioxygène augmentent. Le muscle produit de la chaleur qui doit être éliminée pour maintenir la température corporelle à 37 °C environ par le mécanisme de la thermorégulation.
La dépense énergétique est plus importante, donc les nutriments sont moins facilement stockés (ex. : lipides et glucides qui ne forment pas de masse grasse).

3 L'intérêt d'une activité physique régulière sur la santé

Plus de 30 % de la population française est en dessous des recommandations de l'OMS (Organisation mondiale de la santé) en ce qui concerne l'activité physique. La sédentarité se manifeste par une inactivité physique, par un temps trop important passé allongé ou assis, notamment devant écran.
La sédentarité favorise le diabète, les maladies cardiovasculaires et le cancer. Elle diminue la capacité respiratoire et augmente les risques d'obésité. Le manque d'activité physique est le quatrième facteur de risque de mortalité dans le monde.

3.1. Les recommandations selon l'OMS sur l'activité physique

Pour les enfants et les adolescents, l'OMS recommande 60 minutes par jour d'activité physique. Pour les adultes à partir de 18 ans, l'OMS recommande 150 à 300 minutes par semaine d'activité d'endurance d'intensité modérée ou 75 à 150 minutes d'activité d'endurance d'intensité soutenue et deux fois par semaine au moins d'activités de renforcement musculaire.

3.2. Les effets positifs de l'activité physique régulière sur la santé

• Sur le plan de la santé physique et de la silhouette : diminution du risque de maladies cardiovasculaires, de surpoids et d'obésité, développement des muscles, silhouette plus harmonieuse (ventre plus plat).
• Sur le plan de la santé mentale et psychologique : diminution du stress, impression de bien-être et de détente, amélioration du sommeil, augmentation des relations sociales.

Les addictions

LU ☐
SU ☐
REVU ☐

Vidéo : l'addiction
liennathan.fr/p649zv

Une conduite addictive est un comportement qui se caractérise par une incapacité à se passer de la consommation d'un produit appelé « substance psychoactive » (alcool, tabac, drogues, médicaments : somnifères, anxiolytiques). Elle concerne également la pratique abusive d'une activité : addiction aux jeux, aux réseaux sociaux, etc. On parle alors d'« addiction comportementale ».

1 Les facteurs de risques d'une addiction

Les facteurs de risques pouvant conduire à une addiction se classent en quatre catégories.

1. Les facteurs individuels : influences génétiques, âge (vulnérabilité plus importante à l'adolescence), sexe, mal-être, fragilité psychique, etc.
2. Le type de produit : pouvoir addictif, toxicité de la substance, disponibilité du produit et mode de consommation : dose, concentration du produit, mode de prise.
3. Le type de jeux vidéo : les jeux en réseau provoquent une addiction plus forte.
4. Les facteurs environnementaux : famille, amis (imitation), travail (ex. : stress).

2 Le mécanisme de l'addiction sur le cerveau

Les cellules nerveuses sont connectées entre elles grâce aux synapses qui permettent la transmission de l'information par l'intermédiaire de messagers chimiques : les neurotransmetteurs. Certaines substances psychoactives stimulent la sécrétion de dopamine, principal neurotransmetteur impliqué dans le « circuit de la récompense ». L'accumulation de la dopamine en grande quantité dans le cerveau procure un plaisir intense. La sensation de plaisir incite la personne à continuer à consommer la substance et à augmenter les doses pour obtenir la même sensation de bien-être.

3 Les effets sur la santé

3.1. Les effets de l'alcool

Effets à court terme	Effets à long terme
Baisse de la vigilance ; augmentation de la durée de réaction ; modification du comportement, perte de maîtrise de soi et coma éthylique (en cas de forte consommation). Malformations en cas de consommation durant la grossesse.	Dépendance physique et psychique ; cancers ; maladies cardiovasculaires ; troubles psychiatriques ; problèmes de mémoire et de motivation ; baisse des performances.

3.2. Les effets du cannabis

Effets à court terme	Effets à long terme
Action sur le système nerveux : propriétés euphoriques ; modification des perceptions ; détente ; anxiété ; difficultés à se concentrer ; irritabilité et somnolence ; augmentation du temps de réaction ; hallucinations ; palpitations et nausées.	Dépendance psychique ; baisse de la mémoire et des capacités intellectuelles ; problèmes pulmonaires (cannabis mélangé à du tabac) ; augmentation des risques de maladie mentale.

3.3. Les effets de la polyconsommation

L'association d'au moins deux substances psycho-actives est appelée **polyconsommation**. Elle entraîne des effets plus graves sur la santé et une dépendance plus rapide que dans le cas d'une consommation d'un seul produit. Elle augmente le risque d'accident de la route (ex. : alcool + cannabis au volant), d'accident du travail et la prise de risque liée à la diminution de la maîtrise de soi (rapports sexuels non protégés).

4 Les conséquences d'une addiction

Les **conséquences sociales et personnelles** d'une addiction sont nombreuses : problèmes relationnels, problèmes familiaux liés aux modifications du comportement, isolement, exclusion, difficultés financières et poursuites judiciaires. À la suite d'un accident causé par l'alcool au volant ou une autre substance, le conducteur peut avoir des séquelles (handicap) ou être responsable du décès ou du handicap d'autres personnes.

5 Les actions de prévention

5.1. Les actions de prévention individuelle

Une personne dépendante (ou un de ses proches) peut se renseigner et se faire aider en contactant :

- des structures qui assurent des permanences téléphoniques et peuvent répondre aux questions par l'intermédiaire de leur site Internet ou par tchat individuel (en direct avec l'un des écoutants) : Drogues info service (0 800 23 13 13), Écoute Cannabis (0 980 980 940), Alcool info service (0 980 980 930) ;
- des professionnels : médecin traitant, infirmier du lycée.

5.2. Les actions de prévention collective

Des structures accompagnent les personnes dépendantes et mettent en place des mesures pour lutter contre les conduites addictives :

- Informations auprès des lycéens sur les dangers des substances.
- Plan gouvernemental : lutte contre la drogue et les conduites addictives par la mission interministérielle MILDECA.
- Campagnes de prévention diffusées dans les médias : films, affiches, dépliants, conférences.
- Organisation de consultations jeunes consommateurs (CJC).

6 La réglementation des substances licites et illicites

6.1. La répression

La loi française condamne l'usage et le trafic de stupéfiants, **substance illicites**, interdites : cannabis, morphine, cocaïne, MDMA (ecstasy), LSD, amphétamines, héroïne, etc. Elle distingue l'usager (le consommateur) du « dealer » qui vend de la drogue et est considéré comme trafiquant. Le trafiquant encourt des sanctions sévères : amendes, peines de prison. Des **produits licites** (alcool, tabac) sont autorisés à la vente et à la consommation mais encadrés par la loi. Le tabagisme est interdit dans les lieux fermés recevant du public, l'alcool au volant entraîne des poursuites judiciaires.

6.2. La prévention

Pour prévenir l'alcoolisme : la vente de boissons alcoolisées est interdite aux mineurs, la publicité en faveur de la consommation de boissons alcoolisées est réglementée. Pour prévenir le tabagisme : les paquets de cigarettes et de tabac à rouler sont vendus dans des paquets neutres sans logo, ni autre signe distinctif.

La sexualité et la contraception

LU ☐
SU ☐
REVU ☐

Avant les premières relations sexuelles, il est important que le couple ou un individu choisisse de façon réfléchie un moyen contraceptif préventif qui lui convienne pour éviter une grossesse non désirée. La connaissance des appareils reproducteurs permet de comprendre le mode d'action des contraceptifs.

1 La physiologie de l'appareil reproducteur féminin

L'appareil reproducteur féminin comprend :

• **Les ovaires :** il s'agit des glandes qui produisent les gamètes femelles (ovules, cellules de la reproduction) de la puberté à la ménopause. Ils sécrètent des hormones (œstrogènes et progestérone) dont la production varie au cours du cycle féminin d'une durée d'environ 28 jours. Ces deux hormones agissent de manière différente sur la muqueuse de l'utérus en se fixant sur des récepteurs spécifiques au niveau des cellules cibles. Ces sécrétions sont sous le contrôle hormonal de l'hypothalamus et de l'hypophyse.

• **Les trompes de Fallope :** c'est le lieu de la fécondation. Elles captent l'ovule au niveau du pavillon et permettent sa progression vers l'utérus.

• **L'utérus :** cavité dans laquelle se développe l'embryon. Il est revêtu d'une muqueuse appelée « endomètre » qui s'épaissit au cours du cycle féminin. S'il n'y a pas de fécondation, une partie se détache et forme les règles.

• **Le vagin :** organe de l'accouplement constitué par un conduit d'une dizaine de centimètres, tapissé par une muqueuse humidifiée et lubrifiée.

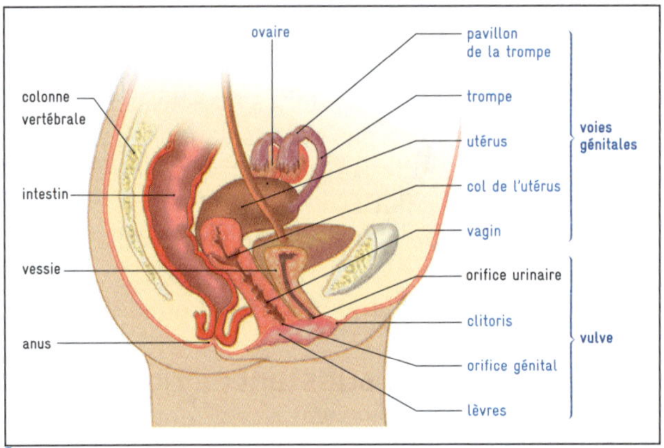

Appareil génital féminin

2 La physiologie de l'appareil reproducteur masculin

L'appareil reproducteur masculin comprend :

• **Les testicules :** produisent en continu les gamètes mâles (spermatozoïdes) à partir de la puberté.

• **Les canaux déférents :** voies dans lesquelles progressent les spermatozoïdes.

• **Les vésicules séminales et la prostate :** sécrètent le liquide qui se mélange aux spermatozoïdes pour former le sperme.

• **L'urètre :** conduit par lequel s'écoule le sperme et l'urine.

• **Le pénis :** organe qui devient rigide à l'érection grâce à l'afflux de sang pour permettre la pénétration. Il se termine par le gland recouvert par une petite peau (le prépuce).

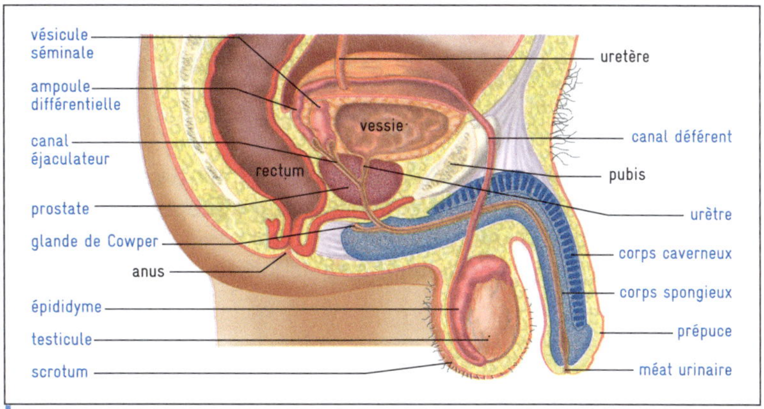

Appareil génital masculin

3 Les étapes de la reproduction sexuée

Après libération au niveau du pavillon de la trompe, l'ovule progresse dans la trompe où il peut être fécondé par un spermatozoïde pour former un œuf qui correspond à la première cellule du futur embryon. Cet œuf s'accroche à la muqueuse utérine, c'est la nidation.

4 Le choix d'une méthode de contraception préventive

La pilule, le patch ou l'implant ont trois modes d'action. Leurs hormones bloquent l'ovulation, empêchent le développement de la muqueuse utérine pour éviter la nidation d'un œuf en cas de fécondation, épaississent la glaire cervicale pour faire barrière aux spermatozoïdes. Ces méthodes, prescrites par un médecin, sont les plus efficaces.

Le DIU (dispositif intra-utérin) ou stérilet évite la nidation de l'œuf et limite la progression des spermatozoïdes dans les voies génitales. Le DIU est prescrit par un médecin et posé pour 3 à 10 ans selon le modèle.

Les préservatifs masculins et féminins empêchent l'émission de sperme dans le vagin. Ils sont en vente libre et les jeunes de moins de 26 ans peuvent se les procurer gratuitement en pharmacie. Il est préférable de les associer à un autre moyen pour une efficacité maximale.

5 Contraception d'urgence et interruption volontaire de grossesse

Pour limiter le risque de grossesse après un rapport non protégé ou après un incident (ex. : déchirure du préservatif), une contraception d'urgence peut être un recours à condition de respecter les délais. Après un rapport à risque, il ne faut pas dépasser 3 à 5 jours selon le type de pilule et 5 jours pour la pose d'un DIU.

En cas d'échec de la contraception d'urgence, l'**IVG ou interruption volontaire de grossesse** peut être pratiquée si le délai légal est respecté : 7e semaine de grossesse pour la méthode médicamenteuse et 14e semaine au maximum pour la méthode chirurgicale. Deux consultations médicales préalables sont obligatoires.

6 Les missions des structures d'accueil et de soutien

Elles renseignent, aident au choix de la contraception et/ou la délivrent.

- le CPEF : Centre de planification et d'éducation familiale ;
- les médecins généralistes, les gynécologues, les pharmaciens, les sages-femmes, les infirmiers scolaires ;
- le CeGIDD : centre gratuit d'information, de dépistage et de diagnostic des infections sexuellement transmissibles.

L'alimentation écoresponsable

LU ☐
SU ☐
REVU ☐

L'attitude écoresponsable dans le domaine de l'alimentation contribue au développement durable de la planète en limitant les impacts environnementaux négatifs. Elle permet d'économiser les ressources, de limiter les changements climatiques, la pollution de l'air, de l'eau et des sols.

1 Les critères d'un comportement écoresponsable

Le comportement écoresponsable dans le domaine alimentaire limite l'impact environnemental par des gestes simples :
– choisir des produits grand format (ex. : fromage blanc), adaptés en taille à la consommation et les moins emballés ;
– privilégier l'achat de produits frais (fromages, légumes, fruits, charcuterie…) et de produits en vrac emballés dans des bocaux, boîtes, sacs réutilisables ;
– éviter les plats préparés et le gaspillage alimentaire ;
– préférer l'achat de produits locaux ou en circuit de distribution court et de saison ;
– trier les déchets selon les consignes prévues dans la commune en séparant les déchets recyclables des autres déchets ;
– choisir des produits sans pesticides de synthèse (ex. : produits avec le label AB, c'est-à-dire« agriculture biologique ») ou dont l'usage de pesticides est limité (agriculture raisonnée) ;
– consommer de l'eau du robinet au lieu de l'eau en bouteille, de boissons sucrées ou alcoolisées ;
– faire du compost avec les déchets alimentaires ;
– télécharger sur son portable l'application « ETIQUETTABLE » de cuisine durable pour s'alimenter en réduisant son impact environnemental ;
– faire les courses à pied ou à vélo.

2 Les causes et les conséquences du gaspillage alimentaire

Le gaspillage alimentaire concerne toutes les étapes du circuit alimentaire : production (agriculture, élevage), transformation, distribution, transport, vente et consommation. Le consommateur n'a pas souvent conscience de son gaspillage alimentaire et pourtant il représente 30 kg par an et par habitant selon l'ADEME (Agence de l'environnement et de la maîtrise de l'énergie).

2.1. Les causes fréquentes du gaspillage alimentaire

• L'achat de produits en trop grosse quantité.
• La non-consultation des dates de péremption : DLC (date limite de consommation) et des DDM (date de durabilité minimale) sur les étiquettes de produits alimentaires.
• La méconnaissance du fait que l'on peut dépasser la DDM sans risque pour la santé.
• La préparation de plats en trop grande quantité.
• Le remplissage trop important des assiettes au domicile et à l'extérieur (restaurant scolaire, restaurant d'entreprise…).

2.2. Les conséquences du gaspillage alimentaire

• Une consommation d'énergie perdue pour produire les aliments jetés, les transformer, les emballer, les transporter, les vendre et les conserver.

• Un supplément d'émissions de dioxyde de carbone dans l'atmosphère (empreinte carbone) pour produire les aliments gaspillés favorisant le réchauffement climatique. La viande, les produits laitiers, les légumes produits sous serre, gaspillés ou consommés en excès pèsent plus lourd sur l'empreinte carbone.
• Une pollution supplémentaire de l'eau et de l'air : utilisation d'engrais et de pesticides, déjections animales, poussières émises lors des épandages, des labours et des récoltes.
• Une perte des ressources en eau pour produire l'aliment.
• Un surcoût qui représente entre 100 et 160 euros par an et par personne qui correspond à la valeur des aliments jetés.

3 Les mesures de prévention pour limiter le gaspillage et la surconsommation

3.1. Les mesures collectives

• Organisation d'une journée internationale de sensibilisation aux pertes et gaspillages de nourriture.
• Objectifs fixés par la France en 2013 de réduire de 50 % le gaspillage sur l'ensemble de la chaîne alimentaire avant 2025.
• Loi du 17 août 2015 relative à la transition énergétique pour la croissance verte (LTECV) et la loi Garot du 11 février 2016 : obligation pour les restaurations collectives publiques de mettre en place une démarche de lutte contre le gaspillage, information et éducation à la lutte contre le gaspillage dans les établissements scolaires, obligation pour les grandes surfaces de plus de 400 m^2 de mettre en place un partenariat de dons avec des associations d'aide alimentaire, fin de la distribution de sacs de caisse en plastique à usage unique.
• **Loi Egalim du 1er novembre 2018** (agriculture et alimentation) qui instaure :
– l'obligation de mettre en place des actions de lutte contre le gaspillage dans la restauration collective et pour la grande distribution ;
– l'obligation de dons d'excédents alimentaires à des associations d'aide alimentaire étendue ;
– la possibilité d'emporter les restes d'aliments ou de boissons dans les restaurants et les débits de boissons ;
– la réduction de l'utilisation du plastique : interdiction des pailles et bâtonnets mélangeurs, des bouteilles d'eau en plastique dans la restauration, la vente à emporter, les commerces alimentaires, la restauration scolaire ;
– la vente de fruits et légumes « moches » non calibrés ou présentant des défauts à moindre coût.
• **Loi anti-gaspillage pour une économie circulaire du 10 février 2020 :** fin progressive de la mise sur le marché des emballages en plastique à usage unique, vaisselle jetable interdite dans les établissements de restauration servant plus de 20 personnes.

3.2. Les mesures individuelles

Les mesures individuelles pour prévenir le gaspillage alimentaire sont :
– de prévoir les menus et préparer la liste avant de faire les courses ;
– d'acheter les produits alimentaires en quantité adaptée à sa consommation ;
– de conserver les aliments dans les conditions qui conviennent (respect de la chaîne du froid...) ;
– de cuisiner en quantité raisonnable et réutiliser les restes ;
– de se servir en fonction de son appétit en restauration scolaire ou d'entreprise.

Les risques majeurs

Site web GéoRisques.fr
liennathan.fr/bqr927

LU ☐
SU ☐
REVU ☐

En raison des changements climatiques, les événements naturels (inondations, tempêtes, cyclones) sont de plus en plus fréquents en France. Il est donc important que chacun soit capable d'adopter un comportement adapté au risque.

1 L'identification d'un risque majeur

Un risque majeur est la possibilité qu'un événement se produise en provoquant rapidement un grand nombre de victimes et des dégâts matériels ou écologiques très importants. Il est caractérisé par sa faible fréquence mais par une gravité élevée.

1.1. Les risques naturels et technologiques

On distingue :
– les risques majeurs naturels (avalanches, inondations, tempêtes, tornades) ;
– des risques majeurs technologiques d'origine humaine (rupture de barrage, risque nucléaire, risque industriel, transport de marchandises dangereuses…).
Un risque majeur est l'association :
– d'un aléa, c'est-à-dire d'un événement potentiellement dangereux (tempête) ;
– et d'enjeux humains, économiques ou environnementaux.

1.2. La menace terroriste

Les menaces terroristes sont les risques d'attentats qui visent à tuer ou blesser des personnes civiles dans le dessein d'intimider la population ou de faire pression sur le gouvernement pour atteindre des objectifs politiques.

2 Le repérage des risques majeurs au niveau local

Chaque citoyen a le droit à l'information sur les risques majeurs auquel il est soumis. Il peut consulter le site : www.georisques.gouv.fr.

2.1. Information au niveau départemental sous la responsabilité du préfet

Le DDRM (Dossier départemental sur les risques majeurs) informe la population sur les risques naturels et technologiques majeurs auxquels elle est confrontée dans le département.

2.2. Information au niveau communal et sous la responsabilité du maire

Le DICRIM (Document d'information communal sur les risques majeurs) indique les mesures de prévention adaptées aux risques majeurs auxquels les habitants de la commune sont exposés. Un propriétaire qui loue ou vend un logement doit fournir un diagnostic « état des risques et pollution » (ERP) au futur acheteur ou locataire.

3 La conduite à tenir en cas d'alerte à la population

Le signal d'alerte et d'information aux populations (SAIP) avertit les populations d'un danger imminent par un signal sonore provenant d'une sirène, de haut-parleurs, par un message diffusé sur les téléphones mobiles (FR-Alert), par Twitter, Facebook et Google, par la RATP, Vinci Autoroutes, Radio France et France Télévisions. Les personnes doivent se mettre à l'abri et suivre les consignes données.

Savoir 8

Les enjeux de la santé et sécurité au travail

LU ☐
SU ☐
REVU ☐

Le nombre d'accidents du travail et de maladies professionnelles ont légèrement diminué ces dernières années. Il est important de prendre conscience de l'intérêt ou des enjeux de la prévention pour éviter les conséquences lourdes sur les salariés et l'entreprise.

1 Les enjeux de la santé et sécurité au travail pour les salariés

• **Enjeux humains :** instaurer un environnement de travail favorable à la santé physique et mentale, à la sécurité du salarié pour éviter les conséquences liées aux accidents du travail et aux maladies professionnelles : usure prématurée, mal-être et handicap.
• **Enjeux socio-économiques :** maintenir le salarié à son poste de travail, conserver son salaire et travailler dans un climat social agréable.

2 Accident du travail et maladie professionnelle

L'accident du travail (AT) est l'accident qui survient par le fait ou à l'occasion du travail de toute personne salariée, sur son lieu de travail et durant son temps de travail. Il résulte d'une action soudaine et violente qui entraîne une lésion.
L'accident de trajet est un accident survenu pendant le trajet aller ou retour entre le lieu de travail et le domicile ou entre le lieu de travail et le lieu où le salarié prend habituellement ses repas. La maladie professionnelle (MP) est la conséquence directe d'une exposition chronique d'un salarié à un risque physique, chimique ou biologique et résultant des conditions dans lesquelles il exerce son activité.

3 Droits et obligations de l'employeur et du salarié

Le Code du travail fixe des droits et des devoirs pour l'employeur et les salariés.

	Employeur	Salarié
Obligations	Veiller à la santé et à la sécurité de ses salariés en mettant en place des actions de prévention, d'information et de formation. Évaluer les risques professionnels sur chaque poste de travail.	Prendre soin de sa santé et de sa sécurité ainsi que celles des autres. Respecter les règles de sécurité mises en place par l'employeur. Respecter le règlement intérieur (entreprises de plus de 50 salariés). Respecter les obligations fixées dans le contrat de travail.
Droits	Sanctionner le salarié en cas de non-respect de règles de sécurité.	Exercer un droit de retrait en cas de danger grave et imminent.

4 Pour les jeunes travailleurs ou nouveaux embauchés

Les jeunes de moins de 16 ans ne peuvent pas travailler sauf dérogations. À cause du manque d'expérience et du risque sur leur santé, le Code du travail interdit de confier certains travaux comportant des risques pour la santé et la sécurité aux jeunes de moins de 18 ans. Selon le Code du travail, l'employeur a l'obligation d'organiser une formation en matière de sécurité ou accueil sécurité en vue de prévenir les risques professionnels au bénéfice des nouveaux embauchés.

Savoir 9

Les notions de base en prévention des risques professionnels

LU ☐
SU ☐
REVU ☐

Il est important pour un salarié de s'informer sur les risques professionnels auquel il est confronté dans son activité de travail et sur les moyens de les prévenir.
L'application des consignes de sécurité contribue à cette prévention.

Vidéo : le port des EPI
liennathan.fr/v92qw8

1 Les consignes de sécurité

L'employeur a l'obligation d'afficher les consignes de sécurité en entreprise pour que les salariés adoptent des comportements adaptés en cas d'accident.
La fiche de poste doit être affichée au poste de travail. Elle indique les précautions à prendre au niveau de la sécurité lors de l'utilisation d'une machine. Elle comprend :
- la photo de la machine et les annotations sur les dispositifs de sécurité ;
- les EPI : équipements de protection individuelle ;
- les risques liés à l'utilisation de la machine ;
- les mesures de prévention à respecter ;
- les consignes à suivre en cas d'urgence.

2 Les dangers

Lors d'une activité de travail, le salarié est confronté à des dangers : lame coupante, bruit, produit toxique, pièce en mouvement, charge lourde, etc. Un danger est une cause capable de provoquer un dommage.

3 La relation entre danger(s) et dommage(s) potentiel(s)

Un danger peut causer un accident ou une maladie professionnelle entraînant un dommage : coupures, surdité, cancer, écrasement d'un membre, lombalgies. Un dommage est une blessure physique ou une atteinte à la santé.
Pour qu'il y ait un dommage, il faut la présence d'une personne en lien avec le danger, c'est-à-dire une situation dangereuse.
Une situation dangereuse ou exposante est une situation dans laquelle une ou plusieurs personnes sont exposées à un ou plusieurs dangers. Exemples : utiliser un solvant, travailler dans une ambiance bruyante, porter une charge lourde, etc.

4 Les risques professionnels

Une activité professionnelle expose à des risques professionnels. Un risque professionnel est la probabilité de survenue d'un accident du travail ou d'une maladie professionnelle au cours de l'activité de travail et susceptible de provoquer des dommages. Les risques professionnels sont classés par famille selon l'INRS (Institut national de recherche et de sécurité) : risques liés à l'électricité, risques liés aux produits, aux émissions et aux déchets, risques liés à la charge physique au travail, risques liés aux agents biologiques, risques et nuisances liés au bruit, risques routiers en mission, risques de chute de hauteur, etc.

Savoir 10

Les infections sexuellement transmissibles

LU ☐
SU ☐
REVU ☐

Les IST (infections sexuellement transmissibles) sont des infections qui se transmettent principalement au cours d'un rapport sexuel d'un individu porteur du micro-organisme vers un individu sain.

Site web IST.fr
liennathan.fr/5h7er4

1 L'évolution du nombre de personnes atteintes d'IST

Selon un rapport de Santé publique France paru en décembre 2022, le nombre de cas de chlamydia et de blennorragie gonococcique (appelée couramment « chaude-pisse ») a augmenté sensiblement en 2021. Le nombre de cas de syphilis a augmenté légèrement en 2021. Le nombre de contaminations par le VIH reste stable en 2021.

2 Les caractéristiques des IST

Les IST sont des infections transmises par des micro-organismes pathogènes : bactéries, virus, champignons microscopiques (levures) ou parasites.

	Non de l'infection > agent responsable	Symptômes	Conséquences possibles
Contamination bactérienne	**SYPHILIS** > Tréponème pâle	Chez l'homme et la femme, stade primaire : chancre (plaie) au niveau génital, anal, buccal. Stade secondaire : ganglions, éruption de boutons, taches rosées sur la peau.	Chez l'homme et la femme : atteinte du système nerveux et de l'appareil cardiovasculaire. Chez la femme : atteinte du nouveau-né en cas de grossesse.
	CHLAMYDIOSE > Chlamydia	Le plus souvent sans symptôme. Parfois chez l'homme : brûlures, écoulement au niveau du pénis. Parfois chez la femme : pertes vaginales, fièvre, douleur au bas-ventre.	Chez l'homme et la femme : stérilité. Chez la femme : grossesse extra-utérine.
	BLENNORRAGIE GONOCOCCIQUE > Gonocoque	Chez l'homme : brûlures intenses en urinant et écoulement jaune à l'extrémité du pénis. Chez la femme : moins de symptômes mais parfois des brûlures et pertes vaginales jaunâtres.	Chez l'homme et la femme : stérilité.
Contamination virale	**HERPÈS GENITAL** > VHS : virus de l'herpès simplex	Chez l'homme et la femme : symptômes récidivants qui se manifestent par des poussées (vésicules douloureuses sur les organes génitaux). Parfois, absence de symptôme.	Chez la femme : contamination du nouveau-né lors de l'accouchement.
	INFECTION A PAPILLOMAVIRUS > Papillomavirus	Chez l'homme et la femme : petites verrues sur les organes génitaux.	Chez la femme : cancer du col de l'utérus.
	HEPATITE B > VHB : virus de l'Hépatite B	Chez l'homme et la femme : fièvre, fatigue, jaunisse.	Chez l'homme et la femme : cirrhose, cancer du foie. Chez la femme : contamination du bébé en cas de grossesse.
	SIDA > VIH : virus d'immunodéficience humaine	Chez l'homme et la femme : peu de symptômes dans les premiers temps (fatigue, fièvre).	Chez la femme : contamination du bébé en cas de grossesse.

Les principaux symptômes des IST sont des brûlures en urinant, des démangeaisons, un écoulement purulent au niveau du pénis, des pertes vaginales malodorantes. Mais certaines IST (ex. : chlamydiose) passent inaperçues et sont très contagieuses.

3 Les caractéristiques spécifiques du sida

• Après contamination, le VIH détruit une catégorie de globules blancs du système immunitaire : les lymphocytes T4. Le premier stade du sida ressemble à une grippe, c'est la primo-infection. Le virus se multiplie rapidement et le risque de contaminer un(e) partenaire est important.
• Au cours de la deuxième phase, qui dure plusieurs années, la personne est séropositive. Le test de recherche d'anticorps contre ce virus est positif mais l'individu contaminé ne présente pas de signes de l'infection et peut transmettre le virus. On dit qu'il est « porteur sain ».
• Au cours de la dernière phase, le malade développe des infections car son système immunitaire n'arrive plus à combattre les micro-organismes pathogènes. Il est immunodéficient, c'est le stade de la maladie sida.

4 Prévention des IST

L'emploi du préservatif à chaque rapport sexuel est la seule façon de prévenir la transmission d'une IST. Il est important d'effectuer des dépistages réguliers en cas de changements fréquents de partenaire ou de prise de risque. Si on veut arrêter l'utilisation du préservatif, il faut que les deux partenaires se fassent dépister (autotest, prise de sang). En cas de contamination, le suivi du traitement prescrit diminue le risque de contaminations d'autres personnes.

5 La conduite à tenir à la suite d'un comportement à risque ou d'une contamination

En cas de comportement à risque (rapport sexuel non protégé, rupture de préservatif), il faut se rendre aux urgences le plus vite possible et en moins de 48 heures. Le médecin évalue le risque et prescrit si besoin un traitement post-exposition TPE qui limite le risque de contamination. Puis un test de dépistage doit être pratiqué en respectant des délais.
En cas de contamination avérée, confirmée par un diagnostic, le médecin prescrit des médicaments antiviraux qui limitent le risque de transmission du virus.
En cas de prise de risque ou de contamination confirmée, la protection par un préservatif est indispensable. Il est également important de prévenir le ou les partenaires de sa séropositivité.

6 Les missions des structures d'accompagnement

Le CeGIDD (Centre gratuit d'information de dépistage et de diagnostic) a pour missions : la prévention et le dépistage des IST, la prise en charge et le suivi des personnes après une exposition.
« Sida Info Service » au 0800 840 800 et « Fil Santé jeunes » au 0800 235 236 sont des organismes qui proposent une écoute, une aide gratuite et anonyme par téléphone, e-mail ou par tchat individuel. Ils peuvent transmettre les coordonnées du service d'urgence le plus proche.

Savoir

11

Les pratiques alimentaires

LU ☐
SU ☐
REVU ☐

Les pratiques alimentaires ont particulièrement évolué ces dernières années. Elles dépendent notamment du mode de vie, de l'environnement professionnel et familial, des relations sociales, ou encore des revenus.

1 Le devenir des aliments dans l'organisme

L'appareil digestif a pour rôle de transformer les aliments en nutriments capables de passer dans le sang pour être utilisés par l'organisme. La digestion est effectuée grâce à l'action chimique des enzymes combinée à l'action mécanique des dents et des muscles de la paroi de l'estomac en trois étapes :

Étape 1. La digestion des aliments que nous consommons commence dans la bouche par la mastication. Les aliments sont coupés, déchiquetés, écrasés par les dents et imprégnés de salive. L'amidon contenu dans les glucides commence à être dégradé grâce à une enzyme. La déglutition fait glisser le mélange appelé « bol alimentaire » dans le pharynx puis il progresse dans l'œsophage jusqu'à l'estomac.

Étape 2. Le bol alimentaire est malaxé par l'action des muscles de la paroi de l'estomac pour être transformé en bouillie. Le suc gastrique acide contient des enzymes qui dégradent les protéines. Le contenu de l'estomac passe progressivement dans l'intestin grêle qui se contracte.

Étape 3. Sous l'action des enzymes contenues dans le suc pancréatique et le suc intestinal, les molécules de protides, glucides, lipides sont simplifiées en nutriments qui traversent la paroi intestinale et rejoignent la circulation sanguine. C'est l'absorption intestinale. Les constituants non absorbés comme les fibres alimentaires sont acheminés vers le côlon pour être évacués dans les selles.

2 L'impact des pratiques alimentaires sur la santé et sur l'environnement

Les besoins nutritionnels varient suivant l'âge, le sexe, l'activité physique, etc. Les besoins nutritionnels moyens sont calculés sur un groupe de personnes de même âge et de même sexe. Ils permettent de calculer les apports nutritionnels conseillés pour ne pas souffrir de carence (manque) et éviter les excès.

2.1. Les pratiques alimentaires choisies ou subies

De plus en plus de Français se tournent vers une alimentation végétarienne, végétalienne ou biologique pour préserver leur santé, l'environnement et le bien-être animal.

• Le régime végétarien comprend tous les groupes alimentaires mais sans consommation de viande ni de poisson. Les personnes flexitariennes suivent très souvent un régime végétarien mais consomment de temps en temps de la viande ou du poisson.

• Le régime végétalien ou végan consiste à ne consommer aucun aliment d'origine animale.

• L'alimentation biologique (AB) privilégie les produits naturels et interdit l'usage d'additifs, d'engrais et pesticides de synthèse.

• Les personnes, de plus en plus nombreuses, souffrant de phénomènes d'allergie ou d'intolérance alimentaire s'orientent vers la consommation d'aliments ne contenant pas de gluten (blé et autres céréales, et aliments industriels) ou du lactose (lait et produit laitiers).

2.2. Les carences alimentaires

La trop faible consommation de légumes, fruits, légumes secs, céréales complètes est à l'origine des carences au niveau de certaines vitamines et des fibres. Le manque de fibres peut entraîner de la constipation et augmente le risque de maladies telles que le diabète et le cancer du côlon. Le manque de vitamine C (fruits et légumes) diminue les défenses immunitaires.

2.3. Les excès alimentaires

Les excès alimentaires favorisent les maladies cardiovasculaires, certains cancers, le surpoids, l'obésité et les caries dentaires (produits sucrés). Ils sont caractérisés par :

– la consommation de quantités trop importantes d'aliments ou de plats contenant trop de corps gras d'origine animale (beurre, charcuterie, viandes, etc.), de sodas, de produits sucrés et de sel, excès fréquents lors de la consommation d'aliments ultratransformés ;

– les grignotages de produits sucrés (sucreries, barres céréalières, etc.) ou gras (chips, frites, etc.).

3 Le choix d'un produit alimentaire

La consultation de l'étiquette d'un produit alimentaires nous renseigne sur ses impacts sur notre santé et l'environnement à condition de bien savoir la décrypter.

Valeur énergétique : privilégier les produits dont la valeur énergétique est la plus faible

Valeurs nutritionnelles moyennes pour :	pour 100 g	% AR (cuisson four)
Énergie	1110 kJ 256 kcal	13 %
Matières grasses *dont acides gras saturés* *dont acides gras mon-insaturés* *dont acides gras poly-insaturés*	16,0 g *2,0 g* – –	23 % *10 %*
Glucides dont sucres	26,0 g 4,0 g	10 % 4 %
Fibres alimentaires	2,0 g	–
Protéines	3,5 g	7 %
Sel	1,2 g	29 %

Ingédients :
Eau, farine de blé (17 %), pommes de terre déshydratées (13 %), huile de tournesol (13 %), œufs entier (12,5 %), amidon de blé, dextrose, épices. **Contient du GLUTEN et des œufs, Non fabriqué à l'huile d'arachide. Sans conservateur.**

Teneur en acide gras : privilégier les acides gras insaturés

Glucides : choisir les produits les plus pauvres en sucre

Logo qui informe sur la qualité nutritionnelle de l'aliment. Choisir de préférence un produit classé A ou B, en vert, de meilleure qualité nutritionnelle

Provenance : privilégier les aliments produits en France (moins d'impact négatif sur l'environnement)

Liste des ingrédients classés par ordre décroissant de quantité : privilégier les listes courtes et comportant des ingrédients non transformés. Eviter les produits ultra-transformés et les additifs (colorants, arômes, émulsifiants...)

Analyse d'une étiquette de produit alimentaire

Savoir

12

LU ☐
SU ☐
REVU ☐

Le stress au quotidien

Vidéo : le suivi individuel renforcé
liennathan.fr/b973xr

1 Les caractéristiques du stress

Le stress est une réaction d'adaptation, de défense de l'organisme à une situation perturbante ou considérée comme telle. L'organisme réagit à la situation stressante en déclenchant des réactions physiques et psychologiques qui lui permettent d'affronter la situation ou de la fuir. Le stress peut être utile à court terme mais être néfaste à long terme pour la santé. La réaction au stress varie selon les individus, certains sont plus vulnérables que d'autres.

2 Les facteurs de stress

Le stress varie suivant plusieurs facteurs.

Facteurs individuels	Âge, état de santé, sexe, hérédité...
Facteurs familiaux	Problèmes d'éducation des enfants, problèmes de couple, difficultés à gérer les tâches quotidiennes...
Facteurs environnementaux	Relations humaines, bruit...
Facteurs économiques	Problèmes financiers...
Facteurs professionnels	Surcharge de travail, insatisfaction, pression hiérarchique, relations conflictuelles, harcèlement, peur de perdre son travail...

3 Le mécanisme physiologique du stress

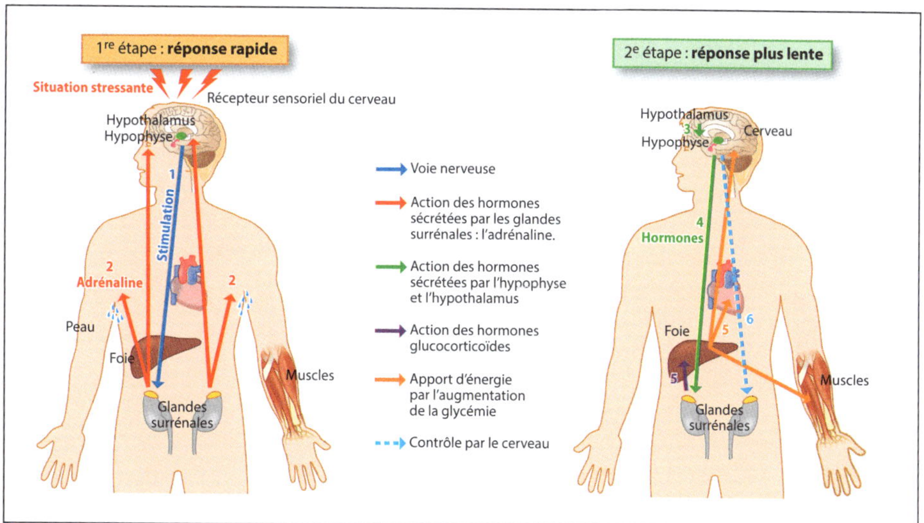

Les mécanismes de réaction à une situation stressante

Lorsque l'organisme est soumis à une situation stressante, il met en place des réactions lui permettant dans un premier temps d'y faire face en trois étapes :
Étape 1 : la phase d'alarme prépare l'organisme à réagir rapidement à un danger. Le cerveau déclenche la sécrétion d'hormones par les glandes surrénales. L'adrénaline sécrétée augmente le rythme cardiaque, le rythme respiratoire et la transpiration. Elle oriente le sang vers le cerveau pour augmenter la vigilance.
Étape 2 : la phase de résistance ou d'adaptation consiste à stimuler la sécrétion d'autres hormones (glucocorticoïdes) par les glandes surrénales grâce à l'hypophyse. L'énergie apportée aux muscles, au cerveau et au cœur est augmentée. Le cerveau contrôle cette sécrétion.
Étape 3 : la phase d'épuisement ou de stress profond ou chronique survient lorsque la situation se prolonge trop longtemps, les mécanismes de régulation sont débordés. Le cerveau ne contrôle plus la sécrétion d'hormones glucocorticoïdes, leur taux augmente de plus en plus en provoquant des déséquilibres graves.

4 Les effets du stress sur la santé

• Le stress aigu est la réponse de l'organisme à une menace ou à une situation imprévue ou nouvelle. Lorsque la situation stressante cesse, les signes de stress disparaissent.
• Le stress chronique est la réponse de l'organisme à une situation stressante durable, qui se répète. Les symptômes du stress chronique sont : agressivité, manque de patience, fatigue, troubles du sommeil, baisse de la mémoire et de la motivation, diminution de l'attention et des initiatives. Pour essayer de tenir, l'individu a souvent recours à une consommation trop importante d'alcool, de tabac, de café, de tranquillisants ou de drogue. Lorsque le stress chronique persiste, les effets sont irréversibles. Il peut entraîner des maladies graves : troubles cardio-vasculaires ou digestifs, diabète, allergies et perte de confiance en soi. Une dépression grave peut s'installer, pouvant conduire au suicide. Le stress favorise également l'apparition des TMS (tendinites, problèmes de colonne vertébrale, etc.).

5 Les actions pour gérer le stress au quotidien

Une hygiène de vie satisfaisante facilite la gestion du stress au quotidien.
Elle consiste à :
- équilibrer au mieux l'alimentation ;
- éviter ou limiter la consommation de café, de tabac et de boissons alcoolisées ;
- pratiquer une activité physique régulière, des exercices de relaxation ;
- respecter son rythme de sommeil.

D'autre actions aident à gérer le stress :
- planifier au préalable les tâches ;
- se fixer des priorités lorsqu'on se sent débordé ;
- favoriser les relations humaines ;
- se faire plaisir, pratiquer des loisirs (théâtre, cinéma, etc.).

Savoir
13

Le bruit au quotidien

LU ☐
SU ☐
REVU ☐

Le bruit est considéré comme la principale source de nuisance ressentie par les Français. Ses conséquences sur la qualité de vie et la santé sont importantes.

1 Les caractéristiques physiques du son

Le bruit est un ensemble de sons ressentis comme gênants ou désagréables du fait de leur intensité, de leur répétitivité ou de la sensibilité de la personne qui les perçoit. Les sons sont des vibrations qui se déplacent dans l'air et à travers des milieux solides comme les murs ou les planchers sous forme d'ondes sonores.
L'intensité du bruit perçu par l'oreille humaine se mesure en décibels A (dBA). Le bruit est composé de différentes fréquences, mesurées en hertz (Hz), qui vont de graves (fréquences basses) à aigu (fréquences élevées). Leur perception varie en fonction de l'âge et peut être altérée en cas de troubles auditifs.

2 Les sources du bruit

Les bruits aériens	Sont transmis dans l'air et proviennent de l'extérieur (transport routier, travaux, tondeuse, etc.) ou de l'intérieur d'un bâtiment (voix, cris, télévision, musique, etc.).
Les bruits d'équipement	Proviennent de la chaudière, de la ventilation, des sanitaires (chasse d'eau, robinetterie, tuyauterie), de l'ascenseur, etc.
Les bruits d'impact	Bruits de pas, de choc contre le mur ou le plancher, de chute d'objet, etc.

3 Les paramètres de dangerosité du son

Les effets du bruit sur la santé varient en fonction du niveau sonore mesuré en dBA et en fonction de la durée d'exposition au bruit.

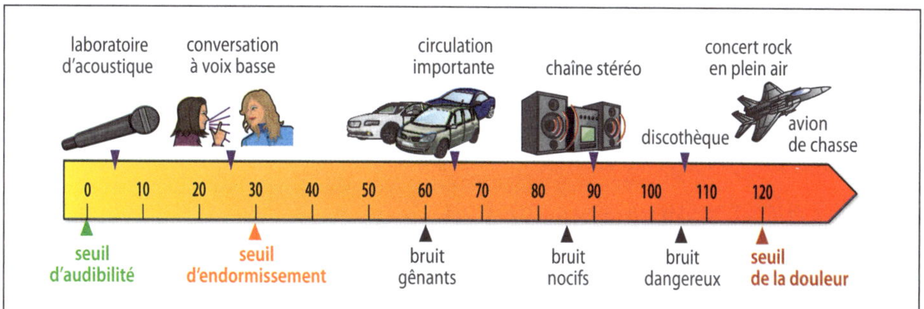

Seuils des niveaux sonores

4 Le mécanisme de la perception auditive

Les sons sont captés par le pavillon de l'oreille externe, puis acheminés par le conduit auditif vers le tympan qui vibre.

Les vibrations sont amplifiées par les osselets de l'oreille moyenne et transmises aux liquides contenus dans la cochlée de l'oreille interne.
Les mouvements de ces liquides provoquent le fléchissement des cils des cellules ciliées ; l'onde mécanique créée se transforme et donne naissance à un influx nerveux.
L'influx nerveux chemine par l'intermédiaire du nerf auditif jusqu'au cerveau, qui décode et interprète les sons.

5 Les conséquences du bruit sur la santé et sur la vie sociale

5.1. Effets auditifs

L'exposition, même de courte durée, à de forts volumes sonores, ou bien l'exposition fréquente et prolongée à des bruits d'intensité moyenne, peut provoquer des troubles temporaires de l'audition (gêne ou fatigue auditive) ou des atteintes définitives : acouphènes (sifflements, bourdonnements), hyperacousie (bruits perçus de façon trop intense) ou encore surdité. On distingue deux types de surdité :
– la surdité de transmission par atteinte de l'oreille externe et moyenne (ex. : lésion des osselets) ;
– la surdité de perception par atteinte de l'oreille interne (atteinte des cellules ciliées ou du nerf auditif).

5.2. Effets extra-auditifs

Le bruit a des effets négatifs sur les autres organes (troubles cadiovasculaires et respiratoires, diminution de l'immunité), sur la qualité du sommeil et il augmente le stress. Le bruit affecte la vie sociale car une ambiance sonore bruyante gêne la compréhension des conversations et isole la personne qui souffre de surdité.

6 Les mesures collectives de lutte contre les nuisances sonores

Les bruits de voisinage (de comportements, de chantier, occasionnés par une activité professionnelle, sportive ou de loisirs) peuvent être sanctionnés de jour comme de nuit par des amendes.
Pour prévenir la surdité, la réglementation prévoit une limitation du niveau sonore maximal des appareils portables utilisés avec un casque ou des écouteurs à 100 dB et une information lorsque le niveau sonore atteint 85 dB.

7 Les mesures de prévention et de protection contre le bruit

7.1. Le comportement civique

• Veiller à respecter la tranquillité du voisinage.
• Privilégier le dialogue : prévenir les voisins en cas de fête, amener les personnes bruyantes à se rendre compte de la gêne occasionnée, privilégier la conciliation.

7.2. Les mesures de protection individuelle

• Casque ou écouteurs : limiter le niveau sonore et la durée d'écoute, ne pas s'endormir en écoutant de la musique.
• Porter des PICB (protections individuelles contre le bruit) : bouchons d'oreilles, casque antibruit.

Savoir

14

L'eau et le développement durable

LU ☐
SU ☐
REVU ☐

L'eau, indispensable à la vie, est présente en quantité limitée sur la Terre et sa qualité est menacée. Il est donc important de la préserver.

1 La diversité des ressources en eau

1.1. Répartition de l'eau douce

L'eau recouvre les trois quarts de la surface de la Terre. La plus grande partie est de l'eau salée contenue dans les océans, non utilisable par l'homme.
L'eau douce, non salée, représente 2,5 % de l'eau sur terre. Elle est contenue dans les glaciers, les nappes souterraines (phréatiques), les eaux de surface liquides (cours d'eau, lacs). L'eau douce disponible sous forme liquide ne représente que 1 % de l'eau mondiale.

1.2. Inégalité de répartition de l'eau

Les ressources en eau des pays dépendent du climat. Les changements climatiques diminuent la disponibilité en eau ou menacent sa qualité.
Les régions pour lesquelles l'eau douce disponible ne suffit pas à répondre aux besoins sont : le Moyen et le Proche-Orient, l'Afrique du Nord. On parle de « stress hydrique » lorsque chaque habitant a moins de 1 700 m^3 disponibles par an et de « pénurie » lorsque chaque habitant dispose de moins de 1 000 m^3 par an.
En France, les ressources en eau disponibles sont globalement supérieures aux besoins mais les nappes phréatiques ne sont pas assez rechargées en raison du manque de pluie. L'allongement des périodes de sécheresse nécessite des mesures de restriction de la consommation d'eau (arrosage des jardins, remplissage de la piscine, etc.).

2 Le traitement de l'eau

2.1. Le circuit de l'eau

Pour que l'eau puisée dans les cours d'eau, les nappes souterraines ou les lacs soit consommée sans danger pour la santé, elle doit être analysée et subir plusieurs traitements dans une usine de potabilisation. Elle est ensuite stockée puis distribuée dans le circuit d'eau potable.

2.2. Les paramètres de potabilité

Pour être potable, l'eau doit répondre à des paramètres de confort et ne présenter aucun risque pour la santé.
• Paramètres organoleptiques : goût, couleur, odeur, aspect, clarté.
• Paramètres physicochimiques : pH, température, dureté, quantités maximales de composants (nitrates, phosphates, pesticides).
• Paramètres microbiologiques : aucun parasite, virus ou bactérie dangereux n'est accepté.

2.3. Les effets sur la santé de la consommation d'eau non potable

La consommation d'eau de mauvaise qualité entraîne des risques sur la santé principalement dans les pays en voie de développement en raison de pollution microbiologique ou chimique.
• À court terme : infections (gastro-entérites, hépatites, choléra, typhoïde, poliomyélite...).

• À long terme : selon la dose et la durée de consommation de l'eau polluée par des substances chimiques indésirables (cancers, saturnisme...).

3 L'assainissement de l'eau

Les nitrates et les phosphates rejetés dans les cours d'eau entraînent l'eutrophisation qui se caractérise par un développement excessif de végétaux (formation d'algues). Pour limiter ce phénomène, les eaux usées doivent être traitées dans une station d'épuration avant rejet dans le milieu naturel.

4 La consommation en eau d'un ménage

La consommation directe en France est en moyenne de 150 litres d'eau du robinet par jour par habitant : 93 % pour l'hygiène et l'entretien de la maison et 7% pour l'alimentation.
La consommation indirecte est la quantité d'eau utilisée pour un service ou la fabrication d'un produit (ex. : pour produire de la viande). L'empreinte en eau est le volume d'eau utilisé au cours du cycle de vie d'un produit.

5 Les mesures pour préserver l'eau

5.1. Les mesures individuelles

• Économiser l'eau : éviter de la faire couler inutilement et préférer les douches aux bains, installer des réducteurs de débit sur les robinets et équiper les chasses d'eau de double débit, choisir des appareils peu gourmands en eau, récupérer l'eau de pluie.
• Éviter de polluer les eaux usées : ne pas jeter de produit polluant dans l'évier, réduire les doses de produits d'entretien et privilégier les engrais et les désherbants biologiques.
• Choisir des produits nécessitant le moins d'eau possible pour leur production : aliments, vêtements, etc.

5.2. Les mesures collectives

Le principe pollueur-payeur s'applique à toute personne qui utilise de l'eau ou dégrade sa qualité. Des organismes publics perçoivent par l'intermédiaire de la facture d'eau des redevances et des taxes qui servent à préserver les captages d'eau potable des pollutions agricoles, à préserver les rivières, à mettre aux normes les stations d'épuration. En France, les préfets peuvent prendre des mesures pour limiter la consommation d'eau en cas de baisse inquiétante des réserves en eau.
Une collectivité peut appliquer des tarifs qui varient suivant la saison et la consommation des habitants lorsque l'équilibre entre ressource et consommation est fragile (ex. : station balnéaire et de sports d'hiver).

Savoir **15**

Les acteurs de prévention

LU ☐
SU ☐
REVU ☐

L'employeur est l'acteur principal de la prévention des risques professionnels. Il se fait aider par les acteurs internes de prévention et par les organismes de prévention, externes à l'entreprise.

Vidéo : le sauveteur-secouriste du travail
liennathan.fr/ep93v7

1 Les acteurs internes de prévention

1.1. Le CSE (comité social économique)

Le CSE doit être mis en place dans les entreprises d'au moins 11 salariés.

Les missions du CSE dans les entreprises de 11 à 50 salariés	– Présenter les réclamations individuelles des salariés. – Veiller au respect de la santé et sécurité au travail. – Exercer le droit d'alerte en cas de danger grave et imminent.
Les missions supplémentaires du CSE dans les entreprises de plus de 50 salariés	– Analyser les risques professionnels et les diminuer, prévenir le harcèlement. – Proposer des mesures d'amélioration des conditions de travail. – Effectuer des inspections en matière de santé, de sécurité, réaliser des enquêtes en cas d'accident du travail ou de maladie professionnelle.

1.2. Le salarié compétent pour la protection et la prévention des risques professionnels

Le Code du travail (art. L. 4644-1 et R. 4644-1) impose à l'employeur l'obligation de « désigner un ou plusieurs salarié(s) compétent(s) pour s'occuper des activités de protection et de prévention des risques professionnels de l'entreprise (PPRP) ».

1.3. Le SST (Sauveteur secouriste du travail)

Le SST intervient le plus vite possible après un accident du travail pour éviter l'aggravation de l'état de la victime jusqu'à l'arrivée des secours. Il agit en amont pour prévenir les accidents du travail et les maladies professionnelles, en intervenant lors de situations dangereuses sur son lieu de travail.

1.4. Le service de prévention et de santé au travail (SPST)

Le service de prévention et de santé au travail interne ou externe à l'entreprise est composé d'une équipe de professionnels de santé (infirmier) et intervenants en prévention des risques professionnels (ergonome, psychologue, toxicologue).
Le médecin du travail assure la coordination de ce service. Il a un rôle uniquement préventif : surveillance médicale du salarié, repérage des risques, etc.

2 Les organismes de prévention externes à l'entreprise

2.1. L'inspection du travail

L'inspection du travail est confiée à des inspecteurs et contrôleurs du travail. Ils contrôlent l'application de la réglementation du travail dans les entreprises dans les domaines de la santé, de la sécurité, du règlement intérieur. Ils ont un rôle de conseil.

2.2. La CARSAT (Caisse d'assurance retraite et de la santé au travail)

La Caisse d'assurance retraite et de la santé au travail (CARSAT) a un rôle de conseil pour l'évaluation des risques professionnels et la mise en place des actions de prévention. Ce rôle est assuré par les ingénieurs conseil et les contrôleurs de sécurité.

Savoir

16

LU ☐
SU ☐
REVU ☐

L'assistance et le secours en milieu professionnel

Le chef d'entreprise doit avoir prévu une organisation des secours qui puisse permettre une prise en charge rapide de la victime en cas d'accident du travail ou de problème médical et les mesures à prendre en cas d'incendie. Chaque salarié peut être amené à intervenir face à une situation d'urgence dans l'entreprise et à porter assistance à un collègue.

1 L'organisation des secours et des moyens d'alerte

L'organisation des secours nécessite :
- du personnel formé (infirmier, SST ou sauveteur secouriste du travail, médecin du travail) ;
- la rédaction d'une procédure à suivre en cas d'urgence et la mise à disposition du personnel ;
- l'aménagement d'un local destiné aux premiers secours et du matériel de premier secours adapté à la nature des risques ;
- des dispositions spécifiques en cas d'incendie ;
- un dispositif d'alerte performant ;
- le plan d'évacuation qui guide les salariés et le public vers les points de rassemblement (il comprend des panneaux de signalisation sur la conduite à tenir en cas d'incendie et le cheminement pour rejoindre au plus vite les points de rassemblement).

2 L'alerte

L'alerte permet de transmettre aux secours les renseignements indispensables à l'organisation de leur intervention. Elle consiste à désigner, si possible, un témoin et à lui transmettre le message à communiquer aux secours internes ou externes (SAMU = 15 ; pompiers = 18 ; numéro européen = 112 ; numéro pour les personnes sourdes ou malentendantes = 114). Ce message doit comporter l'identité de l'appelant, le numéro d'appel, le lieu précis, l'origine de l'accident, le nombre et l'état des victimes, les gestes entrepris. Il convient ensuite de s'assurer que l'alerte est bien transmise et d'organiser l'accueil des secours.

3 L'obligation de porter assistance à une personne en danger

L'obligation de porter assistance à une personne en danger s'impose lorsque :
- le danger est grave et menace la personne ;
- la personne peut être secourue sans risque ;
- le témoin peut se rendre compte de la gravité du danger.

Un individu qui s'abstient volontairement d'agir en présence d'une personne en danger engage sa responsabilité pénale. Le cadre juridique prévoit par l'article 223-6 du code pénal des peines de 5 ans d'emprisonnement et une amende de 75 000 euros.

L'analyse des risques professionnels

LU ☐
SU ☐
REVU ☐

L'analyse des risques professionnels auxquels sont exposés les salariés a pour but d'évaluer à l'aide d'outil méthodologiques les risques pour proposer des mesures de prévention adaptées.

Vidéo : accidents du travail
liennathan.fr/rp37a5

1 Les composantes d'une activité de travail

1.1. L'outil « ITAMaMi »

L'outil d'analyse « ITAMaMi » permet d'observer et d'analyser une situation de travail en tenant compte des différentes composantes que l'on classe en 5 catégories.

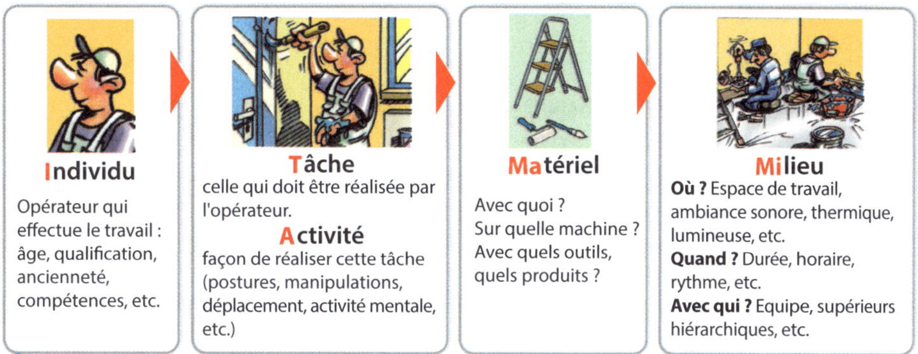

L'outil ITAMaMi

1.2. La méthode des « 5M »

La méthode des « 5M » est une méthode d'analyse qui permet d'identifier les causes d'un problème en les classant en 5 catégories.

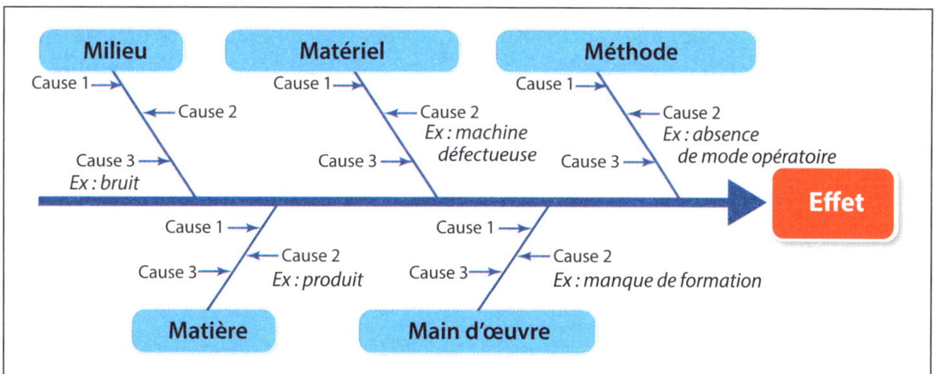

La méthode des « 5 M »

1.3. L'outil « QQOQCP »

- **Quoi ?** > De quoi s'agit-il ? Quel est le problème posé ? Quelle est l'action ?
- **Qui ?** > Qui est concerné par le problème ? Qui effectue l'activité ?
- **Où ?** > Où a lieu l'activité de travail ?
- **Quand ?** > À quel moment (date, heure) ? Quelle est la durée ?
- **Comment ?** > Par quels moyens ? Comment procède-t-on ?
- **Pourquoi ?** > Pourquoi réaliser l'action ? Pourquoi procède-on de la sorte ?

2 Le processus d'apparition d'un dommage

Après observation du salarié dans une activité de travail, on liste les différentes composantes pouvant conduire à un accident du travail ou à une maladie professionnelle afin de les mettre en relation avec un schéma :

- une situation dangereuse ou exposante ;
- un danger ;
- un événement déclencheur (événement capable de provoquer un dommage).

Un dommage se caractérise par sa gravité.

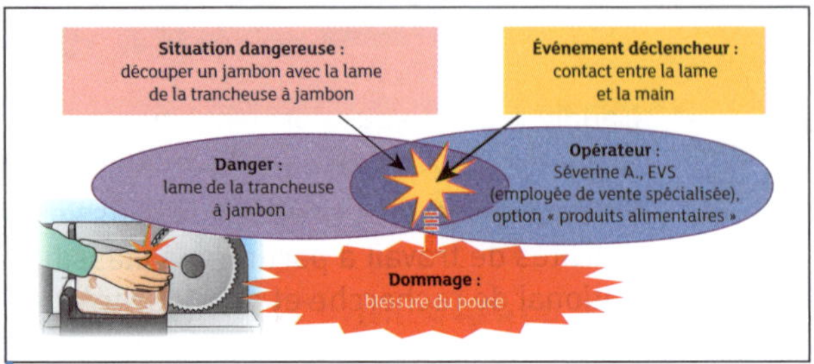

Apparition d'un dommage

3 L'évaluation du risque

Pour évaluer le risque, il faut :

- estimer la gravité du dommage possible et l'éventualité que cela se produise (probabilité d'occurrence) ;
- délimiter des zones de priorité sur un graphique et cocher l'intersection entre le niveau de gravité et de probabilité d'occurrence ;
- en déduire le niveau de priorité du risque.

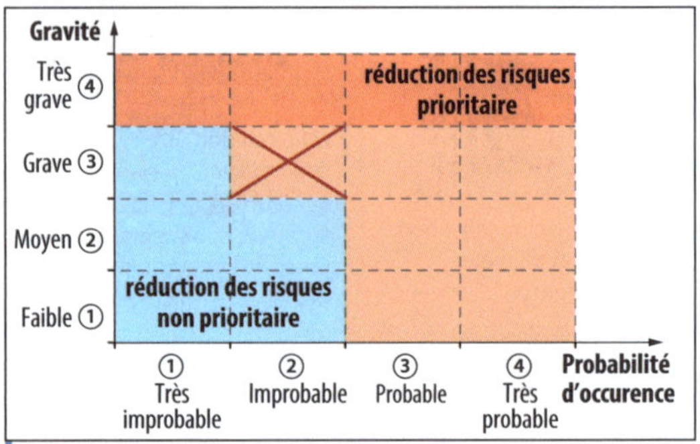

Schéma d'évaluation d'un risque

4 Les mesures de prévention du risque

Selon l'article L4121-2 du Code du travail, l'employeur évalue le risque et met en œuvre des mesures de prévention en suivant les 9 principes généraux de prévention illustrés ci-dessous, classés par ordre décroissant d'efficacité.

Mesures de prévention des risques

Savoir 18

L'analyse d'un risque spécifique au secteur professionnel

LU ☐
SU ☐
REVU ☐

Vidéo : la prévention
liennathan.fr/b47y2c

1 Les risques spécifiques au secteur professionnel

On peut repérer les risques auxquels sont exposés les salariés dans leurs activités de travail à partir de la classification établie par l'INRS (Institut national de recherche et de sécurité).

Les principaux risques professionnels

2 Une démarche d'analyse d'un risque lié à l'électricité

Les risques liés à l'électricité sont de mieux en mieux maîtrisés en raison des normes de plus en plus strictes. La probabilité d'occurrence diminue. Mais lorsque l'accident se produit, il est souvent d'une extrême gravité, 15 fois plus mortel que pour les autres catégories d'accidents.

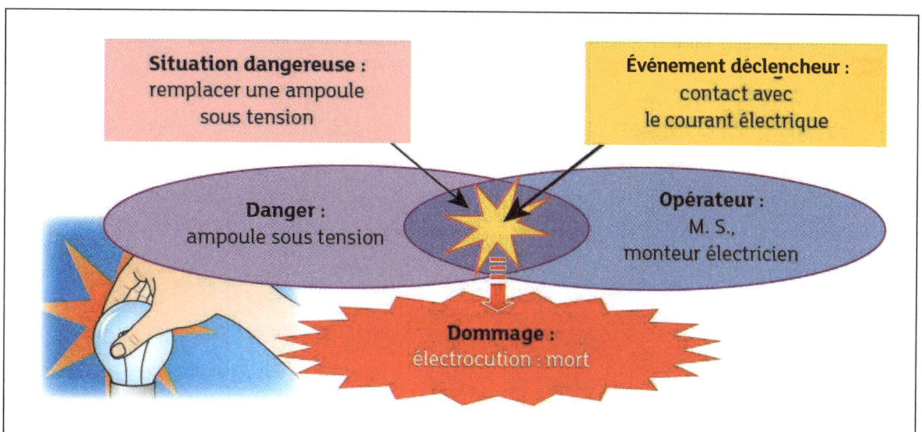

Les risques liés à l'électricité

3 Les effets physiologiques de l'exposition au danger

Les effets physiologiques ou dommages occasionnés par l'électricité sont :
• Des effets thermiques : brûlures sur le trajet du courant par électrisation, brûlure des yeux lors de la formation d'arc électrique.
• Des effets excito-moteurs : contraction des muscles à partir d'une certaine intensité et durée du passage du courant qui empêche la victime de lâcher le contact avec le circuit électrique. Elle peut provoquer l'asphyxie par paralysie des muscles respiratoires.
• Une fibrillation cardiaque : contractions désordonnées du muscle cardiaque qui peuvent entraîner un arrêt cardiaque et la mort par électrocution.

Pour les autres risques auxquels le salarié peut être confronté, un accident du travail ou une maladie professionnelle peut entraîner une atteinte à la santé (dommage) à plus ou moins long terme :
• Une affection aiguë : irritation des voies respiratoires par inhalation d'un produit toxique.
• Une affection chronique : allergie, problème de colonne vertébrale (ex. : lombalgies).

4 Les mesures de prévention du risque lié à l'électricité

4.1. Suppression ou réduction du risque

La prévention la plus efficace consiste à intervenir sur des installations mises hors tension en respectant la procédure de consignation. Des dispositifs de sécurité d'une installation aux normes en vigueur (disjoncteurs différentiels et prises de terre) protègent les personnes des contacts indirects.

4.2. La protection collective

Des obstacles isolants devant les pièces sous tension, et le respect de la distance de sécurité entre les personnes et les pièces nues sous tension, protègent les salariés contre les contacts directs.

4.3. La protection individuelle

Elle est assurée par le port d'EPI (casque avec écran facial, gants et chaussures isolants), l'utilisation de matériel isolant : outil, tapis, marchepied, échelle ou perche.

4.4. La formation / l'information

La formation des salariés à l'habilitation électrique apporte des connaissances et des savoir-faire pour accomplir le travail en toute sécurité.
Les locaux à accès réservé aux électriciens sont signalés par un triangle sur fond jaune d'avertissement du danger.

La sécurité alimentaire

LU ☐
SU ☐
REVU ☐

Pour éviter les toxi-infections alimentaires liées à la contamination d'aliments par des micro-organismes pathogènes (nocifs), des réglementations et des mesures ont été instaurées. Elles contribuent à améliorer la qualité sanitaire des aliments mais on observe encore trop de cas de maladies d'origine alimentaire.

1 Les critères de qualité sanitaire des aliments

Un aliment a une qualité sanitaire satisfaisante lorsqu'il répond aux critères de qualité suivants :
- qualité microbiologique (absence de micro-organisme pathogène) ;
- qualité chimique (absence de substance toxique qui pourrait entraîner des effets à plus ou moins long terme comme le cancer, les atteintes neurologiques) ;
- absence de parasites (ex. : taenia ascaris) ou de corps étranger.

2 Le maintien de la qualité microbiologique des aliments

Les aliments contiennent une flore désirable (ensemble de micro-organismes utiles) et une flore indésirable, de décomposition, qui peut altérer l'apparence des aliments et leurs qualités gustatives mais également présenter une toxicité. Des précautions limitent le risque de toxi-infection alimentaire.

2.1. Les précautions d'hygiène

Se laver les mains soigneusement avant la préparation des repas, après la manipulation d'aliments non cuits, après avoir été aux toilettes, après avoir manipulé des aliments souillés. Il faut également laver soigneusement les fruits et les légumes et cuire suffisamment les aliments pour détruire les micro-organismes.

2.2. Les précautions de l'achat à la consommation des aliments

Le consommateur doit respecter la chaine du froid lors du transport des denrées réfrigérées et surgelées et éviter de les laisser à température ambiante. Il doit entreposer les aliments à des températures adaptées.
Il doit vérifier les dates limites de consommation (DLC) et ne pas les dépasser, respecter les conditions de conservation et de préparation des denrées alimentaires inscrites sur leur emballage (ex. : température, durée de conservation...).

3 Les mentions des substances allergènes sur les étiquettes d'aliments

Pour éviter les allergies et les intolérances alimentaires, la liste de certains ingrédients allergènes doit être mise en évidence sur l'étiquette des produits préemballés ou à proximité des autres denrées (police de caractères en gras, en italique...). Ex. : céréale contenant du gluten, œuf, arachide, lait et produit laitier, poisson, mollusques, amandes, noix, noisettes, certains additifs...

4 Le dispositif garantissant la sécurité alimentaire

Des textes réglementaires européens qui forment le paquet hygiène définissent les règles d'hygiène à respecter pour l'alimentation humaine et animale. Des structures de contrôle, comme la Direction départementale de la protection des populations (DDPP), surveillent la qualité sanitaire des aliments.
Le principe de précaution permet de prévenir certains risques malgré l'absence de preuves scientifiques (ex. : retirer un produit alimentaire de la vente).

Les ressources en énergie et le développement durable

LU ☐
SU ☐
REVU ☐

L'utilisation des sources d'énergie paraît naturelle dans la plupart de nos activités quotidiennes mais certaines sources d'énergie sont épuisables. Le choix de sources d'énergie renouvelable et un comportement écoresponsable contribuent au développement durable en limitant le réchauffement climatique.

1 Les caractéristiques des sources d'énergie

1.1. Les énergies non renouvelables

Les énergies non renouvelables (énergies fossiles : pétrole, gaz et charbon, énergie non fossile : uranium) sont produites à partir de matières premières extraites du sous-sol qui ne se reconstituent pas ou très lentement. Ce sont des énergies épuisables dont l'utilisation produit des gaz à effet de serre (GES). La production d'énergie nucléaire émet moins de gaz à effet de serre mais le recyclage de l'uranium n'est que partiel. Les déchets ultimes restent radioactifs et posent des problèmes de stockage.

1.2. Les énergies renouvelables

Les énergies renouvelables (énergies solaire ou photovoltaïque, éolienne, biomasse, hydraulique, géothermique) sont des énergies qui proviennent de sources naturelles inépuisables. Leur utilisation et leur rendement dépendent des conditions géographiques et climatiques.
Le soleil chauffe toute la planète mais inégalement en intensité selon le lieu d'habitation, les heures de la journée et la saison.
La présence de vent varie d'une région à l'autre. Pour une même localisation, le rendement des éoliennes est lié à la puissance plus ou moins importante du vent.
L'installation de barrages hydroélectriques n'est possible que dans les terrains accidentés, comportant des cours d'eau.
D'une manière générale, les énergies renouvelables produisent une énergie à plus faible rendement que les énergies non renouvelables par rapport aux surfaces mobilisées.

2 Les ressources en énergie au niveau mondial

Les réserves d'énergies non renouvelables sont inégalement réparties sur la planète. Comme les énergies fossiles représentent encore 84,3 % de l'énergie consommée dans le monde, elles seront épuisées dans quelques dizaines d'années.

3 Les différents postes de consommation énergétique d'un ménage

Le chauffage est le premier poste de consommation d'énergie dans le logement mais cette consommation varie suivant la taille du logement, son niveau d'isolation et le type de chauffage (ex. : moins de dépenses en cas d'installation de panneaux solaires).

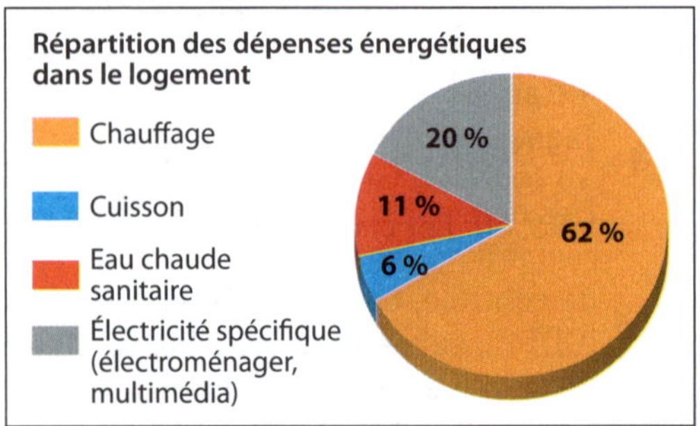

Dépenses énergétiques d'un logement

4 Les impacts de la consommation d'énergie

4.1. Sur l'environnement

La production et la consommation d'énergie fossile émettent des gaz à effet de serre (dioxyde de carbone, méthane, oxydes d'azote...) qui emprisonnent les rayons infrarouges en basse altitude, et les réfléchissent ensuite vers la surface de la terre. La température de l'air augmente, contribuant ainsi au réchauffement climatique. L'empreinte carbone est l'unité de calcul de notre impact sur le réchauffement climatique. La quantité de gaz à effet de serre émise lors d'une activité est calculée, par exemple, lors de l'utilisation de la voiture ou du chauffage de la maison. Le réchauffement climatique est responsable de la fonte des glaces qui provoque une montée du niveau de l'eau des océans et favorise les inondations, les tempêtes et les sécheresses.

4.2. Sur la santé

La consommation d'énergies fossiles est responsable de la pollution atmosphérique qui favorise les irritations et allergies respiratoires (asthme) et, à long terme, des cancers (poumons) et des problèmes cardiorespiratoires.

5 Les mesures pour la maîtrise de la consommation d'énergie

5.1. Les mesures collectives

Au niveau international, un accord a été signé à Paris en 2015 lors de la COP 21 par de nombreux pays qui se sont engagés à réduire leurs émissions de gaz à effet de serre. La COP 27 qui s'est tenue en Egypte en 2022 renforce les ambitions de réduction des gaz à effet de serre en accélérant la sortie des énergies fossiles.
En France, les principales mesures réglementaires prévues sont :

- La loi Énergie Climat (8 novembre 2019) : objectif de réduire de 40 % la consommation d'énergies fossiles d'ici 2030 par rapport à 2012.
- La loi d'orientation des mobilités : d'ici 2040, fin de la vente des véhicules fonctionnant aux énergies fossiles, augmentation de la place faite au vélo grâce à des aides financières, développement de véhicules électriques et de véhicules au gaz et du covoiturage.
- La prime versée aux ménages les plus modestes après travaux d'isolation de l'habitation : MaPrimeRenov et l'éco-prêt à taux zéro (éco PTZ).
- L'aide à l'achat de véhicules peu polluants.

5.2. Les mesures individuelles ou gestes écocitoyens

- Choisir des lampes économes en énergie (LED), éteindre la lumière en quittant une pièce.
- Privilégier les appareils peu gourmands en énergie en consultant l'étiquette énergie et ne pas laisser d'appareil en veille.
- Isoler le logement par des fenêtres à double ou triple vitrage, isoler la toiture et les parois.
- Baisser le chauffage la nuit ou lors des absences, privilégier un système de chauffage économe ou utilisant les énergies renouvelables.
- Limiter la vitesse et l'usage de la voiture (transports en commun, covoiturage, vélo, etc.) et choisir des véhicules peu gourmands en énergie.

Savoir 21

Le suivi de la santé au travail

Vidéo : la visite individuelle d'information et de prévention
liennathan.fr/7dk7k3

LU ☐
SU ☐
REVU ☐

Le salarié bénéficie d'un suivi individuel de son état de santé durant toute sa vie professionnelle assuré par le médecin du travail et ses collaborateurs.

1 Le suivi médical individuel des salariés

1.1. La visite d'information et de prévention (VIP)

La majorité des salariés bénéficie d'une VIP dans un délai maximum de 3 mois après l'embauche. Elle consiste à interroger le salarié sur son état de santé, à l'informer sur les risques professionnels auxquels il est exposé à son poste de travail.
Elle est réalisée par un professionnel de la santé au travail. Le salarié bénéficie d'un renouvellement de la visite au moins tous les 5 ans.

1.2. Le suivi individuel renforcé (SIR)

Il concerne les salariés exposés à certains risques professionnels. Il comprend un examen médical d'aptitude à l'embauche (EMA) assuré par le médecin du travail. La périodicité des visites de suivi médical suivantes est de 2 ans avec un professionnel de santé et au maximum de 4 ans avec le médecin du travail.

2 Les vaccinations obligatoires et conseillées

Des vaccinations sont obligatoires pour les salariés exposés aux micro-organismes, elles leur assurent une protection individuelle et évitent aussi la contamination d'autres salariés, c'est la protection collective. Les professionnels des secteurs de la santé et du médicosocial doivent se faire vacciner contre la diphtérie, le tétanos, la poliomyélite, l'hépatite B et la covid 19. Le médecin du travail peut également proposer des vaccinations en fonction des risques.

3 Les moyens de défense face à l'infection microbienne

• Au niveau de la peau : les couches de l'épiderme font obstacle à l'introduction de micro-organismes, les sécrétions de sébum et de sueur exercent une action anti-bactérienne. Les muqueuses sécrètent le mucus qui piège les micro-organismes et contient un composant antimicrobien.
• L'immunité non spécifique ou innée : lorsque les micro-organismes pathogènes arrivent à franchir la barrière cutanéo-muqueuse, le système immunitaire déclenche la réaction inflammatoire. Des globules blancs éliminent les micro-organismes.
• L'immunité spécifique ou acquise : en cas d'échec de la réaction inflammatoire, les lymphocytes B (catégorie de globules blancs) produisent des anticorps spécifiquement dirigés contre les antigènes (substance reconnue comme étrangère : virus, bactérie) pour les neutraliser. Les lymphocytes T détruisent les cellules infectées. Les lymphocytes B et T « mémoires » gardent le souvenir de ces antigènes.

4 Le principe de la vaccination

La vaccination consiste à introduire des micro-organismes rendus inoffensifs (antigènes) pour produire une mémoire immunitaire. Si la personne vaccinée contre un virus ou une bactérie est de nouveau en contact avec ces antigènes, le système immunitaire les reconnaît et la production d'anticorps est beaucoup plus rapide. La protection est durable, la maladie ne se développe pas.

Savoir 22

Déclaration et réparation des accidents du travail et des maladies professionnelles

LU ☐
SU ☐
REVU ☐

Les accidents du travail (AT) et les maladies professionnelles (MP) ont des conséquences financières et humaines lourdes. Il est important de connaître la procédure permettant la reconnaissance de leur caractère professionnel afin d'être indemnisé.

1 Les démarches à effectuer

1.1. Les démarches en cas d'accident du travail

La victime doit prévenir l'employeur dans un délai de 24 heures. Ce dernier remet une feuille d'accident de travail à la victime lui permettant de bénéficier de la gratuité des frais médiaux. Le salarié doit se rendre chez son médecin traitant qui rédige un certificat médical sur lequel il décrit les lésions consécutives à l'accident et si besoin rédige un avis d'arrêt de travail. Ces deux documents sont transmis par le médecin à la CPAM. L'employeur remet au salarié la feuille d'accident du travail permettant la prise en charge des frais médicaux à 100 %.

Dans les 48 heures, l'employeur établit la déclaration d'accident de travail (DAT) sur le site net-entreprise et la transmet à la CPAM. En cas d'arrêt de travail, il y joint une attestation de salaire pour calculer le montant des indemnités journalières versées au salarié en remplacement du salaire.

1.2. Les démarches en cas de maladie professionnelle

C'est au salarié d'effectuer les démarches :

– il doit faire établir un certificat médical initial par le médecin qui prescrit les examens complémentaires ;

– il complète le formulaire de déclaration de maladie professionnelle sur le site ameli.fr et l'envoie à la CPAM, accompagné du certificat médical initial sauf si le médecin les a déjà transmis. En cas d'arrêt de travail, il y joint l'attestation de salaire établie par l'employeur. La CPAM met à disposition du salarié et de l'employeur un questionnaire en ligne et dispose d'un délai de 120 jours pour se prononcer sur le caractère professionnel ou non de la maladie, si la pathologie est inscrite dans un tableau de MP ;

– la CPAM adresse à la victime la feuille de maladie professionnelle pour qu'elle bénéficie de la gratuité des soins dans le cas de reconnaissance de maladie.

2 Les conséquences juridiques pour l'employeur

En cas d'accident du travail ou de maladie professionnelle, le salarié peut faire reconnaître la faute inexcusable de l'employeur si celui-ci ne respecte pas ses obligations sur le plan de la santé et de la sécurité au travail. La responsabilité pénale et civile de l'employeur peut alors être engagée :

– la responsabilité civile impose à l'employeur d'indemniser la victime ;

– la responsabilité pénale entraîne des sanctions pour l'employeur (amendes ou peine de prison) en cas d'infraction au code pénal ou au Code du travail.

3 L'indemnisation de la victime

Si les démarches sont effectuées dans les délais prévus, le salarié peut bénéficier de prestations de deux types :

• **Les prestations en nature :** gratuité des soins (pharmacie, médecin, hôpital, rééducation, etc.).

• **Les prestations en espèces :** indemnités journalières, versement d'un capital ou d'une rente dont le montant varie en fonction du taux d'incapacité de la victime.

Savoir

23

Les risques psychosociaux

LU ☐
SU ☐
REVU ☐

De plus en plus de salariés sont exposés aux risques psychosociaux : risques liés aux conditions de travail, aux facteurs organisationnels et aux relations professionnelles.

1 Les conséquences des risques psychosociaux sur la santé

• Sur la santé physique : troubles du sommeil, troubles digestifs, fatigue, hypertension, maladies cardiovasculaires, TMS (troubles musculo-squelettiques).
• Sur la santé mentale : irritabilité, stress, dépression, troubles anxieux, souffrance, mal-être au travail, burn-out (épuisement professionnel) qui peut conduire au suicide.

2 Les principaux facteurs de risques psychosociaux

Les facteurs individuels	Âge, problèmes de santé, sexe, manque de motivation au travail, souci du travail bien fait, problèmes familiaux, résistance au stress.
Les facteurs professionnels	Organisation du travail défectueuse, objectifs trop ambitieux, surcharge de travail, manque d'autonomie et de moyens, répétitivité des tâches, manque de reconnaissance, mauvaise ambiance, tensions avec la hiérarchie, temps de transport important, mauvais état financier de l'entreprise.
Le stress	Sentiment de ne pas être à la hauteur par rapport aux exigences et attentes de l'employeur et au travail demandé.
Les violences internes	Insultes, harcèlement moral (humiliations répétées) et sexuel, conflits, maltraitances, menaces, agressions verbales et physiques.
Les violences externes	Violences exercées par une personne extérieure (ex. : client) à l'entreprise contre un salarié (insultes à caractère racial ou sexuel), menaces, agressions, manque de respect.

3 Les conséquences des risques psychosociaux sur l'entreprise

L'entreprise souffre des effets des risques psychosociaux : absentéisme, dégradation de l'ambiance de travail, rotation importante du personnel (turnover), diminution de la productivité, augmentation des accidents du travail et des incidents, dégradation du climat social (grèves) et de l'image de marque de l'entreprise. Ces conséquences représentent un coût financier important pour l'entreprise.

4 Les mesures de prévention

Il est important de rechercher les facteurs de risques propres à l'entreprise et d'effectuer un diagnostic précis afin de mieux les combattre. Il faut ensuite privilégier les mesures de protection collective : amélioration de l'organisation du travail, adaptation du travail aux capacités des salariés, temps de dialogues entre les salariés et participation des salariés aux décisions, répartition claire du rôle de chacun.
Pour prévenir les violences externes à l'entreprise : modification de l'aménagement du poste de travail (ex. : séparation avec le client).

Savoir 24

Les risques liés à l'activité physique

Vidéo : les TMS
liennathan.fr/tj765s

LU ☐
SU ☐
REVU ☐

Tout travail nécessite une activité physique qui a des incidences sur la santé. Elle est la première cause d'accident du travail et de maladie professionnelle. Elle entraîne principalement des TMS (troubles musculo-squelettiques) des membres, de la colonne vertébrale qui peuvent provoquer un handicap.

1 Les facteurs de risques liés à l'activité physique

Les risques liés à l'activité physique ont pour origine des efforts physiques importants, des gestes répétés, des postures contraignantes ou inadaptées (torsion, flexion de la colonne vertébrale). Les manutentions manuelles (port de charges...), l'utilisation de machines et outils qui émettent des vibrations, la conduite d'engins à moteur sont des situations de travail à risque.

• **L'activité dynamique :** concerne les tâches qui nécessitent des mouvements de différentes parties du corps ou des déplacements sollicitant les muscles qui se contractent et se relâchent alternativement. Elle est préférable à l'activité statique car elle permet l'élimination des déchets et la réoxygénation du muscle entre deux contractions mais elle ne doit pas être trop soutenue et répétée.

• **L'activité statique :** concerne les tâches effectuées en maintenant la même posture. La contraction des muscles est prolongée. Exemples : posture assise lors du travail sur ordinateur, bras levés pour peindre un plafond, posture accroupie ou à genoux. Elle ne permet pas au muscle d'éliminer le dioxyde de carbone et d'autres déchets qui s'accumulent, entraînant de la fatigue musculaire et des douleurs.

2 Les atteintes à la santé

L'activité physique peut provoquer des atteintes à la santé aiguës et soudaines comme les traumatismes (entorses, fractures, déchirures musculaires, luxations, plaies). Elle est responsable d'atteintes chroniques à la santé, comme les TMS également appelés « affections périarticulaires ». Les TMS dégradent les tissus mous (ligaments, nerfs, tendons, etc.) localisés autour des articulations (cou, épaules, coudes, poignets, genoux, colonne vertébrale) et provoquent une douleur chronique, durable, une gêne souvent invalidante.

L'activité physique statique soutenue favorise les troubles circulatoires (ex. : varices, jambes « lourdes ») et la fatigue musculaire entraînant une baisse de performance, des crampes ou des courbatures.

Les salariés qui accomplissent des tâches physiquement dures ont plus de risques de développer une maladie cardiaque.

3 Les atteintes de la colonne vertébrale

La colonne vertébrale est composée de 32 à 34 vertèbres, séparées entre elles par un disque intervertébral. Elle comprend quatre zones :

– la zone cervicale (au niveau du cou), très sollicitée lors de mouvements de la tête, du travail sur écran ou de précision ;
– la zone thoracique, peu mobile ;
– la zone lombaire soumise à des efforts importants lors de mouvements du corps (flexion avant, etc.) et des ports de charges ;
– la zone sacrée qui supporte la totalité du poids du tronc et les membres supérieurs.

La répétition des postures inadaptées impose au disque intervertébral, chargé d'amortir les chocs, des contraintes trop importantes. Elle conduit au lumbago ou à une détérioration progressive du disque, responsable de lombalgie, de sciatique ou d'hernie discale.

• Le lumbago est lié à un léger déplacement du noyau gélatineux qui ne revient pas au centre du disque suite à une mauvaise posture, un mouvement brusque, un effort violent. La compression du nerf sensitif entraîne une vive douleur.

• La sciatique est liée à la déformation du noyau qui comprime le nerf sciatique. Une douleur irradie le long du trajet du nerf sciatique.

• La hernie discale est provoquée par la compression du noyau gélatineux sur une racine nerveuse, voire la moelle épinière. Elle peut être invalidante.

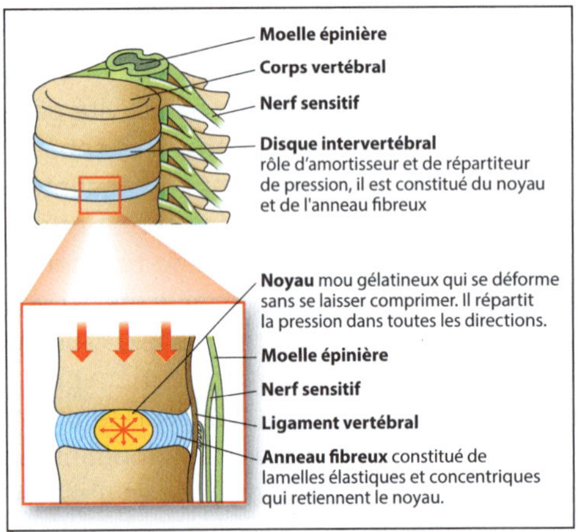

Localisation et composition du disque intervertébral

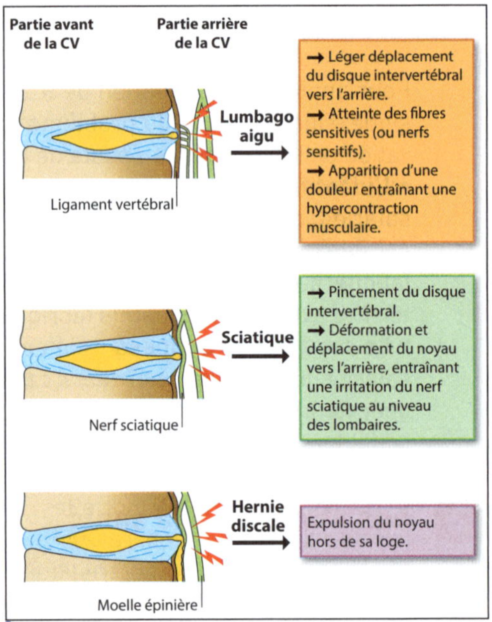

Les atteintes du disque intervertébral

4 Les mesures de prévention

• Suppression du risque : suppression du port de charges et des tâches contraignantes par l'automatisation.

• Réduction du risque : allégement du poids des charges ; diversification des activités, rotation du personnel ; plans de travail et matériels à hauteur réglable ; remplacement du travail statique par le travail dynamique ; organisation du travail diminuant les gestes contraignants et répétitifs et permettant des temps de pause.

• Protection collective : aides techniques pour le transport de charges (chariots, transpalettes).

• Protection individuelle : port d'EPI (gants de manutention, genouillères...).

• Formation / information : formation PRAP (prévention des risques liés à l'activité physique). Information à l'aide d'affiches présentant les consignes de prévention des TMS illustrés : principes de sécurité physique et d'économie d'effort, utilisation d'aides techniques. Exercices d'échauffement proposés par l'entreprise.

L'analyse d'une situation de travail

LU ☐
SU ☐
REVU ☐

L'ergonomie a pour objet d'adapter l'environnement, le matériel et les outils à l'homme, et non l'inverse. Elle vise à concevoir des outils et des machines qui peuvent être utilisés avec le maximum de sécurité et de confort. La démarche ergonomique ou approche par le travail prend en compte différents facteurs de risques et vise à prévenir les atteintes que peut causer le travail à long terme sur le salarié tout en évitant les effets négatifs sur l'entreprise.

1 Les composantes d'une situation de travail liée à l'activité physique

Pour analyser une situation de travail présentant des risques liés à l'activité physique, l'identification du problème ergonomique, le recueil de données et l'observation de la personne au poste de travail permettent d'identifier ses composantes.

• **L'identification du problème ergonomique :** recueil de l'expression spontanée des salariés, de l'équipe d'encadrement, de l'employeur et des acteurs de prévention qui permet de déterminer les effets positifs et négatifs sur l'opérateur (ex. : TMS, fatigue, douleurs, satisfaction personnelle) et les effets sur l'entreprise (ex. : absentéisme, qualité des produits fabriqués, satisfaction du client, rendement).

• **Le recueil des données :** collecte des renseignements sur l'entreprise et les salariés pour déterminer leurs caractéristiques. Il s'effectue en questionnant les opérateurs, l'employeur et d'autres acteurs de prévention, par exemple en utilisant l'outil « QQOQCP ». Les réponses aux questions posées lors du recueil de données permettent de déduire les différentes causes qui influencent le travail réel. Il s'agit d'une approche multifactorielle. Elles sont appelées « déterminants opérateur » (caractéristiques de l'opérateur qui influencent sa situation de travail) et « déterminants entreprise » (caractéristiques du matériel, de l'ambiance, des relations avec les salariés et les supérieurs, de l'organisation).

• **L'observation de la situation de travail différencie :**

– le travail prescrit : ensemble de tâches prévues par l'entreprise que le salarié doit accomplir en se conformant aux instructions orales et écrites (protocole, procédures, modes opératoires) ;

– le travail réel : tâches réelles et activités réelles du salarié. Les tâches réelles sont les actions effectuées par le salarié à son poste de travail en s'adaptant à son environnement et au matériel. Exemple : porter une charge. Les activités réelles sont la façon dont le salarié procède pour effectuer la tâche : postures, gestes, déplacements, activité mentale et sensorielle... Exemples : soulever le bras, se pencher en avant, etc.

2 La schématisation des liens entre effets et causes

Les composantes de la situation de travail sont inscrites dans un **schéma de compréhension**. Des liens de cause à effet sont recherchés et représentés par des flèches. Pour cela, on part d'un effet sur l'opérateur ou sur l'entreprise et on essaie d'en trouver la cause en se posant la question « qu'a-t-il fallu pour... ? ». La réponse à la question est recherchée au niveau des tâches et activités réelles et/ou des déterminants opérateur et entreprise. Puis on formule une hypothèse en partant des déterminants.

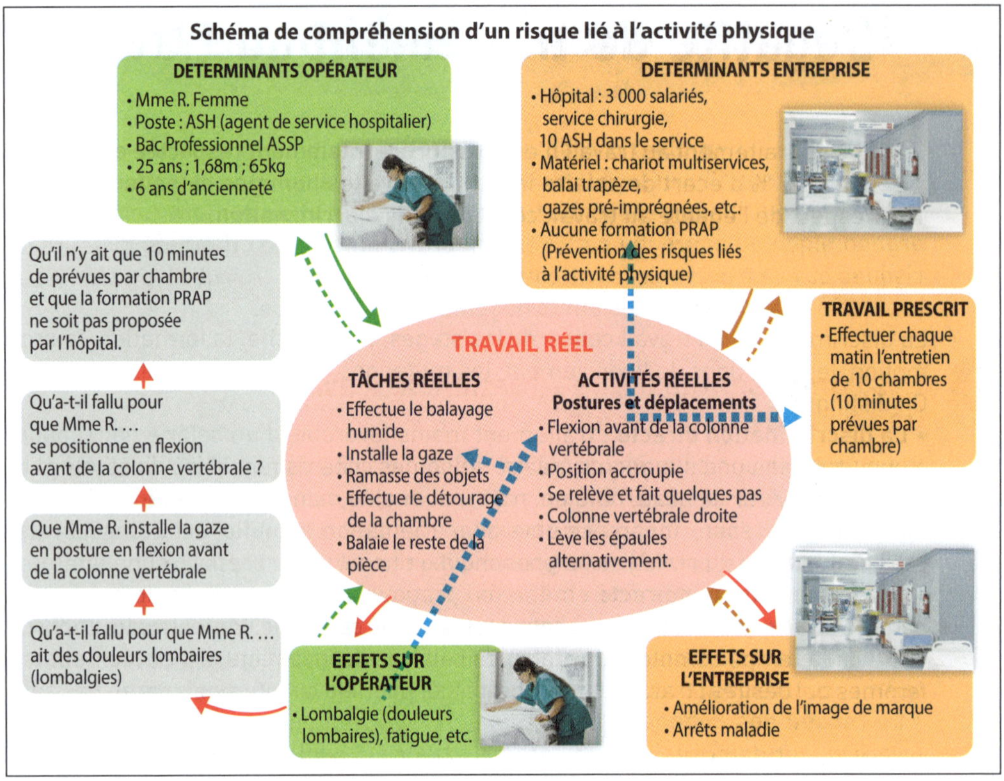

L'hypothèse est formulée en complétant la phrase suivante :

Il semble que .... [déterminant homme et/ou entreprise]

conduise(nt) .... [l'opérateur]

à .... [tâches réelles et/ou activités réelles],

ce qui engendre .... [effet(s) homme et/ou entreprise].

Exemple : *il semble que le fait qu'il n'y ait que 10 minutes de prévues par chambre et que la formation PRAP ne soit pas proposée par l'hôpital conduisent Mme R. à installer la gaze en posture en flexion avant de la colonne vertébrale, ce qui engendre des douleurs lombaires et des arrêts maladie.*

3 Les mesures de prévention du risque lié à l'activité physique

- Suppression du risque : automatisation de la tâche.
- Réduction du risque : embauche de personnel supplémentaire, modification de l'organisation du travail (ex. : protocole qui prévoit 20 minutes par chambre).
- Formation : formation PRAP (prévention des risques liés à l'activité physique).
- Information : affiches présentant les postures à éviter et les postures de sécurité physique et d'économie d'effort pour les tâches d'entretien.

L'égalité de traitement au travail

LU ☐
SU ☐
REVU ☐

L'égalité de traitement au travail n'est pas encore totalement respectée en France. On observe 9 % d'écart de salaire injustifié entre les hommes et les femmes. Le non-respect de l'égalité au travail constitue une discrimination.

1 Les différentes catégories de discrimination au travail

La discrimination au travail concerne les stages, l'embauche, la formation, la promotion, les sanctions, le licenciement, les mutations, le salaire, les congés.
On distingue :
• **La discrimination directe :** traitement moins favorable d'un salarié par rapport à un autre dans une situation similaire selon des critères non objectifs et interdits par la loi (couleur de peau, religion, nom, nationalité, handicap, sexe, âge, situation familiale, grossesse, apparence physique, orientation sexuelle, activité syndicale, etc.). Par exemple, privilégier l'embauche d'un homme par rapport à une femme.
• **La discrimination indirecte :** critère ou pratique, neutre en apparence, qui s'applique à tous les salariés mais qui désavantage une catégorie. Par exemple, imposer le travail à temps complet pour tous les salariés désavantage principalement les femmes qui désirent travailler à temps partiel pour élever leurs enfants en bas âge.

2 Les obligations concernant l'égalité professionnelle entre les femmes et les hommes

L'évaluation des risques professionnels tient compte de l'impact différencié de l'exposition au risque en fonction du sexe. Ainsi, le Code du travail interdit d'employer des femmes enceintes pour des travaux présentant certains risques ou prévoit un aménagement de postes (ex. : exposition aux agents chimiques dangereux).
Pour lutter contre les inégalités professionnelles, le Code du travail prévoit dans l'article L.1142-5 que les entreprises de plus de 50 salariés ont l'obligation de négocier chaque année avec les organisations syndicales un accord relatif à l'égalité professionnelle entre les femmes et les hommes après diagnostic de la situation.

3 Les interlocuteurs à solliciter en cas de discrimination au travail

Une personne qui pense être victime d'une discrimination au travail peut déposer un recours devant le conseil de prud'hommes (secteur privé) ou le tribunal administratif (secteur public). Elle peut se faire aider dans ses démarches par :
– le défenseur des droits : peut être saisi gratuitement.
Il est joignable au 09 69 39 00 00 ou sur le site www.defenseurdesdroits.fr ;
– l'inspection du travail : a pour rôle de constater les infractions commises en matière de discrimination au travail à partir de documents fournis ;
– les organisations syndicales : peuvent déclencher une action en justice ;
– les associations de lutte contre les discriminations : conseillent la personne et peuvent exercer une action en justice ;
– le CSE (comité social économique) : dispose d'un droit d'alerte en cas d'atteinte aux droits des personnes pour des mesures discriminatoires. Il peut saisir l'employeur qui a l'obligation de procéder à une enquête et d'agir pour faire cesser la discrimination.

Préparation à la première partie de l'épreuve du Bac

Exercice 1 voir Fiches Savoir 1, 2, 3

TROUBLES DU SOMMEIL

L'insomnie touche de nombreuses personnes et peut être particulièrement handicapante. Les insomnies provoquent un manque de sommeil qui impacte directement le confort de vie. Mais quelles sont les principales causes d'insomnie ?

Le stress, la cause la plus fréquente d'insomnie

Les insomnies peuvent se traduire par une difficulté d'endormissement, des réveils fréquents ou des réveils prématurés où il est impossible de se rendormir. L'anxiété et le stress sont les principaux facteurs de risque d'insomnie. Ressasser ou cogiter ses problèmes ne permet pas à l'esprit de se détendre pour trouver le sommeil. Le mieux est parfois de se lever pour chasser ses idées noires et pouvoir se recoucher l'esprit plus tranquille.

Quelles sont les autres causes possibles ?

Les insomnies peuvent être déclenchées par la prise de certains médicaments. En effet, la cortisone, par exemple, a pour effet secondaire d'exciter l'organisme le soir. Si vos insomnies sont liées à vos médicaments, parlez-en à votre médecin pour trouver une solution adaptée à votre cas. L'alimentation peut également jouer un rôle dans la survenue d'insomnies : faire un repas très riche le soir, difficile à digérer, peut empêcher l'endormissement. De même, passé 17 heures, il est déconseillé de prendre des excitants comme le café, car la caféine réduit en général la qualité du sommeil et peut provoquer des insomnies. Attention aussi à la caféine cachée dans les sodas et le thé ; son action est tout aussi intense. Ces derniers sont donc aussi à éviter en fin d'après-midi.

Publié par la Rédaction Medisite le lundi 25 septembre 2017.

Situation 1

1. Répondre aux questions suivantes à partir du document ci-dessus et de vos connaissances.

1.1. Identifier les éléments de la situation en complétant le diagramme de causes à effets.

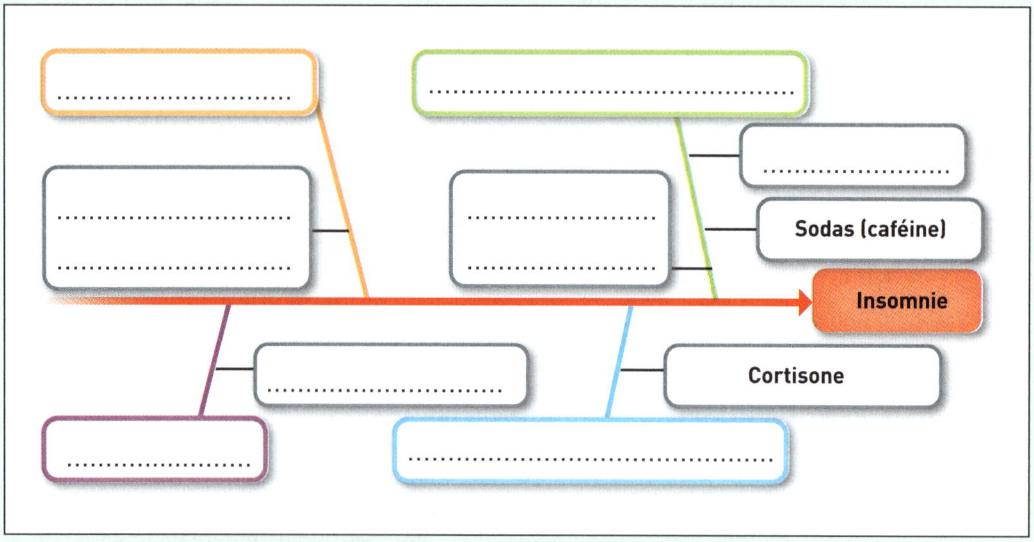

1.2. Citer d'autres causes fréquentes d'insomnie chez les jeunes.

1.3. À partir de votre analyse précédente, identifier le problème posé dans la situation.

2. Mobiliser les connaissances.

2.1. Cocher les fonctions du sommeil perturbées par une diminution du sommeil profond.

☐ Diminution des tensions ☐ Réparation des tissus ☐ Mémorisation
☐ Récupération de la fatigue physique ☐ Stimulation des défenses immunitaires

2.2. Indiquer la fréquence du rythme biologique de la vigilance présenté ci-dessous.

2.3. Hachurer sur la courbe la zone horaire de travail de nuit pour un salarié en poste de 22 à 6 heures. En déduire une conséquence de la désynchronisation du rythme biologique sur la santé. Énumérer les effets de cette désynchronisation sur la vie sociale et sur le travail.

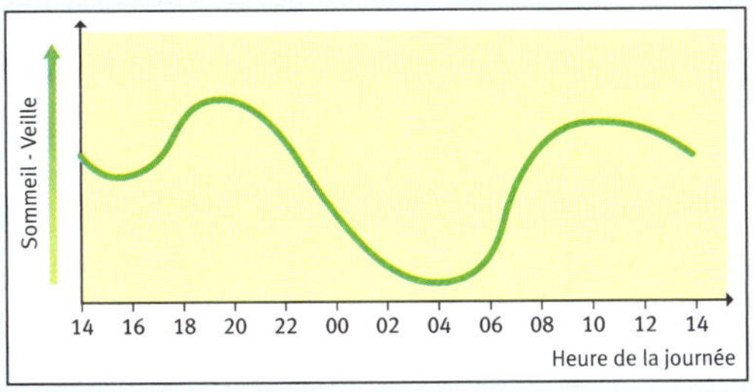

3. Proposer des solutions en cochant dans la liste ci-dessous les mesures améliorant la qualité du sommeil.

a) ☐ Veiller à ne pas chauffer la chambre à une température supérieure à 18 °C.
b) ☐ Privilégier des activités sédentaires toute la journée (télévision, jeux vidéo, réseaux sociaux...).
c) ☐ Pratiquer une activité sportive tonique (volley-ball, football, zumba...) en fin de soirée.
d) ☐ Maintenir l'obscurité dans la chambre par des volets ou des rideaux.
e) ☐ Pratiquer une activité relaxante avant de se coucher (ex. : lecture).
f) ☐ Répondre aux messages sur un réseau social avant de se coucher.
g) ☐ Essayer d'avoir un environnement le plus calme possible.
h) ☐ Se lever et se coucher à des horaires variables toute la semaine.
i) ☐ Consommer un repas consistant vers 21 heures.
j) ☐ Prendre une tasse de café après le dîner (repas du soir).
k) ☐ Pratiquer une activité sportive la journée.

FAIT ☐ **REVU** ☐

Exercice 2 voir Fiche Savoir 4

Le cannabis est une drogue largement répandue dans notre société : la France compte 900 000 usagers quotidiens de cannabis (11-75 ans) et près de la moitié des adultes l'a déjà expérimenté. Pour la population générale, la France se situe ainsi toujours en tête du classement européen et à un niveau comparable à celui du Canada. En revanche, s'agissant des plus jeunes, la situation s'améliore significativement. Ainsi, en 2018, les adolescents français sont au dixième rang des consommateurs (au cours du dernier mois) en Europe alors qu'en 2010, ils occupaient la « première » place. Les indicateurs d'usage du cannabis demeurent toutefois très élevés et se conjuguent à une banalisation du produit, confirmée par les enquêtes sur les représentations des jeunes.

« Cannabis : les jeunes français en tête de la consommation en Europe », Mission interministérielle de lutte contre les drogues et les conduites addictives, Drogues.gouv.fr

Situation 2

1. Identifier le problème posé dans l'article.
2. Indiquer à partir de quel moment on considère qu'une personne souffre d'un problème d'addiction au cannabis.
3. Expliquer les incidences négatives à court terme et à long terme de la consommation de cannabis (2 réponses pour les effets à court terme et 2 réponses pour les effets à long terme).

FAIT ☐ **REVU** ☐

Exercice 3 voir Fiche Savoir 7

De violentes intempéries liées à la tempête Alex ont frappé depuis le 2 octobre les Alpes-Maritimes, déclenchant des crues record. Les vallées de la Tinée et de la Vésubie ont été particulièrement touchées, ainsi que la vallée de la Roya. Les dégâts sont considérables et le bilan humain est lourd. Lundi 5 octobre, de nouvelles victimes ont été découvertes. Les intempéries ont déjà fait sept morts confirmés par les autorités françaises et italiennes. En France, cinq victimes sont désormais recensées. Côté italien, deux morts sont à déplorer dans le Val d'Aoste et le Piémont, régions elles aussi touchées par ces pluies torrentielles.

« Inondations dans les Alpes-Maritimes : le bilan s'alourdit », Reporterre.net, 5 octobre 2020.

Situation 3

1. À partir de la situation 3, répondre aux questions suivantes.

1.1. Identifier les éléments de la situation en répondant aux questions de l'outil QQOQCP.
– Quoi ? Quel est le problème ?
– Qui ? Quelles sont les victimes ?
– Où ?
– Quand ?
– Comment le problème se manifeste-t-il ?
– Pourquoi ?

1.2. Identifier le problème posé.

1.3. Mobiliser les connaissances. Cocher les caractéristiques d'un risque majeur dans le tableau ci-dessous.

1.4. Indiquer la nature du risque majeur dans la situation 2 : technologique ou naturelle.

1.5. Citer deux risques majeurs technologiques.

2. Proposer des solutions. Cocher la (ou les) réponse(s) exacte(s).

Pour savoir si le logement que l'on a l'intention de louer ou d'acheter se situe sur une zone présentant des risques, on peut s'informer :

☐ En se rendant au commissariat de police dont dépend la commune.
☐ En consultant le site : www.georisques.gouv.fr
☐ En consultant l'état des risques et pollutions (ERP) fourni par le bailleur (propriétaire) ou le vendeur.
☐ En consultant le site de Météo France.
☐ En se rendant à la mairie de la commune où est situé le logement.

2.1. Indiquer deux conduites à adopter en cas de signal d'alerte sonore dans une zone comportant un risque majeur.

FAIT ☐ REVU ☐

	Nombre de victimes	Dégâts matériels	Probabilité	Gravité
Faible				
Élevé(e)				

Exercice 4 voir Fiche Savoir 5

1. Cocher le (ou les) moyen(s) d'action correspondant à chaque contraceptif préventif utilisé dans le tableau ci-dessous.

2. Énumérer trois rôles des centres de planification et d'éducation familiale (CPEF).

FAIT ☐ REVU ☐

Moyen d'action / Contraceptif utilisé	Empêche l'ovulation	Empêche la nidation	Limite la progression des spermatozoïdes	Empêche le passage des spermatozoïdes dans le vagin
Préservatif féminin ou masculin				
Dispositif intra-utérin				
Contraception hormonale				

Exercice 5 voir Fiche Savoir 14

1. En vous aidant de l'article de la situation 4, expliquer l'impact des nitrates sur l'environnement.

2. Indiquer l'intérêt de traiter l'eau puisée dans les rivières avant de la distribuer dans le circuit urbain.

3. Énumérer trois catégories de paramètres de potabilité de l'eau.

4. Citer une mesure collective et une mesure individuelle permettant de préserver l'eau.

FAIT ☐ REVU ☐

Très solubles dans l'eau, les nitrates constituent une cause majeure de pollution qui contribue à modifier l'équilibre biologique des milieux aquatiques. L'essentiel de cette pollution est dû aux surplus entre les apports en nitrates sous forme d'engrais et ce qui est réellement consommé par les plantes. Les nitrates en excès dans les sols peuvent alors être lixiviés et polluer les eaux souterraines. Les nitrates peuvent aussi être entraînés vers les eaux superficielles par ruissellement. La pollution des eaux par les nitrates est une des causes majeures de l'eutrophisation des eaux, notamment littorale (phénomène des « marées vertes » dû aux échouages massifs d'algues vertes).

« Lutte contre les pollutions de l'eau », « Les nitrates », Ecologie.gouv.fr, 23 décembre 2020.

Situation 4

Préparation à la deuxième partie de l'épreuve du Bac

Exercice 6

voir Fiches Savoir 9, 15, 17, 18, 24, 25

Cet exercice est un exemple de sujet type pour la deuxième partie de l'épreuve.

1. L'analyse d'un risque

> Monsieur Marin, 30 ans, est agent d'entretien dans une société de nettoyage. Il utilise, une à deux fois par semaine, un produit à base d'acide chlorhydrique pour éliminer le tartre qui s'est déposé dans la cuvette des WC.

Situation de travail

1.1. Analyser le risque lié aux produits chimiques en réalisant et en complétant un schéma de processus d'apparition d'un dommage.

1.2. Estimer le risque en indiquant le niveau de gravité et de probabilité d'occurrences correspondant à cette situation, en vous aidant du document 1 du Dossier Ressources.

1.3. Inscrire à l'aide d'une croix le résultat de l'estimation des risques dans le graphique.

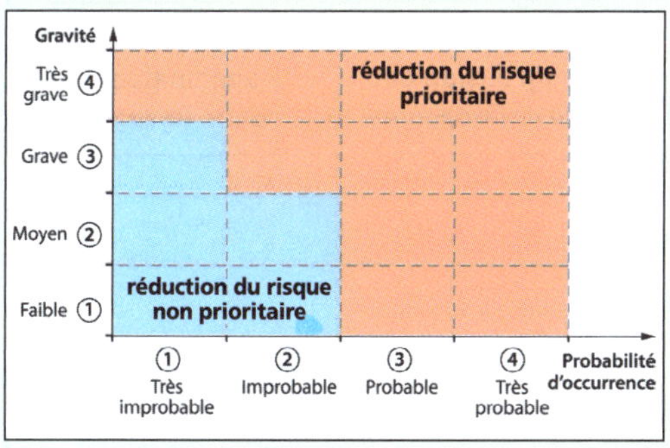

1.4. En déduire, dans la situation, si la réduction du risque est prioritaire.

1.5. Consulter le document 2 du Dossier Ressources. Proposer une mesure de suppression ou réduction du risque, une mesure de protection individuelle et une mesure de formation/information.

2. Consulter la situation professionnelle présentée dans le Dossier Ressources et répondre aux questions.

2.1. Annoter le schéma de la colonne vertébrale.

2.2. Entourer la zone de douleur ressentie par M.C. sur ce schéma ci-après.

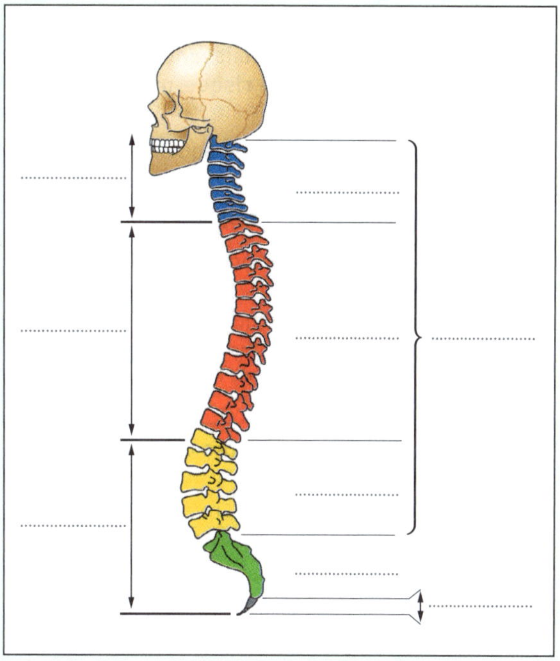

2.3. Décrire les effets de la posture de M.C. (extension du cou) sur les disques intervertébraux en vous aidant du schéma présenté dans le Dossier Ressources.

2.4. Citer une atteinte aiguë et une atteinte chronique de la colonne vertébrale provoquées par une posture inadaptée.

2.5. Cocher le type d'activité musculaire lorsque M.C. maintient son membre supérieur gauche levé pour tenir la perche.

☐ Activité statique
☐ Activité dynamique

2.6. Analyser la situation et complétez le schéma de compréhension ci-après.

2.7. Tracer des liens entre l'effet Homme, l'activité réelle et les déterminants entreprise à l'aide de flèches.

2.8. En déduire la formulation d'une hypothèse en complétant la phrase suivante :

Il semble que ....
(déterminants Homme et/ou Entreprise)
conduisent ....
(l'opérateur) à travailler de la façon suivante :
....
(tâches réelles et/ou activités réelles),
ce qui engendre : ....
(effets Homme et/ou Entreprise).

2.9. En vous aidant du Dossier Ressources, document 2, classer les mesures de prévention suivantes de la plus efficace à la moins efficace dans chaque niveau de prévention :

Acheter des perches moins lourdes – Afficher les schémas des postures adaptées (ex. : dans le camion) – Remplacer les interrupteurs aériens à commande manuelle par des interrupteurs à commande à distance (électrique ou numérique) – Assurer une rotation du personnel – Proposer une formation PRAP : prévention des risques liés à l'activité physique – Alterner les tâches.

Schéma de compréhension pour les questions 2.6 et 2.7

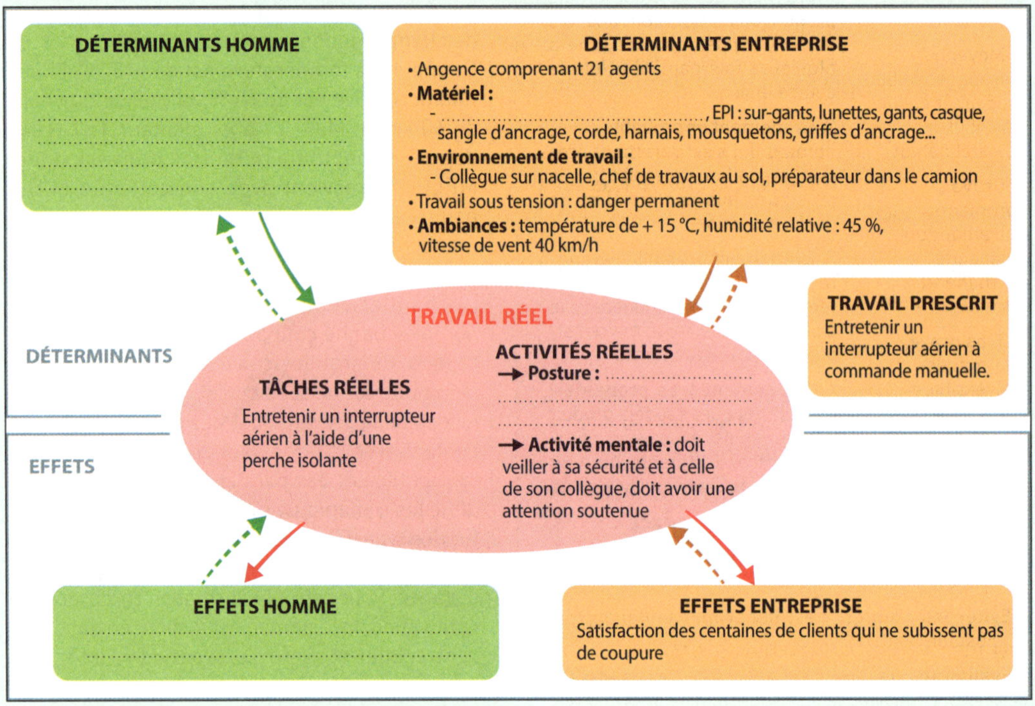

Tableau des mesures de prévention pour la question 2.9

Suppression ou réduction du risque	
Protection collective	
Formation/Information	

2.10. Citer trois acteurs de prévention des risques professionnels internes à l'entreprise pouvant contribuer à la recherche de mesures de prévention face au problème ergonomique.

DOSSIER RESSOURCES

Exemple d'échelle de gravité :	Exemple d'échelle de probabilité d'occurrence :
1. Faible : peu de dommages sans arrêt de travail.	**1. Événement très improbable :** événement qui ne s'est jamais produit, ou uniquement une fois par an, exposition rare (une à plusieurs fois par an) et/ou de courte durée.
2. Moyen : dommages faibles, avec arrêt de travail et/ou hospitalisation.	**2. Événement improbable :** événement qui s'est rarement produit, exposition moyenne (une à plusieurs fois par mois) et de durée moyenne.
3. Grave : dommages entraînant une incapacité permanente partielle.	**3. Événement probable :** événement qui se produit de temps en temps, exposition régulière (une à plusieurs fois par semaine) et/ou d'assez longue durée.
4. Très grave : dommages irréversibles entraînant une incapacité totale ou un décès.	**4. Événement très probable :** événement qui s'est déjà produit plusieurs fois, exposition continue ou très fréquente (une ou plusieurs fois par jour) et/ou de longue durée.

Document 1. Échelle d'estimation des risques.

- **Éviter les risques**, c'est supprimer le danger ou l'exposition au danger.
- **Évaluer les risques**, c'est apprécier l'exposition au danger et l'importance du risque, afin de prioriser les actions de prévention.
- **Combattre les risques à la source**, c'est intégrer la prévention dès la conception des lieux de travail, des équipements ou des modes opératoires.
- **Adapter le travail à l'homme**, en tenant compte des différences interindividuelles, dans le but de réduire les effets du travail sur la santé.
- **Tenir compte de l'évolution de la technique**, c'est adapter la prévention aux évolutions techniques et organisationnelles.
- **Remplacer ce qui est dangereux par ce qui l'est moins**, c'est éviter l'utilisation de procédés ou de produits dangereux, lorsqu'un même résultat peut être obtenu avec une autre méthode.
- **Planifier la prévention**, en intégrant technique, organisation et conditions de travail, relations sociales et environnement.
- **Donner la priorité aux mesures de protection collective**, et n'utiliser les équipements de protection individuelle qu'en complément des protections collectives si elles se révèlent insuffisantes.
- **Donner les instructions appropriées aux salariés**, c'est former et informer afin qu'ils connaissent les risques et les mesures de prévention.

Document 2. Les 9 principes de prévention.

L'agence TST HTA compte 21 agents répartis sur trois sites. Des agents de l'agence, monteurs TST HTA, sont chargés de l'entretien des réseaux électriques aériens sur une ligne 20 000 V sans couper l'alimentation électrique pour éviter de priver d'électricité de centaines de clients pendant quelques heures.
Ce matin, la température est de +15 °C, l'humidité relative est de 45 %, la vitesse du vent de 40 km/h. M.C., 27 ans, monteur TST HTA depuis 3 ans, titulaire du Bac professionnel MELEC, intervient avec son collègue M.D. pour entretenir un interrupteur aérien à commande manuelle (IACM) qui sert à séparer les réseaux. Selon M. L., responsable de l'agence, le chantier requiert une haute technicité, une très bonne connaissance du matériel de réseau, de grandes capacités d'attention, de la minutie et une sensibilisation particulière au niveau de la prévention. Pour ne pas entrer en contact avec la ligne haute tension, les monteurs utilisent des perches isolantes qui sont difficiles à manipuler. Avant de pouvoir effectuer ce type d'intervention, il faut être reconnu apte comme monteur TST HTA en technique à distance. Pour cela, une formation comprenant l'utilisation de la perche est dispensée dans un centre. Elle est suivie d'une période d'intégration dans une équipe. Le chef d'agence a prévu la présence de deux monteurs, d'un chef de travaux au sol qui guide le travail. Un camion géré par un préparateur reste à proximité pour fournir le matériel nécessaire à l'intervention : matériels isolants (comme les perches), EPI (sur-gants, gants, casques, lunettes, sangles d'ancrage, cordes, harnais, griffes d'ancrage, mousquetons...).
M.C. se plaint de douleurs au niveau cervical et au niveau des épaules et particulièrement durant ce type d'intervention qu'il effectue régulièrement.

Document 3. Situation de travail.

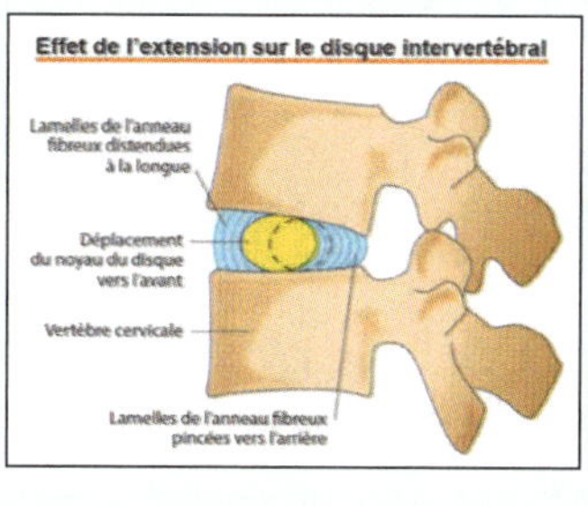

Exercice 1

1.1. Diagramme causes-effets

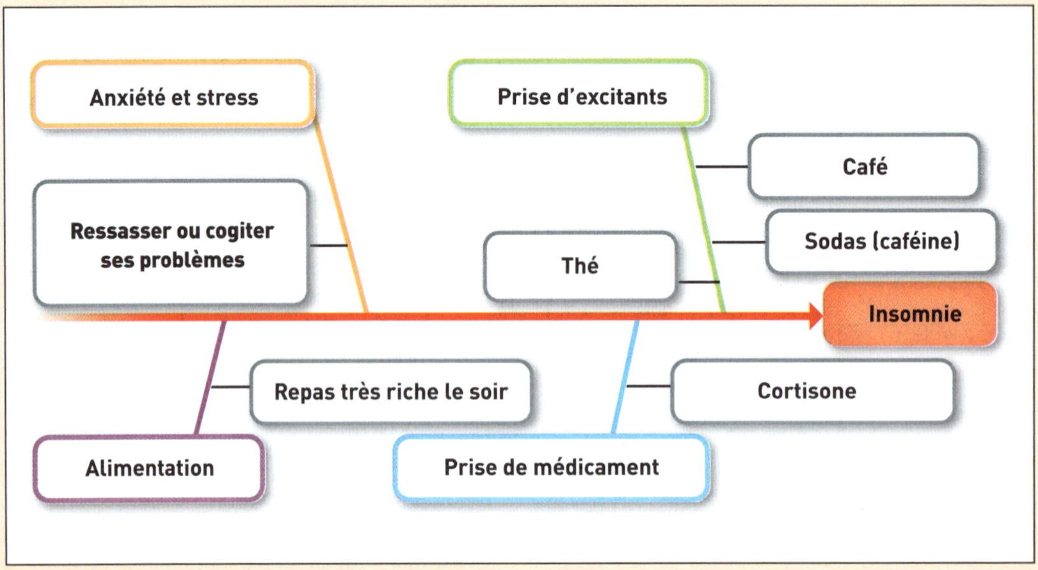

1.2. Les autres causes d'insomnie sont : les activités sur écran à des heures tardives et le fait de laisser le téléphone portable allumé la nuit.

1.3. Le problème posé dans la situation est : Comment éviter l'insomnie ? (Autres réponses possibles.)

2.1. Les fonctions cochées sont : réparation des tissus, récupération de la fatigue physique, stimulation des défenses immunitaires.

2.2. La fréquence du rythme biologique de la vigilance est de 24 heures.

2.3.

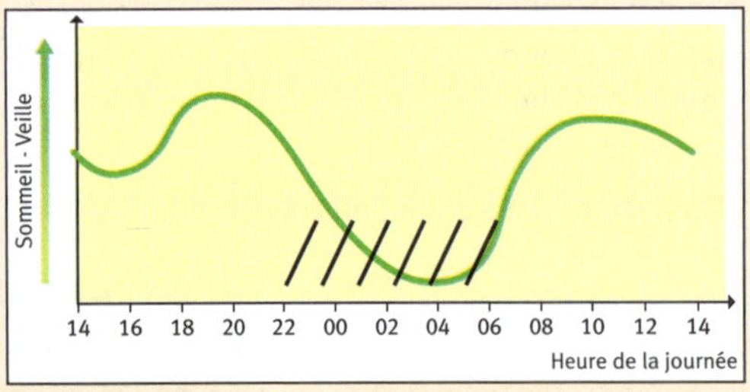

Conséquences de la désynchronisation du rythme biologique :

– **Sur la santé :** troubles de la vigilance pouvant entraîner des accidents, troubles du sommeil, dépression, anxiété, troubles digestifs, risque d'obésité plus élevé.

– **Sur la vie sociale :** liens sociaux réduits, décalage avec les autres membres de la famille.

– **Sur le travail :** moins de performance, risque d'accident.

3. Veiller à ne pas chauffer la chambre à une température supérieure à 18 °C, maintenir l'obscurité dans la chambre par des volets ou des rideaux, pratiquer une activité relaxante avant de se coucher (ex. : lecture), essayer d'avoir un environnement le plus calme possible, pratiquer une activité sportive la journée.

Exercice 2

1. La France se situe en tête du classement européen des consommations de cannabis.

2. Une personne souffre d'un problème d'addiction au cannabis à partir du moment où elle n'arrive plus à maîtriser sa consommation, qu'elle ne peut plus se passer du produit.

3. Effets à court terme : diminution des réflexes, de la vigilance, nausées, somnolence, modification de la perception de l'environnement, diminution de la mémoire à court terme, yeux rouges, vomissements, malaises, euphorie pour certains, angoisse, perte d'équilibre...

Effets à long terme : diminution des capacités intellectuelles et de la mémoire, dépendance physique et psychique, troubles de l'attention et de la concentration, cancer du poumon...

Exercice 4

1.

Contraceptif utilisé \ Moyen d'action	Empêche l'ovulation	Empêche la nidation	Limite la progression des spermatozoïdes	Empêche le passage des spermatozoïdes dans le vagin
Préservatif féminin ou masculin				X
Dispositif intra-utérin		X	X	
Contraception hormonale	X	X	X	

2. Les CPEF ont un rôle d'information sur toutes les questions relatives à la sexualité, d'aide au choix d'un moyen de contraception et ils délivrent les contraceptifs.

Exercice 3

1.1. Quoi ? Des inondations mortelles.
Qui ? 7 morts.
Où ? Dans les Alpes-Maritimes : à la frontière italienne (côté français et italien).
Quand ? En octobre 2020.
Comment ? Des crues importantes, pluies torrentielles ayant provoqué des dégâts importants et ayant fait des victimes.
Pourquoi ? À cause de la tempête Alex.

1.2. Comment agir face à un risque majeur ? Ou comment agir en cas d'inondations ? Ou comment se protéger du risque d'inondation ? (Autres réponses acceptées.)

1.3.

	Nombre de victimes	Dégâts matériels	Probabilité	Gravité
Faible			X	
Élevé(e)	X	X		X

1.4. Le risque majeur est naturel.

1.5. Les risques majeurs technologiques sont : le risque nucléaire, le risque industriel, le transport de marchandises dangereuses, le risque de rupture de barrage hydraulique, le risque minier. (2 réponses demandées.)

2. en consultant le site : www.georisques.gouv.fr ; en consultant l'état des risques naturels et technologiques fourni par le bailleur (propriétaire) ou le vendeur ; en se rendant à la mairie de la commune où est situé le logement.

3. Les deux conduites à adopter sont :
– se mettre à l'abri ;
– suivre les consignes données sur les radios nationales ou à la télévision qui varient suivant la nature du risque.

Exercice 5

1. Les nitrates provoquent l'eutrophisation des eaux du littoral : accumulation d'algues vertes.

2. L'eau puisée dans les rivières doit être traitée avant distribution dans le réseau urbain car elles contiennent des agents polluants peuvant entraîner des troubles sur la santé des consommateurs.

3. Les paramètres de potabilité sont :
– les paramètres organoleptiques : goût, couleur, odeur, aspect, clarté
– les paramètres physicochimiques : pH, température, dureté, quantités maximales de composants (nitrates, phosphates, pesticides…) ;
– les paramètres microbiologiques : aucun parasite, virus ou bactérie dangereux n'est accepté.

4. Une mesure collective : par exemple une réglementation limitant l'usage des pesticides et des nitrates par les agriculteurs.
Une mesure individuelle : par exemple ne pas utiliser de pesticides ou d'engrais de synthèse pour entretenir son jardin.

Exercice 6

1.1. Première représentation schématique :

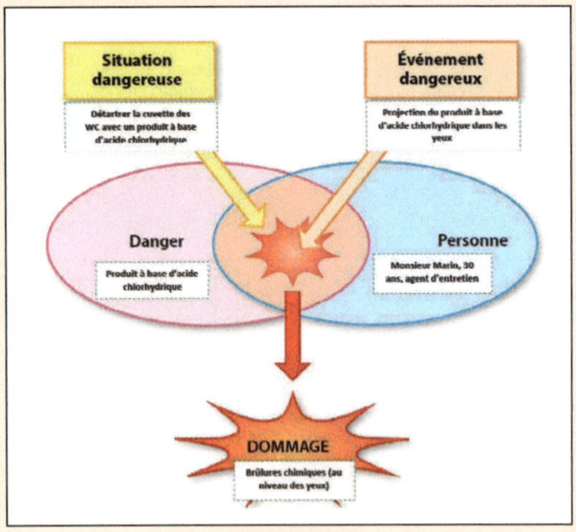

Deuxième représentation schématique :

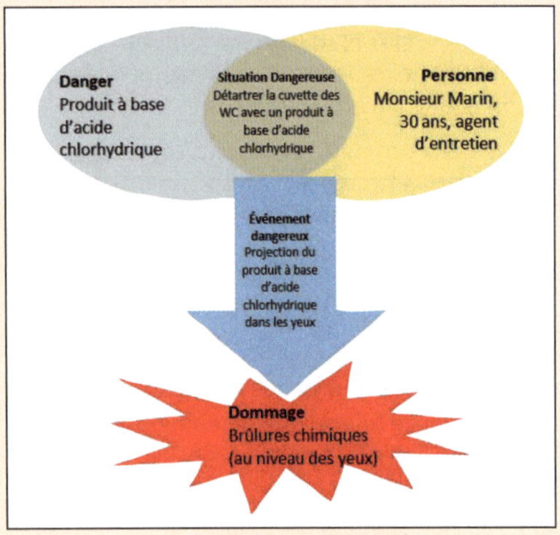

1.2. La gravité dépend du dommage choisi. Elle peut être estimée au niveau 3 pour des brûlures au niveau des yeux. La probabilité peut être estimée au niveau 3, car cette opération se reproduit une ou deux fois par semaine.

1.3.

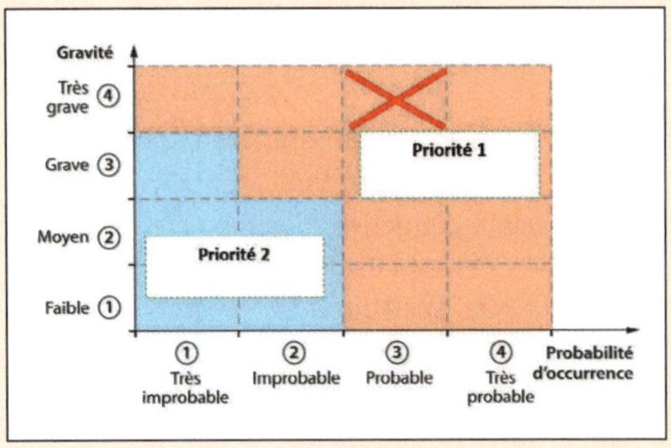

1.4. La réduction du risque est prioritaire.

1.5. Suppression ou réduction du risque : remplacer le produit à base d'acide chlorhydrique par du vinaigre blanc.

Protection individuelle : port de gants de protection contre le risque lié aux produits, aux émissions et aux déchets.

Formation/information : formation sur les risques liés aux produits, aux émissions et aux déchets, affiches rappelant notamment que le port de gants est obligatoire lors de l'usage des produits.

2.1. et **2.2.**

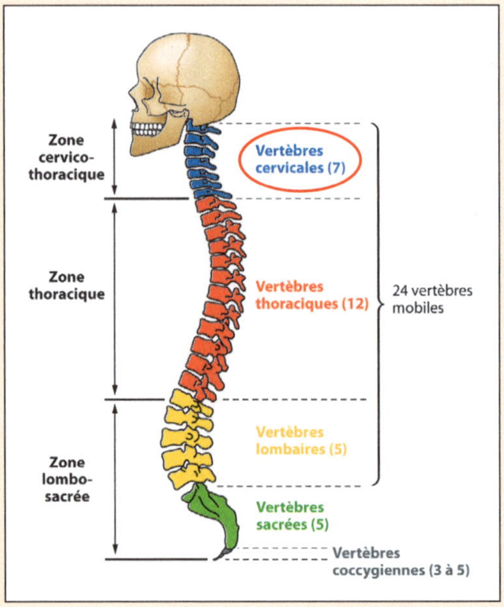

2.3. Lors des mouvements d'extension de la colonne vertébrale, les lamelles de l'anneau fibreux sont pincées à l'arrière et étirées vers l'avant. Les postures répétées en extension peuvent entraîner une détérioration des lamelles élastiques de l'anneau fibreux. Lors du redressement de la colonne vertébrale, une partie du noyau peut rester piégée vers la périphérie du disque.

2.4. Atteinte aiguë : lumbago.

Atteinte chronique : cervicalgie, lombalgie, hernie discale.

2.5. Le type d'activité musculaire lors du maintien du membre supérieur levé est statique.

2.6. et **2.7.**

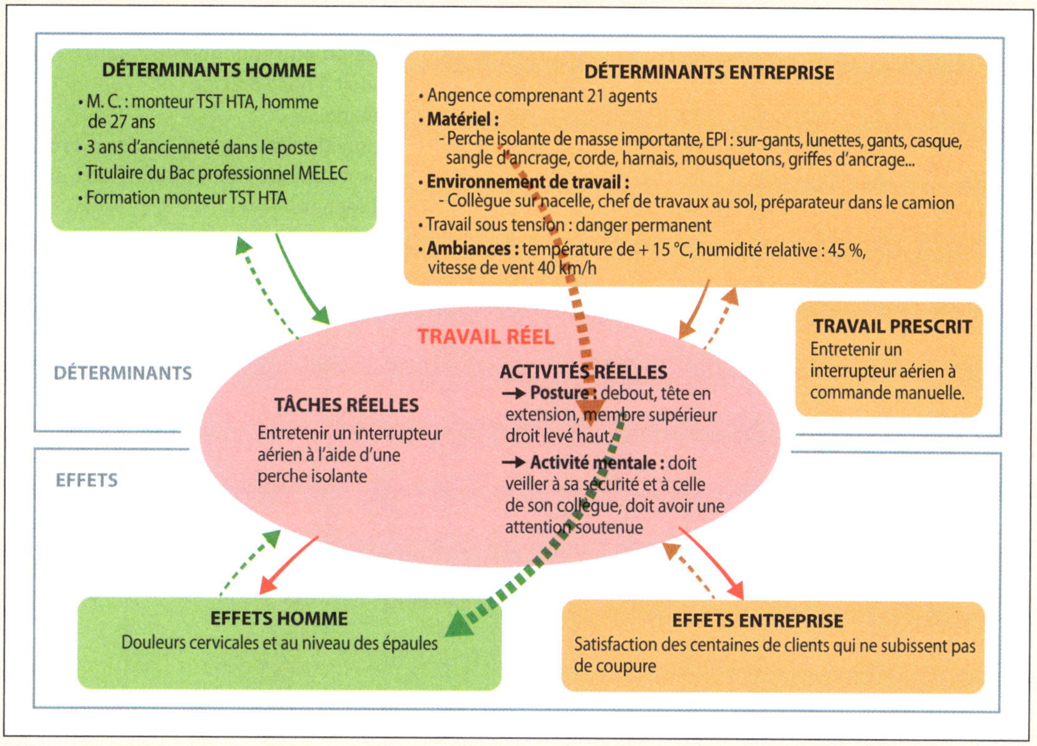

2.8. Il semble que l'utilisation d'une perche isolante pour régler l'IACM conduise le monteur à se positionner avec la tête en extension et le membre supérieur droit levé, ce qui engendre des douleurs au niveau cervical et au niveau des épaules.

2.9.

Suppression ou réduction du risque	Remplacer les interrupteurs aériens à commande manuelle par des interrupteurs à commande à distance (électrique ou numérique). Assurer une rotation du personnel. Alterner les tâches.
Protection collective	Acheter des perches moins lourdes.
Formation/Information	Afficher les schémas des postures adaptées (ex. : dans le camion). Proposer une formation PRAP : prévention des risques liés à l'activité physique.

2.10. Les acteurs de prévention (3 demandés) des risques professionnels internes à l'entreprise sont :
- les membres du CSE : conseil social économique ;
- les SST : sauveteurs secouristes du travail ;
- le salarié compétent en santé et sécurité au travail ;
- le médecin du travail ou autre membre du SST (Service de santé au travail), lorsqu'il est interne à l'entreprise.

Crédits photographiques

p. 217 : Les Temps modernes © Roy Export S.A.S. ;
p. 247 : (g) © Sipa/Ap/Markus Schreiber ; (d) © Afp ;
p. 249 : © Afp ; **p. 370 :** © Riko Best/AdobeStock ;
p. 384 : © OSORIOartist/AdobeStock.

Édition : Alexis Roume, Élodie Lecoquerre
Fabrication : Émilie Rametti
Conception couverture : Vincent Rioult
Conception maquette intérieure : Graph'm (Aude Paradis)
Composition : Alinéa
Cartographie : Légendes Cartographie
Schémas : Laurent Blondel (Corédoc)

Ce livre est imprimé sur du papier issu de forêts gérées durablement.

N° de projet: 10303400 • Dépôt legal: août 2023 • Imprimé en Espagne par Gráficas Estella août 2024